元代上都诗歌选注

杨富有　　著

中国书籍出版社
China Book Press

图书在版编目（CIP）数据

元代上都诗歌选注 / 杨富有著. -- 北京：中国书籍出
版社，2018.10
ISBN 978-7-5068-7026-9

Ⅰ.①元… Ⅱ.①杨… Ⅲ.①古典诗歌—诗集—中国
—元代 Ⅳ.①I222.747

中国版本图书馆CIP数据核字（2017）第224728号

元代上都诗歌选注

杨富有　著

责任编辑	王志刚	
责任印制	孙马飞　马　芝	
版式设计	添翼图文	
出版发行	中国书籍出版社	
地　　址	北京市丰台区三路居路 97 号（邮编：100073）	
电　　话	（010）52257143（总编室）（010）52257140（发行部）	
电子邮箱	chinabp@vip.sina.com	
经　　销	全国新华书店	
印　　刷	三河市双峰印刷装订有限公司	
开　　本	710 毫米 × 1000 毫米　1/16	
字　　数	680 千字	
印　　张	38.375	
版　　次	2018 年 12 月第 1 版 2018 年 12 月第 1 次印刷	
书　　号	ISBN 978-7-5068-7026-9	
定　　价	298.00 元	

《元代上都诗歌选注》序

郑福田

作为中国大元王朝及蒙元文化的发祥地，元上都融合着农业、游牧、商业等多种文明，沉淀着元王朝统治区域及其周边各地区人民的智慧和情感，是中华民族历史文化宝库中的瑰丽珍宝，也是中华民族多元、包容、开放文化的重要例证。

对元上都文化进行挖掘、整理、研究，不但有利于推动我国古代历史特别是元代历史文化研究，也会为当代我国和国际文化建设提供有益的材料和借鉴。

然而，元上都早已毁于战火，已经成了"一座拥抱着巨大文明的历史废墟"，旧址上遗存的实物数量较少，加上生产生活方式、文字及其载体等诸多因素影响，留存下来的相关文字材料不多，而城市建筑、城市管理、政治活动、典礼仪式和人们日常生活等方面的材料更是十分匮乏，又没有专门的方志等资料可供参考，元上都及相关研究在文献和实证方面均存在很多困难。

面对这种情形，杨富有教授把研究的视角转向了元代上都诗歌，可谓别具只眼。

"天子时巡上京，则宰执大臣，下至百司庶府，各以其职分官扈从"，这是元代的"国朝旧典"。官员扈从，有机会参与元上都政治、经济、军事、外交等一系列活动，是元上都诸项活动的亲历者、见证者，而这些官员所作的诗，有不少留了下来。

这些诗歌，有几个特点：一是具有重要的史料价值和认识意义。这些诗大多以元上都及当时各方面生活为题材，形象地表现着扈从见闻、巡幸仪规、城市风貌、宫廷和平民生活，同时还涉及相关区域的山川景色、风

1

土人情和皇帝与文人的心态。所谓"扈圣从邹枚，纪行富诗史。"二是具有较强的真实性。这些诗大多写个人见闻或亲身经历，无论内容还是情感均较为可信真实。三是具有文化的多元性。元代上都诗歌的诗人群体构成是多元的。有的是少数民族知识分子，有的是内地汉族的宿儒耆旧或政坛新贵，也有的来自于遥远的西域等等。他们的情感、生活和创作本身就是多元文化交流、融合的过程和范例，真切、充分地反映着元代多元文化相互交融的特质，提供着元代各民族文化交往、融合的实证资料，具有重要的认识价值。上述几个特点，既说明了对这些诗歌进行系统整理研究的必要性，也说明了这些诗歌的重要价值所在。

杨富有教授做了两方面的工作，成就卓卓。

一是将散见于元人别集和其他典籍资料中的扈从诗进行系统的辑录整理，得作家60余人，作品近1500首，汇为一编，以附庸蔚为大国。其间溯源寻流，广收博采，辩证然否，甄别取舍，用力甚勤，为功至巨。由于蒐集广泛，去取有方，使此编材料既完备，又精审，研究者一编在握，既无遗珠之憾，亦无鱼目之虞。至于体例之确定，规模之建立，作者之循序定位，作品之爬梳排比，一切经营位置，均一丝不苟，有当是编。

二是对是编所收作品进行考释注解。这是一项须具大学力真功夫的工作。从来作注者，皆须明原作、知制度、谙故实、解源流、知进止、通训诂，总之，对于所注文本涉及的等等一切，均需了然于心于手，否则难得好处。杨富有教授学养富赡，腹笥丰厚，且学有专攻，于注解一事，本自游刃有余。虽然，其于此用功仍至为深巨，未敢稍忽焉。统观全体，我们发现，此书注释内容丰博，非如一般单简草草者。举凡诗作涉及的元代大都、上都之间辇路、驿路、山川、驿站，宫廷诸事与城市生活，中国古代包括元代的职官、舆服等典章制度，相关宗教及其建筑，民族、历史文化、语言等诸多方面均加注解，可谓竭诚尽智矣。

为彰显杨富有教授注难解疑之功，试条列其所注释之要点者八，以见其为学用力之忠勤。

其一曰上都及其周边山川、河流、湖泊等地理信息和捺钵、驿站及相关制度。诗人往来大都、上都间，诗作多描摹山川风物，故凡作品涉及的山川、河流、湖泊诸项，如金莲川、滦河、察汗淖尔的名称、位置等等，均予出注；大都、上都之间驿站、捺钵众多，制度体系繁富，故凡桓州、南坡店、李陵台，象辇、属车，罕毕、圆牌、铺马等等的位置、沿革、功能、内容等，亦均予出注。

其二曰元上都的城市规划及其建筑。诗人多关注上都的城市规制、城市建设与管理水平，故凡两都的宫城、皇城、外城、城门以及东西关厢、"西内"、附属防洪设施铁幡竿渠、皇家园林、宗教建筑等，均予出注；诗人所描写的城市建筑，尤其是宫殿建筑均已无存，故凡大安阁、水晶殿、鸿禧殿、睿思殿、穆清殿、失剌斡耳朵等的位置、特点、功能等，均予出注。

其三曰帝王活动和元王朝的典章制度。与元代最高统治者相关的活动是扈从上都的诗人创作中常常提到的，对准确理解诗歌也很重要，故凡秋狝、望祭、神御殿和宴飨赏赐、四怯薛、经筵进讲、分省（分院、分台）、导送、迎驾以及历史上延续下来的画省、金马门、柏府、凤池、东曹郎、应奉等，均予出注。

其四曰宫廷与城市生活。元上都的宫廷与城市生活丰富多彩，独具特色，故凡诈马宴、十六天魔舞、白翎雀歌和皇帝封赏、狩猎等活动，放走、角抵、赛马、火倪思等文体娱乐活动，端午、七夕等节庆活动，均予出注。

其五曰重要历史事件。扈从诗中往往涉及历史和现实中的重要事件，故凡南坡之变、佛郎国进天马等，均予出注。

其六曰宗教内容。元上都有重要的宗教活动场所，其时的诗人继承了中国文人游览道观寺院并与佛道教徒唱和的传统，诗人中亦多具宗教背景如刘秉忠、马臻者，故凡宗教场所如佛教的华严寺、乾元寺、帝师寺、开元寺，道教的长春宫、崇真万寿宫、寿宁宫，宗教类别如萨满、佛、道、伊斯兰教，相关词汇如弥陀、空王、杂密、缠头、阿弥等等，均予出注。

其七曰元代涉外词汇。元代空前强盛、地域广阔，元上都是当时世界政治中心之一，节旄交错，商贾往来，元代上都诗反映了这些情况，是了解元代与世界往来的第一手资料，故凡高昌、高丽、鸡林、三韩、交趾、十字寺、佛郎国等名称，均予出注。

其八曰其他词汇。扈从诗中多有涉及历史遗迹、历史人物、天文历法、名物者，故凡历史遗迹如金界壕（界墙）、铁幡竿，天文历法如房驷、参商、三台、宫壶，历史人物如奚超、云叟公、耶律梅轩，文化典故或相关名物如阿香、吐茵、河鱼、羔酒、曲生、角黍、公莫舞、毕弋，汉语古今异义词或当时的音译词如文章、物理、哈那、曳落河等等，均予出注。

杨富有教授这项工作的价值是显而易见的。这是第一次将数量众多的元代上都诗歌辑录起来，为人们全面地了解、认识、研究元上都及其文化提供素材，具有了不起的开创意义；这是第一次将这些作品从历史、地理、文化、民族、宗教、语言等角度予以注释，涉猎面之广、使用文献之丰富，在元上都文献研究中实为罕见，具有长远深至的普及意义；无论是辑录作品，还是注释内容，都提供着众多新鲜信息、线索和观点，如关于景教、伊斯兰教在中国的传播，苹果等外来果蔬的种植，诗人间交往关系的判断等等，为后人研究元上都，提供了十分丰富的资料。

据我了解，杨富有教授对一些词汇的注释解说，可谓历尽辛苦。即如"鱼儿泊""黑水"内涵之别，就花费了他大量的时间和精力，而大量有关词汇出处和范例引证，不仅要从浩如烟海的文献中找出来，还需要作出判断，这些，都不是容易的事。这不仅需要查阅大量文献资料，更需要严谨刻苦的治学态度，需要冷板凳、真工夫。我也深知，杨富有教授于此，是甘之若饴的。

杨富有教授书成，嘱我作序，我深知他对元代历史文化的热爱之情，也知道他为此付出了很多努力，做了很多富于开创性、有意义、有价值的工作。而作为他最新努力的见证和令人欣喜的成果，《元代上都诗歌选注》必将对今后有关元上都的学术研究、文化旅游产品开发等诸多方面，产生积极的推动作用。

序写完了，但思绪仍然涌动。元上都，这昔日世界历史上最大帝国元王朝的首都，其遗址如今静静地坐落在锡林郭勒盟正蓝旗境内。那里，千里原平，弥望风清，若逢花开时节，一川金莲，澎湃翻卷，香深天宇，弥漫襟袖，开启神志，荡涤胸怀，其感觉不但心旷神怡而已。前年，我去那里，写过一首《桂枝香》："芳香郁烈。正满目清新，花开时节。眼底长原海若，日晶云洁。乘风来去平冈远，任驰驱、蹄音休歇。牧歌三复，遥岑数抹，我心澄澈。访旧垒、豪情激越。对百代名城，盛世车辙。况有金莲万盏，一川争发。中华兴起千秋业，好男儿、壮怀如铁。射雕身手，凌空气象，古今都绝。"实现中华民族伟大复兴的中国梦，需要我们在不同的岗位上，施展身手，创造辉煌。杨富有教授和他的《元代上都诗歌选注》正其选也。

凡　例

一、元代上都诗歌所选范围：

从时间、空间上看，元上都作为一个历史地理概念，有其明确的起止时间和地理范围。空间上，元代上都诗歌以元上都为核心，辐射周边，以具体的地理标志衡量，主要是东凉亭、西凉亭、北凉亭，当然，涉及诸如抚州、云州等地理区域的作品，也有纳入。

时间上，限于元代，主要是从忽必烈开平潜邸到元政权瓦解、上都被毁期间诗人们创作的诗歌；为了更全面了解当时的历史概貌，非扈从诗人如丘处机等上溯到大蒙古国时期的个别非元上都作家的作品也被选入了一小部分；元朝覆亡以后的作家作品不再纳入辑选范围。

被选入的作家，按照其先后顺序排列。个别已经无法确定生卒时间的作家，置于能清楚掌握生卒时间作家之后。

从内容上看，部分宫词、竹枝词、柳枝词以及一部分纪行组诗，都有选入。这一方面基于整体性考虑，一方面很多宫词所涉及宫廷生活内容，无论大都、上都，都有共性，也一并纳入；像袁桷"开平四集"中不涉及元上都的作品，则不再选入。有一部分是元代诗人的咏史诗，题材多为王昭君、蔡文姬、苏武、李陵，还有一部分是塞北草原游牧生活题材的题画诗，对于后人认识当时诗人心态、情感有帮助，也选录了一部分；有一些属于朋友之间唱和赠答的诗歌，内容涉及当时诗人对于往来上都、大都间的态度、情感，选择了一部分。

从体裁上看，诗歌为主，少量词、元散曲也有选入。

限于学识、能力等因素，被选入作家及其作品只是本人所接触的部分，只是元代上都诗歌的一部分，遗漏在所难免。

二、注释的内容：

为了便于读者了解元上都的历史与文化，元代的典章、历史、地理、人文和诗人在创作中所涉及到的中国古代此前的礼仪制度、人文掌故、神话传说、职官、宗教、舆服、祭祀、名物以及一些不常见的一般性词汇等等，尽可能作了注释。

对于诗句或者诗歌整体内容一般不作鉴赏性解释、评价。

三、注释方式与范例：

1．除原有的作者自序、自注外，其他均以脚注的形式予以注释；作者自序、自注，以楷体小字保留于原文处。

2．注释顺序是先释义，后凡例。

3．释义凡例的原则是：

（1）典章制度等，尽量使用其出现时的历史实例，元代独有的，则使用元代的；

（2）历史人物、地理等，多采用信史或古代科学著作中的，如《水经注》等；

（3）历史典故等，尽量采用其原有出处的；

（4）普通词汇，则采用与其出现语句含义一致的；

（5）部分词汇，需要另外举例补充方显完整的，则以"又，"然后再举例的形式列出，如"金莲川"就列举了《金史·地理志》《金史·世宗本纪》和《读史方舆纪要》中的三个例子。连续举例的，若著作相同，篇目不同，后者只注出篇目。

4．个别生僻的词汇在注释时，首先注出读音，然后释义、举例。

5．在被注释词汇或短语后标注注释号码，采用脚注的形式注释，不再列出被注释词汇或短语。

6．举例范式：

（1）举例一般按照时代、作者、作品名称、例句的顺序，如"鼠须笔"的释例为"晋·王羲之《笔经》：世传张芝、钟繇用鼠须笔，笔锋强劲有锋芒"；

（2）举例涉及《春秋》《左传》《战国策》及二十四史等历史著作、中国古代诸子经典则不注出作者、时代，如"鱼丽"的释例为"《左传·桓公五年》：曼伯为右拒，祭仲足为左拒，原繁、高渠弥以中军奉公为鱼丽之阵。先偏后伍，伍承弥缝"；对于不能确定时代、作者的著作，则时代、作者均不注出，如《穆天子传》；

（3）作品集、专著等，一般列出著作名、篇目名，如"简书"的释例为"《诗经·小雅·出车》：王事多难，不遑启居。岂不怀归？畏此简书"；

（4）本辑中已有元代作家，释例时不再注出时代。

7．对于多次出现的词汇，内容、出处近似的，基本释义之后，以见另一条注释的形式标出，如陈孚《明安驿道中四首》中的"明安驿"即注释为"有学者认为明安驿故址在今小宏城子北之马神庙古城，与察汗淖尔行宫相邻。《元史·文宗本纪三》：大驾将还，敕上都兵马司官二员，率兵士由偏岭至明安巡逻，以防盗贼。市橐驼百、牛三百，充扈从属军之用。见王士熙《竹枝词十首》'察汗淖尔'条注"。对于内容各有侧重或不同的，则分别注释，如"凤凰池"；对于同一个事物有不同称谓的，如翰林院分别有鳌峰、翰府、玉堂、鸾坡等，分别注释。

8．注释中所用释例，多选自元代或元代以前典籍；地理名词和跨元、明两代的历史人物等，则不受这一限制。

9．个别通假字或古今异体字，以脚注的形式注出。如"适意宁无一鐏酒"中，"鐏"注释为"同'樽'"；"簫云蹑电那能名"中，"簫"注释为"通'蹑'"。

四、其他：

1．不同版本的作品，文字有区别的，在该文字或词汇后用括号"一作'某'"的形式标出，如"今日车书逢混一，不辞老去（一作"垂老"）看毡乡"。

2．词汇别称、异形词，在脚注中用"也作某某"的形式标出，如

"马酮"注释为"也作'马挏''马湩''玄玉浆'","乌桓""也作'乌丸'乌延。"

3．诗人酬唱赠答中涉及的个别元代人物，由于在研究中所用史料里已不见记载，均以"其人待考"的方式加以说明。

4．附录中列出参考、引用文献，基于其复杂性，大致分为"基本古籍""现代出版物"两大类，"基本古籍"按照"抄本、刻本""丛书""类书"划分，"现代出版物"按照"古籍点校""研究专著""外国文献"划分，这只是为方便；其排序是按照时代顺序后的音序法排列。

目　录

丘处机

（1148～1227年），字通密，道号长春子，山东栖霞人，全真道道士。丘处机为金世宗、金章宗、金卫绍王、金宣宗和元太祖成吉思汗所敬重，曾应诏远赴西域谒成吉思汗，劝诫"止杀"，被口封"神仙"。世祖时，追封其为"长春演道主教真人"。著有《磻溪集》《鸣道集》等。

出明昌界[1]

陂陀折叠路湾环，到处盐场死水湾。

尽日不逢人过往，经年时有马回环。

地无木植惟荒草，天产丘陵没大山。

五谷不成资奶酪，皮裘毡帐亦开颜。

1．即金界壕。明昌，金章宗年号，1190～1196年。自1115年女真族建立金国后，与北部蒙古骑兵不断发生战事，以至金朝不能以武力征服。女真统治者为了遏制蒙古南下，从金熙宗天眷元年到金章宗承安年间，大约用六七十年时间，在北方草原地区修筑了我国历史上最完备、最严密的军事防御工程之一金堡界壕，史称"明昌界壕"。《金史·地理志上》：金之壤地封疆，东极吉里迷兀的改诸野人之境，北自蒲与路之北三千余里，火鲁火疃谋克地为边，右旋入泰州婆卢火所浚界壕而西，经临潢、金山，跨庆、桓、抚、昌、净州之北，出天山外，包东胜，接西夏。又，王国维《金界壕考》：界壕者，掘地为沟堑以限戎马之足……恽所见金西北路界壕，当在新桓州城北十余里。见郝经《古长城吟》"金人又筑三道城"条注。

鱼儿泺¹

北陆初寒自古称，沙陀三月尚凝冰。

更寻若士²为黄鹄，要识修鲲化大鹏。

苏武北迁愁欲死，李陵南望去无凭。

我今返学卢敖志，六合穷观最上乘。

泊驿路³

极目山川无尽头，风烟不断水长流。

如何造物开天地，到此令人放马牛。

饮血茹毛同上古，峨冠结发异中州。

圣贤不得垂文⁴化，历代纵横只自由。

---

1. 即今内蒙古赤峰市境内达里淖尔，汉译像大海一样宽阔美丽的湖；也称捕鱼儿湖、答尔海子。辽代有鱼儿泊捺钵；元代的鱼儿泊驿站，位于上都至哈喇和林的帖里干驿道上。元上都建成后，漠北驿路改由上都北行：经应昌，折西北，再转西行至鄂尔浑河上游至和林。这条驿路是元代通经漠北"兀鲁思两道"中的东路，又称"帖里干站道"；帖里干驿道旧称鱼儿泊驿路，简称泊驿，称谓即源于此。《辽史·圣宗本纪七》：二月辛丑朔，驻跸鱼儿泺。又，元·张德辉《岭北纪行》：复西北行一驿，过鱼儿泊。泊有二焉，周广百余里。中有岛屿，为水禽聚集之所。

2. 其人，后代指仙人。汉·刘安《淮南子·道应训》：卢敖游乎北海，见一士，与之语曰："子殆可与敖为友乎？"若士者齤然而笑曰："然子处矣，吾与汗漫期于九垓之外，吾不可以久驻。"若士举臂而竦身，遂入云中。

3. 上都至和林驿路，元代通往漠北的驿路主要有三条：帖里干、木怜、纳怜，汉译分别为车，马，小或敏捷、机密，前二者为"兀鲁思两道"。帖里干道从大都出发，过上都北行，经应昌，折向西北到克鲁伦河上游，转西行到达和林地区，上都到应昌之间正是帖里干驿道的重要一段。这一段驿道之间有伯只剌和憨赤海两站见于记载，其余的站名无从得知。木怜道的行经路线缺乏明确记载。根据零星资料，大致可以推断出该道路是经兴和路过大同路北境，由丰州西北甸城谷出天山，经净州，出砂井，入"川"，接岭北驿道。一般人则多往来于帖里干、木怜两道。纳怜道是专为军情急务而设，该道大部分驿站在甘肃行省境内，又称甘肃纳怜驿，纳怜道共有47个驿站，其中东段有23个。《元史·地理志一》：三十年，命戍和林汉军四百，留百人，余令耕屯杭海。元贞元年，于六卫汉军内拨一千人赴青海屯田。北方立站帖里干、木怜、纳怜等一百一十九处。又，《元史·兵志四》：泰定元年三月，遣官赈给帖里干、木怜、纳怜等一百一十九站钞二十一万三千三百锭，粮七万六千二百四十四石八斗。北方站赤，每加津济，至此为最盛。见前"鱼儿泊"条注。

4. 留下文字典籍。《后汉书·刘瑜传》：盖诸侯之位，上法四七，垂文炳燿，关之盛衰者也。

刘秉忠

（1216~1274年）金国瑞州（今辽宁省绥中县前卫镇）人，原名侃，字仲晦，敕赐名秉忠，法名子聪，号藏春散人。元朝忽必烈可汗时宰相。谥文正，赠太傅、常山王。根据《易经》中"大哉乾元"，将政权名为"大元"，先后主持修建上都、大都。对元代政治体制、典章制度的奠定发挥了重大作用。有《藏春集》6卷、《藏春词》1卷、《诗集》22卷、《文集》10卷、《平沙玉尺》4卷、《玉尺新镜》2卷等。其作品"大都平正通达，无噍杀之音。"（《藏春集》四库提要，文渊阁《四库全书》台北1986年影印本）；"萧散闲淡，类其为人。盖以佐命元臣，寄情吟咏，其风致殊可想也。"（顾嗣立《元诗选》初集一，第373页，中华书局1985年标点本）；"随意抒写，不加矜炼，且时涉方外之语。"（傅增湘《藏春诗集》跋，《中国公论》第三卷第四期）

岭北道中[1]

雨霁轻烟锁翠岚，五更残月照征骖。
王戈定指何方去，天意仍教我辈参。
霸气堂堂在西北，长庚[2]朗朗照东南。
江山如旧年年换，谁把功名入笑谈？

桓州（一作"抚州"）道中

老烟苍色北风寒，驿马趋程不敢闲。

1．即通往岭北行省的驿路。据考证，元代大都、上都通往岭北行省的驿路有五条：帖里干路、木怜路、纳怜路以及从外剌至吉利吉思驿路、通向察合台汗国驿路。驿站位置多不可考。《元史·明宗本纪》：乙巳，监察御史言："岭北行省，控制一方，广轮万里，实为太祖肇基之地，国家根本系焉。"
2．金星的别名，中国古代称之为"太白金星""太白""启明"。有时是晨星，黎明前出现在东方天空，被称为"启明"；有时是昏星，黄昏后出现在西方天空，被称为"长庚"。《汉书·天文志》：长庚，广如一匹布著天。此星见，起兵。

一寸丹心尘土里，两年尘迹抚桓间。

晓看太白配残月，暮送孤云还故山。

要趁新春贺正去，蓬头能不愧朝班。

桓州[1]寄乡中友人

青山四合路纵横，解辔乌桓[2]古塞城。

五载转蓬离故地，几时促膝话平生？

停云霭霭落春雪，明月辉辉开晚晴。

适意宁无一鐏[3]酒，渴尘难洗为谁倾？

大碛[4]

漫川沙石地枯干，入夏无青雨露悭。

---

1. 有桓州故城和新桓州。桓州故城约在今斯交音子以东濒闪电河，骆驼山东北，即今上都镇西南；12世纪初，女真灭辽，建立金朝，在曷里浒东川北岸建桓州府，为新桓州，即金代西北路招讨司建帐之所。此处指金代桓州，在今内蒙古正蓝旗西北四郎城，旧称库尔巴尔哈孙。清·顾祖禹《读史方舆纪要卷十八·北直九》：桓州城在卫西。本乌桓所居。金置桓州，亦曰威远军，治清塞县。州有二城，南为新城，北为故城，相去三十里。元初废入开平。至元初，复置……《一统志》：桓州城，在云州堡北三百六十里。其一，旧桓州：《元史·祭祀志一》：世祖中统二年，亲征北方。夏四月己亥，躬祀天于旧桓州之西北，洒马湩以为礼，皇族之外无得而与，皆如其初。又，清·金志章纂、黄可润增补《口北三厅志·古迹》：桓州古城在开平城之西南，土人呼为库尔图巴尔哈孙城。其二，新桓州：《元史·地理志一》：上都路，唐为奚、契丹地。金平契丹，置桓州。元初为札剌儿部、兀鲁郡王营幕地。宪宗五年，命世祖居其地，为巨镇。明年，世祖命刘秉忠相宅于桓州东、滦水北之龙冈。中统元年，为开平府。五年，以阙庭所在，加号上都，岁一幸焉。又，《元史·世祖本纪一》：岁丙辰，春三月，命僧子聪卜地于桓州东、滦水北，城开平府，经营宫室。
2. 也作"乌丸""乌延"，古时北方少数民族名。原是东胡族的一支，西汉初被匈奴冒顿击败，迁移到乌桓山（今内蒙古阿鲁科尔沁旗以北，即大兴安岭山脉南端），因以为名。霍去病破匈奴，徙乌桓于上谷、渔阳、右北平、辽东五郡塞外；汉建安十二年曹操破乌桓，徙万余至中原，其势力逐渐衰败。后世诗文中常用以泛指北方少数民族或其居住地。《后汉书·乌桓鲜卑列传》：乌桓者，本东胡也。汉初，匈奴冒顿灭其国，余类保乌桓山，因以为号焉。俗善骑射，弋猎禽兽为事。随水草放牧，居无常处。以穹庐为舍，东开向日。食肉饮酪，以毛毳为衣。
3. 同"樽"。
4. 原指西北地区，后泛指大沙漠。唐·李泰著、贺次君辑校《括地志卷四·甘州》：瀚海在流沙大碛西北数百里，东南去长安五千三百里。

人马数程饥渴里，风程一月往还间。

侧横鳌背登高地，淡扫蛾眉[1]见远山。

安得司春[2]生物诀，桑田也似海东湾。

寓桓州

百年行止料皆难，今是昨非豹一斑。

辜负夙心泉石畔，累垂短发缙绅间。

梦回枕上闻归雁，雨霁城中见远山。

三径就荒松菊在[3]，人生底事[4]不能闲。

过界墙[5]

地老天荒雪亦苍，车头轧轧转羊肠。

短衣蓬鬓沙陀[6]路，一岁三番过界墙。

驼车行

驼顶叮当响巨铃，万车轧轧一起鸣。

当年不离沙陀地，辗断金原鼓笛声。

---

1. 女性淡雅的化妆，此处比喻作者所见"草色遥看近却无"的景色。《诗经·国风·卫风·硕人》：手如柔荑，肤如凝脂，领如蝤蛴，齿如瓠犀，螓首蛾眉，巧笑倩兮，美目盼兮。

2. 掌管春令的神，传说为西王母第二十三女，名瑶姬；世人认为她是春天的化身。《汉书·魏相列传》：东方之神太昊，乘"震"执规司春；南方之神炎帝，乘"离"执衡司夏；西方之神少昊，乘"兑"执矩司秋；北方之神颛顼，乘"坎"执权司冬；中央之神黄帝，乘"坤""艮"执绳司下土。

3. 三径，院子里的小路；化用陶渊明诗句。汉·赵岐《三辅决录·逃名》：蒋诩归乡里，荆棘塞门，舍中有三径，不出，唯求仲、羊仲从之游。又，晋·陶潜《归去来兮辞》：乃瞻衡宇，载欣载奔。僮仆欢迎，稚子候门。三径就荒，松菊犹存。

4. 何事。唐·刘肃《大唐新语·酷忍》：天子富有四海，立皇后有何不可，关汝诸人底事，而生异议！

5. 古代内地政权为抵御北方游牧民族侵扰，在边界上修筑城墙，河北境内有燕长城、赵长城、秦长城；金代修有明昌界壕，即金界壕，又称金长城、兀术长城等。此处指金界壕见丘处机《出明昌界》"明昌界"、郝经《古长城吟》"金人又筑三道城"条注。

6. 唐代北方部族名，因其地有大沙丘而得名；后泛指北方。《旧唐书·范希朝列传》：突厥别部有沙陀者，北方推其勇劲，希朝诱致之，自甘州举族来归，众且万人。

春始来

三月南州草木长，落花飞絮满池塘。

东君[1]也惜天涯客，尽放春风过界墙。

马酮[2]

青楼歌酒少年郎，费尽千金笑一场。

玉酿饮来甘似醴，羡伊不肯使人强。

漫成

上苑[3]风光烂漫游，紫兰黄菊各春秋。

一心不逐荣枯变，万事宁为得失忧。

充塞乾坤惟道在，博通今古有书求。

惯曾泽畔翱翔雉，莫谓楚笼[4]不自由。

闻笳

霜天月夜雁南归，塞上谁将卷叶吹。

莫逐西风声断续，天涯远客不胜悲。

1．日神。屈原有《东君》诗。《汉书·郊祀志上》：长安置祠祀官、女巫……晋巫祠五帝、东君、云中君、巫社、巫祠、族人炊之属。

2．也作"马㮔""马湩""元玉浆"等，即马奶酒，以白马湩为尊；是"蒙古八珍"之一。曾为重要祭祀用品和元朝宫廷及蒙古贵族府第宴会的主要饮料。忽必烈还常把它盛在珍贵的金碗里，犒赏有功之臣。《元史·祭祀志三》：凡大祭祀，尤贵马湩。将有事，敕太仆寺㮔马官，奉尚饮者革囊盛送焉。见贡师泰《和胡士恭滦阳纳钵即事韵》"马湩"条注。

3．代指上都。

4．也作"南冠囚""南冠君子""南冠客""南冠"，即楚囚，泛指被囚禁或处境窘迫的人。《左传·成公九年》：晋侯观于军府，见钟仪，问之曰："南冠而絷者，谁也？"有司对曰："郑人所献楚囚也。"

耶律铸

（1221～1285年），耶律楚材子，字成仲。自幼聪敏，秉承家教，崇尚儒学，善于赋诗属文，更擅长骑射。思想上周旋于释道间，自号"独醉道者""独醉痴仙"，世祖中统二年为中书左丞相。应诏监修国史，封懿宁王，谥文忠。著有《双溪醉隐集》。

沙幕[1]

金节[2]煌煌下玉京，鱼丽[3]三十六屯兵。

一军电激[4]穿沙幕，万燧云繁战野营。

时大将北讨，偏师云繁，敌于大漠。

露布[5]

露布突驰争逐日，雷鞭挏递斗追风。

只自向时龙尾道[6]，竞来云集万宁宫[7]。

1．即沙漠。

2．诸侯使臣所持的符节。《周礼·秋官·小行人》达天下之六节：山国用虎节，土国用人节，泽国用龙节，皆以金为之。

3．即鱼丽阵，古代战阵名称。一说是以车居前，以伍次之的阵型；一说是将步卒队形环绕战车进行疏散配置的阵型。《左传·桓公五年》：曼伯为右拒，祭仲足为左拒，原繁、高渠弥以中军奉公为鱼丽之阵。先偏后伍，伍承弥缝。

4．闪电，比喻迅疾威猛。汉·班固《西都赋》：六师发逐，百兽骇殚，震震爚爚，雷奔电激。

5．写有文字并传布讯息的旗子，主要用于告捷、征讨等。《周书·吕思礼传》：沙苑之捷，命为露布，食顷便成。

6．源于战国时期的高台建筑，随着建筑高度的降低，其通道前高后卑，下塌于地。逶迤屈曲，宛如龙尾下垂而得名；后常代指朝廷。《新唐书·逆臣列传上·安禄山传》：李林甫、杨国忠更持权，纲纪大乱。禄山计天下可取，逆谋日炽，每过朝堂龙尾道，南北睥睨，久乃去。

7．金大定十九年在今北海建造精美的离宫别苑，先名大宁宫，后改今名；此处应代指某宫殿。《金史·地理志上》：京城北离宫有太宁宫，大定十九年建，后更为寿宁，又更为寿安，明昌二年更为万宁宫。

驻跸山

驻跸所也。

辕门鼙[1]角扬边雪，营幕旌旗掣朔风。

相与河山雄帝宅[2]，威棱[3]尤壮受降宫。

冬日即事[4]

征鸿南度老年华，渐觉冬来眼界多。

寒雪狂风颤林木，冻云残照锁关河。

高低山势黄沙碛，远近人家白草坡。

极目碧天人万里，醉邀明月一高歌。

蜡栀五万酬鞭直[5]，洴澼[6]百金真食封[7]。

萧散不萌争闹趣，真醇缪[8]觌养生慵。

---

1. 同"鼓"。

2. 皇都，皇宫。唐·骆宾王《艳情代郭氏答卢照邻》：洛水傍连帝城侧，帝宅层甍垂凤翼。铜驼路上柳千条，金谷园中花几色。

3. 也作"威棱"，威力、威势。《汉书·李广列传》：故怒形则千里竦，威振则万物状；是以名声暴于夷貉，威棱憺乎邻国。

4. 《四库全书》收《双溪醉隐集》目下《冬日即事》诗二首；有资料将其中第二首标为宋代人苏籀的诗歌，疑误。

5. 直，同"值"。唐·柳宗元《鞭贾》：有富者子，适市买鞭，出五万，持以夸余。视其首，则拳蹙而不遂；视其握，则蹇仄而不植；其行水者，一去一来不相承，其节朽墨无文；指之灭爪，而不得其所穷；举之，翻然若挥虚焉……今之栀其貌、蜡其言，以求贾技于朝者，当分则善，一误而过其分则喜，当其分则反怒。

6. 即洴澼纩。絖，同"纩"，在水上漂洗棉絮；澼纩，指医治皲手的药方，后泛指小技艺。《庄子·逍遥游》：庄子曰：夫子固拙于用大矣。宋人有善为不龟手之药者，世世以洴澼絖为事。客闻之，请买其方百金。聚族而谋曰："我世世为洴澼絖，不过数金；今一朝而鬻技百金，请与之。"客得之，以说吴王。越有难，吴王使之将，冬与越人水战，大败越人，裂地而封之。能不龟手，一也；或以封，或不免于洴澼絖，则所用之异也。今子有五石之瓠，何不虑以为大樽而浮乎江湖，而忧其瓠落无所容？则夫子犹有蓬之心也夫！

7. 享用所封食邑的租赋收入。《北史·韦孝宽传》：隋文帝追录孝宽旧勋，开皇初，诏国成食封三千户，收其租赋。

8. 同"穆"，真诚。

涤清研里憨凡笔，磨彻鉴中嚬[1]窘容。

伤早玄冥[2]僭[3]春令，狐裘羔酒[4]贮严冬。

沙碛[5]道中

去年寒食在天涯，寒食今年又别家。

天比天南人万里，春风开尽马莲花。

九月道中遇雪

密密痴云晓自凝，飘零踪迹断蓬轻。

幽禽底事啼长咽，流水何缘浪不平。

清梦未回人换世，万花应怨我寒盟。

故园回首肠堪断，雪满荒山瘦马行。

途中值雪

不禁风色避穷庐，寂寞行人止半途。

日暮关河云黯淡，晚来天地雪模糊。

千山未霁寒尤重，一鸟不飞人更孤。

旋拨寒炉一罇[6]酒，故人知我此情无。

1．同"颦"。

2．冬神之名，代指冬季。《礼记·月令》：孟冬之月，其帝颛顼，其神玄冥，余冬月皆然。

3．同"僭"。

4．即羊羔酒，也称羊羔美酒，产生于汉魏或更早，盛于唐宋，古人多有吟咏。宋·朱翼中《北山酒经·白羊酒》：腊月，取绝肥嫩羯羊肉三十斤，连骨，使水六斗已来，入锅煮肉，令息软，滤出骨，将肉丝擘碎，留着肉汁。炊蒸酒饭时，酌撒脂肉于饭上，蒸令软，依常拌搅，使尽肉汁六斗。泼馈了再蒸，良久卸案上，摊令温冷得所，拣好脚醅依前法酘拌，更使肉汁二升以来，收拾案上及元压面水，依寻常大酒法日数，但曲尽于酴米中用尔。

5．即今人所谓沙漠戈壁，此处应专指榆林、怀来之间的"沙碛"。宋·程大昌《北边备对》：大漠，言沙碛广莫，望之漠漠然，汉以后史家，变称碛。碛，沙漠也。又，清·祁韵士《万里行程记》：入沙碛，土人呼为戈壁，即古瀚海也。地以沙石为膏，如熔炼而成肤。

6．同"樽"。

金莲川[1]——驾还幸所也

金莲川上水云间，营卫清沉探骑[2]闲。

镇西虎旅临青海，追北龙骧[3]过黑山。

子史所载黑山不一，北中黑山又多，皆非子史中所见者。

欲雪

痴云泄泄[4]复溶溶[5]，底事龙公[6]睡起慵。

薄暮遥看岩岫失，夜阑空把斗牛封。

徘徊天外心无定，缭乱江头色正浓。

寄与西风莫吹散，梅花憔悴忆相逢。

1．原名曷里浒东川，即牛群头以北至桓州一带的滦河上源之河谷地区，曾经是辽、金、元三代帝王的避暑胜地。辽代为桓州辖地，是辽朝皇帝和契丹达官贵族们的游猎避暑之地；金代初为桓州威远军节度使、抚州镇宁军节度使所辖；金世宗大定八年五月狩猎于此，以"莲者连也，取其金枝玉叶相连之义"，将曷里浒东川命名为金莲川。此后，金朝历代皇帝就把这里作为夏"捺钵"的避暑胜地，在这里建凉陉离宫，即"景明宫""扬武殿"等。忽必烈于1251年曾在此设金莲川幕府，1256年始建城，1259年竣工，初名开平府，中统五年（1264年）改名上都，又名上京、滦京、滦阳，是元代两都之一。《金史·地理志》：桓州……曷里浒东川，更名金莲川，世宗曰："莲者连也，取其金枝玉叶相连之义。"景明宫，避暑宫也，在凉陉，有殿、扬武殿，皆大定二十年命名。又，《金史·世宗本纪上》：庚寅，改旺国崖曰静宁山，曷里浒东川曰金莲川。又，清·顾祖禹《读史方舆纪要卷十八·北直九》：金莲川堡东北百里。川产黄花，状若芙蕖，因名。金主雍大定十二年，如金莲川纳凉……元主忽必烈为诸王时，总漠南，开府金莲川，即此地也。

2．承担侦察任务的骑兵。唐·张乔《塞上》：雪晴迴探骑，月落控鸣弦。永定山河誓，南归改汉年。

3．英勇的军队。《旧五代史·庄宗本纪一》：梁有龙骧、神威、拱宸等军，皆武勇之士也，每一人铠仗，费数十万，装以组绣，饰以金银，人望而畏之。

4．云彩舒展缓慢飘动的样子。《诗经·大雅·板》：天之方难，无然宪宪。天之方蹶，无然泄泄。

5．广大，盛多。《旧唐书·礼仪志三》：旌旗有列，士马无哗，肃肃邕邕，翼翼溶溶，以至岱宗，顺也。

6．龙王。宋·苏轼《聚星堂雪》：窗前暗响鸣枯叶，龙公试手初行雪。映空先集疑有无，作态斜飞正愁绝。

大猎诗二首

营表交驰突骑过，射声云布已星罗。

诏官点检貔貅数，奏比年前百万多。

大驾将校猎，必同日发使一右一左，交周营表而还，然后就猎。

网络周陇[1]万里疆，幅员都是禁围场。

传言[2]羽猎争来道，有诏唯教静虎狼。

禁地围场，自和林南越沙沱，皆浚以堑，上罗以绳，名曰"扎什"，实古之虎落也。比岁大猎，特诏先殄除虎狼。

过骆驼山[3]

天作奇峰像橐驼，人间牧圉[4]肯来过。

只缘顽矿成无用，不识疮肩陟峻坡。

昔驾朱轮[5]白橐驼[6]，石驼曾见屡经过。

苍颜今日应难识，瘦马服箱[7]转旧坡。

醍醐

醍醐，本天竺语也，呼酥乳之精液为醍醐。

1．围猎禽兽的栏圈，也代指围墙。《后汉书·马融传》：于是周陇环渎，右矕三涂，左概嵩岳，面据衡阴，箕背王屋，浸以波、溠，霤以荥、洛。

2．传令，传话。《史记·绛侯周勃世家》：亚夫乃传言开壁门。壁门士吏谓从车骑曰："将军约，军中不得驱驰。

3．因山形似骆驼而得名，应即今内蒙古太仆寺旗境内骆驼山。清·金志章纂、黄可润增补《口北三厅志·山川》：在开平故城西南……当是察哈尔省正白旗境内，土人呼博索特门山者是也。

4．牛马，借指播迁中的君王车驾。《左传·僖公二十八年》：不有居者，谁守社稷？不有行者，谁扞牧圉？

5．王侯显贵所乘的车子，因用朱红漆轮而得名。《后汉书·祭遵传》：帝乃下舆章以示公卿。至葬，车驾复临，赠以将军、侯印绶，朱轮容车，介士军陈送葬，谥曰成侯。

6．即骆驼。据说白颜色骆驼为名贵品种，能远行且嗅觉灵敏。《史记·苏秦列传》：大王诚能用臣之愚计，则韩、魏、齐、燕、赵、卫之妙音美人必充后宫，燕、代橐驼良马必实外厩。

7．负载车箱，即驾车。宋·司马光《谢胡文学九龄惠水牛图二卷》：引耒刺中田，粒食烝民赖。服箱走四方，竭力任重载。

竺仙仙液养醍醐，甘露香融尽玉酥。

玉食自推天上味，八珍[1]谁更数淳母。

音模。《周礼》八珍，二曰"淳母"。煎醢加于黍食上，沃之以膏，曰淳母。

行帐八珍诗

往在宜都，客有请述行帐八珍之说，则此行厨八珍也。一曰醍醐，二曰廪沆，三曰驼蹄羹，四曰驼鹿唇，五曰驼乳麋，六曰天鹅炙，七曰紫玉浆，八曰元玉浆。

醍醐

众珍弹压[2]倒淳熬[3]，甘分教人号老饕。

饕大名非痴醉事，待持杯酒更持螯[4]。

《周礼》八珍第一曰"淳熬"，注曰"煎醢"，加于陆稻上，沃之以膏，曰"淳熬"。时予号四痴子，寻又号独醉道者。

廪沆

廪沆，马酮也。《汉》有挏马，注曰："以韦革为夹兜，盛马乳。挏治之，味酢可饮，因以为官。"[5]

---

1. 即后面《行帐八珍》诗所提到的八种珍贵饮食。

2. 将事物穷形尽相地描绘出来。宋·陆游《小饮赵园》：高林横霭丹青幅，乱蝶争花锦绣团。满眼风光索弹压，酒杯须似蜀江宽。

3. 古代八珍食品之一。《礼记·内则》：淳熬，煎醢加于陆稻上，沃之以膏，曰淳熬。

4. 持螯，即吃螃蟹，民间重阳节饮食风俗，流行于安徽、江苏、浙江等地。农历九月初九，民间有登山聚会食蟹的习俗，此时的螃蟹肉最鲜美，因而持螯把酒被视为人生一大乐事。《晋书·毕卓传》：得酒满数百斛船，四时甘味置两头，右手持酒杯，左手持蟹螯，拍浮酒船中，便足了一生矣。

5. 《礼乐志·大官·挏马酒》：注曰："以马乳为酒，言挏之味酢，则不然；愈挏治则味愈甘，挏逾万杵，香味醇浓甘美，谓之廪沆。廪沆，奄蔡语也，国朝因之"。又，汉·许慎《说文解字》：挏，拥也。汉有挏马官，作马酒。又，《汉书·礼乐志》：师学百四十二人，其七十二人给大官挏马酒，其七十人可罢。

玉汁温醇体自然，宛然灵液漱甘泉。

要知天乳[1]流膏露，（一作"天乳星主降甘露"）天也
分甘与酒仙。（一作"要知天驷流膏乳，天许分甘与
酒仙。"）

驼蹄羹

康居南鄙，伊丽迤西沙碛斥卤地，往往产野驼，与今双峰家驼无异，
肉极美；蹄为羹，有自然绝味。

独擅千金济美名，夤缘[2]遗味更腾声。

不应也许教人道，众口难调傅说羹[3]。

驼鹿唇

驼鹿北中有之，肉味非常，唇殊绝美，上方珍膳之一也。

麟脯[4]推教冠八珍，不甘滕口[5]说猩唇。

终将此意须通问，曾是和调玉鼎[6]人。

世号猩唇冠八珍之首，《吕氏春秋·伊尹说》：肉之美者，猩猩之唇。

软玉膏

---

1. 即天乳星，主降甘露。《隋书·天文志上》：亢，舟航也；池，水也。主送往
迎来。氐北一星曰天乳，主甘露。

2. 连络，绵延。唐·李白《愁阳春赋》：演漾兮夤缘，窥青苔之生泉。缥缈兮翩
绵，见游丝之萦烟。

3. 也作"傅说盐梅"，盐味咸，梅味酸，均为调味不可或缺；喻指国家所需的贤
才。《尚书·商书》：说筑傅岩之野，爰立作相。王置诸其左右，命之曰："朝夕纳
诲以辅台德，若金，用汝作砺；若济巨川，用汝作舟楫；若岁大旱，用汝作霖雨……
若作和羹，尔惟盐梅。

4. 干麒麟肉；后来也用来比喻极其少有。宋·刘过《四犯剪梅花·上建康钱大郎
寿》：麟脯杯行，狨鞯坐稳，内家宣劝。

5. 张口放言，滔滔不绝。《周易·咸》：九五：咸其脢，无悔。上六：咸其辅、
颊、舌。

6. 古代炊具的美称。《宋书·符瑞志下》：晋成帝咸康八年九月，庐江春谷县留
珪夜见门内有光，取得玉鼎一枚，外围四寸。

软玉膏，柳蒸羔也，好事者名之。

往寓六盘，羊多来自熙河，用梁吴均《枹罕·赤髓羊》之说，尝有此作，顷阅旧稿见之，因录之于此。

赤髓熏蒸软玉膏，不消割切与煎熬。

是须[1]更可教人笑，负鼎[2]徘徊困鼓刀[3]。

明妃[4]二首

汉使却回凭寄语，汉家三十六将军。

劝君莫话封侯事，触拨伤心不愿闻。

散花天上散花人，唯说香名更未闻。

薄命换遗仙寿在，不须青冢有愁云。

---

1. 务必，务须。金·董解元《西厢记诸宫调》卷三：是须休怕怖，请夫人放心无虑。

2. 类似于"治大国如烹小鲜"，比喻用烹调之道辅佐汤实现王道之事；后用以指辅佐帝王，担当治国之任。《史记·殷本纪》：伊尹名阿衡。阿衡欲奸汤而无由，乃为有莘氏媵臣，负鼎俎，以滋味说汤，致于王道。

3. 也作"屠牛朝歌"，比喻有才能者未被发现而受到重用。《汉书·王褒传》：是故伊尹勤于鼎俎，太公困于鼓刀，百里自鬻，甯子饭牛，离此患也。

4. 王昭君，名嫱，字昭君，乳名皓月，西汉南郡（今湖北省兴山县），生卒年不详。汉元帝时入宫，汉武帝时嫁于呼韩邪单于。晋代避司马昭讳，改称明君，后人又称之为明妃。《汉书·匈奴列传》：单于自言愿婿汉氏以自亲。元帝以后宫良家子王嫱字昭君赐单于。单于欢喜，上书愿保塞上谷以西至敦煌，传之无穷，请罢边备塞吏卒，以休天子人民。又，《后汉书·匈奴列传》：昭君字嫱，南郡人也。初，元帝时，以良家子选入掖庭。时，呼韩邪来朝，帝敕以宫女五人赐之。昭君入宫数岁，不得见御，积悲怨，乃请掖庭令求行。呼韩邪临辞大会，帝召五女以示之。昭君丰容靓饰，光明汉宫，顾景裴回，竦动左右。帝见大惊，意欲留之，而难于失信，遂与匈奴。生二子。及呼韩邪死，其前阏氏子代立，欲妻之，昭君上书求归，成帝敕令从胡俗，遂复为后单于阏氏焉。

郝经

（1223～1275年）字伯常（一作长），陵川（今山西晋城）人。家世业儒，其祖父郝天挺是元好问之师，郝经本人，则深受元好问的影响。少年颠沛，好读书。1256年应忽必烈之召任金莲川幕府幕僚，深受赏识。世祖即位后，授予翰林侍读学士之职，中统元年（1260年）以国信大使身份赴南宋议和，被贾似道扣留于真州（今江苏仪征）十余年，狱中"讲学不辍"。至元十三年（1276年）七月病逝，卒年五十三，封冀国公，谥文忠。有《续后汉书》与《陵川集》。思想上反对"华夷之辨"，而推崇"四海一家"的思想，主张天下一统。"陵川集诗，叙金亡事最详。"（顾嗣立《元诗选》初集，第411页）；"为文丰蔚豪宕，诗奇绝俊逸。"（刘龙《新刻陵川文集序》，《郝文忠公陵川文集序》）；"所著文集笔力雄深，议论该博。"（中书省移江西行省咨文（延佑五年五月初九日，《郝文忠公陵川文集序》）

开平[1]新宫[2]五十韵

日月旋天盖[3]，星辰合斗枢[4]。
光腾掌内铁，气绕泽中蒲。
金帛羞重赐，弓刀奋一呼。

---

1. 桓州又名开平，即元上都。唐为奚契丹地，金平契丹置桓州；宪宗五年命世祖居其地，第二年世祖命刘秉忠相宅桓州东、滦水北之龙冈，中统元年为开平府，五年加号上都，又称滦京、上京，在今内蒙古正蓝旗东。见陈孚《桓州》"桓州"条注。

2. 在开平城新营建的官殿。《元史·世祖本纪一》：岁丙辰，春三月，命僧子聪卜地于桓州东、滦水北，城开平府，经营宫室。

3. 因天圆如车盖覆于地上而得名。汉·刘安《淮南子·原道训》：是故大丈夫恬然无思，澹然无虑；以天为盖，以地为舆；四时为马，阴阳为御；乘云凌霄，与造化者俱。

4. 北斗七星的第一星，名天枢，泛指北斗。《宋书·符瑞志上》：黄帝轩辕氏，母曰附宝，见大电光绕北斗枢星，照郊野，感而孕。

真人翔灞上[1]，天马出余吾[2]。

尺棰[3]初开辟，群雄竞走趋。

无劳为更举，乘胜即长驱。

蹴踏千年雪，骁腾万里驹。

长城冲忽断，弱水[4]饮先枯。

肃杀威灵盛，驱除运会俱。

华夷（一作"寰区"）尘溷洞，天地血模糊。

地尽诸蕃外，兵穷两海隅。

九州皆瓦砾，万国一榛芜。

谁与重休息[5]，徒为妄骇吁。

治平须化日，杀伐岂良图？

---

1. 商山四皓辅佐惠帝典。《汉书·张良传》：汉十二年，上从破布归，疾益甚，愈欲易太子……置酒，太子侍。四人者从太子，年皆八十有余，须眉皓白，衣冠甚伟……四人为寿已毕，趋去。上目送之，召戚夫人指视曰："我欲易之，彼四人为之辅，羽翼已成，难动矣。吕氏真乃主矣。"……竟不易太子者，良本招此四人之力也。

2. 古水名，即今蒙古人民共和国境内的鄂尔浑河。《史记·匈奴列传》：后二岁，复使贰师将军将六万骑，步兵十万，出朔方……匈奴闻，悉远其累重于余吾水北，而单于以十万骑待水南，与贰师将军接战。

3. 比喻蒙古势力初露锋芒。《庄子·天下》：一尺之棰，日取其半，万世不竭。辩者以此与惠施相应，终身无穷。

4. 历史上有多处：一、额济纳河上游。《尚书·禹贡》：黑水、西河惟雍州。弱水既西；二、陕西洛水上游支流。战国·佚名《山海经·西山经》：劳山，弱水出焉，而西流注于洛；三、西域某一河流。《山海经·大荒西经》：西海之南，流沙之滨，赤水之后，黑水之前，有大山，名曰昆仑之丘。有神，人面虎身，有文有尾，皆白，处之。其下有弱水之渊环之，其外有炎火之山，投物辄然；四、似指今克什米尔西北部吉尔吉特附近印度河北岸支流，又名娑夷水。《旧唐书·高仙芝列传》：娑夷河，即古之弱水也，不胜草芥毛发。

5. 休养生息。《史记·吕太后本纪》：太史公曰：孝惠皇帝、高后之时，黎民得离战国之苦，君臣俱欲休息乎无为，故惠帝垂拱，高后女主称制，政不出房户，天下晏然。

圣子¹曾当璧²，神孙³会握符⁴。

铁山⁵深蕴玉，瀚海特生珠。

历数⁶终当在，讴歌信不诬。

欲成仁义俗，先定帝王都。

畿甸⁷临中国，河山拥奥区⁸。

燕云⁹雄地势，辽碣¹⁰壮天衢。

峻岭蟠沙碛，重门限扼狐¹¹。

侵淫冠带¹²近，参错土风殊。

1．即圣子神孙，指皇帝的子孙。《新唐书·藩镇宣武彰义泽潞列传》：天以唐克肖其德，圣子神孙，继继承承，千千万年，敬戒不息，全付所覆，四海九州，罔有内外，悉主悉臣。

2．立为国君的征兆。《左传·昭公十三年》：初，共王无冢适，有宠子五人，无适立焉。乃大有事于群望，而祈曰："请神择于五人者，使主社稷。"乃遍以璧见于群望，曰："当璧而拜者，神所立也，谁敢违之？"既，乃与巴姬密埋璧于大室之庭，使五人齐，而长入拜……平王弱，抱而入，再拜，皆厌纽。

3．皇帝后嗣的美称，即圣子神孙。见本诗"圣子"条注。

4．即皇帝位。《隋书·皇甫绩传》：绩遗子元书曰："皇帝握符受箓，合极通灵，受揖让于唐、虞，弃干戈于汤、武。"

5．古史记载的铁山有多处，此应位于西北方；《旧唐书》《新唐书》均记载吉利可汗退守铁山。《汉书·西域列传·莎车国传》：莎车国，王治莎车城，去长安九千九百五十里……东北至都护治所四千七百四十六里，西至疏勒五百六十里，西南至蒲犁七百四十里。有铁山，出青玉。

6．古代认为帝位相承和天象运行次序相应。《论语·尧曰》：尧曰："咨！尔舜，天之历数在尔躬。"

7．京城地区。《周书·萧詧传》：昔方千而畿甸，今七里而磐萦。寡田邑而可赋，阙丘井而求兵。

8．腹地，深处。《后汉书·班彪列传上》：右界褒斜、陇首之险，带以洪河、泾、渭之川。华实之毛，则九州之上腴焉；防御之阻，则天下之奥区焉。是故横被六合，三成帝畿，周以龙兴，秦以虎视。

9．燕指幽州，云指云州，中间隔着一座太行山，因此称为山前八州和山后八州。后以"燕云"泛指华北地区。《宋史·岳飞传》：飞表谢，寓me和议不便之意，有"唾手燕云，复仇报国"之语。

10．辽东和碣石都临近渤海，因而并称。《宋书·索虏列传》：圣朝承王业之资，奋神武之略，远定三秦，西及葱岭，东平辽碣，海隅服从，北暨钟山，万国纳贡，威风所扇，想彼朝野，备闻威德。

11．即野狐岭。

12．本指服制，引申为礼仪、教化。《韩非子·有度》：魏安釐王攻燕救赵，取地河东；攻尽陶、魏之地；加兵于齐，私平陆之都；攻韩拔管，胜于淇下；睢阳之事，荆军老而走；蔡、召陵之事，荆军破；兵四布于天下，威行于冠带之国；安釐王死而魏以亡。

> 翠拥和龙[1]柳，黄飞盛乐[2]榆。
>
> 岐山[3]鸣鷩鷩[4]，冀野牧駧騄[5]。
>
> 风入松杉（一作"山"，当非）劲，霜涵水草腴。
>
> 穹庐[6]罢迁徙，区脱[7]省勤劬。
>
> 阶士尊尧典[8]，卑宫[9]协禹谟[10]。

1．今吉林省延边境内。《辽史·地理志三》：兴中府。本霸州彰武军，节度。古孤竹国。汉柳城县地。慕容以柳城之北，龙山之南，福德之地，乃筑龙城，构宫庙，改柳城为龙城县，遂迁都，号曰和龙宫。慕容垂复居焉，后为冯跋所灭。元魏取为辽西郡。隋平高保宁，置营州。炀帝废州置柳城郡。唐武德初，改营州总管府，寻为都督府。万岁通天中，陷李万荣。神龙初，移府幽州。开元四年复治柳城。八年西徙渔阳。十年还柳城。后为奚所据。太祖平奚及俘燕民，将建城，命韩知方择其处。乃完葺柳城，号霸州彰武军，节度。统和中，制置建、霸、宜、锦、白川等五州。寻落制置，隶积庆宫。后属兴圣宫。重熙十年升兴中府。

2．在今内蒙古和林格尔县北。拓跋鲜卑始祖力微进驻盛乐，后由拓跋猗庐建立代政权，以盛乐为北都。《辽史·地理志五》：振武县。本汉定襄郡盛乐县。背负阴山，前带黄河。元魏尝都盛乐，即此。唐武德四年克突厥，建云中都督府……后更为县。

3．位于今陕西省岐山县境，上古称岐。周初立国于岐山，称岐周。《孟子·离娄》：文王生于岐周，卒于毕郢，西夷之人也。

4．古书上指的一种水鸟，似凫而大，赤目。相传雌雄双飞，比鸳鸯更恩爱。岐山鸣鷩鷩，即凤鸣岐山，周文王在岐山，有凤凰在附近的山上栖息鸣叫，后以此代指天下大治。《后汉书·贾逵传》：昔武王终父之业，鷩鷩在岐，宣帝威怀戎狄，神雀仍集，此胡降之征也。

5．北方产的一种毛色以青为主的野马，一直为历代名马，极得人们的重视。战国·佚名《山海经·海外北经》：北海内有兽，状如马，名駧騄，色青。

6．古代游牧民族居住的毡帐；也泛指北方游牧的少数民族。《周书·异域列传下·吐谷浑传》：虽有城郭，而不居之，恒处穹庐，随水草畜牧。见宋本《上京杂诗》"穹庐"条注。

7．也作"瓯脱"，匈奴语，意为"界上屯守处"，有人将它解释为"境上斥候之室"或"土穴"。元上都所在地区，应是当时东胡瓯脱的一个组成部分。《史记·匈奴列传》：遂取所爱阏氏予东胡。东胡王愈益骄，西侵。与匈奴间，中有弃地，莫居，千余里，各居其边为瓯。又，陈高华等《元大都元上都研究》：东胡活动以辽河上游西拉木伦河与老哈河流域为中心，匈奴则以今天黄河河套和阴山山脉地区为中心。两族之间有一千余公里的弃地无人居住，"各居其边为瓯脱"。

8．《尚书》篇目之一，记载唐尧的功德、言行。《汉书·儒林列传》：于是叙《书》则断《尧典》，称乐则法《韶舞》，论《诗》则首《周南》。

9．即卑宫菲食，指宫室简陋，饮食菲薄；用以称颂赞美朝廷自奉节俭的美德。《论语·泰伯》：禹，吾无间然矣！菲饮食，而致孝乎鬼神；恶衣服，而致美乎黻冕；卑宫室，而尽力乎沟洫。

10．大禹治国的方略。《新五代史·唐本纪》：乙卯，渤海国王大諲譔使大禹谟来。庚申，如河阳。又，宋·范仲淹《依韵酬李光化叙怀》：未必晚成轮早达，好将高笑代长吁。公余更励经邦业，思为清朝赞禹谟。

既能避风雨，何用饰金朱[1]。

栋宇雄新造，城隍[2]屹力扶。

建瓴增壮观，定鼎[3]见规模。

五让[4]登皇极，群生赐大酺[5]。

还闻却走马，即见弛威弧[6]。

简策[7]询前代，弓旌[8]聘老儒[9]。

恢弘回一气，徼幸绝多涂[10]。

雷雨施庞泽，乾坤洗旧污。

直为提赤子[11]，遂使出洪炉[12]。

远徼收疲薾[13]，穷边罢转输。

1．侯王佩系的金印朱绶。汉·扬雄《法言·孝至》：食如蟥，衣如华，朱轮驷马，金朱煌煌，无已泰乎？

2．城池。汉·许慎《说文解字》：城，以盛民也；隍，城池也。有水曰池，无水曰隍。

3．新皇朝定都建国。《史记·楚世家》：昔成王定鼎于郏鄏，卜世三十，卜年七百，天所命也。

4．古代帝王登极谦让以待贤能之仪。《史记·楚世家》：昭王病甚，乃召诸公子大夫曰："孤不佞，再辱楚国之师，今乃得以天寿终，孤之幸也。"让其弟公子申为王，不可。又让次弟公子结，亦不可。乃又让次弟公子闾，五让，乃后许为王。

5．百姓聚集在一起饮宴。《史记·秦始皇本纪》：王翦遂定荆江南地；降越君，置会稽郡。五月，天下大酺。

6．弓箭。《后汉书·张衡传》：建罔车之幕幕兮，猎青林之芒芒。弯威弧之拨刺兮，射嶓冢之封狼。

7．指史籍、典籍。《管子·宙合》：是故圣人著之简策，传以告后进。曰："奋盛，苓落也。盛而不落者，昧之有也。"

8．古代征聘之礼，用弓招士，用旌招大夫，借指延聘。《左传·昭公二十年》：昔我先君之田也，旌以招大夫，弓以招士。

9．1251年，忽必烈的长兄蒙哥即大汗位，忽必烈受任总理漠南汉地军国庶事，驻帐金莲川，着意延揽中原人才，兼通儒释道的刘秉中和硕儒窦默、许衡和姚枢等构成了金莲川幕府。《元史·世祖本纪一》：岁甲辰，帝在潜邸，思大有为于天下，延籓府旧臣及四方文学之士，问以治道。

10．徼幸，同"侥幸"；涂，通"途"。

11．孩提、赤子。《孟子·尽心》：孩提之童，无不知爱其亲也。又，《孟子·离娄下》：大人者，不失其赤子之心者也。

12．大才，大成就。《旧唐书·郑畋传》：臣伏见当道故检校司空、同平章事郑畋，瑞应星精，祥开月角；建洪炉于圣代，成庶绩于明时。

13．也作"疲苶"，疲困的样子。唐·杜甫《八哀诗·故司徒李公光弼》：扶颠永萧条，未济失利涉。疲苶竟何人，洒涕巴东峡。

江壖遗鄂岳，石窟弃巴渝。

刀槊存残骨，膏粱换毒痡[1]。

却令逢有道，免使叫无辜。

契阔还同室，鳏惸[2]得字孤。

八荒[3]皆寿域[4]，六合[5]极欢娱。

白叟休垂泣，苍生获再苏。

只知期用夏[6]，更拟论平吴[7]。

旭日冰天透，仁君雪国无。

终能到周汉，亦足致唐虞[8]。

遇主得知己，逢时合舍躯。

弭兵通信誓，奉诏敢踟蹰。

顿觉心田豁，还将肝纸刳[9]。

行行重回首，瑞气满闉（一作"阇"）阇[10]。

1．毒害，残害。《尚书·泰誓下》：今商王受狎侮五常，荒怠弗敬，自绝于天，结怨于民，斯朝涉之胫，剖贤人之心。

2．鳏，无妻或丧妻的男人；惸，同"茕"，没有弟兄。唐·白居易《初领郡政衙退登东楼作》：鳏惸心所念，简牍手自操。何言符竹贵，未免州县劳。

3．八个方向，泛指天下。《史记·秦始皇本纪》：秦孝公据殽函之固，拥雍州之地，君臣固守而窥周室，有席卷天下，包举宇内，囊括四海之意，并吞八荒之心。

4．人人得尽天年的太平盛世。《汉书·礼乐志》：愿与大臣延及儒生，述旧礼，明王制，驱一世之民，济之仁寿之域，则俗何以不若成康？寿何以不若高宗？

5．《史记·秦始皇本纪》：六合之内，皇帝之土。西涉流沙，南尽北户。东有东海，北过大夏。

6．用夏变夷，指以诸夏文化影响中原地区以外的僻远部族；此处指施展才能，帮助元朝定鼎天下。《孟子·滕文公上》：吾闻用夏变夷者，未闻变于夷者。陈良，楚产也，悦周公、仲尼之道，北学于中国，北方之学者，未能或之先也，彼所谓豪杰之士也。

7．勾践灭吴；借指建功立业的渴望。《史记·越王勾践世家》：句践已平吴，乃以兵北渡淮，与齐、晋诸侯会于徐州，致贡于周。

8．唐尧与虞舜的并称；也指尧与舜的时代，古人将其作为太平盛世的代表。《论语·泰伯》：舜有臣五人而天下治。武王曰："予有乱臣十人。"孔子曰："才难，不其然乎？唐虞之际，于斯为盛，有妇人焉，九人而已……"

9．比喻尽陈肺腑之言。《后汉书·董卓传》：夫以刳肝斫趾之性，则群生不足以厌其快，然犹折意缙绅，迟疑陵夺，尚有盗窃之道焉。

10．闉，瓮城的门；阇，城门上的平台；指京城。《诗经·国风·出其东门》：出其闉阇，有女如荼。虽则如荼，匪我思且。缟衣茹藘，聊可与娱。

沙陀[1]行

老鼠山[2]阴界墙北，隐隐磷磷起沙碛。

泉腴草美地高寒，王气瑰雄当斗极。

几回秦汉尽消沉，隔断中原没行迹。

陂陀弥漫重复重，旧泊新尖宛如一。

天倾海倒白浪枯，中有生龙千万匹。

云吞雾郁无畔岸，水滟烟浮川谷溢。

骤骠[3]窟宅簸荡宽，騄[4]驳康庄戛磨[5]密。

参差不断动鱼文[6]，汹瘇[7]相衔翻蚁隙。

喷风掣电脱兔疾，色别群分鲜锦织。

春回冻裂怒蹄啮，踏碎冰天轰霹雳。

分驰茁壮贾余俊，突兀权奇[8]绾生力。

角伏跏促口叉豁，目凸铜球凹沟脊。

1．西域境内大碛，即今古尔班通古特沙漠；又指沙陀突厥，其境内有此大沙漠，因以为名；此处应泛指北方沙漠之地。《元史·耶律希亮传》：希亮潜匿甘州北黑水东沙陀中。殿兵已过十余里，有寻马者适至，老婢漏言，众奄至，驱至肃州。

2．又名鼠山。清全志章纂、黄可润增补《口北三厅志·山川》：鼠山，兴和故城北。又，《元史·世祖本纪十三》：至元二十七年，驻跸老鼠山。

3．骤，赤毛白腹的马；骠，毛色呈鳞状斑纹的青马。

4．疑即騄駬，也作"騄耳"，传说中的周穆王八骏之一。关于八骏名称，有不同说法：一，以速度命名；二，以颜色命名。世多从后者，后来也泛指皇帝车驾。《穆天子传》卷一：天子之骏：赤骥、盗骊、白义、逾轮、山子、渠黄、华骝、騄耳。又，东晋·王嘉《拾遗记·周穆王》：王驭八龙之骏：一名绝地，足不践土；二名翻羽，行越飞禽；三名奔宵，夜行万里；四名超影，逐日而行；五名逾辉，毛色炳耀；六名超光，一形十影；七名腾雾，乘云而奔；八名扶翼，身有肉翅。

5．也作"戛摩""戛磨"，撞击摩擦。宋·司马光《资治通鉴·唐太宗贞观四年》：隋氏初营宫室，近山无大木，皆致之远方，二千人曳一柱，以木为轮，则戛摩火出，乃铸铁为毂。

6．箭袋。西晋·左思《蜀都赋》：若夫王孙之属，郤公之伦，从禽于外，巷无居人，并乘骥子，俱服鱼文。

7．通"肿"。

8．奇谲非凡，形容良马善行。《汉书·礼乐志》：太一况，天马下，沾赤汗，沫流赭。志俶傥，精权奇。

鲸鬣[1]澜翻凤臆[2]横，山字圆平尾梢直。

飘飘举是万里足，往往玉立八九尺。

雪压草根脂满口，不解人间有皂枥[3]。

腹脾气猛稳且驯，不喜牵笼喜迎敌。

隘视河山浑一抹，仰首西风听鸣镝。

古来伯乐未曾见，天下更无多马国。

国初西北半天红，房驷[4]光芒绕天策。

帐前白马飞下天，青草年年益蕃息。

开国一战何所须，木枪五千跨生驹。

百万山崩排堵墙[5]，乘胜逐北过燕都。

更得金源[6]四十万[7]，大青小青绝世无。

---

1. 鲸须。唐·皮日休《庚寅岁十一月新罗弘惠上人与本国同书请皮日休》：鲸鬣晓掀峰正烧，鳌睛夜没岛还阴。二千余字终天别，东望辰韩泪洒襟。

2. 凤凰胸脯，比喻骏马的前胸健壮秀美。《新唐书·隐逸列传·王绩传》：子闻蜚廉氏马乎？一者硃鬣白毣，龙骼凤臆，骤驰如舞，终日不释辔而以热死。

3. 也作"皂历""皂栎"，即马厩。《宋书·后废帝纪》：犬马是狎，鹰隼是爱；皂历轩殿之中，辔緤宸扆之侧。

4. 即房宿，星宿名，二十八宿之一，苍龙七宿之第四宿。古时候认为主车马，所以称之为天驷、房驷。《宋史·文苑列传三·路振传》：常作《祭战马文》曰：……房驷之精，降为骊骓。饮泉呀风，流沙激霆。

5. 墙垣。《礼记·射义》：孔子射于矍相之圃，盖观者如堵墙。射至于司马，使子路执弓矢，出延射曰："贲军之将，亡国之大夫，与为人后者不入，其余皆入。"盖去者半，入者半。

6. 金朝别称。女真语"金"曰"按出虎"，也作"爱新"。按出虎水即今黑龙江省哈尔滨市阿什河，河发源于此，因而得名金源。《金史·地理志上》：上京路，即海古之地，金之旧土也。国言"金"曰"按出虎"，按出虎水源于此，故名金源。建国之号，盖取诸此。

7. 金蒙扼狐岭、浍河之战发生于1211年，是成吉思汗第一次伐金战争中最关键的一战，也是整个蒙金战争中决定性的战役。在这次战役中，成吉思汗指挥十万大军于扼狐岭集中打击四十五万金国大军的中路十万军队，蒙军大胜；再经浍河堡战役，金国几乎丧失了所有精锐，从此再也没有能力抵抗蒙古铁骑，直到灭亡。《元史·木华黎传》：辛未，从伐金，薄宣德，遂克德兴。壬申，攻云中、九原诸郡，拔之，进围抚州。金兵号四十万，阵野狐岭北。木华黎曰："彼众我寡，弗致死力战，未易破也。"率敢死士，策马横戈，大呼陷阵，帝麾诸军并进，大败金兵，追至浍河，僵尸百里。

回戈却取西南夷，奄有渥洼[1]与余吾[2]。

长须巨鼻入监牧，大宛空群[3]王作奴。

昆仑蹴平饮河源，瑶池月窟皆长驱。

沙陀拓境数万里，骥騄[4]骁腾古无比。

金粟[5]堆空汉月沉，马上真人作天子。

衅端不在宴赐年，斗尾堆金势难止。

西域既定右臂举，皂旗随风便南指。

迅锋踏破李王城[6]，抄骑直入杏花营[7]。

小关[8]透漏潼关败，峣峰扶出汴梁惊。

黄流见底江汉狭，我马正渴方横行。

1．水名，在今甘肃省安西县境，传说产神马之处。《史记·乐书》：又尝得神马渥洼水中，复次以为《太一之歌》。

2．古水名。见前《开平新官五十韵》"余吾"条注。

3．唐·韩愈《送温处士赴河阳军序》：伯乐一过冀北之野，而马群遂空。夫冀北马多天下，伯乐虽善知马，安能空其群邪？解之者曰："吾所谓空，非无马也，无良马也。伯乐知马，遇其良辄取之群。"

4．良马。汉·王充《论衡·案书》：故马效千里，不必骥騄；人期贤知，不必孔墨。

5．钱粮。战国·商鞅《商君书》：国好生金于竟（境）内，则金粟两死，仓府两虚，国弱；国好生粟于竟（境）内，则金粟两生，仓府两实，国强。

6．西夏人称本国国王。因西夏曾受封于李唐，故称；一说，李王为西夏不儿罕王，即孛王，彭向前《西夏"李王"为"孛王"试说》对此有考证。《元史·木华黎列传》：秋八月，从驻青冢，监国公主遣使来劳，大飨将士，由东胜渡河，西夏国李王请以兵五万属焉。冬十月，复由云中历太和寨，入葭州，金将王公佐遁，以石天应权行台兵马都元帅。

7．即今开封市西20里杏花镇。元朝时，洛阳都亭驿改称周南驿，为大都通往山西及襄汉的重要驿站。洛阳地区为河南府路，河南府路是汴梁通陕西省的重要中转站，自汴梁西行，经杏花营等，过潼关进入陕西省，过华阴、华州至长安。《元史·太不花传》：十九年，察罕帖木儿图复汴梁。五月，以大军次虎牢。先发游骑，南道出汴南，略归、亳、陈、蔡，北道出汴东，战船浮于河，水陆并下，略曹南，据黄陵渡。乃大发秦兵，出函关，过虎牢；晋兵出太行，逾黄河，俱会汴城下，首夺其外城。察罕帖木儿自将铁骑屯杏花营，诸将环城而垒。

8．由陕西关中通往河南的小关隘。宋·司马光《资治通鉴·梁纪》：深曰："窦泰，欢之骁将。今大军攻蒲坂，则欢拒守而泰救之，吾表里受敌，此危道也。不如选轻锐潜出小关，窦泰躁急，必来决战，欢持重未即救，我急击泰，必可擒也。擒泰则欢势自沮，回师击之，可以决胜。"丞相泰喜曰："此吾心也。"乃声言欲保陇右。辛亥，谒魏主而潜军东出。癸丑旦，至小关。胡三省注：小关在潼关之左，唐时谓之禁谷。

中原无人马有足，残城破屋不足平。

风声鹤唳皆落胆，但言有马不问兵。

既平西海复南海，马鸣萧萧回旆旌。

归来罢战合长围，令如杀敌谁敢违。

包山络海数千里，两稍把手来年期。

一朝围合密铁匝，马耳戢戢¹为藩篱。

百兽拥起自冲蹙，骨牙挂角伤毛皮。

先开一面²放三日，然后共施弧矢威。

黄羊野马不足数，躏猎貔兕³驱熊罴。

赤雾不散肉山赭，乾坤模糊血淋漓。

长杨上林⁴莫大夸，舍长露短彼一时。

向令见此勿复猎，相如枉用多文辞。

以战为猎国俗然，狂乃万里皆鞭笞。

马多地广兵力劲，将士能将马为命。

终身骑射不离鞍，辛苦生狞殆天性。

每将饥渴勒狂横，一饱一肥无复病。

俊逸都无水草态，变化自有真龙性。

鼓鼙声动便开张，人人据鞍皆王良⁵。

直入饮血啮头颅，查牙生人润枯肠。

所向空阔都无敌，遂令四海皆天王。

1．密集的样子，形容战马众多。唐·于鹄《过凌霄洞天谒张先生祠》：戢戢乱峰里，一峰独凌天。下看如尖高，上有十里泉。

2．古代打猎时，合围之后要敞开一面供野兽奔突逃亡，以避免赶尽杀绝，比喻仁慈。《礼记·王制》：天子不合围，诸侯不掩群。

3．貔，古书上说的一种似狸而大的猛兽；兕，雌犀牛。唐·韩愈、李正封《晚秋郾城夜会联句》摧锋若貔兕，超乘如猱獖。逢掖服翻惭，缦胡缨可愕。

4．长杨，指扬雄《长杨赋》；上林，指司马相如《上林赋》。两赋极尽夸耀之能事，铺排描绘统治者狩猎场面的恢宏。

5．春秋时善于驭马的人。《孟子·滕文公下》：昔者赵简子使王良与嬖奚乘，终日而不获一禽，嬖奚反命曰："天下之贱工也。"或以告王良，良曰："请复之。"强而后可，一朝而获十禽，嬖奚反命曰："天下之良工也。"又，汉·王充《论衡·率性》：王良登车，马不罢驾；尧舜为政，民无狂愚。

馲驼锦背高崔嵬，玉帛万国来梯航[1]。

琵琶弦急曳落[2]高，酡颜半醉马乳香。

玉脂潋滟玻璃滑，浮动酥颗[3]金粟黄。

供官大群肉拥肿，挥霍澒洞如酒浆。

马头一璞惊孱颜，横截数尺琢玉鞍。

幨革编珠排碎锦，繁缨小铃络金镮。

前朝不数大无价，九采夺目谁敢看。

五花虎纹称装束，踏地恐破骄且闲。

大官牵来至尊御，马前拜舞朝百蛮。

此时息民立纪纲，泰山四维万世安。

地无与大兵无强，何用更举矛自残？

天生此马为天下，敌尽兵穷亦当罢。

五十年来不摘鞍，安得疮痍被王化？

但愿沙陀马无数，会见中原有新户。

深宫九重不动尘，永使骅骝脱羁鞚。

白山行

鸳鸯泺[4]东白石山，一峰峻削尤高寒。

金莲花拥玉芙蓉，奇秀谁教在此间。

顽冰积雪雕镂就，追琢琳琅露枯瘦。

1．梯与船，也作"梯杭"，是"梯山航海"的省语，意谓长途跋涉。《旧唐书·仆固怀恩传》：陛下不思外御，而乃内忌忠良，何以混一车书，而使梯航纳赆？天下至大，岂可暂轻。

2．即曳落河，突厥语，壮士、健儿；此处指曳落将士所唱歌曲。《新唐书·回鹘传》：安禄山反，劫其兵用之，号"曳落河"者也。曳落河，犹言健儿云。

3．柔腻松软的小颗粒。唐·白居易《阿崔》：腻剃新胎发，香绷小绣襦。玉芽开手爪，酥颗点肌肤。

4．又名鸳鸯坡、鸳鸯泺、遮里哈剌，蒙古语昂兀淖尔，即今张北县西北安固里淖儿，辽、金时期历为帝王狩猎之所。周伯琦《扈从诗后序》有介绍。《金史·地理志上》：大定十年置于燕子城，隶宣德州，明昌三年来属，有燕子城，国言曰吉甫鲁湾城，北羊城，国言曰火崦榷场，查剌岭，沩山，大渔泺，行宫有枢光殿。有双山，七里河，石井，虾蟆山，昂吉泺又名鸳鸯泺，得胜口旧名北望淀，大定二十年更。

雾披烟染不能青，草隐沙昏日依旧。

当时朱勔[1]若相逢，玉京不运万岁峰[2]。

华阳宫[3]中第一山，沉水灌洗金泥封。

瑰异无缘到华夏，岁岁年年聚羊马。

几回重着吟鞭[4]点，崔嵬貌作诗中画。

晓来雨过无尘埃（一作"埃尘"），落月冷浸光更新。

就中必有连城璧，世间谁过三刖人[5]。

---

1. 苏州人。因父亲朱冲谄事蔡京、童贯，父子均得官。当时宋徽宗垂意于奇花异石，朱勔奉迎上意，搜求浙中珍奇花石进献，用船从淮河、汴河运入京城，号称"花石纲"。《宋史·佞幸列传·朱勔传》：朱勔，苏州人……徽宗颇垂意花石，京讽勔语其父，密取浙中珍异以进……至政和中始极盛，舳舻相衔于淮、汴，号"花石纲"，置应奉局于苏，指取内帑如囊中物，每取以数十百万计。

2. 大都宫城西太液池上的琼华岛，至元八年改称万寿山，又称万岁山。用玲珑石堆叠而成，高数十丈。《元史·君祥列传》：至元三年，籍高丽民三百人为兵，令君祥统之。从秃花秃烈、伯颜等军，筑万寿山，复从开通州运河。又，元·陶宗仪《南村辍耕录·万岁山》：万岁山在大内西北太液池之阳，金人名琼华岛……引金水河至其后……然后东西流入于太液池。山上有广寒殿七间。仁智殿则在山半，为屋三间。山前白玉石桥，长二百尺，直仪天殿后……车驾岁幸上都，先宴百官于此。又，元·熊梦祥撰《析津志辑佚·河闸桥梁》：万岁山土，乃是畏兀儿之天山，又名金山。山之中有泉若乳，彼中名曰孙脑儿。金章宗与畏兀儿结缘，移北山并泉来燕，成此山，压其王气也。

3. 济南市郊东北部的一处古老的道观，位居济南华山之阳而得名，又名华山、华不注、金舆山，以奇秀著称。《魏书·地形志二中》：济南郡汉文帝为济南国，景帝为郡，凤汉建武中复为国，晋改……有黄台、华不注山、华泉、匡山、舜山祠、娥姜祠。又，明·王象春《齐音·元阳子》：晋元阳子，长白山人，得《金碧潜通》一书于伏生墓中，细为注解，携之修真于华阳宫。

4. 诗人的马鞭，多用以形容行吟的诗人。宋·陈亮《七娘子·三衢道中作》：卖花声断蓝桥暮，记吟鞭醉帽曾经处。

5. 卞和献玉，三刖三献，其璧即为后世连城璧。《韩非子·和氏》：楚人和氏得玉璞楚山中，奉而献之厉王。厉王使玉人相之。玉人曰："石也。"王以和为诳，而刖其左足。及厉王薨，武王即位。和又奉其璞而献之武王。武王使玉人相之。又曰："石也。"王又以和为诳，而刖其右足。武王薨，文王即位。和乃抱其璞而哭于楚山之下，三日三夜，泪尽而继之以血。王闻之，使人问其故，曰："天下之刖者多矣，子奚哭之悲也？"和曰："吾非悲刖也，悲夫宝玉而题之以石，贞士而名之以诳，此吾所以悲也。"王乃使玉人理其璞而得宝焉，遂命曰："和氏之璧。"

北山安得移山叟，[1]移向石淙玉溪口。

太湖乌玉都压倒，更添风月三千首。

古长城吟

长城万里长，半是秦人骨。

一从饮河复饮江，长城更无饮马窟。

金人又筑三道城[2]，城南尽是金人骨。

君不见，城头落日风沙黄，北人长笑南人哭。

为告后人休筑城，三代[3]有道无长城。

界墙雪

阴风播（一作"籔"）长岭，坤倪[4]忽轩豁。

嶙蚕生铁云，黯淡死灰发。

初来杂沙石，硬颗倾碎雹。

旋转进玉屑，一喷势愈恶。

劲发万弩齐，激去掣箭凿。

委积皆重搭，背左著点剟。

---

1. 愚公移山。《列子·汤问》：北山愚公者，年且九十，面山而居……率子孙荷担者三夫，叩石垦壤……寒暑易节，始一反焉……冀之南，汉之阴，无陇断焉。

2. 即金界壕，又称金长城、兀术长城，《金史》中又称界壕、壕堑、濠堑、壕垒、垣垒、垒堑、壕障、濠墙、界墙、边堡等。始建于金太宗天会年间，历时七十多年建成。经文物考古工作者反复调查，确认工程分主线、外线、复线。主线东起莫力达瓦达斡尔自治旗，西南经索伦、突泉、克什克腾贡格尔、正蓝旗直至阴山黄河后套平原；外线自额尔古纳河北岸经满洲里北直到蒙古国；复线从克旗天合园乡至广兴源乡。《金史·地理志上》：金之壤地封疆，东极吉里迷兀的改诸野人之境，北自蒲与路之北三千余里，火鲁火疃谋克地为边，右旋入泰州婆卢火所浚界壕而西，经临潢、金山，跨庆、桓、抚、昌、净州之北，出天山外，包东胜，接西夏，逾黄河，复西历葭州及米脂寨，出临洮府，会州、积石之外，与生羌地相错。见丘处机《出明昌界》"明昌界"条注。

3. 夏、商、周三个朝代，是儒家认可的理想时代。《论语·卫灵公》：斯民也，三代之所以直道而行也。

4. 坤，坤舆；倪，边际。坤倪，大地的边缘。《宋史·乐志十一（乐章五）》：告灵飨矣，锡我嘉祚。乾端坤倪，开豁呈露。

逌紧不暇飞，滚滚互团搭。

蟠空冻相粘，连缔浑欲阁。

漫天都一片，奚计席与箔。

何处觅界墙，人间无海岳。

顾盼已数尺，气偃惊骇愕。

慄慄寒作威，棱棱痛如斫。

模糊半垂面，酸楚痛（一作"欲"）拆脚。

我马不得前，我仆指已落。

重茧顿觉轻，透骨江纸薄。

挟纩殆儿戏，丰貂亦纤弱。

向晚耦陡黑，阴云肆饕虐。

横空怒潮头，压地塌天角。

平拉老鼠山，倒卷鸳鸯泊。

刀槊走柔然[1]，金鼓麾卫霍[2]。

竟夜遽呼号，乾坤碎磨错。

车从谷口没，人在冰底罨。

黎明递相寻，堆阜各挑拨。

还闻顿足歌，弯弧尽欣跃。

正好射黄羊，何须待销铄[3]。

长啸蹴踏去，天沙荡寥廓。

声绕霹雳弦，查牙竞禽缚。

平地深虎穽[4]，更不用矰缴[5]。

---

1. 也称蠕蠕、芮芮、茹茹、柔蠕等，公元4世纪末至6世纪中叶，继匈奴、鲜卑后，活动于我国大漠南北和西北广大地区的古代民族之一。《魏书·蠕蠕列传》：蠕蠕，东胡之苗裔也，姓郁久闾氏……自号柔然，而役属于国。

2. 指西汉名将卫青、霍去病，均以武功卓越著称；事迹见《史记·卫将军骠骑列传》。《晋书·虞预传》：牧野之战，吕望杖钺，淮夷作难，召伯专征，猃狁为暴，卫霍长驱。

3. 销融兵器，铸剑为犁。《史记·秦始皇本纪》：收天下兵，聚之咸阳，销以为钟鐻，金人十二，重各千石。

4. 捕虎的陷坑，比喻危险的境地。唐·李商隐《商于新开路》：六百商于路，崎岖古共闻。蜂房春欲暮，虎穽日初曛。

5. 古代用来射鸟的拴着丝绳的短箭。《史记·留侯世家》：鸿鹄高飞，一举千里。羽翮已就，横绝四海。横绝四海，当可奈何！虽有矰缴，尚安所施！

沥血嚼紫肝，流渐饮红酪。

雪盛马尤肥，皇天助幽朔。

资赋不畏寒，自得生处乐。

可笑嬴秦初，更叹金源末。

直将一抔土，欲把万里遏[1]。

隐墙日避冷，手弄不龟药[2]。

救死尚（一作"恐"）未能，奚暇更守捉[3]。

况乃天道北，斗极重旋斡。

黑雪是长安，飞洒过汴洛。

突兀无与强，万古入阴壑。

为告党家儿[4]，惟当守盟约。

君看销金帐，岂是疆戎索[5]。

1．四句主要指秦初、金末，分别修筑长城，以期抵御外来侵略而最终却失败的事。

2．指微才薄技。见耶律铸《冬日即事》"洴澼"条注。

3．泛指边防城堡。唐代军队戍守之地，较大者称军，小者称守捉，其下则有城有镇。《新唐书·兵志》：唐初，兵之戍边者，大曰军，小曰守捉，曰城，曰镇，而总之者曰道。

4．指粗俗的富贵人家。明·陈继儒《辟寒部》卷一：宋陶谷妾，本党进家姬，一日下雪，谷命取雪水煎茶，问之曰："党家有此景？"对曰："彼粗人，安识此景？但能知销金帐下，浅斟低唱，饮羊羔美酒耳。"

5．戎人法令，泛指法令。《左传·定公四年》：聃季授土，陶叔授民，命以《康诰》，而封于殷虚。皆启以商政，疆以周索。分唐叔以大路，密须之鼓，阙巩，沽洗，怀姓九宗，职官五正。命以《唐诰》，而封于夏虚，启以夏政，疆以戎索。

王恽

（1228～1304年），字仲谋，号秋涧，卫州路汲县（今属河南）人。至元五年（1268年）拜监察御史。历任河南、河北、山东、福建等地方官。后奉召回京师，官至翰林学士、知制诰。为人刚正不阿，秉公执法，受世祖赏识。著有《秋涧先生大全集》100卷。诗流露出对贫苦人民的同情，寄寓了政治上的感慨。"秋涧诗，才气横溢，欲驰骋唐宋大家间，然所存过多，颇少持择，必痛加芟削，则精彩愈见。"（顾嗣立《元诗选》初集一，乙集，第444页）。

飞豹行

中统二年冬十有一月，大驾北狩[1]，诏平章塔察公[2]以虎符发兵于燕[3]，既集。取道居庸，合围于汤山之东。逐飞豹取兽[4]，获焉。时予以事东走幕府，驻马顾盼，亦有一嚼之快。因作此歌以见从兽无厌之乐也。（予时为左司都事[5]）

---

1. 指与阿里不哥之战。《元史·世祖本纪一》：十一月壬戌，大兵与阿里不哥遇于昔木土脑兒之地……帝亲率诸军以蹑其后……癸酉，驻跸帖买和来之地……帝亲将诸万户汉军及武卫军，由檀、顺州驻潮河川……丁丑……移跸于速木合打之地。
2. 即塔察儿，世祖时任平章政事。《元史·高山传》：中统三年，高山因平章塔察兒入见世祖。
3. 即发兵扈从。《元史·兵志二》：元制，宿卫诸军在内，而镇戍诸军在外，内外相维，以制轻重之势，亦一代之良法哉……及世祖时，又设五卫，以象五方，始有侍卫亲军之属，置都指挥使以领之。而其后增置改易，于是禁兵之设，殆不止于前矣……用之于大朝会，则谓之围宿军；用之于大祭祀，则谓之仪仗军；车驾巡幸用之，则曰扈从军；守护天子之帑藏，则曰看守军；或夜以之警非常，则为巡逻军；或岁漕至京师用以之弹压，则为镇遏军。
4. 元代有以驯豹狩猎的习俗。耶律楚材《扈从冬狩》：御闲有驯豹，纵之以搏野兽。又，意大利·马可波罗著、冯承钧译《马可·波罗行记》：可汗有若干受过训练的豹子，以为捕兽之用。
5. 中统二年，王恽兼中书省左右司都事。《元史·王恽传》：二年春，转翰林修撰、同知制诰，兼国史院编修官，寻兼中书省左右司都事。

二年幽陵阅丘甲[1]，诏遣谋臣连夜发。

春蒐秋狝是寻常，况复军容从猎法[2]。

一声画鼓肃霜威[3]，千骑平岗卷晴雪。

长围渐合汤山[4]东，两翼闪闪牙旗[5]红。

飞鹰走犬汉人事，以豹取兽何其雄。

马蹄蹴麋欻[6]左兴，赤绦撇镞惊龙腾。

锦云一纵飞尘起，三军耳后秋风生。

豹虽逸才[7]不自惜，雨血风毛[8]摧大敌。

风烟惨淡晚归来，思君更上单于台[9]。

血埋万甲战方锐，爪牙[10]正藉方刚才。

古人以鹿喻天下[11]，得失中间系真假。

1．古代军赋制度四丘为甸，每甸出甲士三人，步卒七十二人。《汉书·刑法志》：二伯之后，浸以陵夷，至鲁成公作丘甲，哀公用田赋，搜、狩、治兵、大阅之事皆失其正。

2．古代天子狩猎有振武练兵的目的，不同季节称呼不同，一般为春蒐、夏苗、秋狝、冬狩。春秋·司马穰苴《司马法·仁本》：天下既平，天子大恺，春蒐秋狝，诸侯春振旅，秋治兵，所以不忘战也。

3．寒霜肃杀的威力。南朝·谢朓《高松赋奉竟陵王教作》：至于星回穷纪，沙雁相飞，同云决其无色，阳光沈而减晖，卷风飚之焱吸，积霰雪之严霏，岂雕贞于岁暮，不受令于霜威。

4．在昌平，辽、金和后世都有关于汤山的相关记载。《辽史·游幸表》：圣宗统和十年五月：射鹿于汤山。

5．旗竿上饰有象牙的大旗，多为主将主帅所建，也用作仪仗。《新唐书·仪卫志上》：第一黄龙负图旗队，第二黄鹿旗队，第三驺牙旗队，第四苍乌旗队，果毅都尉各一人检校。

6．xū，快速。

7．出众的才能。《后汉书·蔡邕列传》：伯喈旷世逸才，多识汉事，当续成后史，为一代大典。

8．也作"风毛雨血"，狩猎时禽兽毛血纷飞的情状。汉·班固《西都赋》：飑飑纷纷，矰缴相缠，风毛雨血，洒野蔽天。

9．汉武帝曾率军登临呼和浩特西单于台；后来晋、魏分别在平阳、渭城立单于台。《汉书·武帝本纪》：行自云阳，北历上郡、西河、五原，出长城，北登单于台，至朔方，临北河。

10．勇士、卫士。《诗经·小雅·祈父》：祈父！予王之爪牙。胡转予于恤，靡所止居。

11．逐鹿天下。《史记·淮阴侯列传》：秦失其鹿，天下共逐之。意即楚汉相争，用失鹿比喻秦失天下，各地涌现的英雄人物互相争夺。

元戎[1]兹猎似开先[2]，我作《车攻》[3]补《周雅》[4]。

大笑南朝曹景宗[5]，夸猎空惊弦霹雳。

何曾梦见北方强，竟堕闭车甘偃息[6]。

扬鞭回首汉家营，一点枪缨野烟[7]碧。

开平夏日言怀

土屋罂灯板榻虚，一缾一钵[8]似僧居。

半编翰草[9]从人读，两鬓霜华向晓梳。

---

1. 主将，统帅，此处指塔察儿。南朝·徐陵《移齐王》：我之元戎上将，协力同心，承禀朝谟，致行明罚。

2. 开端，起头。宋·张师正《括异志·后苑亭》：王者之兴，岂无开先之兆也。

3. 《诗经·小雅》中的名篇，内容叙述周宣王在东都会同诸侯举行田猎。《车攻》：我车既攻，我马既同。四牡庞庞，驾言徂东……之子于征，有闻无声。允矣君子，展也大成。

4. 指《诗经》中的《大雅》和《小雅》，因其均为周诗，故称"周雅"。唐·殷璠《〈河岳英灵集〉序》：开元十五年后，声律风骨始备矣，实由主上恶华好朴，去伪从真，使海内词场，翕然尊古；《南风》《周雅》，称阐今日。又，《隋书·经籍志四》：唐歌虞咏，商颂周雅，叙事缘情，纷纶相袭，包斯以降，其道弥繁。

5. 南北朝时期梁朝名将。出身将门，幼时就以勇猛闻名。后追随萧衍起兵，南征北战，立下赫赫战功。生性粗犷豪放，一生都在追求金戈铁马、铿锵有力的人生，但他嗜酒好色、奢靡浮华的性格一直为世人所不齿。《南史·曹景宗列传》：曹景宗，字子震，新野人也。父欣之，为宋将，位至征虏将军、徐州刺史。景宗幼善骑射，好畋猎……景宗在州，赋货聚敛……为人嗜酒好乐，腊月于宅中，使作野虏逐除，遍往人家乞酒食。

6. 敛藏退息。《后汉书·李膺列传》：愿怡神无事，偃息衡门，任其飞沉，与时抑扬。

7. 荒僻处的霭霭雾气。《旧唐书·文苑列传下·王维传》：维闻之悲恻，潜为诗曰："万户伤心生野烟，百官何日再朝天？秋槐花落空宫里，凝碧池头奏管弦。"

8. 缾，同"瓶"；钵，同"钵"。

9. 指文辞，此处应代指儒家经典。宋初宰相赵普，传说所读之书仅仅《论语》而已。宋·罗大经《鹤林玉露》乙编卷一：赵普再相，人言普山东人，所读者止《论语》，盖亦少陵之说也。太宗尝以此语问普，普略不隐，对曰："臣平生所知，诚不出此。昔以其半辅太祖定天下，今欲以其半辅陛下致太子。"普之相业，固未能无愧于《论语》，而其言则天下之至言也。又，《宋史·赵普传》：普少习吏事，寡学术，及为相，太祖常劝以读书。晚年手不释卷，每归私第，阖户启箧取书，读之竟日。及次日临政，处决如流。既薨，家人发箧视之，则《论语》二十篇也。

客子衾裯残梦短，暑天风物暮秋初。

故园松菊荒多少，岂不怀归畏简书[1]。

开平晚归

七月一日授翰职。[2]

龙首岗[3]边野草深，秋风滦水[4]动归心。

百年蓬巷开圭宝[5]，一日恩光照士林[6]。

吟鬓有光浮镜玉，家书封喜认泥金[7]。

1．用于告诫、策命、盟誓、征召等事的文书；也指一般文牍。《诗经·小雅·出车》：王事多难，不遑启居。岂不怀归？畏此简书。又，《后汉书·方术列传·段翳传》：翳为合膏药，并以简书封于筒中，告生曰："有急发视之。

2．似应为至元二十九年，史料记载有出入。王恽时年六十六岁。是年，胡祗遹等十名汉族儒士应诏至上都，授翰林学士、嘉议大夫。《元史·王恽传》：二年春，转翰林修撰、同知制诰，兼国史院编修官，寻兼中书省左右司都事……十四年，除翰林待制，拜朝列大夫、河南北道提刑按察副使……二十九年春，见帝于柳林行宫，遂上万言书，极陈时政。授翰林学士、嘉议大夫。又，王恽《老子衍义序》：壬辰冬，予应聘至都。

3．即龙冈，又名卧龙山。《明一统志卷五·万全都指挥使司》：卧龙山在旧开平北三里，元上都北枕龙冈，即此山也。

4．即滦河，古名濡水，因发源地有众多温泉而得名。濡后讹为濡，濡、滦音相近，唐朝时演化为滦，元朝又称"御河"或"上都河"。发源于河北丰宁，流经沽源、多伦、承德等入渤海。《元史·河渠志一》：滦河，源出金莲川中，由松亭北，经迁安东、平州西，濒滦州入海也。又，清·金志章纂、黄可润增续《口北三厅志·山川》：滦河，上都牧厂西，俗名上都河，即古濡水也。源出独石东北山中，西北流至乌兰城东，折而东北，经开平城南东流。

5．古代朝聘的礼器。《宋史·后妃列传下·哲宗昭慈圣献孟皇后》：王至南京，后遣宗室士及侁内侍邵成章奉圭宝、乘舆、服御迎，王即皇帝位，改元，后以是日撤帘，尊后为元祐太后。

6．文人士大夫阶层。此联应为描写至元二十九年恩诏姚燧等十名汉族儒士至上都，授翰林学士、嘉议大夫事。《元史·程钜夫传》：二十九年，又召钜夫与胡祗遹、姚燧、王恽、雷膺、陈天祥、杨恭懿、高凝、陈俨、赵居信等十人，赴阙赐对。

7．用泥金涂饰的笺帖；唐以来又用于报新进士登科之喜。《旧唐书·玄宗本纪下》：天子乃览云台之义，草泥金之札，然后封日观，禅云亭，访道于穆清，怡神于玄牝，与民休息，比屋可封。

料应晓月簾栊[1]底，乾鹊[2]飞来报好音。

　　甘不剌川[3]在上都西北七百里外[4]，董侯承旨[5]扈从北回，遇于榆林[6]。酒间因及今秋大狝之盛，书六绝以纪其事

络野笼山[7]卷朔陲，尽随汤祝慑天威。

客卿莫诧《长杨赋》，听说今秋第一围。

诗咏驺虞[8]发五豵，汉家围合万车同。

料应老上龙庭北，谷静川空说儁功。

千里阴山骑四周，休夸西伯渭滨游[9]。

---

　　1. 也作"帘笼"，指闺阁。唐·李昂《赋戚夫人楚舞歌》：汉王此地因征战，未出帘栊人已荐。风花菡苕落辕门，云雨裴回入行殿。

　　2. 即喜鹊。

　　3. 又称三不剌、散不剌、三卜剌、甘不剌等，蒙古语sainbulaq的音译，意谓"好泉子"，应是所说元上都之北凉亭；史料对此次狩猎活动多有记载。《元史·赵世延传》：先是，帝猎北凉亭，顾谓侍臣曰："赵世延先帝所尊礼，而帖木迭兒妄入其罪，数请诛之，此殆报私怨耳，朕岂能从之。"见柳贯《八月三日大驾北巡将校猎于散不剌，诏免汉官扈从，南旋有期，喜而成咏》"散不剌"条注。

　　4. 其具体位置史料记载稍有出入。元·袁桷《朱凤石屏记》：由开平西南行七百里，稍折西北，其地有泉如悬帘，五色贯射，在昔世祖皇帝名之曰三不剌，以其国语志之也。地旷衍，均成沙，居民鲜少。

　　5. 董文用，中统二十五年任职翰林学士承旨。《元史·董文用传》：世祖崩，成宗将即位上都，太后命文用从行。既即位，巡狩三不剌之地，文用曰："先帝新弃天下，陛下巡狩，不以时还，无以慰安元元，宜趣还京师。且臣闻人君犹北辰然，居其所而众星拱之，不在勤远略也。"帝悟，即日可其奏。

　　6. 榆林驿，又名榆林站，驿为日后文宗争位、燕铁木儿败上都王禅等兵之处；在今河北省。元·熊梦祥《析津志辑佚·属县·昌平县·山川》：安寨淤子口，通榆林站……昌平西北八十里至榆林。

　　7. 也作"笼山络野"，笼罩、围绕高山平原。《后汉书·班彪列传》：罘罔连纮，笼山络野，列卒周匝，星罗云布。于是乘舆备法驾，帅群臣，披飞廉，入苑门。

　　8. 又作虞官，《诗经·国风·召南》中的最后一篇，为天子管理鸟兽的官吏。《驺虞》：彼茁者葭，壹发五豵。于嗟乎驺虞！

　　9. 周文王猎渭水之滨得姜尚辅佐典。《史记·齐太公世家》：吕尚盖尝穷困，年老矣，以渔钓奸周西伯．西伯将出猎，卜之，曰："所获非龙非彲，非虎非罴；所获霸王之辅。"于是周西伯狩，果遇太公于渭之阳，与语大说，曰："自吾先君太公曰：'当有圣人适周，周以兴。'子真是邪？吾太公望子久矣。"故号之曰"太公望"，载于俱归，立为师。

今年较猎饶常岁，一色天狼[1]四十头。

万里宣威见令行，君王耀德岂观兵。
我诗拟配岐阳[2]鼓，要与周宣[3]作颂声。

今年大狝蹒林秋，青兕[4]黄羊以万筹。
摇吻戍儿欣有语，好云从此到南楼。

金秋天饷[5]住冬粮，万穴空来杀气苍。
渴饮马酮饥食肉，西风低草看牛羊。

送刘侍御[6]分司上都兼呈中丞王子初[7]

何者功名是丈夫，细思初不外民区。
油油云叶从中合，盼盼群情待一苏。
造命岂容论气数，当筵能尽是雄图。
圣恩思治方宵旰[8]，几问南熏解愠[9]无。

1．即白狼，《国语·周语上》：王不听，遂征之，得四白狼，四白鹿以归。自是荒服者不至。

2．岐山之南。《史记·楚世家》：昔夏启有钧台之飨，商汤有景亳之命，周武王有盟津之誓，成王有岐阳之蒐，康王有丰宫之朝，穆王有涂山之会，齐桓有召陵之师，晋文有践土之盟，君其何用？

3．周宣王，此处代指元世祖。

4．青兕牛，古代犀牛类兽名，一角，青色。《宋史·辛弃疾传》：义端曰："我识君真相，乃青兕也，力能杀人，幸勿杀我。"弃疾斩其首归报，京益壮之。

5．同"饟"，馈赠。

6．此处刘侍御似应为刘叔谦；御史台分司上都，刘叔谦时任侍御史。同时期诗人张之翰作有《满江红·送刘叔谦御史》。

7．御史中丞王复。王恽《故正议大夫前御史中丞王公墓志铭并序》：公讳复，字子初，初名趾麟，伯其字……世家沧州……明年，超擢陕西四川道提刑按察使，寻拜嘉议大夫、行台御史中丞。

8．即宵衣旰食，天不亮就穿衣起身，天黑了才吃饭，形容非常勤劳；多用以称颂帝王勤于政事。唐·李世民《命皇太子监国诏》：宵衣旰食，忧六宫之未安；寒心销志，惧一物之失所。

9．消除怨怒。《孔子家语·辩乐解》：昔者舜弹五弦之琴，造《南风》之诗，其诗曰：南风之薰兮，可以解吾民之愠兮。南风之时兮，可以阜吾民之财兮。

郊送云叟公[1]

宝鞍尘土满香罗，因送行台[2]振玉珂。

出郭快于鹰脱鞲，归怀争奈縠移窠。

夕阳明处乱山浅，碧草深时氉帐多。

自恨囊锥无利颖[3]，青云[4]台阁[5]半常何。

送吴僧清琬[6]长游上都

颅骨巉巉犀插脑[7]，翻经休作越僧看。

洁蠲[8]心行（一作"地"）抛尘累，飞跳天星得妙观。

---

1. 王文统，号云叟，金北京路大定府（即元代大宁府）人，一说益都人。忽必烈即位第二个月即被拔擢为中书平章政事。《元史·叛臣列传·王文统传》：王文统，字以道，益都人也。少时读权谋书，好以言撼人……文统为人忌刻……文统犹枝辞傍说，终不自言"臣罪当死"，乃命左右斥去，始出就缚……诸臣皆曰："当死。"……文统乃伏诛。

2. 始于魏晋，金、元时，因辖境辽阔，按中央制度分设各地区的派出机构，有行中书省即行省，行枢密院即行院，行御史台即行台，分别执掌行政、军事及监察权。《元史·百官志一》：世祖即位，登用老成，大新制作，立朝仪，造都邑，遂命刘秉忠、许衡酌古今之宜，定内外之官。其总政务者曰中书省，秉兵柄者曰枢密院，司黜陟者曰御史台……在外者，则有行省，有行台，有宣慰司，有廉访司。

3. 即毛遂自荐。《史记·平原君虞卿列传》：平原君曰："夫贤士之处世也，譬若锥之处囊中，其末立见。今先生处胜之门下三年于此矣，左右未有所称诵，胜未有所闻，是先生无所有也。先生不能，先生留。"毛遂曰："臣乃今日请处囊中耳。使遂蚤得处囊中，乃颖脱而出，非特其末见而已。"平原君竟与毛遂偕。

4. 高官显爵。《史记·伯夷列传》：闾巷之人，欲砥行立名者，非附青云之士，恶能施于后世哉。

5. 东汉以尚书直接辅佐皇帝以处理政务，以削弱三公之权，因尚书台在宫禁内，因而得名。《后汉书·仲长统传》：光武皇帝……政不任下，虽置三公，事归台阁。

6. 其人待考。

7. 即伏犀插脑，指鼻上伏犀骨隆起直贯发际。唐·韩愈《送僧澄观》：有僧来访呼使前，伏犀插脑高颊权。惜哉已老无所及，坐睨神骨空潸然。

8. 除去繁杂，使之简洁。《宋史·乐志八》：祇祓禖坛，洁蠲羊豕。博硕肥腯，爰具牲醴。

化日[1]阎浮天竺[2]小，秋风兰若[3]野僧残。

回头清磬[4]千门里，昙钵花[5]鲜照眼寒。

闻诏[6]

滦水嵩呼[7]万岁觞，纶章[8]飞下紫泥香。

九天空有风云梦，万国争依日月光。

草木变衰元气[9]活，乾坤开霁老阴[10]藏。

两都耆旧欣相告，四十年来未省尝。

1．太阳光，借指白昼。《宋史·乐志十二》：化日初长，时当暮春。蚕事方兴，惟后惟嫔。

2．也作"阎扶"，即阎浮提，梵语，意谓南赡部洲；阎浮，树名，围七由旬，高百由旬；提为"提鞞波"之略，意译为洲，洲上阎浮树最多，故称阎浮提，诗文中多指人世间。《宋书·夷蛮列传·阇婆婆达国传》：名大宋扬州大国大吉天子，安处其中，绍继先圣，王有四海，阎浮提内，莫不来服。天竺，原指天竺国，也为佛寺名；此处指山峰名，在浙江杭州市灵隐山飞来峰之南。又，《宋史·礼志五》：绍兴二年三月苦雨，命往天竺山祈晴，即日雨止。

3．指寺院，梵语阿兰若的省称，意为寂净，无苦恼烦乱之处。《旧唐书·武宗本纪上》：敕祠部检括天下寺及僧尼人数。大凡寺四千六百，兰若四万，僧尼二十六万五百。

4．佛寺中使用的一种钵状物，用铜铁铸成，既可作念经时的打击乐器，亦可敲响集合寺众。唐·贯休《山居诗二十四首》其一：休话喧哗事事难，山翁只合住深山。数声清磬是非外，一个闲人天地间。

5．即优昙钵花，一种常绿灌木，花大，白色，多在夜间开放，时间很短，供观赏。《法华经·方便品》：佛告舍利弗，如是妙法，诸佛如来时乃说之，如优昙钵花时一现耳。又，《南史·齐武帝诸子列传》：子良启进沙门于殿户前诵经，武帝为感梦见优昙钵花。子良案佛经宣旨，使御府以铜为花，插御床四角。

6．应是至元二十九年事。见《开平晚归》"七月一日授翰职"条注。

7．指臣下祝颂帝王，高呼万岁。《史记·封禅书》：三月，遂东幸缑氏，礼登中岳太室。从官在山下闻若有言"万岁"云。问上，上不言；问下，下不言。于是以三百户封太室奉祠，命曰"崇高邑"。东上泰山，泰山之草木叶未生，乃令人上石立之泰山巅。

8．诏书。宋·范仲淹《苏州谢就除礼部员外郎表》：忽降纶章，荐加宠数。而况辟图书之府，切处于深严；践云龙之庭，当备于顾问。

9．泛指宇宙自然之气。战国·鹖冠子《鹖冠子·泰录》：故天地成于元气，万物乘于天地，神圣乘于道德，以究其理。

10．宋·黎靖德《朱子语类卷一三七·战国汉唐诸子》：《易》中只有阴阳奇耦，便有四象，如春为少阳，夏为老阳，秋为少阴，冬为老阴。

水龙吟·送崔中丞[1]赴上都

绿杨一道飞花，绣花乱点如晴雪。都门几日，翠鸾回畛，情驰魏阙。顷不忘君，时虽多暇，远犹辰说。道六条尽备，诸人多样，卒难应，和鸾节。

物胜自余芽栟，恐多输、豸霜摧折。人无定志，事随云变，莫扪渠舌。百步穿杨，空拳搏虎，岂容重发。望君侯早晚，去登黄阁，作调元客。

毳幕卓歇图[2]

牙旗风软马萧萧，渭水归来气更豪。
想得龙沙西北道，际天秋草黑山高。

跋苏武持节图[3]

使华往返见交兵，老我何尝系重轻。
已分横身膏草野，茂陵松柏梦秋声。

君臣义合以忠持，十九年间节可知。
邂逅论□几侮死，区区才得典诸夷[4]。

两行衰泪血沾襟，一节酬恩北海深。
卫律[5]有知惭即死，更来游说此何心。

---

1. 似应为御史中丞崔彧。《元史·崔彧传》：崔彧，字文卿，小字拜帖木兒，弘州人。负才气，刚直敢言，世祖甚器重之……寻奉旨钩考枢密文牍，遂由刑部尚书拜御史中丞。

2. 卓歇，指牧人搭立帐幕歇驻；卓歇图，描绘少数民族骑队在出猎后歇息饮宴的情景，其作者尚有争议，一说为胡瓌；约为辽金时作品，或稍早；现藏于北京故宫博物院。

3. 以苏武持节为题材的画作甚多，王恽所跋《持节图》其作者、时代待考。

4. 苏武使匈奴，被拘押十九年，持汉节牧羊；后归汉，被任为典属国。《汉书·昭帝本纪》：杨中监苏武前使匈奴，留单于庭十九岁乃还，奉使全节，以武为典属国，赐钱百万。

5. 其父为长水胡人，律自幼长于汉，与协律都尉李延年相友善，受延年举荐出使匈奴。延年涉罪，律怕受牵连而降匈奴，为丁灵王，曾参与迫降苏武。《汉书·李广苏建列传》：单于壮陵，以女妻之，立为右校王，卫律为丁灵王，皆贵用事。卫律者，父本长水胡人。律生长汉，善协律都尉李延年，延年荐言律使匈奴。使还，会延年家收，律惧并诛，亡还降匈奴。匈奴爱之，常在单于左右。

王昭君出塞图[1]

绝色当年冠汉宫，谁移尤物使和戎？
流连不重君王欲，延寿丹青似有功。

朔漠风沙异紫台，琵琶心事欲谁开？
人生正有新知乐，犹胜昭阳赤凤来。

蔡琰归汉图

明妃光宠照龙沙，枉说琵琶忆汉家。
去住两难心最苦，就中哀怨是胡笳。

题胡笳十八拍图

汉世妇人传家业、善文词者前曰班氏，后称文姬琰，不幸遭乱失身，发愤知耻，至发而为辞章者而已。如是在东汉文章清而不俚者也，其音调凄楚，缘琴翻声，律协笳拍而于音学曲尽窈眇，可谓不堕中郎之业矣。今观是图，其情义相牵，不克自制之怀犹可想见。于当时也，此词即唐刘商所作，以七言较之，益无疑矣。因题五诗于后，拟之骚人之意云。

画却春山理素琴，翠帘香锁落花深。
岂知中有胡笳恨，吹折关山一寸心。

胡笳翻曲太含情，不道仓皇义重生。
旧怨未平新恨叠，雁声才罢又边声。

乾翻坤覆困蛇龙，女子柔衷鲜克终。
全著靡他论蔡琰，不知何地置扬雄。

憔悴风沙十二年，得归情义转相牵。

---

1. 以昭君出塞为题材的画作甚多，王恽所题之《王昭君出塞图》其作者、时代待考。

39

董郎[1]庭户虽依旧，已是兰摧白骨前。

才慧其如薄命何，犹能知耻见悲歌。
寥寥谁识班姬后，得续离骚幸尽多。

1．董祀，蔡文姬归汉后所嫁丈夫。《后汉书·列女传·董祀妻传》：陈留董祀妻者，同郡蔡邕之女也，名琰，字文姬。博学有才辩，又妙于音律。适河东卫仲道。夫亡无子，归宁于家。兴平中，天下丧乱，文姬为胡骑所获，没于南匈奴左贤王，在胡中十二年，生二子。曹操素与邕善，痛其无嗣，乃遣使者以金璧赎之，而重嫁于祀。

刘敏中

（1243～1318年），字端甫，自号中庵。济南章丘（今属山东）人。自幼卓异不凡，曾任中书掾、兵部主事、监察御史等职，因弹劾秉政的桑哥，辞职归乡。后又入为御史、御史都事、翰林直学士，兼国子祭酒、翰林学士承旨等，还曾宣抚辽东山北，拜河南行省参政等。刘敏中一生为官清正，以时事为忧。敢于对贵胄横暴绳之以法，并上疏指陈时弊。仕世祖、成宗、武宗三朝，多为监察官，受到皇帝的嘉纳。有《中庵集》25卷。延祐五年卒，年七十六。赠光禄大夫、柱国，追封齐国公，谥文简。

上都凉甚喜书四绝

遥遥瑞气笼金阙[1]，隐隐明河[2]傍玉楼[3]。
四海暑天三伏夜，六街[4]凉月万家秋。

地爽天高暑不神，观光[5]何限太平人。
一时同在清凉城，万幸私怜老病身。

去岁如今汗满巾，到秋脱得甑中身。
此来静拥黄细睡，却念南州病暍人。

火地炎炎畏景长，九霄天府独清凉。

---

1. 道家认为天上有黄金阙，为仙人或天帝所居；此处指天子所居的宫阙。《北齐书·颜之推传》：初召祸于绝域，重发衅于萧墙。虽万里而作限，聊一苇而可航，指金阙以长镑，向王路而蹶张。

2. 天河，银河。唐·宋之问《明河篇》：明河可望不可亲，愿得乘槎一问津。更将织女支机石，还访成都卖卜人。

3. 传说中天帝或仙人的居所。《宋书·乐志十六（鼓吹下）》：秋月冷，秋鹤无声。清禁晓，动皇情。玉笙忽断今何在？不知谁报玉楼成。

4. 唐京都长安的六条中心大街，北宋汴京也有六街；后泛指京都的大街和闹市。《新唐书·百官志上》：左右翊中郎将府中郎将，掌领府属，督京城左右六街铺巡警，以果毅二人助巡探。

5. 观览国之盛德光辉。《晋书·邓诜、阮种、华谭、袁甫列传》：史臣曰：夫缉政厘俗，拔群才以成务；振景观光，俟明主而宣绩。

恩纶[1]昨自金銮下，便觉清凉遍四方。

上都视草堂书事呈郑潜庵[2]

眼花书册倦，茗椀坐来添。

人对鳌峰静，天临凤阙严。

城烟青冉冉，檐雨白纤纤。

缅想君恩重，叨荣不敢廉。

时有旨，集贤、翰林不许请老补外[3]。

霍清甫[4]留宿上都宣徽[5]后亭，是夜觅酒不得

窈窕轩窗静客心，爱公朝市有山林[6]。

清风急雨传秋早，淡月微云觉夜深。

1．恩诏。《礼记·缁衣》：王言如丝，其出如纶。王言如纶，其出如綍。故大人不倡游言。

2．袁桷有《寿郑潜庵》《书郑潜庵李商隐诗选》等诗文。元·陆友仁《研北杂志》卷上：郑潜庵先生，太末人。两入翰林，纂修凡例，多出其手。清言介行，每谈数百年承平事，不绝口。

3．请老，告老，古代官吏请求告老还乡。《左传·襄公三年》：祁奚请老，晋侯问嗣焉。称解狐，其仇也，将立之而卒。补外，京官调外地就职。又，宋·曾巩《又祭亡妻晁氏文》：今蒙恩补外，道出东南，敢启蒉官，进登舟御，闲关回阻，将致乡园。又，《元典章·吏部·致仕》：今后内外官员有及七十者，拟自三品以下，验所历日月，于应得资品上优于散官致仕。其德望素著、为时所重、翰林集贤侍从老臣备朝廷咨询者，不拘此例。

4．曾任监察御史、廉访使等职；元代诗人侯克中有《寄刘牧之霍清甫二廉访》。元·陈元靓《事林广记别集卷八·蜜酒法》：如夜静饮一二盏，以助道力兼除百病。此酒霍清甫侍御常造，余饮之二三次，极妙。又，元·陶宗仪《南村辍耕录·玉辘轳》：霍清甫治书云：考古图载古衣服，今有玉辘轳、玉具剑。

5．元代实施分省制，这里指设在上都的宣徽院分支机构。《元史·百官志三》：宣徽院，秩正三品，掌供玉食……与尚食、尚药、尚醖三局，皆隶焉。

6．朝市，朝廷；山林，指霍清甫留宿的宣徽院，古谓大隐隐于朝，诗歌借以颂赞霍清甫内心的清净高洁。东晋·王康琚《反招隐诗》：小隐隐陵薮，大隐隐朝市。伯夷窜首阳，老聃伏柱史。

一榻清欢[1]非宿约[2]，百年情话[3]入幽吟。

几时有酒来呼我，剩与灯前细细斟。

上都答耶律梅轩[4]左丞[5]见赠

参戎初识文昌[6]府，衣绣重逢海岱邦[7]。

尚记春波送南浦，不忘明月上东窗。

相门出相人空羡，家学承家世可双。

遗我新诗慰牢落，他时何处话滦江。

昔与公同事兵曹，尝有《明月上东窗》十诗，颇当公意。后每见，公辄诵之。海岱邦，谓公提刑山东，治吾州济南时也。公，中书湛然（按：

1．清雅恬适之乐。唐·冯贽《云仙杂记·少延清欢》：陶渊明得太守送酒，多以春秋水杂投之，曰："少延清欢数日。"

2．事先邀约。《宋史·虞允文传》：既而敌遣伪诏来谕王权，似有宿约。允文曰："此反间也。"

3．知心话。东晋·陶潜《归去来兮辞》：归去来兮，请息交以绝游。世与我而相违，复驾言兮焉求。悦亲戚之情话，乐琴书以消忧。

4．即耶律希逸。大蒙古国中书令耶律楚材之孙，元中书左丞相耶律铸第九子，字羲甫，一说义甫，号柳溪，又号梅轩。至元年间曾为山东东西道提刑按察使，仕至御史中丞。《元史·成宗本纪四》：庚寅，诏遣奉使宣抚循行诸道：以郝天挺、塔出往江南、江北，石珪往燕南、山东，耶律希逸、刘赓往河东、陕西。

5．大德三年十月，元朝借口高丽国王不能服其众，下诏任命阔里吉思为征东行省平章政事、耶律希逸为左丞，以天子"耳目官"的身份，同赴高丽。《元史·外夷列传一·高丽传》：五月，哈散使高丽还，言昵不能服其众，朝廷宜遣官共理之。遂复立征东行省，命阔里吉思为高丽行省平章政事。

6．原指文昌星，又名文曲星。相传文曲星主文才，后指有文才的人；此处借指儒士。《汉书·天文志》：斗魁戴筐六星，曰文昌宫：一曰上将，二曰次将，三曰贵相，四曰司命，五曰司禄，六曰司灾。又，《晋书·天文志上》：文昌六星，在北斗魁前，天之六府也，主集计天道。一曰上将，大将军建威武。二曰次将，尚书正左右。三曰贵相，太常理文绪。四曰司禄、司中，司隶赏功进。五曰司命、司怪，太史主灭咎。六曰司寇，大理佐理宝。所谓一者，起北斗魁前近内阶者也。又，唐·裴说《怀素台歌》：我呼古人名，鬼神侧耳听：杜甫李白与怀素，文星酒星草书星。永州东郭有奇怪，笔冢墨池遗迹在。

7．海，渤海；岱，泰山。时耶律希逸任山东东西道提刑按察使，王恽任按察副使。《史记·夏本纪》：海岱维青州：堣夷既略，潍、淄其道。其土白坟，海滨广潟，厥田斥卤。

耶律楚材）之孙，左丞相双溪（按：耶律铸）之子，博学多能，尤长于诗，时行省高丽，至是来朝，会于上都，故有是诗。滦江，上都水名也。

崇真宫[1]提点[2]吴成季自号闲闲[3]。
扁其居室曰"冰雪相看"，以卷微言，为书三绝句
（又题作《吴闲闲冰雪相看堂三首》）

闲闲谁道不闲闲，身似苍松耐岁寒。
读罢黄庭[4]静无事，一簾冰雪淡相看。

冰清雪白两奇绝，不救夜堂心内热。
道人有道人不知，暑天踏地皆冰雪。

冰雪双清自一奇，洞然唯有此心知。
会经槁木寒灰起，却在冰融雪释时。

1．即崇真万寿宫，简称崇真宫，元世祖为道教宗师张留孙敕建于上都、大都的道观，是上都最重要玄教道观，大都崇真宫建于至元十四年，上都崇真宫建成时间应与此相仿佛。玄教宗师张留孙、吴全节、薛玄曦等先后于此与文人游赏聚会，往来唱和。具体位置待考。《元史·释老列传·张留孙传》：帝后大悦，即命留孙为天师，留孙固辞不敢当，乃号之上卿，命尚方铸宝剑以赐，建崇真官于两京，俾留孙居之，专掌祠事。又，袁桷《玄教宗师张公家传》：建崇真宫于两京，俾留孙居之，专掌祠事。

2．官职名，宋置，掌司法、刑狱、河渠。吴全节、薛玄曦均曾"提点上都万寿宫"。《宋史·职官志七》：提点刑狱公事：掌察所部之狱讼而平其曲直，所至审问囚徒，详核案牍，凡禁系淹延而不决，盗窃逋窜而不获，皆劾以闻，及举刺官吏之事。又，黄溍《弘文裕德崇仁真人薛公碑》：公讳玄曦……居三岁，升提点上都崇真万寿宫。

3．吴全节（1269～1346年），元代著名玄教道士，字成季，自号闲闲，又号看云道人，饶州人，年十三学道于龙虎山，尝从大宗师张留孙至大都见世祖，大德末授玄教嗣师，英宗至治间授玄教大宗师、崇文弘道玄德真人。随扈上都，驻锡崇真宫。有《看云集》。《元史·释老传·吴全节传》：全节字成季，饶州安仁人。年十三学道于龙虎山……（治至）二年，制授特进、上卿、玄教大宗师、崇文弘道玄德真人、总摄江淮荆襄等处道教、知集贤院道教事。

4．指《黄庭经》，也称《老子黄庭经》，道教经典。《旧唐书·经籍志下》：《老子黄庭经》一卷。

滦河嘴[1]

宿雨霏微浥路尘，清风便旋送人行。

烟昏野色牛羊晓，水满沙痕凫雁春。

四海车书混同后，时江左初平。两都冠盖往来频。

长衫羸马无人识，簿领区区叹此身。

再题吴闲闲冰雪相看堂[2]

清都[3]应不似人间，玉草瑶林万古寒。

说有飞仙无火食[4]，至今冰雪淡相看。

上都长春观[5]和安御史、于都事[6]、陈秋岩[7]唱和之十

乘风真到海仙堂，醉袖犹残玉酝香。

---

1. 往来大都与上都之间，进入金连川平原，主要沿滦河河谷前行，驿站多临滦河。根据刘敏忠《赤城至望云道中》《过龙门》《独石》《偏岭》等可知，"滦河嘴"应位于独石北；根据王结诗歌《还宿滦河嘴，望行宫》所叙内容，即应为明安驿，所望"行宫"，即察汗淖尔行宫；也有人认为是明安驿至桓州之间的一处渡口，似欠妥。

2. 玄教宗师吴全节在崇真宫居室的题匾。元·任士林《冰雪相看堂记》：玄教吴尊师，即崇真万寿宫之右。筑室三间，载绸载缪，西南其户，土榻陶春，石煤种燠。四方宾客宴坐其中，题曰"冰雪相看"。

3. 原谓帝王居住的都城，指大都或上都。唐·杨炯《崇文馆宴集诗序》：皇家以中枢北极，清都有天子之宫；储后以大火前星，苍震有乾男之位。

4. 煮熟的食物，指人间烟火。明·冯梦龙《东周列国志》第四十七回：（萧史）日居凤楼之中，不食火食……弄玉学其导气之方，亦渐能绝粒。

5. 即上都长春宫。王恽《中堂事记》：上都长春宫作清醮三昼夜，为民祈福。

6. 安御史，似应为广平郡安思承，与刘敏中交契，时为御史，例应随扈上都。刘敏中《赠安宣慰诗序》：至元丙戌，某与广平安君思承同为御史。吾二人者，仕同道同齿而志意又同，以是交甚款。于都事，似应为于钦（1284~1333年），字思容。柳贯《于思容墓志铭》：思容讳钦，少学于吴，持其苦力，自进弗懈，宿儒老生皆折节与交……就拜监察御史，迁中书左司都事，又迁詹事院经历，中书左司员外郎、御史台都事。

7. 即陈义高，字宜甫，号秋岩，可能为福建人，有《秋岩集》。《清史稿·艺文志》：陈宜甫《陈秋岩诗集》二卷。

他日过君君度我，只烹白石[1]作蒸羊。

病怀寥落坐虚堂，销尽西窗午后香。
苦雨禁人吾已厌，小儿休学舞商羊[2]。

读罢遗经月入堂，微言独觉静中香。
季恒不识春秋笔[3]，博物区区问土羊。

十年旅食市中堂，正味无分各异香。
若见易牙君试问，肥豚何似食赢羊[4]。

冰炭终难共一堂，薰蕕毕竟不同香。
此心得失分明在，爱礼如何复爱羊。

适奥休言必自堂，[5]岂知逐臭却闻香。
寥寥月旦千年后，文质何人辨虎羊。

归去来兮[6]旧草堂[7]，安排扫地净烧香。

1．传说中的神仙的粮食。汉·刘向《列仙传·白石生》：白石生，中黄丈人弟子，彭祖时已二千余岁……尝煮白石为粮。

2．传说中的鸟名。据传，大雨前，常屈一足起舞。《孔子家语·辩政》：齐有一足之鸟，飞集于宫朝下，止于殿前，舒翅而跳。齐侯大怪之，使使聘鲁问孔子。孔子曰："此鸟名曰商羊，水祥也。昔童儿有屈其一脚，振讯两眉而跳，且谣曰：天将大雨，商羊鼓舞。"

3．季恒，即春秋大夫季桓子；春秋笔，即春秋笔法。季桓子父季平子摄行君位近十年，其子季康子迎孔子归鲁，后阳虎作乱，孔子行政堕三都而弱三桓，季桓子未能了解孔子深意。《史记·孔子世家》：孔子在位听讼……至于为《春秋》，笔则笔，削则削……孔子曰："后世知丘者以《春秋》，而罪丘者亦以《春秋》。"

4．齐桓公厨师易牙被视为庖厨祖师，相传他创制烹调出一道名菜：鱼腹藏羊肉。北方水产以鲤鱼为最鲜，肉以羊肉为最鲜，此菜两鲜并用，互相搭配，该菜色泽光润，外酥里嫩，鲜美异常。至今仍是鲁菜中的名菜。《孟子·告子上》：口之于味，有同嗜也，易牙先得我口之所嗜者也。

5．即堂奥，原指厅堂和内室；常比喻含义深奥的意境或事理。《魏书·儒林列传·徐遵明传》：故能垂帘自精，下帷独得，钻经纬之微言，研圣贤之妙旨。莫不入其门户，践其堂奥，信以称大儒于海内，擅明师于日下矣。

6．陶渊明有《归去来兮辞》，表达回归田园的愿望。

7．东晋·陶渊明《归园田居》：方宅十余亩，草屋八九间。榆柳荫后檐，桃李罗堂前。

自烹新鲤供慈母[1]，不望高官吃烂羊[2]。

李泌家书旧满堂[3]，天随杞菊[4]晚仍香。
谋生却被陶朱[5]笑，豕贵频年只贩羊。

玉川活计一茅堂[6]，七椀茶浇两腋香[7]。
犹有赏音韩县尹[8]，月中沽酒买肥羊[9]。

丰年和气满村堂，社酒[10]才过腊酒[11]香。

1．卧冰求鲤，中国古代二十四孝故事之一。东晋·干宝《搜神记卷十一·王祥剖冰》：（王祥）母常欲生鱼，时天寒冰冻，祥解衣，将剖冰求之，冰忽自解，双鲤跃出。

2．弃官奉亲，中国古代二十四孝故事之一。晋时潘岳辞官归乡，喂养群羊，取乳奉母。西晋·潘岳《闲居赋》：灌园鬻蔬，以供朝夕之膳；牧羊酤酪，以俟伏腊之费。

3．李泌，唐朝四朝元老，其父李承休聚书两万余册，至其子李繁，因藏书丰富而名闻天下。唐·韩愈《送诸葛觉往随州读书》：邺侯家多书，插架三万轴。——悬牙签，新若手未触。

4．枸杞与菊花。唐·陆龟蒙《杞菊赋》：天随子宅荒，少墙屋，多隙地，著图书所前后皆树杞菊。

5．陶朱公，范蠡帮助兴越灭吴后急流勇退，经商成巨贾，隐居定陶，自号陶朱公。《史记·越王句践世家》：范蠡浮海出齐，变姓名，耕于海畔，父子治安。居无几何，置产数十万。齐人闻其贤，以为相。范蠡喟然叹曰；"居家只致千金，居官则至卿相，布衣之极也。久受尊名，不详。"乃归相印，尽散其财，以分与知友乡党'间行以去，止于陶，自谓陶朱公。

6．井名，在河南济源县泷水北。唐代卢仝喜饮茶，尝汲井泉煎煮，因自号"玉川子"；后用"玉川"代指茶。唐·韩愈《寄卢仝》：玉川先生洛城里，破屋数间而已矣。一奴长须不裹头，一婢赤脚老无齿。

7．唐·卢仝《走笔谢孟谏议寄新茶》：一椀喉吻润；两椀破孤闷；三椀搜枯肠，唯有文字五千卷；四椀发轻汗，平生不平事，尽向毛孔散；五椀肌骨清；六椀通仙灵；七椀喫不得也，唯觉两腋习习清风生。

8．赏音，知音；韩县尹，韩愈。《新唐书·卢仝传》：仝居东都，愈为河南令，爱其诗，厚礼之。仝自号玉川子。尝为《月蚀》诗，讥切元和逆党，愈称其工。

9．唐·韩愈《寄卢仝》：买羊沽酒谢不敏，偶逢明月曜桃李。先生有意许降临，更遣长须臻双鲤。

10．春秋社日祭祀土神，饮酒庆贺，所备之酒被称为社酒。《北史·杜弼传》：初，神武自晋阳东出，改尔朱氏贪政，使人入村，不敢饮社酒。

11．指腊月酿制的酒，开春后饮用，浑浊却醇美。宋·王谠《唐语林·补遗》：奔走权门，所不忍视，腊酒一壶，能共醉否？

须信安民要良吏，莫教猛虎卫群羊。

题邢氏家传[1]

　　余每至开平，伯宜、伯才兄弟必为存藉接遇，意恳恳，使人不忘。大德癸卯，余奉使宣抚山北[2]，岁中往复，得再会。逮今之来，凡五寒暑。而两夫子皆不得见矣。嗟乎，人世果何如哉！其侄遵道，持家传见示，书数语于后，以摅余哀云。实丁未[3]中元后五日也。

　　　　忆在友于堂[4]，元方映季方[5]。
　　　　情随怀抱尽，德并姓名香。
　　　　别去今有几，重来我独伤。
　　　　呼门见孤侄，相对泪滂滂。

鹊桥仙·上都金莲[6]

　　重房自拆，娇黄谁注，烂漫风前无数。凌波梦断几番秋，只认得、三月生露。

　　川平野阔，山遮水护，不似溪塘迟暮。年年迎送翠华行，看照耀，恩光满路。

　　1．叙述家人事迹以传示其子孙的传记，此邢氏传记已不见流传。《后汉书·列女传序》：故自中兴以后，综其成事，述为《列女篇》。如马、邓、梁后别见前纪，梁嬺、李姬各附家传，若斯之类，并不兼书。

　　2．此"山北"具体所指待考。《元史·刘敏中传》：大德七年，诏遣宣抚使巡行诸道，敏中出使辽东、山北诸郡。

　　3．据前"大德癸卯"字样，此丁未年应为成宗末年，即大德十一年，公元1307年。

　　4．兄弟友爱。《尚书·君陈》：王若曰："君陈，惟尔令德孝恭。惟孝友于兄弟，克施有政。"

　　5．兄弟两人才德俱佳，难分高下。南朝·刘义庆《世说新语·德行》：陈元方子长文，有英才，与季方子孝先各论其父功德，争之不能决。咨之太丘。太丘曰："元方难为兄，季方难为弟。"

　　6．即金莲花。见耶律铸《金莲川——驾还幸所也》"金莲川"条注。

摸鱼儿·九日上都次韵答邢伯才

叹萍蓬、此生无定，年年客里重九。南来北去风沙梦，弹指已成白首。谁有酒？都唤起、一天秋色开林薮。还开笑口。对满意青山，多情黄菊，莫唱渭城柳[1]。

龙钟态，也向人前叉手，思量难以持久。东涂西抹皆倾国，只有效颦人丑。嗟汝叟，今误矣，江亭[2]好去藏衰朽。鸣鸡吠狗，尽里社追随，何须更说，鼻醋吸三斗。

---

1. 柳、留谐音，古人离别，折柳赠别以示挽留。唐·王维《渭城曲》：渭城朝雨浥轻尘，客舍青青柳色新。劝君更尽一杯酒，西出阳关无故人。
2. 闲逸村居。杜甫、陆游均有《江亭》诗，表达村居的意愿。唐·杜甫《江亭》：坦腹江亭暖，长吟野望时。水流心不竞，云在意俱迟。

白珽

（1248～1328年），字廷玉，元钱塘（今杭州市）人。原是四明名儒舒少度的遗腹子，后为钱塘人白某收作嗣子。自幼聪慧过人，雅好诗文，博通经史。宋咸淳年间，与仇远同以诗名于世，人称"仇白"。入元后，先后任太平路儒学学正、教授事，常州路教授，江浙等处行中书省儒学副提举，淮东盐仓大使，兰溪州判官等。晚年归隐西湖的栖霞岭下，题居室名为"湛渊"，自号湛渊。又因归老栖霞，号栖霞山人。工诗赋，曾与当时名士结社，称"月泉吟社"。他的诗，多描绘秀丽的自然风光、农村田园生活，也有反映民生疾苦及时政的。语言质朴自然，婉丽恬淡，不事雕琢，格调高雅，深得时人推崇。所著有《湛渊集》8卷，仅存《湛渊遗稿》和《湛渊静语》各1卷。

续演雅十诗[1]

海青羽中虎，燕燕[2]能制之。

小隙沉（一作"乘"）大舟，关尹[3]不吾欺。

海青，俊禽也，而群燕缘扑之，即坠物受于所制者，无大小也。

草食押不芦，虽死元不死。

未见涤肠人，先闻弃箦子。

漠北有名押不芦，食其汁立死；然以它药解之，即苏。华佗洗肠胃攻疾，疑先服此。

1．《续演雅十诗》记述塞外蒙古地区风俗物产，如林玉珠、迤北八珍、西漠羯尾、漠北种羊、押不芦、海青、上都松林等，均有价值。"迤北八珍"为：醍醐（精致奶酪）、麆沆（獐颈）、野驼蹄、鹿唇、驼乳糜（驼奶粥）、天鹅炙（烤天鹅）、紫玉浆（野葡萄酒）、玄玉浆（马奶子）。

2．鸷鸟的一种。明·李时珍《本草纲目·禽部》：燕字篆文象形。乙者，其鸣自呼也。玄，其色也。鹰鹯食之则死，能制海东青鹘，故有鸷鸟之称。能兴波祈雨，故有游波之号，雷敷云海竭江枯，投游波而立泛，是矣。京房云：人见白燕，主生贵女，故燕名天女。

3．关尹，春秋（一说战国）时人，字公文，道书中称作关令尹喜，或关令尹、尹喜。后得道成仙，号文始先生，证位为无上真人，玉清上相，为天府四相之一。元顺帝至元三年（1266年），文始尹真人被加封为无上太初博文文始真君；被道教派别之一的"楼观道"奉为祖师。《元史·顺帝本纪二》：戊子，加封文始尹真人为无上太初博文文始真君。

谁令珠玉唾，出彼藜藿肠。

仁人不为宝，良贾宜深藏。

和林有尼，能吐珠玉杂宝。

婴啼闻木枝，羝乳见茅茹。

何如百年身，反而无根据。

漠北种羊角能产羊，其大如兔，食之肥美；婴啼木枝，见《山海经》所载。

西狩获白麟[1]，至死意不吐。

代北有角端，能通诸国语。

角端，北地异兽也，能人言，其高如浮图。

才脱海鹤啄，已登方物[2]舆。

仰面勿啾啾，我长非侨如。

小人长仅七寸，夫妇二枚，形体毕具。

羯尾大如斛，坚车载不起。

此以不掉灭，彼以不掉死。

西汉有羯，尾大于身之半，非车载尾不可行。

八珍骰龙凤，此出龙凤外。

荔枝配江蚝，徒夸有风味。

谓迤北八珍也。所谓八珍，则醍醐、麘沆、野驼蹄、鹿唇、驼乳糜、天鹅炙、紫玉浆、玄玉浆也。玄玉浆即马奶子。

---

1. 获白麟被视为祥瑞之兆。汉·王充《论衡·讲瑞》：武帝之时，西巡狩得白麟，一角而五趾。又，《汉书·武帝纪》：元狩元年冬十月，行幸雍，祠五畤。获白麟，作《白麟之歌》。

2. 本地物产、土产。《尚书·旅獒》：呜呼！明王慎德，西夷咸宾。无有远迩，毕献方物，惟服食器用。

滦人薪巨薪，童山八百里。

世无奚超[1]勇，惆怅渡易水。

取松煤于滦阳，即今上都。去上都二百里即古松林千里，其大十围，居人薪之将八百里也。

两驼侍雪立，终日饥不起。

一觉沙日黄，肉屏哪足拟。

沙漠雪盛，命两驼跌其旁，终夜不动，用断梗架片毡其上，而寝处于下，暖胜肉屏且不起心兵也。

---

1. 唐末制墨名工，徽墨创始人，生于易水，生卒年不详。因逃避战乱携家至歙州，所制松烟墨"丰肌腻理，光泽如漆"，一时名满天下；奚超一家被赐国姓李，其子奚廷圭因称李廷圭。元•陶宗仪《南村辍耕录•墨》：上古无墨，竹挺点漆而书。中古方以石磨汁，或云是延安石液。至魏晋时，始有墨丸，乃漆烟松煤夹和为之。所以晋人多用凹心砚者，欲磨墨贮沈耳。自后有螺子墨，亦墨丸之遗制。唐高丽岁贡松烟墨，用多年老松烟和麋鹿胶造成。至唐末，墨工奚超，与其子廷圭，自易水渡江，迁居歙州。南唐赐姓李氏，廷圭父子之墨，始集大成，然亦尚用松烟。

马致远

（约1250～1321至1324年间），字千里，号东篱，一说名不详，字致远，晚号东篱。元代著名杂剧家、散曲家，大都，原籍河北省东光县马祠堂村。为元曲四大家之一，被誉为"曲状元"，有杂剧15种，《汉宫秋》为代表；散曲120多首，辑于《东篱乐府》。

天净沙·秋思

枯藤老树昏鸦，小桥流水人家，古道西风瘦马。
夕阳西下，断肠人在天涯。

平沙细草斑斑，曲溪流水潺潺，塞上清秋早寒。
一声新雁，黄云红叶青山。

西风塞上胡笳，月明马上琵琶，那底昭君恨多。
李陵台下，淡烟衰草黄沙。

陈宜甫

（1255~1299年），名义高，字宜甫，号秋岩，福建人；一说陈宜甫又作"陈宜父"，系"崇正灵悟凝和法师、大都崇真万寿宫提点"之一"陈义高"的字，其事迹主要见于其徒张伯淳《秋岩先生陈尊师墓志铭》；另据其流传下来的诗歌《读元贞改元诏诗》《丙申十月扈从晋王领降兵入京朝觐诗》等，也可判断其为元世祖时人。

毡车[1]行

北方毡车千万两，健牛服力骆驼壮。

清晨排作雁阵行，落日分屯[2]夹毡帐。

辙分古道辨东西，白雪黄云不可迷。

后人迤逦循旧迹，那知创自轩辕时。

两轮奔奔如日月，经年鞑辘何时歇。

辗教沙草绿还枯，几过河冰冻仍裂。

江南野客惯乘舟，北来只梦烟波秋。

于今天下皆王土，欲得回辕到彼游。

庚辰[3]春再随驾北行二首

天地苍茫阔，其如旅况何？

冰融河水浊，沙接塞云多。

土穴居黄鼠，毡车驾白驼。

栖栖无所乐，远近听朝歌。

四更催蓐食，结束闹比邻。

---

1. 北方以毛毡为篷的车子。《南齐书·豫章文献王嶷传》：上谋北伐，以虏所献毡车赐嶷。每幸第清除，不复屏人。

2. 分驻。《汉书·赵充国传》：愿罢骑兵，留弛刑应募，及淮阳、汝南步兵与吏士私从者，合凡万二千二百八十一人……分屯要害处。

3. 应是世祖忽必烈汗至元十七年，即1280年。

人去留残迹，车行拥后尘。

云开还有月，风冷不知春。

幸得狐裘在，温存逆旅身。

夏日旅中

五月骎骎过，迁营又转车。

乳禽鸣野草，乱蚁走荒沙。

雨老荨麻叶，风吹大戟[1]花。

地凉无苦热，自是客思家。

闻塞笛有怀赵詹泽廉使[2]

客行思故乡，闻笛转凄凉。

不见梅花落，空愁塞草黄。

雁声沉远汉[3]，牛背送斜阳。

出塞翻新曲，谁知恨更长。

送东崖[4]刘大使重赴上都朝觐

气与岳云相荡摩，诏催驿骑渡天河。

江南徧览湖山秀，蓟北重来雨露多。

逸思可齐鹦鹉赋，闲愁休续伯劳歌。

伫看医国陈奇术，春养苍生合太和。

---

1. 大戟科大戟属多年生草本植物，药用别称牛奶浆草、山猫儿眼草、千层塔、下马、龙虎草。味苦，性寒，有毒，根入药，逐水通便，消肿散结，主治水肿，并有通经之效；亦可作兽药用。汉·佚名《名医别录》下品卷三：大戟生常山。十二月采根，阴干。

2. 元代指廉访使。《元史·食货志五》：三月初二日，陕西行省官及李御史、运司同知郝中顺会巩昌、延安、兴元、奉元、凤翔、邠州等官，与总帅汪通议等，俱称当从御史帖木儿不花及廉使胡通奉所言，限以黄河为界，令陕西之民从便食用韦红二盐，解盐依旧西行，红盐不许东渡。

3. 遥远的天河。宋·葛长庚《贺新郎·赠林紫元》：月插青螺髻。柳梢头、夕阳茬苒，西风摇曳。数粒苍山黏远汉，树色烟光紫翠。

4. 即东峰，九华山名峰之一，又称"插霄峰"。

马臻

（1254～约1316年），字志道，别号虚中，钱塘（今属浙江）人。宋亡后学道，受业于褚伯秀之门，曾隐于杭州西湖之滨。大德五年（1301年）从正一道领袖天师张与材至燕京、上都，颇为失意。马臻以书画名于世，尤善花鸟、山水，诗文亦常流露遗民情绪。著有《霞外集》10卷，《四库全书总目》以为"皆神骨秀骞、风力道上，琅琅有金石之音，虽不能具金鵄掣海、香象渡河之力，而亦不类寒酸细碎、虫吟草间"。仇远评价其诗："大抵以平夷恬淡为体，清新圆满为用。陶囊于空，合道于趣，浑然天成。"（《霞外诗集序》《霞外诗集》卷首）

开平寓舍[1]

雨阴六月摧骄阳，开平客舍白日长。
官街淤泥没马股，出门忽似河无梁。
土风不解重鱼鸟[2]，东邻西舍唯烹羊。
山人肺腑蔬笋气，对此颇觉神不扬。
昨日楼头望远色，海雾不动晨光凉。
青山四面拱城阙，龙盘虎踞争翱翔。
乃见宸京势宏大，囊括造化吞洪荒。
惟甘槁木卧林壑，岂意野服[3]朝明光[4]。

---

1. 滦京也称开平，当时宗教道场颇多，道教如崇真宫、长春宫、寿宁宫等，是文人唱和之所。如刘敏中《崇真宫提点吴成季自号闲闲。扁其居室曰"冰雪相看"，以卷徵言，为书三绝句》《上都长春观和安御史、于都事、陈秋岩唱和之十》、迺贤《次上都崇真宫呈同游诸君子》等大量作品及可为佐证。
2. 古时北方部分少数民族有禁食鱼、鸟等习俗。
3. 村野平民的服装。《礼记·郊特牲》：大罗氏，天子之掌鸟兽者也，诸侯贡属焉。草笠而至，尊野服也。
4. 明光宫，汉代宫殿名，后泛指朝廷宫殿。《汉书·武帝本纪》：（太初四年）秋，起明光宫。

太平天子崇道德[1]，绘丽琳宇[2]开清扬。

列仙飘渺环佩下，五里十里闻天香。

惟皇上帝降百祥，煌煌大业垂无疆。

山人歌诗忽起舞，山川草木腾文章[3]。

山川悠悠望不极，白云飞去之何方。

故乡亲舍白云下，怅望山川空断肠。

何当振翮附黄鹄，万里天风吹渺茫。

大德辛丑[4]五月十六日滦都[5]棕殿[6]朝见，仅赋绝句三首

黄道无尘帐殿深，集贤[7]引见羽衣[8]人。

步虚[9]奏彻天颜喜，万岁声浮玉座春。

1．老子《道德经》，借指道教。《梁书·处士列传》：虽唐尧不屈巢、许，周武不降夷、齐；以汉高肆慢而长揖黄、绮，光武按法而折意严、周；自兹以来，世有人矣！有梁之盛，继绍风猷。斯乃道德可宗，学艺可范，故以备《处士篇》云。

2．殿宇、宫观的美称。宋·梅尧臣《裕享观礼二十韵》：翌朝升宝辂，夹道列华鞯。琳宇躬将款，珠尘密未收。

3．错杂的色彩或花纹。《史记·礼书》：目好五色，为之黼黻文章以表其能；耳乐钟磬，为之调谐八音以荡其心。

4．元成宗年号，1297～1307年；大德辛丑年，即公元1301年。

5．即上都，因在滦河之阳建都城而得名。《元史·世祖本纪一》：岁丙辰，春三月，命僧子聪卜地于桓州东、滦水北，城开平府，经营宫室。

6．即失剌斡耳朵，也称昔剌斡耳朵、锡喇鄂尔多，蒙古语，意谓黄色宫帐，是蒙古大汗的宫帐。上都的失剌斡耳朵也称棕毛殿、棕殿，是位于上都离宫西内的一座宫殿，也是每年宴飨贵族、举办诈马宴的主要场所。元·赵世延等《经世大典·大元毡罽工物记》：敕造上都棕毛殿铺设……造成地毯二扇，积二千三百四十三尺；又，《元史·崔敬列传》：今失剌斡耳朵思，乃先皇所以备宴游，非常时临御之所。今陛下方以孝治天下，屡降德音，祗行宗庙亲祀之礼，虽动植无知，罔不欢悦，而国家多故，天道更变，臣备员风纪，以言为职，愿大驾还大内，居深宫，严宿卫，与宰臣谋治道。万机之暇，则命经筵进讲，究古今盛衰之由，缉熙圣学，乃宗社之福也。又，元·熊梦祥《析津志辑佚·古迹》：〔昔〕剌斡耳朵者，即世祖皇帝之行在也。每圣上巡幸上都者，盖亦行国赋民力，其圣虑周知，非实以清暑为事也。

7．集贤殿书院，此处似应代指上京棕毛殿。

8．道士或神仙所著衣为羽衣。《晋书·赵王伦王冏传》：又令近亲于嵩山著羽衣，诈称仙人王乔，作神仙书，述伦祚长久以惑众。

9．道士唱经礼赞。《宋史·真宗本纪三》：癸酉，谒玉清昭应宫。己卯，作《步虚词》付道门。又，唐·李白《题随州紫阳先生壁》：喘息飡妙气，步虚吟真声。道与古仙合，心将元化并。

殿中锡宴[1]列诸王，羽褐[2]分班近御床。
特旨向前观妓乐[3]，满身雨露湿天香[4]。

清晓传宣入殿门，箫韶九奏[5]进金樽。
教坊齐扮神仙会，知是天尊朝至尊[6]。

滦都寓兴

昨夜分明梦到家，庭前开遍石榴花。
龙门不放东风过，五月平滦雪满沙。

开平即事

土风浑似古，民物[7]自熙熙[8]。
酿酒收驼乳[9]，裁裘聚鼠皮。
夏寒绵挟旧，路滑马行迟。
家在千里（一作"山"）外，归思未有期。

---

1. 即赐宴。《旧唐书·张孝忠列传》：锡宴于麟德殿，赐良马、甲第、器用、珍币甚厚，仍以其第三男克礼尚晋康郡主。

2. 长襦，即较长的上衣；羽褐，即羽衣。宋·苏轼《后赤壁赋》：梦一道士，羽衣翩仙，过临皋之下。

3. 妓，歌舞女艺人；妓乐，歌舞女艺人表演的音乐舞蹈。《旧五代史·郭崇韬传》：昼夜妓乐欢宴，指天画地。

4. 芳香。南北朝·庾信《奉和同泰寺浮图》：天香下桂殿，仙梵入伊笙。庶闻八解乐，方遣六尘情。

5. 舜时乐曲名，后指美妙的仙乐。《尚书·益稷》：《箫韶》九成，凤凰来仪。击石拊石，百兽率舞。

6. 指大德辛丑五月十六日作者随天师张与材于上都棕毛殿朝见成宗。《元史·释老传·正一天师传》：元贞元年，弟与材嗣，为三十八代，袭掌道教……大德五年，召见于上都幄殿。

7. 指人民、万物。汉·蔡邕《陈太丘碑》：辟四府，宰三城。神化着于民物，形表图于丹青。魏巍焉岂不可尚也，洋洋乎其不可测也。

8. 温和欢乐。《道德经》第二十章：众人熙熙，如享太牢，如春登台。我独泊兮，其未兆；沌沌兮，如婴儿之未孩；儽儽兮，若无所归。

9. 时草原地区人们以牛、马、驼乳等为酿酒原料。

滦都旅夜二首

不语登高楼，徘回[1]日将西。

凉风吹秋来，万叶谢深碧。

悠悠念道远，坐见山月出。

下听城郭中，歌笑杂啼泣。

物理[2]不可穷，令人长太息。

黄鹄垂两羽，徒怀四海心。

游子中夜起，揽衣步前庭。

萧条行天云，惨淡西风砧。

客愁结肺腑，气咽不能吟。

不吟亦不寐，历历寒更深。

黑山[3]

暮造黑山头，下马马力疲。

大野无行客，仆夫愁渴饥。

草根积霜露，月照光离离。

王孙喜我至，邀我入毡帏。

琵琶左右动，劝我金屈卮[4]。

此中风俗淳，颇似上古时。

---

1. 同"徘徊"。

2. 事物的道理、规律。《汉书·杜周传》：《易》曰："正其本，万物理。"凡事论有疑未可立行者，求之往古则典刑无，考之来今则吉凶同，卒摇易之则民心惑，若是者诚难施也。

3. 即上都附近之凉陉，俗称黑山、炭山。《辽史·营卫志中》：夏捺钵：无常所，多在吐儿山。道宗每岁先幸黑山，拜圣宗、兴圣陵，赏金莲，乃幸子河避暑。吐儿山在黑山东北三百里，近馒头山。黑山在庆州北十三里，上有池，池中有金莲。又，《辽史·地理志五》：炭山，又谓之陉头，有凉殿，承天皇后纳凉于此，山东北三十里有新凉殿，景宗纳凉于此，唯松棚数陉而已。

4. 也作"金曲卮"，酒器。唐·于武陵《劝酒》：劝君金屈卮，满酌不须辞。花发多风雨，人生足别离。

顾惭丘壑姿[1]，心迹与世遗。

际此圣明代，历览山水奇。

不学古行役，空伤木兰诗。

得家信

旧业今安否，天涯我索居。

关山万里使，鸿雁几行书。

蚁梦[2]秋光薄，蝉吟暑气余。

三高祠[3]下水，空忆钓鲈鱼。

李陵台[4]怀古

在昔李将军，提师奋威武。

步卒五千人，纵横尽貔虎[5]。

谋猷始欲成，管敢摧一语。

汉恩既未报，肝胆日益苦。

---

1. 丘壑，原指幽美的山陵和溪谷，也指隐逸；丘壑姿，脱俗的气韵。宋·吴儆《寄题淳安陈令君读书林》：寥寥弦歌声，千古空余思。还淳山水邑，令君丘壑姿。

2. 即南柯一梦。唐·李公佐《南柯太守传》：东平淳于梦，吴楚游侠之士。嗜酒使气，不守细行……生解中就枕，昏然忽忽，仿佛若梦。见二紫衣使者，跪拜生曰："槐安国王遣小臣致命奉邀……金枝公主"。年可十四五，严若神仙。交欢之礼，颇亦明显……（王）谓生曰："吾南柯政事不理，太守黜废，欲籍卿才，可曲屈之。便与小女同行。"生敦受教命。王遂敕有司备太守行李……生妻公主遭疾，旬日又薨……梦中倏忽，若度一世矣。生感念嗟叹，遂呼二客而语之。惊骇。因与生出外，寻槐下穴。生指曰："此即梦中所惊入处。"

3. 越范蠡、晋张翰、唐陆龟蒙均为吴人，宋时吴江以三人为三高，设三高祠祭祀他们。宋·周密《齐东野语·鸱夷子见黜》：吴江三高亭祠鸱夷子皮、张季鹰、陆鲁望，而议者以为子皮为吴大仇，法不当祀。

4. 在今内蒙古正蓝旗黑城子，是元代驿路上的重要一站。见陈孚《明安驿道中四首》其四"李陵台"条注。

5. 勇猛的将士。《后汉书·光武帝本纪下》：沈几先物，深略纬文。寻、邑百万，貔虎为群。长毂雷野，高锋彗云。

岂知万里外，骨肉膏草莽[1]。

昭帝固任贤，义断难复取[2]。

登台望汉地，山川眇如许。

北风吹不消，恨入台下土。

我行青山下，矫首一怀古。

复笑秦家城[3]，弯环[4]列遗堵。

惟有山上云，凄迷送秋雨。

渡滦河

疏疏远雨霁，草色凌天光。

融云驰疾影，倦客催中肠。

牛车溯黑水[5]，回折如探汤。

四顾何萧条，落日心彷徨。

岂无亲与朋，晤叹天一方。

物色可怜人，悠扬动微芳[6]。

题诗道远意，此意何能忘！

---

1. 《汉书·李陵传》：陵在匈奴岁余，上遣因杅将军公孙敖将兵深入匈奴迎陵。敖军无功还，曰："捕得生口，言李陵教单于为兵以备汉军，故臣无所得。"上闻，于是族陵家，母弟妻子皆伏诛。

2. 昭帝即位，大将军霍光、左将军上官桀辅政，他们一向与李陵交好，就派李陵过去的好友陇西人任立政等三人去匈奴招李陵归汉。李陵最终因为汉室残苛而不能返汉。《汉书·李广苏武列传》：昭帝立，大将军霍光、左将军上官桀辅政，素与陵善，遣陵故人陇西任立政等三人俱至匈奴招陵……陵字立政曰："少公，归易耳，恐再辱，奈何！"……立政随谓陵曰："亦有意乎？"陵曰："丈夫不能再辱。"

3. 秦修的长城。唐·李涉《六叹》：去年八月幽并道，昭王陵边哭秋草。今年二月游函关，秦家城外悲河山。

4. 弯曲如环。五代·冯延巳《菩萨蛮》：金炉烟袅袅，烛暗纱窗晓。残月尚弯环，玉筝和泪弹。

5. 因上都附近之凉陉被称黑山、炭山，流经这一带的滦河也称黑水。《元史·别的因传》：甲寅，世祖以宗王镇黑水。

6. 细微的香气。三国·魏·阮籍《咏怀》其十九：修容耀姿美，顺风振微芳。登高眺所思，举袂当朝阳。

和滦都秋日诗韵

古道经年雪，高秋万里风。

游鲲随巨海，斥鷃乐飞蓬[1]。

天地皇居[2]壮，华夷圣化同。

吾宗贵清净[3]，教在不言中[4]。

早春闻笛

万里南州客，离家又一年。

春回苜蓿地，笛怨鹧鸪天。

趁日裁乌帽[5]，寻人卖马鞯。

归心忧赋役，负郭[6]幸无田。

昔闻

昔闻行役苦，今日客殊方[7]。

---

1. 分别指鲲鹏、斥鷃，比喻胸怀远大和安于现状两种人生追求。《庄子·逍遥游》：穷发之北，有冥海者，天池也。有鱼焉，其广数千里，未有知其修者，其名为鲲。有鸟焉，其名为鹏，背若泰山，翼若垂天之云；抟扶摇羊角而上者九万里，绝云气，负青天，然后图南，且适南冥也。斥鷃笑之曰："彼且奚适也？我腾跃而上，不过数仞而下，翱翔蓬蒿之间，此亦飞之至也。而彼且奚适也？"此小大之辩也。

2. 皇宫，也代指皇城。《后汉书·蔡邕列传下》：所谓宫中有卒，三月不祭者，谓士庶人数堵之室，共处其中耳，岂谓皇居之旷，臣妾之众哉？

3. 道教宗法老庄，崇尚清静无为。《道德经》第二章：是以圣人处无为之事，行不言之教，万物作焉而不辞，生而不有，为而不恃。

4. 指深刻的含义不是语言能够表达的。《道德经》第四十一章：大方无隅，大器晚成。大音希声，大象无形。

5. 黑帽，古代贵者常服，隋唐后多为庶民、隐者所戴之帽。唐·白居易《池上闲吟》：非庄非宅非兰若，竹树池亭十亩余。非道非僧非俗吏，褐裘乌帽闭门居。

6. 负郭，也作"负郭田"，近郊良田。《史记·苏秦列传》：苏秦喟然叹曰：且使我有雒阳负郭田二顷，吾岂能佩六国相印乎！

7. 远方，异域，指上都。《汉书·西域传》：遭值文、景玄默，养民五世……故能睹犀布、玳瑁则建珠崖七郡，感枸酱、竹杖则开牂柯、越巂，闻天马、蒲陶则通大宛、安息。自是之后，明珠、文甲、通犀、翠羽之珍盈于后宫……殊方异物，四面而至。

窗影灯岑寂，鸡声梦渺茫。

仆奴忘礼数，亲友转参商[1]。

欲寄平安字，天寒烟水长。

次筠轩[2]诗韵

幽轩列万竹，惬此冲澹襟。

乃知心迹远，不在山林深。

客散动秋影，鹤归分夕阴。

至乐寓言外，任鼓昭文琴[3]。

旅兴

客中白日送清樽，灯下裁书眼渐昏。

南浦一年云隔梦，西风万里月当门。

酥凝瘿椀[4]茶膏熟，火慢筠笼[5]楮被温。

未觉情怀殊冷落，终身衣食是皇恩。

王昭君图

窈窕佳人绝代无，一辞汉殿尽嗟吁。

丹青若恨毛延寿，勾践何功得破吴。

1．参星与商星，参星在西，商星在东，此出彼没，永不相见；比喻亲友隔绝，不能相见。《旧唐书·姚崇传》：比见诸达官身亡以后，子孙既失覆廕，多至贫寒，斗尺之间，参商是竞。

2．上都大龙光华严寺第六代主持维寿号筠轩，长于文辞，与当时文人柳贯、袁桷、马祖常往来密切，常相唱和。黄溍《上都大龙光华严寺碑》：（筠轩）以道行文学，受知英宗，制授大司徒。

3．昭文是春秋时的琴师，技艺登峰造极，据传，琴摆于面前，不施动作，却能演奏出各种美妙的乐曲。《庄子·齐物论》：昭文之鼓琴也，师旷之枝策也，惠子之据梧也，三子之知，几乎皆其盛者也，故载之末年。

4．同"碗"；蒙古族有用木碗盛装奶茶的习俗。清·段玉裁《说文解字注》：凡楠树树根赘疣甚大，析之，中有山川花木之文，可为器械。

5．罩在火炉上的竹笼。南北朝·庾信《对烛赋》：莲帐寒檠窗拂曙，筠笼熏火香盈絮。傍垂细溜，上绕飞蛾。光清寒入，焰暗风过。

冯子振

（1257～1314年，一作1253～1348年）字海粟，自号怪怪道人、瀛洲客，攸州（湖南攸县）人。《元史·冯子振传》："天台陈孚其为诗文大抵任意即成，不事雕凿。攸州冯子振其毫俊与孚略同，而孚极敬畏之，自以为不可及。子振于天下书无所不记；当其为文也，酒酣耳热，命侍史二三人涧笔以俟，子振据案疾书，随纸数多寡顷刻辄尽。"先后任承事郎、集贤待制。为人博闻强记，才气横溢。著有《海粟集》。

鹦鹉曲·至上京

余壬寅岁[1]留上京，有北京伶妇御园秀[2]之属，相从风雪中，恨此曲无续之音……诸公举酒，索余和之，以汴、吴、上都、天京风景试续之。

澶河[3]西北征鞍住，古道上不见耕夫。
白茫茫细草平沙，日日金莲川雨。
李陵台前事休休，万里汉长城去。
趁燕南落叶归来，怕迤逦飞狐[4]冷处。

鹦鹉曲·松林[5]

山围行殿[6]周遭住，万里客看牧羊父。
听神榆树北车声，满载松林寒语。

---

1. 应为元成宗大德六年，即1302年。
2. 元代都市伶人，多以某秀命名，如珠帘秀之属，真实姓名多不可考。
3. 洛阳附近有澶河。宋·释文莹《玉壶野史卷五·赵参政昌言》：又忽澶河涨，流入御河，陵府城。公籍禁旅，杀牛为酒，募豪右出资，散卒负土护之。皆乐从。
4. 即野狐岭。
5. 上都周围有原始松林。王恽《中堂事记》：龙岗蟠其阴，滦水经其阳，四山拱卫，佳气葱郁，都东北不十里，有大松林，异鸟群集。
6. 上都周围北依龙冈，西有铁幡竿山，东临牛心山即巴颜朱尔克山、馒头山即天历山、砧子山等，南望南屏山，因有此说。

应昌¹南旧日长城，带取上京愁去。

又秋风落雁归鸿，怎说道无言语处。

金莲川

金莲川上富秋光，的皪²花枝不著房。

只合潘妃³微步□，凌波罗袜⁴寄芬芳。

1．又名鲁王城，故址在今内蒙古自治区赤峰市克什克腾旗西北达里诺尔西南的达尔罕苏木。元代弘吉剌部的封地，世祖至元七年，弘吉剌部请求在其封地内建筑城郭，经元世祖同意，建成后定名为应昌府。由于弘吉剌部自建立应昌城后，至少有4位首领都封为鲁王，因此应昌城别名鲁王城。明军先后攻占大都、上都后，元惠宗临时定都于应昌；1370年5月明军攻陷应昌，自此废弃。《元史·特薛禅传》：至至元七年，斡罗陈万户及其妃囊加真公主请于朝曰："本籓所受农土，在上都东北三百里答儿海子，实本籓驻夏之地，可建城邑以居。"帝从之。遂名其城为应昌府。二十二年，改为应昌路。元贞元年，济宁王蛮子台亦尚囊加真公主，复与公主请于帝，以应昌路东七百里驻冬之地创建城邑，复从之。大德元年，名其城为全宁路。

2．光亮、鲜明的样子。《汉书·司马相如传上》：明月珠子，的皪江靡，蜀石黄碝，水玉磊砢，磷磷烂烂，采色澔汗，丛积乎其中。

3．南朝齐东昏侯萧宝卷的宠妃，小字玉儿，有姿色，性淫侈。萧宝卷为其建神仙、永寿、玉寿三座宫殿，宫殿地铺金莲纹，潘玉儿行踏于殿，谓步步生金莲。《南史·齐本纪下》：于是大起诸殿，芳乐、芳德、仙华、大兴、含德、清曜、安寿等殿，又别为潘妃起神仙、永寿、玉寿三殿，皆币饰以金璧。其玉寿中作飞仙帐，四面绣绮，窗间尽画神仙。又作七贤，皆以美女侍侧。凿金银为书字，灵兽、神禽、风云、华炬，为之玩饰。椽桷之端，悉垂铃佩。江左旧物，有古玉律数枚，悉裁以钿笛。庄严寺有玉九子铃，外国寺佛面有光相，禅灵寺塔诸宝珥，皆剥取以施潘妃殿饰。

4．三国·魏·曹植《洛神赋》：体迅飞凫，飘忽若神，凌波微步，罗袜生尘。动则无常，若危若安。

陈孚

（1259~1309年，一说1240~1303年），字刚中，号勿庵，浙江临海县太平乡石唐里（今白水洋镇松里）人。至元年间，上《大一统赋》；后讲学于河南上蔡书院，为山长。曾任国史院编修、礼部郎中，官至天台路总管府治中。诗文不事雕琢，纪行诗多描摹风土人情，七言古体诗最出色，著有《观光集》《交州集》等，有《陈刚中诗集》传世。《元史》称他"天才过人，性任侠不羁，其为诗文，大抵援笔即成喊，不事雕斫"。曾出使安南，不辱使命。

金莲川

茫茫金莲川，日映山色赭。

天如碧油幢，万里罩平野。

野中何所有，深草卧羊马。

昔人建离宫，今存但古瓦。

秋风吹白波，犹似哀泪洒。

村女采金莲，芳香红满把。

岂知步莲人，艳骨掩泉下。

人生如蜉蝣，百年无坚者。

安得万斛酒，浩歌对花泻。

明安驿[1]道中四首

猎鹊山头野草黄，野狐岭上月茫茫。

五更但觉天风冷，帐顶青毡[2]一寸霜。

---

1. 有学者认为明安驿故址在今小宏城子北之马神庙古城，与察汗淖尔行宫相邻。《元史·文宗本纪三》：大驾将还，敕上都兵马司官二员，率兵士由偏岭至明安巡逻，以防盗贼。市橐驼百、牛三百，充廪从属军之用。见王士熙《竹枝词十首》"察汗淖尔"条注。

2. 青毡为顶搭建的帐篷，古代北方游牧民族以为居室。唐·封演《封氏见闻记·花烛》：毡帐起自北朝穹庐之制。

貂鼠[1]红袍[2]金盘陀，仰天一箭双天鹅。

彤弓放下笑归去，急鼓数声鸣骆驼[3]。

黄沙浩浩万云飞，云际草深黄鼠肥。

貂帽老翁骑铁马，胸前抱得黄羊归。

风吹滦水涌如淮，十万雕弓饮马来。

长啸一声鞭影动，金鞍飞过李陵台[4]。

李陵台约应奉[5]冯昂霄同赋

落日悲笳鸣，阴风起千嶂。

---

1. 古代有采用貂鼠皮做服饰的习惯，元代尤为突出。《元史·仪卫志二》：皇帝幅巾，擐甲戎装，以貂鼠或鹅项、鸭头为挽腰。蕃汉诸司使以上并戎装，衣皆左衽，黑绿色。

2. 元代扈从人员有穿着红袍的惯例。《元史·舆服志二》：引旗十有二人，服同执人，惟袍色青。护旗十有二人，生色红袍，巾，勒帛，靴。

3. 即鸣驼鼓。《元史·舆服志二》：驼鼓，设金装铰具，花闟鞍褥橐箧，前峰树阜纛，或施采旗，后峰树小旗，络脑、当胸、后鞦，并以毛组为辔勒，五色璀玉，毛结缨络，周缀铜铎小镜，上施一面有底铜小鼓，一人乘之，系以毛绳。凡行幸，先鸣鼓于驼，以威振远迩，亦以试桥梁伏水而次象焉。

4. 李陵台并非一处，诗中所指李陵台位于内蒙古正蓝旗境内黑城子示范区附近；李陵，西汉名将李广之孙，初为西汉将领，善骑射，爱士卒，颇得美名。天汉二年奉汉武帝之命率五千步兵出征匈奴，初战频频告捷，后与八万匈奴战于浚稽山，终因寡不敌众兵败投降。初有报汉之志，后因汉听闻他为匈奴练兵的讹传而夷灭其三族，使他彻底失去归汉之心。据传说该台因李陵筑台望乡而得名，一说为李陵之墓而得名；上都至大都间重要驿站，孛老路、望云路、黑谷路均由此经过。王恽《中堂纪事》：桓州故城西南四十里，有李陵台。又，《明史·王英列传》：二十年，扈从北征。师旋，过李陵城。帝闻城中有石碑，召英往视。既至，不识碑所。而城北门有石出土尺余。发之，乃元时李陵台驿令谢某德政碑也，碑阴刻达鲁花赤等名氏。又，清·陈梦雷《古今图书集成·宣化府古迹考》：李陵台，《元史》以台属开平，且云在粮道侧，国初人运饷亲见之。及考《唐地志》则云："云中都护有燕然山，山有李陵台，盖陵不得归，登以望汉焉。"

5. 即应奉翰林文字。《元史·百官志三》：翰林兼国史院……（延祐）五年，置承旨八员。后定置承旨六员，从一品；学士二员，正二品；侍读学士二员，从二品；侍讲学士二员，从二品；直学士二员，从三品。属官：待制五员，正五品；修撰三员，从六品；应奉翰林文字五员，从七品。

何处见长安，夜夜倚天望。

臣家羽林中，三世汉飞将。

尚想甘泉宫，虎贲拥仙仗。

臣岂负朝廷，忠义素所尚。

横天青茫茫，万里隔亭障。

可望不可到，血泪堕汪洋。

空有台上石，至今尚西向。

桓州[1]

跃马长城外，方知眼界宽。

晴天雷雨急，暑夜雪霜寒。

铁骑秋呼鹘，金盘晓荐獾。

柳营弓剑满，容我一儒冠。

夜宿滦河嘴儿

貂裘尘土黑如鸦，海角孤臣扈翠华。

万里亲庭[2]应鹤发，一生客路又龙沙。

囊中粟卷苁蓉[3]叶，盘里蔬堆芍药芽。

渐见马前添喜气，五云[4]天近玉皇家。

---

1. 金代设置，治清塞县（今内蒙古正蓝旗西北四郎城）。属西京路，辖境约今内蒙古自治区正蓝旗、正镶白旗、太仆寺旗和河北省康保县、沽源县北部。元代减省，至元二年（1265年）复置。《元史·地理志一》：桓州，本上谷郡地，金置桓州。元初废，至元二年复置。

2. 指父母。宋·司马光《安之朝议哀辞》其一：场屋推声价，朝绅仰典刑。朱衣老卿列，白首恋亲庭。

3. 又名大芸，通常指肉苁蓉，名贵中药材，为寄生植物，寄主为梭梭、白梭等。适宜生长于沙漠环境。汉·佚名《神农本草经》卷一：肉松容：味甘微温，主五劳七伤，补中，除茎中寒热痛，养五脏，强阴，益精气，多子，妇人症瘕，久服轻身。

4. 五色瑞云，代指皇帝所在的地方。《南齐书·乐志》：驾六气，乘烟煴。烨帝景，耀天邑。圣祖降，五云集；又，唐·王建《赠郭将军》：承恩新拜上将军，当值巡更近五云。天下表章经院过，宫中语笑隔墙闻。

开平即事二首

百万貔貅[1]拥御闲，滦江如带绿回环。

势超大地山河上，人在中天日月间。

金阙觚棱[2]龙虎气，玉阶阊阖[3]鹭鹓班[4]。

微臣亦有河汾策[5]，愿叩刚风上帝关。

天开地辟帝王州，河朔风云拱上游。

雕影远盘青海月，雁声斜送黑山秋。

龙岗势绕三千陌，月殿香飘十二楼。

莫笑青山穷太史，御炉曾见衮龙浮。

---

1. 也被称为辟邪；相传貔貅是一种凶猛瑞兽，中国传统文化中司招财纳宝或辟邪；分为雌性及雄性，雄性名"貔"，雌性名为"貅"，为龙所生九子之一；也喻指骁勇的军队。《晋书·熊远传》：今顺天下之心，命貔貅之士，鸣橙前驱，大军后至，威风赫然，声振朔野，则上副西土义士之情，下允海内延颈之望矣。

2. 宫阙上转角处的瓦脊呈方角棱瓣之形；也借指宫阙；后代指京城、故国。《宋史·乐志十五（鼓吹上）》：过端闱，阊阖正辟金扉，觚棱射暖晖。

3. 传说中天宫的南门，即南天门；也指皇宫的正门，代指朝廷。《三国志·魏书·王烈传》：望慕阊阖，徘徊阙庭，谨拜章陈情，乞蒙哀省，抑恩听放，无令骸骨填于衢路。

4. 两种鸟，因为空中飞行有序，借以形容朝中大臣排列整肃有序。《旧唐书·卢怀慎传》：臣每见陛下忧劳庶政，勤求理道，慎举群司，必期称职，使鹓鹭成列，草泽无遗。

5. 复兴儒道，兴邦安民之策。《魏书·薛辩列传》：时兵荒之后，儒雅道息。谨命立庠，教以诗书，三农之暇，悉令受业，躬巡邑里，亲加考试，于是河汾之地，儒道兴焉。

王士熙

（约1265～1343年），字继学，与元代著名文人王构、王士点均为东平（今属山东）王氏人。博学工文，仕途坎坷，先后任翰林待制、右司员外郎、治书侍御史、中书参知政事、江东廉访使、南台侍御史，至正二年（1342）升任南台中丞，死于任上，追封赵国公，一说追封鲁国公，谥文献。著有《王陌庵诗集》20卷，另《元诗选》收录诗1卷，题为《江亭集》。顾嗣立评其诗："长于乐府歌行，与袁伯长、马伯庸、虞伯生、揭曼硕、宋诚夫辈唱和馆阁，雕章丽句，脍炙人口。"

送和林苏郎中[1]

居庸关头乱山积，李陵台西白沙碛。

画省[2]郎中（一作"官"）貂帽侧，飞雪皑皑马缰（一作"鞯"）湿。

马蹄雪深迟迟行，冷月栖（一作"凄"）云塞垣[3]明。

铁甲无光风（一作"烽"）不惊，万营角声如水清。

明年四月新草青（一作"青草生"），征人卖剑陇头耕。

思君遥遥隔高城，南风城头（一作"楼"）来雁鸣。

1．《元音》作《送苏公赴岭北行省郎中》。苏郎中，应指苏志道，苏天爵之父。《元史·苏天爵传》：苏天爵，字伯修，真定人也。父志道，历官岭北行中书省左右司郎中，和林大饥，救荒有惠政，时称能吏。

2．尚书省。汉尚书省以胡粉涂壁，紫素界之，画古烈士像，故别称"画省"，也称"粉省"。《元史·刑法志二》：诈雕都省、行省印；套画省官押字，动支钱粮，干碍选法；或妄造妖言犯上：并杖一百七，流奴儿干。又，宋·李昉等《太平御览》引汉应劭《汉官仪》：省皆胡粉涂画古贤人烈女，郎握兰含香，趣走丹墀奏事。

3．原指汉代为抵御鲜卑所设的边塞，后指长城或边关城墙；也泛指北方边境地带。五代·韦庄《送人游并汾》：风雨萧萧欲暮秋，独携孤剑塞垣游。如今虏骑方南牧，莫过阴关第一州。

早朝行

石城啼鸟翻曙光，千门万户开未央[1]。

丞相珂马[2]沙堤长，奏章催唤东曹郎[3]。

燕山驲骑[4]朝来到[5]，雨泽十分九州报。

辇金驮帛分远行[6]，龙沙士饱无鼓声。

阁中龙床琢白玉，瑟瑟围屏海波绿。

曲阑五月樱桃红，舜琴[7]日日弹薰风[8]。

---

1. 未尽，无已。战国·屈原《离骚》：及年岁之未晏兮，时亦犹其未央。恐鹈鴃之先鸣兮，使夫百草为之不芳。

2. 佩饰华丽的马。唐·张说《城南亭作》：珂马朝归连万石，稍门洞启亲迎客。北堂珍重琥珀酒，庭前列肆茱萸席。

3. 指丞相东曹掾；汉制，丞相、太尉自辟掾吏分曹治事，有东曹掾，秩比四百石，月五十斛，最初外任督为刺史，后主二千石长吏及军吏的迁除，权力极大。《晋书·职官志》：诸公及开府位从公者，品秩第一……置长史一人，秩一千石；西东阁祭酒、西东曹掾、户仓贼曹令史属各一人。

4. 驿站支派给往来使臣使用的马匹。驿站均配备供往来使者使用的马、牛、驴、车等交通工具，根据使命缓急或官位高低支派使用。元·赵世延等《经世大典·站赤》：上都路所辖陆站一十八处，马一千九百三十六匹，车六百辆，驴二千二十头，牛一千三百四十支。桓州站，元设马一百五十四匹，车五十辆，牛二百支。

5. 除驿站外，上都与大都之间重要诏令、军情等传宣，还设有急递铺，交通工具选择与日程有明确规定。元·赵世延等《经世大典·站赤》：各处若遇宣使人等到站，须要站赤官属觑起马劄子。若军情急速勾当，即便依数应付肥壮好马，毋得停留。如系缓慢公事，当日行过三站，更要起马，或无劄子取要铺马，不得应付；又：十里或十五里、二十五里设一急递铺。十铺设一邮长，铺设卒五人……定制一昼夜走四百里，邮长治其稽滞者。

6. 皇帝每年到上都驻夏，多数蒙古宗王、贵族要前来朝觐；朝廷派驻各省主要官员也要定期朝见皇帝，逐渐形成制度；朝廷对此多有赏赐，以致国库亏空。《通制条格·朝现》：在先诸王、妃子、公主、驸马、各千户每朝现的，并不拣甚么勾当呵，夏间趁青草时月来上都有来。如今推称着缘故不商量了入大都去的多有。又，《元史·本纪本纪二》：癸卯，定诸王朝会赐与：太祖位，金千两、银七万五千两；世祖位，金各五百两、银二万五千两；余各有差。

7. 即五弦琴，相传因为舜所创制而得名。《礼记·乐记》：昔者舜作五弦之琴以歌南风，夔始制乐，以赏诸侯。

8. "南风之薰兮"的省句。见本诗"舜琴"条注。

寄上都分省[1]僚友二首

天上风清暑尽消，尚方[2]仙队接云韶[3]。

白鹅海水生鹰猎，红药[4]山冈[5]诈马[6]朝。

凉入赐衣飘细葛，醉题歌扇湿轻绡。

河堤杨柳休伤别，八月星槎[7]到鹊桥。

画省薰风松树阴，合欢花下日沉沉。

腐儒无补漫独坐，故人不来劳寸心。

---

1. 原指元代分设于地方上的中书省机关；因元代皇帝几乎每年巡幸上都至少三个月甚至更久的时间，为方便处理政务，很多政府机构如翰林院、中书省、太学等在上都均设有分支机构。至治元年，王士熙以翰林待制的身份随扈上都，与袁桷同邸。见袁桷《开平第三集》。

2. 为宫廷治办和掌管饮食器物的官署。《元史·百官志一》：尚方库，提领一员，大使、副使各一员，掌出纳丝金颜料等物。

3. 黄帝《云门》乐和虞舜《大韶》乐的并称，后指宫廷音乐；也泛指美妙的音乐。《旧唐书·李贺传》：其乐府词数十篇，至于云韶乐工，无不讽诵。

4. 芍药，上都多产芍药；至今蓝旗、多伦境内芍药颇多，再往北部西乌珠穆沁、乌拉盖等地的芍药谷为难得草原胜景。

5. 上都西北之群山。质孙宴多在上都离宫西内的失剌斡耳朵即棕毛殿举办，西内四周群山环绕。见周伯琦《上京杂诗十首》"西内"条注。

6. 诈马宴，元代宫廷举办的宴请蒙古族贵戚和分封各地王侯的宴筵；因预宴贵族要根据品级穿同一颜色的服装，也被称为质孙宴。《元史·礼乐志一》：礼毕，大会诸王宗亲、驸马、大臣，宴飨殿上，侍仪使引丞相等升殿侍宴。凡大宴，马不过一，羊虽多，必以兽人所献之鲜及脯鱐，折其数之半。预宴之服，衣服同制，谓之质孙。四品以上，赐酒殿上。典引引五品以下，赐酒于日精、月华二门之下。宴毕，鸣鞭三。

7. 往来于天河的木筏。传说古时天河与海相通，汉代曾有人从海渚乘槎到天河，遇见牛郎织女。西晋·张华《博物志卷十·杂说下》：近世有人居海渚者，每年八月有浮槎去来，不失期，人有奇志，立飞阁于槎上，多赍粮、乘槎而去。十余日中犹观星月日辰，自后茫茫忽忽亦不觉尽夜。去十余月，奄至一处，有城郭状，屋舍甚严。遥望宫中有织妇，见一丈夫牵牛渚次饮之。牵牛人乃惊问曰："何由至此？"此人为说来意，并问此是何处，答云："君还至蜀都，访严君平，则知之。"竟不上岸，因还如期。后至蜀，问君平，君平曰："某年某月，有客星犯牵牛宿。"计年月，正此人到天河时也。

紫极[1]三台[2]光景接，洪钧[3]万象岁年深。

滦江回首九天上，谁傍香炉听舜琴？

上都次伯庸学士[4]韵（一作《和马伯庸见寄》）二首

侍臣催讲[5]御阶西，云静觚稜晓色低。

天辟神州卑两汉，地连碣石转三齐[6]。

含香昼永闲青琐，视草堂幽湿紫泥[7]。

最忆东山老松树，秋风应有鹤来栖。

长堤芳草遍滦河，谁买扁舟系树槎？

金帐薰风生殿角，画楼晴雾宿檐阿。

万年枝上乌啼早，九奏阶前凤舞多。

供奉老来文采尽，诗坛昨夜又投戈[8]。

---

1. 星名，借指帝王的宫殿。《宋书·良吏列传》：及世祖承统，制度奢广，犬马余菽粟，土木衣绨绣，追陋前规，更造正光、玉烛、紫极诸殿。

2. 星名，属太微垣；汉代尚书为中台，御史为宪台，谒者为外台，合称三台，也喻指三公。《晋书·舆服志》：笏者，有事则书之，故常簪笔，今之白笔是其遗象。三台五省二品文官簪之，王、公、侯、伯、子、男、卿尹及武官不簪，加内侍位者乃簪之。见王沂《和许参政旁怀吴宗师韵四首》"上台"条注。

3. 指天，比喻国家政权。唐·李德裕《离平泉马上作》：十年紫殿掌洪钧，出入三朝一品身。文帝宠深陪雉尾，武皇恩厚宴龙津。

4. 马祖常，字伯庸，应在泰定元年时任翰林直学士。《元史·马祖常传》：泰定建储，擢典宝少监、太子左赞善。寻兼翰林直学士，除礼部尚书。

5. 指经筵侍讲，汉唐以来帝王为讲论经史而特设的御前讲席。宋代始称经筵，置讲官以翰林学士或其他高级官员充任或兼任；元代沿袭此制，侍讲之责由翰林直学士等承担。《元史·泰定帝本纪一》：甲戌，江浙行省左丞赵简，请开经筵及择师傅，令太子及诸王大臣子孙受学，遂命平章政事张珪、翰林学士承旨忽都鲁儿迷失、学士吴澄、集贤直学士邓文原，以《帝范》《资治通鉴》《大学衍义》《贞观政要》等书进讲。

6. 泛指山东地区。秦子婴元年，刘邦灭秦；项羽分封诸王，以齐国故地立故齐王族人田都为齐王、田市为胶东王、田安为济北王，称"三齐"。《史记·项羽本纪》：田荣闻项羽徙齐王市胶东，而立齐将田都为齐王，乃大怒，不肯遣齐王之胶东，因以齐反，迎击田都。田都走楚。齐王市畏项王，乃亡之胶东就国。田荣怒，追击杀之即墨。荣因自立为齐王，而西杀击济北王田安，并王三齐。

7. 古人以泥封书信，泥上盖印；皇帝诏书则用紫泥。《陈书·陈宝应传》：以盛汉君临，推恩娄敬，隆周朝会，乃长滕侯，由是紫泥青纸，远贲恩泽，乡亭龟组，颁及婴孩。

8. 即投戈讲艺；原指军中仍不废学，后泛指偃武修文。《汉书·扬雄传下》：五帝垂典，三王传礼，百世不易，叔孙通起于枹鼓之间，解甲投戈，遂作君臣之仪，得也。

省中书事

玉京长夏里，画省五云边。

终日身无事，清时职是仙。

缥瓷[1]分马乳[2]，银叶[3]荐龙涎。

细草烟笼厠，垂杨雪妒绵。

客怀天外鹤，农事雨余田。

染翰逢歌扇，挥金向酒船。

鳌峰孤绝处，闲坐似当年。

和马伯庸寄袁学士[4]

白雪赓歌[5]少，朱弦[6]咏叹长。

天池鹍独运，雾谷豹深藏。

旧地收华载，新田买石房。

闲情齐绮皓[7]，时论仁班扬[8]。

---

1. 浅青色酒瓶。西晋·潘岳《笙赋》：披黄包以授甘，倾缥瓷以酌酃。光歧伛其偕列，双凤嘈以和鸣。

2. 指马奶酒。《元史·速不台传》：后大会，饮以马乳及蒲萄酒。言征怯怜时事，曰："当时所获，皆速不台功也。"

3. 用银片制成的茶盏、熏笼等类器物。宋·陆游《初寒在告有感》其二：香暖候知银叶透，酒清看似玉船空。故人吴蜀音尘断，安得相携一笑同。

4. 袁桷先后曾任集贤直学士、翰林直学士、侍讲学士等职；马祖常寄袁桷诗为哪一首，待考。《元史·袁桷传》：历两考，迁待制。又再任，拜集贤直学士。久之，移疾去官。复仍以直学士召入集贤，未几，改翰林直学士、知制诰同修国史。至治元年，迁侍讲学士。

5. 酬唱和诗。《尚书·益稷》：皋陶拜手稽首，飏言曰："念哉！率作兴事，慎乃宪，钦哉！屡省乃成，钦哉！"乃赓载歌曰："元首明哉，股肱良哉，庶事康哉！"

6. 用熟丝制成的琴弦，泛指琴瑟类弦乐器。《宋史·乐志十七》：古者大琴则有大瑟，中琴则有中瑟……弦八十一丝而朱之，是谓朱弦。

7. 即商山四皓之一的绮里季。南朝·江淹《效孙绰"杂述"》：浪迹无蚩妍，然后君子道。领略归一致，南山有绮皓。见王沂《北上三十韵》"绮季"条注。

8. 班固和扬雄，二人以辞赋见长；此处隐指马祖常、袁桷。《旧唐书·文苑列传上》：臣观前代秉笔论文者多矣。莫不宪章《谟》《诰》，祖述《诗》《骚》；远宗毛、郑之训论，近鄙班、扬之述作。又，唐·杜甫《哭台州郑司户苏少监》：许与才虽薄，追随迹未拘。班扬名甚盛，嵇阮逸相须。

瑚琏[1]登周庙，宗彝[2]画舜裳。

西昆[3]分颢气[4]，南斗避寒芒。

六月溧阳扇，三秋[5]镜水航。

弹琴无俗曲，辟谷[6]有仙方。

玉海羞[7]麟脯[8]，金茎[9]馈露浆。

书空忘咄咄[10]，文障（一作"陈"）拥（一作
"拂"）堂堂。

翰府[11]联芳远，枢庭[12]奕叶光。

名山留史策[13]，鸟国售诗章。

1．瑚、琏均为宗庙礼器，用以比喻治国安邦之才。《论语·公冶长》：子贡问
曰："赐也何如？"子曰："女，器也。"曰："何器也？"曰："瑚琏也。"

2．天子祭服，常以虎、蜼为图饰。《旧唐书·文苑传上·杨炯列传》：宗彝者，
武蜼也，以刚猛制物，象圣王神武定乱。

3．昆仑山。宋·范成大《浮丘亭》：西昆巉绝不可至，东望蓬莱愁弱水。谁知芳
草遍天涯，玉京只在珠帘底。

4．清新洁白盛大之气。《后汉书·班彪列传上》：抗仙掌以承露，擢双立之金
茎，轶埃壒之混浊，鲜颢气之清英。

5．秋季的第三个月即农历九月。唐·王勃《滕王阁序》：时维九月，岁在三秋。
潦水尽而寒潭清，烟光凝而暮山紫。

6．也称却谷、却粒、绝谷、去谷、断谷，不食五谷。道教的一种修炼术，辟谷
时，仍食药物，并须兼做导引等工夫。《梁书·处士列传·陶弘景传》：天监四年，
移居积金东涧。善辟谷导引之法，年逾八十而有壮容。

7．同"馐"。

8．干麒麟肉。晋·葛洪《神仙传·麻姑》：坐定，召进行厨，皆金盘玉杯，肴膳
多是诸花果，而香气达于内外。擘脯行之如栢灵，云是麟脯也。

9．用以擎承露盘的铜柱，指承露盘或盘中的甘露。《后汉书·班彪列传上》：抗
仙掌以承露，擢双立之金茎，轶埃壒之混浊，鲜颢气之清英。

10．书空咄咄，指叹息、愤慨、惊诧。南朝·刘义庆《世说新语·黜免》：殷中军被
废，在信安，终日恒书空作字。扬州吏民寻义逐之，窃视，唯作"咄咄怪事"四字而已。

11．翰林院。《旧唐书·高适传》：表为左骁卫兵曹，充翰府掌书记，从翰入朝，
盛称之于上前。

12．也作"枢廷"；政权中枢，内庭。《宋史·奸臣列传三·秦桧传》：王庶与桧
尤不合，自淮西入枢庭，始终言和议非是，疏凡七上。

13．可以传之不朽的藏书之所。《史记·太史公自序》：藏之名山，副在京师，俟
后世圣人君子。

节拟芝田[1]鹤，音谐律管[2]凰。

写经酬道士，立塔礼空王[3]。

藉草连裾[4]碧，分舰[5]注酒黄。

竹床吟几小，纱帻鬓丝凉。

离别三生梦，归依一瓣香。

升堂乖笑语，在野愧才良。

云拥鄞山雨，潮生定海洋。

何时宣室[6]召，四马骤康庄。

竹枝词十首

居庸山前涧水多，白榆林下石坡陀。

后来才度枪竿岭，前车昨日到滦河。

此首与第四首刻入杨铁崖《西湖竹枝词》，序云：竹枝本滦阳所作者，其山川风景，虽与南国异焉，而竹枝之声则无不同矣。

宫装騂裹锦障泥[7]，百两[8]毡车[9]一字齐。

1．传说中仙人种植灵芝的地方。三国·魏·曹植《洛神赋》：尔迺税驾乎蘅皋，秣驷乎芝田；容与乎阳林，流眄乎洛川。

2．用竹管或金属管制成的定音器具。周·吕望《六韬》：夫律管十二，其要有五音：宫、商、角、徵、羽。

3．佛的尊称。佛说世界一切皆空，故称空王，空王佛是过去世、现在世、未来世之过去世千佛之一。晋·鸠摩罗什译《法华经·授学无学人记品》：诸善男子，我与阿难等于空王佛所，同时发阿耨多罗三藐三菩提。

4．即连袂。《南齐书·王融传》：于是风土之思深，愎戾之情动，拂衣者连裾，抽锋者比镞，部落争于下，酋渠危于上，我一举而兼吞，卞庄之势必也。

5．同"舰"。

6．未央宫中的宫室，代指朝廷。《史记·屈原贾生列传》：孝文帝方受釐，坐宣室。上因感鬼神事，而问鬼神之本。贾生因具道所以然之状。

7．用织锦做成的垂于马腹两侧、用于遮挡尘土的东西。《金史·舆服志上》：亲王鞍，涂金银裹，仍级以开花。障泥用紫罗，饰以锦。辔以涂金银装，束用丝结。

8．同"辆"。

9．用毛毡做篷子的车。《辽史·仪卫志一》：契丹故俗，便于鞍马。随水草迁徙，则有毡车，任载有大车，妇人乘马，亦有小车，贵富者加之华饰。

夜宿岩前觅泉水[1]，林中还有子规啼。

新雨霏霏绿𬞟匀，马蹄何处有沙尘？
阿谁能剪山前草，赠与佳人作舞茵。

车帘都卷锦流苏，自控金鞍捻仆姑[2]。
草（一作"山"）间白雀能言语，莫（一作"试"）
学江南唱鹧鸪。

山前马陈烂如云，九夏[3]如秋不是春。
昨夜玄冥剪飞雪，云州山里尽堆银。

山上去采芍药花，山前来寻地椒芽。
土屋青帘留买酒，石泉老衲唤供茶。

风高白海[4]陇云黄，寒雁来时天路长。
山上逢山不归去，何人马蹄生得方。

1．怀来驿附近有玉液泉，用于酿酒。王恽《中堂事记》：县东南里许有酿泉，井水作淡鹅黄色，其曰玉液，即此出也。官为置务，岁供御醪焉。又，明·谢庭桂等《嘉靖隆庆志卷一·地理·山川》：玉液泉，在州城西南，水清味淡，元时取造玉液酒，因以名泉，其水西流入清水河。李溥光诗云"尚醖香飘玉液泉"是也又，清·顾祖禹《读史方舆纪要十七·北直八》：玉液泉，在延庆州西南，元时取以造酒，因名，其水西流入清水河。又白马泉，在州北三里，其深莫测，旁为白马村。

2．即金仆姑，箭名，泛指良箭。《左传·庄公十一年》：国学乘丘之役，公以金仆姑射南宫长万，公右遄孙生搏之。宋人请之，宋公靳之，曰："始吾敬子，今子，鲁囚也。吾弗敬子矣。"病之。

3．夏季，夏天。东晋·陶渊明《荣木序》：荣木，念将老也。日月推迁，已复九夏，总角闻道，白首无成。

4．应即察汗淖尔，蒙古语，意谓"白海"，即今圐圙诺尔；因远望呈白色而称白海，元代在此建有察罕脑儿行宫，也称白海行宫，元上都的西凉亭即在此地；又因这里是辇路与驿路的汇合处，察罕脑儿行宫建在明安驿站即昔宝赤站——元代鹰坊——西南五里处，两者常混称。辽代称凉陉、炭山、陉头，即元代西凉亭所在。西凉亭作为元代皇帝狩猎之所，有鹰坊，也称昔宝赤，即《元史》所谓"昔宝赤八喇哈孙"；此处有金景明宫、辽代凉殿；元代这里设有察汗淖尔行宫，有亨嘉殿等，一说建于1251年，是元朝历代皇帝驻夏消暑、行围狩猎、宴请宗王、祭祀祖先等活动的重要场所，是元朝政治生活中一个重要的组成部分。《元史·方技列传·靳德进传》：会车驾自上京还，召见白海行宫，授资德大夫、中书右丞，议通政院事。

山前闻说有神龙[1]，百脉流泉灌水春。
道与年年往来客，六月惊湍莫得逢。

天上瑶宫是吾居，三年犹恨往来疏。
滦阳侍臣骑马去，金烛朝天拟献书。

龙冈积翠护新宫，滦水秋波太液风。
要使《竹枝》传上国，正是皇家四海同。

上都柳枝词七首

曾见上都杨柳枝，龙江[2]女儿好腰肢。
西锦[3]缠头急催酒，舞到秋来人去时。

惹雪和烟复带霜，小东门[4]外万条长。
君王夜过五花殿[5]，曾与龙驹系紫缰。

来时垂叶嫩青青，归去西风又飘零。
愿得侬身长似柳，年年天上作飞星。

侬在南都见柳花，花红柳绿有人家。
如今四月犹飞絮，沙碛萧萧映草芽。

雪色骅骝窈窕骑，宫罗窄袖袂能垂。
驻向山前折杨柳，戏捻柔条作笛吹。

1．上都城西北有铁幡竿山，又称西山。传说上都地下原是大海，海中有龙，刘秉忠建城时立铁幡竿，高数十丈，用来镇龙。见胡助《滦阳述怀十首》"铁幡竿"条注。

2．上古三代属肃慎地，周至汉为神貊地，此后先后隶属扶余、豆莫娄，唐属黑水靺鞨，元属斡赤厅分地，地处今大兴安岭南麓与松嫩平原的过渡地带、雅鲁河畔。

3．西方传来的彩色丝织物。《宋史·外国列传六·于阗传》：所贡珠玉、珊瑚、翡翠、象牙、乳香、木香、琥珀、花蕊布、硇砂、龙盐、西锦、玉秋辔马、腽肭脐、金星石、水银、安息鸡舌香，有所持无表章。

4．据推测，应为上都外城东墙二门中的北门。《元史·达礼麻识理传》：引兵由小东门出，与之大战卧龙冈，败之。

5．上都五花殿仅见此诗，不可能是宋嘉佑间僧琼环所建五花殿；具体情形暂不可考。

偏岭前头树树逢，轻于苍桧短于松。

急风卷絮悲游子，永日留阴送去侬。

合门岭[1]上雪凄凄，小树云深望欲迷。

何日汶阳寻故里，绿阴阴里听莺啼。

奉题袁伯长[2]开平百首诗后

玉海云生贝阙[3]高，骑鲸[4]人去采芝[5]遨。

滦江一夕秋风到，瑟瑟珊瑚涌翠涛。

上京次李学士韵五首[6]

山拥石城月上迟，大安阁[7]前清暑时。

玉碗争呼传法酒[8]，碧笺时进教坊诗。

1．即今浩门岭，赤城附近一座山岭，今大岭堡附近，由望云北行，距雕窝站二十五里，明初曾以此为驿名；现赤城镇附近还有浩门岭村。《明史·地理志一》：雕鹗堡，宣德五年六月置。北有浩门岭。南有南河，下流入于白河。又，清·黄彭年等《畿辅通志·山·宣化府》：浩门岭，龙门县东，雕鹗堡北二十五里。明初以此名驿。上有古松数百株。郁然苍秀。

2．袁桷，字伯长，撰有《开平四集》，诗有百首，因有此言。

3．形容壮丽的宫室。战国·屈原《九歌·河伯》：与女游兮九河，冲风起兮横波。乘水车兮荷盖，驾两龙兮骖螭。登昆仑兮四望，心飞扬兮浩荡。日将暮兮怅忘归，惟极浦兮寤怀。鱼鳞屋兮龙堂，紫贝阙兮朱宫。

4．也作"骑京鱼"，比喻隐遁或游仙。宋·晁补之《少年游·次季良韵》：它日骑鲸，尚怜迷路，与问众仙真。

5．遁隐。西汉商山四皓曾作《采芝操》，也称《四皓歌》，简称《采芝》，表达隐逸之愿：莫莫高山，深谷逶迤。晔晔紫芝，可以疗饥。唐虞世远，吾将何归？驷马高盖，其忧甚大，高贵之畏人，不及贫贱之肆志。

6．题为五首，实际存诗仅此所辑四首；李学士何人，待考。

7．上都最主要宫殿，曾被视作上都的象征，国家重大典礼在此举行。原是故宋汴京之熙春阁，后迁移至上都改建而成。见胡助《滦阳述怀十首》"大安阁"条注。

8．宫廷用酒或按照官府法定规格酿造的酒。《史记·叔孙通列传》：至礼毕，复置法酒。诸侍坐殿上皆伏抑首，以尊卑次起上寿。觞九行，谒者言"罢酒"。御史执法举不如仪者辄引去。竟朝置酒，无敢欢哗失礼者。又，《宋史·职官志四》：法酒库、内酒坊，掌以式法授酒材，视其厚薄之齐，而谨其出纳之政。若造酒以待供进及祭祀，给赐，则法酒库掌之；凡祭祀，供五齐三酒，以实尊罍。内酒坊惟造酒，以待余用。

金烛承恩出院[1]迟，玉堂学士草麻[2]时。
明朝出国新端午，彩笔应供帖子诗[3]。

昼漏浑争一刻迟，玉京六月似秋时。
箧中日日藏纨扇，说与班娘[4]莫写诗。

芍药阑前春信迟，滦京端午石榴时。
双双紫燕自寻垒，小小白翎能念诗。

1．即翰林院。

2．即翰林学士草拟诏书；唐宋时用黄白麻纸写诏书，因有此称。唐·李肇《翰林志》：学士于禁中草诏，虽宸翰所挥，亦资检讨，谓之视草。见袁桷《次韵玉堂画壁》"玉堂"、袁桷《视草堂四咏》"视草堂"条注。

3．也称帖子词。宋制，每年八节内宴时翰林院侍臣献给宫中的诗；诗体近于宫词，多为五、七言绝句，文字工丽，或歌颂升平，或寓意规谏，因贴于禁中门帐而得名。宋·惠洪《冷斋夜话卷二·立春王禹玉口占》：欧公、王禹玉俱在翰苑。立春日，当进诗帖子。会温成皇后薨，阁虚不进，有旨亦令进。欧公经营中，禹玉口占便写曰："昔闻海上有三山，烟锁楼台日月间。花似玉容长不老，只应春色在人间。"欧公喜其敏速。禹玉，欧公门生也，而同局，近世盛事。其诗略曰："当年叨入武成宫，曾看挥毫气吐虹。梦寐闲思十年事，笑谈今此一樽同。喜君新赐黄金带，顾我今为白发翁。"

4．班婕妤，汉成帝的妃子，善诗赋，有美德。初为少使，立为婕妤，有五言诗《团扇歌》：新制齐纨素，皎洁如霜雪。裁作合欢扇，团圆似明月。出入君怀袖，动摇微风发。常恐秋节至，凉意夺炎热。弃捐箧笥中，恩情中道绝。又，《汉书·外戚列传下·班婕妤传》：孝成班婕妤。帝初即位选入后宫。始为少使，蛾而大幸，为婕妤……赵氏姊弟骄妒，婕妤恐久见危，求共养太后长信宫，上许焉。婕妤退处东宫，作赋自伤悼。

李宫人琵琶引

銮舆[1]五月[2]幸龙冈[3]，宣唤新声促晓妆。

拨断冰弦[4]秋满眼，塞天云碧草茫茫。

1．即銮驾，天子车驾，也代指天子。《晋书·后妃列传一·惠羊皇后传》：家有跋踵之心，人想銮舆之声，思望大德，释兵归农。

2．皇帝巡幸上都时间多在四月出大都，九月初返回，但具体时间上，因皇帝不同或特殊事宜前后有很大差异。元·孔齐《静斋至正直记·上都避暑》：国朝每岁四月驾幸上都避暑，为故事，至重九还大都。

3．龙冈，代指上都。元代两都制确立后，巡幸制度随之形成。元·赵世延等《经世大典序录·行幸》：皇朝建国之初，四征不庭，靡暇安处。世祖皇帝定两都以受朝贡，备万乘以息勤劳，次舍有恒处，车庐有恒制，春秋有恒时，游畋有度，燕享有节，有司以时供具，而法寓焉。此安不忘危，贻子孙万世之法者也。故列圣至于今，率修而行之。

4．传说中用冰蚕丝作的琴弦。金·董解元《西厢记诸宫调》：妆一胆瓶儿，冰弦重理，声渐辨雄雌。

袁桷

（1266～1327年）字伯长，号清容居士，宋元之际鄞县（一说庆元）人。师从戴表元学，后师事王应麟，以能文名。20岁后举茂才异等，任丽泽书院山长；大德元年荐为翰林国史院检阅官，后升应奉翰林文字，同知制诰兼国史院编修官；延祐年间迁侍制，任集贤直学士，不久任翰林院直学士，知制诰同修国史；至治元年迁侍讲学士，参与纂修累朝学录；泰定元年辞归，自号清容居士。文章博硕，诗风俊逸，又工书法。卒赠中奉大夫、江浙中书省参政，封陈留郡公，谥文清。著有《清容居士集》。袁桷咏上都诗主要是《开平第一集》（延祐元年，1314年），写大都到上都的途中景色；《开平第二集》（延祐六年，1319年），写上都的自然环境和居民生活；《开平第三集》（至治元年，1321年），写大都到上都的驿站和上都的风土习俗；《开平第四集》（至治二年，1322年），从不同侧面反映上都的风貌。

送王继学修撰[1]马伯庸应奉[2]分院[3]上都二首

玉京高处雪流脂，连插鸡翘[4]绿鬓垂[5]。
蹀躞有泥歌独漉[6]，琵琶无梦说相思。

1．王士熙，字继学，时任翰林修撰。

2．马祖常，字伯庸，延祐二年，会试第一，廷试第二，授应奉翰林文字。《元史·马祖常列传》：延祐初，科举法行，乡贡、会试皆中第一，廷试为第二人。授应奉翰林文字。拜监察御史。

3．元代重要机构在上都均设有分支机构，翰林院设有上都分院。见王士熙《寄上都分省僚友二首》"分省"条注。

4．皇帝的仪仗之一，即鸾旗；因旗帜所绣凤凰图案而被民间误认为鸡翘。《后汉书·舆服志上》：鸾旗者，编羽旄，列系幢旁。民或谓之鸡翘，非也。

5．鬓角。南朝·庾肩吾《咏美人看画诗》：转手齐裾乱，横簪历鬓垂。曲中人未取，谁堪白日移。

6．也作"独禄"，古乐府中晋和南朝齐拂舞歌辞。《晋书·乐志下》：《独禄篇》：独独禄禄，水深泥浊。泥浊尚可，水深杀我。雍雍双雁，游戏田畔。我欲射雁，念子孤散。

黑河[1]旧乐催填谱，白海[2]名花拟进词。
羽猎上林[3]俱罢赋，卿云[4]何以报明时？

浅坡平叠碛漫漫，拂岭青帘罨画看。
毡屋[5]起营[6]羊胛熟[7]，土房催顿马通[8]干。
挏官[9]走驿传金碗，冰正[10]分瓯贮玉盘。
莫上乡台望南北，白云微处是枪竿[11]。

1．历史上黑河有多处。一、云州黑河，今内蒙古、河北境内。《元史·泰定帝本纪二》：是月，籍田蝗，云州黑河水溢。二、蒙古族发祥地之八剌合黑河。《元史·太祖本纪》：海都既立，以兵攻押剌伊而，臣属之，形势浸大，列营帐于八剌合黑河上，跨河为梁，以便往来。三、祁连山北麓、居延海支流之黑河。四、此处黑河应指位于西域的河流。《新唐书·西域传下》：俱蜜者，治山中。在吐火罗东北，南临黑河。其王突厥延陀种。

2．即察汗淖尔。见王士熙《竹枝词十首》"白海"条注。

3．《羽猎赋》，扬雄代表作之一；《上林赋》，司马相如代表作之一。

4．汉代辞赋家司马相如字长卿、扬雄字子云，并称卿云。《南齐书·文学列传》：桂林湘水，平子之华篇，飞馆玉池，魏文之丽篆，七言之作，非此谁先？卿、云巨丽，升堂冠冕，张、左恢廓，登高不继，赋贵披陈，未或加矣。

5．即毡房，也称蒙古包，用特制的木架做围栏支撑的"哈那"，哈那的数量是决定蒙古包大小的因素；用两至三层羊毛毡围裹，再用马鬃或驼毛拧成的绳子捆绑固定；顶部用"乌耐"作支架并盖有"布乐斯"，呈天幕状；圆形尖顶开有的天窗叫"陶脑"，上面盖着四方块的羊毛毡"乌日何"，可通风、采光。此类建筑既便于搭建，又便于拆卸移动，适于游牧生活。《南齐书·曹虎传》：虏去城数里立营顿，设毡屋，复再围樊城，临沔水，望襄阳岸乃去。

6．拔除营帐。游牧生产逐水草而居，牧民会根据草场消耗状况，适时转移放牧点，以确保草场不至于过度放牧而遭到破坏。

7．形容时间短促。《新唐书·回鹘传下》：骨利干，处瀚海北……又北度海，则昼长夜短。日入烹羊胛，熟，东方已明，盖近日出处也。

8．马粪。《后汉书·戴就传》：戴就字景成，会稽上虞人也。仕郡仓曹掾，杨州刺史……收就于钱唐县狱……主者穷竭酷惨，无复余方，乃卧覆船下，以马通薰之。

9．即负责挏马酒的官吏。用马奶做酒，必须用力搅动，使奶汁里的奶油分离出去，留下奶酪发酵才能做酒。汉·许慎《说文解字》：挏，拥也。汉有挏马官，作马酒。

10．宫廷中负责提供消暑冰块的官吏。

11．即枪杆岭、枪竿岭，又称桑乾岭、将干岭、桥干岭，今称长安岭，在统墓店正北。明·蒋一葵《长安客话·边镇杂记·长安岭》：长安岭在兴和城迤东五十里，元为怀来、龙门二县界。旧名枪杆岭，号称险隘，度此方出险……今人呼为桑干岭，盖音相近之误也。又，清·黄彭年等《畿辅通志·山·宣化府》：长安岭，一名桑乾岭。龙门县东南，本名枪竿岭，明永乐中改名，今有堡。

伯庸开平书事[1]次韵七首

沉沉棕殿[2]内门西[3]，曲宴[4]名王舞马[5]低。
桂蠹[6]除烦来五岭，冰蚕[7]却暑贡三齐。
金罂醅重凝花露[8]，翠釜膏浮透杏泥。
最爱禁城千树柳，归鸦捡尽不敢（一作"曾"）栖。

尚方新制玉东西[9]，一曲生香（一作"笙歌"）舞袖低。
阆苑春浓巾角湿，巫山云冷[10]帽檐齐。
前行按曲停檀板，内值催宣印紫泥。
可是年深慵应诏，道人自爱碧山栖。

---

1. 即马祖常《开平书事》诗。

2. 即棕毛殿。

3. 似应即"西内"。

4. 私宴，多指官中之宴。《三国志·魏书·后妃列传》：帝之幸郭元后也，后爱宠日弛。景初元年，帝游后园，召才人以上曲宴极乐。

5. 使马按节拍舞蹈，也指能起舞的马；南朝宋孝武帝大明年间，河南献舞马，谢庄作有《舞马赋》《舞马歌》。《宋书·孝武帝本纪》：十一月己巳，高丽国遣使献方物；肃慎国重译献楛矢、石砮；西域献舞马。

6. 寄生在桂树上的一种虫，因食桂而味辛，用蜂蜜浸泡后食用，味道甘美。《汉书·西南夷、两粤、朝鲜传·南粤传》：谨北面因使者献白璧一双，翠鸟千，犀角十，紫贝五百，桂蠹一器，生翠四十双，孔雀二双。

7. 传说中的一种蚕，性至阴。东晋·王嘉《拾遗记·员峤山》：员峤山……有冰蚕，长七寸，黑色，有角，有鳞。以霜雪复之，然后作茧，长一尺，其色五彩。织为文锦，入水不濡，以之投火，经宿不燎。唐尧之世，海人献之。

8. 酒。宋·陆游《林间书意》：红螺杯小倾花露，紫玉池深贮麝煤。领取林间闲富贵，向来误计伴邹枚。

9. 酒杯名，一说酒名。宋·张邦基《墨庄漫录》卷四：王禹玉丞相《寄程公辟》诗云："舞急锦腰迎十八，酒酣玉盏照东西"。乐府六么曲有花十八，古有玉东西杯，其对甚新也。

10. 楚王与巫山神女的典故，比喻过往如梦，只余凄清。战国·宋玉《高唐赋》：昔者楚襄王与宋玉游于云梦之台，望高之观，其上独有云气，崒兮直上，忽兮改容，须臾之间，变化无穷。王问玉曰："此何气也？"玉对曰："所谓朝云者也。"王曰："何谓朝云？"玉曰："昔者先王尝游高唐，怠而昼寝，梦见一妇人曰：'妾，巫山之女也。为高唐之客。闻君游高唐，愿荐枕席。'王因幸之。去而辞曰：'妾在巫山之阳，高丘之阻，旦为朝云，暮为行雨。朝朝暮暮，阳台之下。'旦朝视之，如言。故为立庙，号曰朝云。"

身如病鹤倦梳翎，往事犹存旧汗青。

伏日赐冰来上苑，晚风传竹度疏棂。

承恩裁诏[1]心抽茧[2]，落笔诛奸眼拔钉。

惆怅当今人物论，披衣危坐望晨星。

客子光阴疾箭翎，徘徊玉署愧纡青[3]。

当阶翠影翻红药，连琐[4]回纹认绿棂。

赋拟卿云羞轧茁[5]，文追班马[6]黝灰钉[7]。

北门[8]英彦珪璋[9]重，朝论诠量比秤星。

的的[10]新愁涨碧波，可堪跋马上危坡。

明知风伯秋当路，更候天孙[11]夜渡河。

1．替皇帝起草诏书。《旧唐书·太祖本纪三》：贻矩曰："殿下功德及人，三灵所卜已定。皇帝方议裁诏，行舜、禹之事，臣安敢违。"

2．即剥丝抽茧，比喻心思缜密，分析事物极为细致，有条理，有层次。

3．即纡青拖紫，指佩带青绶，做高官。《晋书·儒林列传》：于是傍求蠹简，博访遗书，创甲乙之科，擢贤良之举，莫不纡青拖紫，服冕乘轩，或徒步而取公卿，或累旬以膺台鼎。

4．玉制小连环，动则声音清澈而细碎。唐·陆龟蒙《采药赋》：兰在口以时闻，娇如连琐；蕙牵心而不定，飘若悬旌。

5．曲曲折折地屈生出，比喻诘屈聱牙，晦涩难通。

6．班固与司马迁，一说班固与司马相如，或说班固与马融，均指文学才能卓著的人。《晋书·葛洪传》：洪博闻深洽，江左绝伦。著述篇章富于班马，又精辩玄赜，析理入微。

7．石灰和铁钉，用作敛尸封棺，借指身死。《梁书·徐勉传》：送终之礼，殡以期日，润屋豪家，乃或半晷，衣衾棺椁，以速为荣，亲戚徒隶，各念休反。故属圹才毕，灰钉已具，忘狐鼠之顾步，愧燕雀之徊翔。

8．唐高宗时，弘文馆直学士刘祎之、著作郎元万顷等，常奉诏于翰林院草制，密令参决，以分宰相之权。唐制，官衙都在宫城之南，院在银台之北，刘、元等人不经南门，而于北门出入，时人因谓之"北门学士"；此处代指翰林学士。《旧唐书·刘祎之列传》：上元中，迁左史、弘文馆直学士，与著作郎元万顷，左史范履冰、苗楚客，右史周思茂、韩楚宾等皆召入禁中……时又密令参决，以分宰相之权，时人谓之"北门学士"。

9．用于朝聘、祭祀的玉制礼器；比喻杰出的人才。《旧唐书·齐物传》：故金紫光禄大夫、太子太傅、兼正卿齐物，宗室珪璋，士林桢干。

10．深切、浓郁的样子。唐·苏颋《陈仓别陇州司户李维深》：京国自携手，同途欣解颐。情言正的的，春物宛迟迟。

11．即织女星；神话中，织女是天帝的孙女，因而被称为天孙。《史记·天官书》：婺女，其北织女。织女，天女孙也。

沙碛共传歌敕勒，阴山那复见延陀[1]。

周廷王会须椽笔，惭愧陈人[2]奈老何！

马足曾穷五色河，更将舌本品浮槎。

新声促轸传三叠[3]，宝构悬铃镇四阿。

短榻雁来愁不奈，小窗人去酌毋多。

白头慵作东封颂[4]，愿效诸生赋止戈。

侍臣底用赋明河[5]，西海曾看贯月槎。

向矣伏蒲[6]移塞外，终然加璧[7]耀山阿。

羡君一鹤孤难并，愧我双凫数似多。

旧读韬钤工七纵[8]，裹疮从此愿投戈[9]。

1．即薛延陀，中国古代北方民族，也作为汗国名；原为铁勒诸部之一，由薛、延陀两部合并而成。《旧唐书·北狄列传·铁勒传》：铁勒，本匈奴别种……至武德初，有薛延陀、契苾、回纥……等，散在碛北。薛延陀者，自云本姓薛氏，其先击灭延陀而有其众，因号为薛延陀部。

2．老朽。《庄子·寓言》：人而无以先人，无人道也；人而无人道，是之谓陈人。

3．古奏曲之法，至某句乃反复再三，称三叠；也指三通或三遍。宋·苏轼《仇池笔记·阳关三迭》：余在密州，文勋长官以事至密，自云得古本《阳关》，每句皆再唱，而第一句不叠，乃知古本三叠盖如此。

4．帝王行封禅事，昭告天下太平。《史记·司马相如列传》：相如已死……其遗札书言封禅事……司马相如既卒五岁，天子始祭后土。八年而遂先礼中岳，封于太山，至梁父禅肃然。

5．天河，银河。《宋史·乐志七（乐章一）》：素精肇节，金行固藏。气冲炎伏，明河翻霜。

6．犯颜直谏。《汉书·史丹传》：与皇后、太子皆忧……丹直入卧内，顿首伏青蒲上，涕泣言曰："皇太子以適长立，积十余年，名号系于百姓，天下莫不归心臣子……为国生意，以为太子有动摇之议。审若此，公卿以下必以死争，不奉诏。臣愿先赐死以示群臣！"……上因纳。

7．即束帛加璧，比喻贵重的礼物。《礼记·礼器》：内金，示和也。束帛加璧，尊德也。

8．古代兵书《六韬》《玉铃篇》的并称，后泛指兵书；工七纵，指诸葛亮七擒七纵孟获典，后泛指谋略。《隋书·虞世基传》：中小枝于戟刃，彻蹲札于甲裳。聊七纵于孟获，乃两擒于卡庄。

9．放下武器，休战。汉·扬雄《解嘲》：叔孙通起于枹鼓之间，解甲投戈，遂作君臣之仪，得也。

次韵继学、伯庸上都见寄

阴阴棕殿水云苍，鸤鹊[1]风微夏日长。

浑似醴泉宫[2]畔境，千官齐立从文皇。

纱縠单衣珮水苍，碧笺裁诏茧丝长。

日斜双入通明殿[3]，云母屏前对玉皇。

相思尽日鬓毛苍，赤土尘深怨路长。

忽忆镜湖明月夜，藕花清浅棹余皇[4]。

初夏即事

斜晖庭院树阴移，翠蔓交加静对宜。

幸有花王[5]能引酒，惭无草圣[6]助题诗。

雁随云影还乡近，燕惜春光筑垒迟。

莼满东湖尝不得，笑看羊酪写相思。

1．即鸤鹊楼。

2．位于麟游县，初名仁寿宫，为隋文帝离宫；唐太宗扩建，更名九成宫。唐太宗避暑时曾掘地成井，命名"醴泉"，后魏征为文，欧阳询书写而成《九成宫醴泉铭》，现碑铭尚存。《隋书·食货志》：十三年，帝命杨素出，于岐州北造仁寿宫。又，《隋书·韦师传》：后从上幸醴泉宫，上召师与左仆射高颎、上柱国韩擒等，于卧内赐宴，令各叙旧事，以为笑乐。又，《旧唐书·地理志一》：太宗改仁寿宫为九成宫。又，《旧唐书·高宗本纪上》：九月癸巳，改九成宫为万年宫，废玉华宫以为佛寺……辛丑，改万年宫依旧名九成宫。

3．传说中玉帝的宫殿。宋·苏轼《上元侍饮楼上三首呈同列》其一：澹月疏星绕建章，仙风吹下御炉香。侍臣鹄立通明殿，一朵红云捧玉皇。

4．春秋时吴国的船名。《左传·昭公十七年》：子鱼先死，楚师继之，大败吴师，获其乘舟余皇。

5．花中之王，指牡丹；传说姚黄为王，魏紫为后。宋·欧阳修《洛阳牡丹记·花释名》：钱思公尝曰："人谓牡丹花王，今姚黄真可为王，而魏花乃后也。"

6．张旭，字伯高，一字季明，唐书法家，善草书，性好酒，李白诗歌、张旭草书、裴旻剑舞被誉为"三绝"。《旧唐书·文苑列传·贺知章传》：时有吴郡张旭，亦与知章相善。旭善草书，而好酒，每醉后号呼狂走，索笔挥洒，变化无穷，若有神助，时人号为张颠。

次韵成季[1]滦阳见寄

客思如痴日似年，晚风投帻思悠然。
看山不逐马蹄去，得句时从雁足传[2]。
红绿芰荷秋岸岸，青黄蒲稗雨田田。
莼鲈有兴[3]愁无奈，欲问浑河下水船。

寄上都子贞[4]、伯庸、继学三学士

侍臣亲切见银河，不用虚无八月槎[5]。
蝉报早秋归木末，龙拖残雪度山阿。
琵琶云冷相思切，蹀躞泥深独立多。
今岁同行诗垒[6]壮，飞觥[7]击钵[8]正横戈。

---

1. 即道教宗师吴全节，字成季。见刘敏中《崇真宫提点吴成季自号闲闲。扁其居室曰"冰雪相看"，以卷微言，为书三绝句》"吴成季自号闲闲"条注。

2. 即雁足传书。《汉书·苏武传》：昭帝即位数年，匈奴与汉和亲。汉求武等，匈奴诡言武死。后汉使复至匈奴，常惠请其守者与俱，得夜见汉使。具自陈过。教使者谓单于，言天子射上林中，得雁，足有系帛书，言武等在荒泽中。

3. 莼鲈之思，思念故乡。南朝·刘义庆《世说新语·识鉴》：张季鹰辟齐王东曹掾，在洛，见秋风起，因思吴中莼菜羹、鲈鱼脍，曰："人生贵得适意尔，何能羁宦数千里以要名爵！"遂命驾便归。

4. 曹元用（1268~1330年）字子贞，祖籍阳谷阿城，后迁居汶上，与清河元明善、济南张养浩并称"三俊"，元英宗时授职直学士，与马祖常、王士熙同任。《元史·曹元用传》：曹元用，字子贞，世居阿城，后徙汶上……与清河元明善、济南张养浩同时号为三俊……赠政奉大夫、江浙等处行中书省参知政事、护军，追封东平郡公，谥文献。诗文四十卷，号《超然集》。见曹元用诗。

5. 传说中八月里按期通往天河的船筏。见王士熙《寄上都分省僚友二首》"八月星槎"条注。

6. 诗人的阵营。金·赵秉文《送宋飞卿二首》其一：秋风汴水伤今别，明月郊郊与子分。瘦李髯雷隔存没，只愁诗垒不能军。

7. 传杯，指传杯饮酒。唐·羊昭业《皮袭美见留小宴次韵》：泽国春来少遇晴，有花开日且飞觥。王戎似电休推病，周顗才醒众却惊。

8. 即击钵催诗，指限时成诗，比喻诗才敏捷。《南史·庾羲传》：萧文琰，兰陵人。丘令楷，吴兴人。江洪，济阳人。竟陵王子良尝夜集学士，刻烛为诗，四韵者则刻一寸，以此为率。文琰曰："顿烧一寸烛，而成四韵诗，何难之有。"乃与令楷、江洪等共打铜钵立韵，响灭则诗成，皆可观览。

送吴成季五绝

墙东杏树花千片，片片随风到马头。
只恐花飞不解走，度关时节暮云羞。

北雪初消未见山，驼铃声杂佩珊珊。
廉家池馆春风好，独看牡丹惟我闲。

上京新酒玉津津，薄醉深春恼杀人。
截取当年钓竿竹，卷筒相寄不嫌频。

诗瓢[1]淅沥风前树，雪在深村月在梅。
从此不须生感慨，晚寒更上望乡台。

鳌峰路与仙峰近，取次诗筒[2]日往来。
惭愧阿戎[3]松下坐，洞门深锁碧桃开。

次韵马伯庸应奉绝句一十八首

向曾六月桓州住，雪歇前岩散冰树。
王郎马郎[4]太愁生[5]，两骑双双辞我去。

1．贮放诗稿的器具。宋·计有功《唐诗纪事·唐球》：球居蜀之味江山，方外之士也。为诗捻藁为圆，纳入大瓢中。后卧病，投于江曰："斯文苟不沉没，得者方知吾苦心尔。"至新渠，有识者曰："唐山人瓢也。"

2．也作"诗筒"，日常的吟咏唱和书于诗笺后，可供插放诗笺的用具；多以竹制，取清雅之意。元·辛文房《唐才子传·廖图》：齐己时寓渚宫，相去图千里，而每诗筒往来不绝，警策极多，必见高致。

3．王戎，早慧的典型；此处指不为表象所动的智慧。南朝·刘义庆《世说新语·雅量》：王戎七岁，尝与诸小儿游。看道边李树多子折枝。诸儿竞走取之，唯戎不动。人问之，答曰："树在道边而多子，此必苦李。"取之信然。

4．指王继学、马伯庸。

5．生，语气助词；指特别愁闷。宋·辛弃疾《御街行·山中问盛复之提干行期》：情知梦里寻鹦鹉。玉殿追班处。怕君不饮太愁生，不是苦留君住。白头自笑，年年送客，自唤春江渡。

远客三年亲友简绝，独开元[1]邻僧以书茗相寄

廿载神京汗漫游，玉堂深处得无愁。

随龙北上迷三伏，送雁南归忆九秋。

亲友共嫌疏问信，律师[2]屡约劝归休。

南湖日出西湖月，应许明年共泛舟。

开平第一集甲寅[3]

延佑改元[4]五月三日分院，十五日始达开平[5]，得诗数篇，录示儿曹。

伏日[6]抒怀二首

伏日急雨来，端坐披重裘。

中天异寒暑，兹维帝王州。

碧草记初夏，坚冰在余沟。

野旷无留禽，积潦不复收。

飞云屡晴阴，苍茫天宇秋。

---

1. 开元寺，上都著名藏传佛教寺院。《元史·仁宗本纪二》：壬戌，赐上都开元寺江浙田二百顷，华严寺百顷。又，《元史·释老传》：至大元年，上都开元寺西僧强市民薪，民诉诸留守李璧。

2. 佛教称善解戒律的人。北凉·昙无谶等译《涅槃经·金刚身品》：如是能知佛法所作，善能解说，是名律师。

3. 即1314年，元仁宗延佑元年。

4. 延佑改元即元仁宗于1314年丁未日下诏改元，是年为延佑元年。《元史·仁宗本纪二》：延祐元年春正月丁亥，授中书右丞刘正平章政事、商议中书省事……丁未，诏改元延祐。

5. 元代往来大都、上都间，时间和路程行止都有规定；大都、上都之间驿路七百多到一千多里不等，约需二十日左右。《元典章·兵部·站赤·使臣》：今后凡差出勾当人员，出给铺马劄付，于上验事标写紧慢字号。除为军情急速勾当不拘此限外，据常例缓慢勾当差出人员，每日不越三站走递。

6. 又称伏天，三伏的总称；古代也专指三伏中祭祀的一天。古人认为，伏天之时，阴气迫于阳气而藏伏，因而称之为"伏日"；一般说"伏日"是指入初伏的那一天，即夏至后的第三个庚日。《汉书·东方朔传》：久之，伏日，诏赐从官肉。大官丞日晏下来，朔独拔剑割肉，谓其同官曰："伏日当蚤归，请受赐。"

营营壁间蝇，就暖旬日谋。
玄冥自成岁，高下各有求。
怅彼南飞雁，素心愧难酬。

晨起万灶烟，墨云何轮囷。
念昔种松[1]者，用志良苦辛。
寒沙草漫漫，万骑来无津。
树之似云栅，积雪迷秋春。
大车栋复楹，小车樵与薪。
空余千岁脂，成此官路尘。
我衣素修洁，暂污不敢嗔。
俛焉拾余煤，作书记其因。

次韵玉堂[2]画壁

至人悟穷达，敛迹寓垄亩。
良苗贵深扶，撅土戒蒿莠。
霭霭新阳浮，高下接紫宙[3]。
跨犊东南行，问事一俯首。
新雨泻沟塍，交流妫川后。
辍耕非素心，帝命资左右。
相彼前山云，倏迷复还岫。
卷舒乐盘涧，署壁写其旧。
清秋映空谷，风雨百神守，

1．叶新民《元上都研究》认为，唐人在种植松林时，把它作为中原汉地与边疆地区的界限。白珽《续演雅十诗》诗注：取松煤于滦阳，即今上都。去上都二百里即古松林千里，其大十围，居人薪之将八百里也。

2．汉代侍中有玉堂署；北宋太宗淳化年间，皇帝曾亲书“玉堂之署”四字赐翰林承旨苏易简，后于是用玉堂代称翰林院。《汉书・李寻传》：过随众贤待诏，食太官，衣御府，久污玉堂之署。又，《宋史・太宗本纪二》：帝飞白书“玉堂之署”四字，以赐翰林承旨苏易简。

3．宇宙，上天，高空。南朝・江淹《构象台》：起净法兮出西海，流梵音兮至索溟。网紫宙兮洽万品，冠璇宇兮济群生。

夙昔经济姿，志不在杯酒。
要使风俗淳，斯民乐仁寿。

——秋谷耕云

明月入水底，摩荡空江雪。
昂昂垂纶翁，在雪不在月。
悟彼玄化理，不寐坐明发。
我舟非无桨，我车讵无轵。
迂儒守绳枢，世胄贯华阀。
愿以千尺竿，裁为济川筏。

——寒江钓雪

上都客舍士弘[1]为作风竹

门巷泥深笑独清，此君潇洒未忘情。
无端昨夜风花急，却送秋声作雨声。

金主[2]画孟浩然骑驴图

生前明主已遭嗔，身后君王为写真。
家国总缘诗句废，灞陵犹胜蔡州[3]尘。

木叶山前雪似银，软裘难作自由身。
想因岁晚朝陵[4]后，故写骑驴处士真。

1．即李士弘（？～1331年），名倜，号员峤真逸，元代河东太原（今属山西）人，官至集贤侍读学士。大德中，出为临江路总管，后为延平路总管，两浙盐运使。工诗文，善书画，尤以墨竹最著名。书法宗晋唐，以右军为尚，曾临右军帖多本，与赵孟頫友善，每临一帖便求其题跋。元·赵孟頫《李士弘真赞》：气禀全晋之豪，风流东晋之高，落笔云烟，吐辞波涛。耽文艺如嗜欲，以古人为朋曹。

2．金代皇帝完颜亮、完颜璟等诗词书画作品都很优秀，但《孟浩然骑驴图》究竟为哪位所画，待考。

3．孟浩然家乡一带。唐·王维《哭孟浩然》：故人不可见，汉水日东流。借问襄阳老，江山空蔡州。

4．帝王拜扫祖先陵墓。宋·范仲淹《论西京事宜札子》：然彼空虚已久，绝无储积，急难之时，将何以备。宜以将有朝陵之名，渐营廪食。

北阙[1]明言不上书，蹇驴何自入西都。
开元天子[2]元无分，留与他生作画图。

李陵台

天尽眷空计未疏，囊封朝奏似怜渠。
汉家天子春秋责，从此降臣直笔书。

雪衮寒沙风衮灰，眼穿犹上望乡台。
陇西可是无回雁，不寄平安一字来。

上都杨节妇[3]

吹彻玉参差，孤鸾天外飞。
匣藏身后剑，箧宝嫁时衣。
寿乐庞眉耸，心清鹤骨肥。
诸郎新玉立[4]，孝谨报春晖。

---

1. 官殿北面的门楼，是大臣等候朝见或上书奏事的地方。《史记·外戚世家·钩弋夫人世家》：卫太子废后，未复立太子。而燕王旦上书，原归国入宿卫。武帝怒，立斩其使者于北阙。
2. 唐玄宗李隆基，开创了开元盛世；但孟浩然却一直沉沦下僚。《新唐书·艺文列传·孟浩然传》：孟浩然，字浩然，襄州襄阳人……年四十，乃游京师……帝问其诗，浩然再拜，自诵所为，至"不才明主弃"之句，帝曰："卿不求仕，而朕未尝弃卿，奈何诬我？"因放还……张九龄为荆州，辟置于府，府罢。
3. 具体何人，待考。
4. 操守坚定。东晋·桓温《荐谯元彦表》：凶命屡招，奸威仍逼，身寄虎吻，危同朝露，而能抗节玉立，誓不降辱，杜门绝迹，不面伪庭。

开平第二集

登候台[1]

蜿蜒西龙冈，绿草摇清（一作"晴"）波。

旁有双玉井[2]，石角增嵯峨。

明良佐神运，目力穷陂陀。

层垣睥睨雄，宝构通羲娥[3]。

昂昂铁竿[4]耸，飞鸟光荡摩。

土屋黏蜜房[5]，文毡围锦窠。

缅思皇猷[6]远，默止松林戈。

匪以清暑游，跋履[7]劳鸣珂。

阴森晚色晦，寒沙聚群驼。

悲笳月初上，戴斗[8]瞻天河。

---

1. 烽火台。古代为守望报警，在边境要地垒筑的高台。北魏·郦道元《水经注·湿余水》：有石室三层，其户牖扇扉悉石也，盖故关之候台矣。

2. 井的美称。东晋·葛洪《抱朴子·微旨》：夫太元之山，难知易求，不天不地，不沈不浮，绝险绵邈，嵯峨崎岖，和气絪缊，神意并游，玉井泓邃，灌溉匪休，百二十官，曹府相由，离坎列位，玄芝万株。

3. 日御羲和与月神嫦娥的并称，借指日月。唐·韩愈《石鼓歌》：孔子西行不到秦，掎摭星宿遗羲娥。嗟余好古生苦晚，对此涕泪双滂沱。

4. 即铁幡竿。元上都西龙岗山上树有铁幡竿。见胡助《滦阳述怀十首》"铁幡竿"、张翥《上京即事》"金柱镇龙僧咒罢"条注。

5. 蜜蜂的巢。汉·班固《终南山赋》：碧玉挺其阿，蜜房溜其巅。翔凤哀鸣集其上，清水泌流注其前。

6. 帝王的谋略或教化。《晋书·孙惠传》：社稷危而复安，宗庙替而复绍，惟明公兄弟能弘济皇猷。国之存亡，在斯举矣。

7. 旅途辛劳奔波。宋·苏轼《答程彝仲书》：承以科诏入都，跋履之余，起居佳否？

8. 即戴斗之乡，因北斗位于北方，戴斗指北方。唐·李德裕《与纥扢斯可汗书》：可汗生戴斗之乡，居寒露之野，智谋精果，材志沉雄，威动龙荒，声驰象魏，眷言丕绩，深用注怀。

次韵伯宗[1]同行至上都

游尘卷飞蓬，积水翻惊波。

群山拥双阙，勇势凌岷峨。

藉草各小憩，侧身复登陀。

纤峰修眉耸，伫立愁湘娥。

仰视北斗光，烨烨疑肩摩。

田父指我言，昔日搜雕窠。

吾皇罢毕弋[2]，射生久投戈[3]。

二客何舒迟，直可鸣朝珂。

银罂[4]传绿蚁[5]，翠釜登紫驼[6]。

出处愧我异，爱君笔悬河。

再次韵答李彦方[7]应举

良会难具陈，岁月流颓波。

1．李之绍，字伯宗，号果斋，东平平阴(今属山东)人。大德七年，袁桷刚入翰林院时就与李之绍熟识，视其为友。延佑六年两人同赴上都，在此期间有许多唱和诗篇，收于《开平第二集》。《元史·李之绍传》：李之绍，字伯宗，东平平阴人。自幼颖悟聪敏……至治二年，升翰林侍讲学士、知制诰同修国史。三年，告老而归。泰定三年八月卒。

2．"毕"为捕兽所用之网，"弋"为射鸟所用的系绳之箭；泛指打猎活动。《新唐书·魏征传》：在贞观初，高居深拱，无田猎毕弋之好。数年之后，志不克固，鹰犬之贡，远及四夷，晨出夕返，驰骋为乐。

3．放下武器，意谓休战。汉·扬雄《解嘲》：叔孙通起于枹鼓之间，解甲投戈，遂作君臣之仪，得也。

4．银质或银饰的贮器，用以盛装流质物品，此指银质酒杯。《新唐书·刘公绰传》：晨谒贾，贾未出，有二青衣赉银罂出，曰："公恐君寒，奉地黄酒三杯。"

5．新酿的酒还未滤清时，酒面浮起酒渣，色微绿，细如蚁，称为"绿蚁"，后世用以代指新出的酒。唐·白居易《问刘十九》：绿蚁新醅酒，红泥小火炉。晚来天欲雪，能饮一杯无。

6．赤栗色的骆驼，指用驼峰制成的美味。唐·杜甫《丽人行》：就中云幕椒房亲，赐名大国虢与秦。紫驼之峰出翠釜，水精之盘行素鳞。

7．李端，字彦方，号静斋，河北保定人；生卒年、事迹待考。陈旅有《送李彦方副使入闽》、马祖常有《李陵台次韵李彦方应奉》、袁桷有《次韵华严贺李彦方除监察御史》等。柳贯《处州路学归田记》：历仕馆阁，入御史府，出节东闽，再转而莅东浙。摧奸击暴，不挠不斁，而尤尊其所自，振扬风教，一本于儒，学者称静斋先生。

念昔邂逅初，黑发云冠峨。

群公擅碑板[1]，雄文记头陀。

于时接英武，奉身如素娥。

粲粲白玉署，墨沼争渐摩[2]。

所思笔成冢[3]，不计印积窠[4]。

君时皎冰霜，正色羞倒戈。

习隐[5]吏金马[6]，吊古师铜驼[7]。

瞬息已廿载，愧彼桑干河。

伯宗[8]再次韵复叙旧

玉署日倒影，绮窗水回波。

堂前双树琪，暑清绿云[9]峨。

君时坐其下，凉漪起陂陀。

1．即碑版，指碑志铭文。东晋·谢灵运《入华子冈是麻源第三谷》：图牒复磨灭，碑版谁闻传？莫辨百世后，安知千载前？

2．也作"渐磨"，意谓浸润，引申为教育感化。《汉书·董仲舒传》：立太学以教于国，设痒序以化于邑，渐民以仁，摩民以谊，节民以礼，故其刑罚甚轻而禁不犯者，教化行而习俗美也。

3．也作"笔冢"，书法家埋藏废笔的处所。唐·李肇《唐国史补》卷中：长沙僧怀素好草书，自言得草圣三昧，弃笔堆积，埋于山下，号曰"笔冢"。

4．图章所印的痕迹。唐·段成式《酉阳杂俎续集·支诺皋上》：因探怀中，出一牒，印窠犹湿。

5．习学隐遁，指超然物外，忘情一切。《庄子·齐物论》：南郭子綦隐机而坐，仰天而嘘，荅焉似丧其耦。

6．即金马门；此处指大隐隐于朝。《史记·滑稽列传·东方朔传》：时坐席中，酒酣，据地歌曰："陆沈于俗，避世金马门。宫殿中可以避世全身，何必深山之中，蒿庐之下。"金马门者，宦署门也，门傍有铜马，故谓之曰"金马门"。

7．汉代皇帝曾于洛阳铸造铜驼一对，铜驼伫立之处便被称为铜驼街，逐渐成为洛阳城中最繁华的街道。"金马门前集群贤，铜驼陌上集少年"，代指太平盛世。《晋书·索靖传》：靖有先识远量，知天下将乱，指洛阳宫门铜驼，叹曰："会见汝在荆棘中耳！"

8．即李伯宗。

9．应为荷花之某一品种。

悲商[1]激湘累[2]，急羽凌韩娥[3]。

执简[4]谅且直，惜日勤编摩[5]。

盛世昭休明[6]，卑枝鸟争窠。

掀髯纪其端，刻佊侔铅戈。

占风验灵乌[7]，听水悲老驼。

俯仰各努力，解佩投于河。

伯宗游华严寺[8]次韵二首

平芜寒碛际，突兀梵宫尊。

白日开金地[9]，青莲拥绀园[10]。

1．五音之一，音调凄厉；后多指凄厉的悲秋之声。《礼记·月令》：孟秋之月，日在翼，昏建星中，旦毕中。其日庚辛，其帝少皞，其神蓐收，其虫毛，其音商。

2．古文称不应判罪而死为"累"，屈原无故流放湘水而死，称湘累，代指屈原；也泛指被贬黜的人。《汉书·扬雄传上》：淑周楚之丰烈兮，超既离乎皇波，因江潭而往托兮，钦吊楚之湘累。

3．春秋早期韩国善歌女子。《列子·汤问》：昔韩娥东之齐，匮粮，过雍门，鬻歌假食。既去而余音绕梁欐，三日不绝，左右以其人弗去。过逆旅，逆旅人辱之。韩娥因曼声哀哭，一里老幼悲愁，垂涕相对，三日不食，遽而追之。娥还，复为曼声长歌，一里老幼喜跃抃舞，弗能自禁，忘向之悲也。乃厚赂发之。

4．手持简册读书；也用以指代任史官、御史之职。南朝·刘勰《文心雕龙·史传》：爰及太史谈，世惟执简；子长继志，甄序帝绩。

5．即编集。宋·罗大经《鹤林玉露》卷十一：每与同官悉意论驳，朝廷清明，常得寝罢。编摩之事，稽考之勤，顾何足以当大官之膳，或庶几者，仅此可以偿万一耳。

6．清明之世。《左传·宣公三年》：楚子问鼎之大小轻重焉。对曰："在德不在鼎……桀有昏德，鼎迁于商，载祀六百。商纣暴虐，鼎迁于周。德之休明，虽小，重也。"

7．喜鹊。喜鹊乌属，也称乌鹊，俗称能报喜，因而得名。宋·刘克庄《沁园春·送包尉》：想慈颜望久，灵乌乍噪，新眉画就，郎马频嘶。

8．即龙光华严寺，是上都最重要佛教寺院之一。虞集《佛国普安大禅师塔铭》：丙辰之岁，始城上都。又三年戊午之岁，作大龙光华严寺。寺于城东北隅，温公主之。

9．也称金田，佛教认为菩萨所居以黄金铺地，借指佛寺。宋·释道诚《释氏要览·住处》：金地或云金田，即舍卫国给孤长者，侧布黄金，买祇太子园，建精舍，请之居之。

10．佛寺的别称。唐·沉佺期《游少林寺》：绀园澄夕霁，碧殿下秋阴。归路烟霞晚，山蝉处处吟。

城低千障拥，塔静一铃喧。
夙昔庄严果，无言急掩轩。

欲问生公[1]法，年深不上堂。
断云成密澍，深树当疏篁。
十地[2]三乘[3]要，诸天[4]百和香[5]。
玄机我素解，何日勘禅房。

上京杂咏十首

云护中街[6]日，风开北户[7]天。
千沟凝白雪，万灶起青烟。
午溽曾持扇，朝寒却衣绵。

---

1. 晋末高僧竺道生的尊称。相传生公曾于苏州虎丘寺立石为徒，讲《涅槃经》。至微妙处，石皆点头。唐·李绅《鉴玄影堂》：定心池上浮泡没，招手岩边梦幻通。深夜月明松子落，俨然听法侍生公。

2. 梵语意译，或译为"十住"。佛家认为菩萨修行所经历的十个境界，大乘菩萨十地为：欢喜地，离垢地，发光地，焰慧地，极难胜地，现前地，远行地，不动地，善慧地，法云地；另有三乘共十地，四乘十地，真言十地等，名目各有不同。南朝·谢灵运《辨宗论附答问》：一合于道场，非十地之所阶，释家之唱也。

3. 佛教语，一般指小乘(声闻乘)、中乘(缘觉乘)和大乘(菩萨乘)，三者均为浅深不同的解脱之道；也泛指佛法。《魏书·释老志》：初根人为小乘，行四谛法；中根人为中乘，受十二因缘；上根人为大乘，则修六度。虽阶三乘，而要由修进万行，拯度亿流，弥历长远，乃可登佛境矣。

4. 佛教语，指护法众天神。佛经言欲界有六天，色界之四禅有十八天，无色界之四处有四天，其他尚有日天、月天、韦驮天等诸天神，总称之曰诸天。后秦·佛陀耶舍等《长阿含经》卷一：佛告比丘，毗婆尸菩萨生时，诸天在上于虚空中，手执白盖宝扇，以障寒暑风雨尘土。

5. 也省作"百和"，古人在室中燃香除秽，为使香味浓郁持久，由各种香料混合而成。南朝·吴均《行路难》其四：博山炉中百和香，郁金苏合及都梁。逶迤好气佳容貌，经过青琐历紫房。

6. 星宿名，借指黄道。《魏书·术艺列传·张渊传》：天狗七星在狼北，野鸡一星在参东南。天市中街主警怖，故曰吠守。

7. 向北开的门。晋·左思《吴都赋》：泉室潜织而卷绡，渊客慷慨而泣珠。开北户以向日，齐南冥于幽都。

松林[1]空有界，剪伐不知年。

土屋层层绿，沙坡簇簇黄。
马鸣知雹急，雁过识天凉。
墨菊清秋色，金莲细雨香。
内园通阆苑，千树压群芳。

天阙[2]虚无里[3]，城低纳远山。
白榆迷雁塞，青草补龙湾。
市簇家家近，官清日日闲。
重游深问俗，渐恨鬓毛斑。

旧岁寒冬恶，霏霏土雨迷。
门荒悬马革，草净绝牛蹄。
列帐烟光惨，空营月色低。
县官捐粟帛，岁晚得扶携。

上国饶为客，天凉眼倍青[4]。
白鱼沙际网，黄鼠草间翎。
芍药围红斗，蘑姑[5]缀玉钉。
渐知尘骨换，振佩接青冥。

天赐清凉国，晴霞绽雪峰。
月低疑堕兔[6]，云近得攀龙。

1．见白珽《续演雅十诗》自注。

2．天上官阙，此处指都城；也指朝廷。北魏·杨衒之《洛阳伽蓝记·闻义里》：惠生在乌场国二年，至正光三年二月，始还天阙。

3．不可以里记，指无比辽阔。南北朝·张融《海赋》：吾远职荒官，将海得地，行关入浪，宿渚经波，傅怀树观，长满朝夕，东西无里，南北如天，反覆悬乌，表里菟色。壮哉水之奇也，奇哉水之壮也。

4．即青眼、青眼相加之意；据说阮籍善作青白眼，对看重、喜欢的人青眼相待，对不喜欢的便白眼相看。《晋书·阮籍传》：籍又能为青白眼，见礼俗之士，以白眼对之。及嵇喜来吊，籍作白眼，喜不怿而退。喜弟康闻之，乃赍酒挟琴造焉，籍大悦，乃见青眼。

5．即蘑菇。

6．即坠兔，传说月中有玉兔，堕兔也指落月。明·李昌祺《剪灯馀话·武平灵怪录》：逡巡间，坠兔收光，远鸡戒晓。

宝鉴[1]颁冰彻，筠笼[2]赐果封。
白头貂帽客，为我话深冬。

驼鼓村村应，传更趋进程。
草肥凉露白，树薄晓风清。
帐殿横金屋，毡房簇锦城。
属车流水度，细点侍臣名。

伏日琼林宴[3]，名王总内朝。
帽尖花压翠，衣角锦围貂。
炙熟牛酥[4]笔，醅深马乳浇。
柘枝[5]旋舞急，宛转称纤腰。

市狭难驰马，泥（一作"尘"）深[6]易没车。
冻蝇争日聚，新燕掠风斜。
晚汲喧沙井，晨炊断木槎。
闾阎[7]通茗酪，俗简未全奢。

长夏崇真[8]馆，疏帘洒静便。

1．镜子，比喻月亮。宋·刘过《蝶恋花·赠张守宠姬》:宝鑑年来微有晕。懒照容华，人远天涯近。

2．竹篮之类盛器。唐·杜甫《野人送朱樱》：西蜀樱桃也自红，野人相赠满筠笼。数回细写愁仍破，万颗匀圆讶许同。

3．泛指宫庭御宴。琼林宴是为殿试后新科进士举行的宴会，始于宋代。宋太祖赵匡胤规定，在殿试后由皇帝宣布登科进士的名次，并赐宴庆贺。由于赐宴都是在著名的琼林苑举行而得名。《宋史·真宗本纪二》：夏四月，赐进士李迪等琼林宴。

4．从牛奶中提炼出来的酥油。《新唐书·地理志一》：庆州顺化郡，中都督府。本弘化郡，天宝元年日安化，至德元载更名。土贡：胡女布、牛酥、麝、蜡。

5．指柘枝妓，即跳柘枝舞的女子。见张昱《宫中词》"柘枝"条注。

6．上都城建在金莲川草原，有滦河流经，属草甸草原，因而夏季街路泥泞。

7．古代以二十五家为闾，阎指里巷的门；后多借指里巷，也泛指民间、平民。《史记·樗里子甘茂列传论》：甘茂起下蔡闾阎，显名诸侯，重强齐楚。又，《史记·平准书》：守闾阎者食粱肉，为吏者长子孙，居官者以为姓号。

8．即崇真万寿宫，元上都正一教的道宫。皇帝每年巡幸上都，正一教首领都要随扈。当时文人虞集、揭傒斯、马祖常、迺贤等与正一教首领过从甚密，上都崇真宫便成为他们吟赏流连的重要场所。见刘敏忠《崇真宫提点吴成季自号闲闲。扁其居室曰"冰雪相看"，以卷徵言，为书三绝句》"崇真宫"条注。

支颐推万古，心息契重玄[1]。

月窟窗如雪，天瓢酒似泉。

主人怜老客，下榻不曾悬。

上京杂咏再次韵十首

帝京环陆海[2]，平野接冰天[3]。

龙吐青林[4]火，狼沉紫塞烟。

风花秋黯淡，云叶雨连绵。

昔日君臣意，深符卜洛[5]年。

宝阁凌空涌，金壶映日黄。

梵音通朔漠，法曲广伊凉[6]。

御榻惟经帙，宫炉独篆香[7]。

吾皇清净德，银管[8]愿垂芳。

1．也称"双玄"，源自于先秦老庄道家思想，盛于两晋隋唐。《道德经》第一章：道可道，非常道；名可名，非常名，无名天地之始，有名万物之母。故常无欲以观其妙，常有欲以观其徼。此两者同出而异名，同谓之玄。玄之又玄，众妙之门。又，《晋书·隐逸列传·索袭传》：味无味于恍惚之际，兼重玄于众妙之内。

2．物产富饶之地。《汉书·地理志下》：〔秦地〕有鄠杜竹林，南山檀柘，号称陆海，为九州膏腴。

3．指极北苦寒之地或极高甚寒之处。《宋史·朱弁传》：其辞有曰："叹马角之未生，魂消雪窖；攀龙髯而莫逮，泪洒冰天。"

4．云烟，云雾。汉·扬雄《羽猎赋》：羽骑营营，昈分殊事，缤纷往来，轠轳不绝，若光若灭者，布乎青林之下。

5．周公卜择洛邑，得吉兆而建为东都，后世因此称经营新都为卜洛。因忽必烈在宪宗六年命刘秉忠择地筑城，因而有此说。《尚书·洛诰》：我乃卜涧水东、瀍水西，惟洛食。

6．曲调名，指《伊州》《凉州》二曲。宋·苏轼《子玉家宴用前韵见寄复答之》：自酌金樽劝孟光，更教长笛奏《伊》《凉》。牵衣男女绕太白，扇枕郎君烦阿香。

7．即盘香，也叫百刻香。唐宋时将香料做成篆文形状，点一端，依香上的篆形印记，烧尽计时。宋·秦观《减字木兰花》：天涯旧恨。独自凄凉人不问。欲见回肠。断尽金炉小篆香。

8．饰银的毛笔管或白色的笔管，代指笔。唐·韩定辞《答马彧》：崇霞台上神仙客，学辨痴龙艺最多。盛德好将银管述，丽词堪与雪儿歌。

　　　　　　　高下云中树，疏明雪外山。

　　　　　　　坡凹茅结屋，岭转水回湾。

　　　　　　　禁路分驰道，沙场当内闲[1]。

　　　　　　　通明风露冷，时许侍清班。

　　　　　　　晨起仪台立，烟青望眼迷。

　　　　　　　草低鹰侧目，车逼马回蹄。

　　　　　　　风劲弓弦直，泥融柱础低。

　　　　　　　蚊蝇深敛迹，尘尾不须携。

　　　　　　　紫极中天正，森森接帝青。

　　　　　　　雁归传帛信[2]，雉落舞红翎。

　　　　　　　宝所金千顷，朱门带万钉。

　　　　　　　瀛洲清浅处，高坐纳青（一作"空"）冥。

　　　　　　　昔年曾扈跸，宿直[3]对鳌峰[4]。

　　　　　　　锦掣兰苕翠，波翻墨沼龙。

　　　　　　　起居青简注[5]，除拜紫泥封。

　　　　　　　共说先皇日，千官总住冬。

　　　　　　　土驿高低置，苍茫七日程。

　　　　　　　马通分熠耀，牛酪注深清。

---

　　1. 皇家马厩。《旧唐书·音乐志一》：日盰，即内闲厩引蹀马三十四，为《倾杯乐曲》，奋首鼓尾，纵横应节。又施三层板床，乘马而上，抃转如飞。

　　2. 即鸿雁传书。

　　3. 古代大臣夜间值班。《南齐书·周颙传》：宋明帝颇好言理，以颙有辞义，引入殿内，亲近宿直。

　　4. 指翰林院。宋·魏泰《东轩笔录》卷十一：景文道长安，以诗寄梁丞相，略曰："梁园赋罢相如至，宣室厘残贾谊归。"盖谓差除两府足，方被召也。为承旨，又作诗曰："粉署重来忆旧游，蟠桃开尽海山秋。宁知不是神仙骨，上到鳌峰更上头。"

　　5. 皇帝的言行录。两汉时由宫内修撰，魏晋以后设官专修；唐宋又于门下省设"起居郎"和"起居舍人"，分记皇帝的言与行，凡朝廷命令赦宥、礼乐法度、赏罚除授、群臣进对、祭祀宴享、临幸引见、四时气候、户口增减、州县废置等事，皆按日记载；元代以给事中兼修《起居注》。《元史·世祖本纪七》：癸巳，以给事中兼起居注，掌随朝诸司奏闻事。

残雪明珠阙，繁星列火城[1]。

前山黄白处，草药不知名。

千堞蜂腰凸，群山马首朝。

沙场调俊鹘，草枯射丰貂。

闹舞花频簇，狂歌酒恣浇。

今年春事减，土舍雪齐腰。

箭落惊游骑，翎传督运车。

土风殊楚越，驿道仿褒斜[2]。

细雨三更枕，清秋八月槎。

夜听繁管急，渐习五陵[3]奢。

长斋孤馆静，捧腹睡便便。

酒断眸凝碧，尘深鬓返玄。

冻蜂粘暖草，乳燕啄冰泉。

过翼时频数，乡心日夜悬。

李陵台次韵李彦方应奉

前坡耸颓基，云是望乡台。

往事已历历，乱石何嵬嵬。

---

1. 古代朝会时的火炬仪仗。唐·李肇《唐国史补》卷下：每元日、冬至立仗，大官皆备珂伞，列烛有至五六百炬者，谓之火城。宰相火城将至，则众少皆扑灭以避之。

2. 即褒斜道，又名石牛道、金牛道，古代穿越秦岭的山间之路。褒斜道南起褒谷口，北至斜谷口，沿褒斜二水行，贯穿褒斜二谷，因而得名；也称斜谷路。栈道始于战国范雎相秦时，为古代巴蜀通秦川之主干道路。《汉书·沟洫志》：其后人有上书，欲通褒斜道及漕，事下御史大夫张汤。

3. 今西安西北，指的是汉朝的五个皇帝陵墓，分别是西汉开国皇帝汉高祖刘邦的长陵，汉惠帝刘盈的安陵，汉景帝刘启的阳陵，一代雄主汉武帝刘彻的茂陵，最后一个是汉昭帝刘弗陵的平陵。汉高祖九年，刘邦接受了郎中刘敬的建议，将关东地区的二千石大官、高訾富人及豪杰并兼之家大量迁徙到关中，伺奉长陵，并在陵园附近修建长陵县邑，供迁徙者居住；后来，"五陵"即代指豪富聚集之所。《后汉书·班彪列传上》：若乃观其四郊，浮游近县，则南望杜、霸，北眺五陵，名都对郭，邑居相承，英俊之城，黼冕所兴，冠盖如云，七相五公。

想此二子[1]别，袂结不能开。

河梁白日速，朔风衮沙堆。

汉法重失律，轻生表奇才。

一跌不能返，唏嘘壮心摧。

形影胡越分，骨肉参商乖。

万事已瓦解，谁能写余哀。

昂昂司马生[2]，义色与壮怀。

子卿[3]固伟节，属国[4]何低回。

褒功实谪浅，议刑良刻哉。

坐令卫律[5]辈，岁望边城来。

次韵李齐卿[6]呈闲闲嗣师

清都逼紫薇，瑶光流玉坛。

阴崖太古雪，伏日生午寒。

澄怀集遐思，黑发竹皮冠[7]。

玄关[8]转轻雷，银潢[9]激层澜。

---

1. 指李陵、苏武。

2. 指司马迁。

3. 苏武，字子卿。

4. 指典属国，负责少数民族事务的官员；苏武持节归汉，被任命为典属国。《汉书·百官公卿表上》：典属国，秦官，掌蛮夷降者。武帝元狩三年昆邪王降，复增属国，置都尉、丞、候、千人。属官，九译令。成帝河平元年省并大鸿胪。又，《汉书·昭帝纪》：移中监苏武前使匈奴，留单于庭十九岁乃还，奉使全节，以武为典属国，赐钱百万。

5. 《汉书·李广苏建列传》：卫律者，父本长水胡人。律生长汉，善协律都尉李延年，延年荐言律使匈奴。使还，会延年家收，律惧并诛，亡还降匈奴。匈奴爱之，常在单于左右。

6. 西京人，生卒年及经历待考，其诗亦佚。

7. 秦末刘邦以竹皮所作之冠，借指戴竹皮冠的乡野之人。《史记·高祖本纪》：高祖为亭长，乃以竹皮为冠，令求盗之薛治之，时时冠之，及贵常冠，所谓"刘氏冠"乃是也。

8. 佛教称入道的法门，后泛指门户。唐·白居易《宿竹阁》：巧未能胜拙，忙应不及闲。无劳别修道，即此是玄关。

9. 天河，银河。《旧唐书·彭王仅传》：彭王仅等，银潢毓庆，璿萼分辉，忠孝禀于天成，文武称其备用。

取彼白石词[1]，寄以竹丝弹。

一弹去日短，再弹行路难。

两跃疾飞隼，归云生树端。

远游感夙昔，努力慎风餐。

伏日

伏日阴阴九月天，雨过桂露十分鲜。

侍臣已入清凉境，不到凌虚未是仙。

偷桃曼倩[2]语言尖，伏日归来割肉廉[3]。

那似蓬莱风露冷，重裘端坐绝趋炎。

采蘑菇

官山[4]蘑菇天下无，进石菌蠢攒宝珠。

---

1. 姜夔，字尧章，号白石道人，饶州鄱阳人。南宋文学家、音乐家，其《白石道人歌曲》六卷，包括他自己的自度曲十七首、古曲及词乐曲调，注有"旁谱"。《宋史·乐志六》：姜夔乃进《大乐议》于朝……夔乃自作《圣宋铙歌曲》……凡十有四篇，上于尚书省。书奏，诏付太常。

2. 东方朔，字曼倩；古神话传说：西王母种桃，三千年一结子，东方朔曾三次偷食，于是被谪降人间。汉·刘向《列仙传·东方朔》：东方朔者，平原太厌次人也，久在吴中，为书师数十年。武帝时上书说便宜，拜为郎。至昭帝时，时人或谓圣人，或谓凡人，作深浅显默之行，或忠言，或戏语，莫知其旨。至宣帝初，弃郎以避乱世，置帻官舍，风飘之而去。后见于会稽卖药，五湖智者，疑其岁星精也。

3. 即东方朔割肉。《汉书·东方朔列传》：东方朔字曼倩……伏日，诏赐从官肉。大官丞日晏下来，朔独拔剑割肉，谓其同官曰："伏日当蚤归，请受赐。"即怀肉去。大官奏之。朔入，上曰："昨赐肉，不待诏，以剑割肉去，何也？"……朔再拜曰："朔来！朔来！受赐不待诏，何无礼也！拔剑割肉，一何壮也！割之不多，又何廉也！归遗细君，又何仁也！"上笑曰："使先生自责，乃反自誉！"复赐酒一石，肉百斤，归遗细君。

4. 靠近居庸关北口，即今延庆县永宁城西北十五里处，原名牧牛山，今名独山。《金史·地理志上》：宣宁：辽德州昭圣军宣德县，大定八年更名。有官山、弥陀山、石绿山、产碾玉砂。又，《明英宗睿皇帝实录卷四十六》：其中有赤儿山，东西坦平二百余里，其外连亘官山等，实胡虏出没往来必经之地。

阿香执御[1]云中驱，天瓢[2]急注争葩蕚[3]。

玉京高门散金铺，剩欲点缀完无肤。

万钉宝带山泽瘤，圆如佛螺[4]缀头颅。

累如秬黍[5]连二秳，膻根[6]未许相模糊。

蚪泉石鼎鸣笙竽，急投小烹养甘腴。

上池[7]三咽生醍醐，五芝[8]高著神农书。

吾欲比之议匪迂，天花[9]代北严贡输[10]。

永言定论兄弟俱。

1．神话传说中推雷车的女神。东晋·陶潜《续搜神记·临贺太守》：永和中，义兴人姓周，出都，乘马，从两人行。未至村，日暮。道边有一新草小屋，一女子出门，年可十六七，姿容端正，衣服鲜洁。望见周过，谓曰："日已向暮，前村尚远。临贺讵得至？"周便求寄宿。此女为燃火作食。向一更中，闻外有小儿唤阿香声，女应诺。寻云："官唤汝推雷车。"女乃辞行，云："今有事当去。"夜遂大雷雨。向晓，女还。

2．神话传说中天神行雨用的瓢。唐·徐坚《初学记卷二·天部下》引《续搜神记》：义兴人姓周，永和中出都。日暮，道边有一新草小屋，一女子出门望见周。周曰："日暮求寄宿。"向一更中，闻外有小儿唤："阿香，官唤汝推雷车。"女乃辞去。又，宋·苏轼《二十六日五更起，行至磻溪，天未明》：至人旧隐白云合，神物已化遗踪蜿。安得梦随霹雳驾，马上倾倒天瓢翻？

3．同"华"。

4．相传释迦牟尼佛的头发旋屈为螺文状，故以"佛螺"比喻盘旋冒出的蘑菇。唐·司空图《题山赋》：鳞鳖鼻而嘘空兮，涌佛螺而旁络。阜交蹴于艮隅兮，俯川塍而黼错。

5．又称黑黍，是黍的一种。中国古代的度量衡以秬黍的种子为基准单位。《汉书·律历志上》：度者，分、寸、尺、丈、引也，所以度长短也。本起黄钟之长。以子谷秬黍中者，一黍之广，度之九十分，黄钟之长。一为一分，十分为寸，十寸为尺，十尺为丈，十丈为引，而五度审矣。

6．羊及羊肉的别称。宋·惠洪《冷斋夜话·僧赋蒸豚诗》：僧自言能为诗，公令赋食蒸豚诗，操笔立成："若把膻根来比并，膻根只合吃藤条。"

7．指凌空承取或取之于竹木上的雨露，后用以名佳水。《史记·扁鹊仓公列传》：乃出其怀中药予扁鹊："饮是以上池之水，三十日当知物矣。"

8．五种灵芝。《后汉书·冯衍传下》：高吾宼之岌岌兮，长吾佩之洋洋；饮六醴之清液兮，食五芝之茂英。

9．也作"天华"，佛教语，指天界仙花。后秦·鸠摩罗什译《维摩经·观众生品》：时维摩诘室有一天女……见诸大人闻所说法，便现其身，即以天华散诸菩萨大弟子上。

10．谓进贡输送方物。汉·桓宽《盐铁论·本议》：往者郡国诸侯各以其方物贡输，往来烦杂，物多苦恶，或不偿其费。

松林行

阴阴松林八百里，昔日传言为界址。

玄云卷甲天马来，雪兔霜狐先萎靡。

山前犬牙十六州，石郎屈膝轻相投[1]。

浅沙圆石古辙迹，草青草枯无尽愁。

□□拂天镇南北，万井燃松烟似墨。

大车□□龙角全，小车轮困束矛戟。

松花落子芽复抽，不如昔日当道稠。

采薪之人不辞远，出郭十里争相酬。

君不闻雪山之西铜柱[2]南，混同鸭绿成东渐。

金山橐驼争贡宝，剪取平林做驰道。

开平第三集 辛酉

至治元年二月庚戌，至京城；壬子，入礼闱考进士。三月甲戌朔，入集贤院供职。四月甲子，扈跸开平，与东平王继学待制、陈景仁都事同行，不任鞍马。八日始达。留开平一百有五日，继学同邸。八月甲寅，还大都。得诗凡六十二首。道途良劳，心思凋落，姑录以记出处耳。是岁八月袁桷序。

---

1. 石敬瑭割让燕云十六州事。石敬瑭原本是后唐明宗的女婿，在官中人们称他为石郎；后在契丹耶律德光支持下做了儿皇帝，屈膝事契丹。《旧五代史·高祖纪一》：公主入觐，当辞时，谓公主曰："尔归心甚急，欲与石郎反耶？"……是夜，帝出北门见契丹主，契丹主执帝手曰："恨会面之晚。"因论父子之义……乃命筑坛于晋阳城南，册帝为大晋皇帝……帝言于契丹主，愿以雁门已北及幽州之地为寿，仍约岁输帛三十万。
2. 铜制的作为边界标志的界桩。东汉交趾女子征侧、征贰姐妹起兵反汉，汉光武帝刘秀派伏波将军马援率军平定了交趾，并在其地立铜柱，作为汉朝最南方的边界。《梁书·诸夷列传·林邑国传》：林邑国者，本汉日南郡象林县，古越裳之界也……其南界，水步道二百余里，有西国夷亦称王，马援植两铜柱表汉界处也。

次韵继学途中竹枝词[1]

居庸夹山僧屋多，凿石化作金弥陀[2]。
但有行车度流水，不见举拂谈悬河[3]。

红袍旋风漾金泥，车前把酒长跪齐。
忽听琵琶相思曲，迎郎北来背面啼。

毡房锦幄[4]花簇匀，酥凝叠饼生玉尘。
晚传宫壶[5]檀板急，酒转一巡先吐茵[6]。

土屋苫草[7]成廇苏[8]，前床翁媪后小姑。

1．也作"竹枝辞"，是一种诗体，由古代巴蜀间的民歌演变过来的，特点是"志土风而详习尚"；唐代刘禹锡把民歌变成文人的诗体，影响很大。竹枝词作品大致可分三类：整理流传下来的民间歌谣，文人融合竹枝词特点创作的具有浓郁民间色彩的诗歌，借竹枝词独立创作的七言绝句。《新唐书·刘禹锡传》：刘禹锡，字梦得……斥朗州司马。州接夜郎诸夷，风俗陋甚，家喜巫鬼，每祠，歌《竹枝》，鼓吹裴回，其声伧伫。禹锡谓屈原居沅、湘间作《九歌》，使楚人以迎送神，乃倚其声，作《竹枝辞》十余篇。

2．也作"弥陁"，即阿弥陀佛，意译为无量寿佛，西方极乐世界的教化之主；与释迦、药师并称三尊。北朝·卢思道《辽阳山寺愿文》：齐兴二十有三载……愿西遇弥陀，上征兜率，雄视三界，高临四衢。

3．指滔滔不绝地讲述佛法。南朝·徐陵《东阳双林寺傅大士碑》：大士小学之年，不游黉舍，大成之德，自通坟典，安禅合掌，说偈论经，滴海未尽其书，悬河不穷其义，前后讲维摩思益经等，比丘智瓒习受持，所应度者，化缘既毕，以太建元年，朱明始献，奄然右卧，将归大空，二旬初满，三心是灭。

4．锦制的帷幄，也泛指华美的帐幕。五代·温庭筠《题翠微寺二十二韵》：岚湿金铺外，溪鸣锦幄傍。倚丝忧汉祖，持璧告秦皇。

5．宫漏，古时用于计时。宋·杨缵《一枝春·除夕》：宫壶未晓，早骄马、绣车盈路。还又把、月夜花朝，自今细数。

6．酒后失误，犯过失。《汉书·丙吉传》：丙吉字少卿，鲁国人也。为人深厚，不伐善……吉驭吏嗜酒，尝从吉出，醉呕丞相车上。西曹主吏白欲斥之，吉曰："以醉饱之失去士，使此人将复何所容？西曹但忍之，此不过污丞相车茵耳。"

7．毛秆野古草的别称，又称迷茅草、红眼巴、红眼疤、回草、鸡子杆、麦穗草、毛野古草、沙格苏日干那、苫房草、野谷草、野罐草、野黍子、硬骨草等，禾本科多年生草本，根茎较粗壮，幼嫩植株可作饲料；根茎密集，可用于固堤，也可作造纸原料。《晋书·苏峻传》：裸剥士女，皆以坏席苫草自鄣，无草者坐地以土自覆，哀号之声震动内外。

8．即屠苏，也作"屠酥"；原本是一种阔叶草，南方民间风俗，有的房屋上画屠苏草作装饰，这种房屋就叫做屠苏。《宋书·索虏传》：焘所住屠苏为疾雷击，屠苏倒，见压殆死，左右皆号泣。

我郎南来得小妇，芦笛声声吹鹧鸪[1]。

云州山如五朵云，老松积铁霾青春。
遂令古雪不肯化，万杵千炉煎贡银[2]。

山后天寒不识花，家家高晒芍药芽[3]。
南客初来未谙俗，下马入门犹索茶。

寒风卷蓬沙转黄，驻马问路路转长。
红衣簇簇入新市，指点垆头称上方。

朔云荡荡愁烛龙[4]，土房拥被睡高春。
披衣上马过前驿，清霜急雪时相逢。

瀛洲往岁侍宸居，一度还家一度疏[5]。
近行开平二十驿[6]，眼望南雁传乡书。

阊阖云低接紫宫，水晶凉殿起熏风。
侍臣一曲无怀[7]操，能使八方歌会同。

---

1. 唐教坊曲名，即《鹧鸪词》，又称《山鹧鸪》。唐·白居易《和梦游春诗一百韵》：饮过君子争，令甚将军酷。酩酊歌《鹧鸪》，颠狂舞《鸲鹆》。
2. 云州产银，元代设有专门机构管理；诗歌描绘伐松炼银的情形。《元史·武宗本纪二》：尚书省臣言："别都鲁思云云州朝河等处产银，令往试之，得银六百五十两。"又，《成宗本纪一》：立云州银场都提举司，秩四品。
3. 上都附近多产芍药，当地人多采摘置于室内阴凉干燥处制成芍药花茶，饮用时取一茶匙干燥花瓣，用滚烫开水冲泡，具有养阴清热，柔肝舒肝等功效。
4. 中国古代神话中的钟山之神。战国·佚名《山海经·大荒经》：西北海之外，赤水之北，有章尾山。有神，人面蛇身而赤，直目正乘，其瞑乃晦，其视乃明。不食不寝不息，风雨是谒。是烛九阴，是谓烛龙。
5. 袁桷多次因秩满、丁忧等因素，往返于故乡、大都之间：大德六年赴大都，至大二年秩满归家，黄庆元年获任命返回大都，延佑七年归故里，次年即至治元年再回到大都。
6. 取整数。上都至大都的驿路约千余里，从大都健德门、昌平至滦河共二十余驿站；期间，多有增减，如中统三年，整顿"开平站路"，共设十处驿站，后来又增设龙门站等。元·熊梦祥《析津志辑佚·天下站名》：昌平、榆林、洪赞、雕窝、赤城、独石、牛群头、明安、李陵台、桓州。
7. 无怀氏，传说中的上古帝王。东晋·陶渊明《五柳先生传》：衔觞赋诗，以乐其志，无怀氏之民欤？葛天氏之民欤？

次韵薛玄卿南还题驿二首

思君叶落见参旗，碧眼微醺倍陆离。

比上开平复南去，却如返棹剡溪[1]时。

碧窗云冷思凄凄，晓搨黄庭[2]眼未迷。

宜向山阴道中[3]住，听风听雨听猿啼。

次韵答陈明复[4]

汉殿高悬五丈旗，羽人[5]朝奏佩江离。

绿章[6]已撤蒲团坐，正是金门[7]月上时。

1．南朝·刘义庆《世说新语·任诞》：王子猷居山阴，夜大雪，眠觉，开室，命酌酒。四望皎然，因起仿偟，咏左思《招隐诗》。忽忆戴安道，时戴在剡，即便夜乘小船就之。经宿方至，造门不前而返。人问其故，王曰："吾本乘兴而行，兴尽而返，何必见戴？"

2．指《黄庭经》。《旧唐书·经籍志下》：《老子黄庭经》一卷。

3．也作"山阴道上"。山阴，指山阴县，今绍兴；比喻美景繁多，看不胜看。南朝·刘义庆《世说新语·言语》：王子敬云："从山阴道上行，山川自相映发，使人应接不暇。若秋冬之际，尤难为怀。"

4．应为龙虎山道士陈日新，字又新，道号崇玄冲道明复真人，虞集有诗《答陈明复》，当为同一人；作品已佚。虞集《陈真人道行碑》：善为老子之学者，泊然而通，介然而容。烛乎几而不作于用，适乎变而不阿其从。至自外者，漠焉不为之动；存乎中者，渊焉不见其穷。冲冲乎，充充乎，执之则无方，建之则有宗者，吾得其人焉，崇玄冲道明复真人陈公先生也。公弱不好弄，静居若思。昆弟三人，既丧父，伯氏以儒显；仲氏能治家以为养。其母蔡夫人知公志，使从师龙虎山，玩心希夷，为学日约，人莫测其所至，而其所造亦莫自知也。又，元·李存《饯陈又新真人赴京序》：至正二年冬十月，龙虎山中明复真人陈公，以其师之领祠官于京师也，而己尝佐之，特往省焉。又，明·李日华《六研斋二笔》卷一：元时玄教极盛，其掌教真人皆渊通宏雅，翰墨绝人，士大夫乐与盘桓，书劄往来及一时题赠皆有深趣，如虞奎章，馆阁大老，负重名而与张伯雨、吴全节辈称尔汝之交……公自题云十一月壬辰，明复真人约华阴杨廷镇、闽中潘子文、四明王安道谈道，话于徐中孚丹房，微雪洒空，尘静云晏，遂以终日。

5．中国神话中有飞仙，道家学仙，因称道士为羽人。战国·屈原《远游》：闻至贵而遂徂兮，忽乎吾将行。仍羽人于丹丘兮，留不死之旧乡。

6．即青词、青辞，也称绿素，道教举行斋醮时所写的奏章表文，因为用朱笔写在青藤纸上而得名。唐·李肇《翰林志》：凡太清宫道观荐告词文用青藤纸，朱字，谓之青词。

7．即金名门，省称金门，唐时宫门名，内为翰林院所在。见杨载《送伯长廉驾二首》"金门"条注。

碧云深处草萋萋，谁道桃源路已迷？

昨夜紫霄峰顶坐，天鸡子夜独先啼。

望云州

望云州里松花白，金阁山[1]前木叶丹。

驻马摇鞭游不到，还家写作画图看。

四月二十六日晓霜

远坡残月露零零，晓压椒花玉作屏。

他年若问南州说，疑是邹生[2]呈（一作"逞"）怪灵。

再次韵

行殿风高十二旗，碧云深处紫流离。

相如献赋谁能继，有客瀛洲独立时。

烟笼沙碛冻云凄，锦簇椒花五色迷。

不是朝天骑马倦，寒鸡自怯晓钟啼。

1．位于河北省张家口市赤城县城北11公里处，因古代山中有道观，又称"观山"。相传，早年有金阁仙人修炼于此，故名"金阁山"。曾是道家总领、全真道七真之一、大宗师丘处机修炼与传道处，其传人祁志诚也曾于此修道；后来成为北方道家重要修炼之所。《元史·释老传·祁志诚传》：处机之四传有曰祁志诚者，居云州金阁山，道誉甚著。丞相安童尝过而问之，志诚告以修身治世之要。安童感其言，故其世世祖也，以清静忠厚为主。及罢还第，退然若无与于世者，人以为有得于志诚之言。

2．也称邹律，相传邹衍精于音律，吹律能使地暖而禾黍滋生；指带来温暖与生机的事物。据刘向《别录》记载，邹衍在燕，燕有谷，地美而寒，不生五谷。邹衍居住于燕，吹律而温气至，而黍生。《列子·汤问》：匏巴鼓琴而鸟舞鱼跃，郑师文闻之，弃家从师襄游……当春而叩商弦以召南吕，凉风忽至，草木成实……命宫而总四弦，则景风翔，庆云浮，甘露降，澧泉涌。师襄乃抚心高蹈曰："微矣子之弹也！虽师旷之清角，邹衍之吹律，亡以加之。彼将挟琴执管而从子之后耳。"

次韵李伯宗学士途中述怀

山巍碛瘦马逶迟，尽日云阴变四时。

晓度桑干雪新作，倚松参坐斗题诗。

李陵台下日迟迟，惆怅河梁执别时。

汉武不知歌四牡[1]，千年竞作五言诗[2]。

萦纡驰道属车迟，白发微臣际盛时。

侍猎能追上林赋，登台愿继柏梁诗[3]。

紫禁天低夏日迟，深红芍药胜春时。

共仰云孙[4]李学士，乐府新填更进诗。

内宴初筵舞尉迟[5]，榴花未吐艾花[6]时。

1．《四牡》《诗经》的一篇，全诗五章，每章五句，是一首描述为王事奔波的人辛勤与思家情绪的诗。《诗经·小雅·鹿鸣之什》：四牡騑騑，周道倭迟。岂不怀归？王事靡盬，我心伤悲。

2．萧衍《文选》最早收录李陵、苏武赠答五言诗共七首，是五言诗成熟的标志。后人多以李陵、苏武为题材创作五言诗并予评说。

3．是一种句句用韵的特殊的七言诗体，又称为"柏梁体"或"柏梁台体"。柏梁诗最早出现于汉朝，是联句诗的一种。相传西汉元鼎二年，汉武帝大兴土木筑柏梁台，建筑因为以香柏为梁，因而得名。西汉元封三年柏梁台落成，汉武帝在柏梁台上设宴摆酒宴请臣子，人各一句，于是凑成一首二十六句的联句诗，句句押韵，诗歌史上称之为"柏梁台联句"，这种诗歌形式也被称为柏梁体。《旧唐书·文苑列传下·杜甫传》：秦、汉已还，采诗之官既废，天下妖谣民讴、歌颂讽赋、曲度嬉戏之辞，亦随时间作。至汉武赋《柏梁》而七言之体具。苏子卿、李少卿之徒，尤工为五言。

4．从本身算起的第九代孙，也泛指远孙。《尔雅·释亲》：子之子为孙，孙之子为曾孙，曾孙之子为玄孙，玄孙之子为来孙，来孙之子为昆孙，昆孙之子为仍孙，仍孙之子为云孙。

5．于阗王国的君主本姓尉迟，代指于阗舞。《旧唐书·西戎列传·于阗传》：于阗国……其王姓尉迟氏，名屈密。

6．古代端午节认为可以辟邪的妇女头饰，流行于中原和江南地区。农历五月初五，民间将绸、纸之类剪成艾花；或用真艾，剪贴成蜈蚣、蚰蜒、蛇、蝎、草虫之类及天师形像，刻制石榴、萱草等假花，或用香药作花，妇女将艾花等簪戴在头上，用于辟恶祛邪。

宫词久矣无王建[1]，把笔争传应制诗[2]。

鳌峰土岭菊花迟，滴滴金明八月时。
留取东平老学士[3]，烹羊分韵[4]酒催诗。

戏题桦皮

褐裳新脱玉层层，红叶朱蕉谢不能。
儗制小冠[5]韬短发，意行云水一枝藤。

端午谢吴闲闲惠酒

客里端阳景物殊，待晨分酿出偏壶。
松间尚积千年雪，涧底难寻九节蒲[6]。

1．王建，字仲初，颍川人，与张籍友善，乐府与张籍齐名，世称张王乐府；又以《宫词》知名，其《宫词》百首，广泛描写唐代宫廷生活。元·辛文房《唐才子传·王建》：建，字仲初，颍川人……与张籍契厚，唱答尤多。工为乐府歌行，格幽思远。二公之体，同变时流。建性耽酒，放浪无拘。宫词特妙前古。建初与枢密使王守澄有宗人之分，守澄以弟呼之。谈间故多知禁掖事，作《宫词》百篇。

2．臣僚奉皇帝之命所作、所和的诗。唐以后大多数为五言六韵或八韵的排律；内容多为歌功颂德，少数也陈述一些对皇帝的期望。主要有两类：宫廷游宴的应制诗和科举考试的省试诗。《北史·献文六王列传·刘繈传》：遂令黄门侍郎崔光读暮春群臣应制诗。至繈诗，帝乃为改一字，曰："昔祁奚举子，天下谓之至公。今见繈诗，始知中令之举非私也。"

3．元代东平儒学之士颇多，与袁桷交往且被称为"老学士"者似应为阎复。阎复先后任翰林直学士、侍讲学士兼集贤院侍讲学士、翰林学士、集贤学士。袁桷《翰林学士承旨赠大司徒鲁国王文肃公墓志铭》：自至元至于大德，更进迭用，诰令典册，则皆阎公所独擅……在翰林最久，赞书积几，高下轻重，拟议精切，诵以为楷。

4．数人相约赋诗，选择若干字为韵，各人分拈，依所拈得的韵作诗，称为分韵。唐·白居易《花楼望雪命宴赋诗》：万重云树山头翠，百尺花楼江畔开。素壁联题分韵句，红炉巡饮暖寒杯。

5．也称束髻冠，束在头顶的小冠，多为皮制，形如手状。初为燕居时戴，后通用于朝礼宾客。《汉书·五行志上》：郑通里男子王褒，衣绛衣小冠，带剑入北司马门殿东门。

6．药草名，菖蒲的一种。茎节密，每寸达九节以上，因而得名。东晋·葛洪《抱朴子·仙药》：菖蒲生须得石上，一寸九节已上，紫花者尤善也。

霏玉论陈医国艾[1]，研朱手写辟兵符[2]。
侍臣陡觉蓬莱近，簇簇宫花遍蕊珠[3]。

乞酒潘景梁[4]学士

长夏萧斋[5]学书眠，鳌峰深处酒如泉。
山瓢[6]从此通来往，准拟宫袍不上船[7]。

重五[8]联句

夏峰表奇雪，天京候端阳。
寒袭宫罗轻，瑞登水镜光。

1．治国良方。宋·周必大《端午帖子·皇帝阁》：仁政便为医国艾，德威那假辟兵符。日长珠箔漏声疏，案上苏文恣卷舒。

2．古代迷信，认为朱砂可以辟邪；用朱砂将符咒写在黄纸上，据传这样的兵符可避兵器伤害。裴松之注《三国志·魏书·董卓传》：辅恇怯失守，不能自安。常把辟兵符，以鈇锧致其旁，欲以自强。

3．蕊珠宫，也简称蕊宫，原指宋代宫殿；也指道教仙宫。《宋史·地理志一》：天章阁下有群玉、蕊珠二殿，后有宝文阁，即寿昌阁，庆历元年改。

4．潘昂霄，抟霄弟弟，字景梁，号苍崖。磁州人。历官昆山县尹，世祖至元二十六年任南台御史，不久升为闽海宪佥。成宗大德六年，转任南台都事，累官翰林侍读学士、通奉大夫。雄文博学，为世所重。谥号“文僖”。有《河源记》1卷、《金石例》10卷及诗文集《苍崖类稿》《苍崖漫稿》各数卷传世。《元史·潘抟霄列传》：是日，昂霄亦死之……昂霄赠推诚孝节功臣、嘉议大夫、礼部尚书、上轻车都尉，追封陇西郡侯，谥忠毅。

5．指寺庙或书斋；也用于谦辞，类似于“寒舍”。唐·张怀瓘《书断》:武帝造寺，令萧子云飞白大书“萧”字，至今一字存焉。李约竭产自江南买归东洛，建一小亭以玩，号曰“萧斋”。

6．山野之人所用的瓢，泛指粗陋的盛器或饮器。唐·韦应物《寄释子良史酒》：秋山僧冷病，聊寄三五杯。应泻山瓢里，还寄此瓢来。

7．相传李白曾经身披皇帝赐予的宫袍漫游，旁若无人。唐·杜甫《醉中八仙歌》：李白一斗诗百篇，长安市上酒家眠。天子呼来不上船，自称臣是酒中仙。

8．也作“重午”，即端午节，也称端阳节、午日节、龙舟节。《金史·世宗本纪上》：乙未，以重五，幸广乐园射柳，命皇太子、亲王、百官皆射，胜者赐物有差。

乌轮[1]丽北陆[2]，龙舟竞南湘。

蝇虎[3]逞王国，蜥蜴严帝房。

事讹污习陋，风烈垆壤刚。

拥貂系彩丝，飞鞭赌琼浆。

带重公莫舞[4]，簪飘艾如张[5]。

雁分列瑶席，鱼贯登紫廊。

白乳[6]谢角黍[7]，青蒲截鹅肪[8]。

重离[9]天门正，习坎[10]地轴方。

灵符莹丹砂，羽箭穿白杨。

恋阙葵日倾，怀家麦秋凉。

1．日轮，太阳。传说日中有乌，故称太阳为乌轮。宋•苏轼《辨道歌》：吾恨尔见有所遮，海波或到惊井蛙。乌轮即晚蟾影斜，吾时俱睹超云霞。

2．北方之地。南北朝•庾信《枯树赋》：东海有白木之庙，西河有枯桑之社，北陆以杨叶为关，南陵以梅根作冶。

3．蜘蛛的一种，体小脚短，色白或灰，不结网，常在墙壁上捕食苍蝇和其他小昆虫，俗称苍蝇虎、蝇子虎、苍蝇老虎。晋•崔豹《古今注•鱼虫》：蝇虎……形似蜘蛛而色灰白，善捕蝇。

4．又称公莫巾舞、巾舞等，是一种汉族古典舞。其辞全文载《宋书•乐志》《乐府诗集》卷五十四中，片断载录于《南齐书•乐志》中。《晋书•乐志下》：《公莫舞》，今之《巾舞》也。相传云项庄剑舞，项伯以袖隔之，使不得害汉高祖，且语项庄云"公莫"！古人相呼曰公，言公莫害汉王也。今之用巾盖像项伯衣袖之遗式。然案《琴操》有《公莫渡河曲》，然则其声所从来已久，俗云项伯，非也。

5．汉乐府旧题，属于铙歌十八曲，是一首政治诗，诗借诱捕鸟雀的罗网比喻统治者暗设害人的圈套。唐•李贺《艾如张》：锦襜褕，绣裆襦。强饮啄，哺尔雏。陇东卧毵满风雨，莫信笼媒陇西去。齐人织网如素空，张在野田平碧中。网丝漠漠无形影，误尔触之伤首红。艾叶绿花谁剪刻，中藏祸机不可测。

6．一种名茶。宋•沈括《梦溪笔谈•药议》：薰陆，即乳香也……如腊茶之有"滴乳""白乳"之品，岂可各是一物？

7．即粽子，以箬叶或芦苇叶等裹米蒸煮使熟，状如三角，古用黏黍，因而得名。《宋史•刘文叟传》：太宗在晋邸，闻其清介，遣吏遗钱五百千，温叟受之，贮厅西舍中，令府吏封署而去。明年重午，又送角黍、执扇，所遣吏即送钱者，视西舍封识宛然，还以白太宗。

8．鹅脂，也因其色彩而用以形容白润。韩愈、孟郊《城南联句》：鹓鸑翔衣带，鹅肪截佩璜。文升相照灼，武胜屠橦枪。

9．《离》卦为离上离下相重，因而以"重离"指太阳。《周易•离》：明两作离，大人以继明照于四方。

10．险阻。《周易•坎》：《象》曰：习坎，重险也。

　　羹鸮传太官，悬虎步天罡。

　　鸸噤百壬敛，螽动[1]九子昌。

　　巉崿[2]翠屏偃，浩漾白海长。

　　扇藏婕[3]好泣，标耸飞廉[4]忙。

　　红苞当阶药，碧缕雕盘香。

　　宫花金抹额，厩仗玉镂锡。

　　铃催宝贴进，拍奏霓裳扬。

　　举鼎凝脂膏，载车寔餦餭[5]。

　　葡萄[6]激滟泻，琵琶婉转伤。

　　蟾蜍□未乖，骁骊裘难藏。

　　伏日奁果贡，薰风鉴冰洋。

　　瀛洲畏独往，玉署思同翔。

杨花曲

　　上都杨柳瘦且坚，叶叶不展圆如钱。

　　年年飞花作端午，远客乍见心茫然。

　　1．斯螽开始活动，借指春天到来。《诗经·国风·豳风·七月》：五月斯螽动股，六月莎鸡振羽。七月在野，八月在宇，九月在户，十月蟋蟀入我床下。

　　2．高耸的样子。宋·欧阳修《和韩学士襄州闻喜亭置酒》：巉崿高城汉水边，登临谁与共跻攀。清川万古流不尽，白鸟双飞意自闲。

　　3．指班女扇，也称"班姬扇"，汉成帝妃班倢伃失宠后作《团扇》诗(也称《怨歌行》)，以秋扇见弃而自喻。后以"班女扇"比喻失宠者或废弃之物。南朝·萧统《昭明文选·怨歌行序》：昔汉成帝班婕好失宠，供养于长信宫，乃作赋自伤，并为《怨诗》一首。

　　4．又称风伯、风神，传说中人面鸟身的天神。战国·屈原《离骚》：前望舒使先驱兮，后飞廉使奔属。鸾皇为余先戒兮，雷师告余以未具。

　　5．干的饴糖。战国·屈原《招魂》：粔籹蜜饵，有餦餭些。瑶浆蜜勺，实羽觞些。

　　6．也作"蒲萄"，此处指葡萄酒。唐·段成式《酉阳杂俎·广动植》：蒲萄，俗言蒲萄蔓好引于西南……魏肇师曰："魏武有言，末夏涉秋，尚有余暑。酒醉宿醒，掩露而食。甘而不饴，酸而不酢，道之固以流沫称奇，况亲食之者。"瑾曰："此物实出于大宛，张骞所致。有黄、白、黑三种，成熟之时，子实逼侧，星编珠聚，西域多酿以为酒，每来岁贡。在汉西京，似亦不少。杜陵田五十亩，中有蒲萄百树。今在京兆，非直止禁林也。"……时人号为草龙珠帐焉。

上都飘雪不知数，此花与雪相旋舞。

黄鹂声绝孤雁鸣，万骑千车互来去。

手攀短条心欲绝，宛转成球恨初结。

寒风飞蓬卷车轮，点点相亚随明灭。

南邻荡子衣夜单，晓望日出如黄绵。

辛勤掇拾不敢弃，愿刮龟毛同作毡。

次韵继学

急雹散晴雪，仲夏天气清。

闭户北窗坐，稍稍新月生。

客至设棋局，言忘遗世情。

尽日无王事，白云与檐平。

装马曲[1]

彩丝络头百宝装，腥血入缨火齐光。

锡铃交驱八风转，东西夹翼双龙岗。

伏日翠裘不知重，珠帽齐肩颤金凤。

绛阙葱茏旭日初，逐电回飚斗光动。

宝刀羽箭鸣玲珑，雁翅却立朝重瞳。

沉沉棕殿[2]云五色，法曲初奏歌熏风。

酮官庭前列千斛，万瓮葡萄凝紫玉。

驼峰[3]熊掌翠釜[4]珍，碧宝冰盘行陆续。

1．似即描写诈马宴之曲，周伯琦《诈马行》的序文几乎就是对这首诗恰切的注解。

2．即棕毛殿，也称失剌斡耳朵。见逎贤《失剌斡耳朵观诈马宴奉次贡泰甫授经先生韵》"失剌斡耳朵"条注。

3．古代被作为珍馐之一。唐·段成式《酉阳杂俎·酒食》：又能造冷胡突鲙、鳢鱼臆、连蒸诈草、草皮索饼；将军曲良翰，能为驴鬃驼峰炙。

4．精美的炊器。唐·杜甫《丽人行》：紫驼之峰出翠釜，水精之盘行素鳞。犀箸厌饫久未下，鸾刀缕切空纷纶。

须臾玉卮黄帕覆，宝训传宣[1]争俯首。

黑河夜渡辛苦多，画戟[2]雕闳总勋旧。

龙媒嘶风日将暮，婉转琵琶前起舞。

鸣鞭[3]静跸宫门闭，长跪齐声呼万岁。

滦河

近山马昂鬃，远山凤翔（一作"腾"）羽。

百谷奔乱流，屈曲长蛇赴。

维时雨新过，急溜槽床注。

居人汇为井，千屦集沙步。

寒光澄玉膏，甘冽过牛乳。

兹泉成白沟，巨浸合沮洳[4]。

莲芡充糇粮，鱼虾足租赋。

塞翁话畴昔，陋彼成险固。

往事不复论，沄沄日东去。

苏武牧羊抱雏图[5]

寒毡啮尽节旄稀，野旷风低短草肥。

忽见婵娟新月上，却疑身似梦中归。

---

1. 宣读成吉思汗的法令。杨允孚《滦京杂咏》：必一二大臣称成吉思皇帝札撒，于是而后礼有文饮有节矣。

2. 方天画戟；通常是一种仪设之物，较少用于实战。宋·孟元老《东京梦华录·驾行仪卫》：画戟长矛，五色介胄。

3. 也称"静鞭"，一种很大的鞭子，銮驾仪卫的警卫人员用具，出巡、朝会时鸣之以发声，以示肃静。《宋史·礼志十三（嘉礼一）》：有司设仗紫宸殿，宰臣、文武百僚立班，皇帝出宫，鸣鞭，禁卫诸班直、亲从仪仗并内侍省执骨朵使臣等并迎驾，自赞常起居。

4. 低洼潮湿之地。《诗经·国风·魏风·汾沮洳》：彼汾沮洳，言采其莫。彼其之子，美无度。美无度，殊异乎公路。

5. 何人所画，待考；主要描绘苏武持节牧羊的坚贞品格。

开元[1]恩长老[2]以诗送北禅[3]讲师游上京，末章及见余子滦阳次韵

乘槎亲见玉绳[4]流，底用葡萄与海榴。

紫塞接天星戴斗，白云垂地水浮沤。

蝇头[5]可但穷三载，尘尾[6]悬知[7]又九州。

问讯开元老禅伯，诗瓢[8]今向太湖浮。

次韵继学竹枝宛转词

长年久客学吴侬，应对嫦娥认妾容。

闻道秋来三十日，雪花飘处似深冬。

1．又称大开元寺、东大寺，位于邢台，始建于后赵石勒年间，是禅宗二祖的传钵之地和禅宗七祖神会大师的驻锡之地，曹洞宗的发源地之一，也是"大开元一宗"即"贾菩萨宗"的祖庭；1250年元世祖忽必烈赐名为大开元寺；另，大同、普陀、南昌、临海、厦门等十余处均曾有开元寺。元代大都开元寺称开元万寿禅寺，上都的开元寺则属于藏传佛教寺院。《元史·仁宗本纪二》：壬戌，赐上都开元寺江浙田二百顷，华严寺百顷，赐赵王阿鲁秃部钞二万锭。

2．其人待考。

3．即北禅宗，也称北宗，禅宗五祖弘忍之门下大通神秀，以弘法于北方，因称北宗，力主渐悟。《旧唐书·方伎列传·神秀传》：天下乃散传其道，谓神秀为北宗，慧能为南宗。

4．玉衡北两星，常泛指群星。《晋书·束晳列传》：岂若托身权戚，凭势假力，择栖芳林，飞不待翼，夕宿七娥之房，朝享五鼎之食，匡三正则太阶平，赞五教而玉绳直。孰若茹藿餐蔬，终身自匿哉。

5．比喻微小的利益。宋·周紫芝《醉落魄》：如今始信从前错，为个蝇头，轻负青山约。

6．用兽毛、麻等扎成束，另配上象牙或木板制成长柄之器，被用作汉传佛教法器，象征扫去烦恼，于说法或讲解经义时所用之物。不同于"麈尾"，"麈"是一种大鹿，麈尾摇动，可以指挥鹿群，意为领袖群伦；麈尾是魏晋清谈家经常用来拂秽清暑，显示身份的一种道具。《晋书·王戎传》：妙善玄言，唯谈"老庄"为事。每捉玉柄麈尾，与手同色。

7．料想，预知。南朝·庾信《和赵王看伎》：细缕缠钟格，圆花钉鼓床。悬知曲不误，无事畏周郎。

8．贮放诗稿的器具。宋·计有功《唐诗纪事·唐球》：球居蜀之味江山，方外之士也。为诗捻稿为圆，纳入大瓢中。后卧病，投于江曰："斯文苟不沉没，得者方知吾苦心尔。"至新渠，有识者曰："唐山人瓢也。"

闻郎腰瘦寄当归，望尽天边破镜[1]飞。

昨夜灯花圆似粟，倚门不肯送郎衣。

宫罗叠雪撚金龙，即去香奁手自封。

还家貂裘绵百结，叫（一作"教"）妾今年两度逢。

年年河鼓度天津，郎在滦阳见得真。

今夕定知郎到日，桂花浮魄香满轮。

约八月十五日抵京。

陈景仁都事[2]以诗惠酒次韵

闭门拥雪绝知闻，坏壁行蜗古篆文。

谁遣白衣传剥啄，新诗如雪酒如云。

短发藤冠似晋贤[3]，瀛洲独坐思如泉。

明知白眼[4]轻余子，客至题诗似屋椽。

开平第四集 壬戌

至治二年三月甲戌改除翰林直学士，四月乙丑出建德门，买小车卧行

---

1. 夫妇分离。唐·孟棨《本事诗·情感》：陈太子舍人徐德言之妻，后主叔宝之妹，封昌乐公主，才色冠绝。时陈政方乱，德言知不相保，谓其妻曰："以君之才容，国亡必入权豪之家，斯永绝矣。倘情缘未断，犹冀相见，宜有以信之。"乃破一镜，人执其半，约曰："他日必以正月望日卖于都市，我当在，即以是日访之。"

2. 陈景仁，字仲麟，曾任都曹、都事等职。柳贯有《十二月七夜畏寒无寐，阅陈景仁都曹云南行卷，为和杂诗八首，用其韵而不用其意。盖景仁之作在赋咏，而予之狂言则发于兴比之间，要不必同也》；元同期其他诗人也有唱和。

3. 原指以竹林七贤为代表的晋代名士的一种狂放自傲的风习；后泛指以奇装异服，标新立异的装束打扮。

4. 即白眼，表示不屑。《晋书·阮籍传》：籍又能为青白眼。见礼俗之士，以白眼对之。常言"礼岂为我设耶？"时有丧母，嵇喜来吊，阮作白眼，喜不怿而去；喜弟康闻之，乃备酒挟琴造焉，阮大悦，遂见青眼。

八日，至开平舍。于崇真宫有旨，道士免扈从。宫中阒无人声。车驾五月中旬始至，书诏简绝，仅为祝文十三道（已入内制）。悲愉感发，一寓于诗。而同院亦寡倡[1]和，率意为题，得一百篇。闰五月，上幸五台山，以实录未毕，趣史院官属咸还京。是月丁巳发，癸亥还寓舍，五月滦阳大寒；闰月道中大暑，观是诗者亦足知夫驰驱之为劳，隐逸之为可美也。六月丁卯朔桷叙。

端午日繇[2]车中抵开平，客中三度端阳[3]，怆然有怀

居庸昔日逢端午[4]，子规声声劝归去。
旧岁滦阳万寿宫[5]，九节菖蒲[6]泛琼�く醑。
今年车中饱掀簸，盲风北来雨如注。
沙坡马鬣高下迎，土屋鱼鳞先后附。
旧家松篁百寻碧，樱葡花前石榴树。
停车俛首不得语，邻墙箫声杂驼鼓。
劳生[7]得意同蜗牛，旧历却行等蝇虎。

崇真宫阒无一人，经宗师[8]丹房，惟蒲苗杨柳。感旧有作

双斛青蒲苗，中庭绿杨枝。

1．同"唱"。

2．同"由"。

3．作者于仁宗延佑元年、英宗至治元年以及本次至治二年分别扈跸上都，均在上都或于路途中度过端午节，前后共三次，因有此说。

4．指仁宗延佑元年五月初三分院出京，端午到达居庸关。见《开平第一集》序。

5．即崇真万寿宫，也简称崇真宫。见马祖常《崇真宫西梨花》"崇真宫"条注。

6．植物名，菖蒲的一种，即人们常说的臭蒲、水菖蒲、白菖蒲等，多年生水生草本，有香气，叶狭长，似剑形。肉穗花序圆柱形，着生在茎端，初夏开花，淡黄色。同兰花、水仙、菊花并称"花草四雅"，民间在端午节常用来和艾叶扎束，挂在门前，防疫驱邪。《孝经·援神契》：椒姜御湿，菖蒲益聪。

7．辛苦劳累的生活。《庄子·大宗师》：夫大块载我以形，劳我以生，佚我以老，息我以死。

8．此处所指大宗师应为张留孙，于延佑元年辞世，当年应未至上都。《元史·释老列传·张留孙传》：其徒张留孙者，字师汉，信州贵溪人……至治元年十二月卒，年七十四。

门锁碧窗寂，徘徊心不怡。

辛勤四十载[1]，逢辰构崇基。

寒日淡无华，朔风助之悲。

想此鸾鹤[2]侣，长啸悟成亏。

往昔玉局[3]翁，言罢白云随。

怀贤感夙昔，悼念成涕洟。

夜梦忽邂逅，掀髯歌紫芝。

旧岁端阳与王吏部[4]同客滦阳，因成七言奉寄

旧年同饮端阳酒，击钵联诗日未斜。

我戴夫须[5]重出塞，君飘蹀躞独留家。

雪花带雨催前马，草色连空趁后车。

万里功名头竟白，张骞何事苦乘槎。

寓舍玄卿[6]旧住，今归龙虎山，书壁言怀

明玕[7]出海见奇姿，价压连城贾客知。

---

1. 此诗作于至治二年，四十载之说应指崇真宫建立至当时，恰四十余年。《元史·释老列传·张留孙传》：至元十三年，从天师张宗演入朝，世祖与语，称旨，遂留侍阙下……帝后大悦，即命留孙为天师，留孙固辞不敢当，乃号之上卿，命尚方铸宝剑以赐，建崇真宫于两京，俾留孙居之，专掌祠事。

2. 鸾与鹤。相传为仙人所乘，也借指神仙。南朝·汤惠休《楚明妃曲》：骖驾鸾鹤，往来仙灵。含姿绵视，微笑相迎。

3. 道观名，在四川成都，传说李老君曾于此坐局脚玉床讲经，因而得名。宋·司马光《资治通鉴·后唐庄宗同光元年》：蜀主诏于玉局，化设道场。

4. 似应为王构，字肯堂，号安野，东平人，曾任吏部郎中。袁桷与王构、王士熙父子往来密切，唱和之诗颇多。《元史·王构传》：王构，字肯堂，东平人……少颖悟，风度凝厚。学问该博，文章典雅，弱冠以词赋中选……至元十一年，授翰林国史院编修官……历吏部、礼部郎中。

5. 即苔草，生于原野沼泽之地，多年生草本，根茎硬而扁平，叶呈带状，夏季抽穗开花，茎叶可编织蓑苙等。《尔雅·释草》：苔，夫须。

6. 即薛玄曦，字玄卿。

7. 竹的别称。东晋·陶潜《读〈山海经〉》其三：亭亭明玕照，落落清瑶流。恨不及周穆，托乘一来游。又，宋·周紫芝《竹坡诗话》：盖明玕谓竹，清瑶谓水，与所谓"红皱檐晒瓦，黄团系门衡"者，奚异。

往岁曾为大鹏赋[1]，今秋且作小山词[2]。

黑头好景传杯乐，白眼常年按剑疑。

君去我来同此榻，雁回何处写相思。

闲闲宗师（一作"真人"）未至

崇真观里独徘徊，门锁蛛丝燕子猜。

玄度[3]来迟愁欲绝，为凭白鹤寄书催。

五月八日雨霰

黑云转飞盖，晴空落珠丸。

急响递疏密，跳踉杳无端。

仰视乌轮光，粲粲不可干。

阴晴界南北，咫尺分寒暄。

鲛人有暗泪，乘阳涌冰澜。

又疑天女下，百珙随轻纨。

采之不满把，瞬息何弥漫。

东墙古杨枝，含丝碧云寒。

留取宛转花，伏日为君看。

1．以李白遇道教大师司马承祯构思《大鹏遇希有鸟赋》，来类比自己与薛玄卿的关系。唐·李白《大鹏遇希有鸟赋序》：余昔于江陵见天台司马子微，谓余有仙风道骨，可与神游八极之表。因著《大鹏遇希有鸟赋》以自广。

2．晏几道，字叔原，号小山，北宋著名词人，有《小山词》传世。主要内容是追忆往昔的恋情，感伤人生的虚幻，词中多有梦境描写，以此反衬人生虚幻。宋·王灼《碧鸡漫志卷二·各家词短长》：贺方回、周美成、晏叔原、僧仲殊各尽其才力，自成一家……叔原如金陵王谢子弟，秀气胜韵，得之天然，将不可学。

3．东晋清谈名士许询的字，后代指所仰慕的清流名士。《晋书·郗愔列传》：在郡优游，颇称简默，与姊夫王羲之、高士许询并有迈世之风，俱栖心绝谷，修黄老之术。

开平昔贤有诗"片云三尺雪，一日四时天"[1]，
曲尽其景，遂用其语为十诗

茫茫广莫区，屈曲层城建。

昔云水云陂，伐木严筑楗[2]。

寒沙杂软草，其下有冰片。

双龙赴魏阙[3]，云气时隐见。

巍峨中天居，百里见行殿。

堂皇极睿算[4]，忧边罢从军。

种松八百里，擘画疆理分[5]。

立象[6]有定数，后王[7]策奇勋。

千车昂头来，万灶生墨云。

天险尚莫恃，人谋安足云。

晓日出东门，寒光静相涵。

黑云何方来，玉妃[8]为之骖。

顷刻变昏昼，阴晴常日三。

宸居逼象纬[9]，荧煌斗司南。

---

1. "开平昔贤"为何人、此诗句出处均待考。

2. 金莲川草原地势低平，水沼错落，兴建元上都时，要把湖水排干，用石头、石灰、碎砖乃至木材填平，熔铸锡以便加固。见袁桷《华严寺》自注；又，拉施特著，余大钧、周建奇译《史集》第二卷：在升起达一人之高后，再在上面铺上石板……在那石板上面，建造了一座中国风格的宫殿。

3. 古代宫门外两边高耸的楼观，楼观下常为悬布法令之所；也借指朝廷。《庄子·让王》：中山公子牟谓瞻子曰："身在江海之上，心居乎魏阙之下，奈何？"

4. 圣明的决策。唐·白居易《贺平淄青表》：皇灵有截，睿算无遗。妖氛廓清，遐迩庆幸。

5. 见白斑《续演雅十诗》自注。

6. 取法万物形象。《周易·系辞上》：圣人立象以尽意，设卦以尽情伪。

7. 指继前朝而起的君主、天子。《汉书·律历志上》：周衰官失，孔子陈后王之法，曰："谨权量，审法度，修废官，举逸民，四方之政行矣。"

8. 指雪花。唐·韩愈《辛卯年雪》：白帝盛羽卫，鬖髿振裳衣。白霓先启涂，从以万玉妃。

9. 象数谶纬，也指星象经纬，意指日月五星。晋·王嘉《拾遗记·殷汤》：师延者，殷之乐人也。设乐以来，世遵此职。至师延，精述阴阳，晓明象纬，莫测其为人。

世儒窘六合[1]，邹子成虚谈[2]。

羲和[3]当中街[4]，重裘惨颜色。
询彼住冬人，封户雪逾尺。
松烟暗疏箔[5]，罗坐围丈席。
南邻时相通，北门恍未识。
冰天与火井，受地各有职。

近山如雕鞍，远山如削铁。
涓涓落黄流，呜咽恨未雪。
坡陀下前坂，飒爽万境灭。
马嘶不肯行，沙寒草如苗。
毡庐峙前岗，一一望初月。

驾鹅帖云飞，下惧鹰眼疾。
空垆无鸦栖，坏穴见鼠出。
杨枝尚敛色，吐絮朝伏日。
羌巴杂蛮獠，异服状非一。
风土谅不同，删述[6]在史笔。

1．指上下和四方，泛指天地或宇宙。《庄子·齐物论》：六合之外，圣人存而不论；六合之内，圣人论而不议；春秋经世先王之志，圣人议而不辩。

2．邹衍，又称邹子，主要学说是五行说、"五德终始说"和"大九州说"，可谓"尽言天事"，时称"谈天衍"。据记载：邹衍事燕惠王，尽忠。左右谮之，王系之，仰天而哭，五月为之下霜。《汉书·艺文志》：《邹子》四十九篇。名衍，齐人，为燕昭王师，居稷下，号谈天衍。

3．太阳神。《后汉书·崔骃列传》：愍余生之不造兮，丁汉氏之中微。氛霓郁以横厉兮，羲和忽以潜晖。

4．星名，借指黄道。《魏书·术艺列传·张渊传》：天狗七星在狼北，野鸡一星在参东南。天市中街主警怖，故曰吠守。

5．稀稀的竹帘子。宋·曾巩《西楼》：海浪如云去却回，北风吹起数声雷。朱楼四面钩疏箔，卧看千山急雨来。

6．著述。相传孔子序《书》删《诗》，又自称"述而不作"，故有"删述"之说。南朝·刘勰《文心雕龙·宗经》：岁历绵暧，条流纷糅，自夫子删述，而大宝咸耀。

煌煌千贾区，奇货耀出日[1]。

方言互欺诳，粉泽变初质。

开张通茗酪，谈笑合胶漆。

忆昔关市宽[2]，崇墉[3]积如铚。

梯航际穷发[4]，均输[5]乃疏术。

城南水沮洳[6]，饮之不盈匕。

远汲沙水甘，客云汝纵恣。

客竟遭河鱼[7]，投以百金剂。

箪瓢[8]乃真空，饰情果为累。

狙公解朝暮，不复计三四[9]。

1．上都商贸的繁盛景象。虞集《贺丞相墓志铭》：自谷粟布帛，以至纤靡奇异之物，皆自远至。官府需用百端，而吏得以取具无阙者，则商贾之资也。

2．上都城的东、南、西、北均有关厢，据考古调查，东关长约八百米，西关长约一千米，南关长约六百米。魏坚《元上都》：（东关）位于皇城东墙的东门和小东门外。南侧有闪电河相隔，东北绵延至小元山子以东，东西宽约1300米，南北长约2000米……（南关）地处元上都南侧护城河以南的闪电河两岸……南北宽约800米，东西长约1500米……西关偏南处有一条东西向大街（西关大街），长约1000米，宽10米，直通至城西的铁幡竿渠旁……（北关）位于外城北墙外，往北近2000米为东西横亘的龙冈，山下地势平坦，东西宽约2500米。

3．高墙，高城。《元史·祭祀志三》：筑崇墉以环其外，东西南开棂星门三，门外驰道，抵齐化门之通衢。

4．极北不毛之地。《庄子·逍遥游》：穷发之北有冥海者，天池也。

5．汉武帝实行的一项经济措施：在大司农属下置均输令、丞，统一征收、买卖和运输货物。汉·桓宽《盐铁论·本议》：往者郡国诸侯，各以其物贡输，往来烦杂，物多苦恶，或不偿其费；故郡国置输官以相给运，而便远方之贡，故曰均输。另，王安石变法在神宗熙宁二年实行均输法，授权主管六路财赋和茶、盐、矾、酒税的发运使，凡朝廷所需之货物，尽量在廉价处或近地收购，存储备用。《宋史·王安石传》：均输法者，以发运之职改为均输，假以钱货，凡上供之物，皆得徙贵就贱，用近易远，预知在京仓库所当办者，得以便宜蓄买。

6．低洼潮湿。上都城位于金连川草原，属于草甸草原，且城南有滦河流经，因而有这种说法。

7．即河鱼腹疾，也作"河鱼之疾"，指腹泻。见许有壬《病起漫述》"河鱼"条注。

8．盛饭食的箪和盛饮料的瓢；也借指饮食；后形容生活简朴，安贫乐道。《论语·雍也》：一箪食，一瓢饮，在陋巷，人不堪其忧，回也不改其乐。

9．即朝三暮四。《庄子·齐物论》：狙公赋芧，曰："朝三而暮四。"众狙皆怒。曰："然则朝四而暮三。"众狙皆悦。名实未亏而喜怒为用，亦因是也。

亭亭芍药枝，朱明¹胜春时。

金莲与墨菊，兄弟相等推。

阳艳深摧藏²，后秀真奇姿。

盛时匪自弃，愿与松柏期。

有客同尔心，临风结长思。

焰焰三伏日，沉沉九秋天。

雷鸣过床下，月出在树巅。

手持五彩笔，直侍虚皇³前。

大以书龟图⁴，小以传瑶编⁵。

纶言⁶广圣泽，载歌千万年。

天鹅曲

天鹅颈瘦身重肥，夜宿官荡群成围。

芦根唼唼水蒲滑，翅足蹩曳难轻飞。

参差旋地数百尺，宛转培风⁷借双翮。

翻身入云高贴天，下陋蓬蒿去无迹。

1．夏季。《汉书·礼乐志二》：硃明盛长，敷与万物，桐生茂豫，靡有所诎。

2．《词源》等对此词解释可商榷，其意应该因语句而有不同。最早见于《古诗为焦仲卿妻作》"未行二三里，摧藏马悲哀"，意为极度伤心；此处"摧藏"一词，根据语义，应为形容阳光温暖、灿烂等。

3．道教神名。南朝·陶弘景《许长史旧馆坛碑》：并证心清，俱漏身浊。离有离无，且华且朴。结号虚皇，筌法正觉。

4．相传尧帝时，有龟负图来投，尧勅臣下写取如瑞应，然后放归，典出《纬攟·龙鱼河图》，即"洛书"。《史记·龟策列传》：凡八名龟。龟图各有文在腹下，文云云者，此某之龟也。略记其大指，不写其图。

5．珍贵的书册，也作为书籍的美称。唐·李峤《为百僚贺瑞石表》：考皇图于金册，搜瑞典于瑶编，则有虫蠹成文，鱼鳞吐霞，丹书集于昌户，绿错荐于尧坛。

6．代指帝王诏令。《礼记·缁衣》：王言如丝，其出如纶；王言如纶，其出如綍。

7．乘风。《庄子·逍遥游》：风之积也不厚，则其负大翼也无力，故九万里则风斯在下矣，而后乃今培风。

五坊¹手擎海东青²，侧眼光透瑶台层。

解绦脱帽穷碧落，以掌疾掴东西倾。

离披交旋百寻衮，苍鹰助击随势远。

初如风轮舞长竿，末若银球下平坂。

蓬头喘息来献官，天颜一笑催传餐。

不如家鸡栅中生死守，免使羽林春秋³水边走。

南望

急霰轻雷五月天，觥传手把趣装绵。

燕山南望十三驿⁴，红杏枝头别有天。

偶成

午雷婴儿声，晚月大士面。

---

1. 唐代为皇帝饲养猎鹰、猎犬的官署，至宋初始废，此处借指元代的打捕鹰房。《新唐书·百官志二》：闲厩使押五坊，以供时狩。一曰雕坊，二曰鹘坊，三曰鹞坊，四曰鹰坊，五曰狗坊。又，《元史·百官志》：管领随路打捕鹰房民匠总管府，秩从三品。

2. 学名鹬鹰，一种凶猛而珍贵的鸟，属雕类，可能是隼科矛隼东北亚种的汉语俗称；也称海青，即肃慎语"雄库鲁"，意为世界上飞得最高和最快的鸟，有"万鹰之神"的含义，传说中十万只神鹰才出一只"海东青"，是肃慎族的最高图腾，代表勇敢、智慧、坚忍、正直、强大、开拓、进取、永远向上、永不放弃的精神。产于黑龙江下游及附近海岛，元代驯养用于狩猎。宋·庄绰《鸡肋编卷下·海东青》：鸷禽来自海东，唯青鹘最嘉，故号海东青。又，《元史·地理志二》：有俊禽海东青，由海外飞来，至奴儿干，土人罗之以为土贡。又，明·李时珍《本草纲目·禽部》：青雕出辽东，最俊者谓之海东青。

3. 辽代契丹人的四时捺钵。契丹皇帝每年随季节变化到各地游猎巡察并处理国家大事，成为国家重要的政治制度，即四季捺钵制度，因而辽人把春秋捺钵地点通称"春水""秋山"，后用以指春秋狩猎。《辽史·营卫志中》：辽国尽有大漠，浸包长城之境，因宜为治。秋冬违寒，春夏避暑，随水草就畋渔，岁以为常。四时各有行在之所，谓之"捺钵"。

4. 驿路上的独石口至偏岭间路段属于燕山山脉，至此驿路已途经健德门至赤城等十三座驿站，北上则为草原。事实上，元代大都至上都驿站，时有增减，应是作者随扈上都时，至此经历了十三座驿站。贡师泰曾于至正十三年受命整治口北十三驿。元·揭汯《有元故礼部尚书秘书贡公神道碑铭》：十三年……改兵部侍郎，阶奉政大夫。中书遗理口北十三驿，时富者倚权势隐蔽，贫者无授日困。

顷刻备四时，阴晴足千变。

空斋袭重裘，尘壁委团扇。

昔为居养移，今愧筋骸倦。

鳌峰石[1]

劫风[2]吹沫孕玲珑，度海鞭霆驾六龙。

声合八音[3]惊俗耳，重均九鼎动天容。

空庭露冷珠玑绽，阿阁[4]云开锦绣封。

匝匝金莲随地拥，似催夜直佩瑽瑢。

石下皆金莲花。

1．翰林院中所立景观石，代指翰林院。宋·魏泰《东轩笔录》卷十一：是时包孝肃公拯为三司使，宋景文公祁守郑州，二公风力名次最著人望，而不见用……明年，包亦为枢密副使，而宋以翰林学士承旨召……又作诗曰："粉署重来忆旧游，蟠桃开尽海山秋。宁知不是神仙骨，上到鳌峰更上头。"

2．佛教语，坏劫之末有水、风、火三劫灾，劫风即劫灾中的风灾。宋·沈括《梦溪笔谈·书画》：佛光乃定果之光，虽劫风不可动，岂常风能摇哉。

3．我国古代对乐器的统称，通常为金、石、丝、竹、匏、土、革、木八种不同质材所制；也泛指音乐。晋·葛洪《抱朴子·博喻》：故离朱剖秋毫于百步，而不能辩八音之雅俗。

4．四面都有檐霤的楼阁。唐·杨炯《少室山少姨庙碑》：岂直凤巢阿阁，入轩后之图书；鱼跃中舟，称武王之事业。

卢彦威[1]与余同为待制，下世已八年，睹行院题名旧迹，感怆写情

长髯黑发佩鸣珂，嗜饮常持金叵罗[2]。

诗艳欲追长吉[3]制，词新深爱小蛮[4]歌。

凤池[5]联辔情偏重，鸾镜重妆病已魔。彦威再醮一
日，即病以终。

题壁凄凉悲二妙[6]，元公[7]近已葬山阿。

子规词三首

不如归去，君家南山松万树。

我欲送君归，怜汝岁上滦阳路。

去不如归，江南春深笋蕨肥。

---

1. 卢亘（1273~1314年），字彦威，濮阳人。曾受知于姚燧，被荐为国史院编修官，后任翰林待制。顾嗣立据《皇元风雅》等辑有《彦威集》。《元诗纪事卷十·卢亘》：亘，字彦威，汲郡人。元贞间，姚燧荐为国史院编修。官至翰林待制。

2. 金制酒器。《北齐书·祖珽传》：神武宴寮属，于坐失金叵罗，窦泰令饮酒者皆脱帽，于珽髻上得之。

3. 李贺，字长吉，唐代著名浪漫主义诗人，被誉"鬼才"，想象奇诡，词采瑰丽，变幻莫测。元·辛文房《唐才子传·李贺》：贺，字长吉，郑王之孙也。七岁能辞章，名动京邑……贺父名晋肃，不得举进士……旦日出，骑弱马，从平头小奴子，背古锦囊，遇有所得，书置囊里。凡诗不先命题，及暮归，太夫人使婢探囊中，见书多，即怒曰："是儿要呕出心乃已耳！"……贺诗稍尚奇诡，组织花草，片片成文，所得皆惊迈，绝云翰墨畦径，时无能效者……死时才二十七，莫不怜之。

4. 唐朝著名诗人白居易的家姬，据说白居易对家中的两位家姬小蛮和樊素宠爱有加。唐·孟棨《本事诗·事感》：白尚书姬人樊素善歌，妓人小蛮善舞，尝为诗曰：樱桃樊素口，杨柳小蛮腰。

5. 也称凤凰池，禁苑中池沼。魏晋南北朝时设中书省于禁苑，掌管机要，接近皇帝，故称中书省为"凤凰池"；唐代也多以凤凰池指宰相职位。《晋书·荀勖传》：勖久在中书，专管机事。及失之，甚罔罔怅怅。或有贺之者，勖曰："夺我凤凰池，诸君贺我邪！"

6. 称同时以才艺著名的二人，一妙指卢彦威，另一妙根据"元公"称谓及后面一诗，即应指元明善。

7. 指元明善，明善于是年（至治二年）二月去世。《元史·元明善传》：元明善，字复初，大名清河人。其先盖拓跋魏之裔，居清河者……升翰林学士，修《仁宗实录》。英宗亲课太室，礼官进祝册，请署御名，命明善代署者三，眷遇之隆，当时莫并焉。至治二年，卒于位。

苟蕨肥，子苦饥。

见子手持一片冰，下马坐看白云飞。

归去不如，我是蜀王魄。

化声呱呱，君不归。

请看钱塘雪浪千尺帆，踏歌起舞去复还。

潘景梁学士同在集贤，朝夕与余论宏词源委，后俱罢去。新政肇更，皆得复入；旧岁同会上都，景梁还都不一月下世，仆忝入翰林，过视草堂有感

銮坡[1]清切平生志，粉省[2]乌台谢不能。

尝除尚书行台侍御，皆不乐，意在承旨。

夜剔兰灯书叶乱，冻呵铁砚墨花凝。

蚁穿九曲[3]谁传授，蜩化枯枝[4]果变腾。

欲说玄机吾岂敢，碧天云黯唤难应。

1．也作"鸾坡"，翰林院的别称。唐德宗时，曾移学士院于金銮殿旁的金銮坡上，后以銮坡代指翰林院。宋·叶梦得《石林燕语》卷五：俗称翰林学士为坡，盖唐德宗时尝移学士院于金銮坡上，故亦称"銮坡"。又，宋·王安石《送郓州知府宋谏议》：纶掖清光注，銮坡茂渥沾。文明诚得主，政瘼尚烦砭。又，宋·管鉴《水调歌头·次韵以谢一雨洗烦溽》：叹君才，方进用，岂容休。銮坡凤沼，情知不为蜀人留。便恐升沈各异，后日相逢无处，别语易成愁。

2．指尚书省。宋·李昉等《太平御览·职官部十三》：省皆胡粉涂画古贤人烈女，郎握兰含香，趣走丹墀奏事，黄门郎与对揖，天子五时赐服。若郎处曹二年，赐迁二千石刺史。

3．有人得九曲宝珠，不能穿，孔子教以涂脂于线，使蚂蚁穿线通过；后以比喻运用智巧做好艰难的工作。唐·杨涛《蚁穿九曲珠赋》：蚁为质兮微眇，珠有窍而虚圆，苟一缕之是系，虽九曲而可穿。

4．弈棋时的一种精神状态，神游九天，形若枯枝。宋·黄庭坚《弈棋二首呈任渐》其二：偶无公事客休时，席上谈兵校两棋。心似蛛丝游碧落，身如蜩甲化枯枝。

元复初学士旧岁同官集贤，会于上都。改除翰林学士，见其饮酒数十觥，倍常时。今年以疾，卒不起[1]。睹行院题壁，为四韵以挽

慷慨论交二十年，深惭经术荷推先。

龟趺[2]林立毛锥[3]秃，麟笔[4]星垂汗简传。

直以旷怀招侧目，肯于凡品说齐肩。

旧闻苏李[5]曾生别，行院重来倍泫然。

客舍书事八首

客景真愁绝，凄凉倍旧年。

草穿沙觜缩，云住屋头偏。

灶冷厨烟湿，窗低檐溜悬。

畏寒难出户，尽日得高眠。

日永空庭净，清斋罢煮茶。

无羊[6]谁阅市[7]，有客共思家。

巷近逢归马，门闲数过车。

1．元明善于至治二年二月去世，袁桷于当年四月赴上都。马祖常《翰林学士元文敏公神道碑》：翰林学士清河元公，以至治二年壬戌二月七日薨于位。

2．碑下的龟形石座。明·王三聘《古今事物考·丧礼·碑碣》：唐葬令，五品以上，螭首龟趺。

3．即毛锥子，毛笔的别称，因其形如锥，束毛而成，因而得名。《旧五代史·史弘肇列传》：弘肇又厉声言曰："安朝廷，定祸乱，直须长枪大剑，至如毛锥子，焉足用哉！"三司使王章曰："虽有长枪大剑，若无毛锥子，赡军财富，自何而集？"

4．孔子作《春秋》，绝笔于获麟，因称史官之笔为"麟笔"。唐·卢纶《和常舍人晚秋集贤院即事十二韵寄赠江南徐薛二侍郎》：麟笔删金篆，龙绡荐玉编。汲书荀勖定，汉史蔡邕专。

5．苏武、李陵是好朋友，苏武出使匈奴，单于曾派李陵劝降苏武，二人始终饮酒；后苏武归汉，二人作河梁之别；也指终生之别。见贡奎《李陵台》"河梁五字悲"、柳贯《望李陵台》"河梁"条注。

6．陈述牛羊繁盛。《诗经·小雅·无羊》：谁谓尔无羊？三百维群。谁谓尔无牛？九十其犉。

7．勤奋好学。《后汉书·王充传》：家贫无书，常游洛阳市肆，阅所卖书，一见辄能诵忆。

衰年行六十[1]，那得老风沙。

愁极吟肩耸，尘深望眼迷。
屋随冰上下，山趁雪高低。
干酪瓶争挈，生盐斗可提。
日斜看不足，踏舞共扶携。

蟾影[2]穿窗矗，龙光拂席流。
凄清三伏暑，淅沥九天秋。
水恶停泥井，冰坚宿瓦沟。
年年游上国，那识望乡愁。

问俗过闾里，凄凉说住冬。
冻瓶粘在手，暖扇缚当胸。
雪急篷簩[3]响，风高榾柮[4]松。
寒更传警夜，飞骑急憧憧。

禁堞防危石，官衢漾浅沙。
犬能搜兔窟，马解避驼车。
童剪青蔬甲[5]，僧分墨菊芽。
飘零堪慰藉，小雨垫乌纱。

宿雾成疎雨，寒蓬卷细尘。
云飞疑到地，草长不知春。
香几蜂喧密，寒房燕语真。
白头关塞外，犹作未归人。

1．是年为至治二年，袁桷时年五十八岁。

2．月影，月光。唐·徐晦《海上生明月赋》：水族将蟾影交驰，浪花与桂枝相送。凝目是远，赏心斯众。苟佳景之必存，孰良辰之不共。

3．粗竹席。《隋书·刑法志》：帝尝幸金凤台，受佛戒，多召死囚，编篷簩为翅，命之飞下，谓之放生。坠皆致死，帝视之为欢笑。

4．木柴块，树根疙瘩，可代炭用。唐·贯休《深山逢老僧》：衲衣线粗心似月，自把短锄锄榾柮。青石溪边踏叶行，数片云随两眉雪。

5．蔬菜的萌芽。宋·梅尧臣《晴》：风扫天如监，云开日似萍。苑花犹带湿，蔬甲已微青。

灯影微微焰，钟声隐隐清。

归鸿天际度，去骑月边行。

久客心无著，微醺梦易成。

揽衣中夜起，北斗正南横。

视草堂[1]四咏

视草堂前月，凄清十倍秋。

银河斜处响，玉斧[2]暗中修。

隐约娑罗[3]见，微茫顾兔[4]流。

霓裳端可补，顾如广寒游。

视草堂前雪，飞花具四时。

老疑潘鬓[5]重，舞觉沉腰羸。

妙合丝纶巧，功调鼎鼐奇。

虚皇[6]瞻咫尺，顾赋玉京[7]诗。

---

1. 翰林院。古代词臣奉旨修正诏谕一类公文，称"视草"，也泛指代皇帝起草诏书。《旧唐书·职官志二》：玄宗即位，张说、陆坚、张九龄、徐安贞、张洎等召入禁中，谓之翰林待诏。王者尊极，一日万机，四方进奏，中外表疏批答，或诏从中出，宸翰所挥，亦资其检讨，谓之视草。

2. 仙斧，神斧；传说为吴刚在月宫中伐玉树所用。宋·杨万里《九月十五，夜月细看，桂枝北茂南缺，未经古人拈出，纪以二绝句》其一：桂树冰轮两不齐，桂圆不似月圆时。吴刚玉斧何曾巧，斫尽南枝放北枝。

3. 梵语的译音，植物名，即柳安。原产于印度、东南亚等地，常绿大乔木，木质优良。北魏·贾思勰《齐民要术·娑罗》：盛弘之《荆州记》曰："巴陵县南有寺，僧房床下，忽生一木，随生旬日，势凌轩栋。道人移房避之，木长便迟，但极晚秀。有外国沙门见之，名为娑罗也。

4. 也作"顾菟"，古代神话传说月中阴精积成兔形，后世因以为月的别名。战国·屈原《天问》：厥利维何，而顾菟在腹？女岐无合，夫焉取九子？

5. 也作"潘髩"，潘岳描绘自己中年已"二毛"，即鬓发斑白；后泛指鬓发初白的中年。西晋·潘岳《秋兴赋序》：晋十有四年，余春秋三十有二，始见二毛。

6. 道教神名。南朝·陶弘景《许长史旧馆坛碑》：并证心清，俱漏身浊。离有离无，且华且朴。结号虚皇，荃法正觉。

7. 也称白玉京，指天帝所居之处。《魏书·释老志》：道家之原，出于老子。其自言也，先天地生，以资万类。上处玉京，为神王之宗，下在紫微，为飞仙之主。

视草堂前雨，飞空万象新。

随龙下膏泽，涤颖布阳春。

霡霂能生物，霶濡不受尘。

巫山空有赋，难作楚王臣[1]。

视草堂前日，传宣趣[2]制词。

藁裁初刻上，朝罢八砖[3]移。

乌御行黄道，龙光映玉墀。

薰风生殿阁，小立独多时。

华严寺

宝构荧煌接帝青，行宫（一作"营"）列峙火晶荧。

运斤[4]巧斗攒千柱，相杵[5]歌长筑万钉。

殿基水泉沸涌，以木钉万枚筑之，其费巨万。

云拥殿心团宝盖，风翻檐角响金铃。

暊知帝力超千（一作"前"）古，侧布端能动地灵。

书邢遵道[6]二父家传

蜚声秀采动时贤，书帙如山酒似泉。

1．屈原《山鬼》、宋玉《高唐赋》《神女赋》等，都有描绘巫山神女的内容，然而二人在楚国均抑郁不得志。

2．同"促"。

3．即八花砖。唐德宗时翰林院厅前有花砖道，学士入值以日影到达五砖时为准，李程每于日影过八砖时始至，人号为"八砖学士"，后以"八砖"为任职翰林院的典实。唐·李肇《翰林志》：北厅前阶有花砖道，冬中日及五砖，为入直之候。李程性懒，好晚入，恒过八砖乃至，众呼为"八砖学士"。

4．挥动斧头砍削，形容技艺高超。《庄子·徐无鬼》：庄子送葬，过惠子之墓，顾谓从者曰："郢人垩慢其鼻端若蝇翼，使匠人斫之。匠石运斤成风，听而斫之，尽垩而鼻不伤，郢人立不失容。"

5．原指春谷发出的号子，此处泛指劳动号子。《史记·商君列传》：五羖大夫死，秦国男女流涕，童子不歌谣，春者不相杵。

6．上都人邢伯宜、邢伯才兄弟之侄，或为其中一人之子亦未可知。

已恨人间双璧化[1]，共夸身后一夔[2]传。

药囊有底阴功满，诗卷相辉盛事全。

会见门楣成晚秀，瀛洲委佩接群仙。

赠华严寺长老[3]二首

四年[4]上国[5]扈金舆，燕处[6]高斋得起予[7]。

箧宝寸珠光不老，炉存片雪色相如。

抱琴有意传流水，击拂[8]无言指太虚。

二十里松亲见得，塔中古佛白毫舒。

华严洞下宗常游四明太白，礼宏智塔。宏智相传古佛再世。

丈室萧萧昼掩扉，蒲团不下得忘机。

阶前菊木先春种，门外杨花伏日飞。

句落珠玑禅客诵，象严金碧梵王威。

知余犹是青山伴，话尽斜阳指翠微。

---

1. 死，如陶渊明《读山海经》"同物既无虑，化去不复悔"；"双璧化"指"二父"邢伯宜、邢伯才兄弟二人已去世。

2. 指能独当一面的专门人才。战国·吕不韦《吕氏春秋·察传》：夫乐，天地之精也，得失之节也，故唯圣人为能和，乐之本也。楚能和之，以平天下，若夔者一而足矣！"

3. 应是华严寺第六代住持维寿。维寿，号筠轩，善文词，与袁桷、柳贯、马祖常等有密切交往，柳贯有《赠大华严寺长老寿公司徒》，马祖常有《赠华严寺僧筠轩》；袁桷此诗作于英宗至治二年。黄溍《上都大龙光华严寺碑》：（维寿）以道行文学，受知英宗，制授大司徒。

4. 袁桷延祐元年、二年、六年，至治元年、二年先后扈从上京，其中延祐二年因南方有事而提前南归。

5. 京师。宋·司马光《资治通鉴·唐德宗建中二年》：今海内无事，自上国来者，皆言天子聪明英武，志欲致太平，深不欲诸侯子孙专地。

6. 相处，居处。宋·沈遘《诫励贡士敦尚行实诏》：比岁以来，士之进于有司者益不及于前时……群居燕处，则不闻仁义之谈；杂进并趋，则不闻礼让之节。

7. 启发自己。《论语·八佾》：子曰："起予者，商也，始可与言《诗》已矣。"

8. 宋代茶道，一种布茶的方法。宋·王明清《挥麈后录余话·蔡元长〈保和殿曲燕记〉〈延福宫曲燕记〉》：上命近侍取茶具，亲手注汤击拂。少顷，白乳浮盏面，如疏星澹月。顾诸臣曰："此自布茶。"饮毕皆顿首谢。

赠李道士[1]

高安李道士，货药绕滦城。

竹杖常随手，茶瓯与解醒。

住冬饶活计，听雨话平生。

欲说前朝事，年深记不成。

行路难五首

桑干岭上十八盘，赫日东出红团团。

回头平田树如发，北去沙石何弥漫。

青帘高低知客倦，劝汝一杯下前坂。

马蹄护铁声琮琤，帖石朱栏列危栈。

度岭林昏泊官驿，冰涌虚泥踰五尺。

马行犹知泥浅深，重车没踝路莫寻。

松林巨木官采搜，千斧斫根膏液流。

翠旄离披仆巨壑，百谷震动狐狼愁。

大车以载牛马喘，历堑凌深不能挽。

车头挂纸齐声呼，一步一移日将晚。

经春踰夏来京都，雕梁绣柱天人居。

锦茵花砖浅深护，岁久不知行路苦。

昔闻万回僧[2]，空中转足如飞鹰。

又闻麦八百，侧径回旋去无迹。

牙牌[3]校尉夸快行，急装一日来京城。

---

1. 其人待考，据诗歌可知其为高安人，可能跨越宋元两个朝代。
2. 俗姓张，虢州阌乡人，唐时僧人，是旧时民间普遍信仰的团圆欢喜之神。唐·段成式《酉阳杂俎·前集》：僧万回年二十余，貌痴不语。其兄戍辽阳，久绝音问，或传其死，其家为作斋。万回忽卷饼茹，大言曰："兄在，我将馈之。"出门如飞，马驰不及。及暮而还，得其兄书。缄封犹湿，计往返一日万里，因号焉。
3. 原指象牙腰牌，宋元以后用作官员身份证明，因多系象牙或兽骨制成而得名，其上主要书写官员的官衔、履历；元代驿吏往来，持牙牌以证身份。《元史·礼乐志一》：至期大昕，侍仪使引导从护尉，各服其服，入至寝殿前，捧牙牌跪报外办。

人言胫中有肉燕，籥[1]云蹑电那能名。
古云行路难，今作等闲看。
君不见，明王坐朝疲心思，日行天下人不知。

金谷园[2]头土如酥，琼花琪树凝流苏。
文鸯毾砖藻影动，飞凤团础云光腴。
紫丝步障[3]三十里，百和生香交旖旎。
美人罗袜不动尘，匝匝金莲随布起。
须臾急骑围四隅，瞬息突兀生寒芜。
绿珠危楼百尺坠[4]，行路之难却成易。

敝裘蒙茸苏季子[5]，两足重趼行不已。
一朝佩印何累累，列鼎北邦夸国士。
班生[6]远出玉门关，被甲夜度随黄间。
飞沙击面燕颔失，晚望落日思生还。
书生守株灯火勤，终岁不通南北邻。
一朝安车[7]入关内，老不能言愿求退。

---

1. 通“蹑”。

2. 晋代石崇于金谷涧中所筑的园馆，也泛指富贵人家盛极一时但好景不长的豪华园林。《晋书·石崇传》：崇有别馆在河阳之金谷，一名梓泽，送者倾都，帐饮于此焉。

3. 用以遮蔽风尘或视线的一种屏幕。《晋书·石崇传》：崇与贵戚王恺、羊琇之徒，以奢靡相尚；恺作紫丝步障四十里，崇作锦步障五十里以敌之。

4. 石崇宠姬绿珠坠楼而亡。《晋书·石崇传》：崇谓绿珠曰：“我今为尔得罪。”绿珠泣曰：“当效死于官前。”因自投于楼下而死。

5. 苏秦，字季子，战国纵横之士。师从鬼谷子，学成后，以合纵而佩六国相印，使秦十五年不敢出函谷关。《战国策·秦策一》：说秦王书十上而说不行。黑貂之裘弊，黄金百斤尽，资用乏绝，去秦而归。羸滕履蹻，负书担橐，形容枯槁，面目黧黑，状有愧色……当此之时，天下之大，万民之众，王侯之威，谋臣之权，皆欲决苏秦之策。

6. 班超，字仲升，东汉著名的军事家、外交家，为人有大志，不修细节，但内心孝敬恭谨，审察事理。他口齿辩给，博览群书，后投笔从戎，随窦固出击北匈奴，又奉命出使西域，在三十一年的时间里，平定了西域五十多个诸侯国。《魏书·西域列传》：至于后汉，班超所通者五十余国，西至西海，东西万里，皆来朝贡，复置都护、校尉以相统摄。

7. 古代可以坐乘的小车，供年老的高级官员及贵妇人乘用。高官告老还乡或朝廷徵召有重望的人，往往赐乘安车。《礼记·曲礼》：大夫七十而致事……适四方，乘安车。

卖薪行

老兵缚薪穿市卖，双手如龟布衣坏。

低头望日南阶行，背负槎牙北风杀。

大车轮困小车聚，我薪不如一掊土。

黄公垆[1]前烟雾高，挥手相讥不相顾。

暮归置薪眠土屋，望月清歌声断续。

丈夫穷达会有时，买臣怀章[2]人始奇。

视草堂岁久倾圮述怀二首

视草堂前草木青，微臣三入[3]鬓星星。

坏墙雨透蜗生角，旧灶泥深菌露钉。

深恐雨钟催晓箭，独听寒殿响风铃。

堂堂诸老冰澌[4]尽，病叟[5]应归种茯苓。

昔时寿俊佩翩跹，人物于今似眇然。

---

1. 黄公，泛指卖酒者。唐代诗人白居易在《晚春沽酒》中曾说："醉卧黄公肆，人知我是谁。"其中黄公肆，也称黄公垆，即黄公酒垆。南朝·刘义庆《世说新语·伤逝》：王浚冲为尚书令，著公服，乘轺车，经黄公酒垆下过。顾谓后车客："今日视此虽近，邈若山河。"

2. 朱买臣负薪度日，五十岁为会稽太守。《汉书·朱买臣传》：（买臣）家贫，好读书，不治产业，常艾薪樵，卖以给食，担束薪，行且诵书。其妻亦负戴相随，数止买臣毋歌呕道中。买臣愈益疾歌，妻羞之，求去。买臣笑曰："我年五十当富贵，今已四十余矣。女苦日久，待我富贵报女功。"妻恚怒曰："如公等，终饿死沟中耳，何能富贵？"买臣不能留，即听去。其后，买臣独行歌道中，负薪墓间。

3. 袁桷一生三入翰林，延佑元年任翰林待制，延佑三年连任；至治二年任翰林待制；至治三年任翰林直学士，时已五十八岁。

4. 解冻时流动的冰凌。宋·苏辙《游城西集庆园》：送客城西客已远，归路北池接南苑。冰澌片断水光浮，柳线和柔风力软。

5. 延佑五年，袁桷身体多有不适，次子袁瑾赴大都侍奉，此后似乎一直跟随。至治二年尚有诗《小院四月十二日牡丹始开，乃单台花也。余将上开平，作诗示瑾》。

倚马¹谁怜才独步，屠龙²端信技无全。

颁冰伏日金奁重，赐果薰风绮席鲜。

可是虚皇³疏顾问，玉堂旧事少人传。

翰林故事莫胜于唐宋，聊述旧闻，拟宫词十首

禁钟⁴初动趣⁵传宣，衣袖熏香到御前⁶。

渐近宫门扶下马，内官⁷分引导金莲。

御笔圆封草相麻⁸，龙笺香透拥金花⁹。

仪鸾敕设庭前候，赐酒方终更赐茶。

制草涂鸦未敢删，内珰¹⁰宣引侍龙颜。

1．即倚马可待，指文思敏捷，文笔迅捷。南朝·刘义庆《世说新语·文学》：桓宣武北征，袁虎时从，被责免官。会须露布文，唤袁倚马前令作。手不辍笔，俄得七纸，殊可观。

2．形容绝技。唐·韩愈《岳阳楼别窦司直》：愈昔始读书，志欲干霸王。屠龙破千金，为艺亦云亢。

3．道教神名，即高上虚皇君。约南北朝·佚名《上清元始变化宝真上经》：高上虚皇君，元上皇之气，讳幽造字大法朗，形化七千万丈，以冬三月头建无上七曜宝冠，衣明光飞锦珠袍，佩丹皇玉华，常乘九色之云，坐九色狮子，光明焕耀在玉清之上。

4．宫禁中的钟。唐·白居易《中书夜直梦忠州》：江色分明绿，猿声依旧愁。禁钟惊睡觉，唯不上东楼。

5．通"促"。

6．最晚在唐朝，熏香上朝已经成为惯例。唐·杜甫《奉和贾至舍人早朝大明宫》：五夜漏声催晓箭，九重春色醉仙桃……朝罢香烟携满袖，诗成珠玉在挥毫。

7．原指国君左右的近侍大臣，后多指宦官。《后汉书·窦武传》：时，国政多失，内官专宠，李膺、杜密等为党事考逮。

8．唐宋时拜相的诏书用白麻纸书写，因称"草相麻"。宋·张端义《贵耳集》卷中：祖宗典故：同姓可封王，不拜相。艺祖载诸太庙，独赵忠定特出此典故。《随笔》却称云："不受相麻而除枢密使。"

9．洒有泥金的笺纸。宋·乐史《杨太真外传》：上曰："赏名花，对妃子，焉用旧乐为？"遽命龟年持金花笺，宣赐翰林学士李白，立进《清平乐词》三篇。

10．即太监。宋·叶绍翁《四朝闻见录·考异》：杲入，索玺于内珰羊驷、刘庆祖。二珰相语："若玺入杲，或以他授，则大事去矣。况丞相有'赵家肉即可做'，此自主张吴兴，则玺尤不可轻授。"

已分笔格[1]金蟾[2]滴，更赐端溪紫砚山[3]。

春帖[4]分裁阁分多，宫娥争馈缬绡罗。
青丝菜饼银盘送，幡胜[5]新题墨旋磨。

文思如泉涌墨林，屏风院吏不须寻。
旧时内相[6]诸孙在，犹有当年扫阁[7]金。

入院听宣席未温，赐金已向案头存。
故事，入院传旨毕，赐叶金十两，始草制。
清晨上马还家去，内出黄麻[8]付阁门。

清馥香温酒玉卮，祝文已撰报都知。
夜来奉旨传丞相，五朵云浓押省咨。

1．笔架。唐·吴筠《笔格赋》：幽山之桂树……翦其片条，为此笔格。

2．应是金蟾状砚台。

3．即端砚，唐初开始，产于端州羚羊峡栏柯山的端溪一带而得名。唐·李肇《唐国史补》卷下：丝布为衣，麻布为囊，毡帽为盖，革皮为带，内邸白瓷瓯，端溪紫石砚，天下无贵贱，通用之。

4．又称春帖子、春端帖、春端帖子。宋制，翰林一年八节要撰作帖子词，或歌颂升平，或寓意规谏，贴于禁中门帐。于立春日撰作的帖子词，称"春帖子"。多为五、七言绝句，其体工丽。宋·朱弁《曲洧旧闻卷七·欧公春帖子温成皇后词》：欧公与王禹玉、范忠文同在禁林，故事进春帖子，自皇后贵妃以下，诸阁皆有。

5．民间风俗，一种用金银箔纸绢剪裁制作的装饰品，有的形似幡旗而得名；立春日戴在头上或系在花下。宋·范成大《鞭春微雨》：幡胜丝丝雨，笙歌步步升。一年新乐事，万里未归人。

6．唐、宋翰林学士别称，宋时也称内翰。《新唐书·百官志一》：开元二十六年，又改翰林供奉为学士，别置学士院，专掌内命。凡拜免将相、号令征伐，皆用白麻。其后，选用益重，而礼遇益亲，至号为"内相"，又以为天子私人。

7．宋时皇太子即位，市民争入旧邸，拾取剩遗之物。宋·叶绍翁《四朝闻见录·宪圣拥立》:先是皇太子即位于内，则市人排旧邸以入，争持所遗，谓之扫阁。故必先为之备。

8．唐宋时翰林起草的文书、经卷等多用黄麻纸。唐·李肇《翰林志》：凡赐与、征召、宣索、处方、日诏，用白藤纸；凡慰军旋，用黄麻纸。

天孙夜度玉潢[1]清，内托银盘涌化生[2]。
秋思未多团扇在，拟题宫怨月分明。

盘雕晕锦是冬衣，鸰炭[3]初生酒力微。
闻道边臣风雪苦，口宣腊药[4]布皇威。

赞书[5]誉副节楼前，筐筐[6]盈庭邸吏传。
深恨葫芦陶学士[7]，受渠犀玉索金钱。

书怀

晓来重纩避风檐，午著轻罗更上帘。
可是炎凉随世态，病多时节要抽添[8]。

1．半圆形的璧。战国·佚名《山海经·海外西经》：大乐之野，夏后启于此儛九代，乘两龙，云盖三层，左手操翳，右手操环，佩玉璜，在大运山北。

2．化育生长，变化产生。《周易·咸》：天地感而万物化生，圣人感人心而天下和平；观其所感，而天地万物之情可见矣！

3．木炭青黑色，因其颜色如鸰羽而得名。

4．腊冬所制药剂，多供滋补用。宋·梅尧臣《题腊药》：颓颜早觉衰，乃藉药扶持。及此季冬日，预修来岁宜。

5．帮助帝王起草诏书；也指诏书。《周礼·御史》：掌邦国都鄙及万民之治令，以赞冢宰，凡治者受灋令焉，掌赞书，凡数从政者。

6．方为筐，圆为筐，盛物竹器；也指帝王厚赐的物品。唐·杜甫《自京赴奉先县咏怀五百字》：圣人筐筐恩，实愿邦国活。臣如忽至理，君岂弃此物。

7．宋朝初年，翰林学士陶谷自以为文笔高超、才能出众，想好好表现一下，以便升职，劝宋太祖重视文字工作，结果未能如愿。宋·陶谷《题玉堂壁》：官职有来须与做，有才用处不忧无。堪笑翰林陶学士，年年依样画葫芦。又，宋·魏泰《东轩笔录》卷一：颇闻翰林草制，皆捡前人旧本，改换词语，此乃俗所谓诊样画葫芦耳，何宣力之有？

8．即抽添法，中医针灸中的针刺手法。明·徐凤《金针赋》：抽添之诀，瘫痪疮癞，取其要穴，使九阳得气，提按搜寻，大要运气周遍，扶针直插，复向下纳，回阳倒阴。

五月廿六日大寒二十二韵

地界幽都[1]正，风传委羽[2]来。

阴机[3]坚积沍，空窾起荒埃。

炎帝辞施设，玄神擅展裁。

气凝翻溟涬，势欲压恢台[4]。

北户严云结，中街宿露霾。

睫流惊炙毂[5]，吻咽讶衔枚。

野旷狐归穴，林荒雀下台。

趁墟人瑟缩，走驿吏徘徊。

旧箧裘频索，残炉火易灰。

当阳纨扇弃，薄暮酒尊[6]催。

牛喘犹瞻月，龙藏[7]敢挟雷。

晓吟肩峭直，午睡发鬈鬌。

絺绤聊增袭，帘帏莫浪开。

鼎温延上客，灶炀[8]集群孩。

鸟认南枝宿，驼鸣北路回。

1．北方之地。《尚书·尧典》：申命和叔，宅朔方，曰幽都。平在朔易。日短，星昴，以正仲冬。

2．即委羽山，道教名山，据传与东海龙宫相通。宋·张君房《云笈七签卷·洞天福地部·十大洞天》：第二委羽山洞：周回万里，号曰"大有空明之天"。在台州黄严县，去县三十里，青童君治之。又，东晋·潘端明《游委羽山》：借问仙游子，何年上玉京。至今称委羽，灵秀似蓬瀛。

3．机巧，机谋。唐·韩愈《辛卯年雪》：翕翕陵厚载，哗哗弄阴机。生平未曾见，何暇议是非。

4．也作"恢炱""恢胎"，形容旺盛，广大。战国·屈原《九辩》：秋既先戒以白露兮，冬又申之以严霜。收恢台之孟夏兮，然欲傺而沉藏。

5．本作"炙毂过"，"过"为"輠"的假借字，古时车上盛贮油膏的器具，輠烘热后流油，润滑车轴。

6．通"樽"。

7．指潜藏勿用。《周易·乾》：潜龙勿用，阳气潜藏；见龙在田，天下文明；终日乾乾，与时偕行。

8．围拢炉灶烤火。《战国策·赵策三》：日，并烛天下者也，一物不能蔽也。若灶则不然，前之人炀，则后之人无从见也。今臣疑人之有炀于君者也，是以梦见灶君。

沉寥[1]河汉接，惨淡雪霜堆。

重甲身僵仆，铢衣[2]说诡诙。

已知邹子的[3]，更觉杜生哀[4]。

泽国朝曦赫，畲田海雨催。

鸿钧[5]陶石烁，金鉴煮冰摧。

旧俗惭卑窘，新闻骋博该。

广寒[6]今已到，姑射[7]不用陪。

五月二十日甘雨如注，江南呼为分龙雨[8]

平畴龟坼祷龙君，百顷青黄两界分。

匝岸已霑三尺雨，隔溪唯见一川云。

谁家袯襫[9]凉如水，此地祗裯[10]火欲焚。

---

1. 清朗空旷的样子，指晴朗的天空。战国·屈原《九辩》：憭栗兮若远行；登山临水兮送将归。沉寥兮天高而气清，寂寥兮收潦而水清。

2. 传说神仙穿的衣服，重量极轻。唐·贾至《赠薛瑶英》：舞怯铢衣重，笑疑桃脸开。方知汉成帝，虚筑避风台。

3. 即邹子吹律。相传古代燕国天气寒冷，长不出庄稼，于是邹子吹了一番笛子，燕国的庄家长势就好了。汉·刘向《七略别录·诸子略》：邹衍在燕，有谷地美而寒，不生五谷，邹子居之，吹律而温至黍生，至今名黍谷。

4. 杜甫流寓西南，茅屋为狂风吹破，在雨中煎熬之痛，其诗歌中有详细描绘。唐·杜甫《茅屋为秋风所破歌》：八月秋高风怒号，卷我屋上三重茅……床头屋漏无干处，雨脚如麻未断绝。

5. 大钧，指天或大自然。唐·佚名《乐府诗集·周朝飨乐章·康顺》：鸿钧广运，嘉节良辰。列辟在位，万国来宾。干旄屡舞，金石咸陈。礼容既备，帝履长春。

6. 本指广寒官，此处用其字面之意。

7. 姑射山上的得道神仙。《庄子·逍遥游》：藐姑射之山，有神人居焉，肌肤若冰雪，淖约若处子。

8. 即隔辙雨，夏季所降对流雨，有时一辙之隔，晴雨各异。古人认为这是由于龙分管不同区域的降雨而使然，所以称之为"分龙雨"。吴越之地此种情况出现多在夏历五月二十日，宋时当地人认为此日即为"分龙日"，也称"分龙兵""分龙"。宋·陆佃《埤雅·释天》：今俗五月谓之分龙雨，曰隔辙，言夏雨多暴至，龙各有分域，雨旸往往隔一辙而异也。

9. 蓑衣之类的防雨衣。《国语·齐语》：脱衣就功，首戴茅蒲，身衣袯襫，沾体涂足，暴其发肤，尽其四支之敏，以从事于田野。

10. 贴身的短衣，即襜褕。《后汉书·羊续传》：续妻后与子秘俱往郡舍，续闭门不内妻，自将秘行，其资藏唯有布衾、敝祗裯，盐、麦数斛而已。

共道神功有南北，老农元不废耕耘。

喜吴宗师[1]至

飞鹤驭空来，春浓洞府开。
灯光争夜月，磬韵起春雷。
玉斗[2]朝云礼，金门[3]就日回。
的知仙桂种，玉斧更深培。

食杏有感

筠笼赐杏得尝新，一一如拳醉脸匀。
准拟重寻旧门馆，空庭系马燕飞巡。

御天门[4]听诏

大乐[5]出端门[6]，金龙日正暾。
千官齐跪听，万户[7]列行屯。

---

1. 即吴全节。
2. 北斗星。《魏书·李顺传》：运有折于玉斗，时忽亡于金镜。始蒙尘以播荡，卒流毫而居郑。彼上天之降鉴，实下民之请命。又，唐·李白《秋夜宿龙门香山寺，奉寄王方城十七丈、奉国莹上人、从弟幼成、令问》：玉斗横网户，银河耿花宫。兴在趣方逸，欢余情未终。
3. 汉代有官门金马门，唐代有官门金名门，均为大臣待诏之所。见杨载《送伯长扈驾二首》"金门"条注。
4. 上都宫城南门，见杨允孚《滦京杂咏》"御天门"条注。
5. 典雅庄重的音乐。用于帝王祭祀、朝贺、燕享等典礼。《礼记·乐记》：大乐与天地同和，大礼与天地同节。又，《元史·礼乐志五》：大乐署言：堂上下乐舞官员及乐工，合用衣服冠冕靴履等物，乞行制造。太常寺下博士议定：乐正副四人、乐师二人、照烛二人、运谱二人……引舞色长四人……乐工二百四十有六人。
6. 官殿的正南门。《史记·吕太后本纪》：代王即夕入未央宫，有谒者十人持戟卫端门，曰："天子在也，足下何为者而入？"
7. 一作"姓"。元代皇帝巡幸上都，扈卫组织除四怯薛外，还有五卫亲军等。《元史·世祖本纪十四》：力足以备车马者二千五百户，每甲令备马十五匹、牛车二辆；力足以备车者五百户，每甲令备牛车三辆；其三千户，惟习战斗，不他役之。

亲卫[1]周庐[2]列，王徭[3]尺籍存。

侍臣头已白，宣室愿陈论。

皇城曲[4]

堂堂瞿昙生王宫，幼年夙悟它心通。

梵书未睹口已诵，底用城阙穷西东。

净居老人幻境异，故作恐怖生愁容。

世间习妄了莫喻，要以神化开盲聋。

岁时相仍作游事，皇城集队喧憧憧。

1．元代亲卫即宿卫。《元史·兵志二》：宿卫者，天子之禁兵也。元制，宿卫诸军在内，而镇戍诸军在外，内外相维，以制轻重之势，亦一代之良法哉。方太祖时，以木华黎、赤老温、博尔忽、博尔术为四怯薛，领怯薛歹分番宿卫……怯薛者，犹言番直宿卫也。凡宿卫，每三日而一更……犹天子之禁军。是故无事则各执其事，以备宿卫禁庭；有事则惟天子之所指使。比之枢密各卫诸军，于是为尤亲信者也。见周伯琦《上京杂诗十首》"番直"、杨允孚《滦京杂咏》"四杰"条注。

2．古代皇宫周围所设警卫庐舍。《史记·秦始皇本纪》：卫令曰："周庐设卒甚谨，安得贼敢入宫？"

3．元代卫军扈从皇帝属于兵役。《元史·世祖本纪九》：诏："五卫军，岁以冬十月听十之五还家备资装，正月番上代其半还，四月毕入役。"时各卫议先遣七人，而以三人自代。

4．即元代在两都举办的"游皇城"所用之曲，属于佛事活动中的音乐。游皇城是两都城内举办的规模最大的佛事活动，始于世祖至元七年（1276年），忽必烈遵从八思巴建议，自后每年二月十五日，元上都每年六月十五日举办。游皇城有固定仪轨：于大明殿御座上置白伞盖一顶，顶子用素缎，泥金书梵字，用诸色仪仗社直，迎引伞盖，白伞盖佛母崇拜的宗教仪轨，源于印藏佛教中《白伞盖陀罗尼经》，此后每年分别于大都、上都启建白伞盖佛事，用诸色仪仗社直，迎引伞盖，认为白伞盖能镇伏邪魔护安国刹。自西华门登上皇城，在鼓乐声中游皇城一周，与众生拔除不祥，导迎福祉。游皇城时，藏传佛教僧人乘坐专用车辇；有官府乐人扮戏相随。《元史·祭祀志六》：世祖至元七年，以帝师八思巴之言，于大明殿御座上置白伞盖一，顶用素段，泥金书梵字于其上，谓镇伏邪魔护安国刹……恭请伞盖于御座，奉置宝舆……教坊司云和署掌大乐鼓、板杖鼓、筚篥、龙笛、琵琶、筝、緌七色，凡四百人。兴和署掌妓女杂扮队戏一百五十人，祥和署掌杂把戏男女一百五十人，仪凤司掌汉人、回回、河西三色细乐，每色各三队，凡三百二十四人。凡执役者……首尾排列三十余里。都城士女，间阎聚观……从西宫门外垣海子南岸，入厚载红门，由东华门过延春门而西。帝及后妃公主，于玉德殿门外，搭金脊吾殿彩楼而观览焉……夏六月中，上京亦如之。

吹螺击鼓杂部[1]伎，千优百戏[2]群追从。

宝车瑰奇耀晴日，舞马装辔摇玲珑。

红衣舞裙[3]火山耸，白伞撑空[4]云叶丛。

王官跪酒头叩地，朱轮独坐[5]颜酡烘。

蛮氓聚观汗挥雨，士女簇坐唇摇风。

人生有身要有患[6]，百岁会尽颜谁童。

西方之国道里[7]通，至今生老病死与世同。

天童山圆上人[8]远来开平，访华严，以旧诗求题

三尺枯藤一卷诗，五千里外访相知。

乡音未改鬓毛在，晚过岭西闻子规。

手探骊珠颗颗圆，清如秋月独当天。

旧栖太白寒禁得，更上开平拟过年。

1．即杂部密教，早起于汉传佛教，分为三部：杂密、胎藏界、金刚界。佛教在印度长期发展过程中，逐渐渗入民间信仰，进而摄取其咒术密法，产生了真言咒语的使用。初期的"真言咒语"，如幻术、召唤术、祈福、祈雨、治病，乃至于驱使鬼神等等，与佛教经典中所说的教理并无直接关系，所杂说的片断咒语，只作为守护、消灾、治毒等，因而被称为"杂部密教"，简称为"杂密"。

2．以杂技为主的民间诸技，用于娱乐。最初起于秦汉曼衍之戏，历唐宋而有发展，成为节日、宫廷宴筵中的主要活动。《后汉书·孝安帝本纪》：乙酉，罢鱼龙曼延百戏。又，《元史·泰定帝本纪一》：甲子，作佛事，命僧百八人及倡优百戏，导帝师游京城。

3．一作"飘裾"，藏传佛教僧人所着服饰。

4．以藏传佛教圣物白伞盖为中心的佛教密宗崇拜的神佛。见袁桷《皇城曲》"皇城曲"条注。

5．显贵者所乘之车，此处应是帝师。《汉书·李旬列传》：将军一门九侯，二十朱轮，汉兴以来，臣子贵盛，未尝至此。

6．有己身。《道德经》第十三章：何谓贵大患若身？吾所以有大患者，为吾有身。及吾无身，吾有何患！

7．道路，路途。《管子·七法》：故有风雨之行，故能不远道里矣；有飞鸟之举，故能不险山河矣。

8．似即圆至。圆至(1256～1298年)，字天隐，号牧潜，又号筠溪老衲。高安人(今属江西)，俗姓姚。19岁出家为僧，元初主建昌能仁寺。曾馆于袁桷家，与袁桷亦师亦友。有《牧潜集》。

露立

空庭露立意茫然，簇簇飞云万马旋。

拟变清凉成佛国，不教人唤四时天。

寄王继学吏部

青春王吏部，东阁久相陪[1]。

听雪联诗送，看花并辔回。

如何千里别，不寄一书来。

拂拭题名[2]记，深知吐凤[3]才。

客舍四咏

孤云

肤寸[4]出岩迟，亭亭大雅姿。

肯因风共去，独与月相随。

似絮飞无著，如山立不移。

昆冈[5]有片玉，岁晚话深期。

---

1. 至治元年，袁桷随驾入开平，曾与翰林待制王士熙同邸；至治二年再赴上都，王士熙应于此年即南坡之变前转任吏部。

2. 为纪念科场登录，在石碑或壁柱上题记姓名，始于唐。《新唐书·选举志上》：西向；诸生拜，主司答拜；乃叙齿，谢恩，遂升阶，与公卿观者皆坐；酒数行，乃赴期集。又有曲江会、题名席。

3. 文才或文字之美，也作"吐白凤""梦吐白凤""毫惊彩凤""白凤"等。《旧唐书·文苑列传上》：爰及我朝，挺生贤俊，文皇帝解戎衣而开学校，饰贲帛而礼儒生；门罗吐凤之才，人擅握蛇之价。靡不发言为论，下笔成文，足以纬俗经邦，岂止雕章缛句。

4. 指下雨前逐渐集合的云气。《南齐书·乐志》：排阊阖，渡天津。有渰兴，肤寸积。雨冥冥，又终夕。

5. 昆仑山。《宋史·外国列传·于阗国传》：于阗国……南接吐蕃，西北至疏勒二千余里。国城东有白玉河，西有绿玉河，次西有乌玉河，源出昆冈山，去国城西千三百里。

孤灯

寒焰出房微，前山尚落晖。

酒醒光耿耿，钟定影依依。

蝶梦疑方化[1]，萤流竟不飞。

廿年长作客[2]，独照合玄机。

孤雁

旧日江湖伴，多因塞北分。

身单追暮雨，翼冷帖秋云。

肯向芦边宿，还应枕上闻。

沙洲矰缴满，不是故离群。

孤鹤

绝顶看秋月，星沉万象奇。

难随黄鹄侣[3]，独与白云期。

野性便金洞，清声彻玉墀。

山中王子过[4]，时一听参差。

---

1. 即庄周梦蝶。道家认为，人是不可能确切区分真实与虚幻和生死物化的，就如庄周梦蝶一样。《庄子·齐物论》：昔者庄周梦为蝴蝶，栩栩然蝴蝶也；自喻适志与，不知周也；俄然觉，则蘧蘧然周也。

2. 袁桷大德六年赴大都，时年三十七岁；至治二年成《开平第四集》，时年五十七岁。二十年之间，除短暂回归故乡，大多寓居大都、上都。

3. 即鸿俦鹤侣；鸿、鹤为群居高飞之鸟；也用以比喻高洁、杰出之辈。唐·黎逢《贡举人见于含元殿赋》：今则凝神注目，无非绣户金铺；接踵比肩，尽是鸿俦鹤侣。

4. 即王乔骑鹤。汉·刘向《列仙传·王子乔》：好吹笙，作凤鸣。游伊洛闲，道士浮丘公接上嵩山。十余年后，来于山上，告桓良曰："告我家，七月七日待我缑氏山头。"果乘白鹤驻山颠，望之不得到，举手谢时人而去。

次韵圆上人[1]

大荒沙漠境全真，平楚天低绝见闻。

此处无愁谁曾得，琵琶一曲问昭君。

我家鄞水望江神，君住鄞山半岭云。

同向天涯作行客，定知猿鹤[2]有移文[3]。

万解千言任所之，一花五叶[4]总牟尼[5]。

九龙峰锁难分别，曾见芙蕖长玉池。

次韵华严贺李彦方除监察御史

秀采寒光敌楚金[6]，词锋能继九州箴。

凤池旧直惊人海，乌府[7]新除表士林。

毡绍家声真素业，简誊民瘼是丹心。

华严莲社[8]相期远，应许遗民得共寻。

1．应与天童山圆上人为同一人。

2．猿与鹤，借指隐逸之士。《宋史·石扬休传》：扬休喜闲放，平居养猿鹤，玩图书，吟咏自适。

3．指孔稚珪《北山移文》，表彰真隐士，揭露假隐士。宋·辛弃疾《柳梢青·三山归途代白鸥见嘲》:好把《移文》，从今日日，读取千回。

4．一花，也作"一华"，佛教传入我国后，禅宗以达摩为祖，称"一花"；五叶，佛教禅宗发展演变的五个流派，即沩仰、临济、曹洞、法眼、云门。宋·释道原《景德传灯录》卷三:吾本来兹土，传法救迷情。一华开五叶，结果自然成。

5．指佛祖释迦牟尼。

6．楚地所产之良铁。汉·陈琳《武军赋》：其刃也，则楚金越冶，棠溪名工；清坚皓锷，修刺锐锋；陆陷蕊犀，水截轻鸿。

7．御史府。见张养浩《上都察院》"柏台"条注。

8．佛教净土宗又称莲宗，东晋慧远大师居庐山，与刘遗民等十八僧俗结社念佛，同修净土，在寺中凿池植白莲，于是称"莲社"，又称白莲社。晋·佚名《莲社高贤传·谢灵运》：至庐山，一见远公，肃然心伏。乃即寺筑台，翻《涅槃经》，凿池植白莲。时远公诸贤，同修净土之业因号"白莲社"（或云为东西二地）。灵运尝求入社，远公以其心杂而止之。

彭法师[1]祷雨[2]有感

神京岁岁春夏交，乾风卷尘喧四郊。

银潢清寒不可挽，火砾燥露焚乌巢。

庙堂忧惶走群望[3]，桂酒跪沥陈牲肴。

飞云虚无恣强魃[4]，古涧偃蹇专幽蛟。

蜥蜴旋舞破瓫缶，仿龙作形糜藁茭。

或夸巫言击长剑，或骋梵语鸣铜铙。

老彭之孙赤松派[5]，尸坐[6]直欲鸿濛[7]包。

1．似应为元代宜春道士彭有年或宋代彭汝砺尚书之弟忠毅公彭汝方后裔，究竟为哪一人待考。二人均身为道士、与作者交谊且可能游历上都。许有壬《椿堂赋》：为宜春彭有年道士作……余游上京，有客北穷夫金山，西历夫贺兰，南逾雕题，东超三韩……维老彭之遗裔，握六气以自驯……客揖而去，遂为之赋。又，许有壬《送彭道士侍亲诗序》：彭尚书举进士第一……其弟忠毅公……皇元大一统，宋故家子孙变灭澌尽，独忠毅公裔孙南阳作而曰："吾宜游于方外矣。"……未逾年则曰："讵宜久京师居……"

2．元时，经常由佛道人士通过祈祷干预天气。参见杨允孚《滦京杂咏》"雍容环佩肃千官，空设番僧止雨坛"自注、宋褧《诈马宴》"解禁"条注。

3．望，不能亲到，望而遥祭；指受祭于天子、诸侯的山川星辰。《左传·昭公十三年》：初，共王无冢适，有宠子五人，无适立焉，乃大有事于群望。

4．旱魃，古代神话传说中引起旱灾的怪物，所到之处赤地千里。《诗经·大雅·云汉》：旱既大甚，涤涤山川。旱魃为虐，如惔如焚。又，《山海经·大荒北经》：有人衣青衣，名曰黄帝女魃。蚩尤作兵伐黄帝，黄帝乃令应龙攻之冀州之野。应龙蓄水，蚩尤请风伯雨师，纵大风雨。黄帝乃下天女曰魃，雨止，遂杀蚩尤，魃不得复上，所居不雨。

5．又名赤诵子、赤松子舆，古代上古神话传说中的神仙，各家记载各有异同，一说为神农时的雨师，一说为帝喾之师，后为道教所信奉。汉·刘向《列仙传·赤松子》：赤松子者，神农时雨师也，服水玉以教神农，能入火自烧。往往至昆仑山上，常止西王母石室中，随风雨上下。炎帝少女追之，亦得仙俱去。至高辛时复为雨师，今之雨本是焉。

6．即坐尸，古代祭祀时以臣下或晚辈象征死者神灵，代死者受祭，称为"尸"。殷时之尸坐于堂上受祭，称为"坐尸"。《礼记·郊特牲》：诏祝于室，坐尸于堂，用牲于庭，升首于室，直祭祝于主，索祭祝于祊，不知神之所在，于彼乎？于此乎？或诸远人乎？

7．也作"鸿蒙"，迷漫广大的样子。《汉书·扬雄传上》：外则正南极海，邪界虞渊，鸿濛沆茫，碣以崇山。

深知天水本一炁[1]，山泽妙感穷羲爻[2]。

三元[3]上章[4]给凤札[5]，九渊投简惊蛟绡。

大青小青各受令，旋转急注搜岩坳。

初疑飞缯蔽云顶，恍若银竹穿林梢。

鸟冲沉冥旧栖失，虎度泥淖前林咆。

乃知至道在瓦砾，芒刃不缺须良庖。

皇皇真宰[6]烛万类，神运溥博民同胞。

前驱招摇后玄武，朱冠铁骑森旌旓。

精诚相通颜咫尺，聋瞽未识徒讥嘲。

白头太史诋妄记，愿以彩笔穷模描。

上上人[7]游开平回四明[8]

圆帽[9]方袍[10]上上京，看山碧眼雪分明。

南来白雁先秋去，我辈无情合有情。

1．也称先天一炁、元始祖炁，是构成天地万物的基本元素。宋·张伯端《悟真篇》：道自虚元生一炁，便从一炁产阴阳。阴阳再合成三体，三体重生万物昌。

2．即爻。《易》卦的基本符号，相传为伏羲而得名。唐·黄滔《贺杨侍郎启》：伏以羲爻不兆之文，何人复演；鲁史不褒之言，旷古谁称！

3．道教称天、地、人为"三元"。《晋书·苻坚载记下》：从上元人皇起，至中元，穷于下元，天地一变，尽三元而止。

4．道士上表求神。《晋书·王献之传》：献之遇疾，家人为上章，道家法应首过，问其有何得失。

5．即凤札龙书，指仙界的书札。唐·杜光庭《蜀王仙都醮山词》：凤札龙书，靡存于鲁壁，虎符龟篆，难访于秦坑。

6．宇宙主宰。《庄子·齐物论》：非彼无我，非我无所取。是亦近矣，而不知其所为使。若有真宰，而特不得其朕。可行己信，而不见其形，有情而无形。

7．其人待考。

8．浙江旧宁波府的别称，以境内有四明山而得名。《旧唐书·地理志三》：开元二十六年，于越州鄞县置明州。天宝元年，改为余姚郡。乾元元年，复为明州，取四明山为名。

9．圆帽，象笠，较小，用乌纱，里面加以漆，属毡帽之类，据传始于元世祖。

10．僧人所穿的袈裟。因平摊为方形而得名。唐·许浑《泊蒜山津闻东林寺光仪上人物故》：云斋曾宿借方袍，因说浮生大梦劳。言下是非齐虎尾，宿来荣辱比鸿毛。又，元·辛文房《唐才子传·道人灵一》：一食自甘，方袍便足；灵台澄皎，无事相干。

戍君辅广济堂

车马填门日不停，刀圭[1]上药已通灵。

应须重做铁门限[2]，坐见尧民寿百龄。

内宴[3]二首

宝勒[4]猩缨雁翅屯，锡銮款款奏南熏。

珠冠耸翠千行列，雉扇[5]交鸾五彩分。

宫漏[6]解留黄道日[7]，御炉能接紫霄云。

汉家天子空英武，置酒争功[8]始考文[9]。

---

1. 中药的量器名。晋·葛洪《抱朴子·金丹》：服之三刀圭，三尸九虫皆即消坏，百病皆愈也。

2. 用铁打或者用铁皮包裹着的门坎；原指人们为自己作长久打算，此处指来求医问诊的人多，以致于踏破门槛。唐·王梵志《世无百年人》：世无百年人，强作千年调。打铁作门限，鬼见拍手笑。

3. 皇帝在宫中所设招待大臣的宴会，也称"内燕"。元代宫廷燕享名目繁多，在上都最主要的宫廷燕享活动就是在大失剌斡耳朵举办的诈马宴。《南齐书·张敬儿传》：后数年，上与豫章王嶷三日曲水内宴，舴艋船流至御坐前覆没，上由是言及敬儿，悔杀之。

4. 装饰华贵的马络头，也指装饰华贵的马。汉·陈琳《玛瑙勒赋》：尔乃他山为错，荆和为理，制为宝勒，以御君子。

5. 即雉尾扇，古代帝王仪仗用具之一。晋·崔豹《古今注·舆服》：雉尾扇起于殷世，高宗时有雊雉之祥，服章多用翟羽。周制以为王、后、夫人之车服，舆车有翣，即绩雉羽为扇翣，以障翳风尘也，朝乘舆服之。后以赐梁孝王。魏晋以来无常，惟诸王皆得用之。

6. 古代宫中计时器，用铜壶滴漏，故称宫漏。《宋史·五行志四》：图谶谓"过唐不及汉，一汴、二杭、三闽、四广"，又有"寒在五更头"之谣，故宫漏有六更。

7. 即黄道吉日，泛指宜于办事的好日子。旧时以星象来推算吉凶，认为青龙、明堂、金匮、天德、玉堂、司命六个星宿是吉神，六辰值日之时，诸事皆宜，不避凶忌，称为"黄道吉日"。见周伯琦《诈马行序》。

8. 汉代群臣争功，醉酒失仪，叔孙通趁机劝汉高祖以文治天下。《史记·叔孙通传》：汉五年，已并天下，诸侯共尊汉王为皇帝于定陶，叔孙通就其仪号。高帝悉去秦苛仪法，为简易。群臣饮酒争功，醉或妄呼，拔剑击柱，高帝患之。叔孙通知上益厌之也，说上曰："夫儒者难与进取，可与守成。臣原徵鲁诸生，与臣弟子共起朝仪。"

9. 考试词章。《新唐书·选举志上》：考文者以声病为是非，岂能知移风易俗化天下乎？

棕殿[1]沉沉晓日清，静鞭初彻四无声。

挏官玉乳千车送，酒正琼浆万瓮行。

肯以驼峰专北馔，不须瑶桂诧南烹。

先皇雄略函诸夏，拟胜周家宴镐京[2]。

伏日

伏日车中闭，炎蒸不自由。

转旋疑病酒，掀簸似惊舟。

山色随眸转，溪声着耳流。

艰难吾敢让，猿鹤故山秋。

戏题开平四集

开平四集诗百首，不是故歌行路难。

竹簟暑风茅屋下，它年拟作画图看。

1．即棕毛殿。

2．陕西长安县西北，是西周都城，周朝武王即位，迁都于镐京。《诗经·大雅·文王有声》：考卜维王，宅是镐京。维龟正之，武王成之。武王烝哉。

曹元用

（1268～1330年），字子贞，祖籍阳谷，幼时嗜书，资质聪敏，过目成诵，曾任应奉翰林文字，迁礼部主事。英宗即位，授翰林待制，升直学士；泰定二年转礼部尚书；后拜中奉大夫、翰林侍讲学士兼经筵官，卒赠正奉大夫、江浙行中书省参知政事、东平郡公，谥文献。与清河元明善、济南张养浩并称为"三俊"。著有诗文集《超然集》40卷。

上都次马伯庸尚书[1]韵二首

滦水桥[2]边御道西，酒旗闲挂暮檐低。

春从玉（一作"绿"）树阴中老，云补青山阙处齐。

画戟遥临青琐闼[3]，紫骝解惜锦障泥[4]。

鸾凰自为明时出，宜傍上林高处棲。

柳簇金沟[5]蘸碧波，云深玉阙[6]瞰重坡。

凤凰曲奏钧天乐[7]，乌鹊桥通织女河。

1．马祖常时任礼部尚书。《元史·康里脱脱传》：三年二月，文宗欲昭其勋，诏命礼部尚书马祖常制文立石于北郊。

2．一作"河"，桥现已不存，应位于南厢；根据元上都遗址布局推测，应在明德门对面，是明德门南出，跨越滦河的桥梁。

3．宫门，借指皇宫，朝廷。南朝·范云《古意赠王中书》：摄官青琐闼，遥望凤凰池。谁云相去远。脉脉阻光仪。

4．垂于马腹两侧，用于遮挡尘土的东西。南朝·刘义庆《世说新语·术解》：王武子善解马性。尝乘一马，箸连钱障泥，前有水，终日不肯渡。王云："此必是惜障泥。"使人解去，便径渡。

5．宫中沟渠。南朝·徐悱《古意酬到长史溉登琅邪城》：登陴起遐望，回首见长安。金沟朝灞滻，甬道入鸳鸾。

6．原指传说中天帝、仙人所居的宫阙，也指皇宫、朝廷。唐·李世民《赋帘》：参差垂玉阙，舒卷映兰宫。珠光摇素月，竹影乱清风。

7．即钧天广乐。钧天，神话传说指天之中央；广乐：优美而雄壮的音乐。形容优美雄壮的乐曲。《列子·周穆王》：王实以为清都紫微，钧天广乐，帝之所居。

万井闾阎春浩荡，六街[1]车马晚陂陀。

山人素有林泉兴，奈此承明夜直[2]何。

上京次王继学韵

观光千里外，载笔五云边。

计拙如工部[3]，文雄愧谪仙[4]。

枕流[5]思洗耳[6]，怀禄[7]敢垂涎。

疾目昏如雾，衰髯白胜绵。

当辞天禄阁[8]，归种汶阳田[9]。

---

1. 唐京都长安的六条中心大街，北宋汴京也有六街，后来泛指京城的大街和闹市。《宋史·魏丕传》：初，六街巡警皆用禁卒，至是，诏左右街各募卒千人，优以廪给，使传呼备盗。

2. 古代官吏夜间值班。宋·苏易简《续翰林志》卷上：至皇朝，今揆相李公独直禁林，奉旨令每双日夜直，只日下直，可以永为通式也。

3. 指杜甫，杜甫生前做过工部员外郎，后世称杜工部；诗句意谓杜甫终生窘困。

4. 李白。唐·孟棨《本事诗·高逸》：李太白初自蜀至京师，舍于逆旅。贺监知章闻其名，首访之。既奇其姿，复请所为文。出《蜀道难》以示之。读未竟，称叹者数四，号为"谪仙人"，解金龟换酒，与倾醉。

5. 原意是在江边睡觉，后指寄迹江湖。北魏·郦道元《水经注·江水》：黄鹄山东北对夏口城，魏黄初二年，孙权所筑也。依山傍江，开势明远，凭墉藉阻，高观枕流。

6. 以接触尘俗的东西为耻辱，心性旷达于物外。汉·蔡邕《琴操·箕山操》：（许由）以清节闻于尧。尧大其志，乃遣使以符玺禅为天子。于是许由喟然叹曰："匹夫结志，固如盘石。采山饮河，所以养性，非以求禄位也；放发优游，所以安己不惧，非以贪天下也。"使者还，以状报尧，尧知不可动，亦已矣。于是许由以使者言为不善，乃临河洗耳。樊坚见由方洗耳，问之："耳有何垢乎？"由曰："无垢，闻恶语耳。"坚曰："何等语者？"由曰："尧聘吾为天子。"坚曰："尊位何为恶之？"由曰："吾志在青云，何仍劣劣为九州伍长乎？"于是樊坚方且饮牛，闻其言而去，耻饮于下流。

7. 留恋爵禄。春秋·晏婴《晏子春秋·问上》：尽忠不豫交，不用不怀禄，晏子可谓廉矣。

8. 汉宫中的藏书阁名。汉高祖刘邦时创建，在未央宫内，与石渠阁东西相对。南北朝·佚名《三辅黄图·未央宫》：天禄阁，藏典籍之所。又，《汉书·扬雄传下》：时，雄校书天禄阁上，治狱使者来，欲收雄，雄恐不能自免，乃从阁上自投下，几死。

9. 春秋时鲁国的属地，因在汶水之北而得名；后指归隐。《论语·雍也》：季氏使闵子骞为费宰。闵子骞曰："善为我辞焉！如有复我者，则吾必在汶上矣。"

晓日登山屐[1]，秋风下濑舡[2]。

芝香云满地，龟鹤[3]不知年。

秋怀

沙碛秋高宛马[4]肥，哀筎一曲塞云飞。

南都儿辈应相念，过尽征鸿犹未归。

1．也称谢公屐。《宋书·谢灵运列传》：登蹑常著木履，上山则去前齿，下山去其后齿。

2．同"船"。

3．龟和鹤，古人认为是长寿之物，因而也用以比喻长寿。晋·葛洪《抱朴子·对俗》：知龟鹤之遐寿，故效其道引以增年。

4．古代西域大宛所产名马，后泛指北地所产良马。《汉书·张骞列传》：得乌孙马好，名曰"天马"。及得宛汗血马，益壮，更名乌孙马曰"西极马"，宛马曰"天马"云。

张养浩

（1269～1329年），字希孟，号云庄，济南（今属山东）人，少年知名，历官堂邑县尹、监察御史、翰林学士、礼部尚书、参议中书省事等官职。晚年，关中大旱，特拜陕西行台中丞，劳瘁而卒。追封滨国公，谥文忠。著有散曲集《云庄休居自适小乐府》，诗文集《归田类稿》，又名《云庄类稿》。顾嗣立评价张养浩诗文："渊奥昭朗，豪宕妥帖，辞必己出，凛有生气。"（《元诗选》初集，第750页）

苏武

为臣惟命敢辞难，脱遇艰难亦自安。

试看子卿持节处，雪花如席不知寒。

上都道中二首

穷洹唯沙漠，昔闻今信然。

行人鬓有雪，野店灶无烟。

白草牛羊地，黄云雕鹗天。

故乡何处是？愁绝晚风前（一作"清"）。

幽都[1]风土异，六月亦冰霜。

草地宽于海，土山低似墙。

茹毛民简古[2]，啮雪客荒凉。

自愧成何事，孑然天一方。

---

1. 北方之地。《尚书·尧典》：申命和叔，宅朔方，曰幽都。平在朔易。日短，星昴，以正仲冬。

2. 简朴古雅。宋·苏轼《书〈楞伽经〉后》：世人徒见其有一至之功，或捷于古人，因谓难经不学而可，岂不误哉！《楞伽》义趣幽眇，文字简古。

上都察院[1]

柏台[2]人散坐堆豗[3]，默记滦江四往回。

发为鹰冠[4]容易雪，心因蜗角[5]等闲灰。

惭无玄素[6]回天策，空负坡仙酹月杯[7]。

两处飘零家万里，乱山遮断白云堆。

---

1. 唐、宋御史台所属有台院、殿院、察院，御史台成员有侍御史、殿中侍御史、监察御史三种。监察御史属察院；张养浩时任监察御史。《元史·百官志二》：察院，秩正七品，监察御史三十二员，司耳目之寄，任刺举之事。又，《元史·张养浩传》：仁宗在东宫，召为司经，未至，改文学，拜监察御史。

2. 御史台的别称。汉御史府中列植柏树，常有乌数千栖于其上；因而又称柏林、柏乌、柏署、乌府、乌台、台柏、台乌、兰台等。《汉书·朱博传》：是时，御史府吏舍百余区井水皆竭；又其府中列柏树，常有野乌数千栖宿其上，晨去暮来，号曰"朝夕乌"，乌去不来者数月，长老异之。

3. 形容困顿。宋·欧阳修《清明前一日因书所见奉呈圣俞》：管弦暂过耳，风雨愁还家。三日不出门，堆豗类寒鸦。

4. 即獬豸冠。獬豸，又称獬廌、解廌，俗称独角兽，中国古代神话传说中的神兽，体形大者如牛，小者如羊，类似麒麟，双目明亮，拥有很高的智慧，懂人言知人性，能辨是非曲直，能识善恶忠奸，是勇猛、公正的象征；獬廌冠，古代御史等执法官戴的獬豸冠，代指执法官员。《后汉书·舆服志下》：法冠……或谓之獬豸冠。獬豸神羊，能别曲直，楚王尝获之，故以为冠。又，《旧唐书·肃宗本纪》：御史台欲弹事，不须进状，仍服豸冠。又，元·陶宗仪《辍耕录·讥省台》：民间颇言其（御史大夫纳璘 ）贪……有人大书于臺之门曰："苞苴贿赂尚公行，天下承平恐未能；二十四官徒獬廌，越王台上望金陵。"

5. 微不足道的空名。宋·苏轼《满庭芳·或注警悟》：蜗角虚名，蝇头微利，算来着甚干忙。

6. 张玄素。唐初诤臣，为银青光禄大夫兼太子左庶子。《旧唐书·张玄素列传》：侍中魏徵叹曰："张公论事，遂有回天之力，可谓仁人之言，其利博哉！"

7. 苏轼，号东坡居士，自号玉堂仙，仰慕者誉其为"坡仙"。其《念奴娇·赤壁怀古》有句"人生如梦，一樽还酹江月"。宋·张矩《应天长·换桥度舫》：换桥度舫，添柳护堤，坡仙题欠今续。四面水窗如染，香波酿春麹。

贡奎

（1269～1329年），字仲章，号云林子。父亲贡士瞻是宋末进士，宋亡后隐居南漪湖畔贡村。贡奎天资聪颖，容仪端重，勤奋好学，十岁就能写诗作文，博通经史。累迁集贤直学士。卒，追封广陵郡侯，谥文靖。著作颇丰，现仅存《云林集》，6卷，附录1卷。

送马伯庸学士赴上都

人间六月沸炎波，上国清凉乐事多。
视草旧传真学士，散花[1]新起病维摩[2]。
千年结友心相似，万里辞家意若何。
料想胜游偏得句，秋风先寄雁南过。

上京

维北千里遥，山峤极苍冥。
车行辐屡折，崎岖倏旬经[3]。

---

1. 佛教的《大般若波罗密多经》和《华严经》中，都有"散花"一品，称"散花于佛上，是为供养佛宝"，认为在佛前散花是对佛的供养。《魏书·释老传》：世祖初即位，亦遵太祖、太宗之业，每引高德沙门，与其谈论。于四月八日，舆诸佛像，行于广衢，帝亲御门楼，临观散花，以致礼敬。

2. 音译为维摩罗诘、毗摩罗诘、略称维摩或维摩诘，《维摩诘经》的主角，早期佛教著名居士、在家菩萨。一次，维摩诘称病在家，佛陀派文殊师利菩萨等前往问候，双方机锋奥妙，凸显维摩居士悲智双运的菩萨道精神。《旧唐书·方伎列传·孙思邈传》：高谈正一，则古之蒙庄子；深入不二，则今之维摩诘。

3. 大都到上都东路七百五十余里，西道一千零九十五里，皇帝巡幸"东出西还"，少则十几天，多则二十几天；大臣要走驿路，用时与此相仿佛；要途径色泽岭、沙岭、野狐岭等，路途崎岖难行。见周伯琦《扈从诗序》。

听履[1]事朱阙[2]，秉翰[3]直彤庭[4]。

烈风骇九夏，中天横七星[5]。

至治谢藻饰，尸居惬深宁。

旋驾谅有时，凭高睇南坰。

李陵台

赴死宁无勇，偷生政有为。

事疑家已灭，身辱义何亏。

汉网千年密，河梁五字悲[6]。

荒寒迷宿草，欲问意谁知。

李陵台次韵畅学士[7]

青山绕驿客重来，十里羸骖首重回。

今古李陵悲绝处，夕阳野牧下荒台。

1．也称郑公听履、郑公履，指帝王的亲近忠臣。《汉书·郑崇列传》：崇少为郡文学史，至丞相大车属。弟立与高武侯傅喜同门学，相友善。喜为大司马，荐崇，哀帝擢为尚书仆射。数求见谏争，上初纳用之。每见曳革履，上笑曰："我识郑尚书履声。"

2．官殿前红色的双柱，借指皇宫、朝廷。《南齐书·王融列传》：常愿待诏朱阙，俯对青蒲，请闲宴之私，谈当世之务。

3．即秉笔，执笔。《国语·晋语九》：臣以秉笔事君。志有之曰："高山峻原，不生草木。松柏之地，其土不肥。"

4．也作"彤廷"，汉代宫廷以朱漆涂饰，因得此称呼；后泛指宫廷。《后汉书·班彪列传上》：于是玄犀釦切，玉阶彤庭，碝碱采致，琳珉青荧，珊瑚碧树，周阿而生。

5．二十八宿中的天罡。《史记·天官书》：北斗七星，所谓旋玑玉衡，以齐七政。

6．后人拟托李陵、苏武相互赠答的五言诗，其中有"携手上河梁"之句，后人咏其"心悬汉使千秋节，手创河梁五字诗"。汉·李陵《与苏武》：携手上河梁，游子暮何之？徘徊蹊路侧，恨恨不得辞。见柳贯《望李陵台》"河梁"条注。

7．畅师文（1247～1317年），号泊然，生于洛阳，大德间曾任翰林侍读学士；畅师文留存下来的诗仅一首，未见贡奎所唱和的李陵台题材的作品。许有壬《文肃畅公神道碑铭》：讳师文，字纯甫，上世居汴，公生洛阳……公幼警悟，贫无书，手抄口诵，甫十五，博览经史。弱冠，谒鲁斋许先生。

毡裘风雨据鞍来，应是吟肠日九回。

太史[1]山川今更远，望乡莫上最高台。

深院故人时自来，午窗幽梦几惊回。

钧天[2]宴罢看归马，一曲箫声落凤台[3]。

送胡务本秀才往上京

诸生立馆正尔乐，千里乘车亦偶然。

曾见貂裘苏季子[4]，古今穷达不须怜。

近郊远阜草茸茸，宝骑毡庐到处同。

六月天寒犹挟纩，布袍莫遣犯秋风。

四方行役功名志，万里相逢父子亲。

闻道归舟诗满帙，锦帆高映彩衣新。

---

1. 官名。三代为史官与历官之长，后职位渐低，秦代称太史令，汉代太史令司马迁曾为李陵降匈奴辩护，受腐刑；此处指司马迁。《汉书·李广苏建列传》：群臣皆罪陵，上以问太史令司马迁，迁盛言："陵事亲孝，与士信，常奋不顾身以殉国家之急。其素所畜积也，有国士之风。"

2. 天的中央，古代神话传说中天帝住的地方，引申为帝王。战国·吕不韦《吕氏春秋·有始》：中央曰钧天，东方曰苍天，东北曰变天，北方曰玄天，西北曰幽天，西方曰颢天，西南曰朱天，南方曰炎天，东南曰阳天。

3. 古台名。汉·刘向《列仙传·萧史》：萧史者，秦穆公时人也。善吹箫，能致孔雀白鹤于庭。穆公有女，字弄玉，好之。公遂以女妻焉……公为作凤台，夫妇止其上。

4. 苏秦，字季子，战国时期的洛阳人，是与张仪齐名的纵横家。"一怒而诸侯惧，安居而天下熄"。曾因连横之策说秦失败，导致"黑貂之裘弊"而狼狈返家，后来以合纵之策游说六国国君联合，身佩六国相印。见袁桷《行路难五首》"散裘蒙茸苏季子"条注。

唐元

（1269～1349年），字长孺，号筠轩，歙县人。早年受知于方回，先后任平江路学录、集庆路南轩书院山长，以徽州路儒学教授致仕。有《筠轩诗稿》《筠轩文稿》。

察罕诺尔

白海

何年疏凿近王城，中有龙嘘白浪生。
童孺惯曾观卤簿，銮和从此谒承明。
汪洋静照千官影，澎湃遥涵万岁声。
尚想先皇开国日，诸贤附翼定章程。

李陵台怀古

煌煌青史后人看，矮屋挑灯客夜残。
取女[1]巳膺王爵贵，归朝宁望汉恩宽。
直怜国士家声落，谁念征人血泪寒。
勇奋功名嗟不遂，从容就死古称难。

拂郎国献天马

西戎献马大明宫，九尺头昂立朔风。
身绕黑云蹄践雪，眼明紫电骨如龙。
圉人饫豆须三品，明月当庐映两鬃。
雉贡越裳[2]周道盛，欢歌重见入居庸。

---

1. 李陵被迫降于匈奴后，娶单于公主为妻。《汉书·李陵传》：单于壮陵，以女妻之，立为右校王，卫律为丁灵王，皆贵用事……立政曰："请少卿来归故乡，毋忧富贵。"……陵曰："丈夫不能再辱。"
2. 古越裳国进贡白雉；比喻国家强盛，天下归附。见许有壬《和友人北苑马上四首》"越裳"条注。

扈从滦阳清暑

汉皇多跸向回中，风伯清尘暑气空。

骖乘文儒成顾问，献瓜父老抚疲癃。

夷王远致金驼座，宿卫频分玉鞬弓。

万岁千秋奉明主，此行游猎得非熊。

　

万里提封掌握间，离宫风露占清寒。

乘舆才动关星象，玉食精调领大官。

金齿蛮王[1]来献宝，玉堂学士总弹冠。

惟应犹豫安夷夏，万岁齐呼天可汗。

　

令下趋燕早离秦，龙城风露正侵人。

上方宝剑光驰道，大驾金根[2]警跸尘。

千里桑麻观乐土，三时鼎俎得贤臣[3]。

善调玉体清凉国，圣历宜过亿万春。

　

尚觉尧居古冀方，钩陈太乙暮苍苍。

稍同汉室清凉殿，不比南朝石步廊[4]。

味荐猩唇来岛屿，囊盛马乳挹天浆。

遥知翚翟[5]承君宠，下士何由望末光。

---

1. 指金齿蛮，也称金齿夷、金齿人，《马可·波罗行记》曾记载"皆用金饰齿，别言之，每人齿上用金作套，如齿形，套于齿上，上下皆然"；一般视其为泰人先祖，也因其居住地而泛指地名。《元史·地理志四》：中统初，金齿、白夷诸酋各遣子弟朝贡。二年，立安抚司以统之。至元八年，分金齿、白夷为东西两路安抚使。

2. 即金根车，天子车驾。《后汉书·舆服志上》：乘舆、金根、安车、立车，轮皆朱班重牙，贰毂两辖，金薄缪龙，为舆倚较，文虎伏轼，龙首衔轭，左右吉阳筩，鸾雀立衡……在左騑马轭上，大如斗，是为德车。五时车，安、立亦皆如之。各如方色，马亦如之。白马者，朱其髦尾为朱鬣云。所御驾六，余皆驾四，后从为副车。

3. 鼎和俎，祭祀或宴飨时的礼器；伊尹曾借以进谏商汤。《史记·殷本纪》：伊尹名阿衡。阿衡欲奸汤而无由，乃为有莘氏媵臣，负鼎俎，以滋味说汤，致于王道。

4. 宋·曾极《金陵百咏·射殿》：序：有七十间，旁多槐竹。鹤盖阴阴覆苑墙，更添苍雪助清凉。高皇俭德规模远，不作南朝石步廊。注：石步廊：李贺诗"春热张鹤盖，兔目官槐小"；苏子瞻《竹》诗"苍雪纷纷落夏簟"；丁公言诗"因忆南朝石步廊"。

5. 官宦礼服。《后汉书·舆服志下》：观翚翟之文，荣华之色，乃染帛以效之，始作五采，成以为服。

柳贯

（1270～1342年），字道传，自号乌蜀山人，婺州浦江（今属兰溪横溪）人。历任国子助教、太常博士、江西儒学提举，至正初，任翰林待制兼国史院编修官。工于书法，精于鉴赏古物和书画，经史、百氏、数术、方技、释道之书，无不贯通。官至翰林待制，兼国史院编修，与虞集、揭傒斯、黄溍、柳贯并称"儒林四杰"。明代"开国文臣之首"宋濂师从柳贯。其作品博学多通，为文沉郁从容。著有《柳待制文集》20卷等。《柳贯上京纪行诗》是作者任国子学助教分教上都时（延佑七年，1320年）所作，收录咏上都诗32首。

次伯长待制韵送王继学修撰、马伯庸应奉扈从上京二首[1]

仗前挏酒进琼脂，翠络金钩向马垂。

少宰毡庐初张事[2]，从官鱼笏[3]正书思。

三辰上应旗旐[4]象，六乐[5]中陈鼓吹词。

供奉逍遥承御宿，故应燕许[6]擅同时。

1．应是延佑三年，马祖常、王士熙扈从仁宗巡幸上都，袁桷、柳贯、胡助等赋诗为其送行。

2．张设帷幕之事，元代由少宰执掌。《周礼·酒正》：掌次，掌王次之法，以待张事。王大旅上帝，则张毡案，设皇邸。朝日、祀五帝，则张大次、小次，设重帟、重案。合诸侯，亦如之。

3．即鱼须笏，古代大夫所用之笏，因饰以鲨鱼之须而得名。唐·李贺《酒罢张大彻索赠诗》：长鬣张郎三十八，天遣裁诗花作骨。往还谁是龙头人，公主遗秉鱼须笏。

4．三辰，指日、月、星；旐，同"旒"。《左传·桓公二年》：五色比象，昭其物也。锡、鸾、和、铃，昭其声也。三辰旗旗，昭其明也。

5．谓黄帝、尧、舜、禹、汤、周武王六代的古乐；一指六种金属乐器：钟、镈、錞、镯、铙、铎。《汉书·郊祀志下》：凡六乐，奏六歌，而天地神祇之物皆至。四望，盖谓日、月、星、海也。

6．唐玄宗时名臣燕国公张说、许国公苏颋以文章显世，时号"燕许大手笔"，作者以此誉王继学、马伯庸。《新唐书·苏傒潠列传》：自景龙后，与张说以文章显，称望略等，故时号燕许大手笔。

山围黑谷[1]翠漫漫，独许词臣息马看。

眸（一作"碧"）道云开朝采[2]正，蹛林[3]风定雪华干。

赋成特赐麒麟厩，宴出初擎玛瑙盘。

岁岁八州[4]人望幸，钩陈[5]旗尾认朱竿[6]。

还次桓州

塞雨初干草未霜，穹庐秋色满沙场。

割鲜俎上荐黄鼠，献获腰（一作"鞍"）间悬白狼。

别部乌桓知几族，他山稽落[7]是何方？

长云西北天如水，想见旌旗瀚海光。

同杨仲礼[8]和袁集贤上都诗十首[9]

出塞行瞻日，趋朝喜近天。

离宫开苑囿，驰道绝风烟。

---

1. 辇路中的一处纳（捺）钵，辇路被称黑谷路便由此得名，在今延庆县东北，又称黑河川、黑峪口。明·谢庭桂等《嘉靖隆庆志卷一·山川》：黑峪，在永宁城西北十里。见周伯琦《扈从诗前序》。

2. 也作"朝彩"，朝阳的光彩。南朝·江淹《齐太祖高皇帝诔》：荣郁间阃，宠重山河。皇彝有文，朝采方蔼。

3. 匈奴人秋社之处。匈奴土俗，秋社时绕林木而会祭，此风俗后世有流传。《史记·匈奴列传》：秋，马肥，大会蹛林，课校人畜计。

4. 天下九州，从京城看京畿而外为八州。《汉书·外戚列传下·孝成许皇后传》：方外内乡，百蛮宾服，殊俗慕义，八州怀德，虽使其怀挟邪意，狄不足忧，又况其无乎？

5. 一种用于防卫的仪仗。《隋书·礼仪志》：八年征辽，又造钩陈，以木板连如帐子。

6. 太常旗的红色旗杆。《宋史·仪卫志六》：氅，本缉鸟毛为之……《后志》云："今制有青、绯、皂、白、黄五色，上有朱盖，下垂带，带绣禽羽，末缀金铃……每角缀垂佩，揭以朱竿，上如戟，加横木龙首以系之。"

7. 即稽落山，在蒙古国境内，汉代曾有著名的稽落山之战。《后汉书·孝和孝殇帝纪》：夏六月，车骑将军窦宪出鸡鹿塞，度辽将军邓鸿出稒阳塞，南单于出满夷谷，与北匈奴战于稽落山，大破之，追至私渠比鞮海。窦宪遂登燕然山，刻石勒功而还。

8. 杨敬德，字仲礼，号好修，1280年生，台州临海人。见杨敬德诗。

9. 袁桷在《开平第二集》中有《上京杂咏十首》《上京杂咏再次韵十首》。

瑶水巡非远，峒山[1]历更绵。
甘泉多法从，献赋忆当年[2]。

雨水渐衣黑，云沙际目黄。
烟开才黯惨，日出已苍凉。
徇俗高檐帽，清心小篆香。
端居万里念，蕙草惜微芳。

昔建寰中业，初开徼外[3]山。
雉城[4]平兀兀，沙水净湾湾。
朱夏宸游[5]正，清秋武卫闲。
叨陪[6]文学乘[7]，空愧鬓毛斑。

谣俗[8]随方异，沟途隔舍迷。
熏人唯马溷，劝客有驼蹄。
殿角孤花靓，城隅杂树低。
天涯中夜舞，如意昔曾携。

1．即崆峒山，位于甘肃省平凉市以西，相传轩辕黄帝曾亲自登临，向隐居在此的广成子请教治国之道和养生之术。秦始皇、汉武帝也曾效法黄帝登临崆峒山。《史记·封禅书》：上遂郊雍，至陇西，西登崆峒，幸甘泉。

2．扬雄曾上《甘泉赋》，后以"甘泉"指进献主上而受到赏识的文章。《汉书·扬雄传上》：孝成帝时，客有荐雄文似相如者，上方郊祠甘泉泰畤、汾阴后土，以求继嗣，召雄待诏承明之庭。正月，从上甘泉，还奏《甘泉赋》以风。

3．塞外。《汉书·王尊列传》：尊居部二岁，怀来徼外，蛮夷归附其威信。

4．即雉堞，古代城墙上掩护守城人用的矮墙，也泛指城墙。《陈书·侯安都传》：石头城北接岗阜，雉堞不甚危峻，安都被甲带长刀，军人捧之投于女垣内，众随而入，进逼僧辩卧室。

5．帝王之巡游。唐·苏颋《奉和初春幸太平公主南庄应制》：主第山门起灞川，宸游风景入初年。凤凰楼下交天仗，乌鹊桥头敞御筵。

6．陪侍，追随。唐·王勃《滕王阁序》：他日趋庭，叨陪鲤对；今兹捧袂，喜托龙门。

7．文学，儒家学说，文章典籍，也指有学问的人；乘，春秋时晋国的史书称"乘"，后通称一般的史书。南朝·刘勰《文心雕龙·时序》：自献帝播迁，文学蓬转；建安之末，区宇方辑。

8．风俗习惯。《史记·货殖列传》：皆中国人民所喜好，谣俗被服饮食奉生送死之具也。

天潢[1]犹白白，云幕故青青。

积潦催车轴，高风堕箭翎。

宫涂丹赭[2]垩，殿户紫金钉。

女乐蓬莱秘，哀箫动杳冥。

幄殿层云障，辕门积雪峰。

奇鹰皆带角，御马尽飞龙。

瀚海将临幸，云亭[3]望陟封。

青邱[4]大羽猎，有事[5]待玄冬。

儒务惟章句，官规自法程。

斋扉侵雨润，宴几得风清。

历历三刀梦[6]，行行万里程。

明年遂耕隐，深仗酒为名。

经游还绝塞，际遇复清朝[7]。

大暑无蒙绤，轻寒已御貂。

盘空甒屡荐，觞至酒频浇。

贫病谙为客，何惭带减腰。

1．天河。《后汉书·张衡传》：观壁垒于北落兮，伐河鼓之磅硠。乘天潢之泛泛兮，浮云汉之汤汤。

2．古代官殿与官署多丹赭色。《南史·周盘龙列传》：孝子则门加素垩，世子则门施丹赭。

3．云云、亭亭二山的并称，是古代帝王封禅处。《史记·封禅书》：炎帝封泰山，禅云云；黄帝封泰山，禅亭亭。

4．又作"青丘"，泛指边远蛮荒之国。《隋书·炀帝本纪下》：又青丘之表，咸修职贡，碧海之滨，同禀正朔。

5．代指校猎或战争。《论语·季氏》：冉有、季路见于孔子曰："季氏将有事于颛臾。"

6．仕途高升的梦兆。《晋书·王濬传》：濬夜梦悬三刀于卧屋梁上，须臾又益一刀，濬惊觉，意甚恶之。主簿李毅再拜贺曰："三刀为州字，又益一刀，明府其临益州乎！"……果迁濬为益州刺史。

7．政治清明的时代。《后汉书·杨震列传》：阿母王圣出自贱微，得遭千载，奉养圣躬，虽有推燥居湿之勤，前后赏惠，过报劳苦，而无厌之心，不知纪极，外交属托，扰乱天下，损辱清朝，尘点日月。

公子青丝辔，王孙绿幰车。

宴酣风小定，舞破日西斜。

手掷宫中果，神行海上槎。

筑郿[1]毋自厚[2]，俭德不期奢。

水草方方善，弓弧户户便[3]。

合围连妇女，从戎到曾玄[4]。

雪毳千家帐，水（一作"冰"）瓢百眼泉。

浚稽山[5]更北，长望斗光悬。

望李陵台

平沙北流水，青山在其上。

李陵思乡台，驻马一西向。

草根含余凄，峰尖入寒（一作"塞"）望。

俚言虽莫稽，陈迹尚可访。

想其深入初，步卒亦材壮。

手张天子威，气夺名王帐。

覆车陷囚虏，此志乃大妄。

一为情爱牵，遑恤[6]身名丧。

1．建设不作为都城的城市。《左传·庄公二十八年》：筑郿，非都也。凡邑有宗庙先君之主曰都，无曰邑。邑曰筑，都曰城。又，《三国志·魏书·董卓传》：筑郿坞，高与长安城埒，积谷为三十年储，云事成，雄据天下，不成，守此足以毕老。

2．自重。宋·张载《与赵大观书》：末由前拜，恭惟尊所闻，力所逮，淑爱自厚，以需大者之来，不胜切切。

3．谙熟、熟习弓马生活。《三国志·魏书·吕布传》：布便弓马，膂力过人，号为飞将。

4．曾孙和玄孙，泛指后代。《汉书·翟方进传》：是以广立王侯，并建曾玄，俾屏我京师，绥抚宇内。

5．古山名，读xùn jī shān，约在今蒙古国境内戈壁阿尔泰山脉中段，土拉河与鄂尔浑河上源以南一带。《史记·匈奴列传》：汉使浞野侯破奴将二万余骑出朔方西北二千余里，期至浚稽山而还。

6．恐惧、忧虑。《南齐书·高逸列传·何求传》：赞云："渊既世族，俭亦国华。不赖舅氏，遑恤外家。"

缕缕中郎书[1]，挽使同跌荡。

安知臣节恭，之死不易谅。

河梁执别处，出语谩惆怅[2]。

家声故辉赫[3]，三世汉飞将[4]。

兵法有死生，人运迭休旺。

忠回在信史，岂没功罪状？

马迁当腐刑，强欲雪其谤[5]。

土思岂能无，层云塞亭障。

千年麒麟图[6]，吾将执玄邑[7]。

观失剌斡耳朵[8]御宴回（一作《京城偶成》）

毳幕承空柱绣楣，彩绳亘地掣文霓。

---

1. 苏武以中郎将身份出使匈奴，李陵、苏武二人多有书信往来、诗歌赠答唱和。《汉书·匈奴传上》：汉遣中郎将苏武厚币赂遗单于，单于益骄，礼甚倨，非汉所望也。

2. 李陵与苏武相别，作《与苏武》：携手上河梁，游子暮何之？徘徊蹊路侧，恨恨不得辞。见贡奎《李陵台》"河梁五字悲"条注。

3. 显赫。唐·王维《送郑五赴任新都序》：郑子为邑也，弦歌之化，洋溢四封；雷霆之威，辉赫百里。

4. 飞将军李广，历西汉文、景、武三代，是汉代威震北方的著名将领。《史记·李将军列传》：文帝曰："惜乎，子不遇时！如令子当高帝时，万户侯岂足道哉！"……及孝景初立，广为陇西都尉，徙为骑郎将……居久之，孝景崩，武帝立，左右以为广名将也，于是广以上郡太守为未央卫尉。

5. 李陵降后，司马迁为李陵辩护，触怒武帝，遭受腐刑。《汉书·李广苏建列传》：初，上遣贰师大军出，财令陵为助兵，及陵与单于相值，而贰师功少。上以迁诬罔，欲沮贰师，为陵游说，下迁腐刑。

6. 甘露三年，因匈奴归降，汉宣帝回忆起往昔的辅佐有功之臣，令人画十一名功臣图像于麒麟阁，以示纪念和表扬；后世往往将他们和云台二十八将、凌烟阁二十四功臣并提。《汉书·李广苏建列传》：甘露三年，单于始入朝。上思股肱之美，乃图画其人于麒麟阁，法其形貌，署其官爵、姓名……次曰典属国苏武。皆有功德，知名当世，是以表而扬之……凡十一人，皆有传。

7. 醇酒。东晋·葛洪《抱朴子·名实》：玄邑倾弃而不羞，醨酪专灌于圆丘。汗血驱放而垂耳，玻塞驰骋于銮轩。

8. 也作"锡喇鄂尔多""昔剌斡耳朵"，又称"棕殿"，位于上都西北之西内。主要为举行诸王、贵戚、大臣等大宴诈马宴，即只孙宴之所。见迺贤《失剌斡耳朵观诈马宴奉次贡泰甫授经先生韵》"失剌斡耳朵"条注。

辰旗忽动祠光下，甲帐徐开殿影齐。

芍药名花团簇坐，葡萄法酒拆封泥。

御前赐酺千官醉，坐（一作"恩"）觉中天雨露低。

车驾驻跸，即赐近臣洒马奶子御宴，设毡殿失剌斡耳朵，深广可容数千人。上京五月芍药始花。

五月八日至上都国子监[1]作

今晨得佳马，驿行趋上京。

却顾沙卷幕，前瞻车载旌。

翠华戒鸣跸[2]，肃肃远有声。

驰道无十里，云开双阙[3]明。

迹既阻奉引[4]，班非陪列卿。

言寻环璧宫，纡徐临雉城。

茀地三数亩，虚堂十余楹。

稍加溉扫勤，得遂憩息清。

韩公博士年[5]，实教东都生。

今我再冗官，怀铅[6]从北征。

1．柳贯延佑六年任国子助教，延佑七年随行至上都国子监分教诸生。明·宋濂《元故翰林待制承务郎兼国史院编修官柳先生行状》：六年己未，改国子助教，阶将仕佐郎。至治元年辛酉，升博士，转将仕郎。诸生敬之如神明。

2．帝王出行时，扈从喝道开路，禁止他人往来。宋·王明清《玉照新志》卷二：龙楼问寝，欣西宫鸣跸之还；虎符发兵，致北鄙控弦之远。

3．古代宫殿、祠庙、陵墓等建筑前两边高台上的楼观，借指京都。《梁书·处士列传·何胤传》：胤因谓果曰："吾昔于齐朝欲陈两三条事，一者欲正郊丘，二者欲更铸九鼎，三者欲树双阙。世传晋室欲立阙，王丞相指牛头山云：'此天阙也'，是则未明立阙之意。"

4．为皇帝前导引车，泛指在前导引。《史记·韩长孺列传》：丞相田蚡死，安国行丞相事，奉引堕车，蹇。

5．韩兰英，南朝齐女作家，宋孝武帝时献《中兴赋》被征入宫。齐武帝时为博士，教六宫书学。宫中以其年老多识，尊呼为"韩公"。《南齐书·皇后列传·吴郡韩兰英传》：吴郡韩兰英，妇人有文辞。宋孝武世，献《中兴赋》，被赏入宫。宋明帝世，用为宫中职僚。世祖以为博士，教六宫书学，以其年老多识，呼为"韩公"。

6．从事著述。南朝·沉约《到著作省谢表》：臣艺不博古，学谢专家，乏怀铅之志，惭梦肠之术。

古来玄朔地，雅颂亦铿轰[1]。

丰芑[2]德甚广，韦编[3]义尤精。

前修[4]有轨辙[5]，后生多俊英。

抑将授何业，可使器早成。

宁无子衿[6]刺，仅免吏牍婴[7]。

高居谢暑[8]浊，广矣羲皇[9]情。

午日雪后行十八儿秃[10]道中，有怀同馆诸公

尖峰犹是漠南山，驼褐萧萧午日寒。

艾叶漫将头上插，榴花应许梦中看。

马前沙雪行初隐，雕背荒云落更盘。

王事独贤[11]吾敢惮，重烦同馆加餐饭（一作"劝加餐"）。

1．声音洪亮。唐·徐浩《宝林寺作》：禅堂清溽润，高阁无恢炱。照耀珠吐月，铿轰钟隐雷。

2．丰水虽然无情，却润泽芑这类植物，源自于《诗经·大雅·文王有声》；后代指国家奠基之地。《诗经·大雅·文王有声》：丰水有芑，武王岂不仕。诒厥孙谋，以燕翼子。武王烝哉！

3．古代用竹简书写，用皮绳编缀称"韦编"。后以"韦编"借指《易》，又泛指古籍。《史记·孔子世家》：读《易》，韦编三绝。曰："假我数年，若是，我于易则彬彬矣。"

4．前贤。战国·屈原《离骚》：謇吾法夫前修兮，非世俗之所服。虽不周于今之人兮，愿依彭咸之遗则。

5．车轮辗过的痕迹，喻规范、途径。《魏书·李彪传》：是以谈迁世事而功立，彪固世事而名成，此乃前鉴之轨辙，后镜之著龟也。

6．求贤若渴，希望得到贤才。《诗经·国风·郑风·子衿》：青青子衿，悠悠我心。但为君故，沉吟至今。

7．同"婴"，缠绕，羁绊。

8．衰退的暑气。隋·萧琮《奉和御制<夜观星示百僚>诗》：阳精去南陆。大曜始西流。夕风凄谢暑，夜气应新秋。

9．即伏羲氏。伏羲，又称又名宓羲、庖牺、包牺、伏戏、牺皇、皇羲等，中华文明始祖之一。《史记·三皇本纪》：母曰华胥。履大人迹于雷泽，而生庖牺于成纪。蛇身人首。有圣德。仰则观象于天，俯则观法于地，旁观鸟兽之文，与地之宜，近取诸身，远取诸物。始画八卦，以通神明之德，以类万物之情。

10．也作"锡巴尔图""失八儿秃"，蒙古语，意谓"有泥淖"；即牛群头，该地设有驿路上重要驿站牛群头站。见周伯琦《扈从集前序》。

11．独劳。《诗经·小雅·北山》：溥天之下，莫非王土；率土之滨，莫非王臣。大夫不均，我从事独贤。

八月三日大驾北巡将校猎于散不剌[1]，诏免汉官扈从[2]，南旋有期，喜而成咏

天子龙飞[3]起圣时，乾坤阖辟[4]载清夷。

幸从在镐承周宴[5]，重喜临边举汉仪[6]。

御宿常时严虎卫，吉行唯日望鸾旗。

诏恩许免陪骖乘，却愧长杨赋未寄。

次韵伯庸待制《上京寓直书事四首》，因以为寄

举头凉影动明河[7]，问信仙人八月槎。

斗下孤光悬太白，云间长御挟纤阿[8]。

霓裳催按新声遍，凤藻[9]需承曲宴[10]多。

---

1. 也作"赛音布拉克"，又作"散不剌川"，在上都西北七百多里。见王恽《甘不剌川在上都西北七百里外，董侯承旨扈从北回，遇于榆林。酒间因及今秋大狝之盛，书六绝以纪其事》"甘不剌川"条注。

2. 元代一些重要活动如狩猎、祭祀祖先等一般都不允许汉族官员参加，有些活动如皇帝驾崩埋葬，则只允许蒙古族贵族参加。王恽《中堂事记》：祀天于旧桓州西北郊，皇族之外，皆不得预礼也。

3. 指帝王的兴起或即位。《元史·廉希宪传》：五月，至上都，太常卿田忠良来问疾，希宪谓曰："上都圣上龙飞之地，天下视为根本。近闻龙冈遗火，延烧民居，此常事耳，慎勿令妄谈地理者惑动上意。"

4. 闭合与开启。唐·杨炯《浑天赋》：乾坤阖辟，天地成矣；动静有常，阴阳行矣。

5. 镐宴，也称镐饮。指天下太平，君臣同乐。《诗经·小雅·鱼藻》：鱼在在藻，有颁其首。王在在镐，岂乐饮酒。鱼在在藻，有莘其尾。王在在镐，饮酒乐岂。

6. 汉官威仪，泛指中国礼仪制度。唐·刘知几《史通·叙事》：文非文，史非史，譬夫乌孙造室，杂以汉仪，而刻鹄不成，反类于鹜者也。

7. 天河，银河。唐·宋之问《明河篇》：明河可望不可亲，愿得乘槎一问津。更将织女支机石，还访成都卖卜人。

8. 神话中御月而行的女神。《史记·司马相如列传》：阳子骖乘，纤阿为御。案节未舒，即陵狡兽，辚邛邛，蹴距虚，轶野马而滋騊駼，乘遗风而射游骐。

9. 华美的文辞。唐·卢照邻《释疾文·粤若》：及观国之光，利用宾王，谒龙旍于武帐，挥凤藻于文昌。

10. 私宴，多指宫中之宴。《魏书·后妃列传》：景初元年，帝游后园，召才人以上曲宴极乐。

一代词华归篆刻，龙文[1]还欲映珊戈[2]。

松翠[3]新裁似鹤翎，手中云影落深青。

宫花忽动红千帐，禁柳齐分绿半棂。

金掌[4]擎秋调玉屑，铜浑[5]窥夜约银钉。

不知太史朝来奏，东壁[6]光联第几星。

乌桓落日稍沉西，南极[7]青山女堞[8]低。

马谷夏泉经雨涨，龙堆秋草拂云齐。

一函祠检将升玉，万里丸封不用泥。

儤直[9]夜凉谈往事，乘车犹欲避鸡栖[10]。

杯面春风潋滟波[11]，醉来难觅百东坡[12]。

1．喻雄健的文笔，扛鼎之作。唐·韩愈《病中赠张十八》：龙文百斛鼎，笔力可独扛。谈舌久不掉，非君亮谁双。

2．刻镂着花纹的戈，也作戈的美称，此处代指军功。南北朝·庾信《哀江南赋》：司徒之表里经纶，狐偃之惟王实勤。横珊戈而对霸主，执金鼓而问贼臣。平吴之功，壮于杜元凯；王室是赖，深于温太真。

3．古代钟、鼓、磬架横木上的扇形装饰。

4．铜制的仙人手掌，为汉武帝作承露盘擎盘之用。《史记·孝武本纪》：其后则又作柏梁、铜柱，承露仙人掌之属矣。

5．又名铜浑仪，即浑天仪。《宋史·律历志三》：大中祥符三年，春官正韩显符上《铜浑仪法要》，其中有二十四气昼夜进退、日出没刻数立成之法，合于宋朝历象。

6．星宿名，即壁宿，是古代汉族神话和天文学的二十八宿之一，北方七宿第七宿。源于古代人对远古星辰的自然崇拜，由两颗星组成，因其在室宿的东边，很像室宿的墙壁，又称东壁。《礼记·月令》：（仲冬之月）日在斗，昏东壁中。

7．南方极远之地。三国·魏·曹丕《连珠》：节士抗行则荣名至，是以申胥流音于南极，苏武扬声于朔裔。

8．即女墙。

9．也作"儤值"，即值宿。《元史·世祖本纪四》：十一月辛酉朔，敕品官子孙儤直，敕遣阿鲁忒儿等抚治大理。

10．即鸡栖车，原指鸡窝，后指古代一种制作简陋的小车。《后汉书·陈蕃传》：车如鸡栖马如狗，疾恶如风朱伯厚。

11．宋·苏轼《饮湖上初晴后雨》：水光潋滟晴方好，山色空蒙雨亦奇。欲把西湖比西子，淡妆浓抹总相宜。

12．宋·苏轼《泛颍》：画船俯明镜，笑问汝为谁？忽然生鳞甲，乱我须与眉。散为百东坡，顷刻复在兹。此岂水薄相，与我相娱嬉。

宁无天上支机石[1]，信有人间采玉河[2]。

霜驿旧图开党项[3]，雪毫新兴写伽陀[4]。

聚星更比荀陈[5]盛，月照金銮夜若何。

八月廿四日上北幸回銮，次止抚州[6]校猎，获禽物盈且多，爰以珍羞驰飨太庙。敕命近臣摄行其事，礼视烝祠[7]。乃九月三日御香至都，八日诏荐明祀[8]，百辟骏奔，陟降有恪，贯时实与监礼，辄赋纪咏

羽猎初成献获时，缄辞唯遣近臣知。

1．也省作支机、支石，传说为天上织女用以支撑织布机的石头。南北朝·阴铿《咏石》：天汉支机罢，仙岭博棋余。零陵旧是燕，昆池本学鱼。

2．和田羊脂"籽玉"，是从昆仑山下玉河中捞取的，这种"籽玉"细密、温润、光泽如脂肪。唐·杜甫《喜闻盗贼蕃寇总退口号五首》其四：勃律天西采玉河，坚昆碧怨最来多。旧随汉使千堆宝，少答胡王万匹罗。

3．古代三苗的遗裔，居析支之地，汉时为西羌别种，或称为"党项羌"；唐赐姓李，世为夏州节度使；宋赐姓赵，传至元昊，举兵反，称帝，史称为"西夏"。《北史·党项传》：党项羌者，三苗之后也。其种有宕昌、白狼，皆自称狝猴种。东接临洮、西平，西拒叶护，南北数千里，处山谷间。又，《辽史·西夏传》：西夏，本魏拓跋氏後，其地则赫连国也。远祖思恭，唐季受赐姓曰李，涉五代至宋，世有其地。至李继迁始大，据夏、银、绥、宥、静五州，缘境七镇，其东西二十五驿，南北十余驿……初，西夏臣宋有年，赐姓曰赵；迨辽圣宗统和四年，继迁叛宋，始来附辽，授特进检校太师、都督夏州诸军事，遂复姓李。

4．也作"伽他"，梵语译音，佛经中的颂赞之词；也指十二部经之一，十二部经即释迦牟尼佛所说的一切言教，按内容分为十二部分。唐·玄奘《大唐西域记·乌伏那国》：旧曰偈，梵文略也。或曰偈陀，梵音讹也。今从正音，宜云伽陀。伽陀者，唐言颂，颂三十二言。

5．汉荀淑和陈实均为名士，荀淑父子和陈实父子在一起议论，"于是德星聚"，后用以指贤人相聚。南朝·檀道鸾《续晋阳秋》卷一：陈仲弓从诸子侄造荀季和父子。于时德星聚，太史奏："五百里内有贤人聚。"

6．即金代的兴和故城。《元史·地理志一》：兴和路。唐属新州。金置柔远镇，后升为县，又升抚州，属西京。元中统三年，以郡为内辅，升隆兴路总管府，建行宫。

7．古代四季祭祀之礼不同，烝祠专指冬天的祭祀。《宋书·礼志四》：大明五年十月甲寅，有司奏："今月八日烝祠二庙，公卿行事。有皇太子献妃服。"

8．对重大祭祀的美称。《左传·僖公二十一年》：崇明祀，保小寡，周礼也。又，《后汉书·肃宗孝章帝纪》：然后敬恭明祀，膺五福之庆，获来仪之贶。

大田¹本意充乾豆²，备物诚宜缯类祠³。

切切美墙如实见，昭昭位著有余思。

礼由义起文谟正，鸿笔直将百代垂。

伯庸少卿⁴在上京有诗贻经筵诸公，书来，录以见示。次韵继作，俟南还奉呈

隐隐苍龙阙角西，星辰次舍宿金奎⁵。

期门⁶上日⁷排熊武⁸，尚食⁹新秋荐特麛。

王德体元¹⁰观太始，坤珍¹¹称运戒先迷。

欲知圣学成仁大，鱼在深渊鸟在栖。

漫题斋壁

牧马新来秣地椒，街头挏酒玉倾瓢。

1．天子诸侯借四时田猎以检阅师旅的活动。《周礼·春官·大宗伯》：大师之礼，用众也；大均之礼，恤众也；大田之礼，简众也；大役之礼，任众也；大封之礼，合众也。

2．见周伯琦《立秋日书事五首》"乾豆"条注。

3．以事类而祭祀。《史记·孝武本纪》：既至甘泉，为且用事泰山，先类祠泰一。

4．马祖常当时似任少卿之职，薛汉有诗《送马少卿伯庸南祀嵩恒淮渎》；至于任此职之起止时间、是何机构之少卿，待考。

5．奎星，二十八宿之一，主宰天下文运。

6．官名，汉武帝时置，掌执兵、扈从护卫。《汉书·东方朔传》：建元三年，微行始出，北至池阳，西至黄山，南猎长杨，东游宜春。微行常用饮酎已。八九月中，与侍中常侍武骑及待诏陇西北地良家子能骑射者期诸殿门，故有"期门"之号自此始。

7．佳日，佳节。唐·李乂《奉和人日清晖阁宴群臣遇雪应制》：上日登楼赏，中天御辇飞。后庭联舞唱，前席仰恩辉。

8．即熊虎，古代旗饰。唐人避高祖李渊的祖父李虎讳，改虎为武。《史记·秦始皇本纪》：周礼云：析羽为旌，熊虎为旗。

9．官名，掌帝王膳食。《后汉书·礼仪志中》：太常上太牢奠，太官食监、中黄门、尚食次奠，执事者如礼。

10．古人以天地之元气为本，须予遵循。《后汉书·班彪传下》：绍百王之荒屯，因造化之荡涤，体元立制，继天而作。

11．大地呈现出的符瑞。《后汉书·班彪传下》：于是圣皇乃握乾符，阐坤珍，披皇图，稽帝文，赫尔发愤，应若兴云，霆发昆阳，凭怒雷震。

羲和白日经天近，敕勒阴山度慕遥。

雨过忽然思御袄，风清聊复快凌歊[1]。

他年续作滦阳梦，万里排云溯汱寥[2]。

滦水秋风词

西府[3]林鞍如割铁，东凉亭[4]酒似流酥。

福威玉食有操柄[5]，世祖建邦天造图。

朔方窦宪留屯处[6]，上郡蒙恬[7]统治年。

今日随龙看云气，八方（一作"荒"）同宇正熙然。

---

1. 即凌歊台，位于当涂县城北黄山山巅，始建于南朝宋，传说为宋孝武帝的避暑行宫。清·黄桂修等《太平府志卷一·黄山》：山上旧有宋离宫及凌歊台、怀古台、誓清堂并浮图在焉。凌歊台，在山顶，东南有石如案，高可五尺，顶平而圆，径丈许，世传刘裕避暑处。

2. 晴朗的天空。战国·宋玉《九辩》：悲哉，秋之为气也！萧瑟兮草木摇落而变衰，憭慄兮若在远行，登山临水兮送将归。汱寥兮天高而气清，寂寥兮收潦而水清。

3. 官府。宋熙宁间于京师建东、西两府，西府为枢密使所居，因代称枢密使。《宋史·宋用臣传》：神宗建东、西府，筑京城，建尚书省，起太学，立原庙，导洛通汴，凡大工役，悉董其事。

4. 见张翥《上都从驾幸东凉亭》"东凉亭"条注。

5. 权柄；也指掌权。《汉书·贾山列传》：富贵者，人主之操柄也，令民为之，是与人主共操柄，不可长也。

6. 窦宪，字伯度，西汉著名将领。深入瀚海沙漠三千里，大破北匈奴，在燕然山勒石记功而返。《后汉书·窦融传》：明年，宪与秉各将四千骑及南匈奴左谷蠡王师子万骑出朔方鸡鹿塞……与北单于战于稽落山，大破之，虏众崩溃，单于遁走……宪、秉遂登燕然山，去塞三千余里，刻石勒功，纪汉威德。

7. 秦统一六国后，蒙恬率军三十万征伐匈奴，击退匈奴七百余里，屯兵上郡，筑长城，镇守北方十余年。《史记·蒙恬列传》：秦已并天下，乃使蒙恬将三十万众北逐戎狄，收河南。筑长城，因地形，用制险塞，起临洮，至辽东，延袤万余里。于是渡河，据阳山，逶蛇而北。暴师于外十余年，居上郡。

朵楼[1]清晓常祠罢，吾殿新秋曲宴回。

玉（一作"御"）帛功由寒女出，分颁恩自九天来。

西风初吹白海[2]水，落日正见黑山云。

旃[3]庐小泊成部署，沙马野驼连数群。

后滦水秋风词

碛中十里号五里，道上千车联万车。

东赆西琛[4]通朔漠，九州四海会同[5]初。

界墙洼尾沙如雪，滦河嘴头风卷空。

泰和未必全盛日，几驿云州避暑宫。

旋卷木皮[6]斟醍酪，半笼羔帽敌风沙。

丈夫射猎妇当御[7]，水草甘肥行处家。

山邮[8]纳客供次舍，土房迎寒催墐藏。

沙头蘑菇一寸厚，雨过牛童提满筐。

1．正楼两侧的副楼。宋·孟元老《东京梦华录·元宵》：两朵楼各挂灯毯一枚，约方圆丈余，内燃椽烛。

2．即察汗淖尔。

3．同"毡"。

4．东西方进贡的财宝。宋·沈辽《和李子仪即元韵》：胡人泛舶万里来，头上氍毹市缠作堆。建武賮琛终罢献，元和亭榭不求材。

5．诸侯朝见天子，也指天下一统。《汉书·韦贤传》：彤弓斯征，抚宁遐荒，总齐群邦，以翼大商，迭披大彭，勋绩惟光。至于有周，历世会同。

6．桦树皮容器。蒙古族等北方少数民族常用桦树皮制作容器。

7．掌管，此处指持家。《魏书·太宗本纪》：非夫耕妇织，内外相成，何以家给人足矣。其简宫人非所当御及执作伎巧，自余悉出以配鳏民。

8．山中的驿站。唐·王维《送祢郎中》：孤莺吟远墅，野杏发山邮。早晚方归奏，南中才忌秋。

代简以南酲一壶遗继学待制。继学在北都，
尝赋《柳枝》《竹枝》词各五首

歌罢竹枝歌柳枝，榆关云月巧追随。

曲生[1]雅有江南思，欲写清音到处吹。

附：题牧羊图

氄毛[2]成氄酪成浆，沙水分流草满场。

说是老羝人立处[3]，金华山下茯苓香。

---

1. 酒的别称。宋·李昉等《太平广记·精怪一·曲秀才》：道士叶法善，精于符箓之术……常有朝客十余人诣之，解带淹留。满坐思酒，忽有人扣门，云，曲秀才……语未毕，有一措大，傲睨直入。年二十许。肥白可观。笑揖诸公，居于末席，抗声谭论，援引今古……扼腕抵掌，论难锋起，势不可当。法善密以小剑击之，随手丧元，坠于阶下，化为瓶盖。一坐惊愕惶遽，视其处所，乃盈瓶醲酝也，咸大笑。饮之，其味甚佳。坐客醉而抚其瓶曰："曲生曲生，风味不可忘也。"

2. rǒng，鸟兽贴近皮肤细而软的毛。

3. 像人一样直立的公羊。《后汉书·方术列传·左慈传》：忽有一老羝屈前两膝，人立而言曰："遽如许。"

杨载

（1271~1323年）字仲宏。蒲城（今福建浦城县）人。幼年丧父，博涉群书，以布衣召为国史院编修官，与修《武宗实录》。仁宗延祐二年复科举，登进士第，授饶州路同知浮梁州事，迁儒林郎，官至宁国路总管府推官。与虞集、范梈、揭傒斯齐名，并称为"元诗四大家"。诗风横放杰出，著有《杨仲弘诗》8卷。

塞上曲

沙塞何窅窅[1]，树短百草长。

大河屈曲流，不复辨四方。

驱车日将夕，黑云隐长冈。

人马俱饥疲，解鞍饮寒塘。

张坐逐平地，击火[2]烧乌羊[3]。

挏酪过醇酎[4]，摇艳[5]盈杯觞。

既醉歌呜呜，顿蹋如惊狂。

月从天外来，耿耿流苏光。

悲风动寥廓，拂面吹胡霜。

白雁中夜飞，参差自成行。

一箭落霜羽，挟弓负豪强。

1．遥远。南朝·鲍照《拟行路难》之十四：故乡窅窅日夜隔，音尘断绝阻河关。朔风萧条白云飞，胡笳哀急边气寒。

2．即击石取火。

3．黑色的羊；因为不属于上品，被视为礼物中的微薄之列。《南史·隐逸列传·孔淳之传》：服阕，与征士戴颙、王弘之及王敬弘等共爲人外之游，又申以婚姻。敬弘以女适淳之子尚，遂以乌羊系所乘车辕，提壶为礼。

4．酒名，指味道醇厚的美酒。汉·刘歆《西京杂记·八月饮酎》：汉制：宗庙八月饮酎，用九酝太牢，皇帝侍祠。以正月旦作酒，八月成，名曰酎，一曰九酝、一名醇酎。

5．荡漾，摇曳。五代·温庭筠《黄昙子歌》：参差绿蒲短，摇艳云塘满。红激荡融融，莺翁鹠鹈暖。

中情无留滞，千载能鹰扬[1]。

寄袁伯长

几年簪笔侍明光[2]，直取才华补卫郎。
祀事悉稽周典[3]礼，颂声须假汉文章。
云垂迥野鸣鞘[4]远，月满高城下漏长。
校猎合祛[5]尤盛事，愿闻作赋拟长杨[6]。

送伯长[7]扈驾二首

罕毕[8]前驱盛国容，黄麾[9]仙仗卫重重。
星流旷野飞苍鹘，日丽层霄驭赤龙。
耀武边陲须北狩，合祛天地待东封[10]。

---

1. 逞威，大展雄才。三国·魏·曹植《与杨德祖书》：昔仲宣独步于汉南，孔璋鹰扬于河朔，伟长擅名于青土，公干振藻于海隅，德琏发迹于大魏，足下高视于上京。

2. 即明光殿，代指皇帝。唐·武元衡《出塞作》：白羽矢飞先火炮，黄金甲耀夺朝暾。要须洒扫龙沙净，归谒明光一报恩。

3. 周代的典章制度，被视为典章制度的正统。《国语·周语中》：狄，豺狼之德也，郑未失周典，王而蔑之，是不明贤也。

4. 挥动鞭梢使发声，也是宫廷活动仪式之一。《旧五代史·末帝本纪下》：是日晚，至东上门，小黄门鸣鞘于路，索然无声。

5. 开闭。《汉书·儿宽列传》：以为封禅告成，合祛于天地神祇，祇戒精专以接神明。

6. 《长杨赋》是西汉扬雄创作的以汉成帝长杨之猎为内容的大赋，借主人翰林与客卿子墨之口，述汉高祖刘邦创业之艰，叹文、景二帝与民休戚与共之德，告诫成帝，"恐后代迷于一时之事，常以此为国家之大务，淫荒田猎，陵夷而不御也。"

7. 袁桷，字伯长。袁桷曾多次扈从上都，此处杨载所言扈从上都具体为哪次，待考。

8. 帝王仪仗之旗。《晋书·天文志上》：昴、毕间为天街，天子出，旄头罕毕以前驱，此其义也。

9. 皇帝仪仗。《隋书·礼仪志七》：大驾则执黄麾仗。其次载二十四，左青龙幢……应毕，大都督二人领之，在御前横街南。

10. 即东封颂，见王沂《秋兴》、袁桷《伯庸开平书事次韵七首》"东封颂"条注。

论才孰可铭休烈[1]，扈圣还宜祀岱宗[2]。

追从群彦客金门[3]，独用才高被国恩。
石室[4]绅书裁帝纪，玉堂草诏代王言。
宦途赫赫名方振，余子纷纷气可吞。
会合[5]适逢千载运，奋飞宁羡北溟鲲[6]。

1．盛美的事业。《史记·秦始皇本纪》：皇帝休烈，平一宇内，德惠修长。三十有七年，亲巡天下，周览远方。

2．见袁桷《伯庸开平书事次韵七首》"东封颂"条注。

3．即金马门，也称"金门""金闺"，原为汉代官门的名称；另，唐代有金名门，是翰林院所在；二者均为学士待诏之处。《史记·滑稽列传·东方朔传》：金马门者，宦署门也，门傍有铜马，故谓之曰"金马门"。又，《旧唐书·职官志二》：翰林院。天子在大明宫，其院在右银台门内。在兴庆宫，院在金明门内。若在西内，院在显福门。若在东都、华清宫，皆有待诏之所。又，《旧五代史·高祖本纪二》：皇城南门为乾明门，北门为元德门，东门为万春门，西门为千秋门；罗城南砖门为广运门，观音门为金明门，橙槽门为清景门。

4．古代藏图书档案处。东晋·葛洪《抱朴子·内篇自序》：虽不足以藏名山石室，且欲缄之金匮，以示识者。

5．遇合。宋·王安石《何处难忘酒二首》其一：何处难忘酒，君臣会合时。深堂拱尧舜，密席坐皋夔。

6．《庄子·逍遥游》：北冥有鱼，其名为鲲。鲲之大，不知其几千里也；化而为鸟，其名为鹏。鹏之背，不知其几千里也；怒而飞，其翼若垂天之云。是鸟也，海运则将徙于南冥。

虞集

（1272～1348年）字伯生，号道园，人称邵庵先生，别署青城山樵，崇仁（今属江西）人，卒谥文靖。少受家学，成宗大德初，被推荐授大都路儒学教授，历国子助教、博士；仁宗时，迁集贤修撰，除翰林待制；泰定初，任秘书少监，扈从泰定帝巡幸上都，充当经筵官，升翰林直学士兼国子祭酒；文宗即位，累除奎章阁侍书学士，领修《经世大典》。工诗善书，与揭傒斯、柳贯、黄缙并称"元儒四家"；诗与揭傒斯、范梈、杨载，并称"元诗四家"。著有《道园学古录》《道园遗稿》。

月出古城东

月出古城东，海气浮空濛。
车骑各已息，宫阙何穹窿。
牧马草上露，吹笛沙际风。
帐中忽闻雁，传令彀雕弓。

书上京国子监壁

神京极高寒，幽居了晨夜。
雷风无时发，零雨每飘洒。
炎光不到地，萧爽度长夏。
大化漠无宰[1]，岂必事陶冶？
扬雄不晓事，守道棲棲者。
玄经[2]百无征，白发漫盈把。

---

1. 没有主宰。唐·曹松《梢云》：隐见心无宰，徘徊庆自君。翻飞如可托，长愿在横汾。
2. 指汉代扬雄的哲学著作《太玄经》，也称《扬子太玄经》。《魏书·韩麒麟传》：昔扬雄著《太玄经》，当时不免覆盎之谈，二百年外，则越诸子。

寄陈众仲助教上都作[1]

学省[2]足清昼，词垣[3]惊早秋。
美人隔河汉，落月在高楼。
持衣未成曲，吹笛不胜愁。
还趋鸂鹊观[4]，别制鹣鹣裘。

白翎雀歌

乌桓城下白翎雀，雌雄相呼以为乐。
平沙无树托营巢，八月雪深黄草薄。
君不见，旧时飞燕在昭阳[5]，沉沉宫殿锁鸳鸯。
夫容[6]露冷秋宵永，芍药风喧春昼长。

1．陈孚，字众仲，至元二十九年曾随扈上京，时任国子助教，作有《开平即事二首》。《元史·世祖本纪十四》：（二十九年三月）庚戌，车驾幸上都……（五月）丁未，中书省臣言："妄人冯子振尝为诗誉桑哥，且涉大言，及桑哥败，即告词臣撰碑引谕失当，国史院编修官陈孚发其奸状，乞免所坐，遣还家。"帝曰："词臣何罪！使以誉桑哥为罪，则在廷诸臣，谁不誉之！朕亦尝誉之矣。"

2．中央政府设立的国学机构。元代设有蒙古国子学上都分学、国子监上都国子学分学等。《旧唐书·归崇敬列传》：《礼记·王制》曰，天子学曰辟雍……故前代文士，亦呼云璧池，亦曰璧沼，亦谓之学省。又，《元史·尚野传》：诸生入宿卫者，岁从幸上都，丞相哈剌哈孙始命野分学于上都，以教诸生，仍铸印给之，上都分学自野始。

3．宋朝翰林学士院的别称，元以后沿用这一称谓，也称词苑。宋·宋庠《送石舍人赐告还乡》：几日词垣栖健笔，九秋朝橐冒征尘。西州归马欢迎处，定有临邛负弩人。

4．也称鸂鹊楼，一说为汉代宫观名，汉武帝建元年间建，在长安甘泉宫外；泛指高阁殿阙。汉·扬雄《上林赋》：蹷石阙，历封峦，过鸂鹊，望露寒，下棠梨，息宜春，西驰宣曲，濯鹢牛首，登龙台，掩细柳。又，南北朝·佚名《三辅黄图卷四·苑囿》：甘泉苑，武帝置。缘山谷行，至云阳三百八十一里，西入扶风，凡周回五百四十里。苑中起宫殿台阁百余所，有仙人观、石阙观、封峦观、鸂鹊观。一说为南朝楼阁名，在今江苏南京。唐·李白《永王东巡歌》其四：龙盘虎踞帝王州，帝子金陵访故丘。春风试暖昭阳殿，明月还过鸂鹊楼。

5．汉成帝宠信赵飞燕姊妹，处死许皇后后，于永始元年立赵飞燕为皇后，又封赵合德为昭仪，居昭阳宫。《汉书·外戚列传·孝成赵皇后传》：皇后既立，后宽少衰，而弟绝幸，为昭仪。居昭阳舍，其中庭彤朱……明珠、翠羽饰之，自后宫未尝有焉。见周权《明妃曲》"昭阳"条注。

6．同"芙蓉"。《汉书·扬雄传上》：衿芰茄之绿衣兮，被夫容之朱裳，芳酷烈而莫闻兮，不如襞而幽之离房。

题滦阳胡氏雪溪卷[1]后

去年，予与侍御史马公同被召。出居庸未尽，东折入马家瓮望缙山，度龙门百折之水，登色泽岭，过黑谷，至于沙岭乃还。道中奇峰秀石，杂以嘉木香草，辇道行其中，予二人按辔徐行，相谓颇似越中，但非扁舟耳。适雨过，流潦如奔泉，则亦不甚相远。郭熙《画记》言画山水，数百里间必有精神。聚处乃足记，散地不足书。此曲折有可观，恨不令郭生见之。滦阳胡太祝乃以"雪溪"自号，岂所见与予二人同乎？然滦水未秋冰已坚，寻常已不可舟，况雪时耶？当具溪意云尔。因为赋诗云：

积雪平沙阴山道，射虎残年不知老。
岂识船如天上坐，翠竹为帷树为葆[2]。
昔乞镜湖[3]苦不早，白发如丝照清潦。
他年此地若相逢，应著渔蓑脱貂帽。

送袁伯长扈从上京

日色苍凉映赭袍[4]，时巡毋乃圣躬劳。
天连阁道晨留辇，星散周庐夜属橐。
白马锦鞯[5]来窈窕，紫驼银瓮出葡萄。
从官车骑多如雨，只有扬雄赋最高。

---

1. 滦阳人，号雪溪，曾官太祝，其他待考。
2. 车盖。汉·张衡《西京赋》：于是命舟牧，为水嬉；浮鹢首，翳云芝；垂翠葆，建羽旗。
3. 代指山阴，即王徽之雪夜至剡溪访戴逵事。南朝·刘义庆《世说新语·任诞》：王子猷居山阴，夜大雪……忽忆戴安道，时戴在剡，即便夜乘小船就之，经宿方至。造门不前而返。人问其故，王曰："吾本乘兴而行，兴尽而返，何必见戴？"
4. 即赭黄袍，代指天子。《宋史·宗泽列传》：泽复于王曰："人臣岂有服赭袍、张红盖、御正殿者乎？自古奸臣皆外为恭顺而中藏祸心，未有窃据宝位、改元肆赦、恶状昭著若邦昌者。"
5. 锦料制作的衬托马鞍的坐垫，代指装饰华美的马匹。宋·田况《儒林公议》：自崇政殿出东华门，传呼甚宠，观者拥塞通衢，人摩肩不可过，锦鞯绣毂，角逐争先，至有登屋而下瞰者，士庶倾羡，欢动都邑。

云州道中数闻异香

云中楼观翠岧峣，载道飞香远见招。

非有芝兰从地出，略无烟雾只风飘。

玉皇案侧当霄立，王母池边向日朝。

却袖余薰散人世，九天清露海尘飘。

王鹏梅[1]东凉亭图，延祐中奉勅所作草也

滦水东流紫雾开，千门万户起崔嵬。

坡陀草色如波浪，长是銮舆六月来。

端午节饮客与赵伯高[2]

龙沙冰井夏初融，簪笔[3]长随避暑宫。

蜡烛烟轻留贾谊，铜盘露冷赐扬雄。

南村久病思求艾，北客多情问转蓬。

忽听满船歌白苎，翻疑昔梦倚春鸿。

八月十五日[4]得旨先归，驿骑在门，复召还，草诏。十七日至桓州驿题壁

乌桓东望天无际，只有银蟾出海头。

不得吹箫送清夜，禁城钟鼓度中秋。

---

1. 疑即"朋梅"，即王振鹏，字朋梅，浙江温州人。元代著名画家，擅长人物画和宫廷界画，被元仁宗赐号为"孤云处士"，也被誉为"元代界画第一人"；官至漕运千户。传世作品有《伯牙鼓琴图》《阿房宫图》等。虞集《王知州墓志铭》：永嘉王振鹏之学，妙在界画，运笔和墨，毫分缕析……累官数迁，遂佩金符，拜千户。

2. 赵宗德，字伯高。虞集有诗《赵伯高所藏杨补之松竹梅图》。

3. 即持橐簪笔，插笔于冠或笏，以备书写。古代帝王近臣、书吏及士大夫均有此装束。《汉书·赵充国列传》：本持橐簪笔事孝武帝数十年，见谓忠谨，宜全度之。见王沂《又和魏伯时滦京秋兴，薇垣书事二首》"持橐"条注。

4. 应为至治二年八月十五日。

186

泰定甲子[1]上京有感，次韵马伯庸待制

翰音[2]迎日毂[3]，仪羽[4]集云路[5]。

寂寞就书阁，老大长郎署[6]。

为山望成岑，织锦待盈度。

我行起视夜，星汉非故处。

谢吴宗师[7]赠芍药名酒

讲臣不常参，寂寞奉朝请[8]。

故人得好花，持赠乃兼并。

金盘日中出，品目标禁省。

一萼重数铢，大与牡丹并。

酿香寔尊贵，深婉更和静。

居然荷慰藉，相对空昼永。

起求神农经，録在海涯境。

夭夭[9]羡厥草，曾不耀朱景。

1．即1324年，是泰定皇帝也孙铁木儿之泰定元年。《元史·泰定帝本纪一》：下诏改元，诏曰："朕荷天鸿禧，嗣大历服，侧躬图治，夙夜祗畏，惟祖训是遵，乃开岁甲子，景运伊始，思与天下更新。稽诸典礼，逾年改元，可以明年为泰定元年。"

2．代指鸡。《礼记·曲礼》：凡祭宗庙之礼：牛曰一元大武，豕曰刚鬣，豚曰腯肥，羊曰柔毛，鸡曰翰音，犬曰羹献。

3．太阳。宋·范成大《丙戌闰七月九日，与王必大登姑苏台，招王浚》：燥刚渴欲坼，焦卷秃如烬。炎官扶日毂，辉赫不停运。

4．仪禽，凤凰的别称。唐·无名氏《审乐知政赋》：俾夫《郑》不干《雅》，正不近佞。混音者澄，醉歌者醒。集九成而仪羽自降，立六变而致物斯定。

5．指遥远的路程。《魏书·高崇传》：是以闻英风而慷慨，望云路而低徊者，天下皆是也。

6．皇帝的宿卫、侍从官。《后汉书·马融传上》：太后崩，安帝亲政，召还郎署，复在讲部。出为河间王厩长史。

7．应指吴闲闲。

8．汉律：诸侯春天朝见皇帝叫朝，秋天朝见皇帝叫请，"朝请"后泛指朝见皇帝。给予闲散大官的优惠待遇，在官职前加"奉朝请"，表示享有的资格。《汉书·冯奉世列传》：中山孝王短命早薨，愿以舅宜乡侯参为关内侯，归家，朕甚愍之。其还参京师，以列侯奉朝请。

9．绚丽茂盛的样子。《诗经·国风·周南·桃夭》：桃之夭夭，灼灼其华。之子于归，宜其室家。

上京素高寒，夏至冰在井。

沙草不满寸，苞叶成枯梗。

同生非异土，荣悴何不等？

此岂夫容[1]丹？逡巡太阳鼎。

灼灼天女嫔，巍巍步摇整。

盈盈绡卷肤，况彼南国迥。

移置谅不可，孤赏且深领。

虽与名酒俱，绝饮畏停冷。

颇闻好事者，采撷置充茗。

刀圭[2]果三咽[3]，五脏化俄顷。

文章丽出日，仪凤同焕炳[4]。

言夸众应疑，所贵仙者肯。

题黄晋卿《上京道中》纪行诗[5]后

少陵入蜀路岖崎，故有凄凉五字诗[6]。

供奉翰林随翠辇，惟应同调不同辞。

1. 即芙蓉。

2. 指药物。唐·王绩《采药》：家丰松叶酒，器贮参花蜜。且复归去来，刀圭辅衰疾。

3. 求食以存活。《孟子·滕文公下》：陈仲子岂不廉士哉！居于陵，三日不食，耳无闻，目无见也。井上有李，螬食实者过半矣，匍匐往，将食之，三咽，然后耳有闻，目有见。

4. 词采明丽。《后汉书·应劭列传》：其见《汉书》二十五，《汉纪》四，皆删叙润色，以全本体。其二十六，博采古今瑰玮之士，文章焕炳，德义可观。

5. 黄溍，字晋卿，有《上都道中杂诗》纪行组诗。

6. 杜甫在安史之乱发生后，远赴成都，创作了《发同谷县》《成都府》等十二首五言纪行诗，主要描绘山水之奇，抒写流离之苦。

次韵杨友直[1]北行道中

萧萧戎马昔升虚，壮士吹箭惨不舒。

关外羽书三月急，道傍茅舍百年余。

沙田雨足仍生黍，河水冰消不禁渔。

洛下贾生犹献策，平明立在玉阶除[2]。

八月十五日伤感

宫车晓送出神州，点点霜华入敝裘。

无复文章通紫禁，空余涕泪洒清秋。

苑中苜蓿烟光合，塞外蒲萄露气浮。

最忆御前催草诏，承恩回首几星周[3]。

次韵马伯庸少监[4]四首

仍岁从巡幸，山川识重临。

讲帏来济济，驰道止骎骎。

五月衣裘薄，诸生坐席深。

1．杨益，字友直，洛阳人，时任职中郎，其诗不存。虞集有《赠杨友直》《题杨友直检校所藏李菅丘枯木图》，成廷珪有诗《寄谢高德进寄来杨友直书居竹轩三大字》，王懋德有《寄户部杨友直》等，可概见其履历。元·刘岳申《洛阳杨友直家谱序》：今南雄路总管洛阳杨益字友直，余五十年前友也初友直掾江西宪司知名……杨氏世家洛阳。

2．汉代洛阳人贾谊曾倡导改革，遭到权臣的反对。《汉书·贾谊传》：贾谊，洛阳人也……谊以为汉兴二十余年，天下和洽，宜当改正朔，易服色制度，定官名，兴礼乐。乃草具其仪法，色上黄，数用五，为官名悉更，奏之……绛、灌、东阳侯、冯敬之属尽害之，乃毁谊曰："洛阳之人年少初学，专欲擅权，纷乱诸事。"于是天子后亦疏之，不用其议，以谊为长沙王太傅。

3．星辰历一周天为一星周，即一年。《隋书·文学列传·潘徽传》：凡十二帙，一百二十卷，取方月数，用比星周，军国之义存焉，人伦之纪备矣。

4．泰定年间，马祖常担任典宝少监、太子左赞善等官职。《元史·马祖常传》：泰定建储，擢典宝少监、太子左赞善。寻兼翰林直学士，除礼部尚书。

归耕何待老，莫问二疏金[1]。

移跸宫城曙，烟花绕阁重。

来王俱属籍[2]，称使[3]不传烽[4]。

赐席还亲问，囊书[5]更手封。

恐烦宣室[6]召，视日转苍龙。

臣甫[7]多愁思，长歌拜杜鹃。

凿崖通阁道，积水放楼船。

惆怅霜横野，栖迟雪满颠。

经行看宿草，碧色自年年。

太平知永日，渐老惜芳晨。

论说惭孤学[8]，推扬负相臣。

退思常感慨，拜赐每逡巡。

1．疏广，汉宣帝时为太子太傅；疏广的侄子疏受，当时也以贤明被选为太子家令，后升为太子少傅，叔侄二人因贤良被称为"二疏"。二疏广散家财，去世后，乡人感其散金之惠，在二疏住宅的旧址筑了一座方圆三里的土城，取名为"二疏城"；在其散金处立一碑，名"散金台"，在二疏城内又建了二疏祠，祠中雕塑二疏像，世代祭祀不绝。《汉书·疏广传》：疏广字仲翁，东海兰陵人也……广徙为太傅。广兄子受，字公子，亦以贤良举为太子家令……广遂称笃，上疏乞骸骨。上以其年笃老，皆许之，加赐黄金二十斤，皇太子赠以五十斤。公卿大夫故人邑子设祖道，供张东都门外，送者车数百两，辞决而去。及道路观者皆曰："贤哉二大夫！"或叹息为之下泣。

2．宗室谱籍。《史记·田蚡传》：迎鲁申公，欲设明堂，令列侯就国，除关，以礼为服制，以兴太平。举谪诸窦宗室毋节行者，除其属籍。

3．使者。宋·秦观《曹虢州诗序》：虢为州，在关陕之间，其地不当孔道，无称使过客之劳。

4．白天放烟叫"烽"，夜间举火叫"燧"；"传烽"即点燃烽火，逐站相传。《陈书·高祖本纪上》：内难初静，诸侯出关，外郡传烽，鲜卑犯塞，莫非且渠、当户，中贵名王，冀马迍于淮南，胡笳动于徐北。

5．以袋盛书。唐·李山甫《赴举别所知》：腰剑囊书出户迟，壮心奇命两相疑。麻衣尽举一双手，桂树只生三两枝。

6．汉武帝征召贾谊事。见王士熙《和马伯庸寄袁学士》"宣室"条注。

7．臣子，主要指忠诚义胆之臣。唐·杜甫《北征》：东胡反未已……臣甫愤所切。挥涕恋行在，道途犹恍惚。

8．学识浅陋的士人。《宋书·志序》：渊流浩漫，非孤学所尽；足蹇途遥，岂短策能运？

郊薮多闲地，余生托凤麟[1]。

和李秋谷平章[2]小车诗[3]

雪晴宫草隐晴沙，相国朝天试帝车。

班马[4]昼移温室树[5]，鸣鸾晨度掖垣花。

搴帷每命贤俱载，趣驾频烦使至家。

此日龙门谁执御[6]，拥经正履侍金华[7]。

题上都崇真宫壁继复初参政[8]韵

故人一去宿草寒，而我几度南屏山[9]。

琳宫素壁见题字，辄堕清泪如洄湾。

文章百年世何有，如以钝拙镌屏颜[10]。

瞥然有感亦易散，奈此细读多高闲。

1．凤麟洲。汉·东方朔《海内十洲记·凤麟洲》：凤麟洲在西海之中央，地方一千五百里。洲四面有弱水绕之，鸿毛不浮，不可越也。洲上多凤麟，数万各为群。

2．李孟，号秋谷，仁宗潜邸文学侍从，曾在仁宗朝任平章政事。《元史·李孟列传》：李孟，字道复，潞州上党人。

3．李孟"小车诗"不见留存。

4．离群之马，后多用以抒发惜别之情。《左传·襄公十八年》:师旷告晋侯曰："鸟乌之声乐，齐师其遁。"邢伯告中行伯曰："有班马之声，齐师其遁。"叔向告晋侯曰："城上有乌，齐师其遁。"

5．宫廷中的花木，代指宫廷。《汉书·孔光传》：孔光字子夏，孔子十四世之孙也……凡典枢机十余年，守法度，修故事……沐日归休，兄弟妻子燕语，终不及朝省政事。或问光："温室省中树皆何木也？"光嘿不应，更答以他语，其不泄如是。

6．驾车，引申为掌事、执事。唐·杨炯《隰川县令李嘉墓志铭》：将军李牧，人主愿其同时；河尹李膺，天下思其执御。

7．金华殿，汉长乐宫和未央宫的殿阁；借指内廷。《汉书·叙传》：时，上方乡学，郑宽中、张禹朝夕入说《尚书》《论语》于金华殿中，诏伯受焉。

8．元明善，字复初，曾任湖广行省参知政事。《元史·元明善传》：擢参议中书省事，旋复入翰林为侍读，岁中拜湖广行省参知政事。

9．位于元上都南40里，刘秉忠即卒于南屏山庵堂。见杨允孚《滦京杂咏》"南屏山"条注。

10．高峻的山岭。唐·李绅《逾岭峤止荒陬抵高要》:周王止化惟荆蛮，汉武凿远通屏颜。南标铜柱限荒徼，五岭从兹穷险艰。

沈思不见托魂梦，何异落月留梁间。

走为麒麟飞为鸾，黄金作玦玉作环。

重来岂无造化意，我以白发迟公还。

和上都华岩长老[11]见寄二首

讲帷秩秩[12]退晨朝，咫尺东方宝月遥。

湛露甫承天子赐，慈云[13]还赴梵王[14]招。

毗耶[15]一日香熏普，瀛海群公意气飘。

白发故人非玉局[16]，敢将诗句当参寥[17]。

上帝曾承绛阙[18]朝，属车日向宝城遥。

生公[19]屡讲中边[20]味，宋玉空吟大小招[21]。

11．其人待考，或即华严寺长老。袁桷有《华严寺》《天童山圆上人远来开平，访华严，以旧诗求题》《赠华严长老二首》《次韵华严贺李彦方除监察御史》。

12．肃静的样子。《诗经·小雅·宾之初筵》：宾之初筵，左右秩秩。笾豆有楚，肴核维旅。

13．比喻佛慈心广大，像云覆盖世界众生。丁福保《佛学大辞典》：慈心广大，覆于一切，譬如云也。《鸡跖集》曰："如来慈心，如彼大云，荫注世界。"

14．指色界初禅天的大梵天王，也泛指此界诸天之王。南朝·刘勰《剡县石城寺弥勒石像碑》：梵王四鹤，徘徊而不去；帝释千马，踯躅而忘归。

15．又译作"毗耶离""毗舍离""吠舍离"，此处指维摩诘菩萨，常用以比喻精通佛法、善说佛理之人。唐·贾岛《和孟逸人林下道情》：陋巷贫无闷，毗耶疾未调。已栽天末柏，合抱岂非遥。

16．棋盘。宋·贺铸《南乡子》：玉局弹棋无限意，缠绵，肠断吴蚕两处眠。

17．《庄子》中虚拟的人名，寓意虚空高远。《庄子·大宗师》：闻诸副墨之子，副墨之子闻诸洛诵之孙，洛诵之孙闻之瞻明，瞻明闻之聂许，聂许闻之需役，需役闻之于讴，于讴闻之玄冥，玄冥闻之参寥，参寥闻之疑始。

18．宫殿寺观前的朱色门阙，也可借指朝廷或者寺庙、仙宫。宋·苏轼《戚氏·玉龟山》：玉龟山。东皇灵媲统群山。绛阙岹嶤，翠房深迥，倚霏烟。

19．晋末高僧竺道生的尊称；时有生公说法，顽石点头之誉。唐·刘禹锡《生公讲堂》：生公说法鬼神听，身后空堂夜不扃。高坐寂寥尘漠漠，一方明月可中庭。

20．佛学指中观与边见(包括空、假等)。《佛说四十二章经》第三十九章：教诲无差。佛言：学佛道者，佛所言说，皆应信顺。譬如食蜜，中边皆甜；吾经亦尔。

21．指宋玉作品《大言赋》《小言赋》《招魂》。《汉书·艺文志》：宋玉赋十六篇。楚人，与唐勒并时，在屈原后也。

梵网[1]千重随镜现[2]，天香八月向风飘。

手开楼阁能来往，常候晨鸡碧海寥。

王真人眉叟[3]在京，上都赐酒，唱和

真人燕处自高堂，远赐宫壶出上方。

给传[4]许乘飞厩马，侑樽仍有大官羊[5]。

一天雨露凉如洗，四座宾朋喜欲狂。

起赋新诗夸得意，西风传送及滦阳。

金人出塞图

海风吹沙如卷涛，高为陀碛深为壕。

筑垒其上严周遭，名王专居气振豪。

肉食湩饮田为遨，八月草白风飕飀。

马食草实轻骨毛，加弦试弓复置櫜。

今日不乐心慅慅[6]，什什伍伍[7]呼其曹。

1．即梵网经，佛教大乘戒律经典，全称为《梵网经卢舍那佛说菩萨心地戒品第十》。

2．佛性修养圆满自足。《楞伽阿跋多罗宝经卷第一·一切佛语心品之一》：譬如明镜，顿现一切无相、色像，如来净除一切众生自身现流，亦复如是。顿现无相，无有所有清净境界。

3．王寿衍（1273～1353年），字眉叟，号玄览、溪月，杭州人。道士陈义高的弟子，至元二十五年提举杭州开元宫，大德五年接替陈义高提点住持玉隆万寿宫，至大二年还居开元宫。延佑元年授弘文辅道粹德真人、领杭州路道教事。是元代中期知名道士，在文坛有广泛影响。元·郑元佑《遂昌杂录》：杭人王溪月，讳寿衍，字眉叟，少年为道士便际遇晋邸，其所交皆公卿大夫，后以"弘文辅道粹德真人"管领开元官。

4．朝廷给予驿站车马。《史记·孝文本纪》：今纵不能罢边屯戍，而又饬兵厚卫，其罢卫将军军。太仆见马遗财足，余皆以给传置。

5．即太官羊，供官廷宴飨所用。《元史·文宗本纪一》：十二月辛未，增置经正监官为八员。置尚牧所，秩五品，掌太官羊。

6．忧愁的样子。南朝·梁武帝《代苏属国妇诗》：怆怆独凉枕，慅慅孤月帷。忽听西北雁，似从寒海湄。

7．五人为伍，十人为什，称什伍；指以物类相聚的人们。《史记·商君列传》：令民为什伍，而相牧司连坐。不告奸者腰斩，告奸者与斩敌首同赏，匿奸者与降敌同罚。

银黄兔鹘[1]明绣袍，鹧鸪小管随鸣鞘[2]。

背孤向虚[3]出北皋，海东之鹫[4]王不骄。

锦鞲金镞红绒绦，按习久蓄思一超。

是时晶清天翳绝，驾鹅东来云帖帖[5]。

去地万仞天一瞥，离娄[6]属望目力竭。

微如闻音鹫一掣，束身直上不回折。

遂使孤飞一片雪，顷刻平芜洒毛血。

争夸得隽顿足悦，挂兔县[7]狼何足说。

旌旗先归向城阙，落日悲风起萧（一作"骚"）屑[8]。

烟尘满城鼓微咽，大酋（一作"帅"）要王具甘歠。

王亦欣然沃焦热[9]，阏支[10]出迎骑小骊[11]，琵琶两姬红颧颊。

歌舞迭进醉烛灭，穹庐斜转虺尾月。

此诗《学古录》失传，《翰林珠玉》已有脱句。

1．契丹、女真人称束带为兔鹘，也称吐鹘。《金史·舆服志下》：金人之常服四：带，巾，盘领衣，乌皮靴。其束带曰吐鹘。

2．同"鼗"，俗称拨浪鼓。

3．古代方术用语：计日时，以十天干的顺次与十二地支相配为一旬，所剩余的两地支称为"孤"；与"孤"相对的被称为"虚"；背孤击虚即将自己的军队安排在"孤"的方位上去攻打处于"虚"方位上的敌人，可以达到以一胜十的效果；谈判时让自己处于"孤"的位置上，对手处于"虚"的位置上，可以增加胜算。《史记·龟策列传》：竹外有节理，中直空虚；松柏为百木长，而守门闾。日辰不全，故有孤虚。

4．即海东青。

5．逼近、贴近。唐·韩偓《雨中》：鸟湿更梳翎，人愁方拄颊。独自上西楼，风襟寒帖帖。

6．传说中视力特别强的人。《孟子·离娄上》：孟子曰："离娄之明，公输子之巧，不以规矩，不能成方圆。"

7．同"悬"。

8．形容凄凉而细碎的声音。唐·韦应物《对春雪》：萧屑杉松声，寂寥寒夜虑。州贫人吏稀，雪满山城曙。

9．酷热、干热。唐·方干《上张舍人》：此地清廉惟饮水，四方焦热待为霖。他年莫学鸱夷子，远泛扁舟用铸金。

10．也称有阏氏，匈奴皇后。《史记·匈奴列传》：单于有太子名冒顿，后有所爱阏氏，生少子，而单于欲废冒顿而立少子，乃使冒顿质于月氏。

11．赤黑色的马，应即为栗马。

李陵别苏武

老羝已乳雁书传，去住初分哭向天。
明日节旄归汉地，将军应是独潸然。

苏李泣别

落叶满长安，秋风汉节还。
裁诗寄归雁，三月到天山。

附：雪岭驼车图

七月八日山阴道，积雪平溪没深草。
三日餐冰度碛遥，重载橐驼丛车早。
当衡比比拥蒙茸，王庭传令疾于风。
却怜聚落在何国，可以踏歌酣马酮。
居庸关南百万里，春雨草青平若砥。
向非羊马便高寒，所不怀归如白水。

金马图

贾胡自骑千金马，解鞍小憩荒城下。
平原无树起秋风，梦到阴山雪横野。
太平疆宇大无外，外户连城无闭夜。
不然那有独行人，怀宝安眠如昼者。

胡助

（1278～1355年），字履信，一字古愚，自号纯白老人，婺州东阳（今属浙江东阳市南马镇东湖村）人。始举茂才，为建康路儒学学录，历任美化书院山长、温州路儒学教授，两度为翰林国史院编修官，三为河南、山东、燕南乡试考官，秩满授承事郎，以太常博士致仕。著有《纯白斋类稿》30卷。

《上京扈从诗序》：至顺元年夏五月，大驾清暑滦阳，翰林诸僚佐扈从，而助亦在行中。会微疾差后至，六月下浣始与检阅官吕仲实偕行。仲实权从游于升学者也，今又同在史馆，故乐与之偕。沿途马上览观山水之盛也，日以吟诗为事。比至上都，官署寓于视草堂之西偏，文翰闲暇，吟哦亦不废。是时，学士虞先生乘传赴召，先生至于堂上留数十日，日侍诲言。先生属以目疾惮书，凡有所作，往往口占，而助辄从旁执笔书焉。助或一诗成，必正于先生，而先生亦为之忻然，其所以启迪者多矣，兹非幸欤。南还之日，又与翰林经历张秦山、应奉孟道源及仲实同行，亦日有所赋。若睹夫巨丽，虽不能形容其万一，而羁旅之思，鞍马之劳，山川之胜，风土之异，亦略见焉。至京师辄录为一卷，凡得诗总五十首，以俟夫同志删云。其年八月吉日自序。

上京纪行[1]诗七首

滦河曲

行人驱车上滦河，滦河水浅人易过。
北入太液流恩波，润泽九州民物[2]和。
天子清暑宫峨峨，两都日骑如飞梭。

---

1. 泰定五年，胡助任翰林国史院编修官；至顺元年（1330年）随扈上京，往返作《上京纪行诗》计五十首，其上京题材作品均纳于其中。见《上京扈从诗序》。
2. 泛指人民、万物。汉·蔡邕《陈太丘碑》：辟四府，宰三城，神化著于民物，形表图于丹青，巍巍焉其不可尚也，洋洋乎其不可测也。

穹庐畜牧草连坡，青鸢白雁秋风多。

劝君马酒朱颜酡[1]，试呼一曲敕勒歌。

滦阳述怀（一称"杂咏"）十首

帝业龙兴复古初，穹窿帐幄倚空虚[2]。

年年清暑大安阁[3]，巡笔（一作"巡幸"）山川太史[4]书。

绿阑青草玉花骢[5]，驯鹿游眠殿阁东。

西梵祝釐[6]环地坐，曈昽初日晓旗风。

西清[7]学士草黄麻，阁老承恩扈翠华。

---

1. 酒醉的面容。南朝·潘岳《金谷集作》：玄醴染朱颜，但愬杯行迟。扬桴抚灵鼓，箫管清且悲。

2. 天空。唐·赵璜《曲江上巳》：长堤十里转香车，两岸烟花锦不如。欲问神仙在何处，紫云楼阁向空虚。

3. 大安阁为元上都的正殿，是元代皇帝处理朝政，接见外国使节之所；此处代指元上都。史料记载，大安阁为拆迁宋代原熙春阁仿建。虞集《跋大安阁图》：世祖皇帝在藩，以开平为分地，即为城郭宫室。取故宋熙春阁材于汴，稍损益之，以为此阁，名曰大安。既登大宝，以开平为上都，宫廷之内不作正衙，此阁岿然遂为前殿矣。规制尊稳秀杰，后世诚无以加也。又，元·陆友仁《研北杂志》卷下：汴梁熙春阁，旧名壶春堂。宋徽宗称道君时，居撷芳园中，俗呼为"八滴水阁"。汲郡王晖仲谋有《熙春阁遗制记》云云。又，王恽《熙春阁遗制记》：构高二百二十有二尺，广四十六步有奇，从则如之。四隅阙角，其方数纤余，于中下断鳌为柱者五十有二，居中阁位与东西耳。构九楹而中为楹者五，每楹尺二十有四焉，其耳为楹者各二，共长七丈有二尺。上下作五檐覆压。其檐长二丈五尺，所以蔽云日月而却风雨也。阁位与平座叠层为四，每层以古座通藉，实为阁位三。

4. 西周、春秋时已设太史，掌管起草文书、策命诸侯卿大夫、记载史事、编写史书，兼管国家典籍、天文历法、祭祀等，为朝廷大臣；后职位逐渐降低；元代改称为太史院，与司天监并立，但推步测算之事都归太史院，司天监仅余空名。《元史·百官志六》：（中统）十五年，别置太史院，与台并立，颁历之政归院，学校之设隶台。

5. 唐玄宗所乘骏马名。唐·杜甫《丹青引》：先帝天马玉花骢，画工如山貌不同。是日牵来赤墀下，迥立阊阖生长风。

6. 祈福；后多指藏传佛教僧徒祈求福佑，祝福。《史记·孝文本纪》：今吾闻祠官祝釐，皆归福朕躬，不为百姓，朕甚愧之。

7. 西厢清净之处，后指帝王宫内游宴之所。《史记·司马相如列传》：青龙蚴蟉于东葙，象舆婉僤于西清，灵圄燕于闲馆，偓佺之伦暴于南荣，醴泉涌于清室，通川过于中庭。

昨夜司天台¹上望，文章光焰照龙沙。

小西门²外草漫漫，白露垂珠午未干。
沙漠峥嵘车马道，半空秋影铁幡竿³。

板屋松烟染素衣，天街⁴暑雨没青泥。
夜来沙碛秋风起，鸣镝云间白雁低。

御天门⁵前闻诏书，驿马如飞到大都。
九州四海服训诰⁶，万年天子固黄图。

北斗高寒无点暑，举头正见七星⁷文。
玉堂近与琳宫⁸接，清夜步虚声⁹最闻。

1．元代建在上都的国家天文台，由浑天仪等七部分组成。至元八年设承应阙官衙，称上都司天监或回回司天监，波斯人札马鲁丁为第一任司天监提点。《元史·顺帝本纪四》：丙戌，立天台于上都。

2．上都皇城的西城门之一，在城墙西侧，有西门、小西门。

3．上都遗址西北三公里处有一座山，元代称铁幡竿山，今名哈登台山。宪宗六年，在兴建新城时，忽必烈命也孙不哥、刘秉忠在这座山上树立了蒙古时代的传统标志阿拉格苏勒德，即后人所称铁幡竿。《元史·文宗本纪五》：乙亥，命僧于铁幡竿修佛事，施金百两、银千两、币帛各五百匹、布二千匹、钞万锭。

4．原为隋唐京师长安城主街朱雀街的别称，也有人认为是直通皇宫的承天门街的简称。元大都从丽正门北，穿皇城正中的崇天门及大明门、大明殿、延春门、延春阁、清宁宫、厚载门，直抵中心阁的中轴线上，有一条宽阔的御道，考古发现有28米宽。此处代指元上都的主街道，应指明德门—御天门一线的街道。元·熊梦祥《析津志辑佚·城池街市》：大街二十四步阔，小街十二步阔。三百八十四火巷，二十九弄通。

5．元上都宫城的南城门，居于皇城和宫城的南北中轴线上，是元代皇帝进宫和宣告诏书之所。元·王士点《禁扁卷五·门》：御天，上都。

6．即典谟训诰。《尚书》中有《尧典》《大禹谟》《汤诰》《伊训》等篇，后泛指训导告诫之类的文辞。《陈书·宣帝本纪》：夏四月庚戌，诏曰：“懋赏之言，明于训诰，挟纩之美，著在抚巡。”

7．即北斗七星。《史记·天官书》：北斗七星，所谓璇玑玉衡，以齐七政。

8．仙宫，也作道观的美称。唐·吴筠《游仙》：扬盖造辰极，乘烟游阆风。上元降玉闺，王母开琳宫。

9．道士在醮坛上吟诵词章采用的曲调行腔，传说其旋律宛如众仙飘渺步行于虚空。宋·郭茂倩《乐府诗集·杂曲歌辞十八·步虚词》：步虚词，道家曲也，备言众仙缥缈轻举之美。

朝来雨过黑山云，百眼泉生水草新。
长夏蚊蝇俱扫迹，葡萄马湩醉南人。

万骑囊鞭列旆旌，周庐[1]严肃[2]驾将兴。
帐前月色如霜白，晓汲滦河窟里冰。

玉堂视草屋三间，尽日鳌峰相对闲。
身遇太平铃索静，题名橡笔又南还。

云州

暑雨不时作，山流处处狂[3]。
牧羊沙草软，秣马地椒香。
夜宿营毡帐，晨炊顿土房。
云州今又过，明日到滦阳。

过桓州

阴云惨淡满天秋，马上龙钟拥毳裘。
渐近滦京凉又别，斜风细雨过桓州。

滦阳七夕[4]分韵青字

家家绮席设中庭，女儿喧哗拥碧軿[5]。

---

1. 古代皇宫周围所设警卫庐舍。《史记·秦始皇本纪》：卫令曰："周庐设卒甚谨，安得贼敢入宫？"
2. 严谨而有法度。《北史·宇文护传》：文帝诸子并幼，遂委以家务，内外无不严肃。
3. 云州一带，夏季时有山洪暴发。《元史·脱脱传》：帝尝驻跸云州，遇烈风暴雨，山水大至，车马人畜皆漂溺，脱脱抱皇太子单骑登山，乃免。
4. 七夕也称乞巧，宋元时隆重的节日。宋·罗烨、金盈之《醉翁谈录·七夕》：七夕，潘楼前买卖乞巧物。自七月一日，车马嗔咽，至七夕前三日，车马不通行，相次壅遏，不复得出，至夜方散。
5. 绿色帷幔的车，多供妇女乘坐。宋·晁补之《陌上花八首》其一：临安城郭半池台，曾是香尘扑面来。不见当时翠軿女，今年陌上又花开。

天上楼台当七夕，河边机杼会双星。
桥横鹊背秋凝恨，窠结蛛丝夜乞灵。
晓别西风洗车雨，龙沙漠漠远山青。

题望都铺[1]

坡陀散漫草茸茸，地接乌桓古塞风。
仰止神京三十里，楼台缥缈碧云中。

宿牛群头

荞麦花开草木枯，沙头雨后茁蘑菇。
牧童拾得满筐子，卖与行人供晚厨。

附：王思诚《题上京纪行》

煌煌两京城，关城阻千里。
扈圣从邹枚，纪行富诗史。
历历光景佳，洋洋赋雄丽。
三都费十稔，洛下纸空贵。
何如风雅编，歌咏太平世。

王士点题《上京纪行》

滦水亭亭带玉京，风霜朝暮写宫城。
深秋还幸山川丽，侍史登记暑气清。

1．即南坡店，在距上都西偏南三十里处。见周伯琦《〈扈从诗〉前序》介绍及
《纪行诗》"南坡"条注。

京华杂兴诗

翠华慰民望，时暑将北巡。

牛羊及骡马，日过千百群。

庐岩周宿卫，万骑若云吞。

毡房贮窈窕，玉食罗膻荤。

珍缨饰驼象，铃韵遥相闻。

偶题

头上阴云如泼墨，阶前白雨似跳珠。

秋来日日风雷作，并入滦阳八景图。

和袁伯长韵，继学、伯庸赴上都[1]四首

紫薇朝雨湿胭脂，玉署深深弱柳垂。

书法谨严当载笔，家声赫奕在论思。

瀛州易纵青冥靶[2]，人世难酬白雪词。

扈跸年年九天上，微凉殿阁载赓[3]时。

江海词源正弥漫，南屏[4]老翠几回看。

花骢蹴踏雪消尽，宫锦淋漓酒吸干。

鸾掖承恩挥宝札，驼峰沾赐出冰盘，

英才得展当年治，谁说冷官[5]鱼上竿[6]。

---

1. 袁桷有诗《送王继学修撰马伯庸应奉分院上都二首》。

2. 高才。唐·韩愈《县斋有怀》：名声荷朋友，援引乏姻娅。虽陪彤庭臣，讵纵青冥靶。

3. 即赓载，意谓相续而成，多用于诗词唱和。《尚书·益稷》：皋陶拜手稽首，飏言曰："念哉，率作兴事，慎乃宪钦哉，屡省乃成钦哉。"乃赓载歌曰："元首明哉，股肱良哉，庶事康哉。"

4. 即南屏山。

5. 地位不重要、事务不繁忙的官职。唐·张籍《早春闲游》：年长身多病，独宜作冷官。从来闲坐惯，渐觉出门难。

6. 比喻上升艰难。宋·陈与义《述怀呈十七家叔》：儿时学道逃悲欢，只今未免忧饥寒。浮生万事蚁旋磨，冷官十年鱼上竿。

清暑宫衣叠雪脂，上京雨露故多垂。

人间炎赫无因到，天上高寒有所思。

内府[1]旧传延对策，教坊新被雅歌词。

由来勋业须青鬓，二妙[2]风流擅一时。

居庸关外阴漫漫，异景萧条拄笏看。

沙草低风泉韵咽，岭云开日露华干。

天闲[3]凤臆[4]三千匹，世路羊肠百八盘。

想见玉堂多盛集，宿醒[5]睡起日三竿。

上都回

去时两马行迟迟，回时四骑如飞驰。

良友勖我虞险阻，不知渐老筋力衰。

赤松风度銮坡[6]客，襄阳浩然[7]爱哦诗。

回仙笑谈时绝倒，路人逢我呼太医。

秋光晴日殊可喜，向所未见今得窥。

一朝风雨天莫测，泥途烂漫衣淋漓。

1．掌管王府内藏之官。《周礼·天官·内府》：内府掌受九贡、九赋、九功之货赂，良兵，良器，以待邦之大用。

2．同时以才艺著名的二人，此指王士熙、马祖常。

3．皇帝养马的地方。《宋史·叶清臣传》：天闲之数，才三四万，急有征调，一不可用。今欲不费而马立办，莫若赋马于河北、河东、陕西、京东西五路。上户一马，中户二户一马，养马者复其一丁。如此，则坐致战马二十万匹，不为难矣。

4．凤凰的胸脯，比喻骏马前胸健壮秀美。《新唐书·隐逸列传·王绩传》：子闻蜚廉氏马乎？一者朱鬣白毫，龙骼凤臆，骤驰如舞，终日不释辔而以热死；一者重头昂尾，驼颈络膝，踶啮善蹶，弃诸野，终年而肥。

5．宿醉。魏晋·徐干《情诗》：顾瞻空寂寂，唯闻燕雀声。忧思连相属，中心如宿醒。

6．翰林院的别称。见袁桷《潘景梁学士同在集贤，朝夕与余论宏词源委，后俱罢去。新政肇更，皆得复入；旧岁同会上都，景梁还都不一月下世，仆忝入翰林，过视草堂有感》"銮坡"条注。

7．孟浩然，襄州襄阳人，世称孟襄阳，又称之为孟山人，是唐代著名的山水田园派诗人。《新唐书·文艺列传·孟浩然传》：孟浩然，字浩然，襄州襄阳人……隐鹿门山。年四十，乃游京师……张九龄为荆州，辟置于府，府罢。

黄昏下马投土屋，薰然煖榻舒四肢。

五更睡熟又催起，此身安乐知何时。

居庸山水新霁色，左右清景轩须眉。

健德门前一杯酒，崎岖已复还京师。

长歌纪述上都回，聚散行止非人为。

李陵台

西照荒台远，犹惭太史公。

君恩如水覆，臣罪与天通。

汗简[1]家声坠，降旛士气空。

河梁他日别[2]，凄断牧羊风。

大驾还内

清暑还宫阙，露源秋气分。

衮龙飞白日，天马驾红云。

麾仗仪争睹，箫韶奏总闻。

都人增喜色，万寿祝吾君。

再赋李陵台

李陵台畔秋云黄，沙平草软肥牛羊。

当时不是汉家地，全躯孥戮[3]宁思乡。

塞垣西北逾万里，此去中原良迩止。

1．竹简，借指史册、典籍，如"留取丹心照汗青"。《后汉书·吴祐传》：祐年十二，随从到官。恢欲杀青简以写经书。李贤注：杀青者，以火炙简令汗，取其青易书，复不蠹，谓之杀青，亦谓汗简。

2．指李陵苏武之别，相传作有"苏李诗"其中有："携手上河梁，游子暮何之"之句。见贡奎《李陵台》"河梁五字悲"、柳贯《望李陵台》"河梁"条注。

3．诛及子孙。此句易谓李陵降匈奴后，汉武帝误信李陵替匈奴练兵的讹传，一怒之下夷灭李陵三族，母弟妻子都被诛杀。《尚书·甘誓》：用命，赏于祖；不用命，戮于社。予则孥戮汝。

安得有台滦水侧，好事千古空相传。

可怜归期典属国[1]，雪里幽窖[2]无人识。

秋夜长

秋夜长，月微茫，七月已似十月凉。

风传禁柝车马静，沙际毡庐灯火光。

梦回酒醒衾絮薄，不知此身在滦阳。

群雁飞鸣向南去，问君何时还故乡。

再用韵答虞学士

稽古[3]雄文自典谟，先生忠义立朝孤。

秋生滦水情偏逸，爽入鳌峰思不枯。

经世[4]大书光制作，奎章诸老盛仪图。

岷峨山色青长好，一任浮云自有无。

滦阳述怀

翰苑何曾纪圣谟，滦阳万里一身孤。

秋风起处黄榆落，夜雨尽时青草枯。

雪压黑山屯戍帐，云飞白海[5]猎围图。

属车来往常亲见，神武开基自古无。

1．指苏武；典属国，源于秦汉，见袁桷《李陵台次韵李彦方应奉》"属国"条注。

2．匈奴为胁迫苏武投降，曾把他幽禁在地窖中。《汉书·苏武列传》：乃幽武置大窖中，绝不饮食。天雨雪。武卧，啮雪与旃毛并咽之，数日不死。匈奴以为神，乃徙武北海上无人处，使牧羝。

3．考察古代的事迹，以明辨是非、总结经验，有益于今，并为今所用。《尚书·尧典》：曰若稽古帝尧，曰放勋钦明文思安安，允恭克让，光被四表，格于上下。

4．指《经世大典》，由奎章阁学士院负责编纂，赵世延任总裁，虞集任副总裁主持修撰。《元史·赵世延传》：至顺元年，诏世延与虞集等纂修《皇朝经世大典》，世延屡奏："臣衰老，乞解中书政务，专意纂修。"

5．即察汗淖尔。

三用韵答吴宗师[1]见和

宣室从容昔进谟，玉烟[2]剑气鹤飞孤。

千年骨换丹砂熟，几局残棋白石枯。

天上仙人承露掌，山中老子看云图。

碧窗隐几清秋日，万籁萧萧听到无。

四用韵赞虞公为宗师书看云记

八分古隶[3]轶君谟，思入风云态不孤。

墨润长惊双凤翥[4]，笔干时见一槎枯。

诸儒滦水清秋会，老子函关紫气图[5]。

自昔通家[6]成故事，敷玄讲易世间无。

送苏伯修分院上都[7]

词臣扈跸更遭逢，共沐恩波喜气浓。

下直锦袍淋马酒，大酺毡帐割驼峰。

白河秋草旌旗合，黑谷云深剑佩重。

---

1. 即吴全节。

2. 烟霭。唐·李贺《溪晚凉》：白狐向月号山风，秋寒扫云留碧空。玉烟青湿白如幢，银湾晓转流天东。

3. 汉代形成的一种隶书形态。元·吾邱衍《学古编·序》：五曰八分。八分者，汉隶之未有挑法者也。比秦隶则易识，比汉隶则微似篆，若用篆笔作汉隶字，即得之矣。八分与隶，人多不分，故言其法。

4. 凤凰高飞。西晋·陆机《浮云赋》：鸾翔凤翥，鸿惊鹤飞，鲸鲵溯波，鲛鳄冲道。

5. 比喻吉祥的征兆。汉·刘向《列仙传·关令尹》：关令尹喜者，周大夫也……老子西游，喜先见其气，知有真人当过，物色而遮之，果得老子。

6. 彼此世代交谊深厚、如同一家。《后汉书·孔融传》：语门者曰："我是李君通家子弟。"

7. 苏天爵，字伯修。其分院上都应是至顺二年，任职翰林修撰时。苏天爵泰定元年任应奉翰林文字，至顺二年升翰林修撰、江南行台监察御史。《元史·苏天爵列转》：泰定元年，改翰林国史院典籍官，升应奉翰林文字。至顺元年，预修《武宗实录》。二年，升修撰，擢江南行台监察御史。

想见翰林苏应奉[1]，乐章进拟动天容。

送王治书分台[2]上都二首

翠华巡幸度桑干，万骑如云卫后先。
北岭高寒天气别，南屏萧爽地形偏。
熏风帐殿青冥上，微雪毡车白海边。
献可从容惟觅句，绣衣[3]元是玉堂仙[4]。

台端[5]咫尺近天威，霄汉星悬执法[6]辉。
夜静周庐传禁柝，暑清甲帐进宫衣。
龙门晓日乘骢过，滦水秋风看雁飞。
想见从官多赋咏，时巡无逸谏书稀。

1．苏天爵至顺二年四月由翰林应奉升翰林修撰。苏天爵《翰林分院题名记》：至顺二年夏五月，翰林国史院扈从天子清暑上京，自承旨以下，题名于壁，遵故事也。

2．王士熙，泰定年间任治书侍御史，泰定四年任中书参政；御史台在上都设有分支机构，因有"分台"之说。《元史·泰定帝本纪二》：己酉，以治书侍御史王士熙为参知政事。

3．即绣衣直指；绣衣，表示受皇帝尊宠，代指皇帝特派的执法大员。汉武帝天汉二年，使光禄大夫范昆及曾任九卿的张德等，衣绣衣，持节及虎符，发兵镇压农民起义，因有"绣衣直指""直指使者""绣衣御史"等称谓。《史记·酷吏列传·王温舒传》：盗贼滋起。南阳有梅免、白政……于是天子始使御史中丞、丞相长史督之。犹弗能禁也，乃使光禄大夫范昆、诸辅都尉及故九卿张德等衣绣衣，持节，虎符发兵以兴击。

4．翰林学士的雅号。宋以后，翰林院也称玉堂，翰林学士被称玉堂仙。宋·苏轼《舟行至清远县见顾秀才极谈惠州风物之美》：到处聚观香案吏，此邦宜著玉堂仙。江云漠漠桂花湿，海雨翛翛荔子然。

5．唐侍御史的别称。唐侍御史的职务有四，一为推鞫；二为弹举；三为知公廨事；四为杂事，即御史台官署中的各种事务。凡是御史台中的事物，都归侍御史掌管，因此被称为"台端"。唐·杜佑《通典·职官六》：侍御史之职有四，谓推、弹、公廨、杂事……台内之事悉主之，号为台端，他人尊之曰端。

6．星名，古人认为对应的是廷尉之臣。《后汉书·王允传》：自岁末以来，太阳不照，霖雨积时，月犯执法，彗孛仍见。

车上

山川奇气子长[1]文，今日舆图古未闻。
行尽河流上车去，北来喜见橐驼群。

白海[2]

云淡青芜远，风高白海寒。
君王围猎处，人道近长安。

附：班姬题扇

汉苑秋风太液波，承恩多处怨还多。
欲将心事书纨扇，时有炎凉可奈何。

---

1. 司马迁，字子长，西汉伟大的思想家、史学家、文学家，曾因为李陵辩护而下狱受刑。《史记》为其不朽巨著。《汉书·司马迁传》：迁生龙门，耕牧河山之阳……迁既死后，其书稍出……自刘向、扬雄博极群书，皆称迁有良史之材，服其善序事理，辨而不华，质而不俚，其文直，其事核，不虚美，不隐恶，故谓之实录。
2. 即察汗淖尔，元代建有行宫，也是西凉亭所在。清·金志章纂、黄可润增补《口北三厅志·古迹》：《一统志》开平城东南有东、西二凉亭，为元帝巡幸驻跸处……（周伯琦诗注）上京之东五十里有东凉亭，西百五十里有西凉亭，其地皆饶水草，有禽鱼山兽，置离宫巡猎至此，岁必校猎焉。

萨都剌

（约1272~1355年，一作1300~1348年），字天锡，号直斋。答失蛮氏（回族，一说蒙古族）。其先世为西域人，出生于雁门（今山西代县），泰定四年进士。授应奉翰林文字，曾任京口录事司达鲁花赤、南御史台掾、燕南宪司照磨、闽海宪司知事、燕南宪司经历等职。为官耿介，晚年居杭州。萨都剌善绘画，精书法，尤善楷书。后世评价其有虎卧龙跳之才，人称燕门才子。文学创作以诗歌为主，著有《雁门集》14卷。

上京杂咏

一派箫韶起半空，水精行殿¹玉屏风。

诸王拜舞千官贺，齐捧葡萄寿两宫²。

上（一作"沙"）苑棕毛百尺楼³，天风摇曳紫（一作"锦"）绒钩。

内家⁴宴罢无人到，面面珠帘夜不收。

---

1. 即水晶殿，上都主要宫殿建筑之一。当时大都也有水晶殿，二者规模、风格及功能应相似。《元史·泰定帝本纪一》：（泰定元年四月）甲子，车驾幸上都……（五月）辛未，修黑牙蛮答哥佛事于水晶殿。癸酉，帝受佛戒于帝师。又，《元史·泰定帝本纪二》：（三年）秋七月甲辰，车驾发上都，禁车骑践民禾……壬子，皇后受牙蛮答哥戒于水晶殿。又，明·萧洵《故宫遗录》：有水晶二圆殿，起于水中，通用玻璃饰，日光四彩，宛若水宫。

2. 指太后和皇后或皇帝和皇后，因"两宫"是上台与东宫的合称，有时也指皇帝与太子；此处应指皇帝与皇后。《元史·礼乐志一》：俟两宫升御榻，鸣鞭三，劈正斧退立于露阶东。司晨报时鸡唱毕，尚引引殿前班，皆公服，分左右入日精、月华门，就起居位，相向立。

3. 即棕毛殿，位于上都离宫，也就是通常所说的"西内"。见马臻《大德辛丑五月十六日滦都棕殿朝见，仅赋绝句三首》"棕殿"条注。

4. 皇宫，宫廷。《新唐书·王世充传》：以宫城为大狱，意所猜恶，必收系其人，内家属宫中。或命将，亦质其孥乃遣。

中官[1]作队导宫车，小样红靴踏软沙。

昨日内家清暑晏，御罗凉帽插宫（一作"珠"）花。

行（一作"凉"）殿参差翡翠光，珠衣珠帽宴亲王。

红帘高卷薰（一作"香"）风起，十六天魔舞袖长。

院院翻经有咒僧，垂帘白昼点酥灯[2]。

上京六月凉如水，酒渴天厨又（一作"更"）赐冰。

上京即事五首

大野连山沙作堆，白沙平地（一作"处"）见楼台。

行人禁地避芳草，尽向曲阑斜路来。

祭天马酒洒平野[3]，沙际风来草亦香。

白马如云向西北，紫驼[4]银瓮[5]宴诸王。

紫塞风高弓力强，王孙走马猎沙场。

---

1. 官内、朝内之官，宦官。《史记·吕太后本纪》：诸中宦者、令丞皆为关内侯，食邑五百户。

2. 元代上至皇帝，下及大臣，信佛崇佛，佛事活动众多，盛况空前，以致成为国家负担。《元史·文宗本纪三》：中书省臣言："内外佛寺三百六十七所，用金、银、钞、币不赀，今国用不充，宜从裁省。"命省人及宣政院臣裁减。上都岁作佛事百六十五所，定为百四所，令有司永为岁例。

3. 每年夏天，蒙古族贵族都要在上都举行祭天仪式。仪式在都城西北举行，洒马奶酒以祭奠。《元史·祭祀志六》：每岁，驾幸上都，以八月二十四日祭祀，谓之洒马妳子。用马一，羯羊八，彩段练绢各九匹，以白羊毛缠若穗者九，貂鼠皮三，命蒙古巫觋及蒙古、汉人秀才达官四员领其事，再拜告天，又呼太祖成吉思御名而祝之，曰："托天皇帝福荫，年年祭赛者。"礼毕，掌祭官四员，各以祭币表里一与之；余币及祭物，则凡与祭者共分之。

4. 赤栗色的骆驼，指用驼峰做成的珍贵菜肴。唐·杜甫《丽人行》：紫驼之峰出翠釜，水精之盘行素鳞。犀箸厌饫久未下，鸾刀缕切空纷纶。

5. 银质盛酒器皿。古代传说常以为祥瑞之物，政治清平，则银瓮面世。唐·杜甫《洗兵行》：寸地尺天皆入贡，奇祥异瑞争来送。不知何国致白环，复道诸山得银瓮。

呼鹰[1]腰箭归来晚，马上倒悬双白狼。

牛羊散漫落日下，野草生香乳酪甜。
卷地朔风沙似雪，家家行（一作"门"）帐下毡帘。

晓来（一作"五更"）寒袭紫毛衫，睡觉东窗酒尚（一
作"正"）酣。
门外日高晴不得，满城湿雾（一作"露"）似江南。

纪事

当年铁马游沙漠，万里归来[2]会二龙[3]。
周氏君臣[4]空守信，汉家兄弟不相容。

1．元代设有鹰房饲养猎鹰、海清等。《元史·百官志一》：管领随路打捕鹰房、民匠总管府，秩从三品……中统二年始置。至元十二年，阿八合大王遣使奏归朝廷，隶兵部。

2．和世瓎为武宗长子，泰定帝去世后，武宗次子图帖睦尔于大都被拥立即位，是为文宗；时和世瓎在漠北，也于和林北部宣布即位，年号"天历"。文宗迫于压力，让位于兄长和世瓎并北上迎接，明宗率人南下，至上都附近的王忽察都，明宗设宴宴请文宗与其大臣燕贴木儿，反被文宗一方下毒害死。《元史·明宗本纪》：岁戊辰七月庚午，泰定皇帝崩于上都……帝方远在沙漠，猝未能至，虑生他变，乃迎帝弟怀王于江陵，且宣言已遣使北迎帝，以安众心……九月壬申，怀王即位，是为文宗，改元天历……天历二年正月乙丑，文宗复遣中书左丞跃里帖木兒来迎。乙酉，撒迪等至，入见帝于行幄，以文宗命劝进。丙戌，帝即位于和宁之北……丙子，文宗受皇太子宝……八月乙酉朔，次王忽察都之地。丙戌，皇太子入见。是日，宴皇太子及诸王、大臣于行殿。庚寅，帝暴崩。

3．指明宗和世瓎与文宗图帖睦尔。

4．原指周泰伯让位于季历事；此处指元代武宗即皇帝位后，与弟弟仁宗相约兄终弟及，且仁宗"万岁"后，把帝位再转给自己的儿子。仁宗去世后并未传位给武宗次子和世瓎，而是传位给自己的儿子英宗硕德八剌。《元史·武宗本纪一》：五月，至上都。乙丑，仁宗侍皇太后来会……甲申，皇帝即位于上都……六月癸巳朔，诏立母弟爱育黎拔力八达为皇太子，受金宝。又，《元史·康里脱脱传》：至大三年，尚书省立，迁右丞相。三宝奴等劝武宗立皇子为皇太子……脱脱曰："国家大计，不可不慎。曩者太弟躬定大事，功在宗社，位居东宫，已有定命，自是兄弟叔侄世世相承，孰敢紊其序者！我辈臣子，于国宪章纵不能有所匡赞，何可隳其成。"三宝奴曰："今日兄已授弟，后日叔当授侄，能保之乎？"

只知奉玺传三让[1]，岂料游魂隔九重。

天上武皇亦洒泪，世间骨肉可重逢？

白翎雀

凄凄幽雀双白翎，飞飞只傍乌桓城。

平沙无树巢弗营，雌雄为乐相和鸣。

君不见，旧日轻盈舞紫燕，鸳鸯锁老昭阳殿[2]。

风喧芍药春可怜，露冷芙蓉秋莫怨。

拟李陵送苏武

同是肝肠十九年，河梁携手泪潸然。

铁衣骨朽埋沙碛，白首君归弃雪毡。

海北牧羊无梦到，上林过雁有书传[3]。

汉家恩爱君须厚，剪纸招魂望塞边。

车簇簇

李陵台西车簇簇，行人夜向滦河[4]宿。

邻家美酒斗十千，下马饮者不计钱。

青旗遥遥出华表，满堂醉客俱年少。

捧杯小女歌竹枝，衣上翠金光陆离。

---

1. 古代帝王登位、大臣就封的谦让之礼。《史记·高祖本纪》：汉王三让，不得已，曰："诸君必以为便，便国家。"申午，乃即皇帝之位氾水之阳。

2. 汉代宫殿名，赵飞燕姊妹曾居住此殿；唐代杨贵妃居住的宫殿也被人称作昭阳，后泛指古代妃子居住的后宫。《三国志·魏书·明帝纪》：是时，大治洛阳宫，起昭阳、太极殿，筑总章观。

3. 《汉书·李广苏建列传》：昭帝即位，数年，匈奴与汉和亲。汉求武等，匈奴诡言武死。后汉使复至匈奴，常惠请其守者与俱，得夜见汉使，具自陈道。教使者谓单于，言天子射上林中，得雁，足有系帛书，言武等在某泽中。

4. 应即明安驿，驿站紧临滦河，也被人称为滦河、滦河嘴；许有壬《宿滦河望白海行宫》可为佐证。

细肋沙羊成体荐，公讶高门食三县。

白发从官珥笔[1]行，毳袍[2]冲雨桓州城。

过李陵墓

降入天骄愧将才，山头空筑望乡台。

苏郎有节毛皆落，汉主无恩使不来。

青草战场雕影没，黄沙鼓角雁声哀。

哪堪携手河梁别，泪洒西风骨已灭。

和中丞伯庸马先生赠别。中丞除南台，仆驰驿远迓至上京，中丞改除徽政[3]，以诗赠别

江南驿使路遥遥，远赴龙门看海潮。

桂殿且留修月斧，银河未许渡星轺。

隔花立马听更漏，带月鸣珂[4]趁早朝。

只恐淮南春色动，万竿烟雨绿相招。

---

1. 古时官吏、谏官入朝，或近臣侍从，把笔插在帽子上，以便随时记录、撰述。《魏书·任城陈萧王传》：安宅京室，执鞭珥笔，出从华盖，入侍辇毂，承答圣问，拾遗左右，乃臣丹诚之至原，不离于梦想者也。

2. 毛制的长衣。宋·江休复《江邻几杂志》卷上：妇人不服宽袴与襜，制旋裙必前后开胯，以便乘驴。其风闻于都下妓女，而士人家反慕效之，曾不知耻辱如此，又凉以褐绅为之，以代毳袍。

3. 马祖常在朝时官职变动频繁。《元史·马祖常传》：天历元年，召为燕王内尉，仍入礼部，两知贡举，一为读卷官，时称得人。升参议中书省事，参定亲郊礼仪，充读册祝官，拜治书侍御史，历徽政副使，迁江南行台中丞。元统元年，召议新政，赐白金二百两、钞万贯。又历同知徽政院事，遂拜御史中丞。

4. 显贵者所乘的马以玉作为饰物，行走时则发出声响，因而得名。《新唐书·百官志下》：入境，州县筑节楼，迎以鼓角，衙仗居前，旌幢居中，大将鸣珂，金钲鼓角居后，州县赍印迎于道左。

附：四时宫词四首

御沟张暖绿潺潺，风细时闻响佩环。
芳草宫门金锁闭，柳花帘幕玉钩闲。
梦回绣枕听黄鸟，困倚雕阑看白鹇。
落尽海棠天不管，修眉惭恨锁春山[1]。

日长缝就缕金衣，高柳风清拂翠眉。
闲倚小楼题画扇，但闻别院笑弹棋[2]。
主家恩爱有时尽，贱妾心情无限思。
又向晚凉新浴罢，琵琶自拨断肠词。

宫沟水浅不通潮，凉露瑶街湿翠翘[3]。
天晚不闻青玉佩，月明偷弄紫云箫。
离宫夜半羊车过，别院秋深鹤驾遥。
却把闲情望牛女，银河乌鹊早成桥。

悄悄深宫不见人，倚门惟有石麒麟。
芙蓉帐冷愁长夜，翡翠帘垂隔小春。
天远难通青鸟[4]信，瓦寒欲动白龙鳞。
更深怕有羊车到，自起笼灯照雪尘。

---

1. 春色点染的山容，其色黛青，如妇女眉色，因而常用来比喻妇女的眉毛。宋·欧阳修《玉楼春·春山敛黛低歌扇》：春山敛黛低歌扇，暂解吴钩登祖宴。画楼钟动已魂销，何况马嘶芳草岸。

2. 流行于宫廷、士大夫间的棋类游戏，约出现于西汉末年。《后汉书·梁统列传》：少为贵戚，逸游自恣。性嗜酒，能挽满、弹棋、格五、六博、蹴鞠、意钱之戏，又好臂鹰走狗，骋马斗鸡。

3. 翠鸟尾上的长羽，指古代妇人佩饰的状似翠鸟尾上长羽的首饰。唐·韦应物《长安道》：丽人绮阁情飘遥，头上鸳钗双翠翘。低鬟曳袖回春雪，聚黛一声愁碧霄。

4. 西王母的信使。战国·佚名《山海经·西山经》：又西二百二十里，曰三危之山，三青鸟居之。是山也，广员百里……有鸟焉，一首而三身，其状如□，其名曰鸱。

春词

深宫尽日垂朱箔，别殿何人度玉筝。
白面内官无一事，隔花时听打球[1]声。

秋词

清夜宫库[2]出建章[3]，紫衣小队两三行。
石阑干畔银灯过，照见芙蓉叶上霜。

醉起

杨柳楼心月满床，锦屏绣褥夜生香。
不知门外春多少，自起移灯照海棠。

宫词

骏马骄嘶懒着鞭，晚凉骑过御楼前。
宫娥不识中书令，借问谁家美少年。

---

1. 应指蹴鞠。《旧唐书·昭宗本纪上》：从上东迁者，唯诸王、小黄门十数，打球代奉内园小儿共二百余人。
2. 宫中府库。《晋书·江逌传》：汉高祖当营建之始，怒宫库之壮；孝文处既富之世，爱十家之产，亦以播惠当时，著称来叶。
3. 即建章宫，泛指宫殿。见王冕《即事二首》"建章"条注。

叶衡

字仲舆，号芝阳山人。饶州德兴人，后至元三年任兴化县尹，官至婺州知州。早年从姚燧游，与黄缙、欧阳玄、宋褧为文字交。生平见《御选元诗》卷首《姓名爵里》。

上京杂咏十首

龙骅当头雉尾开，上京天乐半空来。
瑶池宴罢回鸾晚，千炬金莲玉女抬。

水晶宫里柳深迷，朝罢千官散马蹄。
只有词臣留近侍，经筵长到日轮西。

云拥苍千岭势雄，微茫俯见九州同。
皇家万载千秋业，看取天垂日照中。

王孙打围秋草黄，羽箭雕弓金镞妆。
猎罢两狼悬臂去，马蹄风卷地椒香。

居庸石口凿何年，源里人家水碓边。
见说山村似南土，青林深处有炊烟。

塞漠穹庐散万营，平沙细草际天青。
柳林老校浑无事，闲倚斜阳理箭翎。

玉阶天近露华流，夜久凉风入凤楼。
曾把翠云裘[1]进否，上京六月冷于秋。

---

1. 以翠羽制作，上有云彩纹饰的裘衣。《宋史·乐志十五（鼓吹上）》：牙盘赭案萧神休，何日觌云裘！红泪滴衣褥，那堪风点缀柏城秋。

夜宿榆林月满天，青帘红烛唤觥船[1]。

相逢莫问儿家姓，醉里空留白玉鞭。

细沙新筑御街[2]坡，恰有清尘小雨过。

扶杖老翁先喜舞，翠华闻已渡滦河。

居庸关北度鸣銮，万骑霓旌拥晓寒。

海角小臣今白发，汉仪又得驾回看。

---

1. 也作"觥舡""觵船"，容量大的饮酒器。唐·杜牧《题禅院》：觥船一棹百分空，十岁青春不负公。今日鬓丝禅榻畔，茶烟轻飏落花风。

2. 京城中皇帝出行的街道。《晋书·苻坚载记上》：高平徐统有知人之鉴，遇坚于路，异之，执其手曰："苻郎，此官之御街，小儿取戏于此，不畏司隶缚耶？"

揭傒斯

（1274～1344年），字曼硕，龙兴富州（今江西丰城）人，与虞集齐名。因卢挚推荐，授翰林国史院编修，官至翰林侍讲学士，后又任艺文监丞。曾参加编修《经世大典》，为辽、宋、金三史总裁官。死后追封豫章郡公，谥文安。著有《秋宜集》，有《文安集》14卷，补遗1卷传世。

题上都崇真宫陈真人[1]屋壁李学士[2]所画墨竹，走笔作

玉京滦水上，仙馆白云乡。

虚壁数竿竹，清风生满堂。

微吟弄寒影，静坐仁幽香。

有客仍无事，淡然方两忘[3]。

还宿滦河嘴，望行宫宫在白海上

下马河边市，遥瞻海上宫。

水天涵野白，禁树拥云红。

望幸群黎切，思归独客穷。

---

1. 上都崇真宫正一道驻锡之陈姓真人，可能主要为陈义高、陈日新；从画家李衎屋壁题画事看，似应为陈义高，即陈宜甫（秋岩）。

2. 应是元代画家李衎。李衎（1245～1320年），字仲宾，蓟丘人，号息斋道人，晚年寓居维扬，号醉车先生；黄庆元年为礼部尚书，拜集贤殿大学士；卒，追封蓟国公，谥文简。擅画竹石，与赵孟頫、高克恭为元初画竹三大家，有《竹谱详录》。《元史·成宗本纪一》：遣礼部侍郎李衎、兵部郎中萧泰登赍诏使安南。

3. 特指物我、身世两者一起忘记。唐·骆宾王《在江南赠宋五之问》：谋已谬观光，牵迹强凄惶。揆拙迷三雀，劳生昧两忘。

圣恩疏酒令，暂得醉歌同。

时有旨特放滦河酒禁[1]

题李安中[2]白翎雀

白翎雀，白翎雀，每见滦河河上飞。

平生未识百禽性，不敢笼向江南归。

附：题李陵送苏武图

一与故人别，死生宁复亲。

休言典属国，犹得画麒麟[3]。

今朝送汉节，迢递入秦关。

惟有沙场梦，相随匹马还。

惨淡河梁路，参差塞上山。

谁言是死别，日夜望生还。

题牧羊图

求牧既已得，败群还复去。

白昼扪虱眠，清风满高树。

---

1. 元代常根据需要放松或开放酒禁，元代多数皇帝都曾实施；后来仁宗、武宗也多次放松或开放上都酒禁。《元史·成宗本纪四》：五月己丑，给和林军钞三十八万锭。开上都、大都酒禁，其所隶两都州县及山后、河东、山西、河南尝告饥者，仍悉禁之。又，《元史·泰定帝本纪二》（三年八月）丁巳，弛大都、上都、兴和酒禁；又，《元史·文宗本纪一》：（至顺元年十二月）己酉，开上都酒禁。

2. 马臻有《题李安忠画雪岸寒鸦图》，其李安忠为南宋画家，钱塘人，生卒年不详；按照《画继补遗》"工画捉勒，得其鸷攫及畏避之状"的评价，擅长"捉勒"（以鹰鹘之类猛禽为绘画题材）题材，恰与此画相同，此李安中与南宋李安忠当为一人。

3. 即麒麟阁，汉朝阁名，建于未央宫，供奉功臣；后代指卓越功臣。《汉书·李广苏建列传》：甘露三年，单于始入朝。上思股肱之美，乃图画其人于麒麟阁，法其形貌，署其官爵、姓名。唯霍光不名，曰大司马大将军博陆侯姓霍氏，次曰卫将军富平侯张安世……次曰典属国苏武。皆有功德，知名当世，是以表而扬之，明著中兴辅佐，列于方叔、召虎、仲山甫焉。凡十一人，皆有传。

王结

（1275～1336年），字仪伯，易州定兴（今属河北）人。早年学经史，倡议立经筵，先后任集贤直学士，扬州、东昌诸路总管，泰定元年任集贤侍读学士，中书参政知事，中书左丞，参与修撰泰定、天历两朝实录。著有《文忠集》。

次韵奉答伯生学士[1]闲闲[2]宗师

珪璧[3]陶匏[4]荐帝郊，黄流[5]玉瓒[6]缩菁茅[7]。

日升旸谷[8]神人悦，星拱天枢[9]上下交。

---

1. 虞集，字伯生。曾任翰林直学士、翰林侍讲学士、侍书学士等职。

2. 即玄教宗师吴全节。

3. 古代祭祀、朝聘等所用的玉器。《后汉书·显宗孝明帝纪》：朕以暗陋，奉承大业，亲执珪璧，恭祀天地。

4. 陶制的尊、簋、俎豆和壶等器皿。《礼记·郊特牲》：扫地而祭，于其质也，器用陶匏，以象天地之性也。

5. 酒。《诗经·大雅·旱麓》：瑟彼玉瓒，黄流在中。岂弟君子，福禄攸降。

6. 圭瓒，古代礼器，为玉柄金勺，祭祀时用以酌香酒，泛指酒盏。《礼记·明堂位》：季夏六月，以禘祀周公于太庙，牲用白牡，尊用牺象、山罍，郁尊用黄目，灌用玉瓒、大圭。

7. 香草名，茅的一种，古代祭祀时用以缩酒，即用菁茅滤酒去渣。《史记·夏本纪》：荆及衡阳维荆州：江、汉朝宗于海。九江甚中，云土、梦为治。其土涂泥。田下中，赋上下。贡羽、旄、齿、革，金三品，杶、榦、栝、柏，砺、砥、砮、丹，维箘簬、楛，三国致贡其名，包匦菁茅，其篚玄纁玑组，九江入赐大龟。浮于江、沱、涔、汉，逾于雒，至于南河。

8. 也作“汤谷”，传说中指日出的地方。古人传说太阳早晨从东方的“旸谷”出发，晚上落入西方的“禺谷”。汉·刘安《淮南子·地形》：昆吾丘在南方，轩辕丘在西方，巫咸在其北方，立登保之山。旸谷、榑桑在东方。有娀在不周之北，长女简翟，少女建疵。

9. 北斗第一星，比喻国家的中央政权。《晋书·天文志上》：北斗七星在太微北……魁四星为旋玑，杓三星为玉衡……又魁第一星曰天枢，二曰璇，三曰玑，四曰权，五曰玉衡，六曰开阳，七曰摇光，一至四为魁，五至七为杓。枢为天，璇为地，玑为人，权为时，玉衡为音，开阳为律，摇光为星。

毓德经帷[1]瞻内相[2]，礼贤鼎肉[3]继中庖[4]。
鸳鹭讵有冲霄翼，容我疏林返旧巢。

欢娱菽水[5]旷晨昏，接武[6]鹓联荷异恩。
自愧尘缨污凤沼[7]，定知云木[8]叹牺尊[9]。
文章阁老推高雅，德宇仙翁俨粹温[10]。
授我环中千古意，共探月窟[11]蹑天根。

1．即经筵，古代君主研读经史之处，设置儒臣侍读侍讲。《宋史·刘安世传》：为宗庙社稷大计，清闲之燕，频御经帷，仍引近臣与论前古治乱之要，以益圣学，无溺于所爱而忘其可戒。见马祖常《次韵王继学参议寄上京胡安常诸公二首》"讲臣"条注。

2．也称内翰，唐、宋称翰林学士。《新唐书·陆贽传》：贽入翰林，年尚少，以材幸，天子常以辈行呼而不名。在奉天，朝夕进见，然小心精洁，未尝有过，由是帝亲倚，至解衣衣之，同类莫敢望。虽外有宰相主大议，而贽常居中参裁可否，时号"内相"。

3．已经解剖、分割的牲肉，也指熟肉。《礼记·少仪》：其以鼎肉，则执以将命。其禽加于一双，则执一双以将命，委其余。

4．厨中。唐·柳宗元《游朝阳岩遂登西亭二十韵》：晨鸡不余欺，风雨闻嘐嘐。再期永日闲，提挈移中庖。

5．豆与水，指所食唯豆和水，形容生活清苦。《礼记·檀弓》：孔子曰："啜菽饮水尽其欢，斯之谓孝。"

6．步履相接，形容前后相接，相继而行。《晋书·载记序》：胡人利我艰虞，分镳起乱；晋臣或阻兵遐远，接武效尤。

7．也称凤凰池，禁苑中池沼。见袁桷《卢彦威与余同为待制，下世已八年，睹行院题名旧迹，感怆写情》"凤池"条注。

8．高耸入云的树木。宋·苏轼《雷州》：层巢俯云木，信美非吾土。草芳自有时，鹪鷃何关汝。

9．也作"牺樽""牺罇""牺鐏"，古代酒器。《诗经·鲁颂·閟宫》：秋而载尝，夏而楅衡，白牡骍刚。牺尊将将，毛炰胾羹。

10．纯真温良。南北朝·颜延之《陶徵士诔》：廉深简絜，贞夷粹温；和而能峻，博而不繁。

11．神话中月亮的归宿处。唐·岑参《献封大夫破播仙凯歌》：官军西出过楼兰，营幕傍临月窟寒。蒲海晓霜凝马尾，葱山夜雪扑旌竿。

开平事[1]

金马门[2]东画省西，千官花覆曙光低。

九茎[3]芝盖云衣合，百石铜盘露颗齐。

鹿栅已营修竹坞[4]，燕巢还补落花泥。

上林伏日金桃熟，鹦鹉来时不敢栖。

次马伯庸少监[5]赠经筵官虞司业[6]诗韵

簪绅[7]星聚掖垣[8]西，芸简含光动列奎[9]。

日上嵎夷[10]鸣彩凤，春生灵囿育斑麢。

1．有人认为此诗作者为马祖常，然《四库全书》《皇元风雅》等马祖常集中均未见此诗。

2．其他史料中未见元代上都、大都有此门，可能是宫城内某一宫殿之门的名称；应是借用传统"金马门"名称代指宫中之门。见袁桷《再次韵答李彦方应举》"金马"条注。

3．指芝草，被后世人视为祥瑞之兆。《史记·孝武帝本纪》：乃下诏："甘泉房中生芝九茎，赦天下，毋有复作。"

4．竹舍，竹楼。唐·刘沧《访友人郊居》：登原过水访相如，竹坞莎庭似故居。空塞山当清昼晚，古槐人继绿阴余。

5．马祖常于泰定元年任典宝少监、阶奉直太夫。《元史·马祖常传》：泰定建储，擢典宝少监、太子左赞善。寻兼翰林直学士，除礼部尚书。

6．虞集于泰定元年为国子司业，后为秘书少监。《元史·虞集传》：泰定初，除国子司业，迁秘书少监。天子幸上都，以讲臣多高年，命集与集贤侍读学士王结执经以从，自是岁尝在行。

7．簪带，官员的服饰，借指仕宦。唐·颜师古《奉和正日临朝》：肃肃皆鹓鹭，济济盛簪绅。天涯致重译，日域献奇珍。

8．皇宫的旁垣，唐代门下、中书两省分别在禁中左右掖，用以代指门下或中书省。《新唐书·权德舆传》：乃上书言："左右掖垣，承天子诰命，奉行详覆，各有攸司。旧制，分曹十员，以相防检。大抵事有所壅，则吏得为奸。四方闻者，或以朝廷为乏士，要重之司，不宜久废。"帝曰："非不知卿之劳，但择如卿者未得其人耳。"

9．星宿名，二十八宿之一，西方白虎七宿第一宿，共十六星，传说奎星主文章。《隋书·天文志中》：西方：奎十六星，天之武库也。

10．古代指山东东部滨海地区。《尚书·尧典》：乃命羲、和：钦若昊天，历象日月星辰，敬授人时。分命羲仲，宅嵎夷，曰旸谷。

宽仁自弭桑林异，浚哲谁云大麓[1]迷。

占毕小臣叨进读，涓埃[2]无补愧栖栖。

伯庸内翰、继学中郎唱酬河字韵诗，往返数次，愈出愈奇。然两军相薄，短兵相接，鏖战争胜未遑退舍。鲁仲连之徒闻之，故特射一矢以解其纷。

沁园春·忆故人

盖世英雄，谷口躬耕，商山采芝。甚野情[3]自爱，山林枯槁，臞儒[4]那有，廊庙英姿！落魄狂游，故人不见，蔼蔼停云[5]酒一卮。青山外，渺无穷烟水，两地相思。

滦京着个分司[6]，是鸣凤朝阳[7]此一时。想朝行惊避，豸冠[8]绣服[9]，都人争看，玉树琼枝[10]。燕寝[11]凝香，江湖载酒，谁识三生杜牧之[12]？凝情处，望龙沙万里，暮雨丝丝。

---

1. 广大的山林。《史记·五帝本纪》：舜入于大麓，烈风雷雨不迷，尧乃知舜之足授天下。

2. 细流与微尘，比喻微小。唐·杜甫《野望》：惟将迟暮供多病，未有涓埃答圣朝。跨马出郊时极目，不堪人事日萧条。

3. 不受世事人情拘束的闲散心情。唐·包佶《送日本国聘贺使晁巨卿东归》：野情偏得礼，木性本含真。锦帆乘风转，金装照地新。

4. 清瘦的儒者，指隐居不仕。《汉书·司马相如传下》：相如以为列仙之儒居山泽间，形容甚臞，此非帝王之仙意也。

5. 停止不动的云，后世多指思念亲友。东晋·陶潜《停云》：霭霭停云，濛濛时雨。八表同昏，平路伊阻。

6. 唐代制度，中央之官有分在陪都（洛阳）执行任务的，称为"分司"；元承旧制，中央机构在上都多设有分司。《旧唐书·李廓列传》：俄换检校左仆射，兼太子宾客，分司东都。

7. 比喻贤臣遇明君。宋·范成大《刘德修少卿避暑惠山因便寄赠》：鸣凤朝阳尺五天，匆匆忽过白鸥边。遥怜海内无双士，独酌人间第二泉。

8. 即獬豸冠，执法官员。见张养浩《上都察院》"廌冠"条注。

9. 绣服，指侍御史。《汉书·百官公卿表上》：侍御史有绣衣直指，出讨奸猾，治大狱，武帝所制，不常置。

10. 喻贵家子弟。唐·李煜《破阵子》：凤阁龙楼连霄汉，玉树琼枝作烟萝，几曾识干戈。

11. 指闲居之处。北齐·颜之推《颜氏家训·勉学》：夫圣人之书，所以设教，但明练经文，粗通注义，常使言行有得，亦足为人，何必"仲尼居"即须两纸疏义，燕寝讲堂，亦复何在？

12. 杜牧去官后，郁郁不得志，落拓扬州，好作青楼之游，以风流名世。其《遣怀》有"十年一觉扬州梦，赢得青楼薄幸名"之句；后言风情者，多以"三生杜牧"比况出入歌舞繁华之地的风流才士。宋·黄庭坚《广陵春早》：春风十里珠帘卷，仿佛三生杜牧之。红药梢头初茧栗，扬州风物鬓成丝。

附：明妃曲

巫山处子入汉宫，汉宫桃李无纤秾。

丰容靓饰照宫阙，秋波迥立玉芙蓉。

天子深宫初未知，更堪宫女妬娥眉。

黄金争赂毛延寿，丹青竟误真妍媸。

一朝远嫁难复留，空使君王诛画史。

天心恻恻难食言，重感君恩为君死。

塞云漫漫塞草黄，羌笛一曲助悲凉。

回头遥望汉宫月，照影依依还自伤。

妾生不及雁随阳，茕茕终老天一方。

琵琶聊写思归意，传与中州能断肠。

南北寝兵[1]心自足，托身异域宁辞辱。

君不见，乌孙公主汉懿亲[2]，西风万里歌黄鹄。

---

1. 息兵，停止战争。《管子·立政》：寝兵之说胜，则险阻不守；兼爱之说胜，则士卒不战。

2. 乌孙公主，即刘细君，汉室宗亲。汉武帝为抗击匈奴，派人出使乌孙国，乌孙王昆弥愿与汉通婚。武帝钦命细君和亲乌孙；懿亲，皇室宗亲。《汉书·西域列传下·乌孙传》：乌孙于是恐，使使献马，愿得尚汉公主，为昆弟……汉元封中，遣江都王建女细君为公主，以妻焉。

周权

（1275～1343年），字衡之，号此山，处州（今浙江丽水）人。磊落负隽才。其诗深受当时名士宿儒的赞誉，不得志。著有《此山集》。

古塞下曲

朔风号枯榆，厚地冻欲裂。

大漠无人行，长云欲飞雪。

阴阴古长城，野磷[1]明复灭。

草死沙场空，饥鸟啄残骨。

明妃曲

逝水无回波，去箭无返筈。

十载昭阳[2]春，万里龙荒[3]月。

风沙满宫衣，惨淡余香歇。

哀弦[4]湿丝泪，泪尽弦亦绝。

---

1. 俗称鬼火，磷化氢燃烧时的火焰；人和动物的尸体腐烂分解出磷化氢，磷与水或碱作用时产生磷化氢，是无色可以自燃的气体；夜间野外有时看到的白色带蓝绿色的火焰就是磷火。

2. 昭阳宫，后泛指后妃所住的宫殿。《汉书·外戚列传·孝成赵皇后列传》：皇后既立，后宽少衰，而弟绝幸，为昭仪。居昭阳舍，其中庭彤朱，而殿上髹漆，切皆铜沓黄金涂，白玉阶，壁带往往为黄金釭，函蓝田璧，明珠、翠羽饰之，自后宫未尝有焉。姊弟颛宠十余年，卒皆无子。见虞集《白翎雀歌》"昭阳"条注。

3. 龙，指匈奴祭天之处龙城；荒，荒服，即漠北，后泛指荒漠之地或处于荒漠之地的少数民族政权。《汉书·叙传》：柔远能迩，辉耀威灵，龙荒幕朔，莫不来庭。

4. 悲凉的弦乐声，此指琵琶曲。唐·杜甫《题柏大兄弟山居屋壁》：江汉终吾老，云林得尔曹。哀弦绕白雪，未与俗人操。

寄语汉飞将[1]，此计[2]诚太拙。

蛾眉岂长好，不久为枯骨。

牧羝[3]行

朔风吹沙浩漫漫，冷光射目愁云昏。

茫茫大漠亘万古，何处有路通中原。

群羝牧老草枯死，倚节自誓无生还。

餐毡啮雪气自倍，婉娈[4]儿女怀饥寒。

夜长空望汉月白，几度吊影[5]怜羁单。

已将傲兀[6]压忧患，独仗大义排坚顽[7]。

此生自信羝不乳，岂意雁足传间关[8]。

归来属国[9]岂不厚，区区一饭皆君恩。

1．飞将军的省称，原指李广，后泛指守卫边关的将军。唐·王昌龄《出塞》：秦时明月汉时关，万里长征人未还。但使龙城飞将在，不教胡马度阴山。

2．指让昭君出塞和亲，短时间绥宁边境的策略。

3．苏武牧羊典。《汉书·李广苏建列传》：单于愈益欲降之。乃幽武置大窖中，绝不饮食。天雨雪。武卧，啮雪与旃毛并咽之，数日不死。匈奴以为神，乃徙武北海上无人处，使牧羝。羝乳，乃得归。别其官属常惠等，各置他所。武既至海上，廪食不至，掘野鼠去草实而食之。杖汉节牧羊，卧起操持，节旄尽落。

4．也作"婉恋"，依恋不舍的样子。《后汉书·杨震传》：惟陛下绝婉娈之私，割不忍之心，留神万机，诚慎拜爵，减省献御，损节征发。

5．即形影相吊，对影自怜，喻孤独寂寞。唐·白居易《望月有感》：吊影分为千里雁，辞根散作九秋蓬。共看明月应垂泪，一夜乡心五处同。

6．傲岸不屈。唐·韩愈《寄崔二十六立之》：下驴入省门，左右惊纷披。傲兀坐试席，深丛见孤罴。

7．艰难坎坷。宋·苏轼《次京师韵送表弟程懿叔赴夔州运判》：子亦拙进取，才高命坚顽。譬如万斛舟，行此九折湾。

8．形容语言艰涩，此指阻塞的消息；全句指苏武被羁北海，鸿雁传书典。见萨都拉《拟李陵送苏武》"上林过雁有书传"条注。

9．苏武归来，被封为典属国。见袁桷《李陵台次韵李彦方应奉》"属国"条注。

黄溍

（1277～1357年），字文晋，又字晋卿。婺州义乌（今浙江省义乌）人，仁宗延祐间进士，任台州宁海（今浙江省宁海县）县丞，累擢侍讲学士、知制诰等职，兼国史院编修官、翰林直学士、同知经筵事等职，卒谥文献。生平好学，博览群书。为官挺然自立，不依附权贵，时人称其为清风高节，如冰壶三尺，纤尘不污。著作有《日损斋稿》33卷，《义乌县志》7卷，《日损斋笔记》1卷，《黄文献集》10卷。他在书法方面造诣颇深。今存《黄学士文集》43卷。

上京道中杂诗

担子洼

自从始出关，数日走崖谷。

迢迢度偏岭，险尽得平陆。

坡陀皆土山，高下纷起伏。

连天暗丰草，不复见林木。

行人烟际来，牛羊雨中牧。

飒然衣裳单，咫尺异寒燠。

伫立方有怀，相逢仍问俗。

畏途宜疾驱，更傍滦河宿。

上都分院

晨兴过桓州，旭日升苍凉。

举头见觚棱[1]，金碧何巍煌。

---

1. 官阙上转角处的瓦脊成方角棱瓣之形，借指官阙。《宋史·乐志十五（鼓吹上）》：天街回，垂杨依依。过端闱，阊阖正辟金扉，觚棱射暖晖。

洪河贯其前，青山环四旁¹。

暮投玉堂署，鳌峰屹中央²。

升阶（一作"趋跄"）旅群彦³，官烛⁴分余光。

琴册⁵纷（一作"森"）在侧，谈笑来清觞⁶。

列坐无所为，陈诗咏黄唐⁷。

帝乡岂不乐，父母远莫将。

起视云汉低，群（一作"垂"）星烂寒芒。

南飞有冥鸿，邈矣天际翔。

1．洪河，大河，此指滦河；元上都北有龙冈，城西有铁幡竿山，城南是南屏山，城东为牛心山，四面群山环绕。王恽《中堂事记》：龙岗蟠其阴，滦江经其阳，四山拱卫，佳气葱郁。

2．玉堂，指翰林院，也称粉署。见袁桷《次韵玉堂画壁》"玉堂"条注；鳌峰，翰林院中所立石饰，代指翰林院。宋·魏泰《东轩笔录》卷十一：宋景文公守益州……为承旨，又作诗曰："粉署重来忆旧游，蟠桃开尽海山秋。宁知不是神仙骨，上到鳌峰更上头。"

3．杰出的人才众多。尚不能确定此时在上都翰林院中具体有哪些人，然与黄溍同时代先后任职翰林院的元代著名文人如马祖常、胡助、柳贯、虞集、苏天爵、吴师道等，人文荟萃。汉·蔡邕《答对元式诗》：先进博学，同类率从。济济群彦，如云如龙。

4．政府供给，供官员办公用的蜡烛。南北朝·徐陵《谢敕赉烛盘赏答齐国移文启》：方其宠锡，独有光前，官烛斯燃，更惭良史，宵光可学，乃会耆年。

5．琴谱。宋·林景熙《元日得家书喜》：爆竹声残事事新，独怜临镜尚儒巾。寒窗琴册灯花晓，衰鬓江湖柏酒春。

6．美酒。《北齐书·补列传第一》：先是童谣曰："黄华势欲落，清觞满杯酌。"言黄花不久也，后主自立穆后以后，昏饮无度，故云清觞满杯酌。

7．上古时的部落首领，即从黄帝到唐尧。《汉书·叙传》：方今大汉洒扫群秽，夷险芟荒，廓帝纮，恢皇纲，基隆于羲农，规广于黄、唐。

丁亥六月十二日上京翰林开院喜雨，院长[1]开府公[2]俾为诗以志之

雨浥鳌峰长绿苔，佳辰良会玉堂开。

凉生薰殿宸居近，恩予官壶[3]诏使来。

尽醉不愁骑马滑，新诗可待片云催。

作霖[4]政尔须公等，行建文星入上台[5]。

李陵台

日暮官道边，土室容小憩。

汉将安在哉，荒台犹仿佛。

低徊为之久，怀古增嘘唏。

长风吹旷野，飞雨千里至。

萧条苍山根，草木余爽气。

---

1. 翰林一词，最早见于汉代文学家扬雄的《长杨赋》；作为职官，始于唐代。唐翰林院置学士六人，择其中资历深者一人为承旨；宋代称学士院，也称翰林学士院；元则为翰林国史院，分掌制诰文字、纂修国史及译写文字。院长，应为统领翰林院的翰林学士承旨之一。《新唐书·沈既济传》：复登制科，授太子校书郎，以鄠尉直史馆，转右拾遗、左补阙、史馆修撰，迁司门员外郎，知制诰。召入翰林为学士，改中书舍人。翰林缺承旨，次当传师，穆宗欲面命，辞曰："学士、院长参天子密议，次为宰相，臣自知必不能，愿治人一方，为陛下长养之。"又，《元史·吕思成传》：擢翰林国史院检阅官，俄升编修。文宗在奎章阁，有旨取国史阅之，左右舁匮以往，院长贰无敢言。又，黄溍《上都翰林国史院题名记》：翰林国史，职在代言以施命于四方……上所识擢，必勋阀近臣、儒林大老，与一时名人魁士……院长而下，除拜则书。

2. 应为开府仪同三司，元代文散官的最高官阶；此处究为何人，待考。《元史·百官志七》：文散官四十二：开府仪同三司、中宪大夫……右文散官四十二阶，由一品至五品为宣授，六品至九品为敕授。

3. 官府酿的酒。宋·苏轼《卧病逾月，请郡不许，复直玉堂，十一月一日锁院。是日苦寒，诏赐官烛法酒，书呈同院》：微霙疏疏点玉堂，词头夜下揽衣忙。分光御烛星辰烂，拜赐官壶雨露香。

4. 原指充作救旱之雨，后指降甘霖或下雨。《尚书·说命》：若济巨川，用汝作舟楫；若岁大旱，用汝作霖雨。

5. 泛指三公、宰辅。《晋书·刘寔列传》：圣诏殷勤，必使寔正位上台，光佐鼎实，断章敦喻，经涉二年。

常怜司马公[1]，予夺多深意。

奏对实至情，论录存大义。

史臣司述作，遗则敢失堕。

溧阳邢君[2]隐于药市，制芍药芽代茗饮，号曰"琼芽"。先朝尝以进御云

溧阳邢君隐于药市，制芍药芽代茗饮，号曰"琼芽"。先朝尝以进御云。

君家药笼有新储，苦口时供茗饮须。

一味醍醐充左使，从今合唤酪为奴。

芳苗簇簇遍山阿，玉蕾珠芽（一作"珠蕾金芽"）未足多。

千载《茶经》[3]有遗恨，吴侬元不过溧河。

春风北苑斗时新，万里函封（一作"面对"）效贡珍。

羡尔托根天尺五，不劳飞骑走红尘[4]。

次韵虞阁（一作"学"）士上京道中[5]

欲去仍为一日留，玉堂中夜有词头。

归鞍晓逐南飞雁，犹及西山半夜秋。

---

1. 即司马迁，后两句叙述其为李陵降匈奴原因、目的辩护事而受牵累。详见司马迁《报任少卿书》。

2. 应即刘敏中《题邢氏家传》中提到的邢氏兄弟："余每至开平，伯宜、伯才兄弟必为存藉接遇，意恳恳，使人不忘。"又或其侄邢遵道。

3. 唐代陆羽著，被誉为"茶叶百科全书"，是中国乃至世界现存最早、最完整、最全面介绍茶的第一部专著。《新唐书·艺文志三》：陆羽《茶经》三卷。

4. 从远方送来。唐·杜牧《过华清宫》：长安回望绣成堆，山顶千门次第开。一骑红尘妃子笑，无人知是荔枝来。

5. 虞阁士，即虞集；时虞集任奎章阁学士，因而有此称呼。虞集往来大都、上都，创作了一批纪行诗，如《赤城馆》《李老谷》等。

题明公[1]画兰

吴僧戏笔点生绡，袅袅幽花欲动摇。

梦断楚江烟雨外，秋风滦水暮潇潇。

---

1. 似应指元代画家释普明，字雪窗，世称明雪窗；在元代，他画兰与赵孟頫、郑思肖齐名。元·李祁《题僧雪窗画兰卷》：予留姑苏时，雪窗翁住承天寺，日与予相往来，时达官要人，往往求翁为写兰石，翁恒苦之，而余所得于翁者凡数幅，或时相过从，焚香煮茶，辄取色纸为予作。摘奇缀芳，小幅尤极潇洒可爱。又，清·顾嗣立《元诗选·三集·子庭禅师祖柏》：其嘲游虎丘云："家家恕斋字，户户雪窗兰。春来行乐处，只说虎丘山。"盖谓吴下游赏，动辄必登千人石，一时争尚班恕斋所作字及僧雪窗所写兰故也。

马祖常

（1279～1338年），字伯庸，光州（今河南潢川）人。先世为西域雍古部贵族，聂思脱里派（基督教中国景教派）信徒。延佑二年，会试第一，廷试第二，授应奉翰林文字，拜监察御史。为官耿介，自元英宗至顺帝朝，历任翰林直学士、礼部尚书、参议中书省事、江南行台中丞、御史中丞、枢密副使等职。延佑三年、泰定元年曾随扈上都。文风法先秦两汉，宏赡而精该，富丽而新奇；"尤致力于诗，圆密清丽，大篇短章无不可传者。"（《元史·马祖常传》）著有诗文集《石田集》15卷。

上京书怀

燕子泥融兰叶短，叠叠荷钱水初满。

人家时节近端阳，绣袂罗衫双佩光。

共笑江南五杂组[1]，画鹢[2]浮波供角黍[3]。

沙苑射柳[4]追风驹，古来北地为名区。

1．各种色彩织成的丝带；俗讹作"五杂俎"，也是古乐府名，后人多有同名诗，特点是一三五用古乐府诗句，二四六句变化，赋新意。古乐府《五杂组》：五杂组，冈头草。往复还，车马道。不获已，人将老。又，唐·雍裕之《五杂组》：五杂组，刺绣窠。往复还，织锦梭。不得已，戍交河。

2．船的别称，因船头画有大鸟而得名，也被称为鹢首。汉·刘安《淮南子·本经训》：龙舟鹢首，浮吹以娱。

3．即粽子，一名角黍，以箬叶或芦苇叶等裹米蒸煮使熟，状如三角，古代用黏黍，因而得名。宋·李昉等《太平御览》引晋周处《风土记》：俗以菰叶裹黍米，以淳浓灰汁煮之令烂熟，于五月五日及夏至啖之。又，《宋史·刘温叟传》：明年重午，又送角黍、执扇，所遣吏即送钱者，视西舍封识宛然，还白太宗。

4．辽金时的一种竞技活动，场上插柳，驰马射之。《金史·礼志八》：皇帝回辇至幄次，更衣，行射柳、击球之戏，亦辽俗也，金因尚之。凡重五日拜天礼毕，插柳、球场为两行，当射者以尊卑序，各以帕识其枝，去地约数寸，削其皮而白之。

上京翰苑书怀[1]三首

沙草山低叫白翎，松树春雨树青青。

土房通火为长炕，毡屋疏凉启小棂。

六月椒香驼贡乳，九秋雷隐菌收钉。

谁知重见鳌峰客，飒飒临风鬓已星。

门外春桥漾绿波，因寻红药过南坡。

已知积水皆为海，不信疏星又隔河。

酒市杯陈金错落，人家冠簇翠盘陀。

薰风到面无蒸暑，去鸟长云奈客何。

万里云沙碣石西，高楼一望夕阳低。

谷量牛马[2]烟霞错，天险山河海岱齐。

贡篚[3]银貂金作籍，官窑磁盏玉为泥。

未央殿下长生树，还许寻巢彩凤棲。

丁卯[4]上京四绝

山雨晴时已是秋，苑中行殿玉华浮。

长杨十里（一作"万"）旌旗宿，不使飞霜入画楼。

离宫秋早仗频移，天子长杨羽猎时。

白雁水寒霜满路，骑奴犹唱踏歌词。

海国名鹰岂鹘胎，渥洼天马是龙媒[5]。

1．延佑二年，马祖常以延试第二名的成绩被授予应奉翰林文字、承事郎同知制诰、兼国史院编修官，任职于翰林院。《元史·马祖常传》：马祖常，字伯庸，世为雍古部，居净州天山……延祐初，科举法行，乡贡、会试皆中第一，延试为第二人。授应奉翰林文字。拜监察御史。

2．以山谷为单位计算牛马等牲畜，极言其多。《史记·货殖列传》：乌氏倮畜牧，及众，斥卖，求奇缯物，间献遗戎王。戎王什倍其偿，与之畜，畜至用谷量马牛。

3．进贡，贡献，也指贡品。《尚书·禹贡》：厥贡漆丝，厥篚织文。浮以济、漯，达于河。

4．泰定四年，即1327年。

5．古人称骏马为龙媒。《汉书·礼乐志二》：元狩三年马生渥洼水中作：天马徕，从西极，涉流沙，九夷服……天马来，龙之媒，游闾阖，观玉台。

明时不惜黄金赐，只欲番王万里来。

持橐[1]词垣[2]已赐金，对衣侍拜更恩深。
何如坐索长安米，只有诗歌满翰林。

驾发上京

苍龙对阙夹天阍，秋驾凌晨出国门。
十里貔貅骑腰裹，一双日月绣旗幡[3]。
讲蒐[4]猎较[5]黄羊圈，赐宴恩沾白兽[6]尊。
赫奕汉家人物盛，马卿有赋在文园[7]。

1．即持橐簪笔。见王沂《又和魏伯时滦京秋兴，薇垣书事二首》"持橐"条注。

2．词臣的官署，如翰林院。宋·宋庠《送石舍人赐告还乡》：几日词垣栖健笔，九秋朝橐冒征尘。西州归马欢迎处，定有临邛负弩人。又，《元史·世祖本纪十四》：御史大夫月兒鲁等奏："比监察御史商琥举昔任词垣风宪，时望所属而在外者，如胡祗遹、姚燧……赵居信十人，宜召置翰林，备顾问。"

3．古代帝王仪仗中绘有日月图象的旗帜。《穆天子传》卷六：日月之旗，七星之文，钟鼓以葬。又，《金史·仪卫志上》：神武军旗二、羽林军旗二、龙武军旗二，旗各五人；排襴旗四十八、吏兵旗四、力士旗四、赤豹旗四、黄熊旗四、龙君旗四、虎君旗四、掩尾天马旗六，旗一人；白鞓枪九十；柯舒二十四，镫杖十八。引驾龙墀旗队六十五人：排仗通直二人，排仗大将二人；天王旗四、十二辰旗各一、旗一人；天下太平旗一、五方龙旗五，旗五人；君王万岁旗一、日月旗各一、旗五人。

4．春秋时期，诸侯国借用田猎活动来组织军队、任命将帅、训练士卒，同时推行政策、加强统治、准备战争，甚至还具备国人大会的性质；春夏秋冬田猎活动的称谓各自不同。《左传·隐公五年》：故春搜，夏苗，秋狝，冬狩，皆于农隙以讲事也。又，《元史·兵志四》：元制，自御位及诸王，皆有昔宝赤，盖鹰人也。是故捕猎有户，使之致鲜食以荐宗庙，供天庖，而齿革羽毛，又皆足以备用，此殆不可阙焉者也。然地有禁，取有时，而违者则罪之。冬春之交，天子或亲幸近郊，纵鹰隼搏击，以为游豫之度，谓之飞放。

5．争夺猎物，后也泛指打猎。《孟子·万章下》：孔子之仕于鲁也，鲁人猎较，孔子亦猎较。

6．即白虎，古代以青龙、白虎、朱雀、玄武分别指东、西、南、北；也指西方七宿。《晋书·天文志上》：参，白兽之体。其中三星横列，三将也。

7．汉代司马相如曾任孝文园令。《史记·司马相如列传》：相如拜为孝文园令。天子既美子虚之事，相如见上好仙道，因曰："上林之事未足美也，尚有靡者。臣尝为大人赋，未就，请具而奏之。"相如以为列仙之传居山泽间，形容甚臞，此非帝王之仙意也，乃遂就《大人赋》。

和王左司¹柳枝词十首

郎君巧阁杨柳枝，柳眉初出学月支²。
隋堤千树烟光莫³，不如柳眉初出时。

春日烟雨秋日霜，曲尘⁴丝织衫袖长。
谁言折柳独送客，章台⁵还堪系马缰。

凤城三月草色青，池塘飞絮相飘零。
风吹宛转低扑人，长空白日流疏星。

都门辇路花万株，塞垣苦寒多白榆。
独怜柳枝弱袅袅，春情好写闺中书。

马蹄车轮送客去，两京游客还未稀。
谁因一斗蒲萄酒，便得梁州刺史归⁶。

橐驼驯象奴子骑，女郎能舞大小垂。
蹲林猎罢各献捷，卷唇芦叶逐手吹。

杨枝桃叶江水逢，喜云女萝附高松。

---

1. 王士熙，时任左司员外郎（《元史》为右司员外郎，部分史料与《元史》记载有出入），作有《上都柳枝词七首》；王士熙任左司员外郎时间应不晚于至治三年四月，马祖常曾作诗《调继学左司》相贺；至治三年四月以后，王士熙升任郎中，马祖常有诗《用继学郎中韵再赋》《和继学郎中送友归越中》。《元史·英宗本纪二》：（至治三年四月）甲戌，命张珪及右司员外郎王士熙勉励国子监学。

2. 射帖名，一种箭靶，又名素支。三国·魏·曹植《白马篇》：控弦破左的，右发摧月支。仰手接飞猱，俯身散马蹄。

3. 莫，同"暮"；隋堤，汴河古堤。隋炀帝修通济渠、邗沟，旁筑御道，夹柳成行；隋堤烟柳为永城八景之一。唐·白居易《隋堤柳》：隋堤柳，岁久年深尽衰朽，风飘飘兮雨萧萧，三株两株汴河口。

4. 酒曲上所生菌，色淡黄如尘，也用以指淡黄色；由于嫩柳叶色鹅黄，因借指柳树、柳条。宋·张先《蝶恋花》：临水人家深宅院。阶下残花，门外斜阳岸。柳舞曲尘千万线，青楼百尺临天半。

5. 汉长安街名，后泛指妓院聚集之地。《汉书·张敞传》：敞无威仪，时罢朝会，过走马章街，使御史驱，自以便面拊马。

6. 夸葡萄酒美味。梁州，《后汉书》作凉州。据传，孟佗凭借供奉蒲桃酒而为梁州刺史。《旧唐书·李密传》：而钱神起论，铜臭为公，梁冀受黄金之蛇，孟佗荐蒲萄之酒。遂使彝伦攸斁，政以贿成，君子在野，小人在位。

白发满头不相见，却嫌吴音呼我侬。

渭城别歌[1]凄复凄，江都[2]高楼醉眼迷。
人生悲乐自古有，莫笑弃妻当镜啼。

北客到吴亦懊侬[3]，芷衫兰桨膏饰容。
日食海错[4]一百品，不敢上京来住冬。

枪竿岭头红白花，客行日日不思家。
尚食[5]联迭给桂蠹[6]，仙佩屈曲纫兰芽。

和王左司竹枝词十首

翠华宴镐[7]承恩多，羽林似飞尽沙陀。
从臣乞赐官法酒，千石银瓮来滦河。
宫中赐酒。

绿绣檐頞翠流苏，属橐舍人金仆姑[8]。

---

1. 汉唐古人西出，多于渭城相别。唐·王维《渭城曲》：渭城朝雨浥轻尘，客舍青青柳色新。劝君更尽一杯酒，西出阳关无故人。
2. 江都为隋阜盛之地，隋炀帝曾三巡江都。《北史·后妃列传·炀帝萧皇后传》：及帝幸江都，臣下离贰，有宫人白后曰："外闻人人欲反。"
3. 也作"懊憹"，原指胸膈间有一种烧灼嘈杂感的症状，形容烦闷。战国·佚名作、唐·王冰注《素问·六元正纪大论》：故民病少气……目赤心热，甚则瞀闷懊憹，善暴死。
4. 各种海味。《尚书·禹贡》：厥土白坟，海滨广斥。厥田惟上下，厥赋中上。厥贡盐、絺，海物惟错。
5. 官名，掌帝王膳食。《宋书·百官志上》：尚犹主也。汉初有尚冠、尚衣、尚食、尚浴、尚席、尚书，谓之六尚。
6. 寄生在桂树上的一种虫，食桂而辛，可作蜜饯；汉代南越曾朝贡此物。《汉书·西南夷两粤朝鲜传·南粤传》：谨北面因使者献白璧一双，翠鸟千，犀角十，紫贝五百，桂蠹一器，生翠四十双，孔雀二双。
7. 天下太平，君臣同乐。《诗经·小雅·鱼藻之什》：鱼在在藻，有颁其首。王在在镐，岂乐饮酒。
8. 箭名。唐·卢纶《和张仆射〈塞下曲〉》：鹫翎金仆姑，燕尾绣蝥弧。独立扬新令，千营共一呼。

宫中云门¹教坊奏，歌编竹枝并鹧鸪。

教坊歌舞。

玉绳²双阙回苍龙³，御沟石甃金水舂。
螭坳⁴词臣紫橐在，千年河清⁵今日逢。

竹枝宛转贯珠匀，袜罗凌波那有尘。
书生好酒恨不醉，丞相莫惜车马茵。

日边⁶宝书开紫泥，内臣珠帽辇步齐。
君王视朝天未旦，铜龙漏转⁷金鸡（一作"鸡人"）啼。

金炉宝薰留篆云，花间百舌鸣早春。
五方⁸戏马赛争道，传声催赐十流银。

上都赛马。

1．周六代乐舞之一，用于祭祀天神，相传为黄帝时所作。《周礼·大司乐》：以乐德教国子：中和、只庸、孝友。以乐语教国子：兴道、讽诵、言语。以乐舞教国子：舞《云门》《大卷》《大咸》《大磬》《大夏》《大濩》《大武》。又，《旧唐书·音乐志一》：按古六代舞，有《云门》《大咸》《大夏》《大韶》，是古之文舞；殷之《大濩》，周之《大武》，是古之武舞。

2．星名，泛指群星。《宋书·后妃列传·文帝袁皇后传》：昭哉世族，祥发庆膺。秘仪景胄，图光玉绳。昌辉在阴，柔明将进。

3．又称青龙，古代汉族神话传说中的灵兽，为汉族传统文化中的四象之一，身似长蛇、麒麟首、鲤鱼尾、面有长须、犄角似鹿、有五爪、相貌威武；此处指二十八宿中的东方七宿，即角、亢、氐、房、心、尾、箕。《史记·天官书》：东宫苍龙，房、心。心为明堂，大星天王，前后星子属。房为府，曰天驷。其阴，右骖。旁有两星曰衿；北一星曰辖。东北曲十二星曰旗。旗中四星天市；中六星曰市楼。市中星众者实；其虚则秏。房南众星曰骑官。

4．宫殿螭阶前坳处，朝会时为殿下值班史官所站立的地方。《元史·脱脱传》：戒卫士严宫门出入，螭坳悉为置兵。伯颜见之大惊，召脱脱责之。对曰："天子所居，防御不得不尔。"

5．古称黄河千年一清，比喻时机难遇。《后汉书·文苑列传下·赵壹传》：有秦客者，乃为诗曰："河清不可俟，人命不可延。顺风激靡草，富贵者称贤。"

6．比喻帝王左右。唐·赵嘏《送裴延翰下第归觐滁州》：江上诗书悬素业，日边门户倚丹梯。一枝攀折回头是，莫向清秋惜马蹄。

7．铜质的龙形刻漏。

8．即五坊，机构名，属宣徽院。唐有雕、鹘、鹞、鹰、狗五坊，供君主狩猎时用。《旧唐书·裴度列传》：宣徽院五坊小使，每岁秋按鹰犬于畿甸，所至官吏必厚邀供饷，小不如意，即恣其须索，百姓畏之如寇盗。

红蓝染裙似榴花，盘疏钉餤[1]芍药芽。

太官[2]汤羊厌肥腻，玉瓯初进江南茶。

宫中饮食。

天孙支机织流黄[3]，杂花浮檐宫昼长。

忽见琅玕[4]种石上，却忆羊车[5]来尚方[6]。

太微[7]前陈中天居，万年树影高扶疏。

汉家诸臣经术士，殿中劝讲三王[8]书。

1．即钉餤，供陈设的食品多而杂。宋·洪迈《夷坚丙志·生肉劝酒》：羊一槃，猪一槃，鸭、鸡各一盘，凡四品，盘各四巨碟，皆生物也。钉餤虽丰，岂复可食！

2．官名。秦有太官令、丞，属少府；两汉因之，掌皇帝膳食及燕享之事；北魏时太官掌百官之馔，属光禄卿；北齐、隋、唐因之，宋代以后，皇帝膳食归尚食局，太官只掌祭物。《汉书·百官公卿表上》：少府，秦官，掌山海池泽之税，以给共养，有六丞。属官有尚书、符节、太医、太官、汤官、导官、乐府、若卢、考工室、左弋、居室、甘泉居室、左右司空、东织、西织、东园匠十六官令丞，又胞人、都水、均官三长丞，又上林中十池监，又中书谒者、黄门、钩盾、尚方、御府、永巷、内者、宦者八官令丞。

3．褐黄色的物品，特指绢。宋·郭茂倩《乐府诗集·相和歌辞·相逢行》：大妇织绮罗，中妇织流黄，小妇无所为，挟瑟上高堂。

4．神话中的仙树，其果实似珠。战国·佚名《山海经·海内西经》：服常树，其上有三头人，伺琅玕树。

5．宫中用羊牵引的小车。《晋书·舆服志》：羊车，一名辇车，其上如轺，伏兔箱，漆画轮辂。武帝时，护军羊琇辄乘羊车，司隶刘毅纠劾其罪。又，《隋书·礼仪志五》：其制如轺车，金宝饰，紫锦幰，朱丝网。驭童二十人，皆两鬟髻，服青衣，取年十四五者为，谓之羊车小史。驾以果下马，其大如羊。又，《辽史·仪卫志一》：羊车，古辇车。赤质，两壁龟文、凤翅、绯、络带、门帘皆绣瑞羊，画轮。驾以牛，隋易果下马。童子十八人，服绣。瑞羊挽之。

6．掌管帝王所用器物制造、供给的官署。《汉书·百官公卿表上》：少府，秦官，掌山海池泽之税，以给共养，有六丞。属官有尚书……又中书谒者、黄门、钩盾、尚方、御府。

7．星官名，三垣之一，位于北斗之南，轸、翼之北，大角之西，轩辕之东。诸星以五帝座为中心，作屏藩状；古代以之为天庭，代指朝廷或皇帝之居。《史记·天官书》：南宫朱鸟，权、衡。衡，太微，三光之廷。匡卫十二星，藩臣。

8．夏、商、周三朝的第一位帝王大禹、商汤及周文王和周武王的合称，常与五帝并称。《旧唐书·郑畋列传》：代有忠贞之士，力为匡复之谋。我国家应五运以承乾，蹑三王之垂统，绵区饮化，匦宇归仁。

流杯池[1]边是镐宫，金舆[2]翠幰[3]逗微风。

妫川玉液[4]清如水，湛露承恩乐大同。

车簇簇行

李陵台西车簇簇，行人夜向滦河宿。

滦河美酒斗十千，下马饮者不计钱。

青旗遥遥出华表，满堂客醉俱年少。

侑杯小女歌《竹枝》，衣上翠金光陆离。

细肋沙羊[5]成体荐，共讶高门[6]食三县[7]。

白发从官珥笔[8]行，毳袍冲雨[9]桓州城。

---

1. 仿王羲之《兰亭集序》中"流觞曲水"意境，凿石引水为池，称"流杯池"。《元史·英宗本纪一》：辛卯，海漕粮至直沽，遣使祀海神天妃。作行殿于缙山流杯池。

2. 帝王乘坐的车轿。《史记·礼书》：人体安驾乘，为之金舆错衡以繁其饰；目好五色，为之黼黻文章以表其能。

3. 饰以翠羽的车帷。《宋史·乐志十五（鼓吹上）》：寿原清夜，寒月掩褕祎。翠幰珊轮，空反灵螭。憩长岐，嵩峰远，伊川渺狝。

4. 见王士熙《竹枝词十首》"泉水"条注。

5. 应是沙地羔羊的一种称谓。李陵台位于今内蒙古正蓝旗黑城子牧场，属于浑善达克沙地南缘，有此称谓，当属正常。宋·梅尧臣《江邻几寄羊粑》：细肋胡羊卧苑沙，长春宫使踏霜粑。蒺藜苗尽初蕃息，苜蓿盘空莫叹嗟。又，宋·黄庭坚《戏答张秘监馈羊》：细肋柔毛饱卧沙，烦公遣骑送寒家。忍令无罪充庖宰，留与儿童驾小车。

6. 富贵之家，高贵门第。《庄子·达生》：有张毅者，高门县薄，无不走也，行年四十而有内热之病以死。

7. 食邑多，此处代指豪奢富贵。《后汉书·冯岑贾列传》：十三年，更封彰东缯侯，食三县。

8. 古代史官、谏官上朝，常插笔于冠侧，以备记录。《三国志·魏书·任城陈萧王传》：若得辞远游，戴武弁，解朱组，佩青绂，驸马、奉车，趣得一号，安宅京室，执鞭珥笔，出从华盖，入侍辇毂，承答圣问，拾遗左右，乃臣丹诚之至原，不离于梦想者也。

9. 冒雨。唐·韩偓《即目》：书墙暗记移花日，洗瓮先知酝酒期。须信闲人有忙事，早来冲雨觅渔师。

五月芍药

红芍花开端午时，江南游客苦相疑。

上京不是春光晚，自是天家日景迟。

寄姚参政[1]上都

南薰清暑上京居，六月凉亭正好鱼。

雨岭火明山芍药，风田金动草芙蕖。

甘泉晓仗临前殿，京兆秋尘待属车[2]。

侍从文臣行不送，旧寮偃蹇意何如。

北歌行

君不见，李陵台、白龙堆[3]，自古战士不敢来。

黄云千里雁影暗，北风裂旗马首回。

汉家卫霍今何用，见说军还如裹痛。

不思百口[4]仰食恩，岂念一身推毂[5]送。

---

1. 姚燧，字端甫，号牧庵，河南人，原籍柳城，曾任江西行省参政，官翰林学士承旨，集贤大学士。《元史·姚燧传》：姚燧，字端甫……大德五年，授中宪大夫、江东廉访使，移病太平。九年，拜中奉大夫、江西行省参知政事……授荣禄大夫、翰林学士承旨、知制诰兼修国史。

2. 帝王出行时的侍从车，借指帝王。《汉书·贾捐之列传》：诏曰："鸾旗在前，属车在后，吉行日五十里，师行三十里，朕乘千里之马，独先安之？"

3. 为罗布泊三大雅丹群之一，位于罗布泊东北部，至今仍为无人区。《汉书·西域列传上·鄯善传》：楼兰国最在东垂，近汉，当白龙堆，乏水草，常主发导，负水儋粮，送迎汉使，又数为吏卒所寇，惩艾不便与汉通。

4. 全家，近亲一族。《后汉书·赵岐列传》：密问岐曰："视子非卖饼者，又相问而色动，不有重怨，即亡命乎？我北海孙宾石，阖门百口，势能相济。"

5. 推车前进，古代帝王任命将帅时的隆重礼遇。《史记·冯唐列传》：臣闻上古王者之遣将也，跪而推毂，曰阃以内者，寡人制；阃以外者，将军制之。

如今天子皇威远，大碛[1]金山[2]烽燧鲜。

却将此地建陪京，滦水回环抱山转。

万井喧阗[3]车戛轮，翠华岁岁修时巡。

亲王觐圭荆玉[4]尽，侍臣朝绂蠙珠[5]新。

高昌[6]句丽[7]子入学，交趾[8]蛮官贡麟角。

斗米三钱[9]金如土，国人讴歌将军乐。

将军乐，四海清，吾皇省方岂田猎，观风察俗知太平。

1．泛指北方大漠。《新唐书·沙陀列传》：西突厥浸强，内相攻，其大酋乙毗咄陆可汗建廷镞曷山之西，号北庭，而处月等又隶属之。处月居金娑山之阳，蒲类之东，有大碛，名沙陀，故号沙陀突厥云。

2．蒙古语为阿尔泰山，意谓"金山"，位于新疆准葛尔盆地的东北侧，是天山北出支脉，也是我国新疆与蒙古国的界山，因其盛产黄金而得名；跨中、俄、哈、蒙四国，呈西北——东南走向。《新唐书·回鹘传下》：葛逻禄本突厥诸族，在北庭西北、金山之西，跨仆固振水，包多怛岭，与车鼻部接。又，宋·王溥《唐会要卷一百·葛逻禄国》：葛逻禄，本突厥之族也，在北庭之北，金山之西，与车鼻部落相接。

3．也作"喧填""喧嗔"，喧哗，热闹。

4．荆山之玉，即和氏璧。魏晋·卢谌《览古》：连城既伪往，荆玉亦真还。爰在渑池会，二王克交欢。

5．蚌珠，珍珠，大臣佩戴的饰物。《史记·夏本纪》：贡维土五色，羽畎夏狄，峄阳孤桐，泗滨浮磬，淮夷蠙珠臮（同暨）鱼，其篚玄纤缟。

6．西域古国，位于今新疆吐鲁番东南之哈喇和卓，是古时西域交通枢纽，古代新疆政治、经济、文化的中心地之一。《旧唐书·西戎列传·高昌传》：高昌者，汉车师前王之庭，后汉戊己校尉之故地。在京师西四千三百里。其国有二十一城，王都高昌。

7．高句丽，此处指王氏高丽；王氏高丽立国于918年，1392年为李氏朝鲜取代。见杨维桢《宫辞十二首》"句骊"条注。

8．又名交阯，中国古代的地名，位于今越南。公元前111年，汉武帝灭南越国，在今越南北部地方设立交趾、九真、日南三郡，交趾郡治位于今越南河内。汉武帝设立十三刺史部时，将包括交趾在内的7个郡划归交趾刺史部，后世称交州。《元史·外夷列传二·安南传》：安南国，古交趾也。秦并天下，置桂林、南海、象郡。秦亡，南海尉赵佗击并之。汉置九郡，交趾居其一。后女子征侧叛，遣马援平之，立铜柱为汉界。唐始分岭南为东、西二道，置节度，立五筦，安南隶焉。宋封丁部领为交趾郡王。

9．国泰民安，五谷丰登的盛世景象。明·贾仲明《录鬼簿续编·吊张国宾》：教坊总管喜时丰，斗米三钱大德中，饱食终日心无用，捻汉高，歌《大风》。

上京效李长吉[1]

龙沙秋浅云光薄，画罗衣裳侵晓著。
吴娃楚娘[2]侍团扇，象舆凤辇明珠络。

椒花染紫风雨香，三十六盘天路长。
南都北都望行幸，千秋万岁迎君王。

崇真宫西梨花

春日梨花下，相逢把臂行。
香痕怜粉白（一作"薄"），酒晕惜红轻。
影动帘穿燕，声来数度莺。
共当拼一醉，莫待鬓华生。

次韵王继学参议寄上京胡安常[3]诸公二首

冰盘珍果进红消，九部新声拟奏《韶》。
洛宅土中诸国会，甘泉天近从臣朝。
仙官凫至应飞舄[4]，廉吏珠还[5]岂织绡。

1．李贺，字长吉。

2．吴娃，吴地美女；楚娘，楚地女子，此处指歌妓。唐·白居易《忆江南》：江南忆，其次忆吴宫。吴酒一杯春竹叶，吴娃双舞醉芙蓉。早晚复相逢！

3．胡彝，字安常，彰德安阳人。《新元史·胡彝传》：胡彝，字安常，彰德安阳人……彝以文学，授大都路儒学录，累擢中书省右司掾、工部主事，迁河南行省左右司员外郎……文宗即位……拜治书侍御史，复除河南行省参知政事，未行，改江北淮东道肃政廉访使。至正十二年卒，年五十五。

4．即王乔凫舄。王乔为叶县县令，用神术将尚方赐给郎官的鞋子变为两只野鸭，每月朔望都飞到京城朝见皇帝。后遂用仙凫、仙舄、飞舄，指官员足迹所至。《后汉书·方术列传·王乔传》：王乔者，河东人也。显宗世，为叶令。乔有神术，每月朔望，常自县诣台朝。帝怪其来数，而不见车骑，密令太史伺望之。言其临至，辄有双凫从东南飞来。于是候凫至，举罗张之。但得一只舄焉。乃诏尚方许多工作视，则四年中所赐尚书官属履也。

5．"珠还合浦"的省略，失而复得或去而复返。《后汉书·循吏列传·孟尝传》：尝后策孝廉，举茂才，拜徐令。州郡表其能，迁合浦太守。郡不产谷实，而海出珠宝，与交阯比境，常通商贩，留籴粮食。

早晚秋河[1]乌鹊[2]度，彩霓千丈不须桥。

石毵冰澌[3]古不消，广寒张乐喜闻《韶》。
五坊[4]戏马春旗[5]合，百队回龙晓仗朝。
阊阖门高承藻井[6]，番禺县远贡鲛绡[7]。
年年载笔陪京道，题柱相如[8]又过桥。

步辇晨移紫殿[9]阴，龙光天表影浮沉。

---

1. 即银河。南朝·谢朓《暂使下都夜发新林至京邑赠西府同僚》：秋河曙耿耿，寒渚夜苍苍。引领见京室，宫雉正相望。

2. 神话中，于七夕为牛郎、织女造桥使他们能够相会的喜鹊。唐·李邕《奉和初春幸太平公主南庄应制》：传闻银汉支机石，复见金舆出紫薇。织女桥边乌鹊起，仙人楼上凤凰来。

3. 又作冰澌，解冻时流动的冰。宋·苏辙《游城西集庆园》：送客城西客已远，归路北池接南苑。冰澌片断水光浮，柳线和柔风力软。

4. 唐朝殿中省所属机构，专司雕、鹘、鹞、鹰、狗，供君主狩猎时用。《新唐书·百官志二》：以驼、马隶闲厩，而尚乘局名存而已。闲厩使押五坊，以供时狩：一曰雕坊，二曰鹘坊，三曰鹞坊，四曰鹰坊，五曰狗坊。

5. 青旗。《隋书·音乐志中》：皇帝初献青帝，奏《云门舞》：甲在日，乌中星。礼东后，奠苍灵。树春旗，命青史。

6. 传统建筑中天花板上的一种装饰处理，一般呈圆形、方形或多边形凹面，上有各种花纹、雕刻和彩画。《新唐书·礼乐志三》：三庙者五间，中为三室，左右厦一间，前后虚之，无重栱、藻井。室皆为石室一，于西墉三之一近南，距地四尺，容二主。

7. 也作"鲛绡"，传说中鲛人所织的绡，借指薄绢、轻纱。南朝·任昉《述异记》卷上：南海出鲛绡纱，泉先潜织，一名龙纱。其价百余金，以为服，入水不濡。

8. 相同，相似。唐·韩愈《符读书城南》：由其不能学，所入遂异间。两家各生子，提孩巧相如。

9. 帝王宫殿。南朝·谢朓《直中书省诗》：紫殿肃阴阴，彤庭赫弘敞。风动万年枝，日华承露掌。

讲臣[1]白首求儒效，宰属丹衷[2]体圣心。

池上凤凰当合早，洲边鹦鹉浴江深。

太平化日长如岁，赐酒频来岂抱琴[3]。

省中温树[4]昼阴阴，郎署[5]熏衣尽麝沉。

星近紫垣明上界，日行黄道对天心[6]。

和鸾秋驾车尘静，佩玉朝鸣漏水深[7]。

好乞龙门滩上石，种桐千尺断为琴。

送王参政[8]上京奏选二首

滇池细马踏龙沙，宰相朝天路不赊。

峡里琴泉春作乳，月中珠树夜成花。

三千礼乐尊儒术，百二河山[9]壮帝家。

---

1. 汉唐以来帝王为讲论经史而特设的御前讲席。宋代始称经筵，置讲官以翰林学士或其他官员充任或兼任；宋代以每年二月至端午节、八月至冬至节为讲期，逢单日入侍，轮流讲读；元、明、清三代沿袭此制。《元史·虞集列传》：天子幸上都，以讲臣多高年，命集与集贤侍读学士王结执经以从，自是岁尝在行。经筵之制，取经史中切于心德治道者，用国语、汉文两进读，润译之际，患夫陈圣学者未易于尽其要，指时务者尤难于极其情，每选一时精于其学者为之，犹数日乃成一篇，集为反覆古今名物之辨以通之，然后得以无忤，其辞之所达，万不及一，则未尝不退而窃叹焉。

2. 赤诚之心。南朝·沉约《为齐竟陵王解讲疏》：越四天之表，记十号之尊。惟兹三世，咸证于此。敢誓丹衷，庶符皎日。

3. 古人诗酒山林的生活。唐·朱郴《丹阳道中》：乍入新丰市，犹闻旧酒香，抱琴沽一醉，终日卧斜阳。

4. 即温室树，宫廷中的花木。《汉书·孔光列传》：光周密谨慎，未尝有过……沐日归休，兄弟妻子燕语，终不及朝省政事。或问光："温室省中树何木也？"光嘿不应。

5. 汉唐时宿卫侍从官的公署，也代指皇帝侍卫。《后汉书·马融列传上》：安帝亲政，召还郎署，复在讲部。

6. 天空中央。《晋书·天文志上》：又北二小星曰钩钤，房之钤键，天之管籥，主闭键天心也。

7. 漏壶所漏下的水多，指夜深。唐·李白《乌栖曲》：银箭金壶漏水多，起看秋月坠江波，东方渐高奈乐何。

8. 王士熙，泰定四年任参知政事。《元史·泰定帝本纪二》：（四年冬十月）己酉，以治书侍御史王士熙为参知政事。

9. 以二敌百，指山河险固，可以以二敌百；后指国力强盛，边防稳固。《史记·高祖本纪》：秦，形胜之国带河山之险，悬隔千里，持戟百万，秦得百二焉。

鱼上禹门无点额[1]，直郎[2]宣奏日当衙。

千官吉日听宣麻[3]，白发文（一作"词"）臣帝汝嘉。

凤池有毛皆五色[4]，蕊珠[5]无树不三花[6]。

绿绨（一作"缇"）诏底书分雨，红锦囊中字蒻（一作"剪"）霞。

天路北盘三十六，归时秋月满京华。

次韵继学三首

金爵[7]层霄外，银猊[8]曲槛边。

含香[9]俱国士，持橐半神仙。

岂有遮尘手，应无见曲涎[10]。

---

1. 禹门，即龙门，在山西河津县西北、陕西韩城县东北。相传为夏禹所凿而得名；点额，跳龙门的鲤鱼头额触撞石壁；后指仕途失意或应试落第，如唐李白《赠崔侍御》：点额不成龙，归来伴凡鱼。北魏·郦道元《水经注·河水四》：鳣，鲔也。出巩穴，三月则上渡龙门，得渡为龙矣。否则，点额而还。

2. 有通直郎、承直郎，为文官散阶；也有奉直郎、披直郎、禁直郎等，多为宫中宦官。《宋书·后妃列传·明帝陈贵妃传》：伯父照宗，中书通事舍人。叔佛念，步兵校尉。兄敬元，通直郎，南鲁郡太守。

3. 唐宋时期，拜相命将，用白麻纸写诏书公布于朝，称宣麻；后来就以此作为诏拜将相之称。《新唐书·百官志一》：开元二十六年又改翰林供奉为学士，别置学士院，专掌内命。凡拜将相号令征伐，皆用白麻。

4. 鸟的羽毛色彩斑斓。唐·可朋《桐花凤》：五色毛衣比凤雏，深花丛里只如无。美人买得偏怜惜，移向金钗重几铢。

5. 即蕊珠宫。见袁桷《端午谢吴闲闲惠酒》"蕊珠"条注。

6. 即三花树，贝多树，一年开花三次。唐·杨炯《少室山少姨庙碑》：余基隐嶙，仍知万岁之亭；古木摧残，尚辨三花之树。

7. 佩金印紫绶之爵位。汉·韦昭《博弈论》：方今大吴受命，海内未平，圣朝乾乾，务在得人，勇略之士则受熊虎之任，儒雅之徒则处龙凤之署，百行兼苞，文武并骛，博选良才，旌简髦俊，设程试之科，垂金爵之赏，诚千载之嘉会，百世之良遇也。

8. 银色狮子，有百兽率从之意，常出现在宫殿建筑、佛教佛像、瓷器香炉上。《穆天子传》卷一：名兽使足：□走千里；狻猊、野马走五百里；邛邛、距虚走百里，麋□，二十里。

9. 尚书郎奏事答对时，口含鸡舌香以去秽；后指侍奉君王。《宋书·百官志上》：尚书郎口含鸡舌香，以其奏事答对，欲使气息芬芳也。

10. 流口水，指艳羡。宋·陆游《村居》：斋居每袖持螯手，妄想宁流见曲涎。昨夜小庭风露冷，菊花消息已先传。

池清天似水，席暖罽如绵。

客送葡萄酒，人分苜蓿田。

书思趋豹省，掞藻赋龙船。(时上京自大都移舟至。)

谁念冯唐老，为郎白首年[1]。

鸡塞西宁外，龙沙北极边。

有天皆入贡，无地不生仙。

鹊玉[2]光含水，骊珠[3]湿带涎。

香清堪闭阁，衣薄岂胜绵。

珥笔游鳌禁[4]，扶犁占鹤田。

酒来扬子宅[5]，人上剡溪[6]船。

自信篇章贵，能歌击壤年[7]。

丞相晨趋漏，元戎夜拓边。

1．冯唐仕途蹉跎，直到头发花白，仍然为郎。《史记·冯唐列传》：冯唐者，其大父赵人。父徙代。汉兴徙安陵。唐以孝著，为中郎署长，事文帝。文帝辇过，问唐曰："父老何自为郎？"……武帝立，求贤良，举冯唐。唐时年九十余，不能复为官，乃以唐子冯遂为郎。

2．一种由喜鹊啄食槐树之籽而在体内生成的玉。《康熙字典》：又鹊玉，《天玄主物簿》：鹊啄槐实，结玉于脑，谓之鹊玉。

3．宝珠，传说出自骊龙颔下而得名。《庄子·列御寇》：夫千金之珠，必在九重之渊，而骊龙颔下，子能得珠者,必遭其睡也。使骊龙而寤，子尚奚侥之有哉？

4．翰林院的美称；皇宫大殿的石阶上刻鳌头,翰苑在禁城内,地位清贵,因称翰苑为鳌禁。宋·司马光《神宗皇帝挽词》其四：鳌禁叨承诏，金华侍执经。微生轻草芥，圣泽阔沧溟。

5．扬雄，字子云，西蜀人，其住所称扬子宅。据传他在扬子宅中写成《太玄经》，故又称草玄堂。《汉书·扬雄列传下》：雄以病免，复召为大夫。家素贫，耆酒，人希至其门。时有好事者载酒肴从游学，而钜鹿侯芭常从雄居，受其《太玄》《法言》焉。

6．嵊州境内主要河流；此句表述的是王子猷夜访戴安道的典故。唐·姚合《咏雪》：飞随郢客歌声远，散逐宫娥舞袖回。其那知音不相见，剡溪乘兴为君来。见袁桷《次韵薛玄卿南还题驿二首》"返棹剡溪"条注。

7．太平盛世。西晋·皇甫谧《帝王世纪》：帝尧之世，天下大和，百姓无事，有八十老人击壤于道,作击壤歌曰：吾日出而作，日入而息,凿井而饮，耕田而食,帝力于我何有哉！

碧鸡[1]崇汉時[2]，丹药监秦仙。

敢谓鳌头选，初逃虎口涎。

柳词方濯锦[3]，雪赋[4]已抽绵。

艳艳金为屋，辉辉玉满田。

客衣[5]随楚制[6]，乡梦逐吴船[7]。

所赖三阶[8]正，螭坳记有年。

李陵台二首

故国关河远，高台日月荒。

颇闻苏属国[9]，海上牧羝羊。

1．传说中的神物。《汉书·郊祀志下》：或言益州有金马、碧鸡之神，可醮祭而致，于是谴谏大夫王褒使持节而求之。

2．秦汉时帝王祭白、青、黄、赤黑天地五帝的地方。《汉书·祭祀志上》：秦襄公攻若救周，列为诸侯，而居西，自以为主少昊之神，作西時，祠白帝……后四年，秦宣公作密時于渭南，祭青帝……自秦宣公作密時后二百五十年，而秦灵公于吴阳作上時，祭黄帝；作下時，祭炎帝……东击项籍而还入关，问："故秦时上帝祠何帝也？"对曰："四帝，有白、青、黄、赤帝之祠。"高祖曰："吾闻天有五帝，而四，何也？"莫知其说。于是高祖曰："吾知之矣，乃待我而具五也。"乃立黑帝祠，名曰北時。

3．成都一带所产的织锦，以华美著称；也指漂洗这种织锦。唐·元稹《感石榴二十韵》：暗虹走缴绕，濯锦莫周遮。俗态能嫌旧，芳姿尚可嘉。

4．晋代谢惠连的《雪赋》，将雪描绘得素净而奇丽：其为状也，散漫交错，氛氲萧索……眄则万顷同缟，瞻山则千岩俱白。于是台如重璧，逵似连璐。庭列瑶阶，林挺琼树，皓鹤夺鲜，白失素，纨袖冶，玉颜掩。

5．客行者的衣着。唐·高适《使青夷军入居庸》：匹马行将久，征途去转难。不知边地别，只讶客衣单。

6．楚服的形制，衣较短。南北朝·鲍照《代白纻舞歌辞》：吴刀楚制为佩袆，纤罗雾縠垂羽衣。扬眉转袖若雪飞，倾城独立世所稀。

7．吴地所用之船。宋·朱敦儒《忆秦娥·吴船窄》：吴船窄。吴江岸下长安客。长安客。惊尘心绪，转蓬踪迹。征鸿也是关河隔。

8．三层台阶。《管子·君臣》：而君发其明府之法瑞以稽之，立三阶之上，南面而受要。

9．指苏武。苏武被羁匈奴，曾牧羝羊于北海，后持节返汉，被任命为典属国。见王恽《跋苏武持节图》"典诸夷"条注。

蹻林闻野祭，汉室议门诛[1]。
辛苦楼兰将[2]，凄凉太史书[3]。

戏答王继学

金钱赌酒夜走马，玉带赠客春看花。
山中少年贵公子，年年塞北惯风沙。

次韵王继学二首

继学前身乃楚州僧。

淮地瞿昙[4]惧夙姿，今生记得未生时。
转羞薜荔无真说[5]，却讶芙蓉似近时。

三伏滦京酒盏同，分飞鸿雁怨秋风。
谁知山店前宵月，只在卢仝[6]草屋东。

---

1. 族诛。李陵随二师将军李广利出征匈奴，李陵带领步卒五千人出居延，孤军深入浚稽山，被八万匈奴骑兵围困，弹尽粮绝被俘投降，朝廷震动，纷纷指责李陵投降的行为；只有司马迁为李陵辩护，触怒汉武帝，被下狱受腐刑。后来传闻李陵训练匈奴军队准备攻打西汉，朝廷诛杀了李陵遗留在汉朝的满门亲属。《史记·李将军列传》：单于既得陵，素闻其家声，及战又壮，乃以其女妻陵而贵之。汉闻，族陵母妻子。

2. 傅介子收服楼兰之事。《汉书·西域列传上·鄯善国传》：元凤四年，大将军霍光白遣平乐监傅介子往刺其王。介子轻将勇敢士，赍金币，扬言以赐外国为名。既至楼兰……介子遂斩王尝归首，驰传诣阙，悬首北阙下。封介子为义阳侯。

3. 司马迁为李陵辩护受官刑，忍辱完成《史记》。事见司马迁《报任少卿书》。

4. 印度刹帝利种姓之一，乔达摩·悉达多（释迦牟尼）的姓，后作为佛的代称。《隋书·南蛮列传·赤土传》：赤土国，扶南之别种也。在南海中，水行百余日而达所都。土色多赤，因以为号。东波罗刺国，西婆罗娑国，南诃罗旦国，北拒大海，地方数千里。其王姓瞿昙氏，名利富多塞，不知有国近远。

5. 佛典认为佛有两种说法，一为真说，一为俗说。如说无常、蕴处界、念住等属于真说；用通俗、易为人所接受的方法、形式讲授佛法则为俗说。

6. 唐代诗人，汉族，范阳人，早年隐居少室山。不愿仕进，家境贫困，仅破屋数间。性格狷介，有雄豪之气，是韩孟诗派重要人物之一。《新唐书·韩愈列传》：卢仝居东都，愈为河南令，爱其诗，厚礼之。仝自号玉川子，尝为《月蚀诗》以讥切元和逆党，愈称其工。又，元·辛文芳《唐才子传·卢仝》：仝，范阳人。初隐少室山，号玉川子。家甚贫，惟图书堆积。后卜居洛城，破屋数间而已……元和间，月蚀，仝赋诗，意讥切当时逆党，愈极称工。

闲题

视草堂深白昼迟，瀛洲仙子到来时。
阁铃不响文书静，相对鳌峰日赋诗。

上京七月燕雏飞，紫菊花开露入衣。
雨霁关河秋意满，南都应望翠华归。

附：上都翰林院两壁图《寒江钓雪》《秋谷耕云》

欲卖韩家旧石淙，钓鱼竿底是寒江。
淮南十月蒹葭岸，曾见冰花到小窗。

突兀秋云不可耕，槎牙老树半枯荣。
上京玉暑清凉境，闲伴鳌峰作弟兄。

蔡琰图

边月还如汉月圆，龙堆沙水咽哀弦。
文姬此夕穹庐梦，应到春闺旧镜前。
蹋歌谁唱木肠儿，颇念中郎哭女时。
卫霍不生陵不死，望乡台畔尽相思。

昭君

旃车百辆入单于，不恨千金买画图。
争似山中插花女，傍家只嫁一田夫。

宋本

（1281~1334年）字诚夫，大都人。自幼颖拔，勤奋好学。至治元年赐进士第一；授翰林修撰。历任监察御史、国子监丞、吏部侍郎、奎章阁供奉学士、礼部尚书。元统二年，累转为集贤学士，国子祭酒兼经筵。是年，卒于官，谥正献。以敢言著称。宋本善为古文辞，峻洁刻厉。著有《至治集》40卷，多散佚。

滦河吟

滦河上游狭，涓涓仅如带。

偏岭下横渡，复绕行都外。

颇闻汇众流（一作"潦"），既远势滂沛。

虽违（一作"为"）禹贡[1]道，独与东海会。

乃知能自致，天壤[2]无广天。

上京杂诗

西关[3]轮舆多似雨，东关[4]帐房乱如云。

---

1. 《尚书·禹贡》主要内容是设想诸侯称雄的局面统一后治理国家的方案，是一部地理著作，有人认为是大禹治水时的地理实录。《史记·平准书》：是以物盛则衰，时极而转，一质一文，终始之变也。禹贡九州，各因其土地所宜，人民所多少而纳职焉。

2. 天地，天地之间。宋·苏轼《何公桥》：天壤之间，水居其多。人之往来，如鹈在河。

3. 魏坚《元上都》：西关外向西约1400米处有西山敖包，西北为哈登台敖包……由外城西门向西南，则地势相对平整，房屋院落分布密集。西关偏南处有一条东西向大街（西关大街）与皇城小西门外大街相接，长约1000余米，宽10米……大街南北两侧为排列的店铺。

4. 魏坚《元上都》：位于皇城东墙的东门和小东门外。南侧有闪电河相隔，东北延绵至小元山子以东，东西宽约1300米，南北长约2000余米。

复仁门[1]边人寂寂，太平楼[2]上客纷纷。

塞垣蔬茹[3]黑谷茶，芸桑叶子芍药芽[4]。
谁与南人话樱笋，北人曾住浙江涯。

穹庐画毡绕周遭，五月燕语天窗高。
草尽泉枯营帐去，来年何处定新巢。

卧龙冈外有人家，不识江南早稻花。
种出碛中新粟卖，晨炊顿顿饭连沙。

平原细草绿迢迢，十脚穹庐[5]二丈高。
羊角风来忽掀去，干霄直上似盘雕。

衣巾流湿著重重，浑似江干[6]梅雨中。
却忆钱塘池馆晓，沉香新火小薰笼。

太平生齿[7]日丰隆，赭尽朝河百里松[8]。
红染墙屏朝日丽，黑侵衣桁比烟浓。

---

1. 上都城门，多数学者认为具体位置待考。《元史·泰定本纪二》：（泰定三年春四月）修上都复仁门。又，魏坚《元上都》：当指城之北端城门，此门应是专供皇帝出入"北苑"的通道……再从城门的名字来看，也与皇城南门明德门的名字对仗。因此，皇城北墙之城门当是复仁门。

2. 尚不见于典籍记载，有人认为是一座宫殿名；以"客纷纷"而论，应指皇城中的某座楼阁而非某一座宫殿建筑，具体何所指待考。

3. 蔬菜的总称。汉·枚乘《七发》：熊蹯之胹，芍药之酱。薄耆之炙，鲜鲤之鲙。秋黄之苏，白露之茹。

4. 元代上都地区有利用当地芍药制作的芍药茶；另，嫩桑叶、芍药芽也可食用。

5. 穹庐，即蒙古包，包内四大结构为哈那(也作"哈纳"，蒙古语音译词，即蒙古包围墙支架)、套脑（天窗）、椽子和门。蒙古包以哈那的多少区分大小，通常分为4个、6个、8个、10个和12个哈那。哈那数量越多，蒙古包的规制越大，12个哈那的蒙古包，在草原寻常百姓处是罕见的。见袁桷《送王继学修撰马伯庸应奉分院上都二首》"毡屋"条注。

6. 江边，江岸。唐·王勃《羁游饯别》：客心悬陇路，游子倦江干。槿丰朝砌静，筱密夜窗寒。

7. 古代把长出乳牙的人口登记入籍；后代指人口，人民。《周礼·秋官·司民》：掌登万民之数。自生齿以上，皆书于版。

8. 使山野草木空尽而成赤地。见白斑《续演雅十诗》及自注。

250

少年跌宕学豪英，以赀为郎[1]随驾行。

醉倒花楼歌扇底，土钩阑[2]外夜吹笙。

雨声才断日光出，黑淖如糜拨不开。

羸马巡檐[3]行趻踔[4]，柴车声声断东街。

騧騟[5]蹴踏駃騠[6]腾，宝校[7]华鞯簇雉翎。

燕散彤宫[8]皆贵近，碎声如雨窣金铃。

柱头方版赤砂[9]符，植立高城雨映虚。

善咒浮图惊霹雳，阿香[10]不解竺乾书[11]。

1．即赀郎，因家富资财而被朝廷任为郎官；后来称呼出钱捐官的人为"赀郎"。《史记·司马相如列传》：以赀为郎，事孝景帝，为武骑常侍，非其好也。

2．也作"钩栏"，栏杆。北魏·郦道元《水经注·河水二》引段国《沙洲记》：吐谷浑于河上作桥，谓之河厉，长一百五十步。两岸累石作基陛，节节相次，大木从横，更镇压两边俱来，相去三丈，并大材以板横次之施钩栏，甚严饰。

3．来往于檐前。唐·杜甫《舍弟观赴蓝田取妻子到江陵喜寄》：欢剧提携如意舞，喜多行坐白头吟。巡檐索共梅花笑，冷蕊疏枝半不禁。

4．也作"蹞踔"，跳着走。《庄子·秋水》：夔谓蚿曰："吾以一足趻踔而行，予无如矣，今子之使万足，独奈何？"

5．北方产的一种毛色以青为主的野马，一直为历代名马，极受重视。战国·佚名《山海经·海外北经》：北海内有兽，状如马，名騧騟。

6．也作"駃题"，良马名称。汉·刘安《淮南子·齐俗训》：故六骐骥、四駃騠，以济江河，不若窾木便者，处世然也。

7．也作"宝铰"，精美的装具，装饰。《旧唐书·李蔚传》：天后时，曾营大像，功费百万，狄仁杰谏曰："夫宝铰弹于缀饰，瑰材竭于轮奂。功不使鬼，必在役人；物不天来，皆从地出；非苦百姓，物何以求？

8．即彤庭，也作"彤廷"。见贡奎《上京》"彤庭"条注。

9．应即朱砂，古时称"丹"，又称丹砂、赤丹等，汉代以来炼丹所用主要材料，赤红色。古人认为具有净宅、辟邪的功能。《旧唐书·韩愈传》：玉札丹砂，赤箭青芝，牛溲马勃，败鼓之皮，俱收并蓄，待用无遗者，医师之良也。

10．神话中推雷车的女神。见袁桷《采蘑菇》"阿香执御"条注。

11．竺乾，即天竺；竺乾书，指佛经。南朝·梁僧祐《弘明集·正诬论》：老子即佛弟子也。故其经云："闻道竺乾，有古先生，善入泥洹，不始不终，永存绵绵。"竺乾者，天竺也。

韩嫣[1]使酒忽生嗔，打杀随龙小幸臣。
诏狱奏成呼五伯[2]，欢声如海颂明君。

腊冻澈泉地坟起，土膏春动消成洼。
千条万条壁缝拆，十家九家屋山斜。

破除离索[3]酒千钟，到处追欢似梦中。
尽日笙歌颤巷北，初更灯火铁楼东[4]。

御华园路[5]接柴场，草地谁分绕帐房。
细筋入脑野鹘俊[6]，旋毛在腹官马良。

鹰房[7]晓奏驾鹅[8]过，清晓銮舆出禁廷。
三百海青[9]千骑马，一时随扈向凉陉[10]。

---

1. 韩嫣，字王孙。汉武帝在位时宫中的宠臣，后被赐死。关于韩嫣死因，史上多有争议。《汉书·佞幸列传·韩嫣传》：韩嫣字王孙，弓高侯穨当之孙也……嫣侍，出入永巷不禁，以奸闻皇太后。太后怒，使使赐嫣死。

2. 同五百。《新唐书·苏世长传》：初在陕，邑里犯法不能禁，乃引咎自挞于廛，五伯疾其诡，鞭之流血，世长不胜痛，呼而走，人笑其情。

3. 离群独居。《礼记·檀弓》：子夏投其杖而拜曰："吾过矣！吾过矣！吾离群而索居，亦已久矣！"

4. 上都铁楼的建筑特点、功能、位置等待考。

5. 上都遗址城市建筑位置、城市布局等考古界多有涉及，街道名称及其位置等也有不少成果。御华园路位置、规模等待考，但与"柴场"相连，应在城市关厢商业区；根据"柴车声声断东街"判断，具体位置应在东厢。

6. 原指笔力雄健。颜真卿书法初学褚遂良，后师从张旭笔法，又汲取初唐四家的特点，兼收篆隶和北魏笔意，其楷书一反初唐书风，创立了以"雄健、宽博"为特点的颜体。此处比喻骏马矫健。宋·苏轼《孙莘老求墨妙亭诗》：兰亭茧纸入昭陵，世间遗迹犹龙腾。颜公变法出新意，细筋入骨如秋鹰。

7. 辽、金、元所设管理皇帝狩猎鹰隼事务的机构，元代的是至元十七年置。《元史·百官志六》：管领诸路打捕鹰房总管府，秩正三品，达鲁花赤一员，总管一员，副达鲁花赤一员，同知一员，副总管一员，经历、知事各一员。至元十七年置。

8. 野鹅，天鹅。《元史·武宗本纪一》：丁酉，禁江西、湖广、汴梁私捕驾鹅。

9. 即海东青。见袁桷《天鹅曲》"海东青"条注。

10. 也称炭山、陉头、凉陉，在今河北省沽源县境内，契丹语称为"旺国崖"，为辽、金的纳钵之地，金章宗驻夏金莲川，凉陉便成为秋山之所；元时，西凉亭位于凉陉附近。见马臻《黑山》"黑山"条注。

金脊殿[1]洒马乳酒，铁幡竿送羊头神[2]。

千两宫车尽南转，归期迎笑（一作"叹"）问良辰。

---

1. 金色屋脊的宫殿；临时搭建金色屋脊的宫殿式建筑也称金脊殿。此处应指元代贵族秋天南返之前，在上都西北祭奠祖先处临时搭建的宫殿式建筑。《元史·祭祀志六》：帝及后妃公主，于玉德殿门外，搭金脊吾殿彩楼而观览焉。

2. 羊崇拜神偶。战国·佚名《山海经·东山经》：凡东次三经之首，自尸胡之山至于无皋之山，凡九山，六千九百里，其神状皆人身而关角。其祠：用一牡羊，米用黍。是神也，见则风雨水为败。

吴师道

（1283～1344年），字正传，婺州兰溪县（今属浙江）人。19岁致力于理学研究，竭力排斥其他学说。少时与许谦同师金履祥，与柳贯、吴莱、许谦等往来密切；又与黄溍、柳贯、吴莱等往来唱和。至治元年进士，先后任国子助教、国子博士、奉议大夫，以礼部郎中致仕，终于家。吴师道聪敏善记诵，诗文清丽。著有《礼部集》20卷及附录1卷。

次韵张仲举[1]上京即事

海波填碧涌金鳌[2]，当日经营得俊髦。

周鼎卜年[3]开帝业，汉都作镇奠神皋[4]。

宫中双凤朝扶辇[5]，帐下千牛[6]夜捉刀[7]。

万国会同[8]时肆觐[9]，众星遥拱北辰高。

1．张翥，字仲举。

2．传说海中似金龟的神山，比喻临水的山丘。唐·王建《宫词》:蓬莱正殿压金鳌，红日初生碧海涛。闲著五门遥北望，柘黄新帕御床高。

3．通过占卜预测吉凶、国运时限等。《左传·宣公三年》：成王定鼎于郏鄏，卜世三十，卜年七百，天所命也。

4．神明所聚之地，引申为神圣的土地，即京畿。南北朝·任昉《齐竟陵文宣王行状》：公内树宽明，外施简惠，神皋载穆，縠下以清。

5．即扶辇下除，扶着皇帝的车驾下殿阶，喻侍奉皇上。《汉书·苏武列传》：前长君为奉车，从至雍棫阳宫，扶辇下除，触柱折辕，劾大不敬，伏剑自刎，赐钱二百万以葬。

6．禁卫官千牛备身、千牛卫的省称，掌执千牛刀，为君王护卫。《隋书·杨义臣列传》：时义臣尚幼，养于宫中，未弱冠，奉诏宿卫如千牛者数年，赏赐甚厚。

7．提刀之人，也借指卫士。南北朝·刘义庆《世说新语·容止》：曹操将接见匈奴来使，自以为形陋不足以雄远国，使崔季珪代，自己捉刀立床头。会见完毕，使人问匈奴使："魏王何如？"使答："魏王雅量非常，然床头捉刀人，此乃英雄也。"

8．古代诸侯朝见天子的通称。《论语·先进》：宗庙之事，如会同，端章甫，愿为小相焉。

9．原意是以礼见东方诸国之君，后用以称拜见天子或诸侯之礼。《尚书·舜典》：岁二月，东巡守，至于岱宗，柴。望秩于山川，肆觐东后。

大驾时巡镇北庭[1]，皇风[2]万里畅威灵。

有年[3]太史仍书雨，卜日祠官已祭星[4]。

白草黄云[5]秋漫漫，朱楼[6]翠树晚冥冥。

南归却作滦阳梦，应是平生旧所经。

翼翼行都[7]岁幸临，名王[8]诸部集如林。

毡车满载彤庭帛，宝马高驮内府[9]金[10]。

1．原指汉代北单于所居之地，后泛指塞北少数民族所统治之地。《后汉书·郑兴列传》：八年，显宗遣众持节使匈奴。众至北庭，虏欲令拜，众不为屈。

2．皇帝的教化。《三国志·裴松之传》：是故率土仰咏，重译咸说，莫不讴吟踊跃，式铭皇风，或有扶老携幼，称欢路左。

3．丰收，年成好。《诗经·小雅·甫田》：倬彼甫田，岁取十千。我取其陈，食我农人。自古有年，今适南亩。

4．古代重要祭礼之一，每年春至，天子出东郊设坛而祭祀星辰；后来重要节日也祭星，主要在司天台。《管子·轻重己》：天子东出其国九十二里而坛，朝诸侯卿大夫列士，循于百姓，号曰祭星。又，《元史·世祖本纪三》：敕二分、二至及圣诞节日，祭星于司天台。

5．边塞之云，塞外沙漠地区黄沙飞扬，天空常呈黄色，因而有这一称谓。唐·高适《别董大》其一：千里黄云白日曛，北风吹雁雪纷纷。莫愁前路无知己，天下谁人不识君。

6．富丽华美的楼阁。《后汉书·冯衍列传》：神雀翔于鸿崖兮，玄武潜于婴冥；伏朱楼而四望兮，采三秀之华英。

7．在首都之外另设的一个都城，以备必要时政府暂驻，称为行都；此处指元上都。《梁书·元帝本纪》：丁卯，停讲，内外戒严，舆驾出行都栅。又，《宋史·黄裳列传》：时光宗登极，裳进对，谓："中兴规模与守成不同，出攻入守，当据利便之势，不可不定行都。富国强兵，当求功利之实，不可不课吏治。

8．古代少数民族声名显赫的君王。《元史·世祖本纪一》：不意宗盟，辄先推戴。左右万里，名王巨臣，不召而来者有之，不谋而同者皆是，咸谓国家之大统不可久旷，神人之重寄不可暂虚。求之今日，太祖嫡孙之中，先皇母弟之列，以贤以长，止于一人。虽在征伐之间，每存仁爱之念，博施济众，实可为天下主。

9．王室的仓库。《元史·百官志三》：上都生料库，秩从五品，掌受弘州、大同虎贲、司农等岁办油面，大都起运诸物，供奉内府，放支官人宦者饮膳。

10．元代滥赏无度。武宗刚即位，即比照先皇，大行赏赐，以致国库空虚。《元史·武宗本纪一》：臣等议：宪宗、世祖登宝位时赏赐有数，成宗即位，承世祖府库充富，比先例，赐金五十两者增至二百五十两，银五十两者增至百五十两。"有旨："其遵成宗所赐之数赐之。"戊戌，哈剌哈孙答剌罕言："比者诸王、驸马会于和林，已蒙赐与者，今不宜再赐。"帝曰："和林之会，国事方殷，已赐者，其再赐之。"又，《元史·武宗本纪二》：武宗当富有之大业，慨然欲创治改法而有为，故其封爵太盛，而遥授之官众，锡赉太隆，而泛赏之恩溥。

暮散歌呼滦水上，夜腾光气黑山阴。

世皇谟略真宏远，共感湛恩到骨深。

虎贲猛士羽林兵，缭绕宫垣带雉城[1]。

土冷水泉长冻沍，天低星斗倍光精。

穹庐区脱云弥野，马湩醍醐[2]雪倒觥[3]。

巷北巷南歌吹杂，只应儒馆自书声。

圣主恭勤服浣衣[4]，频年羽猎罢连围。

金华[5]劝讲延髦士，紫殿[6]亲祠却宓妃[7]。

调鼎[8]有功神化密，扣门无事谏书稀。

高秋八月时巡毕，还与都人候六飞[9]。

孔鸾敛翅久盘回，延阁[10]穹崇际复开。

1．即雉堞，古代城墙上掩护守城人用的矮墙，也泛指城墙。宋·秦观《望海潮·越州怀古》：鸳瓦雉城，谯门画戟，蓬莱燕合三休。

2．比喻美酒。唐·白居易《将归一绝》：欲去公门返野扉，预思泉竹已依依。更怜家酝迎春熟，一瓮醍醐待我归。

3．同"觥"。

4．也作"澣衣"，多次浆洗过的衣服，指旧衣。《礼记·礼器》：晏平仲祀其先人，豚肩不掩豆；澣衣濯冠以朝，君子以为隘矣。

5．即金华殿，古宫殿名，在未央宫内，西汉中常侍班伯曾于此受业；后泛指内廷。《汉书·翼奉列传》：未央宫又无高门、武台、麒麟、凤皇、白虎、玉堂、金华之殿，独有前殿、曲台、渐台、宣室、温室、承明耳。

6．帝王宫殿。《汉书·成帝本纪》：四年春正月，行幸甘泉，郊泰畤，神光降集紫殿。

7．传说中的洛水女神。战国·屈原《离骚》：吾令丰隆乘云兮，求宓妃之所在。解佩纕以结言兮，吾令蹇修以为理。

8．治理国家。《旧五代史·庄宗本纪七》：卿等位尊调鼎，名显代天，既逢不讳之朝，何各由衷之说，当宜历告中外，急访英髦。

9．也作"六騑""六蜚"，古代皇帝的车驾六马，疾行如飞而得名，后用以指称皇帝的车驾或代指皇帝。《史记·袁盎列传》：臣闻千金之子坐不垂堂，百金之子不骑衡，圣主不乘危而徼幸。今陛下骋六騑，驰下峻山，如有马惊车败，陛下纵自轻，奈高庙、太后何？

10．即延春阁，大都、上都同名的一组宫城建筑，元代皇帝一般在此召见臣下、作佛事等。《元史·顺帝本纪九》：庚戌，秃坚帖木儿陈兵自健德门入，觐帝于延春阁，恸哭请罪，帝就宴赉之。

四海宣文千载仰，两生[1]接武[2]一时来。

绅书共启缄金匮[3]，持笔行登视草堂。

努力深期报知已，明时肯负出群才。

闻危太朴[4]王叔善[5]除宣文阁[6]检讨四首

阴山分脉自昆仑，朔漠绵延迥北门。

遥见马驼知牧地，时逢水草似渔村。

穹庐敕勒秋风曲，青冢婵娟夜月魂。

今日八荒同一宇，向来边徼不须论。

《两都赋》[7]意入经营，今日奇逢有此行。

1．汉初，叔孙通为刘邦定朝仪，使征鲁地诸生三十余人，有两儒生不肯行，认为叔孙通的所作所为不合于古代礼制。叔孙通嘲笑他们不知时变；后指熟谙礼乐典籍而不知权变的人。《史记·叔孙通列传》：叔孙通使徵鲁诸生三十余人。鲁有两生不肯行，曰："公所事者且十主，皆面谀以得亲贵。今天下初定，死者未葬，伤者未起，又欲起礼乐。礼乐所由起，积德百年而后可兴也。吾不忍为公所为。公所为不合古，吾不行。公往矣，无污我！"叔孙通笑曰："若真鄙儒也，不知时变。"

2．步履相接，指前后相接，继承。南北朝·刘勰《文心雕龙·物色》：古来辞人，异代接武，莫不参伍以相变，因革以为功，物色尽而情有余，晓会通也。

3．绅书，缀集成书；金匮，也作"金柜""金鐀"，铜制的盒子，引申为传之久远。《史记·太史公自序》：迁为太史令，绅书记石室金匮之书。

4．危素，字太朴，至正元年，出任经筵检讨，官至参知政事。《明史·文宛列传一·危素传》：危素，字太仆，金溪人，唐抚州刺史全讽之后。少通《五经》，游吴澄、范梈门。至正元年用大臣荐授经筵检讨。

5．王余庆。《元史·儒学列传二·吴师道传》：王余庆，字叔善，仕为江南行台监察御史，亦以儒学名重当世云。

6．宣文阁，即奎章阁；检讨，官职名，掌修国史，《元史》所载，宣文阁并没有检讨一职。《元史·顺帝本纪三》：戊辰，改旧奎章阁为宣文阁。又，《元史·百官志四》：奎章阁学士院，秩正二品。天历二年，立于兴圣殿西，命儒臣进经史之书，考帝王之治。大学士二员……授经郎二员。

7．西汉建都长安，东汉建都洛阳，东汉文学家、史学家班固曾创作大赋《西都赋》《东都赋》，合称《两都赋》。《后汉书·班彪列传上》：固感前世相如、寿王、乐方之徒，造构文辞，终以讽劝，乃上《两都赋》，盛称洛邑制度之美，以折西宾淫侈之论。

弟子弦歌临壁水[1]，诸公篇翰出承明[2]。

眼中高阙祥云色，梦里空斋旧雨声。

千里相望劳问讯，追攀无路若为情。

亭障[3]连山入杳茫，毡车如雪谩沙场。

雕盘天际秋云白，雁去关南木叶黄。

独客应怜冠戴楚[4]，闲情无奈管吹羌。

归来若度桑干水，莫忘并州是故乡。

滦水萦回草满川，皇都佳气郁浮天。

端门[5]高映双龙阙，驰道中容万马鞯。

群后[6]承恩歌湛露，从臣待诏赋甘泉[7]。

更闻所过蠲租税，田野清平乐晏眠。

1．即壁水，指太学；也泛指读书讲学的场所。宋·吴自牧《梦粱录·学校》：古者天子有学，谓之"成均"，又谓之"上庠"，亦谓之"壁水"。

2．汉承明殿旁的房屋，侍臣值宿所居，称承明庐；三国魏文帝以建始殿朝群臣，门即称"承明"，朝臣止息之所也称承明庐。后人将入承明庐指代入朝或在朝为官。《汉书·翼奉列传》：未央宫又无高门、武台、麒麟、凤皇、白虎、玉堂、金华之殿，独有前殿、曲台、渐台、宣室、温室、承明耳。

3．古代边塞要地设置的堡垒。《史记·秦始皇本纪》：自榆中并河以东，属之阴山，以为十四县，城河上为塞。又使蒙恬渡河取高阙、山、北假中，筑亭障以逐戎人。

4．即南冠楚囚，也称南冠囚、南冠君子、南冠客、南冠，本指被俘的楚国人，后借指处境窘迫无计可施者。《左传·成公九年》：晋侯观于军府，见钟仪。问之曰："南冠而絷者，谁也？"有司对曰："郑人所献楚囚也。"

5．宫殿的正南门。《史记·吕后本纪》：代王即夕入未央宫。有谒者十人持戟卫端门，曰："天子在也，足下何为者而入？"代王乃谓太尉。

6．四方诸侯及九州牧伯，也泛指公卿。《宋书·文帝本纪》：思所以侧身克念，议狱详刑，上答天谴，下恤民瘼。群后百司，其各献谠言，指陈得失，勿有所讳。

7．扬雄作《甘泉赋》。《汉书·扬雄列传上》：孝成帝时，客有荐雄文似相如者，上方郊祠甘泉泰畤、汾阴后土，以求继嗣，召雄待诏承明之庭。正月，从上甘泉，还奏《甘泉赋》以风。

题黄晋卿应奉[1]上京纪行诗[2]后

居庸北上一千里[3]，供奉南归十二诗。
纪实全依太史法，怀亲仍写使臣悲。

牛羊野阔低风草，龙虎台高树羽旗[4]。
奇绝兹游陪禁从[5]，不才能勿愧栖迟[6]。

附：昭君出塞图二首

平城围后[7]几和亲，不断边烽与战尘。
一出宁胡终汉室，论功端合胜前人。

1．黄溍，字晋卿。至顺二年，黄溍应召进京入朝，调任翰林应奉、同知制诰兼国史院编修。《元史·黄溍传》：入为应奉翰林文字、同知制诰，兼国史院编修官，转国子博士。

2．指黄溍《上京道中杂诗》，共十二首。

3．大都与上都之间的望云驿路全程一千多里。见周伯琦《鸳鸯泊作》"宿止有常程"条注。

4．翠羽装饰的旌旗。《史记·孝武本纪》：又置寿宫、北宫，张羽旗，设供具，以礼神君。

5．帝王侍从，也特指翰林学士之类的文学侍从官。《宋史·职官志一》：故仕人以登台阁、升禁从为显宦，而不以官之迟速为荣滞。

6．漂泊失意。唐·李贺《致酒行》：零落栖迟一杯酒，主人奉觞客长寿。主父西游困不归，家人折断门前柳。

7．平城，今山西大同。西汉初置平城县，西晋代王修故城为南都，北魏道武帝迁都于此。《魏书·太祖本纪》：秋七月，迁都平城，始营宫室，建宗庙，立社稷。"平城围后"，即白登之围。公元前201年韩王信在大同地区叛乱，勾结匈奴企图攻打太原。汉高祖刘邦率大军迎击匈奴，刘邦轻敌冒进，直追到平城，中诱兵之计。刘邦和他的先头部队，被围困于平城白登山。后来，刘邦采用陈平的计谋，向冒顿单于阏氏行贿，才得以脱险。此后，汉对匈奴主要采取和亲政策。《史记·陈丞相世家》：其明年，以护军中尉从攻反者韩王信于代。卒至平城，为匈奴所围，七日不得食。高帝用陈平奇计，使单于阏氏，围以得开。今山西大同市东的白登山，汉高祖刘邦曾在此受白登之围。又，《汉书·韩王信列传》：上遂至平城，上白登。匈奴骑围上，上乃使人厚遗阏氏。阏氏说冒顿曰："今得汉地，犹不能居，且两主不相厄。"居七日，胡骑稍稍引去……汉救兵亦至，胡骑遂解去，汉亦罢兵归。

巫峡[1]故山花树红，村村婚嫁乐春风。

琵琶马上无穷恨，最恨当年误入宫。

班姬吟扇[2]图二首

已信当年有绿衣[3]，漫将团素写新诗。

才明自断衰荣梦，肯对西风作怨悲。

当暑提携识暂怜，安身箧笥[4]任长捐。

昭阳极宠昭君怨，得似斯人晚自全。

---

1. 指王昭君故乡南郡秭归，即今湖北省宜昌市兴山县。

2. 班姬，即班婕妤。因成帝宠信赵飞燕姊妹，班婕妤为自保，自请往长信宫侍奉王太后，作《团扇歌》（也称《怨歌行》）。团扇出现在西汉时期，又称绢宫扇、合欢扇，是当时妃嫔仕女的饰品，之后历代团扇几乎成为红颜薄命、佳人失势的象征。班婕妤的作品大部分已佚失，现存《自伤赋》《捣素赋》和五言诗《团扇歌》。见王士熙《上京次李学士韵五首》"班娘"条注。

3. 《诗经》里保存的中国最早的一首悼亡诗。《诗经·国风·邶风·绿衣》：绿兮衣兮，绿衣黄里。心之忧矣，曷维其已！……我思古人，实获我心！

4. 用于储藏物品的竹制器皿。《后汉书·礼仪志下》：五时朝服各一袭在陵寝，其余及宴服皆封以箧笥，藏宫殿后阁室。

张雨

（1283～1350年）号句曲外史，年二十弃家为道士，居茅山，道名嗣真，道号贞居子。曾从虞集受学，博学多闻，善谈名理。擅长诗文、书法、绘画，诗文清新流丽，有晋、唐遗意。著有诗集《贞居集》（又名《句曲外史集》）5卷。

上京赐宴王眉叟[1]有诗次韵

从事何缘过草堂，行都遣赐玉壶[2]方。
远劳使者红尘骑，烂煮仙家白石[3]羊。
中圣[4]敢辞千日醉，承恩独许四明狂[5]。
金茎剩有三清露，润及葵心向太阳。

1．王眉叟，字延寿、寿延（也有作"寿衍"）。元·陶宗仪《南村辍耕录·王眉叟》：王眉叟（寿延），号溪月，杭州人，出家为道士。受知晋邸，后以弘文辅道粹行真人管领君郡之开元官。

2．玉制的壶形佩饰，由皇帝颁发，寓敬老、表功之意。《后汉书·杨赐列传》：居无何，拜太常，诏赐御府衣一袭，自所服冠帻绶，玉壶革带，金错钩佩。

3．传说中的神仙的粮食。汉·刘向《列仙传·白石生》：白石生，中黄丈人弟子，彭祖时已二千余岁……尝煮白石为粮。

4．酒醉的隐语。古人称酒清者为圣人，酒浊者为贤人，饮清酒而醉，所以叫"中圣"。《三国志·魏书·徐邈传》：徐邈字景山，燕国蓟人也。太祖平河朔，召为丞相军谋掾，试守奉高令，入为东曹议令史。魏国初建，为尚书郎。时科禁酒，而邈私饮至于沈醉。校事赵达问以曹事，邈曰："中圣人。"达白之太祖，太祖甚怒。又，唐·李白《赠孟浩然》：醉月频中圣，迷花不事君。高山安可仰，徒此揖清芬。

5．贺知章，号四明狂客，晚年尤为狂放不羁，却仍深受唐玄宗礼敬。《旧唐书·文苑列传中·贺知章传》：贺知章，会稽永兴人……知章晚年尤加纵诞，无复规检，自号四明狂客，又称"秘书外监"，遨游里巷。醉后属词，动成卷轴，文不加点，咸有可观。

欧阳玄

（1283～1357年），字原功，号圭斋，浏阳人。祖籍江西庐陵，系欧阳修的族裔。为官40余年，先后六入翰林，两为祭酒，以史学成就最为突出，也以诗文闻名天下，学识渊博，文绩卓著，人称"一代宗师"。有《圭斋文集》15卷。

试院[1]偶题赠巽斋[2]

莲烛[3]通宵拟御题[4]，槐龙[5]风急漏声迟。
玉堂冷透青绫被，忆侣滦京五月时。

小雨阴风夏夜阑，穿窗扑面雪成团。
平明笑与长官说，天上玉京如此寒。

---

1. 科举考试的考场。欧阳玄于泰定四年、至正十四年等先后多次参与礼部、知贡举等科举事务。《宋史·选举志二（科目下）》：自今乡贡，前一岁，州军属县长吏籍定合应举人，以次年春县上之州，州下之学，覈实引保，赴乡饮酒，然后送试院。又，《元史·陈灏传》：欧阳玄为国子祭酒，与灏同考试国子伴读，每出一卷，灏必拾而观之，苟得其片言善，即以置选列，为之色喜。

2. 似应为欧阳玄怀想先人欧阳守道以抒怀之作。欧阳守道，字公权，一字迁父，初名巽，晚号巽斋，学者称巽斋先生。欧阳玄《仰更斋记》：临川先生扁安成刘氏读书之斋，曰"仰更"……知乎此更之流风余韵，五世而已乎？刘氏自皆山翁，友吾宗巽斋先生，一时如西涧叶氏、槐城李氏及清江之萧氏，皆山皆善之至，方升克世其学，殖亦为临川所期待云。

3. 即金莲烛。宫廷用蜡烛，烛台作金莲花形。《宋史·苏轼列传》：轼尝锁宿禁中，召入对便殿，已而命坐赐茶，彻御前金莲烛送归院。

4. 科举考试天子所命诗文题目。《宋史·胡铨列传》：建炎二年，高宗策士淮海，铨因御题问"治道本天，天道本民"，答云："汤、武听民而兴，桀、纣听天而亡。今陛下起干戈锋镝间，外乱内讧，而策臣数十条，皆质之天，不听于民。"

5. 盘曲如龙的老槐枝柯。宋·苏轼《九月十五日迩英讲<论语>终篇，赐执政讲读史官燕于东宫》：绣裳画衮云垂地，不作成王剪桐戏。日高黄缯下西清，风动槐龙舞交翠。苏轼自注：迩英阁前有双槐，樛枝属地，如龙形。

圣德文明鼎运开，相君[1]承诏谨抡才[2]。
谁言庆历科无补，中有韩欧富范[3]来。

百鹄充庭气若虹，千蚕食叶响春空。
东风一夜吹嘘[4]力，明日纷纷绿又红。

鲲鹏一化徙天池[5]，白日青云[6]在顷时。
我以世科[7]惭克绍，那能妩嵋更笘儿。

陈编[8]矻矻老无闻，寂寞箕裘[9]几许存。
方寸留耕犹有望，拟寻手泽[10]训诸孙。

1．对宰相的尊称。《史记·范睢蔡泽列传》：须贾因问曰："秦相张君，公知之乎？吾闻幸于王，天下之事皆决于相君。今吾事之去留在张君。"

2．也作"抡材"，选拔人才。唐·刘禹锡《史公神道碑》：元和中，太尉愬为魏帅，下令抡才于辕门。

3．指北宋庆历新政时期，名臣韩琦、富弼、范仲淹同时执政，而欧阳修等人为谏官，共同开启了一个政治新时代。范仲淹向仁宗上《答手诏条陈十事疏》，提出明黜陟、抑侥幸、精贡举、择官长、均公田、厚农桑、修武备、减徭役、覃恩信、重命令等10项以整顿吏治为核心的主张，但触动官僚体制利益，至庆历五年，变革失败。《宋史·富弼传》：帝锐以太平责成宰辅，数下诏督弼与范仲淹等，又开天章阁，给笔札，使书其所欲为者；且命仲淹主西事，弼主北事。弼上当世之务十余条及安边十三策，大略以进贤退不肖、止侥幸、去宿弊为本……于是小人始不悦矣。又，《宋史·韩琦传》：琦与范仲淹、富弼皆以海内人望，同时登用，中外跂想其勋业。仲淹等亦以天下为己任，群小不便之，毁言日闻。仲淹、弼继罢，琦为辨析，不报……乃请外，以资政殿学士知扬州。

4．风吹。唐·孟郊《哭李观》：偏毂不可转，只翼不可翔。清尘无吹嘘，委地难飞扬。

5．即鲲化而为鹏，南徙于南溟。见杨载《送伯长扈驾二首》"北溟鲲"条注。

6．比喻高官显爵，平步青云；也比喻道德高尚有威望，如青云之士。唐·杜甫《寄李十二白二十韵》：龙舟移棹晚，兽锦夺袍新。白日来深殿，青云满后尘。

7．科举时代科举取仕。《元史·忠义列传一·合剌普华传》：越伦质子善著，傻哲笃子傻百僚逊，善著子正宗、阿兄思兰，皆相继登第。一门世科之盛，当时所希有，君子盖以为其忠义之报云。克绍，能够继承。《尚书·冏命》：惟予一人无良,实赖左右前后有位之士,匡其不及,绳愆纠谬,格其非心,俾克绍先烈。

8．古书。《旧唐书·韩愈传》：犹且月费俸钱，岁靡廪粟，子不知耕，妇不知织，乘马从徒，安坐而食，踵常涂之促促，窥陈编以盗窃。

9．子弟由于耳濡目染，往往能继承父兄之业；后因以比喻祖上的事业。《礼记·学记》：良冶之子，必学为裘；良弓之子，必学为箕；始驾马者反之，车在马前。君子察于此三者，可以有志于学矣。

10．先人或前辈的遗墨、遗物等。《礼记·玉藻》：父没而不能读父之书，手泽存焉尔。母没而杯圈不能饮焉，口泽之气存焉。

李孝光

（1285～1350年），字季和，号五峰，温州乐清（今属浙江）人，少年博学，以文章负名当世。他作文取法古人，不趋时尚，与杨维桢并称"杨李"。早年隐居在雁荡五峰山下，自号五峰，性好山水。至正四年应召为秘书监著作郎，至正七年擢升秘书监丞。著作有《五峰集》11卷。

送阁学士[1]赴上都

从官万骑拥銮舆，东阁[2]词臣载宝书。
雨过草肥金络马，月明山转紫驼车。
龙庭日近瀛洲路，滦水天高玉帝居。
明日仙凡便相隔，少年僚吏谩踟蹰。

白翎雀

黄金铸作钟子期，彩丝绣作平原君。平原能拔天下之奇士，子期能识天下之苦心。丈夫生逢如此二贤者，有身岂复愁沉沦。富贵不用自摧谢，困厄不怨为穷人。在昔帝尧大舜为臣，元凯并举驭凤羁麟；周公勤劳握发吐哺，身致多士为王强辅；赤帝之子有士如云，相何肺腑为汉举信。插置羽翮拂摩龙鳞，我歌《白翎雀》，子为我起舞：

---

1. 原称龙图阁学士，宋代官名。宋真宗时建龙图阁，景德四年置龙图阁学士；龙图阁学士为加官，是一种虚衔。元代被称"学士"的有多种官职，此处"阁学士"应指奎章阁学士；而"阁学士"，据后所言"少年僚吏"，应为一后辈之年轻翘楚，究竟指谁，待考。《宋史·职官志二》：龙图阁学士、直学士、待制 大中祥符中建。又，《元史·食货志四》：奎章阁学士院：大学士，俸一百一贯三钱三分三厘，米一十石五斗。侍书学士……承制学士……供奉学士。
2. 原指古代宰相招致、款待宾客的地方，"东阁词臣"指诗中所提"阁学士"。《汉书·公孙弘传》：弘自见为举首，起徒步，数年至宰相封侯，于是起客馆，开东阁以延贤人，与参谋议。

人生不满百，一绝如飘雨。

户下有冻酒，席上有悬脯。

宾客共饮此，听我歌中语。

君年未五十，遭逢大圣人。

圣人之德如流泉，先后辅挟皆英贤。

大开明堂布万化，垂衣拱手仁如天。

时雍[1]讵异尧舜日，持盈[2]远过成周[3]年。

汝于此时守东壁[4]，讨论文字在上前。

何敢更较官大小，小星帝留卫帝垣[5]。

嗟我行年五十六，此岂有意凡骨仙。

但令公等皆尽心，我惟歌咏酬丰年。

今者别离何不乐，且饮莫问月未落，官职况在天禄阁[6]，

呜呼，国士之恩何日酬，为尔重歌《白翎雀》，为尔重

歌《白翎雀》！

1．又作"时邕"，即和熙。《尚书·尧典》：百姓昭明，协和万邦，黎民于变时雍。

2．保业守成。《道德经》第九章：持而盈之，不如其已；揣而锐之，不可长保。金玉满堂，莫之能守；富贵而骄，自遗其咎。

3．周成王将武王在伊、洛之地建城邑的筹划实施，即为成周，指西周盛世。《史记·刘敬叔孙通列传》：成王即位，周公之属傅相焉，乃营成周洛邑，以此为天下之中也，诸侯四方纳贡职，道里均矣，有德则易以王，无德则易以亡。

4．借指皇宫藏书之所。《晋书·天文志上》：东壁二星，主文章，天下图书之秘府也。

5．星座名，即紫薇垣。宋·王安石《七星砚》：持来当白日，光彩不为匿。十载污修门，簪橐侍帝垣。

6．汉宫中的藏书阁名，高祖时创建，在未央宫内。《汉书·杨雄传下》：时，雄校书天禄阁上，治狱使者来，欲收雄，雄恐不能自免，乃从阁上自投下，几死。

许有壬

（1286～1364年），字可用，谥文中。彰德汤阴（今属河南）人。延祐二年（1315年）进士及第，授同知辽州事。先后任中书左司员外郎、集贤大学士、枢密副使、中书左丞、翰林学士承旨、秘书院副使等职，为元朝七朝重臣，直言敢谏。著作有《至正集》81卷、《圭塘小稿》13卷。

代祀寿宁宫二首[1]

昊穹[2]儆修德，迪畏[3]俨宸衷[4]。

芗币[5]亟将敬，于焉达帝聪。

炼师[6]功有素，精诚假潜通。

通明辟晃荡[7]，霞光破冥濛[8]。

1．上都道教宫观之一，属道教正一教派，地位十分尊崇，世祖时即因占城国来贡、征日本失利等事先后设醮于此，以后诸帝亦多沿袭之。《元史·成宗本纪四》：九月戊申，圣诞节，帝驻跸于寿宁宫，受朝贺。

2．广大的天空，此处指代上天的意志。《史记·司马相如传》：伊上古之初肇，自昊穹兮生民，历撰列辟，以迄于秦。

3．畏天而行，即倡导天威，以天命教导万民。《尚书·周书·酒诰》：在昔殷先哲王迪畏天，显小民，经德秉哲。

4．帝王之心。《南齐书·王慈传》：扃禁嵌邃，动延车盖，若使銮驾纡览，四时临阅，岂不重增圣虑，用感宸衷？愚谓空标简第，无益于匪躬。

5．芗，同"香"；芗币，即祭祀时烧化的冥钱。《旧五代史·世宗本纪二》：乙丑，诏曰："今后诸处祠祭，应有牲牢、香币、馔料、供具等，仰委本司官吏躬亲检校，务在精至。

6．旧时对懂得"养生""炼丹"方法的道士的尊称，后泛指达到很高修炼境界的道士。唐·颜真卿《有唐茅山玄靖先生广陵李君碑铭并序》：父孝威，博学好古，雅修彭聃之道，与天台司马炼师子微为方外交，尤以笃慎著于州里，考行议谥，曰正隐先生。

7．形容空旷高远。宋·苏轼《巫山》：仰观八九顶，俊爽凌颢气。晃荡天宇高，崩腾江水沸。

8．也作"溟濛""冥濛"，指薄雾或暮霭。宋·苏轼《欧阳少师令赋所蓄石屏》：不画长林与巨植，独画峨嵋山西雪岭上万岁不老之孤松。崖崩洞绝可望不可到，孤烟落日相溟濛。

羲娥[1]斥顺轨[2]，敢尔好雨风。

感民诅[3]作颂，转岁凶为丰。

天子谦不有[4]，冥冥[5]归太空。

上京据高寒，三伏凛毛骨。

况在虚皇[6]坛，当空挂明月。

沉沉[7]清虚府，练练[8]水晶阙。

一玄[9]但自守，六合[10]遂生白。

露冷箫声脆，风急旛影挈。

---

1. 古代神话中，羲和为日御，嫦娥为月御，后来常用羲娥代指日月。唐·韩愈《石鼓歌》：孔子西行不到秦，掎摭星宿遗羲娥。嗟余好古生苦晚，对此涕泪双滂沱。

2. 遵循运行的轨道。汉·班固《为第五伦荐谢夷吾表》：上令三辰顺轨于历象，下使五品咸训于嘉时。

3. 盟誓。《左传·宣公二年》：初，骊姬之乱，诅，无畜群公子，自是晋无公族。

4. 不据为己有，不以有功者自居。《道德经》第二章：万物作焉而不为始，生而不有，为而不恃，功成而弗居。夫唯弗居，是以不去。

5. 专默精诚。《荀子·劝学》：是故无冥冥之志者，无昭昭之明；无惛惛之事者，无赫赫之功。

6. 道教太虚之神。南朝·陶弘景《许长史旧馆坛碑》：离有离无，且华且朴。结号虚皇，筌法正觉。

7. 深邃的样子。《史记·陈涉世家》：入宫，见殿屋帷帐，客曰：夥颐！涉之为王沉沉者！

8. 洁白。南朝·江淹《丽色赋》：洒金花于珠履，疯绮袜与锦绅。色练练而欲夺，光炎炎而若神。

9. 道教推崇的幽深微妙、高远莫测的道，即精神性的宇宙本体。东晋·葛洪《抱朴子·畅玄》：玄者，自然之始祖，而万殊之大宗也。

10. 东西南北上下，即天地四方；也泛指天下或者宇宙。《史记·秦始皇本纪》：六亲相保，终无寇贼。驩欣奉教，尽知法式。六合之内，皇帝之土。西涉流沙，南尽北户。东有东海，北过大夏。人迹所至，无不臣者。

祝釐[1]肃将命[2]，承乏[3]愧调燮[4]。

醮罢不成眠，歌诗山石裂。

监试上都[5]次杨廷镇[6]韵

客京已云远，出塞仍北去。

行路已云难，隆寒况凝冱[7]。

我居岂不怀，简书苦相怖。

荒荒雪晓冲，杳杳河夜渡。

风襄裾成帷，冰洁发垂素。

衣单仆告痡，坡峻马自住[8]。

人生难满百，太半委道路。

徒令传舍吏，旦夕烦视具[9]。

1．祈求福佑，祝福。《史记·孝文本纪》：今吾闻祠官祝釐，皆归福朕躬，不为百姓，朕甚愧之。

2．奉命。《仪礼·聘礼》：若过邦，至于竟，使次介假道，束帛将命于朝，曰："请帅。"奠币。

3．古代暂任某官职时的谦称，意谓职位一时无适当的人选，暂时由自己充数。《左传·成公二年》：下臣不幸，属当戎行，无所逃隐。且惧奔辟而忝两君，臣辱戎士，敢告不敏，摄官承乏。

4．调和元气，谐理阴阳。古人认为宰相能调和阴阳，治理国事，所以也用以称宰相。《旧唐书·王求礼传》：时三月雪，凤阁侍郎苏味道等以为瑞，草表将贺，求礼止之曰："宰相调燮阴阳，而致雪降暮春，灾也，安得为瑞？如三月雪为瑞雪，则腊月雷亦瑞雷也。"

5．《元史·选举志一》：选考试官，行省与宣慰司及腹里各路，有行台及廉访司去处，与台宪官一同商议选差。上都、大都从省部选差在内监察御史、在外廉访司官一员监试。

6．杨宗瑞，字廷镇，华州华阴人，仁宗延祐二年（1315）进士。《元史·虞集传》：命集与中书平章政事赵世延同任总裁。集言："礼部尚书马祖常，多闻旧章，国子司业杨宗瑞，素有历象地理记问度数之学，可共领典。"

7．冻结。《左传·昭公四年》：其藏冰也，深山穷谷，固阴冱寒。

8．痡，过度疲劳。《诗经·国风·周南·卷耳》：陟彼砠矣，我马瘏矣。我仆痡矣，云何吁矣。

9．看视、照顾。

疏理¹不耐寒，辛苦欲谁语？

嘉鲜惟及时，幸未薄迟暮。

清朝右²文治，遗贤深所惧。

当年收梗柟³，樗栎⁴还备数。

弱步勉驰驱，遐躅敢追慕。

渊明止一邑，曼倩多掌故。

涓埃既无报，卜筑定何处⁵。

但期得真才，持用拯黎庶。

风俗回雍熙⁶，帑庚⁷日丰裕。

区区野人心，献芹⁸复充赋。

1．纹理粗糙，指粗疏。《周礼·考工记·轮人》：凡斩毂之道，必矩其阴阳。阳也者，稹理而坚；阴也者，疏理而柔。

2．崇尚，尊崇。唐·刘禹锡《天论》（上）：斩材竷坚，液矿硎铓；义制强讦，礼分长幼；右贤尚功，建极闲邪，人之能也。

3．也作"梗楠"，栋梁之材。宋·王安石《和平甫舟中望九华山》其二：功名苟不谐，廊庙等闾阎，况乃抡橡杗，其谁辨梗柟。

4．两种无用的树木；喻才能低下，此处为自谦之词。《庄子·逍遥游》：惠子谓庄子曰："吾有大树，人谓之樗。其大本拥肿而不中绳墨，其小枝卷曲而不中规矩，立之涂，匠者不顾。今子之言，大而无用，众所同去也。"另，《庄子·人世间》：匠石之齐，至于曲辕，见栎社树。其大蔽数千牛，絜之百围，其高临山十仞而后有枝，其可以为舟者旁十数。观者如市，匠石不顾……曰："已矣，勿言之矣！散木也，以为舟则沈，以为棺椁则速腐，以为器则速毁，以为门户则液樠，以为柱则蠹。是不材之木也，无所可用，故能若是之寿。"

5．涓埃，微细之意；卜筑，定居。二句意谓假如没有对朝廷的些微报答，那么无论居于何处都是无益的。

6．和乐升平。《后汉书·郎顗传》：宣王是赖，以致雍熙。陛下践祚以来，勤心庶政，而三九之位，未见其人，是以灾害屡臻，四国未宁。

7．钱粮。宋·江少虞《宋朝事实类苑·秦再雄》：不增一兵，不费帑庚，而边境妥安。

8．献芹，谦称，意谓建议浅陋。《列子·杨朱篇》：宋国有田夫……谓其妻曰："负日之暄，人莫知者，以献吾君，将有重赏。"里之富告之曰："昔人有美戎菽、甘枲茎芹萍子者，对乡豪称之。乡豪取而尝之，蜇于口，惨于腹，众哂而怨之，其人大惭。子此类也。"

牛群驿[1]同云庄治书[2]登市楼

清秋宜纵目，野旷更凭高。
遂得寻诗地，都忘出塞劳。
乾坤同是客，湖海尚容豪。
却被青山笑，兹游已二毛[3]。

滦阳早次辛甫[4]韵四首

士衡[5]入洛笔如神，文采风流适二旬[6]。
千古弹冠[7]还自笑，一时弹得几多尘。

平生误事多毛颖[8]，岁晚论心有此君。
闭户高眠听春雨，从知补拙不须勤。

1．又名牛头群驿，蒙古语称"失八儿秃"。见柳贯《午日雪后行十八儿秃道中，有怀同馆诸公》"十八儿秃"条注、周伯琦《扈从集前序》)。

2．咬咬，字正德，号云庄，见前《从左大夫奉命郊劳右大夫太平王，野宿滦都西北二十里，地曰察尔吉摩多，与云庄治书同帐，明发疾驱，马上饮浑有作》"云庄治书"条注。

3．斑白的头发，喻指人到中年。《左传·僖公二十二年》：国人皆咎公。公曰："君子不重伤，不禽二毛。古之为军也，不以阻隘也。寡人虽亡国之馀，不鼓不成列。"

4．即高辛甫，其字里、生平待考。许有壬另有《水调歌头·即席赠河南廉使高辛甫》，"徒阳记同署，三十四年过。朝台暮省踪迹，赢得鬓双皤。相别又逾一纪，百岁都能几见，尘事日蹉跎。今夕复何夕，旌节照山阿。笑年来，洹水上，试渔蓑。迂疏久厌城市，其奈故人何。浩荡云山烟水，寥落晨星霜木，如子已无多。邂逅一尊酒，忍负醉时歌"，可略知其性情及与诗人交往情形。

5．西晋文学家陆机，字士衡。《晋书·陆机列传》：陆机，字士衡，吴郡人也……机身长七尺，其声如钟。少有异才，文章冠世，伏膺儒术，非礼不动。

6．陆机因卷入晋宗室的内部权力争斗而被杀，年仅43岁，时已驰骋文坛二十余年。《晋书·陆机列传》：机释戎服，著白帢，与秀相见，神色自若，谓秀曰："自吴朝倾覆，吾兄弟宗族蒙国重恩，入侍帷幄，出剖符竹。成都命吾以重任，辞不获已。今日受诛，岂非命也！"……遂遇害于军中，时年四十三。

7．弹冠，指为官。北朝·颜之推《古意》：十五好诗书，二十弹冠仕。楚王赐颜色，出入章华里。

8．毛笔。唐·韩愈《毛颖传》：毛颖者，中山人也……秦始皇时，蒙将军恬南伐楚，次中山，将大猎以惧楚……围毛氏之族，拔其豪，载颖而归，献俘于章台宫，聚其族而加束缚焉。秦皇帝使恬赐之汤沐，而封诸管城，号曰"管城子"……颖为人，强记而便敏，自结绳之代以及秦事，无不纂录。

一别江南越几秋，双瓶时梦到沙头[1]。
柳花满店春醪熟，常记吴娃对客篘[2]。

同尘[3]铅椠[4]分贤劳，时泄天悭[5]拟楚招[6]。
底用譊譊[7]更多事，他年公论有刍荛[8]。

雨中呈察院诸公

雅志足衡茅[9]，轩缨[10]非所安。
七年江湖上，心与天水宽。
仲胠[11]倏受羁，又复逾桑干。
遐举[12]负清时[13]，就列惭素餐。
用兹悯如饥，并介[14]良俱难。

1．唐·杜甫《醉歌行》：酒尽沙头双玉瓶，众宾皆醉我独醒。乃知贫贱别更苦，吞声踯躅涕泪零。

2．篘，滤酒。宋·苏轼《江城子》：今夜巫山真个好，花未落，酒新篘。

3．如灰尘之混杂异物，比喻混同尘俗，不立异趣。《道德经》第四章：道冲而用之或不盈，渊兮似万物之宗。挫其锐，解其纷，和其光，同其尘，湛兮似或存，吾不知谁之子，象帝之先。

4．椠，木板；指代文章写作。《旧唐书·德宗本纪下》：加以天才秀茂，文思雕华。洒翰金銮，无愧淮南之作；属辞铅椠，何惭陇坻之书。

5．天本悭吝，但也有时被破，此喻好文垂世之缘。

6．指屈原《楚辞·招魂》。

7．争辩，论辩。《庄子·至乐》：夫以鸟养养鸟者，宜栖之深林，游之坛陆，浮之江湖，食之鳅鲦，随行列而止，逶迤而处。彼唯人言之恶闻，奚以夫譊譊为乎！

8．草野之人。《诗经·大雅·板》：我言维服，勿以为笑。先民有言，询于刍荛。

9．衡门茅屋，代指简陋的居室。东晋·陶潜《辛丑岁七月赴假还江陵夜行涂口》：投冠旋旧墟，不为好爵萦。养真衡茅下，庶以善自名。

10．即轩冕，指官位爵禄。《汉书·扬雄传上》：于兹乎鸿生巨儒，俄轩冕，杂衣裳，修唐典，匡《雅》、《颂》，揖让于前。

11．疑即中年之意，未详何典。

12．远行。战国·屈原《远游》：泛容与而遐举兮，聊抑志而自弭。指炎神而直驰兮，吾将往乎南疑。

13．清平之时，太平盛世。《晋书·桓玄传》：因兹而言，晋室之机危于殷汉，先臣之功高于伊霍矣。而负重既往，蒙谤清时，圣世明王黜陟之道，不闻废忽显明之功，探射冥冥之心，启嫌谤之涂，开邪枉之路者也。

14．谓兼善天下而又耿介自守。晋·嵇康《与山巨源绝交书》：吾昔读书，得并介之人，或谓无之，今乃信其真有耳。

凤凰复我池[1]，獬豸[2]仍我冠[3]。

六龙[4]狩滦水，属车[5]接鸣銮[6]。

已甘眊笔诮，答効诚曷殚。

退食[7]坐还堵，羁怀常鲜欢。

长风送雨来，六月毛骨寒。

马嘶菽荄[8]薄，僮怨衣裳单。

撼撼窗纸语，潇潇簷溜[9]残。

佳人隔咫尺，积潦生微澜。

晤语迟不来，浩歌成永叹。

独坐念往躅[10]，挑灯清夜阑。

何当放疎慵，洹水[11]求钓竿。

1．即凤凰池，借指中书省。见袁桷《卢彦威与余同为待制，下世已八年，睹行院题名旧迹，感怆写情》"凤池"条注。

2．代指御史大夫等执法官。见张养浩《上都察院》"豸冠"条注。

3．许有壬曾任职中书省，并领御史台事。此二句意当指此。《元史·许有壬传》：至顺二年二月，召参议中书省事，未几，以丁母忧去。元统元年，复以参议召。明年甲戌，拜治书侍御史，转奎章阁学士院侍书学士，仍治台事。

4．马八尺称龙；古代天子的车驾为六马，六龙即代指天子车驾。《周书·黎景熙传》：伏惟陛下资干御宇，品物咸亨，时乘六龙，自强不息，好问受规，天下幸甚。又，元·陶宗仪《辍耕录·金鳌山》：少焉，千乘万骑毕集，始知为六龙临幸。

5．副车，指帝王出行时的侍从之车。秦汉以来，皇帝大驾属车八十一乘，法驾属车三十六乘，分左中右三列行进。《汉书·贾捐之传》：时有献千里马者，诏曰："鸾旗在前，属车在后，吉行日五十里，师行三十里，朕乘千里之马，独先安之？"于是还马。

6．装在轭首或车衡上的铜铃，此处借指皇帝出行。《晋书·苻坚载记下》：陛下应天御世，居中土而制四维，逍遥顺时，以适圣躬，动则鸣銮清道，止则神栖无为，端拱而化，与尧、舜比隆，何为劳身于驰骑，口倦于经略，栉风沐雨，蒙尘野次乎？

7．退朝就食于家或公余休息。《北史·高允传》：黄门郎司马消难，左仆射子如之子，又是神武婿，势盛当时。因退食暇，寻季式，酣歌留宿。

8．荄，青蒿；菽，豆类；指代马的饲料。

9．顺着屋檐瓦沟流下的水，或屋檐滴水所结之冰。唐·贾岛《郊居即事》：住此园林久，其如未是家。叶书传野意，簷溜煮胡茶。

10．陈迹。《宋史·文苑列传一·梁周翰传》：景行高山，更奚瞻于往躅；英魂烈魄，将有恨于明时。

11．流经安阳；许有壬故里为彰德路，治所在安阳县，作者以此代指故乡。《史记·项羽本纪》：项羽悉引兵击秦军汙水上，大破之。章邯使人见项羽，欲约……项羽乃与期洹水南殷虚上。

滦阳早发次前人韵

行山不惮远，破晓陟危峻。

崖悬水成瀑，云出山有晕。

商声[1]发寥廓，吹万[2]气方振。

艰虞[3]复有乐，词源日加浚。

关河一锦囊[4]，风霜两蓬鬓。

但惭抱坚顽[5]，犀革[6]未易靴。

摇摇课[7]修程，茫茫付天运。

怀哉山中人，南鸿杳无信。

台治[8]有榆一株，岿然苍翠，爱而赋之

历历天河种，谁移执法庭。

地因无劲柏，而遂似祥萱。

皮抗冰霜黑，枝留雨露青。

---

1. 秋声。《礼记·月令》：孟秋之月，日在翼，昏建星中，旦毕中。其日庚辛，其帝少皞，其神蓐收。其虫毛。其音商，律中夷则。

2. 意谓风吹万窍，发出各种音响。宋·苏轼《飓风赋》：呜呼，小大出于相形，忧喜因于相遇。昔之飘然者，若为巨耶？吹万不同，果足怖耶？

3. 艰难。唐·杜甫《北征》：维时遭艰虞，朝野少暇日。顾惭恩私被，诏许归蓬荜。

4. 用锦制成的袋子，古人多用来藏诗稿或机密文件，也泛指诗作；此处意谓关河满眼尽可入诗。宋·杨万里《云龙歌调陆务观》：金印斗大值几钱？锦囊山齐今几篇？诗家不愁吟不彻，只愁天地无风月。

5. 坚定顽强。唐·白居易《微之重夸州居，其落句有西州罗刹之谑，因嘲兹石，聊以寄怀》：神鬼曾鞭犹不动，波涛虽打欲何如。谁知太守心相似，抵滞坚顽两相余。

6. 犀牛皮。《左传·庄公十二年》：陈人使妇人饮之酒，而以犀革裹之。比及宋，手足皆见。宋人皆醢之。

7. 占卜。宋·惠洪《冷斋夜话卷九·课术有验无验》：有日者，能课，使之课，莫不奇中。苏朝奉者至寺使课，无验，非特为苏课无验，凡为达官要人言皆无验。至为市井凡庸、山林之士课，则如目见而言。

8. 御史台治所，此处指上都御史台分支机构。《宋史·韩亿传》：钦若知不可掩，执吏以闻。诏付台治，而植自言未尝纳金，反诬吏误以问所亲语达钦若。

诛求钻遂[1]者，瞻望敢干刑[2]。

奏事洪禧殿[3]，赋殿前芍药

滦京朱夏[4]半，红药[5]盛开初。
天欲留春律[6]，花应待乘舆[7]。
一台香雾湿，千朵锦云舒。
立转雕阑影，愚臣有谏书。

次上京

望望龙冈树，行人欲解骖[8]。
百年蜗角[9]战，三仕[10]凤池参。

1．即钻燧取火。《韩非子·五蠹》：有圣人作，钻燧取火，以化腥臊，而民说之，使王天下，号之曰燧人氏。

2．干，斧头，也代指砍伐，此处均为冒犯之意；诗句意为对其喜爱之至，绝不肯有丝毫伤害。

3．"上都五殿"之一，其余四殿为睿思殿、穆清殿、清宁殿、水晶殿。这五座宫殿是上都宫殿的主体建筑。《元史·文宗本纪四》：创建五福太一宫于京城乾隅，修上都洪禧、崇寿等殿。见周伯琦《是年 五月，扈从上京，宫学 纪事，绝句二十首》"睿思"条注。

4．夏季。《尔雅·释天》：春为青阳，夏为朱明，秋为白藏，冬为玄英。四气和谓之玉烛。

5．即芍药。宋·姜夔《扬州慢》：二十四桥仍在，波心荡、冷月无声。念桥边红药，年年知为谁生。

6．春季的节令。北周·庾信《奉和赵王西京路春旦》：宜年动春律，御宿敛寒氛。弄玉迎萧史，东方觅细君。

7．天子和诸侯所乘坐的车子，此处代指帝王。《孟子·梁惠王下》：他日君出，则必命有司所之；今乘舆已驾矣，有司未知所之，敢请。

8．解脱骖马，意谓无心驱驰。《三国志·蜀书·董允传》：允尝与尚书令费祎、中典军胡济等共期游宴，严驾已办……年少官微，见允停出，逡巡求去，允不许……乃命解骖，祎等罢驾不行。

9．极微小的利益。《庄子·则阳》：有国于蜗之左角者曰触氏，有国于蜗之右角者曰蛮氏。时相与争地而战，伏尸数万。

10．多次出仕。《史记·管仲列传》：吾尝三仕三见逐于君，鲍叔不以我为不肖，知我不遭时也。

富贵人虽欲，驱驰老岂堪。

预知今夕梦，的的[1]到江南。

雨后桓州道中

雨后桓州道，清无一点尘。

半天云叶薄，五月草芽新。

白雀能知晓，黄羊不畏人。

悬鞍有马酒[2]，香泻草囊[3]春。

洪禧殿进讲

日漾珠帘动，风生宝殿寒。

明时求治策，要道在儒冠。

听纳劳前席[4]，咨嗟感从官。

黄封颁赐后，愉悦蔼天颜。

送张教授[5]归省

沍阴[6]地无春，况复当穷秋。

霜飞白草尽，野迥苍烟浮。

---

1. 分明。汉·刘向《新序·杂事二》：故阖闾用子胥以兴，夫差杀之而亡；昭王用乐毅以胜，惠王逐之而败。此的的然若白黑。

2. 即马奶酒。见刘秉忠《马酮》"马酮"、贡师泰《和胡士恭滦阳纳钵即事韵》"马湩"条注。

3. 即盛酒的皮囊，北方少数民族常用动物皮革制成盛装液体的皮囊。

4. 意为想更加接近而移坐向前，多用来表示听对方说话听得入迷；此处表示对皇帝从谏如流的颂扬。《史记·贾谊列传》：上因感鬼神事，而问鬼神之本。贾生因具道所以然之状。至夜半，文帝前席。

5. 疑即张翥，张翥曾任国子助教，分教上都。《元史·张翥传》：至元末，同郡傅岩起居中书，荐翥隐逸。至正初，召为国子助教，分教上都生。

6. 沍，阴冷之气，凝聚不散。春秋·子华子《子华子·执中》：玄武沍阴，不能尽其所以寒也，必随之以敷荣之气而为春。孰为此者？天也。

嗷嗷[1]度寒雁，游子深乡愁。

匪[2]厌官冷去，倚门怜白头。

浮（一作"孤"）云西南飞，行迈心悠悠。

雁门接太行，山川郁绸缪。

朔风吹征衣，清笳动离忧。

临歧[3]复屏营[4]，君归我仍留。

赠言冀遄返，鲁泮[5]行当修。

七夕露坐因成驳杂无实之言

别况经年惯，佳期此夕逢。

终天为伉俪，一水任西东。

人世非无鹊，羁窗渐有蛩[6]。

鄜州共明月[7]，应是忆衰翁[8]。

上京十咏

元统甲戌，分台上京。饮马酒而甘，尝为作诗。丁丑分省，日多暇，因数土产可记者尚多，又赋九题，并旧作为上京十咏云。

1．象声词，形容鸟叫声。宋·陆游《秋晓》：菅席多年败见经，布衾木枕伴残更。嗷嗷天际雁初度，喔喔舍傍鸡乱鸣。

2．同"非"。

3．即面临歧路，指朋友分手各奔前路之处；后用作赠别之辞。唐陈子昂《感遇》三十八首之十四：临歧泣世道，天命良悠悠。昔日殷王子，玉马遂朝周。

4．屏，惶恐，彷徨。《国语·吴语》：王亲独行，屏营仿偟于山林之中，三日乃见其涓人畴。

5．春秋鲁国有鲁泮宫，为鲁国最高学府；这里借指建于上都的国子分学。见本作者《题文公书"光风霁月"四大字，平章燕公将构亭滦阳，以此为扁》"芹泮"条注。

6．蟋蟀鸣声表示时光的推移，已渐到秋季。唐·郑谷《灯》：雨向莎阶滴未休，冷光孤恨两悠悠。船中闻雁洞庭宿，床下有蛩长信秋。

7．思念亲人。唐·杜甫《月夜》：今夜鄜州月，闺中只独看。遥怜小儿女，未解忆长安。香雾云鬟湿，清辉玉臂寒。何时倚虚幌，双照泪痕干。

8．作者自称。

马酒

味似融甘露，香凝酿醴泉[1]。

新醅[2]撞重[3]白，绝品挹清玄[4]。

骥子[5]饥无乳，将军醉卧毡。

挏官[6]闻汉史，鲸吸有今年。

秋羊

塞上秋风起，庖人急上供。

戎盐[7]春玉碎，肥羜[8]压花重。

肉净燕支[9]透，膏凝琥珀浓。

---

1. 甜美的泉水。《礼记·礼运》：故天降膏露，地出醴泉，山出器车，河出马图，凤皇麒麟，皆在郊椒。

2. 没有过滤过的酒。唐·白居易《问刘十九》：绿蚁新醅酒，红泥小火炉。晚来天欲雪，能饮一杯无？

3. 重，通"湩"，乳汁。《汉书·匈奴传上》：其得汉缯絮，以驰草棘中，衣袴皆裂敝，以示不如旃裘之完善也。得汉食物皆去之，以视不如重酪之便美也。

4. 指酒的颜色，上品马奶酒的颜色如深青色。

5. 良马之驹，泛指马驹。汉·桓谭《新论·求辅》：于边郡求得骏马，恶貌而正走，名骥子。

6. 汉代设置的负责取马乳以制作饮品的官名。《汉书·百官公卿表上》：武帝太初元年，更名家马为挏马，初置路軨。

7. 即岩盐，因产于戎地而得名。《魏书·崔浩传》：太宗大悦，语至中夜，赐浩御缥醪酒十觚，水精戎盐一两。曰："朕味卿言，若此盐酒，故与卿同其旨也。"

8. 肥嫩的羔羊。《诗经·小雅·伐木》：伐木许许，酾酒有藇。既有肥羜，以速诸父。

9. 草名，可作红色染料；此处形容肉的颜色。晋·崔豹《古今注卷下·草木》：燕支，叶似蓟，花似蒲公，出西方。土人以染，名为燕支。中国人谓之红蓝，以染粉为面色，谓为燕支粉。今人以重绛为燕支，非燕支花所染也。燕支花所染，自为红蓝尔。旧谓赤白之间为红，即今所谓红蓝也。又，《南史·齐纪下·废帝海陵王本纪》：武帝时以燕支为朱衣，朝士皆服之；及明帝以宗子入纂，此又夺朱之效也。

年年神御殿[1]，颁馂[2]每沾侬。

黄羊

草美秋先腼，沙平夜不藏。

解条[3]文豹[4]建[5]，脔炙宰夫忙。

有肉须供世，无魂亦似獐。

少年非好杀，假尔试穿杨[6]。

黄鼠

北产推珍味，南来怯陋容。

瓠肥[7]宜不武，人拱若为恭[8]。

发掘怜禽狝[9]，招来或水攻。

1．即原庙，古代安放先朝帝王御容、牌位而岁时祭祀的处所，多设置于寺庙；上都作为夏都，自然设有已故帝、后神御殿，以便每年定期在此举行祭祀活动。《宋史·礼志十二（吉礼十二）》：神御殿，古原庙也，以奉安先朝之御容……太祖神御之殿七：太平兴国寺开元殿、景灵宫、应天禅院西院、南京鸿庆宫、永安县会圣宫、扬州建隆寺章武殿、滁州大庆寺端命殿。又，《元史·祭祀志四》：神御殿，旧称影堂。所奉祖宗御容，皆纹绮局织锦为之。影堂所在：世祖帝后大圣寿万安寺，裕宗帝后亦在焉；顺宗帝后大普庆寺，仁宗帝后亦在焉；成宗帝后大天寿万宁寺；武宗及二后大崇恩福元寺，为东西二殿；明宗帝后大天源延圣寺；英宗帝后大永福寺；也可皇后大护国仁王寺。

2．通"飧"，熟食。

3．通"绦"。

4．猎豹；元代贵族为方便狩猎，曾把进献、赏赐猎豹作为朝仪。《元史·顺宗本纪四》：乙巳，封脱脱为郑王，食邑安丰，赐金印及海青、文豹等物，俱辞不受。

5．通"健"。

6．射箭能于远处命中杨柳的叶子，极言射技之精；此句意为蒙古壮士借猎取黄羊来练习箭术。《战国策·西周策》：楚有养由基者，善射；去柳叶者百步而射之，百发百中。

7．瓠指瓠瓜，果肉为白色；"瓠肥"，形容白胖，此处意谓黄鼠肉肥白如瓠瓜果肉的颜色。《史记·张丞相列传》：张丞相苍者，阳武人也……苍坐法当斩，解衣伏质，身长大，肥白如瓠，时王陵见而怪其美士，乃言沛公，赦勿斩。

8．描绘黄鼠人立，两前爪相拱揖举，如行礼之态。

9．意谓像禽兽一样加以捕杀。唐·韩愈《送郑尚书序》：至纷不可治，乃草薙而禽狝之，尽根株痛断乃止。

君毋急盘馔[1]，幸自不穿墉[2]。

荞麦

坡远花全白，霜轻实变（一作"便"）黄。

杵头麸褪黑（一作"褪墨"），碾齿雪流香。

玉叶[3]翻盘薄，银丝[4]出漏长。

元宵贮膏火，蒸黑（一作"墨"）笑南乡。

南乡荞麦黑甚，孰则坚实若瓦石，田家元夕以代陶盏贮膏火。

白菜

土羔[5]新且嫩，筐筥[6]荐纷披[7]。

可作青菁饭[8]，仍携玉版师[9]。

清风牙颊响，真味士夫知。

---

1. 盘盛肴馔的统称。唐·韩愈《醉赠张秘书》：长安众富儿，盘馔罗羶荤。不解文字饮，惟能醉红裙。

2. 高墙；句谓不必急于捕捉吃掉，此鼠不会穿墙打洞为害人类。《诗经·国风·召南·行露》：谁谓鼠无牙，何以穿我墉？谁谓女无家，何以速我讼？

3. 比喻荞麦磨面后制成的面饼。

4. 比喻用荞麦面制作的面条。

5. 菜秧。宋·苏轼《和陶丙辰岁八月中于下潠田舍获》：天公岂相喜，雨霁与意谐。黄菘养土羔，老楮生树鸡。

6. 方形为筐，圆形为筥。《诗经·周颂·良耜》：或来瞻女，载筐及筥。其饟伊黍，其笠伊纠。

7. 形容盛多。唐·杜甫《九日寄岑参》：维南有崇山，恐与川浸溜。是节东篱菊，纷披为谁秀？

8. 即"青精饭"，即立夏吃的乌木饭，相传为太极真人首创，能延年益寿。句谓白菜之青叶。宋·林洪《山家清供卷上·青精饭》：青精饭，首以此，重谷也。按《本草》："南烛木，今名黑饭草，又名旱莲草。"即青精也。采枝叶捣汁，浸上白好粳米，不拘多少，候一二时，蒸饭，曝干，坚而碧色，收贮。如用时，先用滚水量米数，煮一滚即成饭矣。用水不可多，亦不可少。久服益颜延年。仙方又有青精石饭，世未知石为何也。

9. 笋的别名，句谓白菜又有色白如笋的菜帮。宋·张炎《浣溪沙·双笋》：空色壮严玉版师，老斑遮护锦绷儿，只愁一夜被风吹。

南土称秋末，投簪[1]要及时[2]。

芦菔[3]

性质宜沙地，栽培属夏畦。

熟登甘似芋，生荐脆如梨。

老病消凝滞，奇功直品题。

故园长尺许，青叶更堪齑。

沙菌[4]

牛羊膏润[5]足，物产借英华[6]。

帐脚骈遮地，（此物喜生车帐卓歇之地。夏秋则环绕其迹而出。）钉头[7]怒戴沙。

斋厨供玉食，氄索[8]出毡车。

---

1. 丢下固冠用的簪子，比喻弃官。南北朝·孔稚珪《北山移文》：昔闻投簪逸海岸，今见解兰缚尘缨。于是南岳献嘲，北陇腾笑，列壑争讥，攒峰竦诮。
2. 此句暗用西晋张翰典故，意为白菜于秋末成熟，也值得为之挂冠而去。张翰，西晋文学家，字季鹰，性格放纵不拘，时人比之为阮籍，号"江东步兵"。齐王执政，辟为大司马东曹掾，见祸乱方兴，以秋风起思吴中菰菜、莼羹、鲈鱼为由辞官而归。见张翥《上京睹陈渭叟寄友书，声及鄙人，赋以答之》"思鲈"条注。
3. 萝卜，另有莱菔、英、芦萉、荠根、罗服、萝卜、菔葵、紫菘、紫花菘、温菘、萝苗、楚菘、秦菘、土酥、葵子、萝白等称谓，具有药用功能。《后汉书·刘盆子传》：时被庭中宫女犹有数百千人，自更始败后，幽闭殿内，掘庭中芦菔根，捕池鱼而食之，死者因相埋于宫中。又，唐·苏敬等《唐本草卷十八·菜上》：散服及炮煮服食，大下气，消谷，去痰癖；生捣汁服，主消渴。
4. 即蘑菇。
5. 指使草木得到滋润生长的雨露和养料；指沙菌以牛羊粪便作肥料，土壤肥沃而苗壮成长。宋·苏辙《寒食赠游压沙诸君》：老僧屈指数春候，却后百日花当苏。微风细雨膏润足，枝头万万排明珠。
6. 草木之美者，即谓沙菌靠牛羊粪便的滋润而生长，是塞外的美味佳肴。宋·苏轼《谢吕龙图》其二：蔀屋之陋，复生光彩；陈根之朽，再出英华。
7. 形容沙菌初生时的状貌。
8. 氄索指用毛搓制而成的绳索。《辽史·伶官传·罗衣轻传》：兴宗败于李元昊也，单骑突出，几不得脱。先是，元昊获辽人，辄劓其鼻……故罗衣轻止之曰："且观鼻在否？"上怒，以氄索系帐后，将杀之。

莫作垂涎想，家园有莫邪[1]。

地椒[2]

冻雨催花紫，风轻散野香。

刺沙尖叶细，敷地乱条长。

楚客[3]收成裹，奚童[4]撷满筐。

行厨[5]供草具[6]，调鼎[7]尔非良[8]。

韭花[9]

西风吹野韭，花发满沙陀。

气校荤蔬[10]媚，功于肉食多。

1．古代的宝剑名。此二句涉及蒙古民俗，意谓到别人的蒙古包旁边采摘沙菌是十分不礼貌的行为。

2．草原上的一种野生香料植物，牛羊嗜食。明·李时珍《本草纲目·果部四·地椒》：地椒出北地，即蔓椒之小者，贴地生叶，形小，味微辛。土人以煮羊肉食，香美。

3．原指忠而被谤，遭放逐而流落他乡的楚人屈原；后泛指客居他乡的人，诗中为作者自指。《三国志·蜀书·郤正传》：薛烛察宝以飞誉，瓠梁讬弦以流声；齐隶拊髀以济文，楚客潜寇以保荆。

4．也作"奚僮"，未成年的男仆。《宋史·韩世忠列传》：自此杜门谢客，绝口不言兵，时跨驴携酒，从一二奚童，纵游西湖以自乐，平时将佐罕得见其面。

5．原意是出游时携带酒食，此处指旅程中烹制食物。北周·庾信《咏画屏风诗》之十八：落花承舞席，春衫拭酒杯。行厨半路待，载妓一双迴。

6．粗劣的器皿，借指粗劣的饭食。《战国策·齐策四》：左右以君贱之也，食以草具。居有顷，倚柱弹其剑，歌曰："长铗归来乎！食无鱼。"左右以告。

7．烹调食物，指烹制精美的食物。南朝·梁元帝《金楼子·立言上》：余见宰人叹曰："伊尹与易牙同知调鼎，而有贤不肖之殊。"

8．二句意谓地椒并非为人所熟知、常用的调味品，但草原行旅备炊时可就地取材，方便又经济。又，"调鼎"，常比喻宰相治理国家；此二句实为作者因物兴感，以反语寄寓身世之叹。唐·孟浩然《都下送辛大之鄂》：南国辛居士，言归旧竹林。未逢调鼎用，徒有济川心。

9．草原上的野韭菜花，是一种味道鲜美的调味品，经常食用有利便、消食、润腹胃、消炎、解油腻等功效。

10．指葱蒜类气味强烈、辛辣的菜蔬。《荀子·富国》：瓜桃枣李一本数以盆鼓，然后荤菜百蔬以泽量，然后六畜禽兽一而剸车，鼋鼍、鱼鳖、鳅鳝以时别，一而成群。

浓香跨姜桂，余味及瓜茄。

我欲收其实，归山种涧阿[1]。

寿宁宫用吴闲闲韵

当年鸾鹤[2]记经过，丽锦词华出凤梭[3]。

京国天高黄屋[4]近，衡山春满白云多。

扈行屡得联觞咏[5]，奉祀时闻响珮珂[6]。

老我[7]一笻双不借[8]，为言心事更无他。

上都寄高辛甫[9]参议

同阴[10]顷刻尚留连，六岁同寅[11]岂偶然。

1．山涧弯曲处。东晋·陶渊明《拟挽歌词三首》：亲戚或余悲，他人亦已歌。死去何所道，托体同山阿。

2．鸾与鹤，相传均为供仙人所乘。《旧唐书·白居易传》：或花时宴罢，或月夜酒酣，一咏一吟，不觉老之将至。虽骖鸾鹤、游蓬瀛者之适，无以加于此焉，又非仙而何？

3．雕有凤凰图案的梭子，此处比喻吟咏华美词章的锦心绣口。唐·戴叔伦《织女词》：凤梭停织鹊无音，梦忆仙郎夜夜心。难得相逢容易别，银河争似妾愁深。

4．帝王所居的宫室。《魏书·李彪传》：故夏禹卑宫室而恶衣服，殷汤寝黄屋而乘辂舆。此示俭于后王，后王所宜观其意而取折衷也。

5．饮酒赋诗。晋·王羲之《兰亭集序》：虽无丝竹管弦之盛，一觞一咏，亦足以畅叙幽情。

6．佩玉相击之声，比喻吟咏之声如振珠玉。宋·林正大《括酹江月》：紫禁九重，碧山万里，无路鸣珮珂。

7．老人的自称。宋·刘克庄《贺新郎·送黄成父还朝》：子方行矣乘骢马。又送他、江南太史，去游毡厦。老我伴身惟有影，倚遍风轩月榭。

8．也作"不惜"，麻鞋；丝制者为履，麻制者因贱而易敝，不借于人而得名。汉·史游《急就篇》卷二：裳韦不借为牧人，完坚耐事逾比伦。颜师古注：不借者，小屦也，以麻为之，其贱易得，人各自有，不须假借，因为名也。

9．其人不详。许有壬另有《水调歌头·即席赠河南廉使高辛甫》，应即同一人；且据此可知曾任河南廉使。

10．未详何典，参以下句"同寅"，应即共事之意。

11．同僚。《尚书·虞书·皋陶谟》：天秩有礼，自我五礼有庸哉！同寅协恭和衷哉！天命有德，五服五章哉！

世路往来皆传舍[1]，人生离合有机缘。

云山烟水几千里，霜木星辰二十年。

不日中秋定归去，紫垣[2]明月共婵娟。

即事

土屋平无脊，沙冈远似重。

风炉悬马爨[3]，木臼响车舂[4]。

系尾牛连犊[5]，谋生鼳待蛋[6]。

醉歌喧帐影，芳草正茸茸。

监试上都次柳道传[7]途中韵二首

川原风色晚萧骚[8]，发轫[9]尘沙一日劳。

明世疏慵[10]竟何补，长途筋力谩相鏖[11]。

天边白草寒无际，马首青山近渐高。

1．供行人休息住宿的处所；此处指世路如寄，漂泊无定，类似于萨都剌《金陵道中题沈氏壁》诗之"万里关河成传舍"。《三国志·魏志·陈群传》：昔刘备自成都至白水，多作传舍，兴费人役。

2．星座名，常借指皇宫。《宋史·天文志一》：极星之在紫垣，为七曜、三垣、二十八宿众星所拱，是谓北极，为天之正中。见周伯琦《七月七日同宋显夫学士暨经筵僚属游上京西山纪事二首》"星垣"条注。

3．用马粪烧火做饭。

4．用水车役水而舂。

5．指牛群衔尾而行。

6．根据《说文解字》，鼳与蛋均为鼠类；此处当指草原上特有的鼠类动物。

7．柳贯，字道传。

8．萧条凄凉。唐·祖咏《晚泊金陵水亭》：江亭当废国，秋景倍萧骚。夕照明残垒，寒潮涨古濠。

9．拿掉支住车轮的木头，使车前进；借指出发、启程。战国·屈原《离骚》：朝发轫于苍梧兮，夕余至乎县圃。老冉冉其将至兮，恐修名之不立。

10．疏懒，懒散。唐·元稹《台中鞫狱，忆开元观旧事，呈损之,兼赠周兄》：忆在开元馆，食柏练玉颜。疏慵日高卧，自谓轻人寰。

11．熬，久煎。宋·苏轼《老饕赋》：水欲新而釜欲洁，火恶陈而薪恶劳。九蒸暴而日燥，百上下而汤鏖。

只恐稚圭[1]今复有，移文非我更谁嘲。

岁寒沙积（一作"迹"）莹无泥，客子身心付马蹄。
山雪斑斓僵树立，寒天空阔暮鸿低。
伤心台上人千载，想像河梁手一携[2]。
当日是非何足较，蹑云[3]吾欲挽虹霓。

和继学[4]寄分省诸公韵二首

粉署[5]凉多酒易消，紫垣天近惯闻韶[6]。
甘分桐乳[7]朝承宴，香惹炉烟晚退朝。
行殿日华[8]明玉藻[9]，清滦[10]秋影熨冰绡[11]。
圣时扈从臣无策，愿弃楼船只就桥。

西掖梧桐一院阴，太平官府静沉沉。

1．孔稚圭(447~501)，南朝齐骈文家，代表作《北山移文》；此处作者以孔稚圭自比。

2．此二句用苏武、李陵相别典故。旧传苏武《与李陵诗》中有"俛仰内伤心，泪下不可挥。愿为双黄鹄，送子俱远飞"。见贡奎《李陵台》"河梁五字悲"、柳贯《望李陵台》"河梁"条注。

3．腾云。晋·葛洪《神仙传·刘根》：夫仙道有升天蹑云者，有游行五岳者，有食谷不死者，有尸解而仙者，要在于服药，服药有上下，故仙有数品也。

4．即王士熙。

5．即粉省，尚书省的别称。见王士熙《送和林苏郎中》"画省"、袁桷《次韵玉堂画壁》"玉堂"条注。

6．传说中虞舜时代的乐曲名。《论语·述而》：子在齐闻韶，三月不知肉味，曰："不图为乐之至于斯也。"

7．桐子，因状如乳形而得名。宋·陈翥《桐谱·杂说》：《庄子》云："空门来风，桐乳致巢。"注："门户空，风喜投之，桐子似乳者，叶而生，鸟喜巢之。"

8．殿门名。唐·杜甫《奉答岑参补阙见赠》：窈窕清禁闼，罢朝归不同。君随丞相后，我往日华东。仇兆鳌注：《唐六典》：宣政殿前有两庑，两庑各有门。其东曰日华，日华之东则门下省也……西廊有门曰月华，月华之即中书省也。

9．古代王冠垂挂的玉饰，以杂采之丝绳贯玉，以玉饰藻；泛指华美、温润的玉饰。《后汉书·舆服志上》：故圣人处乎天子之位，服玉藻邃延，日月升龙，山车金根饰，黄屋左纛，所以副其德，章其功也。

10．指滦水。

11．薄而洁白的丝绸。唐·王勃《七夕赋》：停翠梭兮卷霜縠，引鸳杼兮割冰绡，举黄花而乘月艳，笼黛叶而卷云娇。

敢叨紫绶[1]承黄阁[2]，曾受青灯[3]炼赤心。

漳水[4]风烟千里隔，蓬山[5]宫阙五云深。

小窗退食[6]成佳趣，恰好茶香月转琴[7]。

宴慈仁殿周览山川喜而有作

累朝仙帐似星躔[8]，咫尺钧天[9]别有天。

龙虎冈陵围不断，凤鸾楼殿郁相连。

翠榆舞影交驰道，红药飞香入御筵。

蝼蚁小臣无以祝，两宫圣寿万斯年。

1．紫色丝带，古代高级官员用作印组，也有作为服饰；借指高官。《汉书·百官公卿表上》：相国、丞相，皆秦官，金印紫绶，掌丞天子助理万机。

2．汉代丞相、太尉和汉以后的三公，其官署避用朱门，而是将厅门涂为黄色，以区别于天子；后借指宰相。《隋书·礼仪志六》：诣三公，必衣帢。至黄阁，下履，过阁还，著履。

3．也作"青橙"，光线青荧的油灯；借指孤寂、清苦的生活。唐·韦应物《寺居独夜寄崔主簿》：坐使青灯晓，还伤夏衣薄。宁知岁方晏，离居更萧索。

4．古河流名，今称漳河，有支流流经作者故乡彰德汤阴；此处代指作者故乡。

5．蓬莱山，相传为仙人所居；后也作为官署名，即秘书省的别称。《旧唐书·刘子玄传》：当今朝号得人，国称多士。蓬山之下，良直差肩；芸阁之中，英奇接武。

6．退朝就食于家，此处指公余休息。《北史·高允列传》：季式豪率好酒，又恃举家励功，不拘检节。与光州刺史李元忠生平游款……因退食暇，寻季式，酣歌留宿。

7．唐·徐氏《丹景山至德寺》：松梢月转琴栖影，柏径风牵麝食香。虔牒六铢宜铸祝，惟祈圣祉保遐昌。

8．日月星辰运行的轨迹。《宋史·方伎列传上·韩显符传》：陛下讲求废坠，爰造浑仪，漏刻星躔，晓然易辨。

9．天的中央，古代神话传说中天帝住的地方。战国·吕不韦《吕氏春秋·有始览》：天有九野，地有九州……何谓九野？中央曰钧天，其星角、亢、氐；东方曰苍天，其星房、心、尾……南方曰炎天，其星舆鬼、柳、七星；东南曰阳天，其星张、翼、轸。

从左大夫[1]奉命郊劳右大夫太平王[2]，野宿滦都西北二十里，地曰察尔吉摩多，与云庄治书[3]同帐，明发疾驱，马上饮湩有作

斗帐[4]帡幪仅二人，薄毡藉草几时温。

夜深露逼身如洗，天近星垂手可扪。

一盏寒泉均盥漱，半囊余湩了饔飧[5]。

言归自是人无勇，茅屋空闲老瓦盆。

和闲闲宗师[6]至上京韵二首

建瓴[7]天下奠皇都，圣祖神功旷世无。

滦水清浮金阙动，蹛林[8]晴射锦云铺。

自怜簪笔螭头[9]近，深愧盘空鹗影孤。

1. 似应为御史大夫脱别台，也译作脱别歹。许有壬同期作品有《左大夫猎得兔》《六十里店饮脱别歹大夫帐》，此诗之左大夫应即文宗时的御史大夫脱别台。《元史·文宗本纪四》：壬辰，以知枢密院事脱别台为御史大夫。

2. 燕铁木儿，元代权臣，元文宗天历元年（1328年），因拥立文宗有功，被封太平王，又加授开府仪同三司、上柱国、录军国重事、中书右丞相、监修国史、知枢密院事。《元史·文宗本纪一》：命燕铁木兒将兵击辽东军，封燕铁木兒为太平王，以太平路为食邑，赐金五百两、银二千五百两、钞万锭、平江官地五百顷。

3. 应即咬咬，也作"约约"，字正德，号云庄，蒙古人，画家，时任治书侍御史。许有壬有《题咬云庄侍御为庞允中画山水障》《题云庄青山白云图》《题云庄为韩伯顺作山高月小图》《牛群驿同云庄治书登市楼》。许有壬《云庄记》：至治辛酉，有壬佐天官幕，交一时达官，窃置淑慝胸中。当横流奔冲，澜倒风靡，而工部尚书咬公正德，人独以不倚称之……予结庐其间，有田有圃，时时出游归，马上望吾庐，杳霭隐见在白云中，千态万状，不可形喻，而予心若有所得，因名曰"云庄"，将为兔裘也。

4. 小帐，因形如覆斗而得名。汉·刘熙《释名·释床帐》：小帐曰斗帐，形如覆斗也。

5. 也作"饔飱"，饭食。宋·佚名《京本通俗小说·拗相公》：况且民穷财尽，百姓饔飧不饱，没闲钱去养马骡。

6. 即玄教宗师吴全节。

7. 即高屋建瓴，形容居高临下、难以阻挡的形势。《史记·高祖本纪》：地势便利，其以下兵于诸侯，譬犹居高屋之上建瓴水也。

8. 匈奴秋社之处；匈奴土俗，秋社绕林木而会祭，因而称蹛林。《史记·匈奴列传》：秋，马肥，大会蹛林，课校人畜计。

9. 古代彝器、碑额、庭柱、殿阶及印章等上面的螭龙头像；也指殿前雕有螭头形的石阶。《旧唐书·张延赏列传》：文宗复故事，每入阁，左右史执笔立于螭头之下，宰相奏事，得以备录。

却望居庸南去路，瘠田茅屋杳荆湖。

夷夏襟喉[10]控两都，两都形势汉唐无。
垂衣[11]已定千年治，封事[12]仍求万字铺。
香殿昼闲云气合，瑶楼天迥月轮孤。
太平裨赞[13]惭无策，犹幸人间有五湖[14]。

和伯生[15]韵赠崇真宫魏道士[16]

身已支离[17]鬓已了，夕斟[18]沆瀣[19]晓餐霞。
人间白发不能黑，方外青山便是家。
上谷荒林惟有石，天台流水久无花。
崇真宫里相逢处，欲扣真诠[20]日又斜。

10．衣领和咽侯，比喻要害之处、重要关塞。《宋史·曲端传》：延安五路襟喉，今已失之，《春秋》大夫出疆得以专之，请诛庶归报。

11．也称垂衣裳，垂裳，意谓定衣服之制，示天下以礼；后用以称颂帝王无为而治，类似于垂拱而治。《后汉书·舆服志下》：黄帝、尧、舜垂衣裳而天下治，盖取诸乾𡿨。乾𡿨有文，故上衣玄，下裳黄。

12．密封的奏章。古时臣下上书奏事，为防泄漏，用皂囊封缄，因而称"封事"。《汉书·宣帝纪》：上始亲政事，又思报大将军功德，乃复使乐平侯山领尚书事，而令群臣得奏封事，以知下情。

13．辅助。《陈书·文学列传》：莫不思侔造化，明并日月，大则宪章典谟，裨赞王道，小则文理清正，申纾性灵。

14．春秋末越国大夫范蠡，辅佐越王勾践，灭亡吴国，功成身退，乘轻舟而隐于五湖。后因以"五湖"指隐遁之所。《国语·越语下》：反至五湖，范蠡辞于王曰："君王勉之，臣不复入越国矣。"……遂乘轻舟以浮于五湖，莫知其所终极。见刘敏忠《上都长春观和安御史、于都事、陈秋岩唱和之十》"陶朱"条注。

15．虞集，字伯生。

16．其人待考。

17．流离，漂泊。唐·杜甫《咏怀古迹》其一：支离西北风尘际，飘泊东南天地间。三峡楼台淹日月，五溪衣服共云山。

18．"斟"的异体字。

19．夜间的水气，露水；旧时认为为仙人所饮。战国·屈原《远游》：轩辕不可攀援兮，吾将从王乔而娱戏。餐六气而饮沆瀣兮，漱正阳而含朝霞。

20．也作"真筌"，意谓真谛。唐·卢藏用《衡岳十八高僧序》：然而年代攸邈，故老或遗；真诠缅微，后生何述？

代祀寿宁宫赠苏侍郎[1]

粉闱[2]长日簿书[3]闲，礼法拘人一笑难。
天子九重颁信币[4]，侍郎三日佐祠官。
茶余延话风生阙，朝退哦诗月满坛。
但恨无缘驻清景，云璈[5]声断烛花残。

奎章阁

先帝[6]忧劳总万机，退朝游息[7]不宫闱[8]。
球琳[9]璀璨开玄圃[10]，奎章[11]森罗拱紫薇[12]。

1．根据许有壬生平及其交往情况，苏侍郎似应为真定人苏天爵，时任礼部侍郎。《元史·苏天爵列传》：后至元二年，由刑部郎中改御史台都事。三年，迁礼部侍郎。

2．尚书省的别称。唐·李山甫《送职方王郎中吏部刘员外自太原郑公幕继奉征书归省》：莲影一时空俭府，兰香同处扑尧衣。此生长扫朱门者，每向人间梦粉闱。

3．官署中的文书簿册，此处借指公务。《汉书·礼乐志二》：汉承秦之败俗，废礼义，捐廉耻，今其甚者杀父兄，盗者取庙器，而大臣特以簿书不报，期会为故，至于风俗流溢，恬而不怪，以为是适然耳。

4．帝王赏赐道观、道士，用以表达虔敬的钱。唐·杜光庭《太上黄箓斋仪》卷十七：俾安灵识，爰降丝纶。颁信币以丰严，锡香花而蠲洁。

5．即云锣，打击乐器。《元史·礼乐志五》：云璈，制以铜，为小锣十三，同一木架，下有长柄，左手持，而右手以小槌击之。

6．指元文宗。

7．游玩与休憩。宋·欧阳修《吉州学记》：学有堂筵斋讲，有藏书之阁，有宾客之位，有游息之亭。

8．帝王的后宫。《后汉书·皇后纪上》：《周礼》王者立后，三夫人，九嫔，二十七世妇，八十一女御，以备内职焉。后正位宫闱，同体天王。

9．球、琳，两种美玉名，也泛指美玉。《晋书·孙楚传》：兵不逾时，梁、益肃清，使窃号之雄，稽颡绛阙，球琳重锦，充于府库。

10．又称县圃、元圃等，传说中昆仑山顶的神仙居处，其中有奇花异石，人登而成仙。北魏·郦道元《水经注·河水一》：昆仑之山三级：下曰樊桐，一板松；二曰玄圃，一名阆风；三曰层城，一名天庭。是为太帝之居。

11．皇帝的诗文书法，也泛指杰出的书法或文章；后代指皇帝贮藏书画的处所。宋·岳珂《桯史·王义丰诗》：山南有万杉寺，本仁皇所建，奎章在焉。

12．同"紫微"，指帝王的宫殿。唐·李白《宫中行乐词》其一：小小生金屋，盈盈在紫微。山花插宝髻，石竹绣罗衣。

图史圣功方未已，乾坤神器[1]遽长违[2]。

诒谋[3]有道心无憾，千古中天日月辉。

除奎章阁侍书学士，中台奏留[4]，戏简阁中诸老

盛世真才蔼邓林[5]，天容樗散[6]厕余音。

銮坡风月无清福，乌府冰霜岂素心。

空使群贤留半席，不教敝帚直千金[7]。

万年奎壁[8]光如日，岁晚斯盟肯再寻。

---

1. 帝王的印玺，借指帝位。唐·魏征《谏太宗十思疏》：人君当神器之重，居域中之大，将崇极天之峻，永保无疆之休。

2. 讳称元文宗驾崩。

3. 为子孙妥善谋划，使子孙安乐。唐·李德裕《〈黠戛斯朝贡图传〉序》：臣伏思太宗往日之惧，致我唐百代之隆，则圣祖诒谋，可谓深矣。

4. 中台指中书省。元顺帝元统元年（1333），许有壬参议中书省事，次年拜治书侍御史，转奎章阁学士院侍书学士，仍治台事。《元史·许有壬传》：明年甲戌，拜治书侍御史，转奎章阁学士院侍书学士，仍治台事。

5. 比喻荟萃之处，聚汇之所。南朝·钟嵘《诗品·总论》：陈思《赠弟》、仲宣《七哀》、公干《思友》、阮籍《咏怀》……斯皆五言之警策者也，所谓篇章之珠泽，文彩之邓林。

6. 樗木材劣，多被闲置；比喻投闲置散，不为世用；此处为作者自谦之辞。《庄子·逍遥游》：惠子谓庄子曰："吾有大树，人谓之樗。其大本拥肿而不中绳墨，其小枝卷曲而不中规矩，立之涂，匠者不顾。今子之言，大而无用，众所同去也。"又，《庄子·人世间》：匠石之齐，至于曲辕，见栎社树。其大蔽数千牛……弟子厌观之，走及匠石，曰："自吾执斧斤以随夫子，未尝见材如此其美也。先生不肯视，行不辍，何邪？"曰："已矣，勿言之矣！散木也，以为舟则沈……是不材之木也，无所可用，故能若是之寿。"

7. 弊帚千金，对自家的破旧扫帚，也看得价值千金；比喻对自己事物的珍视。三国·魏·曹丕《典论·论文》：里语曰："家有弊帚，享之千金。"斯不自见之患也。

8. 二十八宿中奎宿与壁宿的并称，二宿皆主文运。《旧唐书·天文志上》：东壁九度，奎十六度，此错以奎西大星为距，即损壁二度，加奎二度，今取西南大星为距，即奎、壁各不失本度。

如上京

驿（一作"策"）骑年年遍两京，但恐（一作
"惭"）无赋继张衡[1]。

出城便与青山会，涉世惟催白发生。

新雨烟芜皆秀色，嫩凉云树已秋声。

尊空[2]客散邮亭远，恰是思家第一程。

龙冈侍燕[3]和张孟功员外[4]韵

山川宫阙古无双，列骑如花簇葆幢[5]。

一派箫韶来月窟[6]，半空金碧启天窗。

神仙毕至朝圆峤[7]，寒素从夸燕曲江[8]。

圣德鹿鸣[9]歌不尽，愿言怀宝莫迷邦[10]。

1．汉代文学家，著有《二京赋》。《后汉书·张衡列传》：张衡字平子，南阳西鄂
人也……衡少善属文，游于三辅，因入京师，观太学……时天下承平日久，自王侯以下，
莫不逾侈。衡乃拟班固《两都》，作《二京赋》，因以讽谏。精思傅会，十年乃成。

2．通"樽"。

3．同"宴"。

4．张惟敏，字孟功，巩县人。泰定年间，以儒官补集贤院掾史，历兵部侍郎，至
正二年迁南台治书侍御史，累官至河南、河北等处行中书省参知政事。追封梁郡公，
谥文定。其"员外"具体何职及任职时间待考。清·王士俊《河南通志卷五十九·人
物》：张惟敏字孟功，巩县人。泰定间，以儒官补集贤院掾史，累官至河南、河北等
处行中书省参知政事。后追封梁郡公，谥文定。

5．葆通"宝"；幢，垂筒形、饰有羽毛、锦绣的旗帜；葆幢在古代常在军事指
挥、仪仗行列、舞蹈表演中使用。《宋史·乐志二》：聂崇义图，羽舞所执类羽葆
幢，析羽四重，以结缀系于柄，此纛翳之谓也。

6．传说中月的归宿处，泛指边远之地。唐·李白《苏武》：牧羊边地苦，落日归
心绝。渴饮月窟水，饥餐天上雪。

7．传说中的仙山，常指隐士、神仙所居之地。唐·顾况《送从兄使新罗》：几路
通圆峤，何山是沃焦？飓风晴汩起，阴火暝潜烧。

8．唐时进士及第，放榜后大宴于曲江亭，宴会即被称为曲江宴。《新唐书·选举志一》：
宰相李德裕尤恶进士。初，举人既及第，缀行通名，诣主司第谢……又有曲江会、题名席。

9．相传古代君王宴飨群臣嘉宾所用的乐歌。《诗经·小雅·鹿鸣》：呦呦鹿鸣，
食野之苹。我有嘉宾，鼓瑟吹笙。吹笙鼓簧，承筐是将。人之好我，示我周行。

10．比喻有才德而不为国家所用。《论语·阳货》：谓孔子曰："来！予与尔言。"
曰："怀其宝而迷其邦,可谓仁乎?"曰:"不可。"

六十里店[1]饮脱别殆大夫[2]帐

绣箔红飘辇路云，竹椴清度属车尘。

天窗下泻风如水，月榻前留草作茵。

仙府琼浆斟沆瀣，太官珍脯擘麒麟。

醉归跃马桓州道，谁信绳枢[3]槁项人[4]。

和谢敬德学士[5]题苏武泣别图韵

死节吾已矣，生还又不如。

天王非太忍，臣罪不胜诛。

亲交生别去，子复弃遐荒。

只道还家好，还家恨更长。

六月朔留守官进芍药

六龙到处是阳和，上苑名花得最多。

罗帕笼香来黼扆[6]，玉瓶添水付仙娥。

---

1. 即桓州驿，距上都六十里，因而又称六十里店。《元史・文宗本纪二》：庚戌，次于上都之六十里店。见周伯琦《扈从诗前序》。

2. 也作"脱别台"，元顺帝元统年间历任御史大夫、平章政事。《元史・顺宗本纪一》：元统二年春正月……以御史大夫脱别台为中书平章政事，阿里海牙为河南行省左丞相。见前《从左大夫奉命郊劳右大夫太平王，野宿滦都西北二十里，地曰察尔吉摩多，与云庄治书同帐，明发疾驱，马上饮渾有作》"左大夫"条注。

3. 以绳系户枢，形容贫家房舍之陋。汉・贾谊《过秦论上》：然而陈涉瓮牖绳枢之子，氓隶之人，而迁徙之徒也。

4. 羸瘦的样子；绳枢槁项，也比喻庸碌无能。宋・苏轼《六国论》：不知其槁项黄馘以老死于布褐乎？抑将辍耕太息以俟时也？

5. 即谢端，时任翰林直学士。见贡师泰《送成谊叔应奉分院上京并呈谢敬德学士》"谢敬德"条注。

6. 古代帝王座位后的屏风，上画斧形花纹；后借指帝王。《陈书・后主本纪》：是用属痛寐以轸怀，负黼扆而于邑。复兹合璧轮缺，连珠纬舛，黄钟献吕，和气始萌，玄英告中，履长在御，因时宥过，抑乃斯得。

开迟只是留春者，养小[1]其如玩物何。

昧死一言臣有献，中陵今日富菁莪[2]。

龙岗赐燕[3]

以下二首和吴宗师韵。按：吴宗师，即吴全节，参前《寿宁宫用吴闲闲韵》注。

至元新制汉官仪[4]，万马东西历翠微[5]。

袀服[6]盛装三日燕，和铃[7]清振九斿[8]旗。

明珠火齐[9]辉棕殿[10]，上醒[11]珍馐及布衣。

但愿普天均此乐，莫拘千里咏邦畿[12]。

1．即养小失大。《孟子·告子上》：孟子曰："人之于身也，兼所爱。兼所爱，则兼所养也。无尺寸之肤不爱焉，则无尺寸之肤不养也。所以考其善不善者，岂有他哉？于己取之而已矣。体有贵贱，有小大。无以小害大，无以贱害贵。养其小者为小人，养其大者为大人。

2．菁莪，指人才。此数句大意是劝谏君主不要耽于异卉珍玩，应以人才为重。《诗经·小雅·菁菁者莪》：菁菁者莪，在彼中陵。既见君子，锡我百朋。

3．同"宴"。

4．此句意谓元世祖忽必烈推行"汉法"。《元史·许衡传》：至元二年，帝以安童为右丞相，欲衡辅之，复召至京师，命议事中书省。衡乃上疏曰："……考之前代，北方之有中夏者，必行汉法乃可长久。故后魏、辽、金历年最多，他不能者，皆乱亡相继……"书奏，帝嘉纳之。

5．形容山光水色青翠缥缈。唐·韩愈《送区弘南归》：穆昔南征军不归，虫沙猿鹤伏以飞。汹汹洞庭莽翠微，九疑镵天荒是非。

6．也作"均服"，同一款式或颜色的服装；此处应指诈马宴上穿的质孙服。《左传·僖公五年》：童谣云："丙之晨，龙尾伏辰，均服振振，取虢之旂。鹑之贲贲，天策焞焞，火中成军，虢公其奔。"

7．古代车铃。和在轼前，铃在旗上。《诗经·周颂·载见》：载见辟王，曰求厥章。龙旗阳阳，和铃央央。

8．斿同"旒"，九斿指古代天子旌旗上的九条丝织垂饰。《礼记·乐记》：所谓大辂者，天子之车也。龙旗九旒，天子之旌也。青黑缘者，天子之宝龟也。

9．即火齐珠，宝珠之一种。《旧唐书·南蛮西南蛮列传·林邑国传》：四年，其王范头黎遣使献火珠，大如鸡卵，圆白皎洁，光照数尺，状如水精，正午向日，以艾承之，即火燃。

10．也作"椶殿"，即元上都的棕毛殿。

11．未详何出，参以上下文，"醒"疑或为"醒"字误刻，应为美酒之意。

12．王城及其所属周围千里的地域，此处借指国家。《诗经·商颂·玄鸟》：龙旂十乘，大糦是承。邦畿千里，维民所止，肇域彼四海。

和虞伯生[1]学士壁间韵

在公[2]抱隐忧，出塞得奇观。

青山万马奔，龙门忽中断。

地平豁四维，天阔帐一幔。

寄语鸣笳儿，休惊暮鸿散。

立秋

滦京长夏似凉秋，况此持权[3]属蓐收[4]。

莫使风霜便凌厉，九天龙驭[5]即回辀。

病起漫述

南烹习若性，出塞勉随俗。

老饕[6]不慎口，藏神[7]畏多肉。

流歠[8]引瓈杯，马湩注盈腹。

---

1. 即虞集。

2. 勤于公务。《诗经·国风·召南·采蘩》：被之僮僮，夙夜在公。被之祁祁，薄言还归。

3. 掌权。《汉书·鲍宣传》：窃见孝成皇帝时，外亲持权，人人牵引所私以充塞朝廷，妨贤人路。

4. 古代传说中的西方神名，司秋。《礼记·月令》：（孟秋之月）日在翼，昏建星中，旦毕中。其日庚辛，其帝少皞，其神蓐收。

5. 也作"龙御"，因传说羲和御六龙以载日，因而龙驭也代指太阳。南朝·张正见《轻薄篇》：石榴传马脑，兰肴荐象牙。聊持自娱乐，未是斗豪奢。莫嫌龙驭晚，扶桑复浴鸦。

6. 贪吃之人。宋·苏轼《老饕赋》：尝项上之一脔，嚼霜前之两螯。烂樱珠之煎蜜，溶杏酪之蒸羔。蛤半熟而含酒，蟹微生而带糟。盖聚物之夭美，以养吾之老饕。

7. 即养神。战国·佚名作、唐·王冰注《素问·宣明五气篇》：五脏所藏：心藏神，肺藏魄，肝藏魂，脾藏意，肾藏志。

8. 歠，通"啜"；一口气喝下去。《礼记·曲礼上》：凡进食之礼……共食不饱，共饭不泽手。毋抟饭，毋放饭，毋流歠，毋咤食，毋啮骨，毋反鱼肉，毋投与狗骨，毋固获，毋扬饭。

河鱼¹巧伺人，乘间颇肆酷。

瞑作遂达曙，肠雷殷空谷。

三日不能朝，一餐惟可粥。

中年体易虚，揽镜笑官目。

今朝气渐苏，鼓勇出衾褥。

翰墨试短吟，经史时卧读。

朋来酒入务²，清话慰幽独。

嗟余未闻道，结发事干禄。

素餐³古有讥，伴食⁴今不耻。

士贵早知止，圣许不远复。

归哉复归哉，瓦盂安脱粟⁵。

1．即河鱼之疾，指腹泻。鱼腐烂先从腹内始，有腹疾的，以河鱼作比喻。《左传·宣公十二年》：楚子伐萧……还无社与司马卯言，号申叔展。叔展曰：……"河鱼腹疾奈何？"曰："目于眢井而拯之。""若为茅绖，哭井则已。"明日萧溃，申叔视其井，则茅绖存焉，号而出之。

2．宋代掌酒税的官员称酒务，也借称酒店；"入务"即指止酒不饮。宋·苏轼《七月五日》其一：避谤诗寻医，畏病酒入务。萧条北窗下，长日谁与度。

3．指无功受禄，不劳而食。《诗经·国风·魏风·伐檀》：不稼不穑，胡取禾三百廛兮？不狩不猎，胡瞻尔庭有县貆兮？彼君子兮，不素餐兮。

4．唐时朝会结束，宰相率百僚集尚书省都堂会食，后来就用以指居宰辅之位而无所作为。清·毕沅《续资治通鉴·宋理宗嘉熙元年》：伴食故臣，生无锱铢之劳，没乃论定策之功。

5．糙米，只去皮壳、不加精制的米；此处代指告老归田，安于清贫生活之志。《史记·平津侯主父列传》：食一肉脱粟之饭。故人所善宾客，仰衣食，弘奉禄皆以给之，家无所余。

养马户¹次同年马伯庸中丞²韵

时尽夺驿地，马户益窘。

盛冬裘无完，丰岁食不足。

为民籍占驿，马骨犹我骨。

束刍³与斗菽，皆自血汗出。

才释鹰师⁴鞍，又服梵子毂。

边声⁵或玄象⁶，去马便可哭。

朝廷播政令，黎庶供力役⁷。

生儿甘做奴，养马愿饲粟。

源源急星火，金符⁸出黄屋⁹。

譬舟苟使覆，载物岂能淑？

百年俱成规，受他贫敢鬻。

粟麦被阳阪，黍穄满寒谷。

1. 元朝驿站称"战赤"，有水、陆之分，水路用船，陆路以马、牛、狗等作交通工具，尤以马所用最多。为驿站服务的百姓有专门户籍，称"站户"。此处所言"马户"，即指以养马为站赤提供服务的站户。按规定，每家马户都有一定面积的土地免交税粮，"夺驿地"指征用马户的免税土地。《元史·兵志四》：州县驿，设头目二名，如见役人即是相应站户，就令依上任事，不系站户，则就本站马户内别行选用。
2. 马祖常，时任御史中丞之职。《元史·马祖常传》：元统元年，召议新政，赐白金二百两、钞万贯。又历同知徽政院事，遂拜御史中丞。
3. 成束的草。《宋史·荆罕儒传》：令人负束刍径趋太原城，焚其东门。
4. 驯鹰的人，此处借指出猎的官僚豪绅。《隋书·炀帝纪上》：九月辛未，征天下鹰师，悉集东京，至者万余人。
5. 原指边境上胡笳、羌管、画角等乐声，此处指边境警报。《宋史·杨存中传》：未几，边声日急，九月，诏存中为御营宿卫使。
6. 天象，日月星辰在天所成之象；此处泛指自然灾异。《晋书·哀帝本纪》：诏曰："戎旅路次，未得轻简赋役。玄象失度，亢旱为患，岂政事未洽，将有板筑、渭滨之士邪！"
7. 劳役。《孟子·尽心下》：有布缕之征，粟米之征，力役之征。君子用其一，缓其二。用其二而民有殍，用其三而父子离。
8. 古代帝王授予臣属的信物，包括铜虎符、金鱼符、金符牌等；此处代指乘马的凭证。元朝规定若使用站赤马匹，必须有朝廷颁发的专门的圆牌、铺马圣旨或札子作为凭证。《元史·太宗本纪》：金防城提控马伯坚降，授伯坚金符，使守之。
9. 帝王所居宫室，代指朝廷。《史记·高祖本纪》：朝以十月。车服黄屋左纛。葬长陵。

圃蔬接畛青，树果屯云黑。

一朝化榛莽，坐使歌成泣。

我身非土梗[1]，我马非铁石。

糊口有四方，从渠安传食[2]？

和谢敬德学士[3]入关[4]至上都杂诗十二首

培塿[5]累累几附庸，一关独在碧霄中。

九千保障[6]空秦塞，百二山河[7]护汉宫。

天近马随云上下，峰回人忘路西东。

频来传吏浑相识，但讶终童[8]变老翁。

炫目岩花落又开，避人幽鸟去还来。

山僧馈饷[9]惟清茗，石媪衣裳满绿苔。

1．泥塑偶像。《战国策·赵策一》：夜半，土梗与木梗斗曰："汝不如我，我者乃土也。使我逢疾风淋雨，坏沮，乃复归土。今汝非木之根，则木之枝耳。汝逢疾风淋雨，漂入漳、河，东流至海，氾滥无所止。"臣窃以为土梗胜也。

2．辗转受人供养。《孟子·滕文公下》：后车数十乘，从者数百人，以传食于诸侯，不以泰乎？

3．谢端，时任翰林直学士。《元史·谢端传》：寻除翰林修撰，升待制，以选为国子司业，遂为翰林直学士，阶太中大夫。

4．此处指居庸关。

5．小土丘。唐·柳宗元《始得西山宴游记》：然后知是山之特立，不与培塿为类。

6．供防御戍守的军事建筑物，此处特指长城。宋·司马光《资治通鉴·陈宣帝太建十三年》：隋主患之，敕缘边修保障，峻长城，命上柱国武威阴寿镇幽州。

7．比喻山河险固之地。汉·司马迁《史记·高祖本纪》：秦，形胜之国，带河山之险，县隔千里，持戟百万，秦得百二焉。地势便利，其以下兵于诸侯，譬犹居高屋之上建瓴水也。

8．指年少有为。汉代人终军奉命赴南越游说南越王入朝，南越王愿举国归附，而其相吕嘉不从，举兵杀南越王及终军。终军死时年仅二十余，时称"终童"。《汉书·终军传》：南越与汉和亲，乃遣军使南越，说其王，欲令入朝……军遂往说越王，越王听许，请举国内属……越相吕嘉不欲内属，发兵攻杀其王及汉使者，皆死。语在《南越传》。军死时年二十余，故世谓之"终童"。

9．馈赠，引申为款待。宋·苏洵《上韩枢密书》：凡郡县之富民举而籍其名，得钱数百万，以为酒食馈饷之费。

琴峡[1]注泉成乐奏，梵书随石尽碑材[2]。

前途定憩榆林驿，游子休歌摽有梅[3]。

杂遝[4]牵黄复臂苍，清晨校猎阵云长。

一围塘泊如平地，五月郊原有肃霜。

饮至幕庭罗酒湩，周阹[5]飞骑谢[6]津梁[7]。

先生已得毛锥[8]力，更欲崆峒[9]倚步光[10]。

逐兔弓良不用蹄[11]，种荞坡峻马能犁。

土山无树远如近，沙路有风高又低。

幸遇清时免投笔[12]，却怜华发不胜笄。

寒暄南北都休校，一醉当令万物齐。

---

1. 即弹琴峡。

2. 指弹琴峡山崖的藏文石刻，至今犹存。

3. 《诗经》中的《摽有梅》，表达待字闺中的女子渴望婚嫁的急切心情；此处借用其意，劝慰行路之人不要因天时已晚和程途遥远而焦急。《诗经·国风·召南·摽有梅》：摽有梅，其实七兮。求我庶士，迨其吉兮。

4. 通"沓"。

5. 围猎禽兽的栏圈。《后汉书·马融列传上》：于是周阹环渎，右矕三涂，左概嵩岳，面据衡阴，箕背王屋，浸以波、溠，蒉以荥、洛。

6. 谢绝。宋·苏轼《盖公堂记》：子退而休之，谢医却药而进所嗜，气完而食美矣，则夫药之良者，可以一饮而效。

7. 接引，引导。《宋书·礼志一》：先王所以陶铸天下，津梁万物，闲邪纳善，潜被于日用者也。

8. 也作"毛锥子"，即毛笔。见袁桷《元复初学士旧岁同官集贤，会于上都。改除翰林学士，见其饮酒数十觥，倍常时。今年以疾，卒不起。睹行院题壁，为四韵以挽》"毛锥"条注。

9. 也作"空同""空桐"，山名，在今甘肃平凉市西。相传是黄帝问道于广成子之所，后来也以指仙山。《尔雅·释地》：岠齐州以南，戴日为丹穴，北戴斗极为空桐，东至日所出为大平，西至日所入为大蒙。太平之人仁，丹穴之人智，大蒙之人信，空桐之人武。

10. 古宝剑名。《史记·仲尼弟子列传》：越使大夫种顿首言于吴王曰："……因越贱臣种奉先人藏器，甲二十领，铍屈卢之矛，步光之剑，以贺军吏。"

11. 捕兔的工具。《庄子·外物》：荃者所以在鱼，得鱼而忘荃；蹄者所以在兔，得兔而忘蹄；言者所以在意，得意而忘言。

12. 即投笔从戎，弃文就武。《后汉书·班超列传》：久劳苦，尝辍业投笔叹曰："大丈夫无它志略，犹当效傅介子、张骞立功异域，以取封侯，安能久事笔研间乎？"

凉亭雨过长蒲茸[1]，使者求鱼月向东。
黄鼠顿肥秋后草，海青[2]多逸晓来风。
庖羞水陆八珍聚，琛贡梯航[3]万国通。
射猎宁非男子事，莫言丁字[4]胜强弓。

阊阖[5]红云荡荡开，天光万象被昭回[6]。
东风清畅来三岛[7]，西日微茫认五台[8]。
沙果荆蓝[9]资上谷[10]，玉醅[11]金斝[12]泻怀来。
茂陵[13]可笑徒英武，欢乐当知极便哀。

上苑苍松受雪欹[14]，石城画角带霜吹。

1．即蒲公英。《宋史·乐志十三（乐章七）》：煌煌茂英，不根而生。蒲茸夺色，铜池著名。

2．即海东青。

3．"梯山航海"的省语，意谓长途跋涉。见郝经《沙陀行》"梯航"条注。

4．意即识字。《旧唐书·张弘靖传》：今天下无事，汝辈挽得两石力弓，不如识一丁字。

5．传说中的天门。战国·屈原《离骚》：吾令帝阍开关兮，倚阊阖而望予。时暧暧其将罢兮，结幽兰而延伫。

6．光耀回转。《诗经·大雅·云汉》：倬彼云汉，昭回于天。王曰："于乎！何辜今之人，天降丧乱，饥馑荐臻。靡神不举，靡爱斯牲。圭璧既卒，宁莫我听？"

7．传说中的蓬莱、方丈、瀛洲三座海上仙山，也泛指仙境。唐·郑畋《题緱山王子晋庙》：有昔灵王子，吹笙溯沇。六宫攀不住，三岛去相招。

8．五台山，佛教四大名山之一，为文殊菩萨的道场。

9．荆山、蓝田山的并称。荆山在今湖北省南漳县西部，相传春秋时楚国人卞和于此山得玉璞；蓝田山在今陕西省蓝田县境内，出产闻名古今中外的蓝田玉，因而又用以指美玉。《晋书·华谭传》：是以明珠文贝，生于江、郁之滨；夜光之璞，出乎荆、蓝之下。

10．古郡名，始建于战国，秦统一后，为天下三十六郡之一，北魏后废弃，治所在今河北省怀来县附近。《汉书·地理志下》：上谷郡，秦置。莽曰朔调。属幽州。

11．美酒。宋·陆游《杂感》其四：自洗铜壶试玉醅，小轩风月为徘徊。此心未与年俱老，犹解逢花眼暂开。

12．斝的美称；斝，一种酒器，似爵而大。《宋史·礼志一》：又太庙初献，依开宝例，以玉斝、玉瓒，亚献以金斝，终献以瓢斝。

13．汉武帝刘彻的陵墓，位于陕西咸阳兴平市城东北南位镇茂陵村，是汉代帝王陵墓中规模最大、修造时间最长、陪葬品最丰富的一座。史上几经盗掘，仅余残垣断瓦；此处代指汉武帝。《史记·卫将军骠骑列传》：骠骑将军自四年军后三年，元狩六年而卒。天子悼之，发属国玄甲军，陈自长安至茂陵，为冢象祁连山。

14．倾斜。《周书·庾信列传》：泣风雨于梁山，惟枯鱼之衔索。入欹斜之小径，掩蓬藋之荒扉。

人虽狗监[1]知文士，世是鹰房[2]袭小儿。

梵刹[3]能司天祸福，经筵时论国安危。

丰扛弱步归无勇，退食多惭咏素丝[4]。

圣德如天万汇[5]新，远柔[6]穷漠会宗亲。

锦鞲掣绁苍鹰健，玉辂鸣鸾白象驯。

北阙风云遭泰运，南宫星月有诗人。

秋期应放疎慵[7]去，不望分符[8]绾玉麟[9]。

雁落长空迹篆沙，鸣嚆[10]惊起一行斜。

小车细马[11]醉时路，丰草甘泉到处家。

已解皮囊倾马湩，更揩银铫试龙茶。

玉脂响泣㸑羊熟，鼻观风香野韭花。

1．汉代内官名，负责豢养皇帝的猎犬；司马相如因狗监杨得意引荐而名显天下，后人常用以为典故。《史记·司马相如列传》：蜀人杨得意为狗监，侍上。上读《子虚赋》而善之曰："朕独不得与此人同时哉！"得意曰："臣邑人司马相如自言为此赋。"

2．古代宫廷饲养猎鹰的地方。《元史·兵志四》：冬夏之交，天子或亲幸近郊，纵鹰隼搏击，以为游豫之度，谓之飞放。故鹰房捕猎，皆有司存。

3．佛寺。唐·唐彦谦《游南明山》：金银拱梵刹，丹青照廊宇。石梁卧秋溟，风铃作檐语。

4．白发。唐·李贺《咏怀》其二：日夕著书罢，惊霜落素丝。镜中聊自笑，讵是南山期。

5．万物，万类。《宋史·文苑传二》：彪彪玢玢，若大虚之含万汇，名循其生而合乎群者也。

6．即怀远柔服，也作"柔远怀迩"，安抚远人或远方邦国。《尚书·舜典》：食哉惟时！柔远能迩，惇德允元，而难任人，蛮夷率服。

7．也作"疏慵""疎慵""踈慵"，此处为作者自指。唐·元稹《台中鞫狱，忆开元观旧事，呈损之，兼赠周兄》：忆在开元馆，食柏练玉颜。疏慵日高卧，自谓轻人寰。

8．犹剖符，意指帝王封官授爵，分与符节的一半作为信物。《晋书·刘弘、陶侃列传》：中朝叔世，要荒多阻，分符建节，并荼天纲。

9．玉麟符，泛指符信。《隋书·樊子盖列传》：无赖不轨者，便诛锄之。凡可施行，无劳形迹。今为公别造玉麟符，以代铜兽。

10．响箭。嚆，呼叫，鸣叫。《庄子·在宥》：吾未知圣知之不为桁杨椄槢也，仁义之不为桎梏凿枘也，焉知曾、史之不为桀、跖嚆矢也？

11．小马。《北齐书·白建列传》：河清三年，突厥入境，代、忻二牧悉是细马，合数万匹，在五台山北□谷中避贼。

翠楼天际郁峥嵘，粉泽[1]龙冈壮帝京。

地势远连棕殿起，櫺牙高并铁杆撑。

葱葱佳气归环极[2]，穆穆[3]昌期[4]见迓衡[5]。

长乐[6]退朝容缓辔，断云收雨半山明。

长日官曹[7]似马曹[8]，丝桐[9]时得事吟猱[10]。

救时乏策当投绂[11]，遣兴成诗敢夺袍[12]。

1．粉黛脂泽，均为化妆用品，引申为装饰。《隋书·潘徽传》：若玺印涂，犹防止水，岂直譬彼耕耰，均斯粉泽而已哉。

2．环绕北极星，比喻拱卫天子。宋·王禹偁《右卫上将军赠侍中宋公神道碑》：罢殿侯邦，乃尹环极。能执干戈，以卫社稷。

3．聚集的盛况。《汉书·王褒传》：故世平主圣，俊艾将自至，若尧、舜、禹、汤、文、武之君，获稷、契、皋陶、伊尹、吕望，明明在朝，穆穆列布，聚精会神，相得益章。

4．兴隆昌盛的时期。《旧唐书·哀帝本纪下》：今轮奂新宫，规摹旧典，崇训既征于信史，积善宜显于昌期。

5．意谓迎太平之政。《尚书·洛诰》：惟公明德，光于上下，勤施于四方，旁作穆穆迓衡，不迷文武勤教。

6．即长乐宫，泛指宫殿。唐·钱起《赠阙下裴舍人》：二月黄莺飞上林，春城紫禁晓阴阴。长乐钟声花外尽，龙池柳色雨中深。

7．官吏办事的机关。北齐·颜之推《颜氏家训·书证》：若文章著述，犹择微相影响者行之，官曹文书，世间尺牍，幸不违俗也。

8．管马的官署，多用以指闲散的官职或卑微的小官。《晋书·王徽之传》：徽之字子猷。性卓荦不羁……为车骑桓冲骑兵参军，冲问："卿署何曹？"对曰："似是马曹。"又问："管几马？"曰："不知马，何由知数！"

9．指琴。古人削桐为琴，练丝为弦，因而得名。《史记·田敬仲完世家》：王又勃然不说曰："若夫语五音之纪，信未有如夫子者也。若夫治国家而弭人民，又何为乎丝桐之间？"

10．弹奏古琴的指法。左手按弦，往复移动，使发出颤声；小称吟，大称猱。元·方回《听孙炼师琴》：琮琮琤琤泉落涧，嘈嘈喈喈鸿度汉。从容整眼未肯忙，小俟吟猱观抑按，又，清·徐祺《五知斋琴谱》卷一：轻清小者为吟，重大带急者为猱；吟取韵致，猱取古劲，各有所宜。

11．弃去印绶，意谓辞官。《宋书·傅亮传》：洪流壅于湣湣，合拱挫于纤蘖，介焉是式，色斯而举，悟高鸟以风逝，鉴醴酒而投绂。

12．也称"夺锦"，在竞赛中获胜。《新唐书·文艺列传中·宋之问传》：武后游洛南龙门，诏从臣赋诗，左史东方虬诗先成，后赐锦袍，之问俄顷献，后览之嗟赏，更夺袍以赐。

白海波随秋雨涨，黑山云压晚虹高。

清尊[1]常满朋簪盍[2]，谁道驱驰我最（一作"独"）劳？

尚服[3]三庚[4]进紫绡，清冰沙底未全消。

鱼龙[5]陆海[6]无宫市，鼓吹铙歌[7]有征招[8]。

自在千年苍鹿健，闹妆[9]三日玉骢骄。

最怜学士神仙福，终日吟诗不造朝[10]。

崇真宫葵花

绕砌亭亭昼影闲，相逢幸及未开残。

红妆洗露尤宜晓，素性倾阳不畏寒。

1．同"樽"。

2．朋友相聚。《周易·豫》：由豫，大有得，勿疑，朋盍簪。又，宋·王十朋《蓬来阁赋》：天高气肃，秋色平分，簪盍良朋，把酒论文。

3．尚服局，官署名。战国、秦、汉有此官职，后世因袭，主管帝王衣冠。《隋书·后妃列传》：三曰尚服，掌服章宝藏。管司饰三人，掌簪珥花严；典栉三人，掌巾栉膏沐。又，《元史·武宗本纪一》：（至大元年二月）立尚服院，秩从二品。

4．夏至后第三庚，为初伏之始。唐·曹松《夏日东斋》：三庚到秋伏，偶来松槛立。热少清风多，开门放山入。

5．指古代百戏杂耍中能变化为鱼和龙的猞猁模型，也是该项百戏杂耍的名称。《汉书·西域传下》：设酒池肉林以飨四夷之客，作《巴俞》都卢、海中《砀极》、漫衍鱼龙、角抵之戏以观视之。

6．物产富饶之地。《汉书·地理志下》：有鄠杜竹林，南山檀柘，号称陆海，为九州膏腴。

7．鼓吹，源于北狄，用鼓、钲、箫、笳等乐器合奏，即《乐府诗集》中的鼓吹曲；铙歌，军中乐歌，汉乐府中属鼓吹曲，用以激励士气或大驾出行和宴享功臣以及奏凯班师。《宋书·乐志四》：汉鼓吹铙歌十八曲，《硃鹭曲》：硃鹭，鱼以乌路訾邪。鹭何食，食茄下。不之食，不以吐，将以问诛者……《石留曲》……

8．指古乐曲《征招》《角招》名。《孟子·梁惠王下》：召大师曰："为我作君臣相说之乐！"盖《征招》《角招》是也。

9．也作"闹装"，用金银珠宝等杂缀而成的腰带或鞍、辔之类的饰物。《宋史·仪卫志六》：诞马，散马也。加金涂银闹装鞍勒。乘舆以红绣鞯，六鞘，王公以下用紫绣及剜花鞯。

10．进谒，朝觐。《新唐书·苏弁传》：弁造朝，辄就旧著，有司疑诘，给曰："我已白宰相，复旧班。"

圣化熏陶等燕越[1]，仙家培植有殷韩[2]。

江山信美非吾土，且向西风笑倚栏。

紫菊和伯生[3]韵

天付幽妍处士花，谁将朝服苦相加。

微垣有露沾秋色，芝岭无霜抗日华。

蟹出更宜彭泽[4]酒，笋香谁羡建溪茶[5]。

坡仙一语推鬷蔑[6]，只在姚家与魏家[7]。

1．古燕国和越国。燕在北，越在南，因而用以泛指相距遥远之地。《晋书·慕容廆载记》：王涂险远，隔以燕越，每瞻江湄，延首塞外。

2．仙界司花之神。金元诗词中屡见，然未详何出。金·赵秉文《满庭芳》：天上殷韩，解羁官府，烂游舞榭歌楼。开花酿酒，来看帝王州。又，张养浩《秋日梨花》：只知秋色千林老，争信阳和一脉存。莫讶殷韩太多事，仙家原不计寒暄。又，许有壬《高岩异卉》：冻未全消草未芽，云收霞卷放千花。世间久绝殷韩手，谁信高岩有此花。

3．虞集。

4．陶渊明，曾为彭泽令。《晋书·陶潜传》：复为镇军、建威参军，谓亲朋曰："聊欲弦歌，以为三径之资可乎？"执事者闻之，以为彭泽令。

5．水名，在福建，为闽江北源，其地产名茶，号建茶。《宋史·食货志下》：初，熙宁五年，以福建茶陈积，乃诏福建茶在京、京东西、淮南、陕西、河东仍禁榷，余路通商。

6．坡仙，指苏轼；鬷蔑，春秋时郑国大夫。宋·苏轼《赠朱逊之（并引）》：元祐六年九月，与朱逊之会议于颍。或言洛人善接花，岁出新枝，而菊品尤多。逊之曰："菊当以黄为正，余可鄙也。"昔叔向闻鬷蔑一言，知其为人，予于逊之亦云。黄花候秋节，远自夏小正。坤裳有正色，鞠衣亦令名。一从人伪胜，遂与天力争。易性寓非族，改颜随所令。新奇既易售，粹驳宜相倾。疾恶逢伯厚，识真似渊明。君言我所印，世论谁改评。愿君为霜风，一扫紫与赪。

7．姚家、魏家，即牡丹名品姚黄、魏紫。姚黄是指千叶黄花牡丹，出于姚氏民家；魏紫是指千叶肉红牡丹，出于魏仁溥家；原指宋代洛阳两种名贵的牡丹品种。此处以牡丹比菊花，紧承上句，意谓苏轼称赏之黄菊相当于姚黄，而自己所咏唱之紫菊相当于魏紫。宋·欧阳修《绿竹堂独饮》：洛池不见青春色，白杨但有风萧萧。姚黄魏紫开次第，不觉成恨俱零凋。又，宋·陆游《天彭牡丹谱》：紫绣毯一名新紫花，盖魏花之别品也。其花叶圆正如绣球状，亦有起楼者，为天彭紫花之冠……禁苑黄，盖姚黄之别品也。其花闲淡高秀，可亚姚黄……大抵洛中旧品，独以姚魏为冠。

省中对雨独坐

风土迎秋便作寒，隔帘飞雨更斑斑。
可人几榻清如洗，终日情怀淡似闲。
窗外天开千丈阙，墙头云放一分山。
腐儒独坐成何事，写出新诗亦强颜。

分省多暇戏书都事李云卿¹案二首

事简心常静，帘垂日正长。
东窗高卧起，来受北窗凉。

北来天地阔，南望道途长。
塞草迢迢梦，庭余夜夜凉。

李陵台谒左大夫二首

马驼如蚁散平岗，帐室风来百草香。
猴盏泛酥皆黑渾，瘿盘²分炙是黄羊。

李陵台下驻分台，红药³金莲⁴遍地开。
斜日一鞭三十里，北山飞雨逐人来。

观野花

龙沙⁵七月野花开，浅白深红间草莱。
休羡一时颜色好，疾风明日送霜来。

---

1. 其人未详。
2. 用形状奇特的树根制作的餐具。
3. 芍药。宋·姜夔《扬州慢·淮左名都》：二十四桥仍在，波心荡、冷月无声。念桥边红药，年年知为谁生。
4. 金莲花，上都南临之金莲川草原以盛开此花而得名。
5. 塞外之地。《后汉书·班梁列传》：赞曰：定远慷慨，专功西遄。坦步葱、雪，咫尺龙沙。

竹枝[1]十首和继学[2]韵

居庸泉石胜概多，桑干北去渐沙陀。
龙门沟带水百折[3]，一日驱车几渡河。

草软沙平无长泥，踏歌饮别雁行齐。
海青[4]轻骑圆牌[5]去，金犊[6]香车翠袖啼。

红黄簇簇野花匀，千骑腾骧不动尘。
圆帐风凉来月牖[7]，方帏日影阴文茵[8]。

---

1. 又名《巴渝辞》《竹枝词》《竹枝子》，本是巴渝民歌，以笛、鼓伴奏，同时起舞，声调宛转动人。刘禹锡任夔州刺史时，依调填词，仿照楚辞《九歌》写了十来篇，每首七言四句，语言通俗，为人喜爱，广为流传。宋·郭茂倩《乐府诗集》卷八十一：竹枝本出于巴渝，唐贞元中，刘禹锡在沅、湘，以俚歌鄙陋，乃依骚人《九歌》，作《竹枝》新调九章，教里中儿歌之。由是盛于贞元、元和之间。
2. 即王士熙，曾作《竹枝词》十首。
3. 大都至上都之黑谷路，途径此龙门，泉水汇流，波涛湍急。虞集《题滦阳胡氏雪溪卷序》：去年，予与侍御史马公同被召，出居庸关，未尽东折，入马家瓮，望缙山，度龙门百折之水，登色泽岭，过黑谷，至于沙岭乃还。道中奇峰秀石，杂以嘉木、香草，辇道行其中。
4. 即海东青。
5. 元制，若使用驿站马匹，必须有专门颁发的圆牌作为凭证。元·赵世延等《经世大典·站赤》：站赤者，国朝驿传之名也。凡站，陆则以马以牛，或以驴，或以引车，水则以舟。其应给驿者皆以玺书。而军务大事之急者，又以金字圆符为信，银字者次之。其符信皆天府掌之，其出给在外者，皆国人之为官长者主之，他官不得与也。又，《元史·兵志四》：典瑞监掌金字圆牌及铺马圣旨三百余道。至大四年，凡圣旨皆纳之于翰林院，以金字圆牌不敷，增置五十面。盖圆牌遣使，初为军情大事而设，不宜滥给，自今求给牌面，不经中书省、枢密院者，宜勿与。
6. 牛犊的美称。唐·温庭筠《春晓曲》：家临长信往来道，乳燕双双拂烟草。油壁车轻金犊肥，流苏帐晓春鸡早。
7. 月亮，此处指帐顶呈圆形的天窗。宋·朱元升《月牖》：谁将造化手，开此混沌窍。每夜吐月时，九州同一照。
8. 也作"文鞇"，车中的虎皮坐褥。汉·刘熙《释名·释车》：文鞇，车中所坐者也，用虎皮，有文采。

边民总总[1]徯来苏[2]，瞻望祥飚[3]动祀姑[4]。
透空何处一声笛，浑似春风闻鹧鸪。

健步儿郎似鏣云[5]，铃衣红帕照青春。
一时脚力君休惜，先到金阶定赐银。

草色迎秋便弄黄，青山尽处暮云长。
秋风关塞迢迢路，望断美人天一方。

野蔌[6]堆盘见蕨芽，珍馐眩眼有天花[7]。
宛人[8]自卖葡萄酒，夏客[9]能烹枸杞茶。

使者南来马似龙，一驰三百未高舂[10]。

1．众多的样子。晋·潘岳《河阳县作》其二：总总都邑人，扰扰俗化讹。依水类浮萍，寄松似悬萝。

2．徯，同"傒"，等候；等候明君之来而于困苦中获得苏息安宁。《尚书·仲虺之诰》：乃葛伯仇饷，初征自葛，东征西夷怨，南征北狄怨，曰："奚独后予？"攸徂之民，室家相庆，曰："徯予后，后来其苏！"民之待商，厥惟旧哉！

3．同"飙"或"飚"，即风；祥飚，瑞风。

4．古代旗帜名。西晋·左思《吴都赋》：露往霜来，日月其除。草木节解，鸟兽脂肤。观鹰隼，诚征夫。坐组甲，建祀姑。

5．通"蹑"。《汉书·礼乐志》：天马下，沾赤汗，沫流赭。志俶傥，精权奇，鏣浮云，晻上驰。体容与，迣万里，今安匹，龙为友。

6．野菜。宋·欧阳修《醉翁亭记》：临溪而渔，溪深而鱼肥，酿泉为酒，泉香而酒洌，山肴野蔌，杂然而前陈者，太守宴也。

7．即天花饆饠，又称"九炼香"，由波斯传入的一种名贵菜品；唐时士子登科或升迁后要举行"烧尾宴"招待亲朋或同僚。五代·陶谷《清异录卷下·馔馐门》：韦巨源拜尚书令，上烧尾食。其家故书中尚有食账，今择奇异者略记：单笼金乳酥是饼但用独隔通笼欲气隔。曼陀样夹饼公厅炉。巨胜奴酥蜜寒具。婆罗门轻高面笼蒸……长生粥进料。天花饆饠（九炼香）。

8．西域有大宛国，此处以"宛人"指代来自西域的客商。《汉书·西域传上》：上遣使者持千金及金马，以请宛善马。宛王以汉绝远，大兵不能至，爱其宝马不肯与……天子遣贰师将军李广利将兵前后十余万人伐宛，连四年。宛人斩其王毋寡首，献马三千匹，汉军乃还。

9．来自大夏国的商旅。《史记·大宛列传》：大夏在大宛西南二千余里妫水南。其俗土著，有城屋，与大宛同俗。无大长，往往城邑置小长。其兵弱，畏战。善贾市。及大月氏西徙，攻败之，皆臣畜大夏。大夏民多，可百余万。其都曰蓝市城，有市贩贾诸物。其东南有身毒国。

10．日影西斜，接近黄昏的时候。汉·刘向《淮南子·天文训》：日出于旸谷，浴于咸池，拂于扶桑，是谓晨明……至于渊虞，时谓高舂。至于连石，是谓下舂。

却笑牛车鸣大铎，道途狭处莫相逢。

有怀常拟赋闲居，有笔当思颂二疏[1]。
濯手清滦时一笑，少年曾写万言书。

大安阁是广寒宫，尺五青天[2]八面风。
阁中敢进竹枝曲，万岁千秋文轨[3]同。

上都归[4]口号

娇儿幼女逐山妻，争解行囊看赐衣。
颠倒海图襌短褐，可怜杜老北征归[5]。

和友人北苑马上四首

古木阴阴覆苑墙，雁程霜早碧云长。
欲知圣德如天大（一作"处"），最近来庭是越裳[6]。

高榆矮柳远参差，一幕秋空碧四垂。
莫笑从臣归太急，人间天上共秋期[7]。

1．也作"二疎"。指汉宣帝时名臣疏广与兄子疏受。见虞集《次韵马伯庸少监四首》"二疏金"条注。

2．距天一尺五寸，极言其高；汉代韦曲、杜鄠多住豪门，有"城南韦、杜，去天尺五"的俚语，后代因而以此比喻距离帝王近。唐·杜甫《赠韦七赞善》：乡里衣冠不乏贤，杜陵韦曲未央前。尔家最近魁三象，时论同归尺五天。

3．即车同轨，书同文。

4．指后至元初，许有壬分省上都秋季返还大都事。许有壬《文过集序》：丁丑分省，予以五月二日发京师，八日达上京……七月十七日，奏归日定，有司次第治行，予亦谕童仆橐衣以俟。

5．海图，绣有海景的织物；襌，单衣；短褐，粗布短衣，古代贫贱者或僮竖之服。此二句诗以杜甫自比，言家人衣着褴褛之窘况。唐·杜甫《北征》：海图坼波涛，旧绣移曲折。天吴及紫凤，颠倒在短褐。

6．也作"越常""越尝"，古南海国名。《后汉书·南蛮西南夷列传·南蛮传》：交趾之南，有越裳国。周公居摄六年，制礼作乐，天下和平，越裳以三象重译而献白雉。

7．意谓男女相约聚会的期期。《诗经·国风·卫风·氓》：匪我愆期，子无良媒。将子无怒，秋以为期。

万事浮云一瞬过，何劳辩口似悬河。

北风卷雨城南去，明日滦江水又多。

金莲紫菊带烟铺，画出龙冈万世图。

直使王嫱[1]到青冢[2]，汉家当日有人无？

柳枝[3]十首

灞岸[4]千枝复万枝，随风娇困力难支。

只知擅尽风流态，不见清霜摇落时。

树阴沙地白如霜，偏拂柔条惹恨长。

滦水有人思翠妩，章台[5]无计绾丝缰。

昔时相见眼俱青，未许霜风一叶零。

十五年来树如此[6]，可怜张绪[7]鬓星星。

1．即王昭君，汉元帝时奉旨和亲匈奴，与呼韩邪单于成婚，号宁胡阏氏。《汉书·匈奴传下》：王昭君号宁胡阏氏，生一男伊屠智牙师，为右日逐王。

2．即昭君墓。见杨维桢《昭君曲》"孤冢"条注。

3．古乐府曲名，又称《杨柳枝》。宋·王灼《碧鸡漫志卷五·杨柳枝》：鉴戒录云："柳枝歌，亡隋之曲也。"……予考乐天晚年与刘梦得唱和此曲词。白云："古歌旧曲君休听，听取新翻《杨柳枝》"。又作《杨柳枝》二十韵云："乐童翻怨调，才子与妍词。"注云："洛下新声也。"刘梦得亦云："诸君莫听前朝曲，听取新翻《杨柳枝》。"盖后来始变新声。

4．汉唐时长安东灞水有桥为灞桥，岸边多植柳树，"柳""留"谐音，离别者常折柳枝以赠，以隐喻离别时的挽留之意。宋·沈义父《乐府指迷》：说柳，不可直说破柳，须用"章台""灞岸"等字。

5．汉时长安城有章台街，是歌妓聚居之所。《汉书·张敞传》：敞无威仪，时罢朝会，过走马章台街，使御吏驱，自以便面拊马。又为妇画眉，长安中传张京兆眉忤。有司以奏敞。上问之，对曰："臣闻闺房之内，夫妇之私，有过于画眉者。"上爱其能，弗备责也。又，唐代韩翃思念宠姬柳氏做《章台柳》，后世因而常以"章台"来代指柳，见前"灞岸"条注。

6．比喻光阴荏苒。南朝·刘义庆《世说新语·言语》：桓公北征，经金城，见前为琅邪时种柳，皆已十围，慨然曰："木犹如此，人何以堪！"攀枝执条，泫然流泪。

7．张绪，字思曼，南朝齐官吏。《南史·张绪传》：绪吐纳风流，听者皆忘饥疲，见者肃然如在宗庙……刘俊之为益州，献蜀柳数株，枝条甚长，状若丝缕。时旧宫芳林苑始成，武帝以植于太昌灵和殿前，常赏玩咨嗟，曰："此杨柳风流可爱，似张绪当年时。"

龙冈照映两三株，恰似天河种白榆[1]。
天河尚有鹊桥渡，半载龙冈无寄书。

世有别离无可奈，汝逢攀折渐成稀。
滦江却是多情树，不送行人只送归。

龙沙五月恰飞花，漂泊浑如客去家。
不化浮萍随水去，恐教浮荡有根芽。

玉人金勒[2]趁阴骑，万缕千丝故故垂。
行尽沙堤时按辔，袖沾飞絮口频吹。

江岸溪桥到处逢，笑渠节操不如松。
而今仆仆黄尘道，却对长亭笑煞侬。

雨后川原风色凄，远连烟草共低迷。
不听黄鹂深处语，夕阳惟有乱鸦啼。

越女吴儿尽识侬，江湖处处可相容。
明朝共约梅花去，不与争春与作冬。

---

1. 指星。汉·无名氏《陇西行》：天上何所有，历历种白榆。桂树夹道生，青龙
对道隅。又，唐·薛逢《天上种白榆赋》：象帝之先，种白榆于自然，布历历之真质，遍高
尚之远天。

2. 金饰的带嚼口的马络头，借指坐骑。《宋史·李昊列传》：昊请告境上奉迎，
衍赐以金勒名马。

和神保钦之[1]御史监试上京韵二首

王室铭勋[2]有景钟[3]，更于韦布[4]索英雄。

百年人物谁名世，万卷诗书要策功[5]。

声教[6]真机[7]朔南暨[8]，文章公器[9]古今同。

棘围[10]见说清霜满，余力成诗字字工。

寸筵未许扣鸿钟[11]，笔阵[12]那无一世雄。

蜃海[13]晓腾文有气，雁霜寒早酒无功。

朝廷求士方如渴，道路论心久益同。

1．其人不详。

2．在金石上刻写文辞，记述功绩。《宋书·乐志二》：告成于天，铭勋是勒。翼翼厥猷，娓娓其仁。

3．春秋晋景公所铸之钟，原意用以褒扬功勋。《国语·晋语七》：昔克潞之役，秦来图败晋功，魏颗以其身却退秦师于辅氏，亲止杜回，其勋铭于景钟。

4．韦带布衣，古代指未仕者或平民的寒素服装；借指寒素之士，平民。《宋史·黄祖舜传》：权守尚书屯田员外郎，徙吏部员外郎，出通判泉州。将行，言："抱道怀德之士，不应书干禄，老于韦布。"

5．记功勋于策书之上。《新唐书·苏定方传》：高宗临轩，定方戎服奉贺鲁以献，策功拜左骁卫大将军、邢国公。

6．声威教化。《尚书·禹贡》：东渐于海西，被于流沙，朔南暨声教，讫于四海。

7．玄妙之理，秘要。唐·杨巨源《送澹公归嵩山龙潭寺葬本师》：野烟秋火苍茫远，禅境真机去住闲。双树为家思旧垒，千花成塔礼寒山。

8．"朔南暨"，意谓从北到南。《尚书·禹贡》：东渐于海，西被于流沙，朔南暨声教讫于四海。

9．共用之器，多用于比喻名利。《庄子·天运》：名，公器也，不可多取。仁义，先王之蘧庐也，而不可以久处，觏而多责。

10．唐、五代试士，以棘围住试院以防弊端，后指科举时代的考场。《新唐书·舒元舆列传》：元和中，举进士，见有司钩校苛切，既试尚书，虽水炭脂炬餐具，皆人自将，吏一倡乃得入，列棘围，席坐庑下。

11．即以筵撞钟，用草茎扣钟，指毫无声响；比喻才学悬殊、才识浅陋的人向高明的学者发问，得不到回答。《汉书·东方朔传》：以管窥天，以蠡测海，以筵撞钟，岂能通其条贯，考其文理，发其音声哉。

12．写文章时，谋篇布局，擘画如军阵。宋·蔡绦《铁围山丛谈》卷二：以是学士大夫自非性天明冶，笔阵豪异，则不能为之也。

13．神话中的地名。汉·东方朔《〈十洲记〉序》：曾随师之履行，比至朱陵、扶桑、蜃海、冥夜之丘，纯阳之陵，始青之下，月宫之渊。

安得真才出连茹[1]，一时分布遍臣工。

和神保钦之御史监试上京韵四首

蹛林云雾护皇州，贝阙朱宫[2]远似浮。
骢马归时人尽道，槐花开遍上林秋。

滦水天家第一州，赤霄[3]楼观紫烟浮。
因君记我昔此役，二十五番鸿雁秋。

茫茫九点认齐州[4]，大地如舟日夜浮。
龙虎台前新雨露，人间无此一天秋。

醉眼曾空十二州[5]，肯随人海共沉浮。
白头不用悲陈迹，木落霜清恰见秋。

1．即拔茅连茹，比喻擢用一人而连带起用其他人；此处意谓希望人才能够接连不断地涌现。《周易·泰》：拔茅茹，以其汇，征吉。又，宋·苏轼《辞免翰林学士第二状》：如前所陈，实以劳旧尚多，必有积薪之诮；兄弟并进，岂无连茹之嫌。

2．即"贝阙珠宫"，指用紫贝明珠装饰的宫阙，本指河伯所居的龙宫水府，后用以形容壮丽的宫室；也喻指瑶台仙境或帝王宫阙。战国·屈原《九歌·河伯》：与女游兮九河，冲风起兮横波……鱼鳞屋兮龙堂，紫贝阙兮珠宫。灵何为兮水中？乘白鼋兮逐文鱼。

3．指帝王所居的京城。唐·杜甫《送覃二判官》：魂断航舸失，天寒沙水清。肺肝若稍愈，亦上赤霄行。

4．即齐州九点；齐州，即中州，古时指中国。这两句意谓从天上俯视中国，九州如九点烟，大地如一叶扁舟。唐·李贺《梦天》：黄尘清水三山下，更变千年如走马。遥望齐州九点烟，一泓海水杯中泻。

5．传说中尧舜时代的行政区划制度，代指天下。《汉书·地理志上》：昔在黄帝，作舟车以济不通，旁行天下，方制万里，画野分州，得百里之国万区。是故《易》称"先王建万国，亲诸侯"，《书》云"协和万国"，此之谓也。尧遭洪水，怀山襄陵，天下分绝，为十二州，使禹治之。

至顺辛未¹六月见文宗皇帝于大安阁后廊，甲戌²夏重来有感而作

修廊晴旭射红尘，燕坐曾朝虮虱臣³。

静忆玉音犹在耳，绝怜金地只传神。

桥陵⁴弓剑成千劫，滦水旌旗仅四巡⁵。

大圣继天⁶春万汇，感恩无奈泪沾巾。

宿滦河望白海行宫⁷

下马河边市，遥瞻海上宫。

水天涵野白，禁树拥云红。

望幸⁸群黎⁹切，思归独客穷。

圣恩疏酒令，暂得醉歌同¹⁰。

时有旨特放滦河酒禁。

---

1. 文宗1330年改元至顺，辛未即至顺二年，公元1331年；但"至顺"这一年号曾被元宁宗、元惠宗反复使用，前后有四年。《元史·文宗本纪三》：戊午，帝御大明殿，燕帖木儿率文武百官及僧道、耆老，奉玉册、玉宝，上尊号曰钦天统圣至德诚功大文孝皇帝。是日，改元至顺，诏天下。

2. 公元1334年，时文宗皇帝驾崩已近二年。

3. 微贱之臣。宋·陆游《杂兴十首·以贫坚志士节病长高人情为韵》：区区牛马走，龌龊虮虱臣。恩深老不报，肝胆空轮囷。

4. 唐睿宗李旦陵墓，代指唐睿宗。李旦即帝位后曾禅位于武则天，后再度即位；元文宗也曾两度即位，中间曾让位于明宗。两人让位之举均引发乱局。《旧唐书·中宗睿宗本纪》：开元四年夏六月甲子，太上皇帝崩于百福殿，时年五十五。秋七月己亥，上尊谥曰大圣贞皇帝，庙曰睿宗。冬十月庚午，葬于桥陵。

5. 元文宗于公元1328年即帝位，1332年驾崩，其间共往来上都四次，因而有"四巡"之说。

6. 古人认为君命天授，皇帝在位被视为继天；此处指当时在位的元顺帝。《史记·三皇本纪》：太皥庖犠氏，风姓。代燧人氏，继天而王。

7. 此诗作者一题揭傒斯；即察罕脑儿行宫，蒙古语察罕脑儿意为"白色的海"，又称"白海行宫"，即今小宏城子遗址。《元史·蔡珍传》：时白海初建行营，命珍督役，卒事，民不知扰，虽草木无纤介损。

8. 臣民希望皇帝临幸。《史记·孝武本纪》：于是郡国各除道，缮治宫观名山神祠所，以望幸矣。

9. 万民，百姓。《诗经·小雅·天保》：神之吊矣，诒尔多福。民之质矣，日用饮食。群黎百姓，遍为尔德。

10. 当为元武宗至大元年，即公元1308年。《元史·武宗本纪》：至大元年……秋七月……弛上都酒禁。壬午，置皇太子司议郎，秩正五品。

和继学[1]壁间韵

莫道催归无杜鹃，数声征雁夜如年。

思归多应挑锦字[2]，将军待勒燕然[3]。

陪右大夫太平王[4]祭先太师石像[5]

像琢白石，在滦都西北七十里地，曰旭泥白。负重台架小屋贮之，祭以酒湩。注彻，则以肥脔周身涂之。从祖俗也。因裁鄙语，用记异观[6]。

石琢元臣贵至坚，元臣何在石依然。

巨杯注口[7]衣从湿，肥胾涂身[8]色愈鲜。

1．王士熙。

2．指锦字书，前秦苏蕙寄给丈夫窦滔的织锦回文诗，共840个字，构成纵横29个字的方形图，可以任意读，能读出3752首诗；后来多用以指妻子给丈夫的表达思念之情的书信。《晋书·列女传·窦滔妻苏氏传》：窦滔妻苏氏，始平人也，名蕙，字若兰。善属文。滔，苻坚时为秦州刺史，被徙流沙，苏氏思之，织锦为回文旋图诗以赠滔。宛转循环以读之，词甚凄惋，凡八百四十字，文多不录。

3．窦宪拜车骑将军，大破北单于，于燕然山勒铭记功；后遂以"勒燕然""燕然勒石"等指代边塞建功。《后汉书·窦融传》：遂登燕然山，去塞三千余里，刻石勒功，纪汉威德。

4．元代权臣燕铁木儿。见前《从左大夫奉命郊劳右大夫太平王，野宿滦都西北二十里，地曰察尔吉摩多，与云庄治书同帐，明发疾驱，马上饮湩有作》"右大夫太平王"条注。

5．先太师，天历二年（1329年）以燕铁木儿有大功于王室而追封其先祖的事情。《元史·燕铁木儿传》：文宗以燕铁木儿有大勋劳于王室，封其曾祖父班都察滦阳王，曾祖妣玉龙彻滦阳王夫人，祖父土土哈升王，祖妣太塔你升王夫人，父床兀儿扬王，母也先帖你、公主察吉儿并为扬王夫人。三年二月，文宗欲昭其勋，诏命礼部尚书马祖常制文立石于北郊。

6．1992年，在元上都遗址西北约35公里的羊群庙奎树沟地区，考古人员发掘出相邻的四处祭祀遗址，并出土四尊汉白玉石雕像。遗址位置、石像及祭台形制等，均与许有壬所记一致。通过结合其它相关因素的综合考证，考古专家已基本确定此处就是燕铁木儿家族祭祀地。又，元文宗曾诏建燕铁木儿生祠，则此四尊石像应即燕铁木儿三祖及其本人的雕像。

7．即作者自注中所言之"祭以酒湩"。

8．胾，与作者自注中之"脔"均指切成块的肉。此处意为将肥肉的油脂涂在石像身上。这是一种源自古突厥的特殊祭祀习俗，燕铁木儿为钦察人，为突厥后裔，所以许有壬自注中说这种祭祀法式是"从祖俗"，而在中原人眼中自然是"异观"。

范蠡铸金[1]功岂并，平原为绣[2]世谁传。

台前斩马[3]踏歌起，未信英姿在九泉。

左大夫[4]猎得兔

大夫衔命下天墀，小试元戎[5]短窄衣。

风日半寒人半醉，山川如画马如飞。

四围远势周遭合，一片欢声得俊[6]归。

小狡[7]成禽[8]何足道，豺狼多少缓[9]明威。

---

1. 勾践以黄金铸范蠡像，以纪其不世之功。《国语·越语下》：（范蠡）遂乘轻舟以浮于五湖，莫知其所终极。王命工以良金写范蠡之状而朝礼之。

2. 用丝线绣平原君的像，以表示对其功业的钦仰。唐·李贺《浩歌》：不须浪饮丁都护，世上英雄本无主。买丝绣作平原君，有酒唯浇赵州土。

3. 即"斩马剑"，汉代宝剑名，其利可以斩马而得名；因为藏于尚方，后世俗称尚方宝剑。《汉书·朱云传》：臣愿赐尚方斩马剑，断佞臣一人，以厉其余。

4. 根据许有壬所活动的主要年代、交游状况，诗中"左大夫"似应指脱别台，也即脱别殆。见前《从左大夫奉命郊劳右大夫太平王，野宿滦都西北二十里，地曰察尔吉摩多，与云庄治书同帐，明发疾驱，马上饮浑有作》"左大夫"条注。

5. 军中主将，此处泛指武将。《诗经·小雅·六月》：织文鸟章，白旆央央。元戎十乘，以先启行。

6. 通"隽"，古代以小鸟作为射的，射中称"隽"。唐·元稹《观兵部马射赋》：会款塞五方之俗，观校埒百夫之御。得隽为雄，唯能是与。

7. 此处代指兔。《战国策·齐策四》：狡兔三窟，仅得免其死耳。今有一窟，未得高枕而卧也。

8. 通"擒"。

9. 舒缓，不急迫；此处比喻从容的样子。《战国策·宋卫策》：先生曰："夫人于事己者过急，于事人者过缓。今王缓于事己者，安能急于事人。"

代书寄可行弟[1]

滦京尺素[2]寄沙羡[3]，料理田园有事宜。
检校便当勤检校[4]，参知[5]行欲自参知。

祠堂花木已繁阴，见说栽培用力深。
南土常年秋喜旱，更宜浇灌待成林。

叔季[6]勤劳共相攸[7]，为余高作蓄书楼。
先公遗后一万卷，明日投簪[8]去校雠[9]。

楼后楼前地有余，野心常爱树扶疏。
四时花木须栽遍，更作莲池就偃潴[10]。

1．许有壬之弟许有孚，字可行，生卒年不详，约元文宗至顺初前后在世。登进士第，历任中宪大夫，同佥太常礼仪院事。许有壬致仕归，每天与许有孚及儿子许桢觞咏于圭塘别墅，有《圭塘欸乃集》二卷。《元史·许有壬传》：南台监察御史木八剌沙……诬蔑有壬，并其二弟有仪、有孚，有壬遂称病归。

2．即书信，也称尺牍、尺素、尺翰、尺简等，因书写在一尺长左右的白色生绢上而得名。汉·佚名《饮马长城窟行》：客从远方来，遗我双鲤鱼。呼儿烹鲤鱼，中有尺素书。

3．古县名，位于今湖北武昌西金口。许有壬父辈曾任职湖北，后举家定居于此。《旧唐书·地理志三》：江夏，汉郡名。本汉沙羡县地，属江夏郡。晋改沙羡为沙阳。

4．审查核对。南朝·刘义庆《世说新语·政事》：于是至诸屯邸，检校诸顾、陆役使官兵及藏逋亡，悉以事言上，罪者甚重。

5．验证确知。《宋书·王弘列传》：诸议云士庶缅绝，不相参知，则士人犯法，庶民得不知。

6．古代兄弟排行多以伯仲叔季序；叔季，指弟辈，弟弟。唐·元稹《唐故朝议郎河南元君墓志铭》：没之日，三子不侍，无一言之念，知叔季之可以教侄也。

7．察看、选择风水好的地方。宋·苏轼《正辅既见和复次前韵慰鼓盆劝学佛》：余龄会有适，独往岂相攸。由来警露鹤，不羡撮蚤鸱。

8．辞去官职，不再从政。南朝·孔稚珪《北山移文》：蕙帐空兮夜鹄怨，山人去兮晓猿惊。昔闻投簪逸海岸，今见解兰缚尘缨。

9．校对书籍，以正误谬。汉·刘向《管子书录》：护左都水使者光禄大夫臣言：所校雠中管子书三百八十九篇。

10．也作"偃猪"，池塘。《左传·襄公二十五年》：甲午，蒍掩书土田，度山林，鸠薮泽，辨京陵，表淳卤，数疆潦，规偃猪，町原防，牧隰皋，井衍沃，量入修赋。

汉川云梦¹有租田，今岁应逢大有年²。
约束诸童公出纳，羡余³留棷杖头钱⁴。

双鹤广陵⁵来敝庐，啄苔穿竹日相娱。
莫教忘却蹁跹态，岁晚待渠从老夫。

桂花处放小山幽，更有葡萄映石榴。
食实折花归有日，休教污秽负清秋。

当年手自植栟榈，别后长添几尺余。
说与园丁宜善视，老饕归欲食其鱼⁶。

文竹移栽只五根，来时无数长儿孙。
不因繁冗休轻剪，要使轻阴过酒樽。

眼花齿动鬓斑斑，三十年来不暂闲。
多少家庭纤细事，从今先约莫相关。

喜逢口

滦阳驿东北四十里山有双冢，世传昔有久戍不归者，其父求之，适相遇此山下。相抱大笑，喜极而死。遂葬于是。俗因谓之"喜逢口"，亦犹望夫之有石也。虽莫究其世代姓氏，而其言有足感人者，故作是以纪之。

1．汉川、云梦，均为湖北中部地名，代指许氏家居之所。《汉书·沟洫志》：荣阳下引河东南为鸿沟，以通宋、郑、陈、蔡曹、卫，与济、汝、淮、泗会。于楚，西方则通渠汉川、云梦之际，东方则通沟江、淮之间。

2．大丰收之年。《左传·宣公十六年》：夏，成周宣榭火。秋，郯伯姬来归。冬，大有年。

3．盈余的赋税。唐·白居易《秦中吟·重赋》：缯帛如山积，丝絮如云屯；号为羡余物，随月献至尊。

4．指买酒钱。南朝·刘义庆《世说新语·任诞》：阮宣子常步行，以百钱挂杖头，至酒店，便独酣畅。

5．今扬州。《汉书·地理志下》：广陵国。高帝六年属荆州，十一年更属吴。景帝四年更名江都，武帝元狩三年更名广陵。

6．又称"棕鱼"，棕榈未开放的花苞形似鱼而得名，可供食用。

儿寒解衣重抚摩，儿饥推食孰忍诃[1]。

长城与国远负戈，一去不返当如何？

去时云戍东北鄙[2]，直出榆关渡辽水。

白头郎罢[3]与影俱，岂惮山川十万里。

天教此地适相逢，父曰从天坠吾子。

笑疲乐极俱殒身，谁谓情钟遽如此？

官家开边方未已，同生又别宁同死。

山云漠漠风嗖嗖，山头双冢知几秋。

当时不忍一朝喜，今日翻成千载愁。

犹胜贞女化为石，终古孤身双不得。

清江寒影日悠悠。行人一去无消息。

闵[4]松

蹯林乔松[5]阅千古，八百里满知几树？

越从毫末至参天，不识人间有斤斧。

一朝混沌再开辟，相宅[6]龙冈来启土。

梯山航海水赴壑，官署民居须栋宇。

工师求木破天荒，始听丁丁就规矩。

树藩板地遍郛郭，万亿中才二三取。

---

1. 同"呵"。

2. 边邑，边境。《左传·隐公元年》：既而大叔命西鄙、北鄙贰于己。公子吕曰："国不堪贰，君将若之何？欲与大叔，臣请事之；若弗与，则请除之。无生民心。"

3. 方言，用以称呼父亲。唐·顾况《囝》：郎罢别囝，吾悔生汝……囝别郎罢，心摧血下。

4. 同"悯"。

5. 松树的一种，此处泛指松树。《史记·范雎蔡泽列传》：世世称孤，而有许由、延陵季子之让，乔松之寿，孰与以祸终哉？

6. 择地定居。《尚书·洛诰》：公不敢不敬天之休，来相宅，其作周匹休。

生齿[1]日夥资樵苏[2]，沙碛岐[3]冈竭榛莽。

遂移殃福[4]及此林，大锯相加卧撑拄。

断分三尺已专车，枝节纷披溢膏乳。

槎牙[5]根柢抉[6]至泉，百年运载无时住。

山童地赭[7]鸟兽悲，陵迁谷变风雷怒。

偶凭高阁一纵目，万灶炊烟郁玄雾。

渐染人人服尽缁，熏燎家家壁无素。

燧人[8]济世固有力，里巷亦疗饥寒苦。

但悲明堂梁栋器，及物之功正如许。

贞姿劲气养不易，瞬见成灰了烹煮。

马基巉槽尤可念，曰与蓬蒿同朽腐。

大材小用违所长，多少倾欹[9]无一柱。

昆吾[10]精钢忍作针，天孙云锦难为屡。

1. 人口。《宋史·河渠志二》：横遏西山之水，不得顺流而下，瀦溢于千里，使百万生齿，居无庐，耕无田，流散而不复。

2. 柴草。晋·潘岳《马汧督诔序》：城中凿穴而处，负户而汲，木石将尽，樵苏乏竭，刍茭罄绝。

3. 通"崎"，崎岖。西晋·陆机《谢平原内史表》：汝阴太守曹武，思所以获免，阴蒙避迴，岐岖自列。

4. 佛教用语，指因果祸福。后汉·安世高译《骂意经》：后世行受殃福者，譬如种果，今年已熟堕地，后年复有果。

5. 也作"槎枒""槎岈"，树木枝杈歧出的样子。唐·元稹《寺院新竹》：冰碧林外寒，峰峦眼前耸。槎枒矛戟合，屹仡龙蛇动。又，唐·李贺《马诗》其六：饥卧骨查牙，粗毛刺破花。鬣焦朱色落，发断锯长麻。

6. 通"掘"。

7. 童、赭，均指山丘不生草木。《释名·释长幼》：十五曰童，故礼有阳童，牛羊之无角者曰童，山无草木曰童。又，唐·柳宗元《晋问》：群饮源槁，回食野赭。浴川瀺浪，喷震播洒，溃溃焉，若海神驾雪而来下。

8. 燧人氏，上古神话中火的发明者，曾钻木取火，教人熟食，结束了远古人类茹毛饮血的历史。《晋书·地理志上》：及燧人钻火，庖牺出震，风宗下武，炎胤昌基，画野无闻，其归一揆。

9. 倾斜，歪斜。《旧唐书·杜审权传》：日九衢三市，草拥荒墟；当时万户千门，霜凝白骨。大厦倾欹而未已，沉痾绵息以无余。

10. 贵重之石，可用以炼钢铸剑。宋·张君房《云笈七签·十洲三岛》：上多山川积石，名为昆吾。冶其石成铁作剑，光明洞照如水精状，割玉如泥。

圣人委吏虽不鄙，贤者伶官岂其伍？

嗟叹不足形永歌[1]，聊为用才陈讽谕。

台府独坐二首

老僧鸟寺住，独坐竟成痴。

草色催寒早，榆阴转午迟。

庭无搒掠[2]事，案有倡酬[3]诗。

但负风人[4]意，素餐非素丝。

吏散阶除[5]静，时清簿领[6]稀。

痴蝇[7]旋笔坐，驯雀[8]入帘飞。

风濯絺衣[9]冷，香萦缕篆[10]微。

1．永，通"咏"。《诗经·国风·周南·关雎序》：嗟叹之不足，故永歌之；永歌之不足，不知手之舞之，足之蹈之也。

2．笞击，拷打；此处泛指公务。《后汉书·朱晖传》：各言官无见财，皆当出民，搒掠割剥，强令充足。

3．以诗词相酬答。《宋史·文苑列传四·杨蟠传》：杨蟠，字公济，章安人也。举进士，为密、和二州推官。欧阳修称其诗。苏轼知杭州，蟠通判州事，与轼倡酬居多。

4．风人，古代采集民歌风俗等，借以观察民风的官员；意谓自己身居官位却无所事事，无功受禄，于德有亏，恐怕无法面对昔日采诗观风以通讽谕的前贤。《后汉书·皇后纪上·光烈阴皇后传》：《小雅》曰："将恐将惧，惟予与汝。将安将乐。汝转弃予。"风人之戒，可不慎乎？

5．台阶。汉·蔡邕《伤故栗赋》：树退方之嘉木兮，于灵宇之前庭。通二门以征行兮，夹阶除而列生。

6．官府记事的簿册或文书。《后汉书·南匈奴传》：呼衍氏为左，兰氏、须卜氏为右，主断狱听讼，当决轻重，口白单于，无文书簿领焉。

7．秋蝇。宋·陆游《十月苦蝇》其二：十月江南未拥炉，痴蝇扰扰莫嫌渠。细看岂是坚牢物，付与清霜为扫除。

8．驯顺的鸟雀。唐·刘长卿《送薛据宰涉县》：栖鸾往已屈，驯雀今可嗣。此道如不移，云霄坐应致。

9．细葛布衣。《史记·五帝本纪》：尧乃赐舜絺衣与琴，为筑仓廪，予牛羊。

10．也作"篆缕"，指香烟袅袅上升，形如篆字和线。宋·李玉《贺新郎》：篆缕销金鼎。醉沉沉、庭阴转午，画堂人静。

蓐收[1]来咫尺，又迫雁臣[2]归。

省中石竹

紫垣清昼永，红蕖退芳华。
寂寂沙碛地，娟娟石竹花。
香钿金缕绿，笑靥粉痕涴。
细草聊相慰，闻吟坐日斜。

上京分省有大砚，乙亥岁尝用之，丁丑又日用。知其美不知其奇。一日，涤去积墨，文彩溢目，背刻翠涛，字亦精劲。非一洗濯不知也。

积墨培光彩，贞姿任涅磨[3]。
浪花浮欲动，池影净相和。
有似怀才者，其如眯眼[4]何？
更怜当造命[5]，不解扩恩波。

---

1. 古代神话传说中的秋神。《礼记·月令》：（孟秋之月）日在翼，昏建星中，旦毕中。其日庚辛，其帝少皞，其神蓐收。
2. 本指外帮臣子朝觐有时，如雁的往返，是有定候的，因而称"雁臣"；此处为作者自谓，意指秋日将至，又将伴驾南返，回归大都。《北史·斛律金传》：魏除为第二领人酋长，秋朝京师，春还部落，号曰"雁臣"。
3. 《论语·阳货》：不曰坚乎？磨而不磷。不曰白乎？涅而不缁。
4. 喻指不识人才。
5. 主宰、创造命运。《后唐书·李泌传》：夫命者，已然之言。主相造命，不当言命。言命，则不复赏善罚恶矣。

高丽僧无外[1]扣马求诗，口占授之

墨儒[2]名行[3]吾能别，内外有无师自知。

万里归来仍是客，众缘消尽未忘诗。

雪泥留迹鸿飞远，云海连天鹤度迟。

莫使鸡林[4]专纸贵，好将新句寄京师。

应制天马歌[5]

臣闻圣元水德正色[6]在朔方，物产雄伟马最良。

川原饮龁[7]几万万，不以数计以谷量。

承平云布十二闲[8]，华山百草春风香。

1．即式无外，高丽僧人，与当时文人多有交往。黄溍有《至大庚戌正月二十一日，予与儒公禅师谒松瀑真人于龙翔上，方翰林邓先生适至。予为赋诗四韵，诸老皆属和焉。后三十一年，是为至元辛巳正月二十三日，过伯雨尊师之贞居，无外式公、刘君、衍卿不期而集，辄追用前韵，以纪一时之高会云》《送式公归高丽》，王沂有《送式上人还高丽》，陈旅有《送式无外归高丽》，傅若金有《送无外式上人还高丽》等。李毅《跋福山诗卷》：式无外，嗜诗者也，曾走京师求诗诸公间，今中书许公、翰林谢公，缙绅知名者，皆有赠焉。

2．泛指各家学派。唐·崔湜《故吏部侍郎元公碑铭序》：百家之言，先儒未谕，一览冰释。四方儒墨之士，由是向风矣。

3．名声与品行。《后汉书·郎顗列传》：愿泛问百僚，核其名行，有一不合，则臣为欺国。

4．国名，即新罗。东汉永平八年(公元65年)，新罗王夜闻金城西侧始林间有鸡鸣声，于是将该地更名为鸡林。《旧唐书·东夷列传·新罗国传》：龙朔元年，春秋卒，诏其子太府卿法敏嗣位，为开府仪同三司、上柱国、乐浪郡王、新罗王。三年，诏以其国为鸡林州都督府，授法敏为鸡林州都督。

5．元顺帝至正二年（1342年），罗马教皇的使者马黎诺里抵上都，七月十八日在慈仁殿觐见顺帝。马黎诺里向顺帝进呈教皇信件和一匹佛郎国马，马匹的修伟身材引起满朝惊叹。顺帝即命文学侍从之臣赋诗作画，以记其盛况。除本篇外，尚有揭傒斯的《天马赞》、欧阳玄的《天马赋》、周伯琦的《天马行应制作并序》、陆仁的《天马歌》等等；画家周朗则奉旨作《佛郎国献马图》，流传至今。《元史·顺帝本纪三》：秋七月……拂郎国贡异马，长一丈一尺三寸，高六尺四寸，身纯黑，后二蹄皆白。

6．元朝兴起于北方，五行属水，因而称"水德"；"正色"二字疑为衍文。

7．饮水啮草或嚼谷。《旧五代史·世宗纪二》：辛亥，诏："今后应有病患老弱马，并送同州沙苑监、卫州牧马监，就彼水草，以尽饮龁之性。"

8．马厩，多指皇家养马之所。《周礼·夏官》：天子十有二闲，马六种；邦国六闲，马四种；家四闲，马二种。

又闻有骏在西极，权奇倜傥[1]钟[2]乾刚[3]。

茂陵千金不能致，直以兵戈劳广利[4]。

当时纪述虽有歌，侈心[5]一启何由制。

吾皇慎德迈前古，不宝远物[6]物自至。

佛郎国[7]在月窟西，八尺真龙入维絷[8]。

七逾大海四阅年，滦京今日才朝天[9]。

不烦蓊拂光夺目，正色呈瑞符吾玄[10]。

凤臆龙臑[11]渴乌[12]首，四蹄玉后磬其前。

1．卓异不凡。《史记·鲁仲连邹阳列传》：鲁仲连者，齐人也。好奇伟倜傥之画策，而不肯仕宦任职，好持高节。

2．集聚。《国语·周语下》：古之长民者，不堕山，不崇薮，不防川，不窦泽。夫山，土之聚也；薮，物之归也；川，气之导也；泽，水之钟也。

3．意谓天道刚健，也用以称帝王的刚毅果决。《汉书·谷永传》：陛下诚深察愚臣之言……奋乾刚之威，平天覆之施。

4．"茂陵"，代指汉武帝；广利，汉将李广利。汉武帝曾以千金及金马向大宛求取汗血宝马，遭到拒绝，于是就命令将军李广利出师远征大宛。见周伯琦《天马行应制作》"茂陵大宛黩兵纪"条注。

5．奢侈之心。汉·班固《东都赋》：圣上睹万方之欢娱，又沐浴于膏泽，惧其侈心之将萌而息于东作也。

6．不贪爱远方的宝物。《尚书·周书·旅獒》：不宝远物，则远人格；所宝惟贤，则迩人安。

7．元人把欧洲国家泛称为佛郎国，又作"拂郎""富浪"等。见本诗"天马歌"条注。

8．系缚，羁绊。《诗经·小雅·白驹》：皎皎白驹，食我场苗，絷之维之，以永今朝。

9．马黎诺里一行于至元四年（1338年）出发，至正二年（1342年）始至上都觐见顺帝；此二句言教皇使者朝见天子之不易。

10．玄，黑色。前云"圣元水德"，五行中水的颜色为黑色，所贡之马也为黑色，二者相符，故言其为"正色"，是祥瑞的呈现。

11．多作"凤臆龙鬐"，凤凰的胸脯，龙的颈毛；比喻骏马的雄奇健美。唐·杜甫《李鄠县丈人胡马行》：洛阳大道时再清，累日喜得俱东行。凤臆龙鬐未易识，侧身注目长风生。

12．古代吸水用的曲筒；形容马尾流转，有似奔星；马首昂矫，状类渴乌。《后汉书·宦者传·张让传》：又作翻车渴乌，施于桥西，用洒南北郊路，以省百姓洒道之费。

九重¹喜见远人格²，一时便敕良工传。

玉鞭锦鞯黄金勒，瞬息殊恩备华饰。

天成异质难自藏，志在君知不在物³。

方今天下有道时，绝尘⁴讵敢⁵称其力。

臣才罢驽⁶亦自知，共服安舆⁷无夏轶⁸。

得家书

别来三旬屡得书，书言不尽意勤渠⁹。

一瞻安字忧成喜，几向明牕¹⁰卷复舒。

儿学女工俱有进，廪储囊积任无虞。

归期只待秋风起，一束离愁即破除。

1．帝王所居，此处专指帝王。唐·白居易《长恨歌》：九重城阙烟尘生，千乘万骑西南行。翠华摇摇行复止，西出都门百余里。

2．格，来到，到达；指远方之人来归顺。《尚书·周书·旅獒》：不宝远物，则远人格；所宝惟贤，则迩人安。

3．即前"不宝远物"之意。

4．脚不沾尘土，形容奔驰神速。《庄子·田子方》：颜渊问于仲尼曰："夫子步亦步，夫子趋亦趋，夫子驰亦驰，夫子奔逸绝尘，而回瞠若乎后矣！"

5．岂敢，怎敢。唐·韩愈《谢自然诗》：檐楹暂明灭，五色光属联。观者徒倾骇，蹰躇讵敢前。

6．低劣的马，比喻人的才能低下。《史记·平津侯主父列传》：今臣弘罢驽之质，无汗马之劳，陛下过意擢臣弘卒伍之中，封为列侯，致位三公。

7．安车，古代可以用来坐乘的小车，供年老的高级官员及贵妇人乘用。高官告老还乡或徵召有重望的人，往往赐乘安车。《新唐书·赵隐传》：懿宗诞日，宴慈恩寺，隐侍母以安舆临观。

8．夏，倾覆；轶，通"佚"，过失。倾覆之失。南朝·颜延之《赭白马赋》：舆有重轮之安，马无夏驾之佚，处以濯龙之奥，委以红粟之秩。

9．殷勤。宋·司马光《资治通鉴·魏文帝黄初四年》：苟能慕元直之十一，幼宰之勤渠，有忠于国，则亮可以少过矣。

10．同"窗"。

寄赵伯宁[1]中丞

走马滦京献纳来，翠红乡里得徘徊。

行厨无物非君赐，相府有花皆手栽。

休恨相逢还判袂[2]，且图一见便衔杯[3]。

雪林好在秋风菊[4]，应贮芳醪[5]侍[6]我回。

思归

思归不惜岁如流，日望西风早作秋。

只知倦客还家好，不见秋风催白头。

---

1. 赵世安，字伯宁，元代人，曾任职御史中丞。马祖常《敕赐御史中丞赵公先德碑铭》：中丞臣世安姓赵氏，始居奉圣州……已而又卜宅于龙安，今遂为易州涑水人……天历之元，皇帝入正大位，征拜参议中书省事，旋入中书参知政事。上让位居东宫，改詹事丞，领典用监卿，复入中书参知政事领经筵事，升拜中书左丞，入台为御史中丞，官资德大夫。

2. 分袂，离别。宋·范成大《大热泊乐温，有怀商卿、德称》：城郭廪君国，山林妃子园。故人新判袂，得句与谁论？

3. 口含酒杯，即饮酒。晋·刘伶《酒德颂》：先生于是方捧罂承槽，衔杯漱醪。奋髯箕踞，枕麹藉糟，无思无虑，其乐陶陶。

4. 意谓北地虽多雪，但好在至秋菊开放之时即可南返归大都。

5. 美酒。晋·袁峤之《兰亭》其二：激水流芳醪，豁尔累心散。遐想逸民轨，遗音良可玩。

6. 疑为"待"字。

张翥

（1287～1368年），字仲举，世称蜕庵先生，晋宁（今属山西临汾）人。早年旅居杭州，受业于理学家李存，又从仇远学诗，兼能词。至正初年，以隐逸荐为国子助教，分教上都，历任翰林国史院编修官、太常博士、礼仪院判官、翰林国史院直学士、侍讲学士、集贤学士、河南行省平章政事、翰林学士承旨等。曾参修宋、辽、金三史，著有《蜕庵集》5卷。

宫中舞队歌词

十六天魔舞[1]，分行锦绣围。
千花织步障[2]，百宝贴仙衣。
回雪[3]纷难定，行云[4]不肯归。
舞心挑转急，一一欲空飞。
凿海行龙舸，凭山起鹄台[5]。

1．元代宫中做佛事时表演的女子群舞，创作于元顺帝至正十四年，舞者由十六人组成，另有十一人组成的伴奏乐队。舞者戴象牙佛冠，身披璎珞，大红绡金长短裙，金丝袄，云肩合袖天衣，绶带，鞋袜。手执法器，其中一人执铃杵奏乐。《元史·顺帝本纪六》：时帝怠于政事，荒于游宴，以宫女三圣奴、妙乐奴、文殊奴等一十六人按舞，名为《十六天魔》。首垂发数辫，戴象牙佛冠，身被璎络、大红绡金长短裙、金杂袄、云肩、合袖天衣、绶带鞋袜，各执加巴剌般之器，内一人执铃杵奏乐。又宫女一十一人，练槌髻，勒帕，常服，或用唐帽、窄衫，所奏乐用龙笛、头管、小鼓、筝、綖、琵琶、笙、胡琴、响板、拍板。以宦者长安迭不花管领，遇宫中赞佛，则按舞奏乐。

2．用以遮蔽风尘或视线的一种屏幕。魏·曹植《妾薄命》其二：日月既逝西藏，更会兰室洞房。华灯步障舒光，皎若日出扶桑。

3．雪回旋飞舞，比喻女子舞姿的轻盈优美，如雪飞舞回旋。唐·白居易《杨柳枝二十韵》：绣履娇行缓，花筵笑上迟。身轻委回雪，罗薄透凝脂。

4．原比喻人行踪不定，此处形容舞步轻盈流转。南唐·冯延巳《鹊踏枝》：几日行云何处去？忘却归来，不道春将暮。

5．即望鹄台，相传汉武帝凿池筑台以玩月，池旁起望鹄台，以眺望月影入池中的情形。南北朝·佚名《三辅黄图·未央宫》：未央宫有钓弋台、通灵台、望鹄台、影娥池。

天池[1]神马[2]出，月殿[3]舞鸾来。

六合妖氛[4]静，群生寿域[5]开。

吾皇乐民乐，愿上万年杯。

白玉瑦[6]钗燕[7]，黄金凿步莲。

箫吹凤台[8]女，花献蕊宫仙。

香雾团银烛，歌云[9]扑锦筵。

请将供奉曲[10]，同贺太平年。

---

1. 天上仙界之池。《晋书·皇甫谧传》：子其鉴先哲之洪范，副圣朝之虚心，冲灵翼于云路，浴天池以濯鳞，排阊阖，步玉岑，登紫闼，侍北辰，翻然景曜，杂沓英尘。

2. 神异瑞祥之马。《后汉书·南蛮西南夷列传·滇传》：有神马四匹，出滇池河中，甘露降，白乌见，始兴起学校，渐迁其俗。

3. 月宫。唐·李咸用《雪》：云汉风多银浪溅，昆山火后玉灰飞。高楼四望吟魂敛，却忆明皇月殿归。

4. 不祥的云气，多喻指凶灾、祸乱，《晋书·王浑王濬唐彬列传》：史臣曰：孙氏负江山之阻隔，恃牛斗之妖氛，奄有水乡，抗衡上国。

5. 人人得以尽享天年的太平盛世。《汉书·礼乐志》：愿与大臣延及儒生，述旧礼，明王制，驱一世之民，济之仁寿之域，则俗何以不若成、康？寿何以不若高宗？

6. 同"雕"。

7. 钗上的燕状镶饰物，传说中佩戴吉祥。宋·李昉等《太平御览》引《洞冥记》：元鼎元年，起招灵阁。有神女留一玉钗与帝，帝以赐赵婕妤。至昭帝元凤中，宫人犹见此钗，共谋欲碎之。明旦视之匣，唯见白燕直升天，故宫人作玉钗，因改名玉燕钗，言其吉祥。

8. 古台名。见贡奎《李陵台次韵畅学士》"一曲箫声落凤台"条注。

9. 据传说，歌唱家秦青的歌声，能响遏行云；后泛指动听的歌声。《列子·汤问》：薛谭学讴于秦青，未穷青之技，自谓尽之，遂辞归。秦青弗止；饯于郊衢，抚节悲歌，声振林木，响遏行云。薛谭乃谢求反，终身不敢言归。

10. 宫廷内演奏的歌曲。唐·刘禹锡《听旧宫人穆氏唱歌》：曾随织女渡天河，记得云间第一歌。休唱贞元供奉曲，当时朝士已无多。

上都从驾幸东凉亭[1]

鹤禁[2]烟华紫，龙岗草色青。
羽林移晓仗，法驾[3]幸凉亭。
大业开天道[4]，甘泉发地灵。
微臣叨侍从，愿睹万邦宁。

上京大雨骤寒，饮周从道[5]所

莫年已卜田园去，岂意犹歌行路难[6]。
且复酒杯同旅次，不堪人事总忧端。
山林茅屋三生远，风雨毡裘六月寒。
吾友有家应此住，老夫何地挂吾冠。

暴疾，卧视草堂，予再岁[7]分院矣

伏枕[8]朝慵起，惟将药里亲。

---

1. 上都有东、西凉亭和北凉亭，东凉亭又名只哈赤八剌哈孙，意谓"渔者之城"，位于上都城东五十里的皇帝行官，位于今锡林郭勒盟多伦县城西北十公里处，即上都河乡白城子村附近；该亭建于元代中统年间，供皇帝校猎驻跸之用。《元史·百官志》：尚供总管府，秩正三品，掌守护东凉亭行官，及游猎供需之事。见胡助《白海》"白海"条注。

2. 太子所居之处。唐·王勃《九成宫颂》：凤闱宵静，阴灵宣玉闻之华；鹤禁朝趋，离象峻铜楼之景。

3. 天子车驾的一种，天子的卤簿分大驾、法驾、小驾三种，其仪卫之繁简各有不同。《元史·舆服志一》：至秦并天下，兼收六国车旗服御，穷极侈靡，有大驾、法驾以及卤簿。

4. 天理，天意。《尚书·汤诰》：天道福善祸淫，降灾于夏，以彰厥罪。

5. 陈垣等《道教金石略》中，云翠山南天观《宗派地图》出现过周从道的名字，是慈悲大师郝道明的弟子。

6. 乐府杂曲歌辞名，原为民间歌谣，后经文人拟作，采入乐府，内容多写世路艰难和离情别意。唐·吴兢《乐府古题要解》：行路难，备言世路艰难及离别悲伤之意，多以"君不见"为首。

7. 似应为至正二年，待考。

8. 指因病弱、年老而长久卧床。《诗经·国风·陈风·泽陂》：彼泽之陂，有蒲菡苕。有美一人，硕大且俨。寤寐无为，辗转伏枕。

纷纭眼前事，憔悴病中身。

宿露浓于雨，秋花好似春。

最嫌姜桂[1]绝，无处乞诸邻。

上京秋日三首

山前孤戍水边营，落日无人已断行。

瓯脱[2]数家门早闭，辒温[3]千帐火宵明。

白摧野草狼同色，秋入榆关雁有声。

最是不禁横笛怨，海天秋月不胜晴。

水绕云回万里川，鸟飞不下草连天。

歌残敕勒风生帐，猎罢阏氏[4]雪没鞯。

红颊女儿花作队，紫髯都护[5]酒如泉[6]。

时巡岁岁《还京乐》[7]，别换新声被管弦。

---

1. 生姜和肉桂，有芳香及辛辣味，作药用或烹调配料，产于中国中部、南部。汉·刘向《新序·杂事》：夫姜桂因地而生，不因地而辛。

2. 古代少数民族屯戍或守望的土室。《史记·匈奴列传》：（东胡）与匈奴间，中有弃地，莫居，千余里。各居其边为瓯脱。见郝经《开平新宫五十韵》"区脱"条注。

3. 通"辒辒"，古代用于攻城的大型木制战车，上蒙牛皮，可容十数人，往来运土以填平敌人的城壕。《孙子·谋攻》：修橹辒辒，具器械，三月而后成。

4. 山名，也称焉支山、焉脂山、删丹山、燕脂山、胭脂山，在今甘肃省张掖永昌县西，绵延于祁连山和龙首山之间；一说以因产胭脂草而得名。如今的祁连山不同于古代的祁连山。祁连，匈奴语，意为天，匈奴语祁连山即指天山。唐·张守节《史记正义》引《括地志》：焉支山一名删丹山，在甘州删丹县东南五十里。《西河故事》云：匈奴失祁连、焉支二山，乃歌曰："亡我祁连山，使我六畜不蕃息；失我焉支山，使我妇女无颜色。"其悯惜乃如此。见杨维桢《昭君曲》"胭脂山"条注。

5. 汉宣帝置西域都护，总监西域诸国并护南北道，为西域地区最高长官；其后废置不常，晋宋以后，公府则有参军都护、东曹都护，职权较卑，与汉代时有区别；唐置安东、安西、安南、安北、单于、北庭六大都护，权任与汉代相同，且为实职；元代有北庭都护等。《元史·百官志五》：都护府，秩从二品，掌领旧州城及畏吾儿之居汉地者。

6. 原指酒多如泉，此处比喻酒量大。宋·范成大《初约邻人至石湖》：春入蒌田芦绽笋，雨倾沙岸竹垂鞭。荒寒未办招君饮，且吸湖光当酒泉。

7. 《还京乐》是敦煌傩歌的曲调；后来，宋代词人多有以《还京乐》为题的创作，如周邦彦、张炎、陈允平等。《新唐书·礼乐制十二》：是时，民间以帝自潞州还京师，举兵夜半诛韦皇后，制《夜半乐》《还京乐》二曲。

远山平野浩茫茫，曾是当年古战场。

饮马水干沙窟白，射雕尘起碛云黄。

中郎节在仍归汉，校尉城空罢护羌[1]。

今日车书逢混一[2]，不辞老去（一作"垂老"）看毡乡。

上京即事

滦河东出水萦回，叠坂层冈拥复开。

金柱镇龙僧咒罢[3]，玉舆驭象[4]帝乘来。

中天星斗朝黄道[5]，塞漠云山绕紫台[6]。

欲似两京为赋颂[7]，白头平子愧无才。

过李陵台——分教上京[8]

路出桓州山缦迴，仆夫指是李陵台。

树遮望眼仍相吊，云结乡愁尚未开。

海上羝羊秋牧罢，陵头石马夜嘶哀。

1．护羌校尉的简称。西汉始置，职掌西羌事务；东汉沿置，晋惠帝时改称凉州刺史。《后汉书·百官志五》：护羌校尉一人，比二千石。本注曰：主西羌。

2．即车书混一，也作"混一车书"。见杨维桢《宫辞十二首》"车书混一"条注。

3．元世祖潜邸开平，令刘秉忠相地建城，刘秉忠相中桓州东、滦水北的龙岗，占卜得吉，经三年营建而成，名为开平城。由于开平是忽必烈的"龙飞之地"，低洼多水，刘秉忠又以精于占卜、术数，学术以能"通神明"著称，所以元代流传着他"借地于龙"、立铁幡竿以镇之的传说。见周伯琦《立秋日书事五首》自注。

4．即象辇。

5．太阳每年在恒星之间的视轨迹，即地球轨道面与天球的相交线。《汉书·天文志》：日有中道，月有九行。中道者，黄道。一曰光道。光道北至东井，去北极近；南至牵牛，去北极远；东至角，西至娄，去极中。

6．紫宫，指帝王的居所。《晋书·文苑列传·祖鸿勋传》：振佩紫台之上，鼓袖丹墀之下。采金匮之漏简，访玉山之遗文。

7．班固作有《两都赋》——《西都赋》《东都赋》。《汉书·班固列传上》：固感前世相如、寿王、乐方之徒，造构文辞，终以讽劝，乃上《两都赋》，盛称洛邑制度之美，以折西宾淫侈之论。

8．张翥任国子助教在至正元年，而且在此任上为时一年，因而分教上都似应在此年。《元史·张翥传》：至正初，召为国子助教，分教上都生。

英雄不死非无意[1]，空遣归魂故国来。

又送韩与玉[2]游上京

万里云烟渺莽中，野营星散草连空。
龙门水合争秋雨，鸳泊[3]沙明下夕鸿。
自昔筑台思郭隗[4]，何人荐赋识杨雄[5]。
将书时慰衰年忆，回首貂裘冷朔风。

---

1. 对于李陵之降，古人多有不同解读，其中司马迁的观点颇具代表性。《汉书·李陵传》：群臣皆罪陵，上以问太史令司马迁，迁盛言："陵事亲孝，与士信，常奋不顾身以殉国家之急。其素所畜积也，有国士之风。今举事一不幸，全躯保妻子之臣随而媒蘖其短，诚可痛也！且陵提步卒不满五千，深輮戎马之地，抑数万之师，虏救死扶伤不暇，悉举引弓之民共攻围之。转斗千里，矢尽道穷，士张空拳，冒白刃，北首争死敌，得人之死力，虽古名将不过也。身虽陷败，然其所摧败亦足暴于天下。彼之不死，宜欲得当以报汉也。"

2. 浙江绍兴人，工书画，张翥门生，有诗《成居竹有书，报甥傅君亮至扬州，言其家与外表舅吴仲益及妇家二叔、学生林与玉全家无恙，喜甚有怀》；韩与玉与善古文的王子充、长诗词的迺贤一起被人视为"江南三绝"。清·邵远平《续弘简录元史类编·文翰二·迺贤》：时浙人韩与玉能书，王子充善古文，人目为"江南三绝"。至正间用荐为编修官。

3. 即鸳鸯泊。

4. 战国时燕国人，燕昭王客卿，谏燕昭王广招天下才异之士，"筑台而师之"，结果燕国聚集了乐毅、邹衍、剧辛等一大批人才，使燕国强大。《史记·燕召公世家》：燕昭王于破燕之后即位，卑身厚币以招贤者。谓郭隗曰："齐因孤之国乱而袭破燕，孤极知燕小力少，不足以报。然诚得贤士以共国，以雪先王之耻，孤之原也。先生视可者，得身事之。"郭隗曰："王必欲致士，先从隗始。况贤于隗者，岂远千里哉！"于是昭王为隗改筑宫而师事之。乐毅自魏往，邹衍自齐往，剧辛自赵往，士争趋燕。

5. 少年好学深思，曾模仿司马相如作品创作《甘泉赋》《羽猎赋》《长杨赋》。40岁后，始游京师。大司马王音召为门下史，推荐为待诏。后经蜀人杨庄引荐，被喜爱辞赋的成帝召入宫廷，侍从祭祀游猎，任给事黄门郎。见马祖常《次韵继学三首》"扬子宅"条注。

上京睹陈渭叟[1]寄友书，声及鄙人，赋以答之

其诗曰《紫云编》，已刊四卷。

忽忆江南古庄叟，自号。钓竿归去拂珊瑚。

药炉已熄勾庚火[2]，书箧闲抛遁甲[3]符。

欲与陈陶同啖鲊[4]，只令张翰远思鲈[5]。

不知别后诗多少，刊到云编戊己[6]无。

不见故人今十载，平安喜得上京书。

顾我真吟纥干雀[7]，羡君闲钓富春鱼。

山房夜雨青灯外，紫塞秋风白雁初。

终拟携琴隐湖曲，一官垂老欲何如。

1．名不详，号古庄叟，江西弋阳人，与当时文人多有往来唱和。明·田汝成《西湖游览志余卷十五·方外玄踪》：陈渭叟，读书学道，不混俗，不忤物，赋诗有天然趣，隐居葛溪上。岁一来杭，城中名人胜士争要致之，惟恐其去也。所著有《紫云编》。

2．六十甲子玄空五行与卦运择日法中之一。

3．古代方士术数之一，起于《易纬·乾凿度》太乙行九宫法，盛于南北朝。其方法以十天干的乙、丙、丁为三奇，以戊、己、庚、辛、壬、癸为六仪。三奇六仪，分置九宫，而以甲统之，视其加临吉凶，以为趋避，称遁甲。

4．陈陶，字嵩伯，自号三教布衣，晚唐诗人，唐宣宗大中年间，隐居洪州西山，后不知所终。宋·陆游《南唐书·陈陶列传》：元宗南迁豫章，至落星湾，将访以天象，恐陶不肯尽言，以其素嗜鲊。乃使人伪言卖鲊。至门，陶果出，咯鲊。喜甚，卖鲊者曰：官舟至落星矣，处士知之乎？陶笑曰：星落不还，元宗闻之不怪，遂不复问，是岁果晏驾。西山产灵药，陶与妻日斸二饵之，不知所终，开宝中，南昌市有一老翁，丫结被褐，与老妪卖药，得钱则沽酒市鲊。相对饮啗。既醉，歌舞道上，其歌曰：蓝采和，处世纷纷事更多，何如卖药沽美酒，归去青崖拍手歌，或疑为陶夫妇云。

5．张翰，字季鹰，吴郡吴县人，生卒年不详。伟人放纵不拘，时人比之为阮籍。齐王司马冏执政，召授为大司马东曹掾。当时王室争权，张翰托言见秋风起而思吴中"莼羹"、鲈鱼，弃官退隐而得以保全。《晋书·文苑列传·张翰传》：翰因见秋风起，乃思吴中菰菜、莼羹、鲈鱼脍，曰："人生贵适志，何能羁宦数千里，以邀名爵乎？"遂命驾而归。

6．古代书籍以天干地支中的十天干标注目次；也用于表示多。

7．即寒号鸟，又名独春鸟、鹖旦、盍旦、曷旦等。宋·范成大《送闻人伯卿赴铜陵重送伯卿》：东风畏奇寒，未敢破梅萼。已僵员峤蚕，那问纥干雀。

给事[1]以马乳觅就索诗

㧖官载出橐驼马，分得官壶给事家。
代饮酪奴[2]宁许[3]敌，蒸豚人乳[4]不成夸。
肥凝晓露鸱夷革[5]，香带秋风苜蓿花。
长与诗翁消酒渴，肯辞为客住龙沙。

---

1. 官职名，给事中的省称。此处究竟为何人，待考。《汉书·百官公卿表上》：给事中亦加官，所加或大夫、博士、议郎，掌顾问应对，位次中常侍。

2. 茶的别名。北魏·杨衒之《洛阳伽蓝记·正觉寺》：羊比齐鲁大邦，鱼比邾莒小国。惟茗不中，与酪作奴……彭城王重谓曰："卿明日顾我，为卿设邾莒之食，亦有酪奴。"

3. 如此，这样。宋·杨万里《过贤招渡》其二：一江故作两江分，立杀呼船隔岸人。柳上青虫宁许劣，垂丝到地却回身。

4. 南朝·刘义庆《世说新语·汰侈》：武帝尝降王武子家，武子供馔，并用琉璃器。婢子百余人，皆绫罗绮襦，以手擘饮食。蒸豚肥美，异于常味。帝怪而问之，答曰："以人乳饮豚。"帝甚不平，食未毕，便去。

5. 革囊，后指盛酒的器皿。《史记·伍子胥列传》：吴王闻之大怒，乃取子胥尸盛以鸱夷革，浮之江中。

王冕

（1287一说1310—1359），绍兴诸暨人。号煮石山农、食中翁、饭牛翁、会稽外史、梅花屋主、九里先生、江南古客、江南野人、山阴野人、浮萍轩子、竹冠草人、梅叟、煮石道者、老村、梅翁等。出身农家，幼年勤读，性格孤傲，是元代著名画家、诗人。著有《竹斋集》《墨梅图题诗》等。《墨梅》是其诗歌代表作。

即事二首

滦水城头六月霜，东华门外草皆黄。

旌旗影动千官惨，斧钺光沉万马忙。

青象不将[1]传国玺，紫驼只引旧毡房。

诸郎不解风尘恶，争指[2]红门[3]入建章[4]。

白草黄沙野色分，古今愁恨满乾坤。

飞鸿点点来边塞，寒雪纷纷落蓟门。

风景凄凉只如此，人情嚣薄[5]复何论。

知机[6]可有桑干水，未入沧溟早自浑。

1．不送。《庄子·应帝王》：至人之用心若镜，不将不迎，应而不藏，故能胜物而不伤。

2．通"诣"。

3．元代宫门之一。《元史·选举志一》：进士纳卷毕，出院。监试官同读卷官，以所对策第其高下，分为三甲进奏。作二榜，用敕黄纸书，揭于内前红门之左右；又，《祭祀志六》：至丽正门里石桥北，舍人引门下侍郎下马，跪奏请皇帝权停，敕众官下马，赞者承传，敕众官下马，舍人引众官分左右，先入红门内，倒卷而北驻立。引甲马军士于丽正门内石桥大北驻立，依次倒卷至棂星门外，左右相向立。

4．即汉建章宫，泛指宫阙。《史记·封禅书》：于是作建章宫，度为千门万户。前殿度高未央。其东则凤阙，高二十余丈。其西则唐中，数十里虎圈。其北治大池，渐台高二十余丈，命曰太液池，中有蓬莱、方丈、瀛洲、壶梁，象海中神山龟鱼之属。其南有玉堂、璧门、大鸟之属。乃立神明台、井干楼，度五十丈，辇道相属焉。

5．微薄、浇薄。唐·孙光宪《北梦琐言卷二·文宗重王起》：今之世禄嚣薄，不能撙节，稍丰则饫其狗彘，少歉则困彼妻孥，而云安贫，吾无所取。

6．也作"知己"，有预见，看出事物发生变化的隐微征兆。唐·崔颢《古游侠呈军中诸将》：少年负胆气，好勇复知机。仗剑出门去，孤城逢合围。

漫兴三首

其一

白雾黄烟惨百蛮，长年不见鹤书[1]还。

江河万里归沧海，山岭千重走剑关[2]。

白首词臣空堕泪，青春才子强回颜。

旧愁新恨知多少？都在闲花野草间。

其二

关下险固凭三辅，陇右勾连接四川。

簇簇楼台悬日月，盈盈花草烂云烟。

飚[3]回海上沙飞雪，雨足江南水拍天。

可笑华山陈处士[4]，风流文采却贪眠。

其三

青山隐隐带滦河，金碧光中望婆娑。

五谷不生羊马盛，二仪[5]殊候雪霜多。

1．书体名，也叫鹤头书，其形状仿佛鹤头而得名；古时用于招贤纳士的诏书，也借指征聘的诏书。南北朝·孔稚珪《北山移文》：及其鸣驺入谷，鹤书赴陇；形驰魄散，志变神动。

2．即剑门关。

3．同"飙"。

4．陈抟，字图南，号扶摇子，赐号希夷先生，亳州真源县人，五代宋初著名道教学者、隐士。后人称其为陈抟老祖、睡仙、希夷祖师等。隐于武当山九室岩，后移华山云台观。《宋史·隐逸列传上·陈抟传》：陈抟，字图南，亳州真源人……下诏赐号希夷先生，仍赐紫衣一袭，留抟阙下……数月放还山。

5．天地。《周书·武帝本纪上》：二仪创辟，玄象著明；三才已备，历数昭列。

打围阵合穹庐转，警跸[1]声传御驾过。

渺渺黄沙天万里，壮心未解说风波。

闲题

楼台矗矗带山河，金玉重重是帝家。

云合紫驼开虎帐，天连青草入龙沙。

春风小殿看飞燕，夜雨重城散落花。

甲乙[2]流苏仙梦好，莫教方士问丹砂。

1．古代帝王出入时，于所经路途侍卫警戒，清道止行。出为警，入为跸。《史记·淮南衡山列传》：厉王以此归国益骄恣，不用汉法，出入称警跸，称制，自为法令，拟于天子。

2．甲帐、乙帐的并称；汉武帝所造帐幕，以甲乙为次。《汉书·西域传赞》：于是广开上林……兴造甲乙之帐，络以随珠和璧，天子袭翠被、凭玉几，而处其中。

陈旅

（1288~1343年），字众仲，兴化莆田（今属福建）人。幼笃志于学。因推荐任职闽海儒学官。受著名文人中丞马祖常赏识，并相与游学京师；又为虞集所知，延至馆中；赵世延引荐任国子助教；又召入为应奉翰林文字。至正元年（1341年），迁国子监丞，卒于官。陈旅为文典雅峻洁，卓异不俗。著有《安雅堂集》13卷。

苏伯修[1]往上京，王君实[2]以高丽笠赠之且有诗，伯修征和章[3]，因述往岁追从之悰，与今兹睽携之叹云尔

往年饮马滦河秋，滦水斜抱石城流。
青城丈人[4]来水上，揭谢苏王[5]皆与游。

顾余滥倚桥门席，日斜去坐鳌峰石。
夜凉共饮明月樽，醉眠更听高楼笛。

1. 苏天爵，字伯修。

2. 元代诗人王守诚（1296~1349年）。《元史·王守诚传》：王守诚，字君实，太原阳曲人。气宇和粹，性好学，从邓文原、虞集游，文辞日进。泰定元年，试礼部第一……续编《太常集礼》若干卷以进。转艺林库使，与著《经世大典》……除奎章阁鉴书博士……与修辽、金、宋三史，书成，擢参议中书省事。

3. 酬和他人的诗章称和章；一般只和其意，不一定必和其韵。《明史·礼志七（嘉礼一）》：宣德五年冬，久未雪，十二月大雪，帝示群臣《喜雪》诗，复赐赏雪宴。群臣进和章，帝择其寓警戒者录之，而为之序。

4. 青城山是道教四大名山、五大仙山之一，又称丈人或赤城、清城，山下有丈人观。一、指道教神仙：《道法会元》卷三：可韩司丈人真君，即青城丈人朱陵度命天尊，居青城可韩宫，又名隶元上府。又，《云笈七签卷一百二十·青城丈人授黄帝龙蹻并降雨验》：青城山，黄帝诣龙蹻真人宁先生，受《龙蹻经》，得御飞云之道。乃封先生为五岳丈人……为五岳之上司，与潜山司命、庐山使者为三司之尊。二、青城山掌教真人的统称，此处指何人待考。唐·紫薇孙处士《送青城丈人酒》：深羡青城好洞天，白龙一觉已千年。铺云枕石长松下，朝退看书尽日眠。

5. 分别指揭傒斯、谢敬德、苏伯修、王君实。《元史·谢端传》：谢端，字敬德，蜀之遂宁人……端幼颖异，五六岁能吟诗，十岁能作赋。弱冠，与尚书宋本同师，明性理，为古文，又同教授江陵城中，以文学齐名，时号"谢宋"……寻翰林修撰，升待制，以选为国子司业，遂为翰林直学士……预修文宗、明宗、宁宗三朝实录，及累朝功臣列传。

滦河九曲流（一作"来"）渐渐，自我不见今三年。
苏郎又扈属车去，伫望弗及心茫然。

龙门峡中云气湿，山雨定洒高丽笠。
别意遥怜柳色深，归心莫为鹃声急。龙门道中夏月多
杜鹃。

不才未许收词垣，旅时已注为史官，复勒留助教。赋
成何日奏甘泉？
人言凡骨苦难化（一作"难变化"），为我致意青
城仙[1]。

院中闻大驾先还，再和伯修韵

甘泉宴罢雁声寒，桂树吹香出宝阑。
翠辇遥临秋海白[2]，霓旌高拂曙星残。
毡城家拜银麛赐，棘院[3]人争绣虎[4]看。
堪笑子云能作赋[5]，独骑羸马后奚官[6]。

1．即前所提之青城丈人。

2．应指察汗淖尔，也称白海，附近有察汗淖尔行宫。见王士熙《竹枝词十首》
"白海"条注。

3．科举试院。古代试士，用棘围试院，以防止弊端而得名。《旧五代史·周
书·和凝传》：贡院旧例，放榜之日，设棘于门及闭院门，以防下第不逞者。见许有
壬《和神保钦之御史监试上京韵二首》"棘围"条注。

4．原指曹植文采斑斓，雄如虎王，独领风骚；也用于比喻文采优美，才气横溢的
人。宋·曾慥《类说》卷四引《玉箱杂记》：曹植七步成章，号绣虎。又，宋·李廷
忠《临江仙》：秋到三山呈瑞气，斑斑绣虎文章。早分桂殿一支香。

5．扬雄，字子云，才华卓著，善作赋，有《长杨赋》《羽猎赋》等传世。《汉
书·司马相如列传》：扬雄以为靡丽之赋，劝百而讽一，犹骋郑、卫之声，曲终而奏
雅，不已戏乎！

6．官名，职司养马，晋置；后也指官署名，南朝、隋、唐均设置，隶属于内侍
省，掌守宫人疾病、罪罚、丧葬等事；多以犯罪者从坐的家属为之。《晋书·职官
志》：少府，统材官校尉、中左右三尚方、中黄左右藏、左校、甄官、平准、奚官等
令，左校坊、邺中黄左右藏、油官等丞。

贡院中次苏伯颜[1]韵上都

襥被秋闻怯嫩寒，省郎传檄闭门阑。

玄云落纸[2]蚕声老，红密花开蚕影残。

揽卷忽惊千载近，摛辞尤快一时看。

才华总为升平出，我得书名补稗官[3]。

和虞先生云州道士[4]闻异香

年年骑马踏龙沙，金阁山[5]前席帽斜。

海上谁移千步草[6]，空中时度七香车[7]。

丹崖翠壁横秋野，玉磬[8]琅璈[9]出暮霞。

我亦往年驰驵过，不知仙枣大如瓜。

1．似应为苏宝之子，？～1356，其诗已不见存。

2．玄云，指墨；落纸，落笔；谓指写字、绘画，此处指苏伯颜所作诗歌。宋·苏轼《轼近以月石砚屏献子功中书，公复以涵星砚献纯父侍讲，子功有诗，纯父未也，复以月石风林屏赠之，谨和子功诗，并求纯父数句》：紫潭出玄云，黳我潭中星。独有潭上月，倒挂紫翠屏。

3．小官；后来也指野史小说。《汉书·艺文志》：小说家者流，盖出于稗官。街谈巷语，道听涂说者之所造也。

4．云州金阁山曾是道家总领、全真道七真之一、大宗师丘处机的修炼与传道处；后世道教多有人于此修炼。此道士为何人，待考。

5．即张家口市赤城县城北之金阁山。见袁桷《望云州》"金阁山"条注。

6．一种香草。宋·洪刍《香谱·香之异四十品》：千步香，《述异记》："南海出千步者，佩之，香闻于千步。"草也。今海隅有千步草，是其种也。叶似杜若，而红碧相杂。《贡籍》曰："南郡贡千步香。"

7．用多种香木制作的车，是一种法宝般的交通工具，它能逢凶化吉，最早出现于商周时期，是西岐三宝之一。汉·曹操《与太尉杨彪书》：今赠足下锦裘二领、八节银角桃杖一枚……画轮四、望通幰七香车一乘……所奉虽薄，以表吾意，足下便当慨然承纳，不致往返。

8．古代石制乐器。《礼记·郊特牲》：诸侯之宫县，而祭以白牡，击玉磬……诸侯之僭礼也。

9．古代玉制乐器。宋·刘过《贺新郎·平原纳宠姬能奏方响席上有作》：试一曲、琅璈初奏。莫放珠帘容易卷，怕人知、世有梨园手。

次韵阿容参政[1]省中夜坐上都

上国群公集，秋深昼省开。

虚檐河影近，凉苑树声来。

独坐多幽趣，高吟有逸才。

平明当献纳，骑马踏轻埃。

附： 明妃出塞图

昭君北嫁呼韩[2]国，巫山更有昭君村[3]。

黄金镂鞍玉骢马，分明载得巫山云。

凉风吹动钗头雁，一曲琵琶写幽怨。

沙草遥连鸡庭塞，野花不种鸳鸯殿。

内家日日选娉婷，泪痕满袖空多情。

汉庭自此恩信重，美人身比鸿毛轻。

题辽人射猎图

美人貂帽玉骢马，谁其从之臂鹰者？

沙寒草白天雨霜，落日驰猎辽城下。

塞南健妇方把锄，丈夫边戍官索租。

1．元代阿容为罗鬼部落人，未曾任职于朝廷；此处阿容应即 "阿荣"，天历二年任参知政事。《元史・阿荣传》：阿荣，字存初，怯烈氏……天历初，复起为吏部尚书，寻参议中书省事。二年，拜中书参知政事、知经筵事……文宗眷遇之甚，而阿荣亦尽心国政，知无不言。

2．即呼韩邪单于，前58～前31年在位，名稽侯珊，虚闾权渠单于之子。《汉书・匈奴传》：乌桓击匈奴东边姑夕王，颇得人民，单于怒。姑夕王恐，即与乌禅幕及左地贵人共立稽侯珊为呼韩邪单于。

3．原名宝坪村，位于香溪河畔，在今湖北秭归，属巫山山脉，因汉时王昭君生长此村，后世又名昭君村。

题金人射猎图

肃慎[1]川原尽海隅，秋风枭骑[2]日驰驱。
空闻陈国铭金楛[3]，竟向梁园[4]用石砮[5]。

1. 也作"息慎""稷慎"，中国古代东北民族，汉晋时称挹娄，南北朝时称勿吉，隋唐时称黑水靺鞨；女真的称谓初见于唐。女真大体分布在今长白山以北，西至松嫩平原，北至黑龙江中下游的广大地区，1115年完颜阿骨打建立女真政权"大金"。《左传·昭公九年》：王使詹桓伯辞于晋曰："我自夏以后稷、魏、骀、芮、岐、毕，吾西土也；及武王克商，蒲姑、商奄，吾东土也；巴、濮、楚、邓，吾南土也；肃慎、燕、亳，吾北土也。吾何迩封之有？"又，《后汉书·东夷列传·挹娄传》：挹娄，古肃慎之国也……无君长，其邑落各有大人。处于山林之间，土气极寒，常为穴居……种众虽少，而多勇力，处山险，又善射，发能入人目。又，《金史·太祖本纪》：收国元年正月壬申朔，群臣奉上尊号。是日，即皇帝位。上曰："辽以宾铁为号，取其坚也。宾铁虽坚，终亦变坏，惟金不变不坏。金之色白，完颜部色尚白。"于是国号大金，改元收国。

2. 勇猛的骑兵。《汉书·高帝纪上》：北貉、燕人来致枭骑助汉。汉王下令：军士不幸死者，吏为衣衾棺敛，转送其家。四方归心焉。

3. 《国语·鲁语下》：仲尼在陈，有隼集于陈侯之庭而死，楛矢贯之，石砮其长尺有咫。陈惠公使人以隼如仲尼之馆问之。仲尼曰："隼之来也远矣，此肃慎氏之矢也。昔武王克商，通道于九夷、百蛮，使各以其方贿来贡，使无忘职业。于是肃慎氏贡楛矢、石砮，其长尺有咫。先王欲昭其令德之致远也，以示后人，使永监焉，故铭其栝曰'氏之贡矢'以分大姬，配虞胡公而封诸陈。古者分同姓以珍玉，展亲也；分异姓以远方之职贡，使无忘服也。故分陈以肃慎氏之贡，君若使有司求诸故府，其可得也。"求，得之金椟，如之。

4. 梁园，又名梁苑、兔园、睢园、修竹园，俗名竹园，为西汉梁孝王刘武在其封地之都城睢阳城内所营建的游赏延宾之所。汉·刘歆《西京杂记》卷二：梁孝王好营宫室苑囿之乐，作曜华之宫，筑兔园，园中有百灵山，山有肤寸石、落猿岩、栖龙岫，又有雁池，池间有鹤洲、凫渚，其诸宫观相连，延亘数十里。奇果异树，瑰禽怪兽毕备。

5. 宋·杜绾《云林石谱卷中·箭镞石》：临江军新涂县数十里，地名白羊角凌云岭，顶上平如掌，皆古时寨基，地中往往获石箭镞，锋而刃脊，其廉可刿，其质则石，长三四寸许，间有短者，此孔子所谓"楛矢石砮"，肃慎氏之物也……春秋时，隼集于陈庭，楛矢贯之，石砮长尺有咫。又有石甲叶，形如龟背，纹稍厚。石斧大如掌，有贯木处，率皆青坚，击之有声。

柯九思

（1290～1343年），字敬仲，号丹丘、丹丘生、五云阁吏，台州仙居（今浙江仙居县）人，江浙行省儒学提举柯谦（1251—1319）之子。自幼爱好书画，聪颖绝伦，被视为神童。工诗文、好诗翰、识金石，素有诗、书、画三绝之称。有《丹丘生稿》传世。

宫词一十五首[1]

万国贡珍罗玉陛，九宾[2]传赞捧珠帘。

大明前殿[3]筵初秩[4]，勋贵先陈祖训严。

凡大宴，世臣掌金匮之书者，必陈祖宗大扎撒[5]以为训。

黑河[6]万里连沙漠，世祖深思创业难。

数尺阑干护春草，丹墀留与子孙看。

世祖建大内，命移沙漠莎草于丹墀，示子孙毋忘草地也。

1．柯九思宫词组诗，内容多反映元大都、上都宫廷生活，因其内容、特点有很多共性，且能够从中窥见元代宫廷生活概貌，故均收录其中。

2．古代外交上最为隆重的礼节，有九个迎宾赞礼的官员司仪施礼，并延引上殿。《史记·廉颇蔺相如列传》：赵王送璧时，斋戒五日，今大王亦宜斋戒五日，设九宾于廷，乃敢上璧。

3．元大都主要宫殿之一，是皇帝接受朝贺、燕飨群臣之所。《元史·武宗本纪一》：己卯，以皇太子受册礼成，帝御大明殿，受诸王、百官朝贺。

4．古代举行大射礼时，宾客初进门，登堂入室，称初宴，后泛指宴饮。《诗经·小雅·宾之初筵》：宾之初筵，左右秩秩。笾豆有楚，肴核维旅。

5．札撒，蒙古语音译词，义为号令、法令，是蒙古游牧社会立法的代表作；大蒙古国建立后，成吉思汗召集会议，将历来的训令、札撒和习惯加以汇总，1225年，下令颁布了札撒和训令，史称《札撒大全》或《大札撒》。现该书已散轶，只散见于典籍资料。《元史·太宗本纪二》：元年……秋八月己未，诸王百官大会于怯绿连河曲雕阿兰之地，以太祖遗诏即皇帝位于库铁乌阿剌里。始立朝仪，皇族尊属皆拜。颁大札撒。

6．一般认为位于蒙古始兴之地三河源附近。《元史·太祖本纪一》：海都既立，以兵攻押剌伊而，臣属之，形势浸大，列营帐于八剌合黑河上，跨河为梁，以便往来。由是四傍部族归之者渐众。

亲王上玺[1]宴西宫，圣祚中兴[2]庆会同。

争卷珠帘齐仰望，瑞云捧日御天中。

天历元年十二月二十七日，笃怜帖木儿怯薛[3]。第二日，宝房内对，速古儿赤明里董阿、平章月鲁不花、右丞大都赤、哈剌八儿尚书等有来。典瑞院官吉宝儿、同佥荅失蛮、经历柯都事奏："十月二十三日，上都送宝来的时分，兴圣殿御宴其间，有五色祥云捧日。当殿本院官院判郑立、经历张符、都事柯九思等与众于殿前一同仰观，郁郁纷纷，非雾非烟，委系卿云现。似这般祥瑞应时呵，如今与省家文书，行移国史院，标写入史呵，怎生？"奉圣旨："您每行文书者。"

----

1. 燕铁木儿拥立元文宗，被封太平王。《元史·燕铁木儿列传》：燕铁木儿时总环卫事，留大都，自以身受武宗宠拔之恩，其子宜纂大位，而一居朔汉，一处南陲，实天之所置，将以启之……即命前河南行省参知政事明里董阿、前宣政院使答剌麻失里乘驿迎文宗于中兴，且令密以意喻河南行省平章伯颜选兵备扈从。燕铁木儿以为扰攘之际，不正大名，不足以系天下之志，与诸王大臣伏阙劝进。文宗固辞曰："大兄在朔方，朕敢紊天序乎？"燕铁木儿曰："人心向背之机，间不容发，一或失之，噬脐无及。"文宗悟，乃曰："必不得已，当明诏天下，以著予退让之意而后可。"壬申，文宗即位，改元天历，赦天下。

2. 中兴，即江陵。元文宗孛儿只斤·图帖睦尔，即武宗次子，泰定帝时晋封怀王，曾出居建康、江陵等地。《元史·地理志二》：中兴路，唐荆州，复为江陵府。宋为荆南府。元至元十三年，改上路总管府，设录事司。天历二年，以文宗潜籓，改为中兴路。

3. 怯薛，蒙古语音译词，是轮流在宫廷值宿守卫之意。蒙元时期，"怯薛"分四组，每组由一名贵族带领，称为怯薛长，世代相袭。文中笃怜帖木儿是怯薛长的名字。《辽史·附录卷·修三史诏》：圣旨：至正三年三月十四日，笃怜帖木儿怯薛第三日，咸宁殿里有时分，速古儿赤家奴、云都赤蛮子、殿中俺都剌哈蛮、给事中孛罗帖木儿等有来，脱脱右丞相、也先帖木儿平章、铁睦尔达世平章、太平右丞、长仙叅议、孛里不花郎中、老老员外郎、孛里不花都事等奏：辽、金、宋三国史书不曾纂修来，历代行来的事迹合纂修成书有俺商量来。如今选人将这三国行来的事迹交纂修成史，不交迟滞。但凡合举行事理，俺定拟了呵。怎生奏呵，奉圣旨那般者。

四海升平一事无，常参已散集诸儒。

传宣群玉[1]看名画，先进开元纳谏图[2]。

凡御览法书、名画、群玉内司掌之。

万里名王尽入朝，法宫[3]置酒奏箫韶。

千官一色珍珠袄，宝带攒装稳称腰。

凡诸侯王及外番来朝，必锡宴以见之，国语谓之质孙宴。质孙，汉言一色，言其衣服皆一色也。

官家明日庆生辰，准备龙衣熨帖新。

奉御进呈先取旨，隋珠[4]错落间奇珍。

御服多以大珠盘龙形，嵌以奇珍，曰鸦忽，曰喇者，出自西域，有直数十万定者。

传宣太府颁宫锦，近侍承恩拜榻前。

制得袍成天未晚，着来香殿[5]贺新年。

腊前分赐近臣袄材，谓之拜年段子。

---

1. 传说中古帝王藏书册处，后用以称帝王珍藏图籍书画之所；元代设有群玉署、群玉内司。《元史·百官志四》：群玉内司，秩正三品，天历二年始置，掌奎章图书宝玩，及凡常御之物。

2. 开元年间，唐玄宗李隆基虚怀纳谏，开创了开元盛世。"开元纳谏图"即反映此盛景的绘画作品，其作者为何人，待考。《旧唐书·玄宗本纪下》：我开元之有天下也，纠之以典刑，明之以礼乐，爱之以慈俭，律之以轨仪……可谓冠带百蛮，车书万里。天子乃览云台之义，草泥金之札，然后封日观，禅云亭，访道于穆清，怡神于玄牝，与民休息，比屋可封。于时垂髫之倪，皆知礼让；戴白之老，不识兵戈。虏不敢乘月犯边，士不敢弯弓报怨。"康哉"之颂，溢于八纮。所谓"世而后仁"，见于开元者矣。年逾三纪，可谓太平。

3. 宫室的正殿，古代帝王处理政事之处。《汉书·晁错传》：臣闻五帝神圣，其臣莫能及，故自亲事，处于法宫之中，明堂之上。

4. 东晋·干宝《搜神记·隋侯珠》：隋县溠水侧，有断蛇邱。隋侯出行，见大蛇被伤，中断，疑其灵异，使人以药封之，蛇乃能走，因号其处断蛇邱。岁余，蛇衔明珠以报之。珠盈径寸，纯白，而夜有光，明如月之照，可以烛室。故谓之"隋侯珠"，亦曰"灵蛇珠"，又曰"明月珠"。

5. 元大都、上都宫城内的建筑。《元史·英宗本纪一》：辛巳，车驾幸上都……乙酉，宝集寺金书西番《波若经》成，置大内香殿，益寿安山造寺役军。

凤城[1]女乐拥祥烟，梵座春游浃管弦。

齐望彩楼呼万岁，祥云只在五云边。

故事，二月十五日迎帝师游皇城，宫中结彩楼临观之。

花明昼锦柳摇丝，仙岛陪銮濯禊[2]时。

曲水番成飞瀑下，逶迤银汉接清池。

故事，上巳节锡宴于万岁山。

儒臣春直奎章阁[3]，玉陛牙牌[4]报未时。

仙仗已回东内[5]去，牡丹花畔得围棋。

上日御奎章，报未时则还内殿矣。

玉椀[6]调冰涌雪花，金丝缠扇绣红纱。

彩笺御制题端午，勅送皇姑公主家[7]。

皇姑者，鲁国大长公主，皇后之母也。天历二年端午，上赐甚厚，并御诗送之。

---

1. 古长安别称，传说秦穆公的女儿弄玉同其夫萧史，吹奏紫箫将凤凰引降于京城，后世因此称京都为"凤城"；也泛指京城。《宋史·乐志十六（鼓吹下）》：千官导从爇簪缨，钧奏间《韶》《英》。瞻龙闱，近凤城。都人云会，芬荠夹道欢迎。宸极尊荣。

2. 古代民俗，于三月上旬巳日在水边洗濯以祓除疾病等不祥之事。南北朝·刘孝绰《三日侍华光殿曲水宴》：薰祓三阳暮，濯禊元巳初。皇心媵乐饮，帐殿临春渠。

3. 又称宣文阁、端本堂。见郑潜《入京》"端本堂"条注。

4. 象牙或骨角制的记事签牌。《元史·舆服志三》：司辰郎二人，一人立左楼上，服视六品，候时，北面而鸡唱；一人立楼下，服视八品，候时，捧牙牌趋丹墀跪报。

5. 唐代指大明宫，后指皇宫东部组成部分。《元史·兵志二》：英宗至治元年……八月，东内皇城建宿卫屋二十五楹，命五卫内摘军二百五十人居之，以备禁卫。

6. 也作"玉玺"，此处指玉制的食具，也泛指精美的碗。

7. 元代被封为鲁国大长公主的先后有两位，一位是成宗时的皇姑囊家真公主，一位是武宗皇妹祥哥剌吉，这里应是后者，集聚当时文人，成一时之盛；为古代唯一一位女性祭孔者。《元史·武宗本纪一》：壬子，封皇妹祥哥剌吉为鲁国大长公主。又，《元史·文宗本纪二》：诏谕廷臣曰："皇姑鲁国大长公主，蚤寡守节，不从诸叔继尚，鞠育遗孤，其子袭王爵，女配予一人。朕思庶民若是者犹当旌表，况在懿亲乎？赵世延、虞集等可议封号以闻。"

观莲太液泛兰桡，翡翠鸳鸯戏碧苕。

说与小娃牢记取，御衫绣作满池娇。

天历间御衣多为池塘小景，名曰满池娇。

珠宫锡宴庆迎祥，丽日初随彩线长。

太史院官新进历[1]，榻前一一赐诸王。

每岁日南至，太史进来岁历日。

元戎承命猎郊坰，敕赐新罗[2]白海青。

得隽归来如奏凯，天鹅驰送入宫庭。

海青者，海东俊鹘也。白者尤贵，有数十金者。

玉漏藏机水暗流，真珠射日动灯球。

偶人自解开青琐，高拱龙床报晓筹。

大明殿有灯漏[3]，饰以真珠，内为机械，以小木偶人十二捧十二相属。

每辰初刻，偶人相代，开小门出灯外板上，直御床立，捧辰所属，以报时。

1．旧时岁将终结时，太史进奏新历于皇帝。《宋史·律历志十五》：朝廷自庆元三年以来，测验气景，见旧历后天十一刻，改造新历，赐名《统天》，进历未几，而推测日食已不验，此犹可也。

2．十世纪前朝鲜半岛国家，元时属高丽，古代一度为中原政权的属国。《梁书·诸夷列传·新罗传》：新罗者，其先本辰韩种也。辰韩亦曰秦韩，相去万里，传言秦世亡人避役来适马韩，马韩亦割其东界居之，以秦人，故名之曰秦韩。其言语名物有似中国人，名国为邦，弓为弧，贼为寇，行酒为行觞。相呼皆为徒，不与马韩同。又辰韩王常用马韩人作之，世相系，辰韩不得自立为王，明其流移之人故也；恒为马韩所制。辰韩始有六国，稍分为十二，新罗则其一也。其国在百济东南五千余里。其地东滨大海，南北与句骊、百济接。魏时曰新卢，宋时曰新罗，或曰斯罗。其国小，不能自通使聘。普通二年，王募名秦，始使使随百济奉献方物。

3．相传为大科学家郭守敬所研制的计时设备。《元史·天文志一》：大明殿灯漏。灯漏之制，高丈有七尺，架以金为之。其曲梁之上，中设云珠，左日右月。云珠之下，复悬一珠。梁之两端，饰以龙首，张吻转目，可以审平水之缓急。中梁之上，有戏珠龙二，随珠俯仰，又可察准水之均调。凡此皆非徒设也。灯球杂以金宝为之，内分四层，上环布四神，旋当日月参辰之所在，左转日一周。次为龙虎鸟龟之象，各居其方，依刻跳跃，铙鸣以应于内。又次周分百刻，上列十二神，各执时牌，至其时，四门通报。又一人当门内，常以手指其刻数。下四隅，钟鼓钲铙各一人，一刻鸣钟，二刻鼓，三钲，四铙，初正皆如是。其机发隐于柜中，以水激之。

宫词十首

徽仪阁[1]内制春衣，日长倦绣立彤闱。
奚官折送杏花去，笑看玉阶蝴蝶飞。

黄金幄殿载前驱，象背驼峰尽宝珠。
三十六宫[2]齐上马，太平清暑幸滦都[3]。

奉常[4]告吉禴初冬，太室[5]精禋一念通。
传旨外廷休奏事，今朝天子坐斋宫[6]。

延华阁[7]后春归早，百种花名腊日开。
为是君王行不到，国官[8]讲殿[9]进盆梅。

---

1. 元代负责宫廷供度的徽仪使司的办公场所，大德年间设置。《元史·仁宗本纪三》：甲午，改缮珍司为徽仪使司，秩二品。

2. 宫殿数量多，此处指随扈宫中人员、臣属众多。汉·班固《西都赋》：西郊则有上囿禁苑，林麓薮泽，陂池连乎蜀、汉，缭以周墙，四百余里，离宫别馆，三十六所，神池灵沼，往往而在。

3. 即上都，因位于今内蒙古正蓝旗境内滦河北岸而得名，是元代的夏都。皇帝通常三、四月份从大都启程赴上都，八、九月南返。见张嗣德《龙岗晴雪》"清暑"条注。

4. 九卿之一，掌宗庙礼仪。《汉书·百官公卿表上》：奉常，秦官，掌宗庙礼仪，有丞。景帝中六年更名太常。

5. 太庙的中央之室，指太庙。《晋书·纪瞻列传》：周制明堂，所以宗其祖以配上帝，敬恭明祀，永光孝道也。其大数有六。古者圣帝明王南面而听政，其六则以明堂为主。又其正中，皆云太庙，以顺天时，施行法令，宗祀养老，训学讲肄，朝诸侯而选造士，备礼辩物，一教化之由也。故取其宗祀之类，则曰清庙；取其正室之貌，则曰太庙；取其室，则曰太室；取其堂，则曰明堂；取其四门之学，则曰太学；取其周水圜如璧，则白璧雍。异名同事，其实一也。

6. 皇帝进行斋戒的场所，在皇室的各种祭祈建筑中，都建有斋宫。《元史·文宗本纪一》：癸亥，帝宿斋宫。甲子，服衮冕，享于太庙。

7. 元官殿名。元·陶宗仪《南村辍耕录·宫阙制度》：延华阁五间，方七十九尺二寸，重阿，十字脊，白琉璃瓦覆，青琉璃瓦饰其檐，脊立金宝瓶，单陛，御榻从臣坐床咸具。

8. 藩王的属官。《隋书·百官志下》：诸王置国官。有令、大农各一人，尉各二人，典卫各八人，常侍各二人。

9. 经筵活动所在的官殿。《宋史·度宗本纪》：初开经筵，讲殿以熙明为名。礼部尚书马廷鸾进读《大学衍义序》，陈心法之要。

千岩雨过翠玲珑，太液池[1]边看彩虹。
何处蓬莱通弱水，仪天殿[2]在画桥东。

中书已奏新除[3]了，押宝[4]还催内阁开。
斜插白麻[5]龙篆湿，近臣当殿谢恩来。

高鼻黄髯款塞胡，殿前引贡尽龙驹。
仗移天步临轩看，画出韩生试马图[6]。

皇心简注[7]勋臣旧，未有人知拟拜除。
宣索彩笺濡玉笔，榻前先命小臣书。

夜深回步玉阑东，香烬龙煤[8]火尚红。
新得海棠无觅处，依然遗却月明中。

小时歌舞擅宫廷，长忆先皇酒半醒。

1．金代中都的太液池位于广安门外南街，元代的太液池是现在北海与中海的总称。《元史·河渠志一》：隆福宫前河，其水与太液池通。英宗至治二年五月，奉敕云："昔在世祖时，金水河濯手有禁，今则洗马者有之。比至秋疏涤，禁诸人毋得污秽。"于是会计修浚。

2．位于今北京团城，在太液池中的小岛上。金时，团城是御苑的一部分，元代在其上增建仪天殿；明代重修，改名承光殿。元·陶宗仪《南村辍耕录·宫阙制度》：仪天殿在池中圆坻上，当万寿山，十一楹，高三十五尺，围七十尺，重檐，圆盖顶。圆台址，甃以文石，藉以花茵，中设御榻，周辟琐窗，东西门各一间，西北厨堂一间，台西向，列甃砖龛，以居宿卫之士。

3．新拜官职。《旧唐书·文宗本纪下》：丙午，以新除兴元节度使李德裕为兵部尚书。

4．呈用宝玺、金银符牌，由典瑞院负责。《元史·礼乐志一》：参议中书省事跪奏诏文，俯伏兴，以诏授典瑞使押宝毕，置于筐，对举由正门出，乐作，至阙前，以诏置于案，文武百僚各公服就位北向立。

5．唐、宋册立皇后、太子，任免将相，决定重大征战等一朝大事，均由翰林学士以白麻纸书写诏令，不用印，称为"白麻"。《新唐书·百官志一》：凡拜免将相、号令征伐，皆用白麻。

6．韩干，也作"韩幹"，唐代画家，京兆蓝田人，以画马著称，其代表作就有《玄宗试马图》《牧马图》等；后人对其作品多有赞咏。宋·苏轼《韩干马》：少陵翰墨无形画，韩干丹青不语诗。此画此诗真已矣，人间驽骥漫争驰。

7．留心，关注。宋·曾巩《贺韩相公赴许州启》：忠纯之操，简注于三朝；恺悌之风，仪刑于四海。

8．龙脑香焚烧后的灰烬。

白发如今垂两鬓，佛前学得念《心经》[1]。

附：王逢题柯博士敬仲宫词后

帝作奎章拟石渠[2]，花明长日幸銮舆。

丹丘[3]词气凌司马，封禅[4]何如谏猎书[5]。

题金国端箭[6]人马卷

毡帐雪花寒，单于夜不还。

分弓传令肃，明日猎天山。

1．即《般若波罗蜜多心经》，也称《般若波罗蜜心经》或简称《般若心经》，梵语，意谓大、伟大。《宋史·艺文志四》：玄奘译《波般若波罗蜜多心经》一卷。

2．石渠、天禄、麒麟三阁是西汉皇家图书的典藏与编校机构。《后汉书·班彪列传上》：又有天禄、石渠，典籍之府，命夫谆诲故老，名儒师傅，讲论乎《六艺》，稽合乎同异。又有承明、金马，著作之庭，大雅宏达，于兹为群，元元本本，周见洽闻，启发篇章，校理秘文。

3．柯九思号丹丘、丹丘生。

4．司马相如有《封禅书》，劝谏汉武帝行封禅事，对后世封禅活动产生了深刻影响。《宋书·百官志上》：司马相如《封禅书》云，导一茎六穗于庖。

5．扬雄曾赋《校猎赋》，对天子迷恋游猎，不务政事，予以规劝。《汉书·扬雄传上》：其十二月羽猎，雄从……虽颇割其三垂以赡齐民，然至羽猎田车、戎马、器械储偫禁御所营，尚泰奢丽夸诩，非尧、舜、成汤、文王三驱之意也。又恐后世复修前好，不折中以泉台，故聊因《校猎赋》以风。

6．发箭瞄准时，以一目凝视目标。唐·张鷟《朝野金载》卷四：修文学士马吉甫眇一目，〔目〕为端箭师。

宋褧

（1294～1346年），字显夫，元代大都宛平人。至治元年左榜状元、翰林国史院修撰宋本之弟。宋褧泰定元年擢进士，除秘书监校书郎，先后任翰林国史院编修、御史台掾、翰林修撰。至元初，擢监察御史，出金山南廉访司事，改陕西行台都事；不久召拜翰林待制，迁国子司业，与修宋、辽、金三史，拜翰林直学士，不久即兼任经筵讲官。卒赠国子祭酒、范阳郡侯，谥"文清"，其诗"燕人凌云不羁之气，慷慨赴节之音，一转而为清新秀伟之作，齐鲁老生不能及也"，有《燕石集》。

诈马宴
上京作。

宝马珠衣乐事深，只宜晴景不宜阴。
西僧[1]解禁[2]连朝雨，清晓传呼（一作"宣"）趣[3]赐金。

纪行述怀
扈从上京之行。

陪扈滦京愧未曾，马瘖儿病苦凌兢[4]。

---

1. 藏传佛教僧人。元代藏传佛教萨斯迦派深受朝廷倚重，皇帝从吐蕃请来的喇嘛充当最高神职帝师；且帝师寺建于宫城之内。《元史·世祖本纪十二》：幸大圣寿万安寺，置旃檀佛像，命帝师及西僧作佛事坐静二十会。
2. 解除禁咒的法术；禁，即禁咒，以符咒治病邪、克异物、禳灾害的法术；此处指西僧通过咒符等形式止雨。东晋·葛洪《抱朴子内篇·至理》：吴越有禁咒之法，甚有明验，多气耳。
3. 同"促"。
4. 寒凉。唐·唐彦谦《忆孟浩然》：郊外凌兢西复东，雪晴驴背兴无穷。句搜明月梨花内，趣入春风柳絮中。

龙门湍息山陉雪，偏岭风凄石濑[1]冰。

倏忽雨旸[2]天叵测，迂疏[3]道路事难凭。

侍臣争笑冯唐老，不向明时献技能。

和苏伯修应奉[4]上都试院[5]夜坐韵

八月簾帏[6]试夜寒，诸公文酒[7]度更阑。

然[8]藜共喜临天禄[9]，分芋何劳问懒残[10]。

谁许桂枝[11]平地折，莫将花样近来看。

1．水被石阻挡所形成的急流，也指石潭。唐·陈子昂《同王员外雨后登开元寺南楼因酬晖上人独坐山亭有赠》：钟梵经行罢，香林坐入禅。严庭交杂树，石濑泻鸣泉。

2．雨天和晴天。《魏书·天象志三》：皆雨旸失节，万物不成候也。且曰王业将易，诸侯贵人多死。

3．也作"迂疎""迂踈"，迂远疏阔。《旧唐书·权德舆传》：况以愚滞朴讷，圣鉴所知，伏惟恕臣迂疏，察臣丹恳。

4．苏天爵，字伯修，世称滋溪先生；泰定元年始任应奉翰林文字。《元史·苏天爵传》：泰定元年，改翰林国史院典籍官，升应奉翰林文字。至顺元年，预修《武宗实录》。

5．应是至顺二年，其时苏天爵以应奉翰林文字等职扈从，分院上都。苏天爵《翰林分院题名记》：至顺二年夏五月，翰林国史院扈从天子清暑上京，自承旨以下题名于壁。

6．帘幕。宋·陈亮《天仙子·七月十五日寿内》：西风不放入帘帏，饶永昼，沉烟透，半月十朝秋定否？

7．饮酒赋诗。《梁书·江革列传》：除光禄大夫、领步兵校尉、南、北兖二州大中正，优游闲放，以文酒自娱。

8．同"燃"。

9．酒。《汉书·食货志下》：酒者，天之美禄，帝王所以颐养天下，享祀祈福，扶衰养疾。百礼之会，非酒不行。

10．唐代高僧明瓒的别号。明瓒性格疏懒而好食残余饭菜，人们用"懒残"称呼他。宋·赞宁等《宋高僧传·感通传二·唐南岳山明瓒》：李泌读书寺中，以为非凡人，中夜往谒。懒残发火取芋以啗之，曰："慎勿多言，领取十年宰相。"泌拜而退。

11．即桂林一枝，喻科举考试中出类拔萃的人。《晋书·郤诜列传》：武帝于东堂会送，问诜曰："卿自以为何如？"诜对曰："臣举贤良对策，为天下第一，犹桂林之一枝，昆山之片玉。"帝笑。

主司不是冬烘者[1]，解送[2]宜胜十政官。

苏伯修修撰[3]分院滦阳，众仲[4]、君实[5]有诗送行，读之洒然，动人清兴，走笔拟之

桑干居庸南北京，崦山涧水相送迎。
羡君于兹三扈从[6]，怜我不得一经行。
到时文酒度长昼，去日车马奔新晴。
鳌峰清语应见念，使仆鄙吝心中萌。

六月三日寄吁[7]
至正乙酉[8]时在上京。

窗后红芳旭日明，堂前绿树晚风清。
白头竟被虚名误，梦见儿曹笑语声。

1．迂腐，浅陋。唐代郑薰主持考试，误认颜标为鲁公（颜真卿）的后代，将他取为状元，当时即有无名氏作诗予以嘲讽。五代·王定保《唐摭言·误放》：郑侍郎薰主文，误谓颜标乃鲁公之后。时徐方未宁，志在激励忠烈，即以标为状元。谢恩日，从容问及庙院。标曰："标寒进也，未尝有庙院。"薰始大悟，塞然默而已。寻为无名子所嘲，曰："主司头脑太冬烘，错认颜标作鲁公。"

2．选送。唐·范摅《云溪友议·去山泰》：时京兆张大夫毅夫，以冯参军解送举人有私，奏谴澧州司户。

3．应是至顺二年的事。《元史·苏天爵传》：（至顺）二年，升修撰，擢江南行台监察御史。

4．陈旅，字众仲。曾有赠人诗《苏伯修往上京，王君实以高丽笠赠之》，记述诗人苏天爵、王守诚之间往来的事迹。

5．王守诚，字君实，太原阳曲人。见陈旅《苏伯修经上京，王君实以高丽笠赠之且有诗，伯修征和章，因述往岁追从到宗，与今兹暌携之叹云尔》"王君实"条注。

6．苏天爵此前曾先后于至顺二年、元统三年扈从上京。

7．宋吁，宋褧长子，褧去世后，吁补国子员。

8．至正五年，即1345年。

潘云谷[1]献所制墨，见天子于上京慈仁殿，以诗赠之归江南

一寸龙江一寸金，布衣持进五云深。

文房[2]自幸非常遇，惆怅长杨献赋心[3]。

---

1. 江西清江人，元代制墨名家，其所制墨称潘云谷墨；欧阳玄作有《潘云谷墨赞》。明·高濂《燕闲清赏笺·论墨》：元有潘云谷墨、松丸墨、狻猊墨、松烟墨、九子墨、鱼吐墨、天雨墨、阳山石墨、化塈墨、浮提国金壶墨、雷公墨，又若"仲将之墨，一点如漆"之类，皆古名也。

2. 即文房四宝：笔墨纸砚。宋·吴自牧《梦粱录·士人赴殿试唱名》：士人诣集英殿起居，就殿庑赐坐引试，依图分庑坐定，各赐印刊策题，其士人止许带文房及卷子，余皆不许挟带文集。

3. 扬雄献《长杨赋》，名动天下。传说写罢此赋，扬雄立刻疲倦地倒地酣眠，昏睡了三天三夜，梦见自己的五脏六腑飞出体外，在空中飘荡，与前辈司马相如相遇。梦醒之后，他全身乏力，三个月之后才得以恢复。

释梵琦

（1296～1370年），俗姓朱，字楚石，小字昙曜，晚号西斋老人，象山人。四岁失怙，九岁入海盐天宁寺，十六岁于杭州昭庆寺受具足戒。晚年于海盐建西斋寺，退居其中。至治三年奉诏入京，至正七年赐号"佛日普照慧辩禅师"。诗存《北游诗》《西斋净土诗》《天台三圣诗集和韵》中。

八月四日宫车晏驾[1]二首

驻辇开平实帝畿，秋来日月损光辉。
空令扈从千官泣，不见宸游八骏归。
白露节前霜已降，黄花川畔叶争飞。
横经[2]未入重云殿，但有香烟染御衣。

此日俄闻帝上升，编年忍见史书崩。
向来玉坐瞻龙衮，愁杀云车载纸缯。
出入几时陪警跸，朝昏何处望山陵。
三千里外攀髯堕，只有孤臣泪满膺。

上都避暑呈虞伯生待制二首

扈从君王下辇初，三千宫女丽芙渠。

---

1. 宫车迟出，古代作为帝王死亡的讳辞。至治三年八月四日，铁失等发动南坡之变，英宗被害。《元史·英宗本纪二》：八月癸亥，车驾南还，驻跸南坡。是夕，御史大夫铁失、知枢密院事也先帖木儿、大司农失秃儿、前平章政事赤斤铁木儿、前云南行省平章政事完者、铁木迭儿子前治书侍御史锁南、铁失弟宣徽使锁南、典瑞院使脱火赤、枢密院副使阿散、金书枢密院事章台、卫士秃满及诸王按梯不花、孛罗、月鲁铁木儿、曲吕不花、兀鲁思不花等谋逆，以铁失所领阿速卫兵为外应，铁失、赤斤铁木儿杀丞相拜住，遂弑帝于行幄。

2. 横陈经籍，指受业或读书。《陈书·周弘正传》：太子以弘正朝廷旧臣，德望素重，于是降情屈礼，横经请益，有师资之敬焉。

龙颜映日朝临座，鹤禁[1]张灯夜讲书。

火浣布[2]新衣整肃，水晶杯冷酒空虚。

大官复取麞沆进，天上酥酡恐不如。

神都避暑可为欢，满地风霜六月寒。

座有陈遵复投辖[3]，朝无汲黯亦常冠[4]。

千钟美酒鸬鹚杓[5]，五色甘瓜翡翠柈。

谁采歌诗献天子，饭牛车下[6]夜漫漫。

送锴师之上都

又向神都避郁蒸，朝朝驾动鼓登登。

不骑一匹大宛马，自拄千霜王屋藤。

陌上花开金作朵，山间云尽翠为层。

1．太子所居之处。唐·王勃《〈九成宫颂〉序》：凤闱宵静，阴灵宣玉闱之华；鹤禁朝趋，离象峻铜楼之景。

2．又称火烷布、火澣布，《马可波罗游记》称其为"火鼠"，由石棉纤维为原料纺织而成。《后汉书·西域传列传·大秦传》：土多金银奇宝，有夜光璧、明月珠……作黄金涂、火浣布……凡外国诸珍异皆出焉。

3．陈遵，字孟公，杜陵人，封嘉威侯，嗜酒，曾"投辖"留客。《汉书·陈遵列传》：遵耆酒，每大饮，宾客满堂，辄关门，取客车辖投井中，虽有急，终不得去。尝有部刺史奏事，过遵，值其方饮，刺史大穷，候遵沾醉时，突入见遵母，叩头自白当对尚书有期会状，母乃令从后阁出去。遵大率常醉，然事亦不废。

4．西汉汲黯是位铮臣，直言敢谏，以至于皇帝接见他时也要衣冠岸然。《史记·汲郑列传》：大将军青侍中，上踞厕而视之。丞相弘燕见，上或时不冠。至如黯见，上不冠不见也。上尝坐武帐中，黯前奏事，上不冠，望见黯，避帐中，使人可其奏。其见敬礼如此。

5．鸬鹚状的酒器，长柄微曲，柄首似鸟头形，柄身錾小缠枝花纹，用于从樽等盛酒器或温酒器中把取酒斟注于杯中。唐·李白《襄阳歌》：鸬鹚杓，鹦鹉杯，百年三万六千日，一日须倾三百杯。

6．也作"宁戚饭牛""宁戚歌""饭牛歌""牛下歌""叩角行歌""扣角歌""饭牛""叩角""扣角""商歌""康衢歌""宁戚牛""宁牛"等；宁戚为到齐国谋职而喂牛车下，击打牛角而悲唱"商歌"，被齐桓公看中，始于齐国任事。战国·吕不韦《吕氏春秋·举难》：宁戚欲干齐桓公，穷困无以自进，于是为商旅将任车以至齐，暮宿于郭门之外。桓公郊迎客……宁戚饭牛居车下，望桓公而悲，击牛角疾歌……宁戚见，说桓公以治境内……桓公大说，将任之。

长松怪石华严寺，想见皋庐煮涧冰。

呈诸国师二首

从此开平是帝乡，锦云外绕殿中央。
由来盛夏不知暑，未及新秋先雨霜。
翠壑丹泉真富贵，冰肌玉骨自清凉。
四依大士[1]俱无着，尽放眠沙细肋羊。

我独何为尘土中，校雠[2]文字久无功。
斜阳穿树正金碧，小草着花能白红。
不在南方犹畏暑，全开北户自生风。
知师入夜谈玄[3]罢，高卧[4]宽闲五百弓[5]。

李陵台

男儿肝胆铸黄金，扰扰游尘不易侵。
忍死难将苏武节，偷生未解李陵心。
毡裘影拂天山去，芦管声催汉月沉。
借问高台谁与筑，南来客子倦登临。

---

1. 四依，梵语，指四种依止的项目，于经论中约分五类，即法四依、行四依、人四依、说四依、身土四依。四依大士即四依菩萨，指人四依——众生信赖而堪于依止之四种人：出世凡夫，须陀洹、斯陀含，阿那含，阿罗汉。

2. 一人独校为校，二人对校为雠。即校勘，主要指校正文字、订定篇次。唐·韩愈《送郑十校理序》：秘书，御府也，天子犹以为外且远，不得朝夕视，始更聚书集贤殿，别置校雠官，曰学士，曰校理。又，清·章学诚《校雠通义·叙》：校雠之义，盖自刘向父子，部次条别，将以辩章学术、考镜源流，非深明于道术精微、群言得失之故者，不足与此。后世部次甲乙、记录经史者，代有其人，而求能推阐大义，条别学术异同，使人由委溯源，以想见于坟籍之初者，千百之中，不一十焉。

3. 谈论玄理，盛于南朝。南朝·刘义庆《世说新语·王衍肤白》：王夷甫容貌整丽，妙于谈玄。恒捉白玉柄麈尾，与手都无分别。

4. 悠闲地躺着。《晋书·陶潜列传》：尝言夏月虚闲，高卧北窗之下，清风飒至，自谓羲皇上人。

5. 丈量土地的计量单位，一弓为五尺、三百六十弓为一里。唐·陆龟蒙《送小鸡山樵人序》：连绵广袤不一，其主为书，画界疆以相授。自冢至麓，凡二百弓。

朔漠

白草黄云朔漠间，家书不过雁门关。
幽州南北往来路，辽水东西千万山。
沙上老驼埋鼻立，海中良马得驹还。
却登坡垅最高处，星斗满天殊可攀。

塞外

无事穹庐似屋方，卧吹芦叶向斜阳。
黄河不解变春酒，白野徒能飘夏霜。
九十九泉[1]人北去，一年一度雁南翔。
临高引领望城郭，游子何时还故乡。

赠江南故人二首

今骑沙苑马，夕踏洞庭鱼。
结缆河边宿，移家竹里居。
好风横笛晚，新月上帘初。
每忆江南乐，功名有不如。

煮茗羹羊酪，看山驻马挝。
地椒真小草，巴榄有奇花。
汉月宵沉海，边风昼起沙。
登高望吴越，极目是云（一作"烟"）霞。

上都十五首

听歌新乐府，行在小长安。
玉殿当头起，琼枝旁眼看。

---

1. 坐落在今乌兰察布市察右中旗、察右前旗、卓资县交界地带的辉腾锡勒草原。历代史籍中称谓不同：《史记》《汉书》中称"单于台"，《魏书》《契丹国志》中称"九十九泉"，《辽史》中称"百泉岭"，《金史》中称"官山"，《元史》中"官山""九十九泉"并称。《魏书·太祖本纪》：丙辰，西登武要北原，观九十九泉，造石亭，遂之石漠。

山从开辟有，地着画图难。

万室恩光里，千钟酒量宽。

突厥逢唐盛，完颜[1]与宋临。

君王饶战略，公主再和亲。

异域车书会，中天雨露均。

朝星真一统，御历[2]正三辰[3]。

王畿千里近，御苑四时春。

苜蓿能肥马，葡萄不醉人。

衮衣明日月，关塞绝风尘。

古有官名谏，今无事可陈。

缥缈旌幢下，玲珑殿阁开。

雨师驱暑去，风伯送凉来。

白苎佳人曲[4]，黄金俊士台。

宫中多胜赏，海内足奇才。

百尺凌风观，三休却月台。

银河天上落，玉帐夜深开。

内地荷花绽，南方荔子来。

闲烧冰片脑[5]，更进水晶杯。

---

1. 满族、锡伯族最古老的姓氏之一，金朝皇族或赐姓家族的姓氏；也是部落名，来源于先秦肃慎汪谷截氏。《金史·世纪本纪》：金之始祖讳函普……始祖居完颜部仆干水之涯，保活里居耶懒。

2. 皇帝登位，君临天下。《隋书·牛弘传》：武王问黄帝、颛顼之道，太公曰："在《丹书》。"是知握符御历，有国有家者，曷尝不以《诗》《书》而为教，因礼乐而成功也。

3. 指日、月、星。《左传·桓公二年》：锡、鸾、和、铃，昭其声也；三辰旂旗，昭其明也。

4. 古乐府题名，也作"白纻辞""白苎辞"。唐·吴兢《乐府古题要解》卷上：《白苎辞》，古辞，盛称舞者之美，宜及芳时行乐。其誉白苎曰："质如轻云色如银，制以为袍余作巾，袍已光驱巾拂尘。"

5. 又名冰片、片脑、桔片、艾片、龙脑香、梅花冰片、羯布罗香、梅花脑、梅冰等，是由菊科艾纳香茎叶或樟科植物龙脑樟枝叶经水蒸汽蒸馏并结晶而得。

帝前称万岁，宫里乐千春。

日色明珠网，霞光散锦裀。

自天传笑语，倾府赐金银。

不是东方朔，难酬郭舍人[1]。

今代称文士，谁能赋两都[2]。

内枰[3]行玛瑙，中宴给醍醐。

夜雪关河断，春风草木酥。

不才惭彩笔，何得近青蒲[4]。

双阙上云霄，层城近斗杓。

夜开金殿锁，晨赴紫宸[5]朝。

月屋间浮蚁[6]，霜空好射雕。

有官兼宰相，谁复似嫖姚[7]。

霜威方肃杀，日色正苍凉。

献果金柈赤，连珠紫幄黄。

1．深受汉武帝宠幸的倡优。《史记·滑稽列传》：武帝时有所幸倡郭舍人者，发言陈辞虽不合大道，然令人主和说。武帝少时，东武侯母常养帝……有司请徙乳母家室，处之于边……乳母先见郭舍人，为下泣。舍人曰："即入见辞去，疾步数还顾。"乳母如其言，谢去，疾步数还顾……于是人主怜焉悲之，乃下诏止无徙乳母。

2．汉代文学家、史学家班固作《两都赋》，即《西都赋》和《东都赋》，开创了京都大赋体制，也直接影响了张衡《二京赋》、西晋左思《三都赋》的创作，蜚声文坛。《后汉书·班固传上》：固感前世相如、寿王、乐方之徒，造构文辞，终以讽劝，乃上《两都赋》，盛称洛邑制度之美，以折西宾淫侈之论。

3．通"盘"。内枰，宫内使用的精美盘盏。

4．在天子内庭，青色，通常谏官进谏时俯伏其上。《汉书·史丹传》：丹以亲密臣得侍视疾，候上间独寝时，丹直入卧内，顿首伏青蒲上。

5．天子所居宫殿，一般为接见群臣及外国使者朝见庆贺的内朝正殿。《晋书·外戚列传》：赞曰：托属丹掖，承辉紫宸。地既权宠，任惟执钧。

6．酒的别名，因酒味芳香，浮糟如蚁而得名。唐·郑谷《自适》：浮蚁满杯难暂舍，贯珠一曲莫辞听。春风只有九十日，可合花前半日醒。

7．汉剽姚将军霍去病。《史记·卫将军骠骑列传》：霍去病年十八……善骑射，再从大将军，受诏与壮士，为剽姚校尉，与轻勇骑八百直弃大军数百里赴利，斩捕首虏过当。是天子曰："剽姚校尉去病斩首虏二千二十八级，及相国、当户，斩单于大父行籍若侯产，生捕季父罗姑比，再冠军，以千六百户封去病为冠军侯。"

坐依重构晚，乐引一声长。
更出鱼龙戏[1]，留欢夜未央。

塞外疑无地，人间别有天。
宫墙依树直，御榻爱花偏。
正想炉薰满，遥知漏点传。
轮台方奉诏[2]，版筑更求贤[3]。

避暑宜来此，逢冬可住不？
地高天一握，河杂水长流。
赤日不知夏，清霜长似秋。
向来冰雪窟，今作帝王州。

夜斗低垂地，秋河近着城。
有灰开月晕，无扇减风声。
角奏梅花早，杯传竹叶青。
尚衣[4]锦欲析，高殿雪初晴。

万国初无外，诸羌更在西。
阁门朝见雪，亭障开晚鞞。

---

1. 也作"鱼龙""鱼龙杂戏"，古代百戏杂耍节目。《汉书·西域列传》：设酒池肉林以飨四夷之客，作《巴俞》都卢、海中《砀极》、漫衍鱼龙、角抵之戏以观视之。

2. 汉武帝一生，致力于西域拓疆，导致国力大损，晚年深为懊悔，终于抛弃轮台之地，并下罪己诏。《汉书·西域列传》：自武帝初通西域、置校尉，屯田渠犁。是时，军旅连出，师行三十二年，海内虚耗……上乃下诏，深陈既往之悔，曰："……今又请遣卒田轮台。轮台西于车师千余里……曩者，朕之不明……当今务在禁苛暴，止擅赋，力本农，修马复令，以补缺，毋乏武备而已。"

3. 传说在傅岩为人筑墙，被武丁访得，举以为相。《孟子·告子下》：舜发于畎亩之中，傅说举于版筑之间……故天将降大任于是人也，必先苦其心志，劳其筋骨，饿其体肤，空乏其身。

4. 宫中主管帝王服饰等的官职，隋炀帝置尚衣局，掌冕服、几案等；元代称速古儿赤；此处代指名贵的服饰。《宋书·百官志上》：汉初有尚冠、尚衣、尚食、尚浴、尚席、尚书，谓之六尚。战国时已有尚冠、尚衣之属矣。怯薛歹速古儿赤。《元史·兵志》：掌酒者，曰答剌赤。典车马者，曰兀剌赤、莫伦赤。掌内府尚供衣服者，曰速古儿赤。

天子黄龙府[1]，将军白马氏[2]。

锦袍凉似水，银瓮醉如泥。

玉帛朝诸国，公侯宴上京。

泼寒[3]奇技奏，兜勒[4]古歌呈。

地设山河险，天开日月明。

愿将千万岁，时祝两三声。

积雪经春在，轻霜入夏飞。

凌晨握鞭出，薄暮打毬归。

冠带如今盛，山川似此稀。

清朝[5]多猎户，圣主只戎衣。

开平书事十二首

绝域秋风早，殊方使客还。

河冲秦日塞，地接汉时关。

万古悲青冢，兼程过黑山[6]。

---

1. 辽、金两代政治、经济中心，位于今长春市农安县境内。公元1127年，金兵俘虏宋代徽、钦二帝并曾囚禁于此。《辽史·地理志二》：龙州，黄龙府。本渤海扶馀府。太祖平渤海还，至此崩，有黄龙见，更名。

2. 王粲《英雄记》载东汉末年公孙瓒好骑白马，被称为白马将军；另有庞德也因同样原因被称白马将军。《三国志·魏书·庞德列传》：庞德字令明……后亲与羽交战，射羽中额。时德常乘白马，羽军谓之白马将军，皆惮之。

3. 即泼寒胡戏，又叫"泼胡气寒"，是唐代传入的源自于大秦即东罗马帝国的西域风俗性歌舞游乐活动。《旧唐书·中宗本纪》：己丑，御洛城南门楼观泼寒胡戏。

4. 即摩诃兜勒。兜勒，汉代丝绸之路上的一个地区，西汉张骞出使西域，带回了《摩诃兜勒》曲。《晋书·乐志下》：张博望入西域，传其法于西京，惟得《摩诃兜勒》一曲。李延年因胡曲更造新声二十八解，乘舆以为武乐。

5. 清明的朝廷、时代。《后汉书·列女传·曹世叔妻传》：吾性疏顽，教道无素，恒恐子谷负辱清朝。

6. 应为辽夏捺钵的黑山，即今内蒙巴林右旗小罕山。《辽史·礼志六》：冬至日，国俗，屠白羊、白马、白雁，各取血和酒，天子望拜黑山。黑山在境北，俗谓国人魂魄，其神司之，犹中国之岱宗云。

从容陪国论[1]，只尺近天颜。

射虎南山下[2]，看羊北海边[3]。

筑城侵地断，居室与天连。

墨黑沾衣雨，沙黄种黍田。

自从未睇里，无复少人烟。

朔漠天威远，沙陀种族繁。

歇装临野店，呼酒隔山村。

白狄春秋见，黄河昼夜奔。

愿为桃与李，长得映金门[4]。

地势斜临北，河流稳行东。

龙庭行万里，虎路[5]绕三峻。

胡女裁皮服，奚儿[6]挽角弓。

长吟对落景，独坐感飞蓬。

---

1. 有关国家大计的言论、主张。《汉书·薛宣传》：臣闻贤材莫大于治人，宣已有效。其法律任廷尉有余，经术文雅足以谋王体，断国论。

2. 李广任职于右北平。曾射虎。《史记·李将军列传》：李广出猎，见草中石，以为虎而射之，中石没镞，视之石也。因复更射之，终不能复入石矣。

3. 即苏武牧羊。《汉书·苏武传》：匈奴以为神，乃徙武北海上无人处，使牧羝，羝乳始得归。别其官属常惠等，各置他所。武既至海上，廪食不至，掘野鼠去草实而食之。仗汉节牧羊，卧起操持，节旄尽落。

4. 似应指金马门，汉代官署，东方朔曾做过金马门待诏。《史记·滑稽列传》：武帝时，齐人有东方生名朔……朔行殿中，郎谓之曰："人皆以先生为狂。"朔曰："如朔等，所谓避世于朝廷间者也。古之人，乃避世于深山中。"时坐席中，酒酣，据地歌曰："陆沉于俗，避世金马门。宫殿中可以避世全身，何必深山之中，蒿庐之下。"金马门者，宦署门也，门傍有铜马，故谓之曰"金马门"。

5. 即虎落，古代用以遮护城邑或营寨的竹篱，也用作边塞分界的标志。《汉书·扬雄传上》：章皇周流，出入日月，天与地杳。尔乃虎路三峻以为司马，围经百里而为殿门。外则正南极海，邪界虞渊。

6. 即奚族，汉唐之际的库莫奚部，属于东胡鲜卑的一支，从商朝到金被灭，前后延续约一千八百余年。《魏书·库莫奚列传》：库莫奚国之先，东部宇文之别也……善射猎……十数年间，诸种与库莫奚亦皆滋盛……高祖初，遣使朝贡……自是已后，岁常朝献，至于武定末不绝。

旧俗便弓马，新装称绮罗。

平原芳草歇，古戍暮云多。

翠袖调鹦鹉，金鞭控骆驼。

上楼看月得，无酒奈君何。

马上还乡梦，尘中逆旅亭。

娟娟鸥洗翅，肃肃雁开翎。

山远犹含云，天低可摘星。

由来滞文字，未足报朝廷。

北海何人到，西天此路通。

寻经舍卫国[7]，避暑醴泉宫。

盛夏不挥扇，平时常起风。

遥瞻仙杖簇，复有彩云笼。

日出紫烟横，风吹瑶草生。

长城饮马窟[8]，侠客少年行[9]。

花下醉金碗，月中弹玉筝。

焉知有葵藿，甚美过羊羹。

夜雪沙陀部，春风敕勒川。

生涯惟酿黍，乐事在弹弦。

---

7. 中印度古王国名，又作舍婆提国、室罗伐国、尸罗跋提国、舍啰婆悉帝国，意译闻物、闻者、无物不有、多有、丰德、好道；又因为此城多出名人，多产胜物，因而称闻物国。《梁书·诸夷列传·中天竺国传》：中天竺国，在大月支东南数千里……左右嘉维、舍卫、叶波等十六大国，去天竺或二三千里。

8. 古乐府有《饮马长城窟行》，后世文人常用此题拟作，诗中大都描述边境寒冷荒凉、征戍之苦；后世因以"饮马窟"比喻边境地区或北方寒冷荒凉及战火频仍之处。宋·郭茂倩《〈乐府诗集·相和歌辞·饮马长城窟行〉题解》：长城，秦所筑以备胡者，其下有泉窟，可以饮马。

9. 属乐府旧题，古代诗人一般以此题咏少年壮志，以抒发其慷慨激昂之情。唐王维、李白都有以《少年行》为题的诗歌。

不用临城将[1]，何须负郭田[2]。
双雕来海外，一箭落天边。

野外山横塞，天涯水绕羌。
登高一俯仰，即事几炎凉。
日晚雕声急，冰寒马足伤。
我怀增感慨，谁与细平章[3]。

俗重初生月，身知最近边。
将军跃马地，使者牧羊川。
览镜添华发，寻诗改旧联。
兹游真远大，吾志本腾骞。

孤城横落日，一望暗销魂。
天大纤云卷，风多积草翻。
有田稀种粟，无树强名村。
土屋难安寝，飞沙夜击门。

漠北怀古十六首

世祖起沙漠，临轩销甲兵。
羌中一片地，秦后几长城。
象胆随时转，驼蹄入夜明。
何须待秋猎，不必问春耕。

北门寒露野，西域引弓民。
有地长含冻，无花可笑春。
紫貂裁冒稳，银鼠制袍新。

---

1. 三国名将赵云为常山真定澄底村人，即今临城县澄底村。常山郡，秦代设置，西汉文帝元年改为恒山郡，治所在真定县；西汉时，临城县为房子县辖地，属常山郡。《三国志·蜀书·关张马黄赵传》：赵云字子龙，常山真定人也。
2. 也称负郭，良田。《史记·苏秦列传》：且使我有雒阳负郭田二顷，吾岂能佩六国相印乎！
3. 品评。宋·辛弃疾《江神子·和人韵》：却与平章珠玉价，看醉里，锦囊倾。

万瓮蒲萄熟，闻名已醉人。

迢迢黑水部[1]，渺渺白山[2]连。
厚土覆屋上，薄盐凝树巅。
弓刀剧风雨，粟麦满沙田。
借问飞凫使[3]，营州[4]阿那边。

旷野多遗骨，前朝数用兵。
烽连都护府[5]，栅远可敦城[6]。
健鹘云间落，妖狐塞下鸣。
却因班定远[7]，牵动故乡情。

---

1. 即黑水靺鞨，因居于黑水沿岸而得名。《金史·高丽列传》：唐初，靺鞨有粟末、黑水两部……鞨居古肃慎地，有山曰白山，盖长白山，金国之所起焉。

2. 即长白山，长白山常与黑水并称为"白山黑水"。《金史·世纪》：生女真之地有混同江、长白山。混同江亦号黑龙江，所谓"白山黑水"是也。

3. 野鸭，此处指信使。三国·魏·曹植《洛神赋》：体迅飞凫，飘忽若神，凌波微步，罗袜生尘。

4. 古营州指今辽宁朝阳地区，北魏、唐设置营州，治所在今朝阳。《晋书·地理志下》：青州。案《禹贡》为海岱之地，舜置十二牧，则其一也。舜以青州越海，又分为营州，则辽东本为青州矣。

5. 都，意为全部；督，带兵监护；是汉、唐等时代中原王朝为督察边境各民族而设置的军事机构。源自于西汉宣帝神爵二年设在乌垒的西域都护府，统领大宛及其以东城邦诸国，兼督察乌孙、康居等游牧各国；唐朝统一，设立安东、安北、单于、安西、北庭、安南等都护府，职责是"抚慰诸藩，辑宁外寇"，执掌对周边民族"抚慰、征讨、叙功、罚过事宜"。《汉书·郑吉列传》：吉既破车师，降日逐，威震西域，遂并护车师以西北道，故号都护。都护之置自吉始焉。

6. 回鹘古城，即回鹘建牙之地。史上有三：（一）云内州"有古可敦城"，在今内蒙古乌拉特中旗西北阴山北麓，唐天宝中于此置横塞军，并移安北都护府治此。《辽史·地理志五》：云内州……辽初置代北云朔招讨司，改云内州。清宁初升。有威塞军、古可敦城、大同川。（二）镇州古可敦城，在今蒙古国布尔干省青托罗盖古城。《辽史·地理志一》：镇州，建安军，节度。统和二十二年皇太妃奏置。（三）河董城，因语讹而为河董城，在今蒙古国乔巴山市西。《辽史·地理志一》：河董城，本回鹘可敦城，语讹为河董城。

7. 班超被封定远侯，世称"班定远"。《后汉书·班梁列传》：明年，下诏曰："往者匈奴独擅西域，寇盗河西，永平之末，城门昼闭……先帝重元元之命，惮兵役之兴，故使军司马班超安集于寘以西。超遂逾葱领，迄悬度，出入二十二年，莫不宾从……其封超为定远侯，邑千户。"

玉塞[1]休嫌远，金山[2]未尽边。

野肥多嫩韭，沙迸足寒泉。

薄酒千钟醉，穹庐四向圆。

少留南郡客，多赋北征篇。

北向无城郭，遥遥接大荒。

旧来闻汉土，前去是河隍[3]。

野蒜[4]根含水，沙葱[5]叶负霜。

何人鸣觱篥，使我泪沾裳。

无树可黄落，有台如白登[6]。

三冬掘野鼠，万骑上河冰。

土厚不为井，民淳犹结绳。

令人思太古，极目眇平陵。

吾闻穷发[7]北，此地即天涯。

夏有九河[8]冻，春无三月花。

1．玉门关的别称。《晋书·秃发傉檀载记》:秃发累叶酋豪，擅强边服，控弦玉塞，跃马金山，候满月而窥兵，乘折胶而纵镝，礼容弗被，声教斯阻。

2．古代金山有几处，其中阿尔泰山为蒙古语，意为金山；阿尔金山也称金山。此处金山似应泛指西域边塞。《后汉书·窦融列传》:孟孙明边，伐北开西。宪实空漠，远兵金山。听笳龙庭，镂石燕然。虽则折鼎，王灵以宣。

3．也作"河湟"，黄河与湟水的并称，也指河湟两水之间的地区。《汉书·赵充国传》:至春省甲士卒，循河湟漕谷至临羌，以示羌虏，扬威武，传世折冲之具。

4．百合科，葱属，多年生草本植物。又名薤白、贼蒜、野小蒜、小根蒜、山蒜、野葱、菜芝、小根菜、细韭等名称。

5．一般指蒙古韭，百合科，葱属，多年生草本植物，在草原地区多做调味品。

6．即白登山，多认为在大同附近，即今之马铺山。唐·李泰《括地志卷二·朔州》:朔州定襄县，本汉平城县。县东北三十里有白登山，山上有台，名曰白登台。吴师道《闻危太朴王叔善除宣文阁检讨四首》"平城围后"条注。

7．即穷发，也作"穷发之北"，指极北的不毛之地。《庄子·逍遥游》:穷发之北有冥海者，天池也。

8．大禹时黄河的九条支流，近代人多认为是古代黄河下游许多支流的总称，也泛指黄河。《史记·河渠书》:故道河自积石历龙门，南到华阴，东下砥柱，及孟津、雒汭，至于大邳。于是禹以为河所从来者高，水湍悍，难以行平地，数为败，乃厮二渠以引其河。北载之高地，过降水，播为九河，同为逆河，入于勃海，九川既疏，九泽既洒，诸夏艾安，功施于三代。

清凉非枕簟，富贵是云沙。
爱尔捐居室，长年到处家。

扩望重关外，萧条万里余。
未尝营粒食，终不好楼居。
谬甚英雄事，茫然草昧初。
大人饶畜收，随分有穹庐。

却望星辰近，前行岁月赊。
奇鹰头戴角，快马口衔霞。
洗盏方朝饮，登陴复暮笳。
炎凉人易老，苦乐鬓俱华。

汉使骑高马，唐兵出近关。
前临蒲类海[1]，却上浚稽山[2]。
帝号垂千古，军声盖百蛮。
初无功可纪，只有剑须殷。

每厌冰霜苦，长寻水草居。
控弦随地猎，刳木近河鱼。
马酒茶相似，驼裘锦不如。
胡儿双眼碧，惯读左行书。

北人穹荒野，人如旷古时。
天山新有作，耶律晚能诗[3]。
圯圮河流大，峰高月上迟。
自言羊可种，不信茧成丝。

1. 古代湖泊名，即今新疆维吾尔自治区东部巴里坤湖。《后汉书·窦固列传》：固、忠至天山，击呼衍王，斩首千余级。呼衍王走，追至蒲类海。

2. 古山名，约在今蒙古国境内阿尔泰山脉中段。《史记·匈奴列传》：其明年春，汉使涅野侯破奴将二万馀骑出朔方西北二千余里，期至浚稽山而还。

3. 耶律楚材任职成吉思汗、窝阔台世近三十年。曾随扈征伐西域，相关诗歌五十余首，其中很多以"天山"（当时也称阴山）为题材，如《过天山和上人韵二绝》等。

远客停骖处，平沙落日时。

塞蓬穿土早，河柳得春迟。

欲乳羊求母，频嘶马顾儿。

朔方多雨雪，南望是京师。

下马四茫茫，风悲古战场。

朝天无过鸟，下月有繁霜。

草接浮云白，沙翻大碛黄。

提封[1]十万里，圣化似陶唐[2]。

生长松漠[3]北，入居云代[4]间。

五原[5]临渤海[6]，万帐绕阴山。

马蹴胡沙健，弓随汉月弯。

太平无斩伐，身手恨长闲。

---

1. 版图、疆域。《旧唐书·东夷列传·高丽传》：辽东之地，周为箕子之国，汉家玄菟郡耳！魏、晋已前，近在提封之内，不可许以不臣。

2. 古代传说中的圣主，后指陶唐之世，借指开明盛世。《史记·周本纪》：周后稷……号曰后稷，别姓姬氏。后稷之兴，在陶唐、虞、夏之际，皆有令德。

3. 指在大漠之中创立辽代的契丹族兴起之地，唐贞观二十二年于契丹之地设置羁縻都督府，辖境约位于今西拉木伦河流域及辽河另外一支流老哈河中下游一带。《魏书·太祖本纪》：冬十月癸卯，幸濡源，遣外朝大人王建使于慕容垂。十一月，遂幸赤城。十有二月，巡松漠。还幸牛川。

4. 云，云州，秦汉置云中郡，唐置云州，为幽云十六州之一；代，代州，春秋属晋，战国属赵，秦以来属太原、雁门二郡，隋改为代州。《魏书·太祖本纪》：今国家万世相承，启基云代。臣等以为若取长远，应以代为号。

5. 五原郡，汉武帝元朔二年置。《汉书·武帝本纪》：匈奴入上谷、渔阳、杀略吏民千余人。遣将军卫青、李息出云中，至高阙，遂西至符离，获首虏数千级。收河南地，置朔方、五原郡。

6. 中国古代有渤海郡、渤海国，此处应指渤海国，由粟末靺鞨首领大祚荣建立的政权，唐玄宗册封为渤海郡王，公元926年为契丹所灭。《新唐书·北狄列传·渤海传》：渤海，本粟末靺鞨附高丽者，姓大氏。高丽灭，率众保挹娄之东牟山，地直营州东二千里，南比新罗，以泥河为境，东穷海，西契丹。

骆驼

初见驼群笑且惊，陆云可使绝冠缨[1]。
肉封不减秋山瘦，蹄漏何惭夜月明。
万里流沙谁谓远，千斤负担复嫌轻。
往来若忆神都好，杨柳参天辇路平。

避暑二绝

安得冰山绕我身，不禁流汗透衣巾。
上京六月霜铺瓦，大有冲寒挟纩人。

沉李浮瓜[2]绮席开，最高百尺是凉台。
此身已在云烟上，谁谓清风不下来。

---

1. 传说陆云是笑痴，常不能自已。《晋书·陆云列传》：吴平，入洛。机初诣张华，华问云何在。机曰："云有笑疾，未敢自见。"俄而云至。华为人多姿制，又好帛绳缠须。云见而大笑，不能自已。先是，尝著縗绖上船，于水中顾见其影，因大笑落水，人救获免。
2. 也作"浮瓜沉李"，指吃在冷水里浸过的李子和瓜，用以形容夏天消暑的生活。三国·魏·曹丕《与朝歌令吴质书》：弛骛北场，旅食南馆，浮甘瓜于清泉，沈朱李于寒水。

杨维桢

（1296～1370年），字廉夫，号铁崖、铁笛道人，又号铁心道人、铁冠道人、铁龙道人、梅花道人等，晚年自号老铁、抱遗老人、东维子，会稽（浙江诸暨）枫桥全堂人。泰定四年进士。历任天台县尹、杭州四务提举、建德路总管推官，元末动乱，隐居江湖。元末明初著名诗人、文学家、书画家和戏曲家。与陆居仁、钱惟善合称为"元末三高士"。著有《东维子文集》《铁崖先生古乐府》。

白翎雀辞二章

〔序〕按国史，脱必禅曰：世皇畋于松林（一作"柳林"），闻妇哭甚哀。明日，白翎雀飞集幹朵上，其声类哭妇，上感之，因令侍臣制《白翎雀词》。雀，能制猛兽，尤善禽驾鹅者也。旧辞未古，为作《白翎雀词》二章，以补我朝乐府。

朔客弹四弦，有《白翎鹊词》。鹊盖能制猛兽，尤善禽驾鹅也。为作《翎鹊词》。

> 白翎雀，西极来。金为冠，玉为衣。
> 百鸟见之不敢飞，雄狐猛虎愁神机。
> 先帝亲手韝，重尔西方奇。
> 海东之青[1]汝何为？下攫草间雊兔肥，奈尔猛虎雄狐狸。

> 白翎雀，来西极，地从翼旋山目侧。
> 边风劲气劲折胶，材官[2]猛箭与之敌。
> 黄狼紫兔不余力。
> 须臾白雪轻，一举千仞直。
> 驾鹅[3]洒血当空掷，金头玉颈高十尺，千秋万岁逢玉食。

---

1. 即海东青。见袁桷《天鹅曲》"海东青"条注。
2. 武卒或供差遣的低级武职官吏。《史记·绛侯周勃世家》：绛侯周勃者，沛人也。其先卷人，徙沛。勃以织薄曲为生，常为人吹箫给丧事，材官引彊。
3. 野鹅，即天鹅。《史记·司马相如列传》：弋白鹄，连驾鹅，双鸧下，玄鹤加。

昭君曲

边月生西弯，明妃西嫁几时还？

不见单于谒金陛，但见边烽驰玉关[1]。

将军汉家高筑坛[2]，身骑乌龙[3]虎豹颜。

何时去夺胭脂山[4]，乌乎！何时去夺胭脂山？

边雁向南飞，明妃西嫁几时归？

酪酥入馔损汉食，酸风中人裂汉衣。

声音不通言语译，分死薄命穹庐域。

君不见，越中美人嫁姑苏[5]，敌国既破还陶朱[6]。

嗟嗟孤冢[7]黄草碧，只博呼韩双白璧[8]。

1．即玉门关。《汉书·地理志下》：敦煌郡，武帝后元年分酒泉置。正西关外有白龙堆沙，有蒲昌海……效谷，渊泉，广至，宜禾都尉治昆仑障。莽曰广桓。龙勒。有阳关、玉门关，皆都尉治。

2．信任、依赖贤能。《汉书·高帝本纪上》：汉王齐戒设坛场，拜信为大将军，问以计策。

3．狗。宋·李昉等《太平广记》卷四十七著录杜光庭《仙传拾遗·韦善俊》：韦善俊者，京兆杜陵人也，访道周游，遍寻名岳，遇神仙，授三皇檄召之文，得神化之道……常携一犬，号之曰"乌龙"，所至之处，必分己食以饲之……善俊将欲升天……牵犬而去，犬已长六七尺，行至殿前，犬化为龙，长数十丈，善俊乘龙升天。

4．即燕支山。见张翥《上京秋日三首》"阏氏"条注。

5．越中美人，指西施；姑苏，吴国都城；句谓西施助越王勾践破吴事。汉·袁康等《越绝书·外传·记地传》：美人宫……勾践所习教美女西施、郑旦宫台也……越乃饰美女西施、郑旦，使大夫种献之于吴王……吴王不听，遂受其女，以申胥为不忠而杀之等。

6．也称陶朱公，指范蠡，传说他助越王勾践灭吴后与西施泛舟而去，携隐江湖；后定居于定陶，自号陶朱公。《史记·越王勾践世家》：范蠡事越王勾践，既苦身戮力，与勾践深谋二十余年，竟灭吴，报会稽之耻……乃装其轻宝珠玉，自与其私徒属乘舟浮海以行，终不反。于是勾践表会稽山以为范蠡奉邑。范蠡浮海出齐，变姓名，自谓鸱夷子皮，耕于海畔，苦身戮力，父子治产。

7．即青冢，昭君墓，有多处，其中以位于今内蒙古呼和浩特市南九公里大黑河南岸之昭君墓最为著名。唐·杜甫《咏怀古迹》：群山万壑赴荆门，生长明妃尚有村。一去紫台连朔漠，独留青冢向黄昏。

8．呼韩，指呼韩邪单于；昭君远嫁匈奴呼韩邪单于，单于为报汉，奉送白璧一双。此典不见于此前史料。唐·吴兢《乐府古题要解·王昭君》：昭君至匈奴，单于大悦，以为汉与我厚，纵酒作乐，遣使者报汉，送白璧一双，骏马十匹，胡地珠宝之类。昭君恨帝始不见遇，乃作怨思之歌。

宫辞十二首

　　宫辞，诗家之大香奁也。不许村学究语。为国朝宫辞者多矣，或拘于用典故，又或拘于用国语，皆损诗体。天历间，余同年萨天锡善为宫辞，且索余和什，通和二十章。今存十二章。

　　　　鸡人[1]报晓五门[2]开，卤簿[3]千官泊虎台[4]。
　　　　天上驾鹅先有信，九重鸾驾上京回。
　　　　每岁此禽先驾往返。

　　　　开国遗音乐府传，白翎飞上十三弦[5]。
　　　　大金优谏关卿[6]在，伊尹扶汤[7]进剧篇（一作"编"）[8]。

　　1．当时官职名，掌供办鸡牲；举行大典，则报时以警夜；后指宫廷中专管更漏之人。《陈书·世祖本纪》：世祖起自艰难，知百姓疾苦……每鸡人伺漏，传更签于殿中，乃敕送者必投签于阶石之上，令枪然有声，云"吾虽眠，亦令惊觉也"。始终梗概，若此者多焉。

　　2．古代宫廷设有五门，自外而内为皋门、库门、雉门、应门、路门。宋·陈道祥《礼书卷三十七·天子五门》：《周礼》"阍人"，掌守王宫之中之禁。郑司农曰："王有五门，外曰皋门，二曰雉门，三曰库门，四曰应门，五曰路门。"又，《宋史·仪卫志六》：牙门旗，古者，天子出建大牙。今制，赤质，错采为神人象，中道前后各一门，左右道五门，门二旗，盖取周制"树旗表门"及"天子五门"之制。

　　3．帝王驾出时扈从的仪仗、侍从。《元史·祭祀志一》：大德九年，中书集议，合行礼仪依唐制。至治元年已有祀庙仪注，宜取大德九年、至大三年并今次新仪，与唐制参酌增损修之。侍仪司编排卤簿，太史院具报星位，分献官员数及行礼并诸执事官，合依至大三年仪制亚终献官，取旨。

　　4．即龙虎台。

　　5．教坊用的筝均为十三根弦，"十三弦"也用以指代筝。《隋书·音乐志下》：丝之属四：一曰琴……四曰筝，十三弦，所谓秦声，蒙恬所作者也。

　　6．关卿，指关汉卿（1219～1301年）。元·钟嗣成《录鬼簿上》：关汉卿，大都人，太医院尹，号己斋叟。珠玑语唾自然流，金玉词源即便有，玲珑肺腑天生就。风月情、忒惯熟，姓名香、四大神洲。驱梨园领袖，总编修师首，捻杂剧班头。又，明·臧懋循《元曲选·序》：（关汉卿）躬践排场，面敷粉墨。以为我家生活，偶倡优而不辞。

　　7．伊尹，名伊，一说名挚，洛阳人，商朝初年著名丞相、政治家、思想家，约公元前16世纪初，他辅助商汤灭夏朝，为商朝建立立下汗马功劳。《孟子·公孙丑》：汤之于伊尹，学焉而后臣之，故不劳而王；桓公之于管仲，学焉而后臣之，故不劳霸。

　　8．郑光祖有杂剧《立成汤伊尹耕莘》（又名《伊尹耕莘》《伊尹扶汤》《耕莘野伊尹扶汤》《放太甲伊尹扶汤》等），讲述伊尹帮助方伯天乙打败夏桀建立商汤的故事，歌颂他"辅佐成汤，伐桀救民，解除苍生倒悬之苦"。

海内车书混一[1]时，奎章[2]御笔写乌丝[3]。
朝来中贵传宣急，南国宫娥拱凤池[4]。

熏风殿阁日初长，南贡新来荔枝（一作"子"）香。
西邸[5]阿环[6]方病齿，金笼分赐雪衣娘[7]。

宫锦裁衣锡圣恩，朝来金榜揭天门。
老娥元是南州女，私喜南人擢状元。

1．车乘的轨辙相同，书牍的文字相同，表示文物制度划一，天下一统。《礼记·中庸》：今天下车同轨，书同文，行同伦。又，《史记·秦始皇本纪》：一法度衡石丈尺。车同轨。书同文字。

2．指帝王的诗文书法等。宋·岳珂《桯史·王义丰诗》：山南有万杉寺，本仁皇所建，奎章在焉。

3．即乌丝栏，书籍卷册中，绢纸类有织成或画成的界栏，红色的称朱丝栏，黑色的称乌丝栏。唐·李肇《唐国史补》卷下：纸则有越之剡藤苔笺，蜀之麻面、屑末、滑石、金花、长麻、鱼子、十色笺，扬之六合笺，韶之竹笺，蒲之白蒲、重抄，临川之滑薄。又宋亳间有织成界道绢素，谓之乌丝栏、朱丝栏，又有茧纸。

4．砚的一种，因形制而得名，即凤池砚。宋·范纂《端溪砚谱》：宣和初，御府降样，造形若风字，如凤池样，但平低耳；有四环，刻海水、鱼龙、三神、山水；池作昆仑状，左日右月，星斗罗列。

5．官舍名。《后汉书·灵帝纪》：光和元年，初开西邸卖官，自关内侯、虎贲、羽林，入钱各有差。

6．杨贵妃小字玉环，后世诗人多以阿环称之；喜食荔枝，劳师动众从南方运来。《新唐书·后妃列传上·杨贵妃传》：妃嗜荔枝，必欲生致之，乃置骑传送，走数千里，味未变，已至京师。又，唐·杜牧《过华清宫三绝句》：长安回望绣成堆，山顶千门次第开。一骑红尘妃子笑，无人知是荔枝来。

7．也称雪衣女，是唐玄宗李隆基饲养的白色鹦鹉。唐·郑处诲《明皇杂录·逸文·雪衣娘》：开元中，岭南献白鹦鹉，养之宫中，岁久，颇聪慧，洞晓言词。上及贵妃皆呼为雪衣女。性既驯扰，常纵其饮啄飞鸣，然亦不离屏帏间。上令以近代词臣诗篇授之，数遍便可讽诵。上每与贵妃及诸王博戏，上稍不胜，左右呼雪衣娘，必飞入局中鼓舞，以乱其行列，或啄嫔御及诸王手，使不能争道。忽一日，飞上贵妃镜台，语曰："雪衣娘昨夜梦为鸷鸟所搏，将尽于此乎？"

北狩和林[1]幄殿宽，句骊[2]女侍婕妤官[3]。

君王自制昭阳曲[4]，勅赐琵琶马上弹[5]。

后土[6]琼花[7]属内家，扬州[8]从此绝名花。

君王题品容谁并，萼绿宫中萼绿华[9]。

十二琼楼浸月华，桐华移影上窗纱。

---

1. 即哈喇和林，时为岭北行省的首府。

2. 指高句骊，也称高句丽、高丽、高骊，汉元帝建昭二年夫余人朱蒙在西汉玄菟郡高句丽县建国，居民主要为扶余、高夷、沃沮、秽貊等，称高句丽；918年，王建在高丽建国并逐渐统一半岛大部，居民主要为马韩、弁韩、辰韩，史称"王氏高丽"。《元史·东夷列传一·高丽传》：高丽本箕子所封之地，又扶余别种尝居之。其地东至新罗，南至百济……其国都曰平壤城，即汉乐浪郡……后辟地益广，并古新罗、百济、高句丽三国而为一……至五代时，代主其国迁都松岳者，姓王氏，名建。自建至焘凡二十七王，历四百余年未始易姓。

3. 宫中女官名，汉武帝时始置，位视上卿，秩比列侯。元时，高丽与元朝存在长达百年的贡女史，以致高丽服饰一时成为宫中时尚。明·权衡《庚申外史》卷下：京师达官贵人，必得高丽女然后为名家。高丽婉媚，善事人，至则多夺宠。自至正以来宫中给事使令，大半为高丽女。以故，四方衣服鞋帽器物，皆依高丽样子。此关系一时风气，岂偶然哉。又，清·毕沅《续资治通鉴·元纪三十二》：后亦多畜高丽美人，大臣有权者，辄以此遗之，京师达官贵人，必得高丽女然后为名家。自至正以来，宫中给事使令，大半高丽女，以故四方衣服、靴帽、器物，皆仿高丽，举世若狂。

4. 汉代宫殿名，泛指后妃所住的宫殿；后代也指宫曲。唐·刘长卿《昭阳曲》：昨夜承恩宿未央，罗衣犹带御衣香。芙蓉帐小云屏暗，杨柳风多水殿凉。

5. 高丽女子李氏在世祖时入宫，深得宠幸，世祖比之为昭君。揭傒斯《<李宫人琵琶引>序》：有李宫人者，善琵琶，至元十九年以良家子入宫得幸，上比之昭君。至大中，入事兴圣宫，比以足疾，乃得赐归侍母，给内俸如故。

6. 对大地的尊称。战国·屈原《九辩》：皇天淫溢而秋霖兮，后土何时而得干？块独守此无泽兮，仰浮云而永叹。

7. 指芍药。宋·宋敏求《春明退朝录》卷下：扬州后土庙有琼花一株，或云自唐所植，即李卫公所谓玉蕊花也。旧不可移徙，今京师亦有之。

8. 宋代时有扬州芍药甲天下之誉。宋·苏轼《东坡志林》卷五：扬州芍药为天下冠。蔡繁卿为守，始作万花会。用花十余万枝，既残诸园；又吏因缘为奸，民大病之。余始至，问民疾苦，以此为首，遂罢之。

9. 古代传说中的道教女仙名，简称萼绿。年约二十，身穿青衣，是一位美丽而不请自来的仙女。晋穆帝时，夜降羊权家，自此每月来六次，赠羊权诗及火浣布、金玉条脱等。南朝·陶弘景《真诰·运象篇第一》：萼绿华者，自云是南山人，不知是何山也。女子年可二十上下，青衣，颜色绝整，以升平三年十一月十日夜降羊权。

帘前莫插盐枝竹，卧听金羊引小车。

金屋秋深露气凉，宫监久不到西厢。
丁宁莫窃宁哥笛[1]，鹦鹉无情说短长。

露气夜深（一作"生"）鸡鹊楼[2]，井梧叶叶已知秋。
君王只禁宫中蛊[3]，不禁流红出御沟[4]。

十三宫女善词章，长立君王几案（一作"玉几"）傍。
阿婉[5]有才还自累，宫中鹦鹉啄条桑。

蛾眉鞬处不胜秋，长带芙蓉小苑愁。
肯为君王通一笑，羽书烽火误诸侯[6]。

1．唐玄宗对其兄宁王李宪的昵称。李宪，睿宗长子，封宁王，善音律，有紫玉笛。唐·段成式《酉阳杂俎·语资》：上知之，大笑，书报宁王云："宁哥大能处置此僧也。"又，宋·乐史《杨太真外传》上：九载二月，上旧置五王帐，长枕大被，与兄弟共处其间。妃子无何窃宁王紫玉笛吹。因此又忤旨，放出。

2．泛指高阁殿阙。见虞集《寄陈众仲助教上都作》"鸡鹊观"条注。

3．古代传说中的巫术，汉武帝末年江充曾以此逼反戾太子。《汉书·戾太子刘据传》：武帝末，卫后宠衰，江充用事，充与太子及卫氏有隙，恐上晏驾后为太子所诛，会巫蛊事起，充因此为奸……充典治巫蛊，既知上意，白言宫中有蛊气，入宫至省中，坏御座掘地。上使按道侯韩说、御史章赣、黄门苏文等助充。充遂至太子宫掘蛊，得桐木人。

4．唐代红叶题诗、结成良缘的故事颇多，情节大略相同而人事各异。有宣宗时舍人卢渥拾到宫女题诗而成眷属的；有僖宗时宫女韩氏以红叶题诗，自御沟流出，为于祐所得而成眷属的；有玄宗时顾况于苑中流水上得一大梧叶题诗而唱和的；有德宗时贾全虚得红叶题诗而得德宗赐婚，与王才人养女凤儿成眷属的，诸如此类。唐·孟棨《本事诗·情感一》：顾况在洛，乘间与三诗友游于苑中，坐流水上，得大梧叶题诗上曰："一入深宫里，年年不见春。聊题一片叶，寄与有情人。"况明日于上游，亦题叶上，放于波中。诗曰："花落深宫莺亦悲，上阳宫女断肠时。帝城不禁东流水，叶上题诗欲寄谁？"后十余日，有人于苑中寻春，又于叶上得诗以示况。诗曰："一叶题诗出禁城，谁人酬和独含情？自嗟不及波中叶，荡漾乘春取次行。"

5．指唐朝上官婉儿，其十四（一说十三）岁时受武则天赏识，常侍左右，参与朝政，后因韦后之败牵连而被处死。《新唐书·后妃列传·上官昭容传》：天性韶警，善文章。年十四，武后召见，有所制作，若素构。自通天以来，内掌诏命，掞丽可观。尝忤旨当诛，后惜其才，止黥而不杀也。然群臣奏议及天下事皆与之……韦后之败，斩阙下。

6．周幽王为博褒姒一笑，烽火戏诸侯而致灭亡。《史记·周本纪》：褒姒不好笑，幽王欲其笑万方，故不笑。幽王为烽燧大鼓，有寇至则举烽火。诸侯悉至，至而无寇，褒姒乃大笑。幽王说之，为数举烽火。其后不信，诸侯益亦不至。

佛郎国进天马歌[1]

天马歌，本古乐府车马六曲之一也，汉郊祀乐歌亦有之，然汉之得天马，或出于汉贰师将军之伐宛，非德来之。维我有元，至正圣人，德被西裔而佛郎马来。宜作歌章光赞乐府，故作此歌。

龙德[2]中，元气昌，天王一统开八荒。

十又一叶[3]治久长，前年白雉[4]来越裳

中国圣明日重光[5]，仁声驶沓动嘉祥。

乌桓部放号佛郎，实生天马龙文章。

玉台启，阊阖张，愿为苍龙载东皇。

瑶池八骏若有亡，白云谣曲成荒唐[6]。

有元皇帝不下堂，瑶母万寿来称觞。

---

1. 也作"拂郎国""佛朗""茀郎"等，一说即今法兰西。至正二年罗马教皇本笃十二世遣使马黎诺里等携带函札礼物从法国维尼出发，抵汗八里觐见元顺帝；佛郎国进天马，引起轰动。朝中大臣欧阳玄、吴师道、许有壬、马臻、马祖常等多有诗、画反映此事。《元史·顺帝本纪三》：是月，拂郎国贡异马，长一丈一尺三寸，高六尺四寸，身纯黑，后二蹄皆白。又，周伯琦《天马行应制作有序》：至正二年，岁壬午七月十有八日，西域佛郎国献马一匹……上御慈仁殿，临观称叹……乃敕翰林学士承旨臣巙巙，命画工者图之，而直学士臣揭傒斯赞之。又，王恽《中堂事记》：中统二年五月七日，是日，发郎国遣人来献卉服诸物。其使自本土达上都，已踰三年。说其国在回纥极西徼，常昼不夜。野鼠出穴，乃是入夕。人死，众竭诚吁天，间有苏者。蝇蚋悉自木出。妇人颇妍美，男子例碧眼黄发。
2. 圣人之德，天子之德；此处代指元顺帝。《南齐书·高帝本纪下》：祖基命之初，武功潜用，泰始开运，大拯时艰，龙德在田，见猜云雨之迹。
3. 叶，世，代；十又一叶，十一代。元代从元世祖始，历经成宗、武宗、仁宗、英宗、泰定帝、天顺帝、文宗、明宗、宁宗，至顺帝，历经十一代。
4. 白色羽毛的野鸡，古时认为是瑞鸟。《后汉书·显宗孝明帝本纪》：时，麒麟、白雉、醴泉、嘉禾所在出焉。
5. 比喻累世盛德，辉光相承。《尚书·顾命》：昔君文王、武 王宣重光，奠丽陈教，则肄肄不违，用克达殷集大命。
6. 相传周穆王曾乘八匹骏马拉的车西游至昆仑山，西王母宴之于瑶池，临别对歌，穆王所答之歌为《白云谣》；相约三年后再来，但不久便故去。《穆天子传》卷三：乙丑，天子觞西王母瑶池之上。西王母为天子谣曰："白云在天，山陵自出。道理悠远，山川间之。将子无死，尚复能来。"

属车九九和鸾[1]锵，大驾或驻和林乡。

后车猎俟非陈仓，帝乘白马抚八方。

调风雨，和阴阳，泰阶[2]砥平[3]玉烛明[4]，太平有典郊乐扬。

尚见荥河出图像[5]，麒麟凤鸟纷来翔。

拂郎国新贡天马歌

千金骨，五花毛，虎脊龙鬐尾蒲梢[6]。

神如飞龙气如猇，初来炖煌[7]祁连之远郊。

双鸧迸落独鹘起，急势直欲追飞鹍[8]。

天驷[9]精，青海杰，羁黄金，络明月[10]。

---

1. 一种铃铛，挂在车前横木上称"和"，挂在轭首或车架上称"鸾"《诗经·小雅·蓼萧》：既见君子，鞗革冲冲。和鸾雝雝，万福攸同。又，《史记·礼书》：前有错衡，所以养目也；和鸾之声，步中武象，骤中韶濩，所以养耳也。

2. 原指星座名，即上台、中台、下台三台共六星，两两并排而斜上，如阶梯；后借指朝廷。《汉书·东方朔列传》：夫殿作九市之宫而诸侯畔，灵王起章华之台而楚民散，秦兴阿房之殿而天下乱。粪土愚臣，忘生触死，逆盛意，犯隆指，罪当万死，不胜大愿，愿陈泰阶六符，以观天变，不可不省。是日因奏《泰阶》之事，上乃拜朔为太中大夫、给事中，赐黄金百斤。

3. 平坦；比喻安定，平定。唐·李白《大猎赋》：是三阶砥平，而皇猷允塞。岂比夫《子虚》《上林》《长杨》《羽猎》，计麋鹿之多少，夸苑囿之大小哉！

4. 四时之气和畅，形容太平盛世。《尔雅·释天》：春为青阳，夏为朱明，秋为白藏，冬为玄英。四气和谓之玉烛。

5. 河出图为吉祥的征兆。《周易·系辞》：天垂象，见吉凶，圣人象之。河出图，洛出书，圣人则之。

6. 也作"蒲稍"，古代骏马名。《汉书·西域列传下》：蒲梢、龙文、鱼目、汗血之马充于黄门，巨象、师子、猛犬、大雀之群食于外囿。

7. 即敦煌。《新唐书·地理志四》：陇右道，盖古雍、梁二州之境，汉天水、武都、陇西、金城、武威、张掖、酒泉、炖煌等郡，总为鹑首分。

8. 同"鹤"。

9. 房宿、房星，代指神马。《国语·周语下》：昔武王伐殷，岁在鹑火，月在天驷。又，《晋书·天文志上》：其四星曰天驷，旁一星曰王良，亦曰天马。其星动，为策马，车骑满野。

10. 明珠。唐·李商隐《利州江潭作》：神剑飞来不易销，碧潭珍重驻兰桡。自携明月移灯疾，欲就行云散锦遥。

未栖天子十二闲[1]，孰得人间贮金埒[2]。

呜呼，渥洼之产宁徒劳！

图形已诏韩与曹[3]，伯乐[4]光寒夜寥阒[5]，青鹤一声箕尾高[6]。

牧羝曲

老羝何日乳[7]，归雁忽能言[8]。

不逐虞常死，丁零尚有恩[9]。

---

1. 闲，马厩，养马的地方。《周礼·夏官·校人》：天子十有二闲，马六种；邦国六闲，马四种；家四闲，马二种。

2. 指名贵的马匹。唐·司空曙《观猎骑》：金埒争开道，香车为驻轮。翩翩不知处，传是霍家亲。

3. 韩指曹霸弟子韩干，曹指曹霸，均善画马。韩干有《牧马图》，曹霸有《九马图》《羸马图》。杜甫有诗歌《丹青引赠曹将军霸》《韦讽录事宅观曹将军画马图》对其画马极力称誉。

4. 伯乐星，主典天马。《晋书·天文志上》：传舍南河中五星曰造父，御官也，一曰司马，或曰伯乐。星亡，马大贵。

5. 寂静。唐·杜甫《夜听许十损诵诗爱而有作》：紫燕自超诣，翠驳谁剪剔。君意人莫知，人间夜寥阒。

6. 即骑箕尾，也称骑箕翼、骑箕；也指仙游。《庄子·大宗师》：夫道，有情有信，无为无形；可传而不可受，可得而不可见；自本自根，未有天地，自古以固存……黄帝得之，以登云天……傅说得之，以相武丁，奄有天下，乘东维，骑箕尾，而比于列星。

7. 苏武牧羊典。《汉书·苏武列传》：律知武终不可胁……乃徙武北海上无人处，使牧羝，羝乳乃得归。

8. 鸿雁传书典。《汉书·苏武列传》：昭帝即位数年，匈奴与汉和亲。汉求武等，匈奴诡言武死。后汉使复至匈奴，常惠请其守者与俱，得夜见汉使。具自陈过。教使者谓单于，言天子射上林中，得雁，足有系帛书，言武等在荒泽中。使者大喜，如惠语以让单于。单于视左右而惊……单于召会武官属，前以降及物故，凡随武还者九人。

9. 苏武出使匈奴时，匈奴虞常等正密谋叛乱，虞常在汉朝时与苏武副使张胜有旧，事败牵连到苏武。匈奴处死虞常，胁迫苏武投降，被断然拒绝。《汉书·苏武列传》：方欲发使送武等，会缑王与长水虞常等谋反匈奴中……虞常在汉时素与副张胜相知，私候胜……张胜许之……单于子弟发兵与战。缑王等皆死，虞常生得……剑斩虞常已……复举剑拟之，武不动……律知武终不可胁，白单于。

班婕妤[1]

长门不用买多才[2]，纨扇炎凉善自裁。
五鬼一言能寤主，秋风愁杀望思台[3]。

1．即班昭，才华卓著，有贤德。见王士熙《上京次李学士韵五首》"班娘"条注。

2．即长门买赋。汉·司马相如《长门赋序》：孝武皇帝陈皇后，时得幸，颇妒。别在长门宫，愁闷悲思。闻蜀郡成都司马相如天下工为文，奉黄金百斤，为相如、文君取酒，因于解悲愁之辞。而相如为文以悟主上，陈皇后复得亲幸。

3．汉武帝任用江充、刘屈氂、苏文等奸臣执掌国事，自己只妄想长生，不理国事，结果奸臣进谗言迫害了太子刘据，使汉武帝晚年丧子，只能在湖县建思子宫和"望思台"以表思子之情。《汉书·戾太子刘据传》：武帝末，卫后宠衰，江充用事，充与太子及卫氏有隙……充典治巫蛊，既知上意，白言宫中有蛊气……充遂至太子宫掘蛊，得桐木人……（太子）乃斩充以徇……长安中扰乱，言太子反……太子之亡也，东至湖……吏围捕太子，太子自度不得脱，即入室距户自经……上怜太子无辜，乃作思子宫，为归来望思之台于湖。

吴莱

（1297～1340年），浦阳（今浙江浦江）人。字立夫，本名来凤，号深袅山道人。幼有神童之誉。卒，私谥渊颖先生，能诗，尤工歌行，瑰玮有奇气，对元末"铁崖体"诗歌有一定影响。著有《渊颖吴先生集》12卷，附录1卷。

北方巫者降神歌[1]

天深洞房[2]月漆黑，巫女击鼓[3]唱歌发。
高梁铁镫悬半空，塞向墐户[4]迹不通。
酒肉滂沱[5]静几席，筝琶朋[6]摘凄霜风。
暗中铿然哪敢触，塞外祆神[7]唤来速。

---

1. 北方多信仰萨满教，这是描写萨满巫师降神的诗歌。《诗经·大雅·崧高》：崧高维岳，骏极于天。维岳降神，生甫及申。

2. 幽深的内室。《史记·司马相如列传》：于是乎离宫别馆，弥山跨谷，高廊四注，重坐曲阁，华榱璧珰，辇道纚属，步橺周流，长途中宿。夷嵕筑堂，累台增成，岩突洞房，俯杳眇而无见，仰攀橑而扪天，奔星更于闺闼，宛虹拖于楣轩。

3. 即萨满鼓，是蒙、满、达斡尔、鄂温克、鄂伦春、赫哲等族的槌击膜鸣乐器，又称神鼓、抓鼓、手鼓、单环鼓，鄂伦春语称文土文。瑞典·多桑《多桑蒙古史》：击鼓诵咒，逐渐激昂，以至迷惘。及神灵附体也，则舞跃瞑眩，妄言吉凶。

4. 堵住向北的窗子，用泥抹住门窗。《诗经·国风·豳风·七月》：穹窒熏鼠，塞向墐户。嗟我妇子，曰为改岁，入此室处。

5. 形容丰盛。晋·葛洪《抱朴子·道意》：远近翕然，同来请福，常车马填溢，酒肉滂沱，如此数年。

6. 同"崩"。

7. 祆教所尊奉祭祀的神，也泛指神灵。祆教，即琐罗亚斯德教，在中国也称火祆教、拜火教；基督教产生之前中亚地区最有影响的宗教，主要分布于波斯、中亚。唐·段成式《酉阳杂俎·物异》：铜马，俱德建国悟泙河中，傕派中有火祆祠。相传祆神本自波斯国乘神通来此，常见灵异，因立祆祠。

陇坻[1]水草肥马群，门巷光辉耀狼纛[2]。

举家侧耳听语言，出无入有凌昆仑。

妖狐声音共叫啸，健鹘影势同飞翻。

瓯脱故王大猎处，燕支[3]废碛黄沙树。

休屠[4]收像接秦宫，于阗[5]请騆开汉路。

古今世事一渺茫，楚襫越女[6]几灾祥。

是耶非耶降灵场，麒麟披发跨大荒。

1．即陇山。北魏·郦道元《水经注·河水二》：水出鸟鼠山西北高城岭，西迳陇坻，其山岸崩落者，声闻数百里。故杨雄称响若坻颓是也。

2．用狼头作标志的大旗。《隋书·北狄列传·突厥传》：其先国于西海之上，为邻国所灭，男女无少长尽杀之。至一儿，不忍杀，刖足断臂，弃于大泽中。有一牝狼，每衔肉至其所，此儿因食之，得以不死。其后遂与狼交……狼生十男，其一姓阿史那氏，最贤，遂为君长，故牙门建狼头纛，示不忘本也。

3．即燕支山，泛指遥远的北方，边地。见杨维桢《昭君曲》"胭脂山"条注。

4．匈奴王名，也代指其领地，位于今河西走廊一带。《史记·匈奴列传》：其明年春，汉使骠骑将军去病将万骑出陇西，过焉支山千余里，击匈奴，得胡首房万八千余级，破得休屠王祭天金人。

5．古西域国名，在今新疆和田一带。《汉书·西域列传·于阗国传》：于阗国，王治西城，去长安九千六百七十里。户三千三百，口万九千三百，胜兵二千四百人。辅国侯、左右将、左右骑君、东西城长、译长各一人。东北至都护治所三千九百四十七里，南与婼羌接，北与姑墨接。于阗之西，水皆西流，注西海；其东，水东流，注盐泽，河原出焉。多玉石。西通皮山三百八十里。

6．古代楚越之地的人很迷信。《列子·说符》：孙叔敖疾，将死，戒其子曰："王亟封我矣，吾不受也。为我死，王则封汝；汝必无受利地！楚越之间有寝丘者，此地不利而名甚恶。楚人鬼而越人禨，可长有者唯此也。"孙叔敖死，王果以美地封其子。子辞而不受，请寝丘，与之，至今不失。

得大人[1]书，喜闻秋末自散不剌复回大都，赋寄宣彦高[2]

一纸江南到屋扉，高秋漠北奉宫闱。

金微[3]驻跸踰唐塞，铁勒[4]鸣弰接汉畿。

绵蕞[5]行朝[6]因贽玉，蹛林望祭[7]类游衣[8]。

明年草赋呈亲去，想像汾阴扈从归。

1．吴莱之父，集贤大学士吴直方，元朝名臣脱脱之师。《元史•顺帝本纪七》：丁卯，监察御史哈林秃劾奏脱脱之师集贤大学士吴直方及其参军黑汉、长史火里赤等并宜追夺，从之。

2．浦江人，彦高为彦昭之兄。吴莱另有诗作《送宣彦昭北赴京师》，明代冯梦龙在《智囊大全•智察部•宣彦昭》记载有宣彦高机智断案的故事。明•宋濂《故温州路总管府判官宣君墓志铭》：彦昭姓宣氏，岊其讳也，世为浦江人。生长富家而不染绮纨之习，别无嗜好，唯购书不知休……彦昭之兄财赋总管府知事彦高，风流醖籍，为多士之冠。彦昭与共论上下二千年治乱，至抵几太息。间操觚成诗，酬答不已，襟怀冲旷，外物若不能扰之。兄弟又善音乐，遇风和日丽，对坐海棠洞底，取檀槽琵琶弹，侑以乐府新声，酾酒仰天而饮，不至于醉不休。

3．古山名，即今阿尔泰山。《后汉书•和帝本纪》：二月，大将军窦宪遣左校尉耿夔出居延塞，围北单于于金微山，大破之，获其母阏氏。

4．古族名，汉时称丁零，北魏时称敕勒或铁勒。《隋书•铁勒传》：铁勒之先，匈奴之苗裔也，种类最多。自西海之东，依据山谷，往往不绝。独洛河北有仆骨、同罗……焉耆之北，傍白山，则有契弊、薄落职……金山西南，有薛延陀、咥勒兒……康国北，傍阿得水，则有诃咥、曷嵤……得嶷海东西，有苏路羯、三索咽……拂菻东则有恩屈、阿兰……北海南则都波等。虽姓氏各别，总谓为铁勒。并无君长，分属东、西两突厥。居无恒所，随水草流移。

5．制订、整顿朝仪典章，引申为经营创建。唐•刘克庄《念奴娇•二和丙寅生日》：教婢羹藜，课奴种韭，聊诳残牙齿。草堂绵蕞，百年栖托于此。

6．行在。《旧唐书•崔慎由传》：其宰臣百官已下，非臣辄有阻留，伏乞诏赴行朝，以备还驾。

7．也称遥祭，成吉思汗之后的蒙古汗国和元代建立后的诸帝，去世后都秘葬于起辇谷，此后元代皇帝每年在上都附近的西北地区举行祭祀祖先的仪式，遥向祖先兴起方向洒马酒以祭奠，规仪完善，被称为望祭。如上都西北羊群庙一带的遗址，就设有祭台和祖先的汉白玉雕像。《元史•祭祀志一》：夏四月己亥，躬祀天于旧桓州之西北，洒马潼以为礼，皇族之外无得而与，皆如其初。见周伯琦《立秋日书事五首》自注。

8．即游衣冠。汉代每月初一将高帝的衣冠从陵墓的宫殿中移到祭祀高帝的宗庙里去。《史记•叔孙通传》：叔孙生奏事，因请间曰："陛下何自筑复道高寝，衣冠月出游高庙？高庙，汉太祖，奈何令后世子孙乘宗庙道上行哉？"

吴当

（1297～1361年），字伯尚，崇仁人，历任翰林修撰、国子博士、翰林待制、监察御史、江西行省参政等职。参与编纂宋、辽、金三史，有《学言稿》。

上都秋日登眺

客里年光似水流，满城砧杵动羁忧。

沙头白露牛羊夕，塞上黄云鸿雁秋。

千里关河通王气，两都宫阙壮神州。

多情不用悲摇落，更为斜阳独倚楼。

王继学赋《柳枝词》十首，书于省壁。至正十有三年，扈跸滦阳，左司诸公同追次其韵

滦阳杨柳长新枝，无奈春寒力不支。

燕子归来风渐软，却似宫腰学舞时。

晓来岚气不成霜，云染烟笼万缕长。

醉归谁敢争驰道，尽与君王控马缰。

树绕离宫草共青，树底旌旗朝露零。

宫娥起伺羊车过，林梢斜月照华星。

宫柳添来几百株，谁复天边种白榆。

马上贵人通国字，时折新条作笔书。

神京高寒春力微，晴絮飞时花尚稀。

忽忆钱塘斜日岸，箫鼓画船扶醉归。

陇头春深未识花，酒帘动处是谁家。
郎来莫折门前柳，昨夜东风初长芽。

新赐金鞍选日骑，玉钗斜插两鬟垂。
长条拂着珍珠帽，只许东风细细吹。

江头樵牧昔年逢，结茅临竹更依松。
柳条系得渔船住，长日醉眠谁问侬。

绿阴芳草思凄凄，六宫传蜡[1]煖烟迷。
沙堤不种隋家树，谁忆曲中乌夜啼。

貂帽驼裘休叹侬，从官车骑莫从容。
柳花飞尽雪花起，才见西风又似冬。

潘子华[2]画上都花鸟

冰泮东风鸟力微，暖云将雨湿芳菲。
不知天上寒多少，谁剪春罗作舞衣。

竹枝词和歌韵：自扈跸上都，自沙岭至滦京所作

沙岭风清宿雨多，白云如雪夜陂陀。
涧泉十里九曲折，北向天边作御河。

雨过平沙不染泥，彩索凌风御帐齐。
宫臣报道晓寒浅，有个黄鹂深树啼。

---

1. 旧时寒食节，宫中有钻新火燃烛，以赐贵戚近臣，然后传之于民的习俗。
唐·韩翃《寒食》：春城舞处不飞花，寒食东风御柳斜。日暮汉宫传蜡烛，轻烟散入五
侯家。
2. 元代画家，钱塘人，擅长画上都为代表的塞外景色。元·危素《赠潘子华
序》：开平昔在绝塞之外，其动植之物，若金莲、紫菊、地椒、白翎爵、阿蓝之属，
皆居庸以南所未尝有……钱塘潘君子华工绘事……顾幸生于混一之时，而获见走飞草
木之异品，遂写而传之……皇上初即位，子华因从臣以所画进，上赐酒劳问良久。

宫车调得马蹄匀，细草轻风不动尘。
织成翠羽垂珠幕，缕就黄金结绣茵。

露下穹庐暑气苏，卧看织女映黄姑。
山泉响似江南雨，林下不闻啼鹧鸪。

马群弥野草连云，当年玉帐度秋春。
迎日捷书频送喜，内间赐与出金银。

羽猎长年从翠华，麋鹿生茸草茁芽。
射得黄羊充内膳，更喜江南新贡茶。

果熟冰盘进御黄，秘殿挥毫对日长。
元臣补衮应无阙，新赐宫衣自上方。

殿头云气尽成龙，水晶帘影散高舂[1]。
阿母传杯池上宴[2]，帝子吹箫月下逢。

霓旌移仗蕊珠宫，云母屏门不隔风。
花外侍臣成久立。听得新歌乐意同。

---

1. 日影西斜，接近黄昏时。汉·刘安《淮南子·天文训》：〔日〕至于渊虞，是谓高舂；至于连石，是谓下舂。
2. 指西王母瑶池宴武帝。《穆天子传》卷三：天子宾于西王母，天子觞西王母于瑶池之上。西王母为天子谣曰："白云在天，山陵自出。道里悠远，山川间之。将子无死，尚能复来。"天子答之曰："予归东土，和治诸夏。万民平均，吾顾见汝。比及三年，将复而野。"

贡师泰

（1298～1362年），贡奎之子，字泰甫，号玩斋，宣城（今属安徽）人。元泰定四年（1327年）进士。历任绍兴路推官、翰林应奉、宣文阁授经郎、翰林待制、国子司业、礼部郎中、监察御史、吏部侍郎、兵部侍郎、福建廉访使、礼部尚书、江浙行省参知政事、户部尚书等职。生性倜傥，形貌伟岸，以文学知名当时。著有《诗经补注》《玩斋集》《东轩集》等。

上都咱玛大燕[1]五首

紫云扶日上璇题[2]，万骑来朝队仗齐。

织翠辔长攒孔雀，镂金鞍重嵌文犀[3]。

行迎御辇争先避，立近天墀[3]不敢嘶。

十二街头人聚看，传言丞相过沙堤。

棕楠别殿[4]拥仙曹[5]，宝盖沈沈御座高。

丹凤衔珠装骚褱[6]，玉龙蟠瓮[7]注葡萄。

1．即诈马大宴。

2．也作"琁题"，玉饰的椽头。《汉书·扬雄传上》：于是事变物化，目骇耳回，盖天子穆然珍台闲馆璇题玉英蜼蜽蠖濩之中，惟夫所以澄心清魂，储精垂思，感动天地，逆釐三神者。

3．有纹理的犀角。《国语·吴语》：夜中，乃令服兵擐甲，系马舌，出火灶，陈士卒百人，以为彻行百行。行头皆官师，拥铎拱稽，建肥胡，奉文犀之渠。

4．即上都棕毛殿。

5．指唐代尚书省属下各部曹，后泛指朝廷官署。唐·李商隐《迎寄韩鲁州》：寇盗缠三辅，莓苔滑百牢。圣朝推卫霍，归日动仙曹。

6．古骏马名。《后汉书·文苑列传下·祢衡传》：《激楚》《杨阿》，至妙之容，台牧者之所贪；飞兔、騕褱，绝足奔放，良、乐之所急。又，唐·李泰《括地志·越州》：传云昔周穆王巡狩，诸侯共尊偃王，穆王闻之，令造父御，乘騕褱之马，日行千里，自还讨之。或云命楚王帅师伐之，偃王乃于此处立城以终。

7．蒙元时期宫廷饮酒容器名贵且花式繁多。意大利·马可·波罗《马可波罗游记》：大汗所坐殿内，有一处置一精金大瓮，内足容酒一桶。大瓮之四角，各列一小瓮，满盛精贵之香料。注大瓮之酒于小瓮，然后用精金大杓取酒。其杓之大，盛酒足供十人之饮。取酒后，以此大杓连同带柄之金盏二，置于两人间，使各人得用盏于杓中取酒。

百年典礼威仪盛，一代衣冠意气豪。

中使[1]传宣捲珠箔，日华偏照郁金袍[2]。

卿云[3]弄彩日重晖，一色金沙接翠微。

野韭[4]露肥黄鼠[5]出，地椒[6]风软白翎[7]飞。

水晶殿上开珠扇，云母屏[8]中见衮衣。

走马何人偏醉甚，锦鞲[9]赐得海青[10]归。

箫韶九奏南风起，沙燕[11]高低扑绣帘。

---

1. 宫中派出的使者，多指宦官。《后汉书·宦者列传·张让传》：凡诏所征求，皆令西园驺密约敕，号曰"中使"。

2. 帝王的黄袍。唐·许浑《骊山》：闻说先皇醉碧桃，日华浮动郁金袍。风随玉辇笙歌迥，云卷珠帘剑佩高。

3. 即瑞云、庆云，古人视之为祥瑞的彩云。《史记·天官书》：若烟非烟，若云非云，郁郁纷纷，萧索轮囷，是谓卿云。卿云，喜气也。

4. 即野韭菜，一般生长在2000米以下的草原，上都地区的草原上分布广泛，营养丰富，常被当地人用作调味品。

5. 别名达乌尔黄鼠、蒙古黄鼠、草原黄鼠、大眼贼等；分布在内蒙古、东北、青海、河北等省区，脊毛呈深黄色，并带褐黑色。北方古代有食黄鼠肉的习俗，皮可制革。明·李时珍《本草纲目·兽二·黄鼠》：黄鼠，出太原、大同、延绥及沙漠诸地皆有之。辽人尤为珍贵。状类大鼠，黄色而足短善走，极肥，穴居有土窖。

6. 唇形科百里香属植物，别名百里香、长藤草、地香、花椒堆、拦金，内蒙古、河北、甘肃等地有分布。

7. 即白翎雀，上都地区著名飞禽，据传能制猛兽又能驾天鹅；此鸟雌雄合鸣，声音悦耳。最初元世祖忽必烈令伶人硕德间作曲，成为元代著名的《答罕曲》，亦名《白翎雀双手弹》。"答罕"，蒙古语，意即"白翎雀双手弹"。元·陶宗仪《南村辍耕录·白翎雀》：《白翎雀》者，国朝教坊大曲也。又，《南村辍耕录·大曲》：答罕，谓之白翎雀双手弹。

8. 镶嵌着云母类装饰物的屏风。《后汉书·郑弘传》：时举将第五伦为司空，班次在下，每正朔朝见，弘曲躬而自卑。帝问知其故，遂听置云母屏风，分隔其间，由此以为故事。

9. 臂套，为避免被抓伤，驯鹰打猎时所戴。金·赵秉文《春水行》：内家最爱海东青，锦鞲掣臂翻青冥。晴空一击雪花堕，连延十里风毛腥。初得头鹅夸得隽，一骑星驰荐陵寝。

10. 即海东青，元代专门设有鹰坊，饲养海东青，供皇帝、贵族狩猎之用。见袁桷《天鹅曲》"海东青"条注。

11. 燕子的一种，又名崖沙燕，雀形目鸟类，毛灰色，迁徙范围很广，常栖息在土崖、墙壁的巢穴里。

醽醁[1]酒多杯跌进，鹧鸪香少火重添。

旧分宫锦缘衣褶，新赐奁珠簇帽檐。

日午大官[2]供异味，金盘更换水晶盐[3]。

清凉上国胜瑶池，四海梯航燕一时[4]。

岂谓朝廷夸盛大，要同民物乐雍熙。

当筵受几存周礼，拔剑论功陋（一作"识"）汉仪。

此日从官多献赋，何人为诵武公诗[5]。

和胡士恭[6]滦阳纳钵[7]即事韵

紫驼峰挂葡萄酒，白马鬃悬芍药花。

绣帽宫人传旨出，黄门伴送内臣家。

野阔天垂风露多，白翎飞处草如波。

---

1. 由淀粉或糖质原料制成酒醅或发酵醪经蒸馏而得的美酒。唐·柳宗元《龙城录·魏征善治酒》：魏左相能治酒，有名曰"醽渌翠涛"，常以大金罂内贮盛，十年饮不败，其味即世所未有。太宗文皇帝尝有诗赐公，称"醽渌胜兰生，翠涛过玉薤。千日醉不醒，十年味不败。"

2. 即大官令，也称太官令，秦置。为少府属官，掌宫廷膳食、酒果等。《后汉书·百官志三》：太官令一人，六百石。本注曰：掌御饮食。左丞、甘丞、汤官丞、果丞各一人。

3. 也作"水精盐"，一种晶莹明澈如水晶的食盐。唐·李白《题东溪公幽居》：好鸟迎春歌后院，飞花送酒舞前檐。客到但知留一醉，盘中祇有水精盐。

4. 即梯山航海。元代皇帝巡幸上都并举行诈马宴，各地的贵族须赴上京拜谒皇帝，参加诈马宴并接受赏赐。见柯九思《宫词》自注。

5. 指《诗经·国风·卫风·淇奥》。清·阮元校勘《十三经注疏》卷二十二：《卫·淇奥》云"美武公"，则武公诗矣。《考槃》《硕人》，序皆云"庄公"，则庄公诗也……《柏舟》共姜自誓，不为共伯诗者，以共伯已死，其妻守义，当武公之时，非共伯政教之所及，所以为武公诗也。

6. 胡益，字士恭，安仁人，与虞集等相唱和。苏平仲有《方壶云山烂慢图同胡士恭博士赋》，虞集有《送胡士恭》，张翥有《话旧送胡士恭之京师》，宋褧有《江东胡士恭嘉树轩》，可大概了解其生平概貌；其他材料多不见存。

7. 也作"纳宝"，契丹语译音，相当于汉语的"行在"。见周伯琦《<扈从诗>前序》。

髯奴醉起倾浑脱[1]，马湩[2]香甜奈乐何。

荞麦花深野韭肥，乌桓城下客行稀。
健儿掘地得黄鼠，日暮骑羊齐唱归。

新教生驹不受骑，小红车里簇归时。
钩簾醉卧氍毹月，不省人间有别离。

野馆吹灯夜未央，薄寒偏透越罗裳。
出门不记人行路，马首惟占北斗光。

滦河曲二首

椎髻[3]使来交趾国[4]，橐驼车宿李陵台。
遥闻彻夜铃声过，知进六宫瓜果回。

白沙冈头齐下马，为拾阏氏[5]八宝[6]鞭。
忽见草间长十八[7]，众人分插帽檐边。

1．又名“壳壳”，古代蒙古族盛饮料的容器，用牛皮制成的囊状物，大小不等。明·叶子奇《草木子·杂俎》：北人杀小牛，自脊上开一孔，遂旋取去内头骨肉，外皮皆完，揉软用以盛乳酪酒湩，谓之浑脱。

2．即马奶酒，用于宴会、祭祀。《元史·太祖本纪》：帝会诸族薛彻、大丑等，各以旄车载湩酪，宴于斡难河上。帝与诸族及薛彻别吉之毋忽兒真之前，共置马湩一革囊；薛彻别吉次毋野别该之前，独置一革囊。又，《元史·昔吉儿思传》：于是皇太后待以家人之礼，得同饮白马湩。时朝廷旧典，白马湩非宗戚贵胄不得饮也。又《元史·祭祀志二》：请诣昊天上帝神座前北向立，搢圭跪，三上香，侍中以爵跪进皇帝。执爵，三祭酒，以爵授侍中。太官丞注马湩于爵，以授侍中，侍中跪进皇帝。执爵，亦三祭之，以爵授侍中，执圭，俯伏兴，少退立。见刘秉忠《马酮》“马酮”条注。

3．又称“椎结”，意为将头发结成椎形的髻，也是我国古老的发式之一，元代时中原已无此发型，西南、越南等地仍流行。《南齐书·蛮、东南夷列传》：蛮俗衣布徒跣，或椎髻，或剪发。

4．又名交阯，即安南，后世多称交州。见马祖常《北歌行》“交趾”条注。

5．汉代匈奴单于、诸王之妻的统称。《史记·韩信卢绾列传》：上遂至平城。上出白登，匈奴骑围上，上乃使人厚遗阏氏。

6．景天科八宝植物，多年生草本植物，茎直立，伞房状花序顶生，花期8-10月。

7．草原花名，花紫色。清·毛奇龄《西河诗话》卷三一：今上尝出塞驻跸乌栏布尔哈酥，有以道傍紫花献者，不得其名，然蓓蕾蕤纚可爱，询之土人，曰：“此长十八也。”

上京大宴和樊时中[1]侍御

一元开大统，四海会时髦[2]。

畿甸包幽蓟[3]，天门启应皋[4]。

群黎皆属望，百辟[5]尽勤劳。

蕃国来琛献，边陲绝绎骚。

剑韬龙尾匣，弓属虎皮櫜。

列圣尊皇极[6]，元臣异节旄。

宗盟[7]存带砺[8]，世胄出英豪。

岁驾严先跸，居人望左纛[9]。

平沙班诈马，别殿拥棕毛。

凤簇珍珠帽，龙盘锦绣袍。

扇分云母薄，屏晃水晶高。

---

1. 元代名臣。《元史·忠义列传三·樊执敬传》：樊执敬，字时中，济宁郓城人。性警敏好学，由国子生擢授经郎……历官至侍御史……贼遂犯余杭……帅众而出。中途与贼遇，乃射死贼四人，贼又逐之，射死三人……贼知其无援，呼执敬降……乃奋刀斫贼，因中枪而堕……事闻，赠翰林学士承旨、荣禄大夫、柱国，追封鲁国公，谥忠烈。

2. 一个时期杰出的人物、俊杰。《后汉书·孝顺孝冲孝质帝纪》：赞曰：孝顺初立，时髦允集。匪砥匪革，终沦婓习。保阿传土，后家世及。

3. 幽蓟，幽州、蓟州，北宋后习惯称燕云十六州。《周书·窦炽于翼李穆列传》：若舍彼天时，征诸人事，显庆起晋阳之甲，文若发幽蓟之兵，协契岷峨，约从漳滏，北控沙漠，西指崤函，则成败之数，未可量也。

4. 即皋陶。传说皋陶是虞舜时候的刑官，与乐官夔并称，后代常用皋夔借指贤臣。《尚书·禹书·大禹谟》：帝曰："皋陶，惟兹臣庶，罔或干予正。汝作士，明于五刑，以弼五教。期于予治，刑期于无刑，民协于中，时乃功，懋哉。"

5. 诸侯，百官。《国语·鲁语上》：岂唯寡君与二三臣实受君赐，其周公、太公及百辟神祇实永飨而赖之。

6. 帝王统治天下的准则，即所谓大中至正之道。《尚书·洪范》：五，皇极：皇建其有极。敛时五福，用敷锡厥庶民；惟时厥庶民于汝极，锡汝保极。凡厥庶民，无有淫朋，人无有比德，惟皇作极。

7. 指天子与诸侯的盟会。《元史·世祖本纪一》：目前之急虽纾，境外之兵未戢。乃会群议，以集良规。不意宗盟，辄先推戴。左右万里，名王巨臣，不召而来者有之，不谋而同者皆是，咸谓国家之大统不可久旷，神人之重寄不可暂虚。

8. 即带砺山河，见张昱《辇下曲》"功臣带砺河山誓，万岁千秋乐为终"条注。

9. 皇帝乘舆上的饰物，以犛牛尾或雉尾制成，设在车衡左边或左骖上。《史记·项羽本纪》：纪信乘黄屋，传左纛，曰："城中食尽，汉王降。"

马湩浮犀椀，驼峰[1]落宝刀。

暖茵攒芍药，凉瓮酌葡萄。

舞转星河影，歌腾陆海涛。

齐声才起和，顿足复分曹。

急管催瑶席，繁弦压紫槽。

明良真旷遇，熙洽喜重遭。

化类工成冶，声同士赴鼛[2]。

隆恩虽款洽，醉舞敢呼号。

拜命荣三锡[3]，论功耻二桃[4]。

重华[5]跻舜禹，盛业继夔皋。

宴飨存寅畏[6]，游田[7]戒逸遨。

1．骆驼背上的肉峰，古代作为珍馐之一。宋·周密《癸辛杂识续集上·驼峰》：驼峰之隽，列于八珍。然驼之壮者两峰坚耸，其味甘脆，如熊白奶房而尤胜；若驼之老者两峰偏身嫌单，其味淡韧，如嚼败絮。

2．古代有事时用来召集人的一种大鼓。《宋书·乐志一》：八音四曰革。革，鼓也，鞉也，节也……鼓长八尺者曰鼖鼓，以鼓军事。长丈二尺者曰鼛鼓，凡守备及役事则鼓之。

3．三锡、九锡，是古代帝王尊礼勋臣所赏赐的三种或九种礼器。《后汉书·袁绍传》注引《礼含文嘉》：九锡一曰车马，二曰衣服，三曰乐器，四曰朱户，五曰纳陛，六曰虎贲之士百人，七曰斧钺，八曰弓矢，九曰秬鬯。

4．春秋时，齐相晏婴以二桃赐公孙接、古冶子、田开疆三勇士，使其因争功之羞而先后自杀。春秋·晏婴《晏子春秋·内篇·谏下》：公孙接、田开疆古冶子事景公，以勇力博虎闻。晏子进而趋，三子者不起。晏子入见公曰："此危国之器也，不若去之。"公曰："三子者，搏之恐不得，刺之恐不中也。"晏子曰："此皆力攻勍敌之人也，无长幼之礼。"因请公使人少馈之二桃："三子何不计功而食桃？"……公孙接、田开疆曰："吾勇不子若，功不子逮，取桃不让，是贪也；然而不死，无勇也。"皆反其桃，挈领而死。古冶子曰："二子死之，冶独生之，不仁；耻人以言，而夸其声，不义；恨乎所行，不死，无勇。虽然，二子同桃而节，冶专其桃而宜。"亦反其桃，挈领而死。

5．姚姓，妫氏，名重华（又说因重瞳子而名重华），字都君，中国上古时代父系氏族社会后期部落联盟首领，建立虞国，因称虞帝、虞舜，又称帝舜、舜帝。《史记·五帝本纪》：虞舜者，名曰重华。重华父曰瞽叟，瞽叟父曰桥牛，桥牛父曰句望，句望父曰敬康，敬康父曰穷蝉，穷蝉父曰帝颛顼，颛顼父曰昌意：以至舜七世矣。自从穷蝉以至帝舜，皆微为庶人。

6．敬畏，恭敬戒惧。《尚书·无逸》：周公曰："呜呼！我闻曰：昔在殷中宗，严恭寅畏，天命自度，治民祗惧，不敢荒宁。"

7．也作"游畋"，游逸田猎、游猎。《尚书·伊训》：敢有殉于货色，恒于游畋，时谓淫风。

乾坤春拍拍，宇宙乐陶陶。

争献公车颂，光荣[1]胜衮褒。

上京和周伯温御史韵[2]

汉室论功谁最多，封侯第一是萧何。

从知将相元无种[3]，却笑神仙亦有魔。

映月蠹鱼成脉望[4]，倚风飞燕避淘河[5]。

凭栏欲说行藏[6]事，万里长空碧似磨。

崇真宫醮罢敕画吴宗师[7]像

海日曈昽照九衢，灵旌霞斾拥高居。

尚方敕画仙官像，中使传宣学士书。

剑气朝寒垂白练，丹光夜暖出红蕖。

石坛醮罢清如水，犹听松阴起步虚。

---

1. 恩宠。《隋书·李密传》：密数之曰："卿本匈奴皁隶破野头耳，父兄子弟并受隋室厚恩，富贵累世，至妻公主，光荣隆显，举朝莫二。"

2. 周伯琦，字伯温，号玉雪坡真逸，时任御史。《元史·周伯琦传》：十二年，有旨令南士皆得居省台。除伯琦兵部侍郎，遂与贡师泰同擢监察御史。

3. 称王侯、拜将相的人，并非天生就是好命、贵种。《史记·陈涉世家》：且壮士不死则已，死即举大名耳，王侯将相宁有种乎？

4. 蠹鱼，即衣鱼，一种无翅昆虫，蛀食衣服、书籍等，后比喻食而不化的读书人；脉望，一种传说中的书虫，据说读书人用它熬药，喝了后参加科举会高中。宋·李昉等《太平广记·原化记》：据《仙经》曰：蠹鱼三食神仙字，则化为此物，名曰脉望；夜以镏映当天中星，星使立降。可求还丹，取此水和而服之，即时换骨上升。

5. 鹈鹕。《尔雅·释鸟》：鹈，鹕鸦。郭璞注：今之鹈鹕也。好群飞，沉水食鱼，故名洿泽，俗呼之为淘河。

6. 即出处，指出仕、退隐。《论语·述而》：用之则行，舍之则藏，惟我与尔有是夫！

7. 即吴闲闲。

送成谊叔应奉[1]分院上京并呈谢敬德[2]学士

太平天子重时巡，首诏词林擢侍臣。

书载驼车随剑珮，射从熊馆代丝纶。

片云忽送摩姑[3]雨，五月方开芍药春。

想得班扬[4]才最赡，龙山立马赋诗频。

送上都吴学录[5]归河东[6]就试

驱车直渡滦河水，千里青山半月程。

自信文章当世用，人言书剑到家荣。

上林久已称司马[7]，宣室终须招贾生[8]。

料得凤池春色满，柳荫立马共听莺。

附：题出塞图

1．成遵，先后任翰林国史院编修、应奉翰林文字、监察御史、礼部郎中、参知政事等职，至正二年曾扈从上都。《元史·成遵传》：成遵，字谊叔，南阳穰县人也……至正改元，擢太常博士。明年，转中书检校，寻拜监察御史。扈从至上京。

2．即谢端。《元史·谢端传》：谢端，字敬德，蜀之遂宁人……弱冠，与尚书宋本同师……以文学齐名，时号"谢宋"……延祐五年，乃擢进士乙科。授承事郎、潭州路同知湘阴州事。岁满，入为国子博士，迁太常博士……寻除翰林修撰，升待制，以选为国子司业，遂为翰林直学士，阶太中大夫……预修文宗、明宗、宁宗三朝实录，及累朝功臣列传……至元六年卒，年六十二。

3．即蘑菇。

4．汉代班固和扬雄的并称，二人以擅辞赋著名。见王士熙《和马伯庸寄袁学士》"班扬"条注。

5．吴学录其人待考；学录，古代文官官职名，配置于国子监等官学机构。《元史·百官志三》：蒙古国子学，秩正七品，博士二员，助教二员，教授二员，学正、学录各二员，掌教习诸生。

6．原指山西西南部地区，唐以后泛指山西。《史记·三代世表》：平阳在河东，河东晋地，分为卫国。

7．司马相如有《上林赋》，是《子虚赋》的姊妹篇。作品描绘了上林苑宏大的规模，进而描写天子率众臣在上林狩猎的场面。作者在赋中倾注了昂扬的气势，构造了具有恢宏巨丽之美的文学意象。是表现盛世王朝气象的第一篇鸿文。

8．汉代未央宫中之宣室殿，汉孝文帝曾于此向贾谊咨问。见王士熙《和马伯庸寄袁学士》"宣室"条注。

君恩如海春如水，一入长门见面稀。
青草琵琶沙上路，泪痕空湿嫁时衣。
沙碛微惊数骑尘，汉廷便欲议和亲。
当时卫霍兵犹在，未必君王弃妾身。

周伯琦

（1298～1369年），字伯温，号坚白居士，又号玉雪坡真逸，饶州鄱阳（今属江西波阳）人，集贤待制周应极之子，曾历任翰林修撰、国史院编修官、宣文阁授经郎、翰林待制、监察御史、崇文监太监兼经筵官、江东肃政廉访使、浙江肃政廉访使、江浙行省左丞。周伯琦工书，尤以篆、隶、真、草擅名当时。著有《近光集》3卷、《扈从诗》1卷。

次韵王师鲁待制[1]史院[2]题壁二首

大安御阁[3]势岩亭[4]，华阙中天壮上京。
虹绕金隄[5]晴浪细，龙蟠粉堞[6]翠冈平。
众星拱北乾坤大，万国朝元[7]日月明。
分署玉堂[8]清似水，箫韶时听凤凰声。

宿有周庐[9]候有亭[10]，兴王规制[11]陋西京。
日明草色千川碧，云接松林万里平[12]。

1．王沂，字师鲁，真定人，至元六年为翰林待制。

2．即史馆。宋·欧阳修《归田录》卷二：宋公垂同在史院，每走厕必挟书以往，讽诵之声琅然，闻于远近，其笃学如此。

3．即大安阁。

4．原指山势高峻，此处形容楼宇高耸。

5．同"堤"。

6．用白垩涂刷的女墙。唐·骆宾王《晚泊江镇》：夜乌喧粉堞，宿雁下芦洲。海雾笼边徼，江风绕戍楼。

7．古代诸侯和臣属在每年元旦贺见帝王；此处指藩属国前来归附。宋·郭茂倩《乐府诗集·燕射歌辞·周朝飨乐章·忠顺》：岁迎更始，节及朝元。冕旒仰止，冠剑相连。

8．即分署办公，元代两都制，翰林院等在上都设有分署办公的机构，即分省、分院。见王士熙《寄上都分省僚友二首》"分省"条注。

9．古代皇宫周围所设的警卫庐舍。《史记·秦始皇本纪》：遣乐将吏卒千余人至望夷宫殿门，缚卫令仆射，曰："贼入此，何不止？"卫令曰："周庐设卒甚谨，安得贼敢入宫？"

10．即候、亭，边境上用于侦探、瞭望敌情的高楼。

11．城市或建筑的规格制式。《新唐书·韦述传》：及萧嵩引述撰定，述始摹周六官领其属，事归于职，规制遂定。

12．元时，上都附近有大松林。见冯子振《鹦鹉曲·松林》"松林"条注。

宝轸薰风[1]阊阖肃，清台[2]午漏[3]泰阶明。

小臣职在论思末[4]，日向庭前验[5]鹊声。

宫词

画阁香销暮雨晴，珠帘半卷远山明。

葡萄初醒罗衣薄，枕上鹍弦[6]拨不成。

木难[7]火齐[8]当缠头[9]，贴地金莲[10]步欲羞。

露湿银床人语静，蟾宫[11]九夏[12]是中秋。

巫山隐约宝屏斜，朝著重棉昼著纱。

---

1. 和暖的风，指初夏时的东南风。战国·吕不韦等《吕氏春秋·有始览》：何谓八风？东北曰炎风，东方曰滔风，东南曰熏风，南方曰巨风，西南曰凄风，西方曰飂风，西北曰厉风，北方曰寒风。

2. 古代的天文台名。《汉书·律历志上》：诏与丞相、御史、大将军、右将军史各一人杂候上林清台，课诸历疏密，凡十一家。

3. 午时的滴漏，也指午时。唐·姚合《酬张祜处士见寄,连处士墓表,赠卫八处士,夏日书事寄丘亢处士》：暑天难可度，岂复更持觞。树里鸣蝉咽，宫中午漏长。

4. 谦辞，思考微不足道的小事。

5. 同"验"。

6. 用鹍鸡筋做的琵琶弦。唐·段安节《乐府杂录》(又名《琵琶录·琵琶》)：开元中，梨园则有骆供奉、贺怀智、雷海清，其乐器或以石为槽，鹍鸡筋作弦，用铁拨弹之。安史之乱，流落外地。

7. 宝珠名，也作"莫难"。《新唐书·西域列传下·拂菻传》：土多金、银、夜光璧，明月珠、大贝、车渠、码碯、木难、孔翠、虎魄。

8. 即火齐珠。《梁书·诸夷列传·扶南国传》：十八年，复遣使送天竺旃檀瑞像、婆罗树叶，并献火齐珠、郁金、苏合等香。

9. 古代歌舞艺人表演完毕，客人以罗锦为赠，称"缠头"；后来又作为赠送妓女财物的通称。《旧唐书·郭子仪列传》：二年二月，子仪入朝，宰相元载、王缙、仆射裴冕、京兆尹黎干、内侍鱼朝恩共出钱三十万，置宴于子仪第，恩出罗锦二百匹，为子仪缠头之费，极欢而罢。

10. 指女子的纤足。唐·吴融《和韩致光侍郎无题》：玉箸和妆裛，金莲逐步新。凤笙追北里，鹤驭访南真。

11. 月宫，月亮。唐·许昼《中秋月》：应是蟾宫别有情，每逢秋半倍澄清。清光不向此中见，白发争教何处生。

12. 夏季，夏天。《宋史·文苑列传二·夏侯嘉正传》：式观是泽，乃知天常。若乃四序之变，九夏攸处。烘然而炎，沸然而煮。

徒倚牙床新睡足，一瓶芍药当荷花。

宝鉴当窗促晓妆，金茎玉露[1]奉君王。
菊花如锦秋风近，愿似中间御爱[2]黄。

苑路东西草[3]色遥，阑干曲曲似飞桥。
水晶殿外檐铃响，疑是銮舆早散朝。

七月十二日奉诏以香酒赐曲阜代祀孔圣庙[4]，越五日别翰林诸友

分班[5]扈跸到滦京，侍从官闲暑气清。
圣主素知吾道[6]重，颁香特遣孔林[7]行。

1．传说中，汉武帝曾派人塑金人承露盘，以求取天降玉露，从而获得长生。《后汉书·班彪列传上》：抗仙掌以承露，擢双立之金茎，轶埃壒之混浊，鲜颢气之清英。

2．菊花名。宋·刘蒙《菊谱》：花总数三十有五品。以品视之，可以见花之高下；以花视之，可以知品之得失。具列之如左云……御爱第四：御爱出京师，开以九月末，一名笑靥，一名喜容。淡黄，千叶……或云出禁中，因此得名。

3．古代词臣奉旨修正诏谕一类公文，称视草；或指代皇帝起草诏书。《汉书·淮南王列传》：每为报书及赐，常召司马相如等视草乃遣。见袁桷《视草堂四咏》"视草堂"条注。

4．代替皇帝祭奠岳镇海渎等称"代祀"；后至元六年，周伯琦曾赴曲阜代祀孔子。《元史·祭祀志一》：其天子亲遣使致祭者三：曰社稷，曰先农，曰宣圣。而岳镇海渎，使者奉玺书即其处行事，称代祀。其有司常祀者五：曰社稷，曰宣圣，曰三皇，曰岳镇海渎，曰风师雨师。其非通祀者五：曰武成王，曰古帝王庙，曰周公庙，曰名山大川、忠臣义士之祠，曰功臣之祠，而大臣家庙不与焉。又，周伯琦《释典宣王庙记》：乃至元六年青龙庚庚夏五月，幸上都……七月庚申，太师……等言："曲阜林庙，宣圣所生之地，非他庙学比。今议遣翰林修撰臣周伯琦，驰驿奉香释典仲秋上丁，甚称崇报之意。臣等谨以闻。"制可……八月乙酉，至曲阜县。

5．古代官员按照职能分为不同行列或批次。《旧五代史·明宗本纪九》：请亲王官至兼侍中、中书令，则与见任宰臣分班定位，宰臣居左，诸亲王居右。如亲王及诸使守侍中、中书令，亦分班行居右，其余使相依旧。

6．我的学说或主张，此处指儒家思想学说。《论语·里仁》：子曰："参乎！吾道一以贯之。"

7．即至圣林，与孔府、孔庙合称"三孔"，孔府是孔子嫡系子孙生活的地方，孔庙是祭祀孔子的祠庙，孔林则是埋葬孔子及其后人、弟子的墓地；元代重视祭孔，祭孔活动频繁。《元史·祭祀志五》：宣圣庙，太祖始置于燕京……成宗始命建宣圣庙于京师。大德十年秋，庙成。至大元年秋七月，诏加号先圣曰大成至圣文宣王。延祐三年秋七月，诏春秋释奠于先圣，以颜子、曾子、子思、孟子配享。

中原庙貌[1]山川古，万代纲常日月明。

处祀归时迎大驾，共承经术[2]赞承平。

上京两月得从容，视草堂前华影重。

黄阁宣麻书数纸，大官[3]尚酝日千钟。

题名已愧联群玉[4]，善颂惟知儗[5]华封[6]。

王事期程[7]行有日，从今夜夜梦鳌峰。

立秋日内廷视草[8]

鸡人应漏报新秋，冠佩侵晨侍衮旒[9]。

1．庙宇及神像。《十三经注疏·毛诗注疏》卷二十六：（《诗经·周颂·清庙序》郑玄笺）庙之言貌也，死者精神不可得而见，但以生时之居，立宫室象貌为之耳。又，《旧唐书·宣宗本纪下》：诏曰："朕以骊山近宫，真圣庙貌，未尝修谒，自谓阙然。今属阳和气清，中外事简，听政之暇，或议一行。"

2．经学，指儒家经典、经术，也指儒家治世之道。《史记·三王世家》：公户满意习于经术，最后见王，称引古今通义，国家大礼，文章尔雅。

3．即太官，不同时代这一官职职责屡有变化，初掌皇帝膳食及燕享之事，北魏时掌百官之馈，属光禄卿；北齐、唐沿袭这一职能；宋代以后，太官只掌祭物。《元史·仁宗本纪三》：事皇太后，终身不违颜色；待宗戚勋旧，始终以礼。大臣亲老，时加恩赉；太官进膳，必分赐贵近。

4．帝王珍藏图籍书画之所，代指翰林院。《穆天子传》卷二：辛卯，天子北征，东还，乃循黑水，癸巳，至于群玉之山……先王之所谓策府。

5．同"拟"。

6．即华封三祝，由天竹、两种小鸟或两种吉祥花卉构图，表达华州人对唐尧的三种美好祝愿；后泛指祝颂之辞。《庄子·天帝》：尧观乎华，华封人曰："嘻，圣人。请祝圣人，使圣人寿。"尧曰："辞。""使圣人富。"尧曰："辞。""使圣人多男子。"尧曰："辞。"封人曰："寿、富、多男子，人之所欲也，女独不欲，何邪？"尧曰："多男子则多惧，富则多事，寿则多辱。是三者非所以养德也，故辞。"

7．时间和路程。《旧唐书·韩愈列传》：过海口，下恶水，涛泷壮猛，难计期程，飓风鳄鱼，患祸不测。

8．古代词臣奉旨修正诏谕一类公文，称视草；或指代皇帝起草诏书。《汉书·淮南王列传》：每为报书及赐，常召司马相如等视草乃遣。见袁桷《视草堂四咏》"视草堂"条注。

9．衮，古代君王等的礼服；旒，古代帝王礼帽前后悬垂的玉串；此处代指皇帝。《南齐书·武帝本纪》：史臣曰：世祖南面嗣业，功参宝命，虽为继体，事实艰难。御衮垂旒，深存政典，文武授任，不革旧章。

香案天光纡凤尾[1]，玉除[2]云影动螭头。

花明锦绣朱阑[3]绕，殿耸金银宝气浮。

坐致雍熙宵旰切，代言[4]深媿[5]古人忧。

上京杂诗十首

皇图[6]基正统，朔易[7]建神京。

地厚南坡暖，天低北斗明。

禁垣金耸阁，朝市[8]石为城。

盛业超前古，侯王作干桢[9]。

1．即凤尾诺，帝王批示笺奏，表示认可，则署“诺”字，字尾形如凤尾而得名。《南史·齐高帝诸子列传下》：五岁，高帝使学凤尾诺，一学即工。高帝大悦，以玉骐驎赐之，曰：“骐驎赏凤尾矣。”又，唐·陆龟蒙《说凤尾诺》：或问予曰：“凤尾诺为何等物？图耶？书耶？”对曰：“予之所闻，自晋讫于梁陈以来，藩邸之书……其事行，则曰‘诺’，犹汉天子肯臣下之奏曰‘可’也。凤尾则所诺笺之文也。”

2．玉阶，用玉石砌成或装饰的台阶，用作石阶的美称；也指宫中陛阶，代指身居显位。《宋书·桂阳王休范传》：交间苍蝇，驱扇祸戮，爵以货重，才由贫轻，先帝旧人，无罪黜落，荐致乡亲，遍布朝省。谄谀亲狎者，飞荣玉除；静立贞粹者，柴门生草。事先关己，虽非必行；若不咨询，虽是必抑。

3．同“朱栏”。

4．代天子草拟诏命。《新唐书·文艺列传中·孙逖传》：开元间，苏颋、齐浣、苏晋、贾曾、韩休、许景先及逖典诏诰，为代言最，而逖尤精密，张九龄视其草，欲易一字，卒不能也。

5．同“愧”。

6．封建王朝的版图，也指封建王朝。《后汉书·班彪列传下》：于是圣皇乃握乾符，阐坤珍，披皇图，稽帝文，赫尔发愤，应若兴云，霆发昆阳，凭怒雷震。遂超大河，跨北岳，立号高邑，建都河洛。

7．朔方易水，借指北方地区。《后汉书·南匈奴列传》：龙驾帝服，鸣钟传鼓于清渭之上，南面而朝单于，朔易无复匹马之踪，六十余年矣。

8．朝廷和集市，指朝廷。《左传·襄公十九年》：光杀戎子，尸诸朝，非礼也。妇人无刑，虽有刑，不在朝市。

9．干桢，通常也作“桢干”，比喻骨干、人才。《史记·鲁周公世家》：鲁人三郊三隧，峙尔刍茭、糗粮、桢干，无敢不逮。

省方[1]绳祖武[2]，清暑顺天时。

法从[3]严番直[4]，周庐肃羽仪。

氍毹[5]驼背展，匼匝[6]马头垂。

惟有都人士，长望雨露私。

西内[7]西城外，周围十里中。

草阴迷辇路，山色护离宫。

翠殿光凝雾，璇题影曳虹。

鸣銮时一幸，草木尽祥风。

百日开名宴[8]，崇班[9]列上公。

1．巡视四方。《周易·观》：风行地上，观；先王以省方，观民设教。

2．即克绳祖武。绳，继续；武，步武，足迹；比喻能继承先人的遗迹、事业。《诗经·大雅·下武》：昭兹来许，绳其祖武。于万斯年，受天之祜。又，《元史·仁宗本纪三》：朕惟太祖创业艰难，世祖混一疆宇，缵业守成，恒惧不能当天心，绳祖武，使万万百姓乐得其所，朕念虑在兹，卿等固不知也。

3．跟随皇帝车驾；追随皇帝左右。《汉书·扬雄列传上》：又是时赵昭仪方大幸，每上甘泉，常法从，在属车间豹尾中。

4．值班。怯薛是成吉思汗所建禁卫军，直接听命于大汗。担任值班宿卫的怯薛人员称怯薛歹，从万户、千户、百户那颜子弟及随从中选拔，分四班轮番宿卫，每番值卫三昼夜，称四怯薛。《元史·兵志二》：太祖时，以木华黎、赤老温、博尔忽、博尔术为四怯薛，领怯薛歹分番宿卫……用之于大朝会，则谓之围宿军；用之于大祭祀，则谓之仪仗军；车驾巡幸用之，则曰扈从军；守护天子之帑藏，则曰看守军；或夜以之警非常，则为巡逻军……怯薛者，犹言番直宿卫也。凡宿卫，每三日而一更……若夫宿卫之士，则谓之怯薛歹，亦以三日分番入卫。其初名数甚简，后累增为万四千人。揆之古制，犹天子之禁军。

5．一种毛织或毛与其他材料混合织成的毯子，可用作地毯、壁毯、床毯、帘幕等。《南齐书·魏虏列传》：正殿施流苏帐，金博山，龙凤朱漆画屏风，织成幌。坐施氍毹褥。前施金香炉，琉璃钵，金碗，盛杂食器。

6．周匝环绕。南北朝·鲍照《代白纻舞歌词》：桂宫柏寝拟天居，朱爵文窗韬绮疏，象床瑶席镇犀渠，雕屏匼匝组帷舒。秦筝赵瑟挟笙竽，垂珰散佩盈玉除。停觞不御欲谁须。

7．上都的离宫，由于位于上都西北，因称"西内"。据零散史料记载，西内周围约十里，建筑以行宫和营帐为主，如失剌斡耳朵即棕毛殿等。重要的宫廷活动如诈马宴等均在此举行。见周伯琦《上京杂诗十首》"西内"条注。

8．指诈马宴。

9．高位。唐·卢怀慎《奉和九日幸临渭亭登高应制得还字》：旷望临平野，潺湲俯暝湾。无因酬大德，空此愧崇班。

马鸣金騕褭，冠耀玉玲珑。

合乐咸韶[1]奏，群羞[2]水陆[3]丰。

林林应述职[4]，能继古人风。

官曹多合署[5]，贾肆不常居[6]。

事简惟供仪，秋归幸羡余。

有人磨铁砚[7]，何日佩金鱼[8]？

直欲排阊阖，犹疑畏简书。

水味分咸淡，岚氛集暮朝。

烹炊心每厌，冲冒疾偏饶。

斥卤[9]元因海，涂泥半是潮。

万形皆幻寓，随分[10]得逍遥。

1．尧乐《大咸》与舜乐《大韶》的并称，泛指古乐。唐·黄滔《省试人文化天下赋》：然后铿作《咸》《韶》，散为《风》《雅》。

2．同"馐"。

3．指水中和陆地所产的食物。《晋书·石苞列传》：丝竹尽当时之选，庖膳穷水陆之珍。与贵戚王恺、羊琇之徒以奢靡相尚。

4．诸侯向天子或者外任官员向朝廷陈述职守；后引申为供职、就职。《孟子·梁惠王下》：诸侯朝于天子曰述职。述职者，述所职也。

5．元代在上都地区设有朝廷的分支机构，如中书省、枢密院、御史台、集贤院、翰林院等，但限于人员规模、在上都的时间、场所等因素，常常出现几个机构合署办公的情况。

6．元代皇帝大多四月至八月巡幸上都，期间上都城市人口陡增，商贾聚集；八九月份，随着皇帝返还大都，人口减少，商贾随之而去。

7．即磨穿铁砚，后用以形容立志不移，持久不懈；也形容笔墨功夫之深。《新五代史·桑维翰列传》：桑维翰，字国侨，河南人也。为人丑怪，身短而面长……又铸铁砚以示人曰："砚弊则改而佗仕。"卒以进士及第。

8．金质的鱼符，佩戴用以表示品级身分，后指高官显爵。唐代亲王及三品以上官员佩带，开元初从五品亦佩带，金代四品以上佩带。《旧唐书·宪宗本纪下》：戊辰，制以中大夫、守尚书右丞、上骑都尉、赐紫金鱼袋韦贯之本官同中书门下平章事。

9．盐碱地。战国·吕不韦《吕氏春秋·乐成》：邺有圣令，时为史公，决漳水，灌邺旁，终古斥卤，生之稻粱。

10．依据本性，按照本分。南北朝·刘勰《文心雕龙·镕裁》：精论要语，极略之体；游心窜句，极繁之体。谓繁与略，随分所好。

卑湿[1]如吴楚，雄严轶汉唐。

土床[2]长伏火[3]，板屋颇通凉。

菌出沙中美，椒[4]生地上香。

忘归江汉（一作"海"）客，直欲比家乡。

水草饶刍牧，生涯[5]富远氓。

旃簾[6]连雪屋，马酒溢琼罂[7]。

烂醉无怀氏[8]，狂歌[9]太古声。

后车[10]倾国色，艳服更珠缨。

闻说开都日，双龙据海中。

良何方献策，精卫竟成功。

灵去为云雨[11]，皇居[12]焕电虹。

---

1. 上都建于金莲川草原，属草甸草原，内中泉水滚涌，建设时，多采取填筑之法。见袁桷《华严寺》"殿基水泉沸涌，以木钉万枚筑之"自注。

2. 俗称炕，北方屋内用土坯或石板等材质垒砌的与灶相连、可烧热的设施。宋·张载《土床》：土床烟足紬衾暖，瓦釜泉乾豆粥新。万事不思温饱外，漫然清世一闲人。

3. 原指道家炼丹，调低炉火的温度；此指北方火炕常年烧柴而致炕灶温热。

4. 地椒，我国北方的一种蔓生草本植物，北方人多作为煮食牛羊肉等的调料。

5. 生计。唐·沉佺期《伐高唐州询》：弱冠相知早，中年不见多。生涯在王事，客鬓各蹉跎。

6. 同"毡帘"。

7. 瓜名，此指一种瓜形容器。宋·刘子翚《致中惠瓜因成二绝句》：故人凤有瓜畦约，走送筠篮百里间。翠瓟琼罂才一握，极知风味胜黄斑。

8. 传说中的上古帝王。东晋·陶潜《五柳先生传》：衔觞赋诗，以乐其志。无怀氏之民欤，葛天氏之民欤！

9. 纵情歌咏。《论语·微子》：楚狂接舆歌而过孔子曰："凤兮凤兮！何德之衰？往者不可谏，来者犹可追。已而，已而！今之从政者殆而！"孔子下，欲与之言。趋而辟之，不得与之言。

10. 副车，侍从所乘坐的车。《诗经·小雅·绵蛮》：饮之食之，教之诲之。命彼后车，谓之载之。

11. 比喻恩泽。《后汉书·邓寇列传》：臣兄弟污秽，无分可采，过以外戚，遭值明时，托日月之末光，被云雨之渥泽，并统列位，光昭当世。

12. 皇宫、皇城。《后汉书·蔡邕列传》：所谓宫中有卒，三月不祭者，谓士庶人数堵之室，共处其中耳，岂谓皇居之旷，臣妾之众哉？

黄图三辅[1]右，载笔纪昭融[2]。

扈从多余暇，优游视草堂。
特书兼左右，染翰侍明光[3]。
简峻程休父[4]，雄深马子长[5]。
微才无一技，素食[6]愧鹓行[7]。

次韵大学士喀喇子山公[8]见寄二首

龙庭四面翠连峰，碧草银沙掩映中。
十二天街清似水，门前琪树动秋风。

瀛岛高飞孤凤凰，不知人世有炎凉。
独怜短翮羁栖苦，五色文章[9]照眼光。

1．《三辅黄图》的略称；三辅，指汉代都城长安附近所设三个行政区京兆尹、左冯翊、右扶风，借指畿辅、京都。《旧唐书·礼仪志二》：《三辅黄图》云"水广四周"，与蔡邕不异，仍云"水外周堤"。

2．光大发扬。《诗经·大雅·既醉》：昭明有融，高朗令终。令终有俶，公尸嘉告。

3．即明光宫，泛指朝廷官殿。见马臻《开平寓舍》"明光"条注。

4．周宣王中兴时的重要人物，官封司马，曾助周宣王平定徐方之乱。《新唐书·宰相世系表下》：程氏出自风姓……裔孙封于程，是谓程伯，雒阳有上程聚，即其地也。至周宣王时，程伯休父失其官守，以诸侯入为王司马，又有司马氏。程氏世居长安。

5．即司马子长，司马迁，字子长。其代表作为历史巨著《史记》。鲁迅《汉文学史纲要·司马相如与司马迁》：恨为弄臣，寄心楮墨，感身世之戮辱，传畸人于千秋，虽背《春秋》之义，固不失为史家之绝唱，无韵之《离骚》矣。

6．谦辞，即尸位素餐。《宋书·文五王列传》：蔑尔小丑，遂延暴漏，致皇赫斯怒，将动乘舆。此实臣下素食驽钝之责，行留百司，莫不仰惭俯愧。

7．朝官的行列。《梁书·张缅传》：殿中郎缺，高祖谓徐勉曰："此曹旧用文学，且居鹓行之首，宜详择其人。"

8．喀喇子，又作"康里子"，即康里子山，元代颇有影响的朝廷重臣、罕见的少数民族汉学名流和书法家，世称康里巎巎。《元史·巎巎传》：巎巎，字子山，康里氏……巎巎幼肄业国学，博通群书，其正心修身之要得诸许衡及父兄家传。长袭宿卫，风神凝远，制行峻洁，望而知其为贵介公子。其遇事英发，掀髯论辨，法家拂士不能过之……寻拜翰林学士承旨、知制诰兼修国史、知经筵事，提调宣文阁崇文监。

9．凤的特征，后代用以代指凤。古人认为，凤有六像九苞，其中九苞之五为"五曰彩色光"。唐·李峤《凤》：有鸟居丹穴，其名曰凤凰。九苞应灵瑞，五色成文章。

诈马行

国家之制，乘舆北幸上京，岁以六月吉日，命宿卫大臣及近侍，服所赐济逊、珠翠金宝、衣冠、腰带，盛饰名马，清晨自城外各持彩仗，列队驰入禁中。于是上盛服御殿临观，乃大张宴为乐。唯宗王戚里宿卫大臣前列行酒，余各以所职，叙坐合饮；诸坊[1]奏大乐，陈百戏，如是者凡三日而罢。其佩服日一易，大官用羊二千嗷、马三匹，它费称是，名之曰“济逊宴”。“济逊”，华言一色衣也。俗呼曰“诈马筵”。至元六年岁庚辰，忝职翰林，扈从至上京。六月廿一日，与国子助教罗君叔亨得从观焉，因赋《诈马行》以记所见。

华鞍缕玉连钱骢[2]，彩翚簇辔朱英[3]重。
钩膺[4]障颅鞶镜从，星铃彩校声珑珑[5]。
高官艳服皆王公，良辰盛会如云从。
明珠络翠光茏葱，文缯[6]缕金纡晴虹[7]。
犀毗[8]万宝腰鞓红[9]，扬镳[10]迅策无留踪。

1．隋唐时以坊为名的各官署，此处指乐府各机构。《元史・巙巙传》：国制，大乐诸坊咸隶本部，遇公燕，众伎毕陈。

2．骏马名，晋代郭璞注释《尔雅・释兽》说，连钱骢“色有深浅，班驳隐粼”。宋・梅尧臣《江邻几暂来相见去后戏寄》：众中旧骑跛鳖马，塞下新买连钱骢。疾驱似逐邓林日，不肯暂住行何穷。

3．装饰在矛上的红色羽毛。《诗经・鲁颂・閟宫》：公车千乘，朱英绿縢，二矛重弓。公徒三万，贝胄朱綅。

4．马领及胸上的革带，下垂缨饰。《诗经・小雅・采芑》：乘其四骐，四骐翼翼。路车有奭，簟茀鱼服，钩膺鞗革。

5．象声词。南朝・孔翁归《相和歌辞十八・长门怨》：长门与长信，日暮九重空。雷声听隐隐，车响绝珑珑。

6．绣花或织成图案的绢帛。《旧五代史・太祖本纪二》：帝亲领军继至，镇帅王熔俱，纳质请盟，仍献文缯二十万以犒戎士，帝许之。

7．灯的别名。清・厉荃《事物异名录・器用・灯》：《韵府》：“晴虹即灯也。”

8．带钩。《汉书・匈奴列传》：服绣袷绮衣、长襦、锦袍各一，比疏一，黄金饬具带一，黄金犀毗一，绣十匹，锦二十匹，赤绨、绿缯各四十匹，使中大夫意、谒者令肩遗单于。

9．指花色深红。宋・陆游《潺湲阁小立》：饱食何曾补县官，潺湲阁上倚阑干。水纹靴皱风初紧，花色鞓红露未干。

10．提起马嚼子，指驱马前行。宋・王禹偁《仲咸见予一百六十韵赋诗相赠因以四韵答之》：扬镳正突渔阳骑，避箭甘回赤壁船。若许英雄君与操，更当劘励整櫜鞬。

一跃千里真游龙，渥洼奇种皆避锋。

蔼如[1]飞仙集崆峒，乘鸾跨凤来层空[2]。

是时阊阖含薰风，上京六月如初冬。

金支[3]滴露冰华浓，水晶殿阁摇瀛蓬[4]。

扶桑[5]海色朝曈曈[6]，天子方御龙光宫。

衮衣玉璪回重瞳[7]，临轩接下天威[8]崇。

大宴三日酣群惊，万羊胾炙[9]万瓮醲。

九州水陆千官供，曼延[10]角觝[11]呈巧雄。

1．和气可亲的样子。唐·韩愈《答李翊书》：蕲至于古之立言者，则无望其速成，无诱于势利，养其根而俟其实，加其膏而希其光。根之茂者其实遂，膏之沃者其光晔。仁义之人，其言蔼如也。

2．高空。宋·范成大《次韵陈仲思观雪》：起望天南陲，玉沙满长风。越人来省识，把酒酹层空。

3．一种黄金饰品，常装饰于乐器之上。《汉书·礼乐志二》：《安世房中歌》十七章，其诗曰：大孝备矣，休德昭清。高张四县，乐充官庭。芬树羽林，云景杳冥，金支秀华，庶旄翠旌。

4．也作"蓬瀛"，指瀛洲、蓬莱；中国古代传说海中有三仙岛：瀛洲、蓬莱、方丈。《隋书·文学列传·虞绰传》：同轩皇之襄野，迈汉宗于河上，想汾射以开襟，望蓬瀛而载伫。

5．神话中的树木名（又说地名），太阳由此生起，后指东方极远处或太阳升起来的地方；又指传说中的东方海域的古国名,我国相沿以称日本。《梁书·诸夷列传·扶桑国传》：扶桑在大汉国东二万余里，地在中国之东，其土多扶桑木，故以为名。

6．太阳初升时逐渐明亮的样子。宋·王安石《余寒》：曈曈扶桑日，出有万里光。可怜当此时，不湿地上霜。

7．即重瞳子，目有双瞳，是一种异相、吉相，往往作为帝王的象征。《史记·项羽本纪》：吾闻之周生曰："舜目盖重瞳子。"又闻项羽亦重瞳子。羽岂其苗裔邪？何兴之暴也！

8．帝王的威严。《史记·周本纪第四》：五刑之疑有赦，五罚之疑有赦，其审克之。简信有众，惟讯有稽。无简不疑，共严天威。

9．烤肉。唐·韩愈《元和圣德诗》：蜀可全有，此不当受。万牛胾炙，万瓮行酒。

10．也作"鱼龙曼衍"，曼衍，巨兽名，仿傚它排演百戏节目；鱼龙，古代的百戏节目；指事物的离奇变幻。此处指鱼龙曼衍戏，古代百戏的一种，百戏杂耍中能变化为鱼和龙的猱狮模型，也为该项百戏杂耍名。《后汉书·孝安帝本纪》：十二月甲子，清河王薨，使司空持节吊祭，车骑将军邓骘护丧事。乙酉，罢鱼龙曼延百戏。又，《辽史·圣宗本纪七》：庚申，幸通天观，观鱼龙曼衍之戏。翌日，再幸。

11．也作"角抵""角觝"，也称"争交"，中国古代的一种竞技类体育活动。始于秦，汉代民间出现了一种由"蚩尤戏"发展而成的两个人在公开场合表演的竞技活动，初具后来摔跤的基本特色，并有着特定的文化内涵；元代角抵即类似于现在蒙古族的博克。《汉书·刑法志》：春秋之后，灭弱吞小，并为战国，稍增讲武之礼，以为戏乐，用相夸视，而秦更名角抵。

紫衣妙舞腰细蜂，钩天[1]合奏春融融。

狮狞虎啸跳豹熊，山呼鳌抃[2]万姓同。

曲阑红药翻帘柂[3]，柳枝飞荡摇苍松。

锦花瑶草烟茸茸，龙岗拱揖[4]滦水潆。

当年定鼎[5]成周[6]隆，宗藩[7]磐石[8]指顾[9]中。

兴王彝典[10]岁一逢，发扬祖德并宗功。

康衢击壤[11]登时雍[12]，岂独耀武彰声容[13]。

1．"钩天广乐"的省略语，指天上的音乐。《史记·赵世家》：居二日半，简子寤。语大夫曰："我之帝所甚乐，与百神游于钩天，广乐九奏万舞，不类三代之乐，其声动人心。"

2．形容欢欣鼓舞。宋·柳永《倾杯乐》：向晓色、都人未散。盈万井，山呼鳌抃。愿岁岁，天仗里、常瞻凤辇。

3．也作"帘笼"，窗帘和窗子，也泛指门窗的帘子。宋·史达祖《惜黄花·定兴道中》：独自捲帘櫳，谁为开尊俎！恨不得御风归去。

4．环绕护卫。宋·庄绰《鸡肋编卷中·李邦直<韩惟忠墓表>》：夫河北方二千里，太行横亘中国，号为天下脊，而大河自积石行万里砥柱，旁缘太行至大伾，斗折而东，下走大海。长冈巨阜，纡余盘屈，以相拱揖抱负。

5．新王朝定都建国。《左传·宣公三年》：（周）成王定鼎于郏鄏，卜世三十，卜年七百，天所命也。

6．古地名，即西周的东都洛邑；借指周公辅成王的兴盛时代。《史记·刘敬叔孙通列传》：成王即位，周公之属傅相焉，乃营成周洛邑，以此为天下之中也，诸侯四方纳贡职，道里均矣，有德则易以王，无德则易以亡。

7．也作"宗蕃"，受天子分封的宗室诸侯。因其拱卫王室，犹如藩篱而得名。《史记·太史公自序》：汉既谲谋，禽信于陈；越荆剽轻，乃封弟交为楚王，爰都彭城，以强淮泗，为汉宗藩。

8．厚而大的石头，比喻分封的宗室，即"宗藩"。《史记·孝文本纪》：高帝封王子弟，地犬牙相制，此所谓磐石之宗也。

9．手指目视，指点顾盼。《汉书·律历志上》：律吕唱和，以育生成化，歌奏用焉。指顾取象，然后阴阳万物靡不条鬯该成

10．常典，此处指代元代每年夏季在上都举办的诈马大宴。《元史·仁宗本纪一》：壬子，改元皇庆，诏曰："朕赖天地祖宗之灵……逾年改元，厥有彝典，其以至大五年为皇庆元年。"

11．帝尧时天下太平，百姓无事，有年五十之老人击壤于道；后作为歌颂盛世的典故。东汉·王充《论衡·艺增篇》：传曰：有年五十击壤于路者，观者曰："大哉，尧德乎！"击壤者曰："吾日出而作，日入而息，凿井而饮，耕田而食，尧何等力！"

12．也作"时邕"，指时世太平。《晋书·张载列传》：六合时雍，巍巍荡荡，玄髫巷歌，黄发击壤，解义皇之绳，错陶唐之象。

13．声调，也指声势。《旧唐书·经籍志上》：四曰《礼》，以纪文物体制。五曰《乐》，以纪声容律度。

愿今圣寿齐华嵩[1]，四门大开（一作"启"）达四聪[2]。

臣歌天保[3]君彤弓[4]，更图王会[5]传无穷。

至正元年复科举取士制[6]，承中书檄，以八月十九日至上京即国子监[7]为试院考试乡贡进士[8]纪事

上国兴王地[9]，神州避暑宫。

1．华山、嵩山，喻指长久，寓意寿比南山。《隋书·音乐志上》：振垂成吕，投壤生风。道无虚致，事由感通。于皇盛烈，此祚华嵩。

2．能远闻四方的听觉，比喻透彻了解天下之事。《尚书·舜典》：询于四岳，辟四门，明四目，达四聪。

3．上天保佑，使之安定，后引申指皇统、国祚。《史记·周本纪》：周公旦即王所，曰："曷为不寐？"王曰："告女：维天不飨殷，自发未生于今六十年，麋鹿在牧，蜚鸿满野……我未定天保，何暇寐！"王曰："定天保，依天室，悉求夫恶，贬从殷王受。"

4．古代天子宴享有功诸侯赐以弓矢时所奏的乐歌。《诗经·小雅·鸿雁之什·彤弓》：彤弓弨兮，受言藏之。我有嘉宾，中心贶之。钟鼓既设，一朝飨之。

5．旧时诸侯、四夷或藩属朝贡天子的聚会。唐·魏徵《奉和正日临朝应诏》：淑景辉雕辇，高旌扬翠烟。庭实超王会，广乐盛钧天。

6．元仁宗皇庆二年以行科举诏颁天下，元代科举分乡试、会试、殿试。此后元代科举并未形成常态，而是屡有废止，元顺帝至正元年恢复科举取士。《元史·脱脱传》：至正元年，遂命脱脱为中书右丞相、录军国重事，诏天下。脱脱乃悉更伯颜旧政，复科举取士法。

7．元代学校有国子学、蒙古国子学、回回国子学、蒙古字学等，统归集贤院管辖，上都设有分支机构。《元史·选举志一》：世祖至元八年春正月，始下诏立京师蒙古国子学……至元六年秋七月，置诸路蒙古字学……世祖至元二十六年……八月，始置回回国子学……二十四年，立国子学。

8．元代乡试，全国共十七处，上都为其一。《大元通制条格·科举》：行省十一处：河南、陕西……直隶省部路分试四处：真定路：河间路、保定路、顺德路、大名路、广平路、彰德路、卫辉路、怀孟路，东平路：济宁路、曹州、濮州、恩州、东昌路、高唐州、泰安州、德州、冠州，大都路：大都、永宁路，上都：上都、兴和路。

9．世祖忽必烈最初受命总领漠南汉地军国庶事，于1256年奉宪宗之命开始经营开平并汇聚天下名士俊杰，形成金莲川幕府。1260年忽必烈建元中统，开平升为首都，1263年开平加号上都，被视为"龙兴之地"。定都大都后，元代皇帝每年夏天都要来上都避暑、处理政务。元明善《平章政事廉文正王神道碑》：上都，圣上龙飞，国家根本。近日火延龙冈，居民常事，无令杂学小生，妄谈风水，感动上意。

规模[1]三代廓，声教[2]万方隆。

至正儒科复，留司[3]造士[4]充。

周南麟趾[5]厚，冀北马群空[6]。

积雪寒无夜，清秋月正中。

毡闱[7]环碧水，彩笔[8]扇祥风。

殿陈宁韬剑，先登不待弓。

1．场面、气势。宋·胡仔《苕溪渔隐丛话前集·山谷下》：如东坡、太白诗，虽规摹广大，学者难依，然读之使人敢道，澡雪滞思，无穷苦艰难之状，亦一助也。

2．天子的声威教化。《尚书·禹贡》：东渐于海西，被于流沙，朔南暨声教，讫于四海。

3．即留守司。上都留守司兼本路都总管府的简称。世祖中统四年置上都路都总管府，至元三年给留守司印，十九年并为上都留守司兼本路都总管府。掌守卫上都官阙都城，调度供应事务，营建与修缮宫室、制作御用车服、殿庭供帐等事，并兼管民政。皇帝回大都后，主管上都诸仓库事务。《元史·地理志一》：上都路……宪宗五年，命世祖居其地，为巨镇。明年，世祖命刘秉忠相宅于桓州东、滦水北之龙冈。中统元年，为开平府。五年，以阙庭所在，加号上都，岁一幸焉。至元二年，置留守司。五年，升上都路总管府。十八年，升上都留守司，兼行本路总管府事。又，《元史·百官志六》：上都留守司兼本路都总管府，品秩职掌如大都留守司，而兼治民事……国初，置开平府。中统四年，改上都路总管府。至元三年，又给留守司印。十九年，并为上都留守司兼本路都总管府。

4．造就学业有成就的士子。《礼记·王制》：乐正崇四术，立四教，顺先王诗、书、礼、乐以造士。春秋教以礼乐，冬夏教以诗书。

5．《周南》为《诗经·国风》之一部分，后人认为《周南》所收大抵为今陕西、河南、湖北交界之处的民歌，被认为是颂扬周德，化及南方；汉以后被作为诗教的典范。《史记·吴太伯世家》：四年，吴使季札聘於鲁，请观周乐。为歌周南、召南。曰："美哉，始基之矣，犹未也。然勤而不怨。"歌邶、鄘、卫。曰："美哉，渊乎，忧而不困者也。吾闻卫康叔、武公之德如是，是其卫风乎？

6．即群空冀北，比喻有才能的人遇到知己而得到提拔。唐·韩愈《送温处士赴河阳军序》：伯乐一过冀北之野，而马群遂空。夫冀北马多天下，伯乐虽善知马，安能空其群耶？解之者曰："吾所谓空，非无马也，无良马也。伯乐知马，遇其良，辄取之，群无留良焉。苟无良，虽谓无马，不为虚语矣。"

7．元上都有很多具有民族特色的建筑如失喇斡耳朵，建筑材质主要是木料、毡料。上都试院可能也是由这种材料搭建，因而称毡闱。

8．比喻美妙文采。《南史·江淹列传》：（江淹）又尝宿于冶亭，梦一丈夫自称郭璞，谓淹曰："吾有笔在卿处多年，可以见还。"淹乃探怀中得五色笔一以授之。尔后为诗绝无美句，时人谓之才尽。

豹斑[1]开晓雾，雉羽[2]烂晴虹。

障候[3]瞻邹鲁[4]，都人想镐丰[5]。

簾分堂上下，区列院西东。

副楮[6]行鸦蚁，缄名[7]画鸟虫[8]。

厉防周四署，涂抹眩双瞳。

理到无优劣，修词（一作"辞修"）有拙工。

神明终日鉴，造化四时公。

1．指代仪仗，同"雉羽"。《旧五代史·乐志上》：翟，山雉也，以雉羽公析连攒而为之。

2．古代帝王仪仗之一。《宋书·仪卫志一》：古者扇翣，皆编次雉羽或尾为之，故于文从"羽"。唐《开元》改为孔雀，凡大朝会，陈一百五十有六，分居左右。国朝复雉尾之名，而四面略为羽毛之形，中绣双孔雀，又有双盘龙扇，皆无所本。

3．候，"堠"的古字。障候，边境伺望、侦察敌情的设施，指哨所、土堡。《汉书·孙宝传》：尚书仆射唐林争之，上以林朋党比周，左迁敦煌鱼泽障候。

4．邹，孟子的故乡；鲁，孔子的故乡。后世于是用"邹鲁"指文化昌盛之地，礼义之邦；也借指孔孟。《汉书·韦贤传》：济济邹鲁，礼义唯恭，诵习弦歌，于异他邦。

5．即丰、镐，是西周文王所建丰京和武王所建镐京的合称，丰在河西，镐在河东。《史记·秦始皇本纪》：于是始皇以为咸阳人多，先王之宫廷小，吾闻周文王都丰，武王都镐，丰镐之间，帝王之都也。

6．楮，一种树木，皮可制纸，代指纸张；宋代纸币即称楮币。副楮，古代科举考试试卷的答卷处。《新唐书儒学列传中》：年虽老，读书不废夜。所撰《书纠谬》《春秋振滞》《礼绳愆》等凡数十百篇，长安时上之，丐官笔楮写藏秘书。

7．古代科举考试题写姓名处都要封题，以防泄密。《晋书·文苑列传·顾恺之传》：玄乃发其厨后，窃取画，而缄闭如旧以还之，绐云未开。恺之见封题如初，但失其画，直云妙画通灵，变化而去，亦犹人之登仙，了无怪色。

8．也称"虫书""鸟虫篆"，属于金文里的一种特殊艺术字体，它是春秋中后期至战国时代盛行于吴、越、楚、蔡、徐、宋等南方诸国的一种特殊文字，这种书体常以错金形式出现，高贵而华丽，富有装饰效果，因其变化莫测而导致辨识颇难。《魏书·江式列传》：时有六书：一曰古文，孔子壁中书也；二曰奇字，即古文而异者；三曰篆书，云小篆也；四曰佐书，秦隶书也；五曰缪篆，所以摹印也；六曰鸟虫，所以幡信也。

仇校稽鱼豕[1]，诠题辨鷃鸿[2]。

固知骰系博，敢以聩为聪。

天净文星[3]丽，寒收士气丛。

苔莱浮渭洛，杞梓[4]出恒嵩[5]。

偕计先章甫[6]，前驱轶小戎[7]。

有人争睹凤，何处兆飞熊[8]？

合志官联[9]乐，连床[10]语笑（一作"笑语"）同。

兽炉围炭炽，鱼烛[11]缀花红。

1．"鲁鱼亥豕"的略语，指书籍在撰写或刻印过程中的文字错误；也指不经意间出现的书写错误。战国·吕不韦《吕氏春秋·察传》：有读《史记》者曰："晋师三豕涉河。"子夏曰："非也，是'己亥'也。夫'己'与'三'相近，'豕'与'亥'相似。"

2．也作"鹓鸿""鷃鹏"，即鹓雀与鹏鸟，两种大小悬殊的鸟；比喻人们才识的高下相差悬殊。《庄子·逍遥游》：有鸟焉，其名为鹏，背若太山，翼若垂天之云，抟扶摇羊角而上者九万里，绝云气，负青天，然后图南，且适南冥也。斥鹌笑之曰："彼且奚适也？我腾跃而上，不过数仞而下，翱翔蓬蒿之间，此亦飞之至也。而彼且奚适也？"此小大之辩也。

3．即文昌星。见刘敏中《上都答耶律梅轩左丞见赠》"文昌"条注。

4．杞和梓，两种优良木材，比喻优秀人材。《左传·襄公二十六年》：晋卿不如楚，其大夫则贤，皆卿材也。如杞梓、皮革，自楚往也。虽楚有材，晋实用之。

5．也作"嵩恒"，指恒山、嵩山。宋·王应麟《三字经》：曰岱华，嵩恒衡。此五岳，山之名。

6．古代一种礼帽，也称儒者之冠，代指仕宦。《论语·先进》："赤，尔何如？"对曰："非曰能之，愿学焉。宗庙之事，如会同，端章甫，愿为小相焉。"

7．古代士兵乘的车。《诗经·国风·秦风·小戎》：小戎俴收，五楘梁辀。游环胁驱，阴靷鋈续。文茵畅毂，驾我骐馵。言念君子，温其如玉。在其板屋，乱我心曲。

8．君主得贤才的征兆。传说西伯侯夜梦飞熊一只，周公解梦认为西伯必得贤人。当时姜尚正在渭水之滨垂钓，后西伯途经渭滨，果然获得贤人姜尚。《史记·齐太公世家》：西伯将出猎，卜之，曰："所获非龙非彲，非虎非罴；所获霸王之辅。

9．官吏联合治事。《隋书·音乐志下》：务本兴教，尊神体国。霜露感心，享祀陈则。官联式序，奔走在庭。

10．并榻或同床而卧，形容情谊笃厚。唐·白居易《奉送三兄》：杭州暮醉连床卧，吴郡春游并马行。自愧阿连官职慢，只教兄作使君兄。

11．人鱼膏做的灯烛。《史记·秦始皇本纪》：九月，葬始皇郦山。始皇初即位，穿治郦山，及并天下，天下徒送诣七十余万人，穿三泉，下铜而致椁，宫观百官奇器珍怪徙臧满之。令匠作机弩矢，有所穿近者辄射之。以水银为百川江河大海，机相灌输，上具天文，下具地理。以人鱼膏为烛，度不灭者久之。

雕豆[1]羞[2]肴炙，金卮[3]奉酪酮。

环庐帷毳罽，侍史[4]服貂貑。

扃鐍处朝暮，阍兵[5]慎始终。

更移壶滴沥，衙报鼓笼铜[6]。

事忆欧苏[7]远，词怀贾董[8]雄。

驿程心历历，雅奏日渢渢。

圣统[9]乾坤久，人文[10]日月崇。

滦河天上出，银汉定相同。

九月一日还自上京途中纪事十首

九月滦阳道，寒烟暗远坰。

有山皆积雪，无水不成冰。

猎犬高于鹿，鸣雅[11]大似鹰。

1．古代雕刻精美的盛肉或其他食品的器皿，形状像高脚盘。汉•许慎《说文解字》：古食肉器也。《考工记》曰：食一豆肉，中人之食也。

2．同"馐"。

3．也作"金厄"，金制酒器，也用作酒器的美称。《周书•宇文贵传》：魏文帝在天游园，以金卮置侯上，命公卿射中者，即以赐之。

4．侍奉左右、掌管文书的人员。《史记•孟尝君列传》：孟尝君待客坐语，而屏风后常有侍史，主记君所与客语，问亲戚居处。

5．即阍者，守门的人；此处指守卫官门的士兵。《礼记•祭统》：阍者，守门之贱者也。

6．也作"笼僮"，鼓声。唐•沈全期《则天门敕改年》：笼僮上西鼓，振迅广阳鸡。歌舞将金帛，汪洋被远黎。

7．指欧阳修、苏轼。《元史•虞集传》：集三岁即知读书，岁乙亥，汲挈家趋岭外，干戈中无书册可携，杨氏口授《论语》《孟子》《左氏传》、欧苏文，闻辄成诵。

8．指贾谊、董仲舒。

9．帝王的统绪。《史记•匈奴列传论》：且欲兴圣统，唯在择任将相哉！唯在择任将相哉！

10．礼乐教化。《周易•象传上》：贲，亨，柔来而文刚，故亨；分刚上而文柔，故小利有攸往，天文也；文明以止，人文也。观乎天文，以察时变；观乎人文，以化成天下。

11．同"鸦"。

欲为风土记[1]，问俗果谁冯[2]？

驿程无里数，湮阜峻还低。
落日明驼背，晴沙响马蹄。
草枯人少聚，地冻路无泥。
近市闻喧笑，邮亭[3]又旅栖。

行宫临白海[4]，金碧出微茫。
饲豹仍分署，鞲鹰亦有房[5]。
射熊名鄜汉[6]，祝网德怀汤[7]。
乾豆[8]尊彝典，人瞻日月光。

牛羊群蚁聚，车帐乱星移。
刍牧因饶沃[9]，迁留顺岁时[10]。

---

1. 《风土记》由西晋周处所编，是迄今为止我国较早记述地方习俗和风土民情的著作，现大部分散佚；此处泛指记载各地风俗。
2. 通"凭"。
3. 即往来于大都、上都之间的驿站、驿馆。《汉书·赵充国传》：计度临羌东至浩亹，羌虏故田及公田，民所未垦，可二千顷以上，其间邮亭多坏败者。
4. 指白海行宫，也即察汗淖尔行宫。
5. 即鹰房，元代宫廷饲养猎鹰的地方。《元史·兵志四》：冬夏之交，天子或亲幸近郊，纵鹰隼搏击，以为游豫之度，谓之飞放。故鹰房捕猎，皆有司存。
6. 射熊馆是长杨宫辖下的一个别馆，汉武帝好自击熊，曾在此一日击熊二十四只，所以得名"射熊馆"。《汉书·元帝本纪》：冬，上幸长杨射熊馆，布车骑，大猎。
7. 祝网，帝王施行仁德；汤，指商汤。《史记·殷本纪》：汤出，见野张网四面，祝曰："自天及四方来者，皆入吾网。"汤曰："嘻，尽之矣。"乃去其三面，祝曰："欲左者左，欲右者右，欲上者上，欲下者下，不用命者，乃入吾网。"诸侯闻之曰："汤德至矣，及禽兽。"
8. 见后《立秋日书事五首》"乾豆"条注。
9. 肥沃。北魏·郦道元《水经注·河水一》：昔范旃时，有嘾杨国人家翔梨，尝从其本国到天竺，展转流贾至扶南，为旃说天竺土俗，道法流通，金宝委积，山川饶沃，恣所欲，左右大国，世尊重之。
10. 迁留，来与去；顺时岁，遵循季节规律；谓根据节气和牧场现状而游牧。《宋书·孝武帝本纪》：凡寰卫贡职，山渊采捕，皆当详辨产殖，考顺岁时，勿使牵课虚悬，暌忤气序。

宛驹驰不乏，芦酒¹醉难支。

使客皆儒服，寒风莫向吹。

侵晨度偏岭，凛凛气何偏？

独石出平地，青山半似燕。

近郊初见树，夹道更流泉。

向午衣频减，羁怀始豁然。

龙门²天下壮，咫尺异寒暄。

云气东西接，泉声日夜喧。

柳榆环岸堑，瓜瓞³拥篱藩。

颇似燕南道，农家各有村。

高岭号枪竿⁴，危亭接岭颠⁵。

四山皆培塿，万里尽平川。

草树秋犹秀，冰霜石半坚。

全燕归眼底，佳气郁中天。

---

1. 以芦管插酒桶中吸而饮的饮酒方法。宋·庄绰《鸡肋编卷中·黄羊与嘬酒》：关右塞上有黄羊无角，色类獐麂，人取其皮以为衾褥；又彼中造嘬酒，以荻管吸于瓶中。老杜《送从弟亚赴河西判官》诗云："黄羊饫不膻，芦酒多还醉。"盖谓此也。

2. 龙门有五：一、龙门关，今锁阳关，明清时多称"隆门关"，位于赤城西南剪子岭，不在驿路、辇路上。宋哲元等《察哈尔省通志·龙关县·山川》：锁阳关，在县西南二十里龙门山，上有关，额曰"锁阳"。二、龙门县，元初为望云县，明代龙门卫，民国龙关县，无关隘。《元史·地理志一》：云州……元中统四年，升县为云州，治望云县。至元二年，州存县废。二十八年，复升宣德之龙门镇为望云县，隶云州。三、龙门所，今地名，赤城县东，明代设龙门千户所方得名。四、龙门洲，位于今白河堡、千家店之间，辇路之龙门似应指此。五，即龙门山，也称龙门峡，位于龙门河畔，龙门河即沽河，为白河上源，又称龙门川，在云州堡以东汇合独石、红山河水从龙门峡南出而得名；因为山隔河对峙如门而得名；位于驿路上。《辽史·地理志五》：石壁对峙，高数百尺，望之若门，徼外诸河及沙漠潦水皆于此趣海。又，清·顾祖禹《读史方舆纪要·直隶九·云州堡》：云州堡东北五里，两山石壁对峙，高数百尺，望之若门。塞外诸水皆出于此，亦曰龙门峡。

3. 比喻子孙蕃衍，相继不绝。《诗经·大雅·绵》：緜緜瓜瓞，民之初生，自土沮漆。古公亶父，陶复陶穴，未有家室。

4. 即枪竿岭。

5. 同"巅"。

洪赞地何高，居人汲井劳。

二钱博斗水，百文曳修綯。

石乱山余骨，沙深溪不毛。

岂知江海上，终日厌波涛。

怀来[1]虽小县，城郭颇周严。

野寺严兵骑，溪桥飘酒帘[2]。

唐碑[3]文未泯，汉候[4]吏无觇。

山色青堪掇，冈头为少淹。

北口七十二[5]，居庸第一关。

峭崖屏列翠，急涧玉鸣环。

佛阁[6]腾云雾，人家结市阛。

马前军吏候，使节几时还？

1. 史称沮阳、怀戎，汉代上谷郡治所在沮阳。《汉书·地理志下》：上谷郡，秦置。莽曰朔调。属幽州……县十五：沮阳，莽曰沮阴……下落，莽曰下忠。

2. 即玉液泉，在怀来县北，泉水甘冽，元代取以酿酒。见王士熙《竹枝词十首》"泉水"条注。

3. 怀来此碑，究何所指，待考。

4. 即斥候。汉代设上谷郡，郡治在沮阳，辖十五个县；太守为郡的最高长官，是当时北方重要军事重镇，汉代飞将军李广、大将军霍去病曾任上谷郡太守，他们常在边境派有守望、侦查敌情人员，因而称汉候。《史记·李将军列传》：及出击胡，而广行无部伍行陈，省约文书籍事，然亦远斥候，未尝遇害。

5. 应指关沟七十二景。

6. 应为居庸关永明寺。元顺帝至正二年，命右丞相阿鲁图、左丞相别儿怯不花在长坡店修建永明寺和过街塔，至正五年建成，北为永明寺，南为过街塔。塔台上原有三座白色的覆钵式塔，塔座正中开有券门，即后来著名的"过街塔"，贯通南北，可通车马。欧阳玄作有《过街塔铭》。塔、寺均毁于元末，现所遗留为云台。《元史·顺帝本纪三》：癸巳，立伯颜南口过街塔二碑。又，元·熊梦祥《析津志辑佚·属县·昌平县·山川》：至正二年，今上始命大丞相阿鲁图，左丞相别儿怯不花创建。过街塔在永明寺之南，花园之东，有穹碑二，朝京而立。车驾往回或驻跸于寺，有御榻在焉。其寺之壮丽，莫之与京。又，《元史·顺帝本纪三》：癸巳，立伯颜南口过街塔二碑。

是年¹五月，扈从上京，宫学²纪事，绝句二十首

东华西华南御天³，三门相望凤池连⁴。

煌煌太乙⁵临寰宇，殷亳⁶周丰⁷未敢先。

层甍⁸复阁接青冥⁹，金色浮图¹⁰七宝楹¹¹。

当日熙春¹²今避暑，滦河不比汉昆明¹³。

1．时为元顺帝至正二年，周伯琦时任宣文阁授经郎。《元史·周伯琦传》：至正元年，改奎章阁为宣文阁、艺文监为崇文监，伯琦为宣文阁授经郎，教戚里大臣子弟，每进讲，辄称旨，且日被顾问。

2．宋代为宗室诸王子弟所设的学校，元代承袭官学设置，上都也设有宫学。《宋史·高宗本纪八》：辛丑，修睦亲宅，建宫学。

3．元上都宫城城门是东华门、西华门和御天门。关于东华门，元代王冕《即事二首》有诗"滦水城头六月霜，东华门外草皆黄"；西华门可参照杨允孚《滦京杂咏》自注；御天门，见杨允孚《滦京杂咏》"御天"条注。

4．即凤凰池，位置与宫禁之门相连。唐·刘知几《史通·史官建置》：暨皇家之建国也，乃别置史馆，通籍禁门，西京则与鸾渚为邻，东都则与凤池相接。

5．又作太一，星名，即帝星。因离北极星最近，隋唐以前文献多把它作为北极星。《晋书·天文志上》：北极五星，钩陈六星，皆在紫宫中。北极，北辰最尊者也……第一星主月，太子也。第二星主日，帝王也；亦太乙之坐，谓最赤明者也。

6．即亳殿，商代都城，商汤定都于亳，即今河南安阳市西北。《尚书·盘庚上》：盘庚五迁，将治亳殿，民咨胥怨。作《盘庚》三篇。

7．周文王定都于丰，今陕西省西安市西南。《史记·孔子世家》：夫文王在丰，武王在镐，百里之君卒王天下。

8．高楼的屋脊。北魏·郦道元《水经注卷十·浊漳水》：凡诸宫殿门台隅雉，皆加观榭，层甍反宇，飞檐拂云。

9．形容青苍幽远，也指青天。战国·屈原《九章·悲回风》：上高岩之峭岸兮，处雌霓之标颠；据青冥而摅虹兮，遂儵忽而扪天。

10．也作"浮头""浮屠""佛图"，佛教语，指佛塔，比喻似佛塔的高耸建筑。丁福保《佛学大辞典》：佛陀之略，又作休屠、佛陀、浮陀、浮图、浮头、勃陀、勃驮、部陀、母陀、没驮。译言觉者，或智者。

11．佛教语，七种珍宝，又称七珍，不同佛典以及汉、魏、唐、宋所指有所不同；后喻指多种宝物装饰的宫殿。《宋书·夷蛮列传》：臣之所住，名迦毗河……国中人民，率皆修善，诸国来集，共遵道法，诸寺舍子，皆七宝形像，众妙供具，如先王法。

12．即熙春阁，北宋都成汴京的一座殿阁建筑，后迁建上都，改建为大安阁。见胡助《滦阳述怀十首》"大安阁"条注。

13．汉代的昆明池。《史记·平准书》：于是除千夫五大夫为吏，不欲者出马；故吏皆适令伐棘上林，作昆明池。

五色[1]灵芝宝鼎中，珠幢[2]翠盖[3]舞双龙。

玉衣[4]高设皆神御[5]，功德巍巍说祖宗。

右二首咏大安阁，故宋汴熙春阁也。迁建上京。

镂花香案错琳璆[6]，金瓮葡萄大白浮[7]。

群玉诸山[8]环御榻，瑶池只在殿西头。

彤庭两壁画燕山，绛阙[9]金城[10]晻霭[11]间。

争指乘舆来往路，秋风计日遂南还。

右二首咏洪禧殿。

---

1. 泛指各种颜色。《道德经》第十二章：五色令人目盲，五音令人耳聋，五味令人口爽。

2. 带珠帘的垂筒形，饰有羽毛、锦绣的旗帜。宋·张孝祥《水龙吟·望九华山作》：缥缈珠幢羽卫。望蓬莱、初无弱水。仙人拍手，山头笑我，尘埃满袂。

3. 又名"盖荷""文荷"，帝王乘舆上有翠羽为饰的华盖，后来也作为帝王的代称；也泛指华美的车辆。《新唐书·南蛮列传上》：王出，建八旗，紫若青，白斿；雉翠二；有旄钺，紫囊之；翠盖。

4. 供皇帝和贵族死后穿的葬服，又称玉柙或玉匣；有金丝、银丝、铜丝贯穿而成，分别称金缕玉衣、银缕玉衣、铜缕玉衣。《汉书·霍光列传》：光薨……赐金钱、缯絮、绣被百领，衣五十箧，璧珠玑玉衣。

5. 御，指御容；神御，先朝帝王的肖像。宋·无名氏《宣和遗事·贞集》：高宗离建康，幸浙西，诏改杭州为临安府，先令奉太庙艺祖以下九庙神御如临安。

6. 即琳球，指美玉。《宋书·傅亮传》：伐离不以币，赠言重琳球。知止道攸贵，怀禄义所尤。

7. 大酒杯。汉·刘向《说苑·善说》：魏文侯与大夫饮酒，使公乘不仁为觞政，曰："饮不釂者，浮以大白。"

8. 指群玉内司。《元史·百官志四》：群玉内司，秩正三品，天历二年始置，掌奎章图书宝玩，及凡常御之物。

9. 宫殿、寺观前的朱色门阙；也借指朝廷、寺庙、仙宫等。《晋书·陆机列传》：在周之衰，难兴王室，放命者七臣，干位者三子，嗣王委其九鼎，凶族据其天邑，钲鼙震于闉宇，锋镝流于绛阙，然祸止畿甸，害不覃及，天下晏然，以安待危。

10. 京城，也指稳固的江山。汉·贾谊《过秦论上》：天下已定，始皇之心，自以为关中之固，金城千里，子孙帝王万世之业也。

11. 重重叠叠的样子。宋·王安石《我所思寄黄吉甫》：萝茑冥冥荫演迤，稍上寻源出奇诡。像图释迦祠老子，台殿晻霭相重累。

睿思阁[1]下琐窗幽，百宝明珠络翠裘。

内署[2]传宣来准备，大庭（一作"廷"）盛宴先初秋。

玫瑰芍药相间开，宝阑十二[3]拥瑶台。

春风日日行天上，人道东皇[4]六月来。

数树青榆延阁[5]东，云窗霞户绮玲珑。

上林文鹿高于马，时引黄麂碧草中。

榜题[6]仁寿睿思[7]东，星列钩陈[8]绣阁重。

中使三时[9]羞玉食，地凉不用暑衣供。

颇黎[10]瓶中白马酒[11]，酌以碧玉莲花杯。

1．也称睿思殿，上都五殿之一。元·王士点《禁扁卷二·殿》：水晶、洪禧、睿思、穆清、清宁，已上五殿并在上都。

2．掌内府衣物、膳饮的官署。《后汉书·孝和孝炀帝纪》：今新遭大忧，且岁节未和，彻膳损服，庶有补焉。其减太官、导官、尚方、内署诸服御珍膳靡丽难成之物。

3．宝阑，阑干，指一种竹子、木头或者其他东西编织而成的一种遮挡物；宝阑十二，即十二阑干，泛指阑干之多。宋·张先《蝶恋花》：楼上东风春不浅，十二阑干，尽日珠帘卷。

4．东皇太一，《九歌》文学体系中所祭祀的天帝、至高神，也称泰皇、泰一、泰壹氏；一说为司春之神。《史记·秦始皇本纪》：古有天皇，有地皇，有泰皇，泰皇最贵。

5．即延春阁。见吴师道《闻危太朴除宣文阁检讨四首》"延阁"条注。

6．于匾额上题字。《南齐书·礼志上》：至于朝堂榜题，本施至极，既追尊所不及，礼降于在三，晋之京兆，宋之东安，不列榜题。

7．即睿思殿、仁寿殿，是上都宫城里的内殿。《元史·崔敬传》：世祖以上都为清暑之地，车驾行幸，岁以为常，阁有大安，殿有鸿禧、睿思，所以保养圣躬，适起居之宜，存畏敬之心也。见前"睿思阁"条注。

8．原指星辰，此处指后宫。《隋书·高祖本纪上》：任掌钩陈，职司邦政，国之大事，朝寄更深，銮驾巡游，留台务广。

9．早、午、晚。唐·高适《燕歌行》：边庭飘飘那可度，绝域苍茫更何有。杀气三时作阵云，寒声一夜传刁斗。

10．音译词，即玻璃。《周书·异域传下》：气候暑热，家自藏冰。地多沙碛，引水溉灌……又出白象、师子、大鸟卵、珍珠、离珠、颇黎、珊瑚、琥珀、琉璃、马瑙、水晶……雌黄等物。

11．白马所产奶酿制的奶酒，被蒙古族视为珍品。《元史·昔儿吉思传》：初，昔兒吉思之妻为皇子乳母，于是皇太后待以家人之礼，得同饮白马潼。时朝廷旧典，白马潼非宗戚贵胄不得饮也。

帝觞余沥得沾丏[1]，洪禧殿上因裵回[2]。

冰华雪翼[3]眩西东，玉座生寒八面风。

巧思曾经修月手[4]，通明元在五云中。

　　右咏水晶殿。

鹧斑[5]百和作坚材，翥凤翔龙[6]四壁开。

宝地晓张香积界[7]，始知天子是如来。

　　右咏香殿。

幄殿重檐藻帟低，花阴柳色御阶迷。

氍毹铺地香风度，碧鉴清冰白昼凄。

延阁[8]图书取次陈，讲帷[9]日日集儒臣。

1．给人以利益，也指赏赐臣属；蒙元时期，皇帝将白马酒赏赐给臣下，被视为巨大荣誉。《新唐书·杜甫传赞》：至甫，浑涵汪茫，千汇万状，兼古今而有之，它人不足，甫乃厌余，残膏賸馥，沾丏后人多矣。又，法国·威廉·鲁不鲁乞《鲁不鲁乞东游记》：于是他叫我们坐下，并吩咐给我们一些奶喝。他们认为，任何人在他的帐幕里同他一起喝忽迷思，是一项很大的光荣。

2．同"徘徊"。

3．比喻水晶殿建筑如同素白的水花、晶莹的雪花装点般。

4．古代传说月由七宝合成，人间常有八万二千户人修治它。唐·段成式《酉阳杂组·天呎》：其人笑曰："君知月乃七宝合成乎？月势如丸，其影，日烁其凸处也。常有八万二千户修之，予即一数。"因开幞，有斤凿数事，玉屑饭两裹，授与二人。

5．即鹧鸪斑，香名。宋·范仲淹《桂海虞衡志·志香》：鹧鸪斑，亦得之沉水、蓬莱及绝好笺香中。槎牙轻松，色褐黑而有白斑点点，如鹧鸪臆上毛。气尤清婉，似莲花。

6．也作"翥凤翔鸾"，盘旋飞举的龙凤，常比喻美妙的舞姿；此处指装饰着雕龙画凤的香殿。

7．指佛国、佛寺。宋·曾丰《赋马漕桂岩》：花环实娜涵沆瀣，天上那知在鳌背。炎州寝作广寒宫，鲍肆薰为香积界。

8．根据诗人自注，延阁当为宣文阁，即奎章阁，是上都重要宫殿，供皇帝陈列珍玩、储藏书籍之用。《元史·顺帝本纪三》：戊辰，改旧奎章阁为宣文阁。

9．天子、太子听讲官进讲之处。宋·王珪《直龙图阁卢士宗可天章阁待制兼侍讲制》：朕听政之余，躬即讲帷，尔尝据经守正，从容为予陈圣贤之论，固有日矣。

墨池云合天光绚，东壁[1]由来近北辰。

右咏宣文阁。

黉舍[2]重开大殿西，牙符[3]给事籍金闺[4]。

吾伊[5]日课翻青简，挥染还看写赫蹄[6]。

紫燕交飞夏日长，虎门[7]风动撼仓琅[8]。

小侯[9]饱咏诗书泽，共拟皋夔[10]佐朝堂。

右二首咏宫学。

1．皇宫藏书之所，借指太学，也泛指读书讲学之处。《晋书·天文志上》：东壁二星，主文章，天下图书之秘府也。星明，王者兴，道术行，国多君子；星失色，大小不同，王者好武，经士不用，图书隐；星动，则有土功。

2．校舍，也代指学校。《宋书·臧焘徐广傅隆传赞》：于是人厉从师之志，家竞专门之术，艺重当时，所居一旦成市，黉舍暂启，著录或至万人。

3．赠给有功将领的符信。《元史·世祖本纪四》：宋荆湖制置李庭芝为书，遣永宁僧赍金印、牙符，来授刘整卢军节度使，封燕郡王。

4．即金马门，代指朝廷。《旧唐书·附录·重刻旧唐书序》：盖作唐史者有三人焉：吴兢、韦述、令狐峘，此皆金闺上彦，操笔石渠，而未竟一代。

5．也作"伊吾""咿唔"，读书声，代指读书。宋·黄庭坚《考试局与孙元忠博士竹间对窗戏作竹枝歌三章和之》：南窗读书声吾伊，北窗见月歌《竹枝》。我家白发问乌鹊，他家红妆占蛛丝。

6．也作"赫蹏"，古代称用以书写的小幅绢帛，后也用以借指纸张。《汉书·外戚列传·孝成赵皇后》：武发箧中有裹药二枚，赫蹄书，曰："告伟能：努力饮此药，不可复入。女自知之！"

7．国子学的别称。《周礼·地官司徒·师氏媒氏》：掌以嫩诏王，以三德教国子……居虎门之左，司王朝。掌国中失之事以教国子，凡国之贵游子弟学焉。

8．即仓琅根，装置在大门上的青铜铺首及铜环，代指门。《汉书·五行志中之上》：木门仓琅根，燕飞来，啄皇孙，皇孙死，燕啄矢……"木门仓琅根"，谓宫门铜锾，言将尊贵也。后遂立为皇后。

9．旧时称功臣子孙或外戚子弟中封侯的人。《后汉书·孝顺孝冲孝质帝本纪》：自大将军至六百石，皆遣子受业，岁满课试，以高第五人补郎中，次五人太子舍人。又千石、六百石、四府掾属、三署郎、四姓小侯先能通经者，各令随家法，其高第者上名牒，当以次赏进。

10．皋陶和夔的并称。传说皋陶是虞舜时的刑官，夔是虞舜时的乐官，后常借指贤臣。《尚书·虞书·舜典》：帝曰："夔，命女典乐。"又，《尚书·虞书·大禹谟》：帝曰："皋陶，惟兹臣庶，罔或于予正，汝作士，明于五刑，以刑五教，期于予治。"

金银铸佛坐琉璃，玉树珍筵供净仪。

殿殿西僧鸣梵呗[1]，福田[2]亿万巩皇基。

宝花千树影扶疏[3]，曲槛回垣碧草腴。

内竖饭牛[4]开北苑，玉瓯日日进醍醐。

天闲八骏[5]络金羁，仙仗排空立赤墀。

中有日磾[6]勤剪剔，昼开翠幔障炎曦。

北阙岧峣号穆清[7]，北山[8]迢递绕金城。

四时物色图丹壁，翠辇时临喜太平。

----

1. 佛教称作法事时的歌咏赞颂之声，即和尚念经的声音，是中国佛教音乐原声的特称。《隋书·音乐志上》：《善哉》……等十篇，名为正乐，皆述佛法。又有法乐童子伎、童子倚歌梵呗，设无遮大会则为之。

2. 佛教语，佛教以为供养布施，行善修德，能受福报，犹如播种田亩，有秋收之利。唐·玄奘《大唐西域记·摩揭陀国上》：诚愿大王福田为意，于诸印建立伽蓝，既旌圣迹，又擅高名，福资先王，恩及后嗣。

3. 同"扶疏"。

4. 喂牛，饲养牛。《庄子·让王》：鲁君闻颜阖得道之人也，使人以币先焉。颜阖守陋闾，苴布之衣，而自饭牛。

5. 天闲，天子养马的地方；八骏，穆天子八骏。见郝经《沙陀行》"马录"条注。

6. 金日磾，字翁叔，西汉匈奴人。原是匈奴国休屠王太子，被汉没入官府养马，受武帝赏识，忠心耿耿，是武帝托孤大臣之一。《汉书·金日磾列传》：金日磾字翁叔，本匈奴休屠王太子也……与母阏氏、弟伦俱没入官，输黄门养马，时年十四矣。

7. 穆清阁位于上都宫城北侧，今上都遗址尚有台基。《元史·顺帝本纪六》：十三年……甲戌，重建穆清阁。又，元·王士点《禁扁卷二·殿》：水晶、洪禧、睿思、穆清、清宁，以上五殿并在上都。又，元·熊梦祥《析津志辑佚·岁纪》：至正年间，今上新盖穆清阁与大安相对，阁之西陲俱有殿，特出层霄，冠于前古。下亦三面别有殿，北有山子殿，上位每于中秋于此阁燕赏乐，如环佩隐隐然在九霄之上，著意听之，杳不可得，是为天下第一胜景。盖其地势抱皇城，缔构非凡故耳。然入八月，则琼楼玉宇，高处不胜寒矣。多人南归之心，早已合矣。（按："阁之西陲俱有殿"，原文如此；考其文意，应为"阁之两陲俱有殿"，人民大学魏坚先生持此说。）又，清·英廉等《钦定日下旧闻考·宫室·元三》：至正十三年正月，重建穆清阁。

8. 即上都城北的龙冈。

上幸西内[1]，望北方诸陵[2]酹新马酒[3]，彝典也
枢密知院奉旨课驹以数上，因赋七言：

皇舆吉日如西内，马酒新羞白玉浆。

遥酹诸陵申典礼，旋开近侍宴明光[4]。

鼓车[5]未数汉千里，厩牧宁推唐八坊[6]。

天骑常随龙上下，明朝枢密课驹良。

赋得滦河送苏伯修参政[7]赴任湖广

清滦悠悠北斗北，千折萦环护邦国。

直疑银汉天上来，摇漾蓬莱云五色。

蛟龙变化深莫测，金莲满川净如拭。

銮舆岁岁两度临，雨露同流草蕃殖。

长亭短亭来往人，朝夕照影何尝息？

1．即上都西北的离宫，距上都十里左右，《禁扁》所言"瑞林苑"、马可波罗所记"竹宫"均应指此；建筑以行宫和营帐为主，另有慈仁宫（殿）、明光宫（殿）等，最主要的建筑就是昔剌斡耳朵，也称棕殿、棕毛殿，是上都举行诈马宴的场所。见周伯琦《扈从集后序》。

2．成吉思汗之后的蒙古汗国和元代诸帝去世后都秘葬于起辇谷。此后元代皇帝大多采取望祭祖灵的方式祭奠，上都遗址西羊群庙尚有祭祀遗址。见吴莱《得大人书喜闻秋末自散不剌复回大都，赋寄宣彦高》"望祭"条注。

3．洒马奶酒祭奠是蒙古族祭祀祖先重要仪式。《元史·祭祀志六》：每岁，驾幸上都，以八月二十四日祭祀，谓之洒马妳子。用马一，羯羊八，彩段练绢各九匹，以白羊毛缠若穗者九，貂鼠皮三，命蒙古巫觋及蒙古、汉人秀才达官四员领其事，再拜告天，又呼太祖成吉思御名而祝之，曰："托天皇帝福廕，年年祭赛者。"礼毕，掌祭官四员，各以祭币表里一与之；余币及祭物，则凡与祭者共分之。见吴莱《得大人书喜闻秋末自散不剌复回大都，赋寄宣彦高》"望祭"条注。

4．明光宫，应为西内宫殿之一。

5．载鼓之车，古代皇帝出外时的仪仗之一。《后汉书·舆服志上》：乘舆法驾，公卿不在卤簿中……后有金钲黄钺，黄门鼓车。

6．唐代刍牧骏马的场所。《新唐书·兵志》：初，用太仆少卿张万岁领群牧……置八坊岐、豳、泾、宁间，地广千里……八坊之田，千二百三十顷，募民耕之，以给刍秣。八坊之马为四十八监。

7．苏天爵，字伯修，历任监察御史、大都路都总管、江浙行省参知政事。至正二年，曾任湖广行省参知政事。被誉为"元代包公"。《元史·苏天爵传》：苏天爵，字伯修……至正二年，拜湖广行省参知政事，迁陕西行台侍御史。

相君亲授临轩敕，紫骝嚼啮黄金勒。

却从江汉望龙冈，三叠晴虹劳梦忆。

水晶殿进讲《周易》二首[1]

水殿菲菲绿雾浮，貂蝉[2]济济讲筵优。

影摇蠹简[3]三千字，光烛龙章[4]十二旒[5]。

琐辟洞门天不夜，珠帘澄澈气长秋。

宝箴拟献狂心切，冰柱[6]何庸险语[7]收？

---

1. 周伯琦时任宣文阁授经郎。《元史·周伯琦传》：至正元年，改奎章阁为宣文阁、艺文监为崇文监，伯琦为宣文阁授经郎，教戚里大臣子弟，每进讲，辄称旨，且日被顾问……帝尝呼其字伯温而不名。

2. 貂尾和附蝉，古代为侍中、常侍等贵近之臣的冠饰，借指貂蝉冠，也用以借指侍中、常侍之官，后泛指显贵的大臣。见张嗣德《凤阁朝阳》"蝉冕"条注。

3. 被虫蛀坏的书，泛指破旧的书籍。《晋书·儒林列传》：于是傍求蠹简，博访遗书，创甲乙之科，擢贤良之举，莫不纡青拖紫，服冕乘轩，或徒步而取公卿，或累旬以膺台鼎。

4. 衮龙之服和章甫之冠，即帝王的冠冕、儒家的学说。《元史·舆服志一》：衮龙服，制以青罗，饰以生色销金帝星一、日一、月一、升龙四、腹身龙四、山三十八、火四十八、华虫四十八、虎蜼四十八。另，《礼记·儒行》：丘少居鲁，衣缝掖之衣；长居宋，冠章甫之冠。

5. 天子冕冠前后各悬垂的十二条玉串，借指天子。《后汉书·舆服志下》：冕皆广七寸，长尺二寸，前圆后方，朱绿里，玄上，前垂四寸，后垂三寸，系白玉珠为十二旒，以其绶采色为组缨。三公诸侯七旒，青玉为珠；卿大夫五旒，黑玉为珠。

6. 刘叉为中唐韩孟诗派重要人物，这一流派诗风险怪幽僻，其《冰柱》《雪车》二诗为最有名，而《冰柱》诗尤其奇谲奔放，寄托遥深，最后一句"我愿天子回造化，藏之韫椟玩之生光华"，企盼皇帝重用贤才，寄托之意显著。元·辛文房《唐才子传·刘叉》：叉，河朔间人……能博览，工为歌诗，酷好卢仝、孟郊之体，造语幽塞，议论多出于正。《冰柱》《雪车》二篇，含蓄风刺，出二公之右矣……诗二十七篇，今传。

7. 耸人听闻的话；韩愈诗风深险怪僻，他自己曾说，"横空盘硬语，妥帖力排奡"（《荐士》），"险语破鬼胆，高词媲皇《坟》。至宝不雕琢，神功谢锄耘。"（《醉赠张秘书》）宋·苏轼《评韩柳诗》：柳子厚诗在陶渊明下韦苏州上，退之豪放奇险则过之，而温丽靖深则不及。又，金·王若虚《评东坡山谷四绝》之二：信手拈来世已惊，三江滚滚笔头倾。莫将险语夸勍敌，公自无劳与若争。

玉栋璇题耸阆风[1]，牙签[2]锦褾[3]澈宸聪[4]。

天临宝鉴虚空[5]上，人在冰壶[6]皎洁中。

列圣皇明[7]齐日月，百年文物[8]烂云虹。

抱经莫讶儒冠冷，映雪[9]谁能禁籍[10]通。

水晶殿进讲《鲁论》[11]作

圣王晓御水晶宫，香绕龙衣瑞气融。

章句敢言裨海岳，勋华荡荡与天崇。

1．山名，在昆仑之巅。唐·吴筠《游仙二十四首》其一：扬盖造辰极，乘烟游阆风。上元降玉閟，王母开琳宫。

2．系在书卷上作为标识，以便翻检的牙骨等制成的签牌，借指书籍。宋·陆游《冬夜读书示子聿》：简断编残字欲无，吾儿不负乃翁书。绝胜锁向朱门里，整整牙签饱蠹鱼。

3．用于书写的锦缎，也指锦缎书皮，代指书籍。《宋史·职官志三》：凡文武官绫纸五种，分十二等：色背销金花绫纸二等。一等一十八张，滴粉缕金花大犀轴，八苔晕锦褾韬，色带。三公、三少、侍中、中书令用之。一等一十七张，滴粉缕金花中犀轴，天下乐锦褾犀轴。

4．皇帝的听闻。《旧唐书·苗晋卿传》：但一日之内，万务在中，须达宸聪，始成国政。

5．天空。《晋书·天文志上》：日月众星，自然浮生虚空之中，其行其止皆须气焉。

6．借指月亮或月光。宋·杨万里《中秋前二夕钓雪舟中静坐》：月到南窗小半扉，无灯始觉室生辉。人间何处冰壶是，身在冰壶却道非。

7．光明，也指借皇帝的圣明。《后汉书·班彪列传上》：及至大汉受命而都之也，仰瞻东井之精，俯协《河图》之灵，奉春建策，留侯演成，天人合应，以发皇明，乃眷西顾，实惟作京。

8．礼乐制度。《后汉书·匈奴列传》：制衣裳，备文物，加玺绂之缓，正单于之名。

9．晋代时，孙康家贫，常映雪读书；后用作贫家子弟刻苦读书、勤奋学习的典故。唐·欧阳询等《艺文类聚卷二·天部下·雪》：孙康家贫，常映雪读书，清介，交游不杂。

10．秘籍。秘藏的珍贵书籍。《晋书·荀崧列传》：西阁东序，河图秘书禁籍。台省有宗庙太府金墉故事，太学有石经古文先儒典训。

11．即《鲁论语》，简称《鲁论》，是《鲁论语》《齐论语》《古文论语》三家传本之一，相传为鲁人所传，是今本《论语》的主要来源之一。《汉书·艺文志》：《论语》者，孔子应答弟子时人及弟子相与言而接闻于夫子之语也。当时弟子各有所记。夫子既卒，门人相与辑而论纂，故谓之《论语》。汉兴，有齐、鲁之说……传《鲁论语》者，常山都尉龚奋、长信少府夏侯胜、丞相韦贤、鲁扶卿、前将军萧望之、安昌侯张禹，皆名家。张氏最后而行于世。

冷冷翠琐度微风，湛湛琼浆注颊红。

终日玉皇香案侧，不知身在五云中。

天马行应制作

至正二年岁壬午七月十有八日，西域佛朗国遣使献马一匹，高八尺三寸，修如其数而加半，色漆黑；后二蹄白，曲项昂首，神俊超逸，视他西域马可称者，皆在髃下。金辔重勒，驭者其国人，黄须碧眼，服二色窄衣，言语不可同。以意谕之，凡七渡海洋，始达中国。是日，天朗气清，相臣奏进，上御慈仁殿，临观称叹，遂命育于天闲，饲以肉粟酒潼，仍敕翰林学士承旨臣巙巙，命工画者图之；而直学士臣揭傒斯赞之。盖自有国以来，未尝见也。殆古所谓天马者邪？承诏赋诗，题所画图。臣伯琦谨献诗曰：

飞龙在天[1]今十祀[2]，重译[3]来庭无远迩。

川珍岳贡皆贞符[4]，神驹跃出西洼[5]水。

佛朗[6]蕞尔不敢留，使行四载数万里。

乘舆清暑滦河宫，宰臣奏进阊阖里。

---

1. 比喻帝王在位。《三国志·蜀书·先主传二》：龙者，君之象也。《易·乾》九五"飞龙在天"，大王当龙升，登帝位也。

2. 十年。祀，商代对年的一种称呼；元惠宗至顺四年即位，经元统元年、元统二年，后至元六年，至正元年、至正二年，前后共十年。《魏书·李崇传》：窃惟皇迁中县，垂二十祀。而明堂礼乐之本，乃郁荆棘之林；胶序德义之基，空盈牧竖之迹。

3. 原指译使，也指异域之人。《史记·三王世家》：百蛮之君，靡不乡风，承流称意。远方殊俗，重译而朝，泽及方外。故珍兽至，嘉穀兴，天应甚彰。

4. 祯祥的符瑞，指受命之符。《宋书·谢灵运列传》：瞻天命之贞符，秉顺动而履机。率骏民之思效，普邦国而同归。

5. 即渥洼，相传神马出此水中。见丘处机《寄燕京道友》"天马乡"、郝经《沙陀行》"渥洼"条注。

6. 即佛郎国，也作"拂郎""莆郎"等。见杨维桢《佛郎国进天马歌》"佛郎国"条注。

昂昂八尺阜且伟，首昂渴乌[1]竹批耳[2]。

双蹄县[3]雪墨渍毛，疏骏[4]拥雾风生尾。

朱英翠组金盘陀[5]，方瞳[6]夹镜[7]神光紫。

耸身直欲凌云霄，盘辟[8]丹墀却闲顾。

黄须围人[9]服庞诡，鞹控如萦相诺唯。

群臣俯伏呼万岁，初秋晓霁风日美。

九重[10]洞启临轩观，衮衣晃耀天颜喜。

画师[11]写仿妙夺神，拜进御床深称旨。

牵来相向宛转同，一入天闲谁敢齿？

我朝幅员古无比，朔方铁骑纷如蚁。

1．古代吸水用的曲筒。《后汉书·宦者列传·张让传》：又作翻车渴乌，旋于桥西，用洒南北郊路，以省百姓洒道之费。

2．即竹批双耳。古代《相马经》称良马的双耳为"耳如削竹""耳如杨叶"，意谓其双耳外形小而尖削，犹如被斜削的竹筒，或如杨树的叶片。唐·杜甫《房兵曹胡马》：胡马大宛名，锋棱瘦骨成。竹批双耳峻，风入四蹄轻。

3．通"悬"。

4．同"疏鬃"。

5．金属制成的马鞍，雕饰马鞍时杂以铜等金属。唐·杜甫《魏将军歌》之四：星缠宝校金盘陀，夜骑天驷超天河。櫜枪茇惑不敢动，翠蕤云旃相荡摩。

6．方形的瞳孔，指炯炯有神之相；也有古人认为是长寿之相。唐·李白《游泰山》：清晓骑白鹿，直上天门山，山际逢羽人，方瞳好容颜。

7．形容双目明亮如镜。唐·杜甫《骢马行》：雄姿逸态何崷崒，顾影骄嘶自矜宠。隅目青荧夹镜悬，肉骏碨礧连钱动。

8．也作"槃辟"，盘旋进退。南朝·刘义庆《世说新语·排调》：明帝问周伯仁："真长何如人？"答曰："故是千斤犗特。"王公笑其言，伯仁曰："不如卷角牸，有盘辟之好。"

9．掌管养马放牧等事务的官员，也用以泛称养马的人。《周礼·夏官·圉人》：圉人掌养马刍牧之事，以役圉师。

10．宫门。《后汉书·邓寇列传》：阊阖九重，陷阱步设，举趾触罘罝，动行缀罗网，无缘至万乘之前，永无见信之期矣。

11．佛郎国贡天马，宫廷画家周朗、张彦辅等受命临摹天马；而大量诗人同题集咏，创作了大量题咏诗。元·周朗《拂郎国贡马图跋》：皇帝御极之十年七月十八日，拂郎国献天马。身长一丈一尺三寸有奇，高六尺四寸有奇，昂首高八尺有二寸。廿有一日，敕臣周朗貌以为图。见张宪《天马二首》"䝤斯能作颂"条注。

山无氛祲[1]海无波，有国百年今见此。

昆仑八骏游心侈，茂陵大宛黩兵纪[2]。

圣皇不却亦不求，垂拱无为靖边鄙。

远人慕化致壤奠[3]，地角已如天尺咫。

神州苜蓿西风肥，收敛骄雄听驱使。

属车岁岁幸两京，八鸾[4]承御壮胆视。

驺虞麟趾[5]并乐歌，粤雉[6]旅獒[7]尽风靡。

乃知感召由真龙，房星[8]孕秀非偶尔。

1．雾气；也指预示灾祸的云气，后比喻战乱。《晋书·石季龙载记上》：昔楚相修政，洪灾旋弭；郑卿厉道，氛祲自消，皆服肱之良，用康群变，而群公卿士各怀道迷邦，拱默成败，岂所望于台辅百司哉！

2．茂陵，汉武帝刘彻陵墓，代指汉武帝；大宛，指大宛马，也称汗血宝马。汉武帝时曾因天马发生与大宛国的战争。《汉书·大宛列传》：宛别邑七十余城，多善马。马汗血，言其先天马子也。张骞始为武帝言之，上遣使者持千金及金马，以请宛善马。宛王以汉绝远，大兵不能至，爱其宝马不肯与。汉使妄言，宛遂攻杀汉使，取其财物。于是天子遣贰师将军李广利将兵前后十余万人伐宛，连四年。宛人斩其王毋寡首，献马三千匹，汉军乃还。

3．原指本土所产的贡物。《尚书·康王之诰》：皆布乘黄朱，宾称奉圭兼币，曰："一二臣卫，敢执壤奠。"

4．也作"八銮"，指天子车驾。《宋书·礼志五》：建龙旗，驾四马，施八鸾，余如金根之制，犹周金路也。

5．驺虞，古代传说中的仁兽，为《诗经·国风·召南》的最后一篇；麟趾，指《诗经·周南·麟之趾》，比喻有仁德、有才智的贤人，古人认为是歌颂仁人王道教化的。宋·朱熹《诗集传卷一·国风·召南·驺虞》：文王之化，始于关雎，而至于麟趾，则其化之入人者深矣；形于鹊巢，而及于驺虞，则其泽之及物者广矣。盖意诚心正之功，不息而久，则其熏蒸透彻、融液周遍，自有不能已者，非智力之私所能及也。故序以驺虞，为鹊巢之应，而见王道之成，其必有所舒心矣。

6．也作"越"，指古代越裳所产的白雉。相传武王伐纣，四夷闻之，各修职贡。《后汉书·南蛮西南夷列传·南蛮传》：交阯之南有越裳国。周公居摄六年，制礼作乐，天下和平，越裳以三象重译而献白雉。

7．古代西戎旅国出产的大犬，曾被做贡品奉献于周。《尚书·周书·旅獒》：惟克商，遂通道于九夷八蛮。西旅底贡厥獒，太保乃作《旅獒》，用训于王。

8．星宿名，即房宿，古时认为象征天马或代指天马。《晋书·天文志上》：房四星，为明堂，天子布政之宫也……亦曰天驷，为天马，主车驾。南星曰上骖，次左服，次右服；次右骖。亦曰天厩，又主开闭，为畜藏之所由也。房星明，则王者明。

黄金不用筑高台[1]，髦俊闻风一时起。

愿见斯世皥皥[2]如羲皇[3]，按图画卦[4]复兹始。

七月六日上京慈仁宫进讲纪事

紫宸肃肃讲帷开，冠佩如云接上台。

圣德乾坤同覆载，陈言海岱益涓埃。

凉风拂户鸣金鐍，细雨侵帘润宝台。

拜赐霞觞[5]春浃髓，衢尊[6]愿见被埏垓[7]。

立秋日书事五首

今日新秋节，年年客上京。

菊花方斗艳，蒲柳已无情。

空舍瓶储粟，寒蔬釜沦羹。

清贫儒者分，岁月任峥嵘。

大驾留西内，兹辰[8]祀典[9]扬。

1．公元前311年，燕昭王即位。在郭隗的协助下，于易水旁修筑黄金台，广招天下人才。见王逢《后无题》"台置千金"条注。

2．同"浩浩"。

3．即伏羲，中国古代三皇之首，被奉为创世之神。《后汉书·蔡邕列传》：昔自太极，君臣始基，有羲皇之洪守，唐、虞之至时。

4．相传伏羲画八卦。《史记·三皇本纪》：仰则观象于天，俯则观法于地，旁观鸟兽之文，与地之宜，近取诸身，远取诸物。始画八卦，以通神明之德，以类万物之情。

5．霞杯，盛满美酒的酒杯。宋·陈亮《贺新郎·人有见诳以六月六日生者，且言喜唱贺新郎，因用东坡屋字韵追寄》：一泓曲水鳞鳞魇。粉生红、香脐皓腕，藕双莲独。拂掠乌云新妆晚，无奈纤腰似束。白笋耨、霞觞浮绿。三岛十洲身在否，是天花、只怕凡心触。才乱坠，便簌簌。

6．也作"衢樽""衢罇"，即设酒于通衢，行人自饮，常用以比喻仁政。汉·刘安《淮南子·缪称训》：圣人之道，犹中衢而致尊邪：过者斟酌，多少不同，各得其所宜。

7．指广阔的大地。《汉书·司马相如列传下》：然犹蹑梁甫，登太山，建显号，施尊名。大汉之德，逢涌原泉，沕谲曼羡，旁魄四塞，云布雾散，上畅九垓，下溯八埏。

8．指立秋日。

9．祭祀的仪礼。《元史·世祖本纪八》：八月甲子朔，招讨使方文言择守令、崇祀典、戢奸吏、禁盗贼、治军旅、奖忠义六事，诏廷臣及诸老议举行之。

> 龙衣遵质朴，马酒[1]荐馨香。
>
> 望祭园林邈，追崇庙祐[2]光。
>
> 艰难思创业，万叶祚无疆。

国朝岁以七月七日或九日，天子与后素服，望祭北方陵园，奠马酒。执事者皆世臣子弟。是日，择日南行。

> 铁刹[3]标山影，金铺[4]耀日华。
>
> 龙回秋歇雨，燕落昼翻沙。
>
> 苑御调骁骑，宫官茸幰车[5]。
>
> 《长杨》谁共赋，满耳沸寒笳。

上京西山，上树铁幡竿。高数十丈，以其海中有龙，用梵家说作此镇之。

> 凉亭[6]千里内，相望列东西。
>
> 秋狝声容备，时巡典礼稽。
>
> 鹎鴃随矢落，獥鹿应弦迷。
>
> 乾豆[7]归时荐，康庄颂耄倪[8]。

上京之东五十里，有东凉亭；西百五十里，有西凉亭。其地皆饶水草，有禽鱼山兽。置离宫，巡守至此，岁必猎较焉。

---

1. 元代采用望祭的形式祭奠祖先，其中洒马酒是其中重要的仪式。《元史·祭祀志六》：每岁，驾幸上都，以八月二十四日祭祀，谓之洒马妳子……命蒙古巫觋及蒙古、汉人秀才达官四员领其事，再拜告天，又呼太祖成吉思御名而祝之。见吴莱《得大人书喜闻秋末自散不剌复回大都，赋寄宣彦高》"望祭"条注。

2. 宗庙中藏神主的石匣，也借指祖宗神灵。《宋史·忠义列传八·高谈传》：盗入，诸子又请，谈曰："有庙祐在，将焉之？"

3. 即上京西山的铁幡竿。

4. 金饰铺首，指门环下面的铜片。《汉书·扬雄传上》：芗呋肸以掍根兮，声骎隐而历钟，排玉户而扬金铺兮，发兰惠与穹穷。惟弸彋其拂汩兮，稍暗暗而靓深。

5. 装饰有帘幔的车子。《晋书·舆服志》：通幰车，驾牛，犹如今犊车制，但举其幰通覆车上也。诸王三公并乘之。

6. 上京有东西凉亭，供巡幸、狩猎之用。东凉亭在今多伦县境内白城子遗址，西凉亭即今位于河北沽源小宏城子的察汗淖尔行宫遗址。见张翥《上都从驾幸东凉亭》"东凉亭"条注。

7. 乾，干肉；豆，祭器。指放在祭器中供祭祀用的干肉。《礼记·王制》：天子诸侯无事，则岁三田，一为乾豆，二为宾客，三为充君之庖。

8. 老人和幼儿。《孟子·梁惠王下》：王速出令，反其旄倪，止其重器，谋于燕众，置君而后去之，则犹可及止也。

云薄天澄霁，风清昼益凉。

素商[1]将奋振，繁卉畏凋伤。

梦入渔樵社，身惭鹓鹭[2]行。

归装知有日，南国稻粱香。

五月八日上京慈仁宫[3]进讲纪事

黼扆[4]临西内，文臣侍大廷。

曙光团露瓦，暑气散风棂。

香案陈群玉，彤帷对六经[5]。

精微恭奏御，渊默[6]静垂听。

共祭天颜怿，因承圣德馨。

琼浆能洗髓，霞酝可延龄。

臞[7]体深沦浃[8]，丹心欲镂铭。

锦铺川草碧，龙绕甸山青。

1．秋季。宋·柳永《竹马子》：对霎霭挂雨，雄风拂槛，微收烦暑。渐觉一叶惊秋，残蝉噪晚，素商时序。览景想前欢，指神京，非雾非烟深处。

2．鹓和鹭飞行有序，比喻班行有序的朝官。《隋书·音乐志中》：怀黄绾白，鹓鹭成行。文赞百揆，武镇四方。见陈孚《开平即事二首》"鹭鹓班"条注。

3．上都宫殿，也称慈仁殿，位于西内。许有壬有诗《宴慈仁殿，周览山川，喜而有作》，据此推测，慈仁殿应在西内。

4．帝座，帝座后的屏风；也用以代指皇帝。《隋书·炀三子列传》：今者出黼扆而杖旌钺，释衰麻而摄甲胄，衔冤誓众，忍泪治兵，指日遄征，以平大盗。

5．指儒家经典《诗》《书》《礼》《乐》《易》《春秋》。《庄子·天运》：孔子谓老聃曰："丘治《诗》《书》《礼》《乐》《易》《春秋》六经，自以为久矣，孰知其故矣。"

6．也作"渊嘿""渊嚘"，深沉静默。《宋书·乐志二》：假乐圣后，实天诞德。积美自中，王猷四塞。龙飞在天，仪刑万国。钦明惟神，临朝渊默。不言之化，品物咸德。告成于天，铭勋是勒。

7．同"癯"。

8．即沦肌浃髓，渗透入肌肉骨髓，比喻感受深切或受影响深刻。汉·刘安《淮南子·原道训》：是故内不得于中，禀授于外而以自饰也；不浸于肌肤，不侠于骨髓，不留于心志，不滞于五藏。

芍药摇樊槛[1]，枌榆[2]护列軿。

巡方[3]虞典[4]礼，讲学汉宫庭。

道统齐天地，彝伦[5]炳日星。

八荒暨声教[6]，万国永仪刑[7]。

六月七日慈仁宫进讲

清都虎豹肃重关，文石[8]晨趋讲席班。

傍阙云容开宝扆，隔帘山影拥青鬟。

芸编缃帙[9]分章进，玉斚[10]金罍[11]特诏颁。

圣学有传光大业，前星[12]在侍舞斓斑。

1．护栏。

2．榆树的一种。唐·皇甫冉《太常魏博士远出贼庭江外相逢因叙其事》：里社枌榆毁，宫城骑吏非。群生被惨毒，杂虏耀轻肥。

3．天子出巡四方。《宋书·明帝本纪》：巡方问俗，弘政所先，可分遣大使，广求民瘼，考守宰之良，采衡闾之善。

4．指《尚书·虞书》，记载唐尧、虞舜、夏禹等事迹之书。《后汉书·郎𫖮传》："节彼南山"，咏自《周诗》；"股肱良哉"，著于《虞典》。

5．常理、常道，意谓成为表率、典范。《魏书·彭城王勰传》：自古统天位主，曷常不赖明师，仗贤辅，而后燮和阴阳，彝伦民物者哉？

6．传播到五洲四海。《尚书·禹贡》：东渐于海西，被于流沙，朔南暨声教，讫于四海。

7．效法、法式，也引申为推行法规、做楷模。《诗经·大雅·文王》：上天之载，无声无臭。仪刑文王，万邦作孚。

8．文石陛的省略，用文石即有纹理的石头砌成的宫廷台阶。《汉书·梅福传》：故愿一登文石之陛，涉赤墀之途，当户牖之法坐，尽平生之愚虑。

9．特指用于装书画的浅黄色套袋或套筒，泛指书籍、书卷、书画。《宋书·顺帝本纪》：姬、夏典载，犹传缃帙，汉、魏余文，布在方册。

10．玉制的酒器，常用作酒杯的美称，也代指酒。《旧唐书·李宝臣传》：又于深室斋戒筑坛，上置金匦、玉斚，云"甘露神酒自出"。

11．饰金的大型酒器，也泛指酒盏。《南齐书·乐志》：金罍淳桂，冲幌舒薰。备僾肃列，驻景开云。

12．太子。《汉书·五行志下》：心，大星，天王也。其前星，太子；后星，庶子也。

七月七日同宋显夫[1]学士暨经筵僚属游上京西山纪事二首

联冈叠阜卫神都，万幕平沙八阵图[2]。
朝市[3]星垣[4]周社稷，宗藩磐石汉规模[5]。
官堤[6]亘野丰青草，禁御[7]深林暗碧榆。
地辟天开到今日，九重垂拱制寰区。

盘盘绝顶抚峥嵘，目尽天涯一掌平。
海气腾空摇铁刹，山风卷雾净金城。
韝鹰[8]秋健诸酋帐，苑马宵肥七校营[9]。
相顾依然情未已，携壶明日约同倾。

1．宋褧，字显夫，累官至翰林直学士，谥文清；与其兄宋本并称"二宋"。《元史·宋本列传》：弟褧，字显夫，登泰定元年进士第，授校书郎，累官至翰林直学士，谥文清……其文学与本齐名，人称之曰"二宋"云。

2．古代用兵的一种阵法，相传诸葛亮推演兵法，作八阵图。《晋书·桓温列传》：初，诸葛亮造八阵图于鱼复平沙之上，垒石为八行，行相去二丈。

3．朝廷与民间。《史记·张仪列传》：臣闻争名者于朝，争利者于市，今三川、周室，天下之朝市也。

4．我国古天文学将星空分区为太微、紫微和天市三垣。《宋史·天文志一》：极星之在紫垣，为七曜、三垣、二十八宿众星所拱，是谓北极，为天之正中。

5．制度、程式，引申为模仿、取法。《旧唐书·荆王元景传》：遂规模周、汉，斟酌曹、马，采按部之嘉名，参建侯之旧制，共治之职重矣，分土之实存焉。

6．上都城有御河堤、滦河护水堤，此处官堤似应指前者。元·齐守谦《知太史院事郭公行状》：召公至上都，议开铁幡竿渠。公奏："山水频年暴下，非大为渠堰，广五七十步不可。"

7．同禁篱、禁蘙，禁苑周围的藩篱，代指禁苑。《汉书·扬雄传上》：虽颇割其三垂以赡齐民，然至羽猎、田车、戎马、器械、储偫、禁御所营，尚泰奢丽夸诩，非尧、舜、成汤、文王三驱之意也。

8．蹲在臂套上的苍鹰。唐·元稹《酬翰林白学士代书一百韵》：逸骥初翻步，韝鹰暂脱羁。远途忧地窄，高视觉天卑。

9．指汉代中垒、屯骑、步兵、越骑、长水、射声、虎贲七校尉。《汉书·刑法志》：至武帝平百粤，内增七校，外有楼船，皆岁时讲肄，修武备云。

夏日阁中入直¹三首

金铺蹲兽钥衔鱼²，碧树沉沉白玉除。

留后³命严番直肃，五云深处掌图书。

冰盘堆果进流霞⁴，中秘⁵翻余夕景斜。

画舫迳从圆殿过，凤麟洲上数荷花。

流觞小殿曲阑萦，波影帘栊浸绣楹。

静昼敲棋中贵⁶语，君王避暑在开平。

明日慈仁宫进讲毕，钦承特命改授崇文监丞，参检校书籍事。是日，同僚邀复游西山，举酒为寿，赋二首简谢雅意

沙明潦尽路萦回，僧舍埋云石点苔。

山影四围青欲合，草花五色锦成堆。

起瞻北阙天光近，坐醉西风野兴催。

好是清欢醇是酒，不须海上访蓬莱。

故人意气厚难忘，况在皇州滦水阳。

管鲍⁷于今无一二，皋夔自昔比寻常。

---

1. 也作"入值"，官员入宫值班供职。《元史·仁宗本纪三》：谕："诸宿卫入直，各居其次，非有旨不得上殿，阑入禁中者坐罪。大臣许从二人，他官一人，门者讥其出入。"

2. 门闩上的鱼纹装饰，也称鱼钥。《宋史·律历志三》：初夜发鼓曰：日欲暮，鱼钥下，龙韬布。甲夜已，设钩陈，备兰锜。

3. 官职名，即留守、留台，是帝王离京后留在京师总摄政事之官。《元史·耶律楚材列传》：燕蓟留后长官石抹咸得卜尤贪暴，杀人盈市。

4. 传说中供天上神仙饮用的饮料，也指美酒。唐·颜荛《戏张道人不饮酒》：言自云山访我来，每闻奇秘觉叨陪。吾师不饮人间酒，应待流霞即举杯。

5. 官廷珍藏图书文物的地方。《魏书·公孙表列传》：时显祖于苑内立殿，敕中秘群官制名。

6. 即中官、宦官，泛指皇帝宠信的近臣。《史记·田叔列传》：三河太守皆内倚中贵人，与三公有亲属，无所畏惮。

7. 即管仲和鲍叔牙。《晋书·王敦传》：昔臣亲受嘉命，云："吾与卿及茂弘当管鲍之交。"

凭高喜隔尘嚣远，拂坐时闻草树香。

便指南山同献寿，直倾北斗累千觞。

越四日供职拜觐慈仁宫谢恩作[1]

碧树风微紫殿清，衣冠鹄立侍前楹。

遗经[2]毕讲陈愚戆[3]，特命中颁拜崇荣。

久污清华[4]多士骇，独怜驽怯圣君明。

同文[5]昌运齐天寿，誓益涓埃罄此生。

次韵宋显夫马上偶成

西望高榆夹岸垂，行人六月着棉衣。

苑沙饱雨晴含湿，露草迎阳晓散辉。

华阙中天当北极，穹庐千帐列重围。

玉堂仙伯[6]消长日，佳句盈囊发渐稀。

1．周伯琦是仁宗时期较受赏识的大臣，屡受封赏、拔擢。《元史·周伯琦列传》：至正元年，改奎章阁为宣文阁、艺文监为崇文监，伯琦为宣文阁授经郎，教戚里大臣子弟，每进讲，辄称旨，且日被顾问。帝以伯琦工书法，命篆"宣文阁宝"，仍题扁宣文阁；及摹王羲之所书《兰亭序》、智永所书《千文》，刻石阁中。自是累转官，皆宣文、崇文之间，而眷遇益隆矣。帝尝呼其字伯温而不名。

2．指古代留传下来的经书。《晋书·王湛荀崧等传论》：荀景猷履孝居忠，无惭往烈。范玄平陈谋献策，有会时机。崧则思业该通，缉遗经于己紊。

3．也作"愚赣"，愚笨戆直，常用作自谦。《汉书·邹阳传》：臣非为长君无使令于前，故来侍也；愚戆窃不自料，愿有谒也。

4．门第或职位清高显贵。《陈书·世祖本纪》：新安太守陆山才有启，荐梁前征西从事中郎萧策，梁前尚书中兵郎王暹，并世胄清华，羽仪著族，或文史足用，或孝德可称，并宜登之朝序，擢以不次。

5．共用一种文字，指天下一统。《礼记·中庸》：今天下，车同轨，书同文，行同伦。见杨维桢《宫辞十二首》"车书混一"条注。

6．原指仙人之长者，借称官职清贵、文章超逸的人物。宋·陈师道《题画李白真》：君不见浣花老翁醉骑驴，熊儿捉辔骥子扶。金华仙伯哦七字，好事不复千金摹。

七月廿日，钦承特命，以崇文丞兼经筵参赞官进讲慈仁宫，谢恩作

五云深护碧簾栊，面锡[1]纶音[2]简帝衷。

两被特恩旬浃[3]内，三登讲席五年中。

风光荡荡乾坤大，寸草依依犬马忠。

既醉流霞春浃髓[4]，《卷阿》[5]拭目凤棲桐。

越三日，恩赐衣、币，纪恩作

香罗叠腻织春运，色币含光涌浪文。

扈从清华[6]皆近侍，讲筵荣宠异前闻。

恩颁在笥隆嚬[7]笑，学乏明经守典坟[8]。

服拜深惭濡翼[9]刺，垂衣[10]共仰绍华勋。

1. 同"赐"。
2. 即纶言，帝王的诏令。明·程登吉《幼学琼林·朝廷》：皇帝之言，谓之纶音；皇后之命，乃称懿旨。
3. 满十天，也指较短的时日。《旧唐书·白居易传》：七月，除杭州刺史。俄而元稹罢相，自冯翊转浙东观察使。交契素深，杭、越邻境，篇咏往来，不间旬浃。尝会于境上，数日而别。
4. 即浃沦肌髓。见前《五月八日上京慈仁宫进讲纪事》"沦浃"条注。
5. 歌颂雍容祥和的盛世气象。《卷阿》本《诗经·大雅》中的一首赞美诗，借君子之游而献诗以颂，从而歌颂盛世。《卷阿》：有卷者阿，飘风自南。岂弟君子，来游来歌，以矢其音。
6. 门第或职位清高显贵。《陈书·世祖本纪》：新安太守陆山才有启，荐梁前征西从事中郎萧策，梁前尚书中兵郎王暹，并世胄清华，羽仪著族，或文史足用，或孝德可称，并宜登之朝序，擢以不次。
7. 同"颦"。
8. 即三坟五典，也指各种古代典籍。《后汉书·列女传·曹世叔妻传》：妾闻谦让之风，德莫大焉，故典坟述美，神祇降福。
9. 即鹈翼，比喻居官而不称职。《诗经·国风·曹风·候人》：维鹈在梁，不濡其翼。彼其之子，不称其服。
10. 也作"垂衣裳"，原指定衣服之制，示天下以礼；后指垂拱而治，用以称颂帝王无为而治。《汉书·律历志下》：与炎帝之后战于坂泉，遂王天下。始垂衣裳，有轩、冕之服，故天下号曰轩辕氏。

宣文下直[1]

亭亭翠柏倚朱阑，云母窗扉逼暮寒。
玉德殿[2]前红杏树，数花犹作去年看。

寓舍紫菊

来时关北草初匀，去日滦阳白露新。
窗下紫蕤颜色好，独延清兴款诗人。

题云州老人刘寿云[3]诗卷

云州州在万山间，万骑年年来往喧。
独向白云深处住，不知人世有高轩[4]。

东阡种粟西畦菜，凿石得泉如蜜甜。
土酥[5]沦羹可供客，绕膝孙曾挽白须。

---

1. 宣文，宣文阁；下直，官中当直结束。《宋书·殷淳传》：淳居黄门为清切，下直应留下省，以父老，特听还家。
2. 元代官学即在玉德殿附近，玉德殿有东、西香殿。周伯琦《有元儒学提举朱府君墓志铭》：赵文敏公子昂荐之，附马太尉沈王以闻，仁宗皇帝召见玉德殿，命为应奉翰林文字、同知制诰、兼国史院编修官。
3. 其人待考，其诗不见流传。
4. 堂左右有窗的高敞的长廊，指华屋建筑，也借指贵显者。《后汉书·崔骃列传》：不以此时攀台阶，窥紫阁，据高轩，望朱阙，夫欲千里而咫尺未发，蒙窃惑焉。
5. 芦菔，即萝卜，许有壬《上都十咏》有诗咏此。宋·陈达叟《本心斋疏食谱》：土酥，芦菔也，一名地酥，作玉糁羹。雪浮玉糁，月浸瑶池。咬得菜根，百事可为。

扈从集

前序：至正十二年岁次壬辰四月，伯琦由翰林直学士、兵部侍郎、拜监察御史。视事之三日，大驾北巡上京，例当扈从。启行至大口，留信宿，历皇后店、皂角至龙虎台，皆纳钵，犹汉言顿宿所也。龙虎台昌平境，又名新店，距京师仅百里。五月一日，过居庸关而北，遂自路东至瓮山。明日至车坊，在缙山县之东，沃衍宜粟，岁供内膳。又明日入黑谷，过色泽岭，高峻曲折，凡十八盘。遂历龙门及黑石头，过黄土岭至程子头。又过磨儿岭，至颉家营，历白塔至沙岭。自车坊黑谷至此，凡三百一十里，皆林深复谷，村坞僻处，山路将尽，两山高耸如洞，尤多巨石。近沙岭则土山连亘，地皆白沙，深没马足。过此则朔漠，平川如掌，天气陟凉，风物大不同矣。历黑嘴儿至失八儿秃，地多泥淖，又名牛群头，其地有驿，有邮亭，有巡检司，甚盛。驿路至此相合，北皆刍牧之地，无林木，遍地地椒、野茴香、葱、韭，芳气袭人。草多异花五色，有名金莲花者，似荷而黄。至察汗脑儿，犹汉言白海也，水泒深不可测，气皆白雾。其地有行在宫，曰亨嘉殿，阙庭如上京而杀焉，置云需总管府，以掌之沙井、甘洁、酿酒以供上用。又作土屋养鹰，名鹰房。驻跸于是秋必较猎焉。此去纳钵曰郑谷店，曰明安驿，曰泥河儿，曰李陵台驿，双庙儿，遂至桓州，曰六十里店，即乌桓地也。前至南坡店，去上京一舍儿，以四月十九日抵上京。历纳钵凡十有八，为里七百五十有奇，为日二十四，大抵两都相望不满千里，往来者有四道，曰驿路，曰东路二，曰西路。东路二者，一由黑谷，一由古北口。古北口路，东道御史按行处也。伯琦往年分署上京，但由驿路而已。黑谷辇路，未之前行。因忝法曹，肃清轂下，遂得见所未见，实为旷遇云。鄱阳周伯琦自叙。

纪行诗

乘舆绳祖武，岁岁幸滦京。
夏至今年早，山行久雨晴。
日瞻黄道肃，夜拱北辰明。
随步窥形胜，周咨记里程。

昌平古县名，谏议[1]远流芳。

石斗清溪急，林昏暮树苍。

市阛云聚散，关岭斗低昂。

辇路平如砥，灵宫[2]垄异香。

居庸东北路，草细一川平。

夹岸山屏转，穿沙水带萦。

六龙扶日御，万骑拥云旌。

游豫[3]诸侯度，欢歌兆姓迎。

缙云山[4]独秀，沃壤岁常丰。

玉食资原粟，龙洲记渚虹。

荒祠寒木下，遗殿夕阳中。

谁信幽燕北，翻如楚越东？

右缙山县，今名龙庆州。[5]

1．唐代人刘蕡，字去华，祖籍幽州昌平，宝历二年进士，善作文，耿介嫉恶。太和一年参加"贤良方正"科举考试时，秉笔直书，主张除掉宦官，考官赞赏他的策论，但不敢授以官职。后令狐楚、牛僧孺等镇守地方时，征召为幕僚从事，授秘书郎。终因宦官诬陷，被贬为柳州司户参军，客死异乡。昭宗时追刘蕡为右谏议大夫，谥文节，封昌平侯，在其故乡昌平建有祠堂。《旧唐书·文苑列传下·刘蕡传》：刘蕡字去华，昌平人。父勉。蕡宝历二年进士擢第。博学善属文，尤精《左氏春秋》。与朋友交，好谈王霸大略，耿介嫉恶。言及世务，慨然有澄清之志……太和二年策试贤良……言论激切，士林感动。时登科者二十二人，而中官当途，考官不敢留蕡在籍中，物论喧然不平之……令狐楚在兴元，牛僧孺镇襄阳，辟为从事，待如师友。位终使府御史。

2．古代用于供奉死者牌位的建筑；刘蕡死后，唐代人建了供奉他神灵牌位的宫阙楼观。《汉书·地理志上》：太华山在南，有祠，豫州山。集灵宫，武帝起。莽曰华坛也。

3．也作"游预"，帝王春巡为"游"，秋巡为"豫"，泛指帝王出巡。《孟子·梁惠王下》：夏谚曰："吾王不游，吾何以休？吾王不豫，吾何以助？一游一豫，为诸侯度。"又，《魏书·三少帝本纪》：可自今以后，御幸式乾殿及游豫后园，皆大臣侍从，因从容戏宴，兼省文书，询谋政事，讲论经义，为万世法。

4．即今延庆县境内佛爷顶，因山麓有缙阳观而得名，又名缙阳山、缙山；又因山顶有寺院龙安寺，山也称龙安山。清·李钟伟《延庆州志·山川》：缙阳山，又名佛爷顶，山高十里，山顶有龙安寺，内供石佛高丈余，山麓有缙阳观，辽统和三年建。

5．元代文人把仁宗诞生地缙山县即今延庆县，置于崇高的地位，常常用最美好的词汇来形容。《元史·仁宗本纪二》：庚戌，割上都宣德府奉圣州怀来、缙山二县隶大都路，改缙山县为龙庆州，帝生是县，特命改焉。

车坊¹尚平地，近岭昼生寒。

拔地数千丈，凌空十八盘²。

飞泉鸣乱石，危磴护重关。

俯视人寰隘，真疑长羽翰³。

右十八盘岭。

蹈险梦频悸，循夷气始愉。

千岩奇互献，万壑势争趋。

峭壁剑门壮，重梁星渚⁴纡。

凡鳞期变化⁵，雷雨在斯须。

岚翠摩台斗⁶，林霏隐日车⁷。

谷深幽境迥，路转列峰斜。

锦石歌瑶草，苍丛缀白花。

柴门成聚落，山崦尽人家。

右龙门。

---

1. 在缙山县东，即延庆县旧县镇，因元文宗诞生于此，登基后建行宫于此，时为缙山花园；元代是黑谷辇路上的纳钵之一。清·英廉等《钦定日下旧闻考·世纪二》：西南有安塞军、有赫连城，有宗王、干涧、殄寇三镇城，石堆、车坊、蒿城河旁四戍。檀州密云郡有威武军，万岁通天元年置，本渔阳，开元十九年更名。又，《元史·文宗本纪五》：辛未，以车坊官园赐伯颜。

2. 即十八盘岭，又名色泽岭、五座石，位于延庆县永宁镇四司村东南，为永宁镇与大庄科乡的分界线。从今延庆刘斌堡大观头入山，七里至马道梁，又三里至九里梁，上十八盘，即色泽岭。为元帝北巡出居庸关去上都之东路即黑谷路线路。《元史·顺帝本纪六》：五月甲子，安丰、正阳贼围庐州。是月，诏修砌北巡所经色泽岭、黑石头河西沿山道路，创建龙门等处石桥。

3. 翅膀。唐·孟郊《出门行》：南山峨峨白石烂，碧海之波浩漫漫。参辰出没不相待，我欲横天无羽翰。

4. 银河中的小洲，也代指银河。唐·陆龟蒙《上云乐》：青丝作筰桂为船，白兔捣药虾蟆丸。便浮天汉泊星渚，回首笑君承露盘。

5. 凡鳞，普通的鱼；此处指鱼龙变化，即鱼化为龙，古代常用来比喻金榜题名，也比喻世事或人生的根本性变化。宋·刘克庄《水龙吟》：任蛙蟆胜负，鱼龙变化，侬方在、华胥国。

6. 台，三台星；斗，北斗星，见王沂《和许参政寄怀吴宗师韵四首》"上台"条注。

7. 太阳，神话中太阳乘六龙驾的车运行。唐·刘禹锡《同乐天和微之深春好》：桥峻通星渚，楼暄近日车。层城十二阙，相对日西斜。

万幕县¹崖下，高低疎²复稠。

阛墙联虎卫，幄殿接（一作"耸"）龙楼³。

榆柳清长昼，槐松飒早秋。

威容隆古昔，神武镇中州。

群牧缘山放，行营散野屯。

烟尘弥四望，蜂蚁混前村。

武警当预备，邦谟要讨论。

兴王垂典则，根本在元元⁴。

崇冈绵铁垒，叠巘匝金城。

地峻风烟冷，人稀草树荣。

萱开当夏昼，麦秀比秋成。

鸡犬知归路，牛羊认暮荆⁵。

薪蒸⁶因地利，种蓻⁷遍山阿。

1．同"悬"。

2．同"疏"。

3．原为汉代太子宫门的名称，后借指太子所居宫殿。《汉书·成帝本纪》：孝成皇帝，元帝太子也。母曰王皇后。元帝在太子宫生甲观画堂，为世嫡皇孙。宣帝爱之，字曰太孙，常置左右。年三岁而宣帝崩，元帝即位，帝为太子。壮好经书，宽博谨慎。初居桂宫，上尝急召，太子出龙楼门，不敢绝驰道，西至直城门，得绝乃度，还入作室门。

4．百姓。《战国策·秦策一》：今欲并天下，凌万乘，诎敌国，制海内，子元元，臣诸侯，非兵不可。

5．牛羊傍晚归圈。唐·王维《渭川田家》：斜阳照墟落，穷巷牛羊归。野老念牧童，倚杖候荆扉。

6．薪柴。《周礼·天官》：甸师掌帅其属而耕耨王藉。以时入之，以共齍盛。祭祀，共萧茅、共野果、瓜之荐。丧事，代王受眚灾。王之同姓有罪，则死刑焉。帅其徒以薪蒸，役外，内饔之事。

7．同"种艺"，即种植。

村坞[1]甿[2]居朴，溪桥客迳[3]颇。

通宵阴雾重，盛夏北风多。

僻境轮蹄[4]绝，桃源未是过。

岫分苍筤[5]特，厓[6]豁洞门高。

丹壁张罗绮，青林拥旆旄。

野花金映辔，沙韭翠侵袍。

苑马驱驰惯，长途步稳牢。

山行三百里，马上不知疲。

溪涧淙淙急，峰峦叠叠奇。

云寒蓬岛晓，雪霁会稽[7]时。

风物无过此，清缘有夙期[8]。

高岭横天出，炎天气候凉。

白沙深没马，碧草浅连冈。

晨服增绵纩，寒乡贵（一作"供"）稻粱。

土风多国语[9]，闾井异寻常。

晴川平似掌，地势与天宽。

烟草青无际，云冈影四团。

1．村庄，多指山村。唐·白居易《过郑处士》：闻道移居村坞间，竹林多处独开关。故来不是求他事，暂借南亭一望山。

2．同"氓"。

3．同"径"。

4．也作"轮蹏"，车轮和马蹄，代指往来车马。唐·韩愈《南内朝贺归呈同官》：绿槐十二街，涣散驰轮蹄。余惟懵书生，孤身无所赀。

5．同"笋"。

6．同"崖"。

7．唐朝张继有一首诗歌《会稽郡楼雪霁》，写景清丽脱俗，情景为一：江城昨夜雪如花，郢客登楼齐望华。夏禹坛前仍聚玉，西施浦上更飞沙。帘枕向晚寒风度，眸睨初晴落景斜。数处微明销不尽，湖山清映越人家。

8．预约，旧约，意谓夙愿。宋·梅尧臣《依韵和永叔同游上林院后亭见樱桃花悉已披谢》：去年君到见春迟，今日寻芳是夙期。祇道朱樱纔弄蕊，及来幽圃已残枝。

9．元代官方语言，即蒙古语。

貔貅环武阵，鳞凤[1]拥和銮[2]。

高献南山寿，同承湛露欢。

右沙岭二首。是日上都守土官远迎至此，内廷小宴。

岭西通驿传，山尽见邮亭[3]。

万灶闾阎聚，千辕骠骑营。

市桥（一作"楼"）风策策[4]，野堠[5]雾冥冥。

雄略卑秦陇，孤兵笑广青[6]。

右牛群头。

凉亭[7]临白海[8]，行内壮黄图[9]。

贝阙[10]明清旭[11]，丹垣护碧榆。

1．皇帝巡幸上都的仪仗中有龙凤旗，此处指旗帜的图案。《旧唐书·舆服志》：谨按，日月星辰者，已施旌旗矣；龙武山火者，又不逾于古矣。而云麟凤有四灵之名，玄龟有负图之应，云有纪官之号，水有感德之祥，此盖别表休征，终是无逾比象。

2．同"和鸾"，古代车上的铃铛，代指皇帝车驾。《后汉书·崔骃列传》：方将柑勒鞿鞿以救之，岂暇鸣和銮，清节奏哉？

3．古时传递文书的人沿途休息的处所、驿馆，此处指牛群头驿站。《元史·赵充国传》：计度临羌东至浩亹，羌虏故田及公田，民所未垦，可二千顷以上，其间邮亭多坏败者。

4．象声词。唐·韩愈《秋怀诗》：窗前两好树，众叶光薿薿，秋风一披拂，策策鸣不已。

5．古代野外用以标记里程的土坛。《北史·韦孝宽传》：废帝二年，为雍州刺史。先是，路侧一里置一土堠，经雨颓毁，每须修之。

6．指汉代名将李广、卫青。

7．即上都西凉亭。见陈孚《竹枝词十首》"白海"条、张翥《上都从驾幸东凉亭》"东凉亭"条注。

8．即察汗淖尔，代指察汗淖尔行官。

9．原指《三辅黄图》，记载三辅宫观、陵庙、明堂、辟雍、郊畤等事，后也借指畿辅、京都。《周书·庾信传》：尔乃桀黠构扇，凭陵畿甸。拥狼望于黄图，填卢山于赤县。青袍如草，白马如练。

10．即贝阙珠官。见许有壬《和神保钦之御史监试上京韵四首》"贝阙朱官"条注。

11．清朗的朝晖。唐·杜甫《风疾舟中伏枕书怀》：纳流迷浩汗，峻址得嶔崟。城府开清旭，松筠起碧浔。

龙湫时雾雨，鹰署[1]世衡虞[2]。

驻跸光先范，长杨[3]只一隅。

右察汗诺尔，犹汉言白海。

地旷居人少，山低云影微。

石墙虫避燥，土屋燕交飞。

沙净泉宜酒，天凉秋合围。

朔方戎马最，刍牧万群肥。

右明安驿。

汉将荒台下，滦河水北流。

岁时何衮衮，风物尚悠悠。

川草花芬郁，沙禽语滑柔。

暮梁遗句在[4]，过客重绸缪[5]。

右李陵台。

桓州当孔道[6]，城筑自唐时[7]。

---

1. 也称鹰坊，掌管饲养、驯化海东青等鹰鹘的官署，金代属殿前都点检司，元代沿袭这一机构设置。《元史·百官志一》：管领随路打捕鹰房民匠总管府，秩从三品。达鲁花赤一员，总管一员，副总管二员，经历、知事各一员，提控案牍一员，吏属令史六人。

2. 守护山林之官。《汉书·食货志上》：若山林、薮泽、原陵、淳卤之地，各以肥硗多少为差。有赋有税。税谓公田什一及工、商、衡虞之入也。

3. 也作"长扬"，长杨官的省称。《汉书·地理志上》：盩厔，有长杨官，有射熊馆，秦昭王起。

4. 指相传李陵的《与苏武诗三首》，也称《李少卿与苏武诗三首》，其中第三首诗句为：携手上河梁，游子暮何之？徘徊蹊路侧，恨恨不得辞。行人难久留，各言长相思。安知非日月，弦望自有时？努力崇明德，皓首以为期。

5. 情意殷切。汉·李陵《与苏武诗》其二：行人怀往路，何以慰我愁？独有盈觞酒，与子结绸缪。

6. 大道，通道。《汉书·西域列传上·婼羌传》：婼羌国王号去胡来王。去阳关千八百里，去长安六千三百里，辟在西南，不当孔道。

7. 唐贞观年间，曾设立松漠都督府和饶乐都督府，管辖桓州这一代地区。《辽史·营卫志中》：唐太宗置玄州，以契丹大帅据曲为刺史。又置松漠都督府，以窟哥为都督，分八部，并玄州为十州；又，《旧唐书·北狄列传》：奚国……所居亦鲜卑故地……东接契丹，西至突厥，南拒白狼河，北至霫国。自营州西北饶乐水以至其国……贞观二十二年，酋长可度者率其所部内属，乃置饶乐都督府。

翊辅千年盛，川原万里夷。

草滋新雨歇，云起远山移。

迎送官僚习，长怀被眷私。

右桓州，古乌丸[1]地也。

南坡[2]延盛概，一舍[3]抵开平。

地蕴清凉界，天开锦绣城。

雷轰驼鼓振，霞绮（一作"绚"）象舆[4]行。

填道都人士，瞻前戴圣明。

右南坡。

龙虎蟠清淑[5]，金汤据上游。

洛都光有汉[6]，丰邑[7]启成周[8]。

1．即乌桓。见刘秉忠《桓州寄乡中友人》"乌桓"条注。

2．即南坡店，在上都即开平西南，距离开平三十里的一处捺钵。《元史·英宗本纪二》：八月癸亥，车驾南还，驻跸南坡。是夕，御史大夫铁失……兀鲁思不花等谋逆，以铁失所领阿速卫兵为外应，铁失、赤斤铁木兒杀丞相拜住，遂弑帝于行幄。

3．古代行军计程以三十里为一舍；南坡距上都三十里。《左传·僖公二十三年》：及楚，楚之飨之，曰："公子若反晋国，则何以报不谷？"……对曰："若以君之灵，得反晋国，晋、楚治兵，遇于中原，其辟君三舍。"

4．即象辇，象驾车驾，元皇帝巡幸上都有乘象辇的习惯；也指帝王车驾。《元史·舆服志一》：元初立国，庶事草创，冠服车舆，并从旧俗。世祖混一天下，近取金、宋，远法汉、唐。至英宗亲祀太庙，复置卤簿。今考之当时，上而天子之冕服，皇太子冠服，天子之质孙，天子之五辂与腰舆、象轿，以及仪卫队伏，下而百官祭服、朝服，与百官之质孙，以及于士庶人之服色，粲然其有章，秩然其有序……象轿。驾以象，凡巡幸则御之。

5．清美，秀美。宋·苏轼《寓居定惠院之东，杂花满山你，有海棠一株，土人不知贵也》：雨中有泪亦凄怆，月下无人更清淑。先生食饱无一事，散步逍遥自扪腹。

6．光武帝刘秀中兴刘汉王朝，定都洛阳，被称为光武中兴。《旧唐书·杨收传》：光武中兴，都洛阳，遣大司马邓禹入关，奉高祖已下十一帝后神主祔洛阳宗庙，盖神主不合新造故也。

7．丰邑，周文王时所建都城；周朝奠基人古公亶父居岐邑，周文王迁丰，武王迁镐京，即宗周。《史记·周本纪》：明年，伐崇侯虎。而作丰邑，自岐下而徙都丰。明年，西伯崩，太子发立，是为武王。

8．周成王时所建都城，即周朝东都，位于郏鄏，又称洛邑。《史记·楚世家》：昔成王定鼎于郏鄏，卜世三十，卜年七百，天所命也。周德虽衰，天命未改。又，《史记·刘敬列传》：成王即位，周公之属傅相焉，乃营成周洛邑，以此为天下之中也，诸侯四方纳贡职，道里均矣，有德则易以王，无德则易以亡。

宫钥[1]专留守，邦符[2]统牧侯。
丕基[3]弥亿载，庙胜[4]孰良筹？

黄屋[5]如天运，纡徐再浃旬。
庆云笼左纛，甘雨净前尘。
非避炎曦[6]烈，将惇磐石亲。
初筵均沛泽[7]，大训[8]共敷陈。

巡守绥畿甸，游从[9]览近风。
山川随地异，声教此时同。
王业艰难远，神都制作雄。
按行循故事，不用避青骢。

扈从诗后叙：车驾既幸上都，以六月十四日大宴宗亲世臣环卫官于西内棕殿，凡三日。七月九日，望祭园陵，竣事，属车辕皆南向，彝典

---

1. 帝王宫门的锁钥，常借指宫门、皇宫。《宋史·职官志七》：留守管掌宫钥及京城守卫、修葺、弹压之事，畿内钱谷、兵民之政皆属焉。

2. 国家的符瑞。宋·叶适《受玉宝贺表》：敬致邦符之旧，光昭帝命之新。群辟会同，有司枚进。江淮延颈，望基本之常安；关洛倾心，想恩荣之遍及。

3. 巨大的基业。《晋书·凉武昭王列传》：遗黎饮德，绝壤沾惠。积祉丕基，克昌来裔。

4. 朝廷预先制定的克敌制胜的谋略。《汉书·赵充国列传》：又恐它夷卒有不虞之变，相因并起，为明主忧，诚非素定庙胜之册。

5. 古代帝王专用的黄缯车盖，借指帝王车驾。《史记·秦始皇本纪》：子婴度次得嗣，冠玉冠，佩华绂，车黄屋，从百司，谒七庙。

6. 炽烈的日光，也比喻炎热。唐·韩愈《郑群赠簟》：倒身甘寝百疾愈，却愿天日恒炎曦。明珠青玉不足报，赠子相好无时衰。

7. 盛大的恩泽。元代皇帝巡幸，到上都后，在六月初要举行诈马宴，除了宴饮外，还要宣读成吉思汗大扎撒、给勋戚大臣颁赠大量赏赐。《元史·成宗本纪一》：中书省臣言："陛下新即大位，诸王、驸马赐与，宜依往年大会之例，赐金一者加四为五，银一者加二为三。"……乙巳，赐驸马蛮子带银七万六千五百两，阔里吉思一万五千四百五十两，高丽王王昛三万两。

8. 宣读成吉思汗遗训，指在诈马宴上宣读大扎撒。见柯九思《宫词一十五首》"大扎撒"条注。

9. 相随同游。东晋·陶潜《与殷晋安别》：去岁家南里，薄作少时邻。负杖肆游从，淹留忘宵晨。

也。遂以二十二日发上都而南，宿六十里店纳钵。越三日，至察罕脑儿。由此转西至怀秃脑儿，犹汉言后海也，有大海在纳钵后，故云。曰平陀儿，曰石顶河儿，土人名为鸳鸯泺，其地南北皆水，水禽集育其中，国语名其地曰遮里哈剌纳钵，犹汉言"远望则黑"也。两水之间，壤土隆阜，诸部与汉人杂处，因商而致富者甚多。自察罕脑儿至此百余里，皆云需府境也。界是而西，则属兴和路矣。纳钵曰苦水河儿，曰回回柴，国语名忽鲁秃，汉言"有水泺"也，隶属州保昌。曰忽察秃，犹汉言"有山羊处"也。地饶水草野兽，兔最多。又西二十里为兴和路，世祖所创置也。岁北巡，东出西还，故置有司为供亿之所。城郭周完，阛阓最伙，河东宪司所按部也，西抵太原千余里，郡多太原人。路置二监一守，余同他上郡。东界则宣德府境，上都属郡也。府之西南名新城，武宗筑行宫其地，故又名中都，今多圮毁，大驾久不临矣。由兴和行三十里，过野狐岭，上为纳钵地。高风甚寒，东南盘折而下平地，天气即暄，无不减衣者。前至得胜口，宣平县境也。有御花园，杂植诸果，中置行宫，南至县十五里。去邑三十里有山出玛瑙石。又前至沙岭，五十里至顺宁府，本宣德府也，因地震，改名。南过坳儿岭，下临深涧，其流为浑河，岭头参互。四十里至鸡鸣山，迭嶂排空，绵亘二十余里。又南二十里，乃平地，曰雷家驿。驿之西北十里纳钵曰丰乐，二十里至阻车纳钵。又二十里至统幕，则与中路驿程相合，而南历狼居胥山至怀来县。四山环抱，中有水，名妫川。县南二里，纳钵也。凡官署留京师者，皆盛具牲酒，于此候迎大驾，仍张大宴，庆北还也。南则榆林驿，即卫青传榆溪旧塞。自怀来行五十五里至妫头，又十里入居庸关，以至于大口。遂以八月十三日至京师。凡历纳钵二十有四，为里一千九十有五。此辇路西还之所经也。国制，凡官署之幕职掾曹，当扈从者，东西出还，甲乙番次，惟监察御史扈从，与国人世臣环卫者同。东西之行，得兼历而悉览焉。鄱阳周伯琦述。

附一：欧阳玄《周伯琦扈从诗跋》

夫惟天子时巡，治古之令典，儒臣扈从，弥文之盛观。是故，卤有簿以记侍卫之名，路有史以载见闻之实，其来盖亦远矣。惟兹玄武执徐之岁，朱明仲吕之月，当宁面南，南服，辟四方之路以尽多士之才，执法侍上上京。持数寸之笔以申三尺之令。于时鄱阳周君伯温襄然炎虚之秀，膺是崇台之除，乘銮舆之洁清，从翠华之密勿，身历乎山川之美固，目睹乎星月之推迁，进而载驰载驱，退而爰咨爰度，抒思辙形清咏，回辕遂积多篇，彚以示余，属之序引，观其憧憧行李之役，汲汲倾葵之诚，蠕蚼旧传载笔，载笔其有述乎？解鹰必用识丁，识丁况能赋者，率尔卷端之弁，诒诸柱后之冠，云翰林学士承旨光禄大夫知制诰兼修国史冀郡欧阳玄书于视草堂。

纪行诗

辉图诺尔[1]作

汉言后海也。

侵晨离白海，辇路转西迈[2]。
野光散平芜，山容列修黛[3]。
秋风动地来，层波忽澎湃。
戎马多惊嘶，寒声袭鞶带。
踰冈览晴川，夷旷襟抱快。
白花间紫葳，将将[4]委珩佩。
幽兴足目前，绝境疑方外。
旌麾匝云屯，舆帐拟行在。

---

1. 即怀秃脑儿、怀秃淖尔，也叫盖里泊、界里泺，即今太仆寺旗贡宝拉格苏木南部的巴音查干淖尔。元·李志常《长春真人西游记》卷上：北过抚州。十五日，东北过盖里泊，尽丘垤咸卤地，始见人烟二十余家。南有盐池，迤逦东北去，自此无河，多凿沙井以汲。南北数千里，亦无大山，马行五日，出明昌界。

2. 由大都出发的辇路即黑谷路，行至白海即察汗淖尔附近，西转，与驿路汇合。

3. 皮制的大带，为古代官员的装饰性服饰。《元史·速不台列传》：陛辞，帝谕之曰："卿今白须，世祖德言，实多闻之，宜加慎护。"因以世祖所佩弓矢鞶带赐之。

4. 同锵锵，象声词，多形容金玉撞击之声。《诗经·国风·郑风·有女同车》：有女同行，颜如舜英。将翱将翔，佩玉将将。

法从各有司，谏垣[1]敢荒怠。

边报丛远函，苍黄[2]尽吁怪。

解鞍歇前邨，伏枕念当代。

王纲[3]未旒缀[4]，群生半尘芥。

纤轸[5]谁与言，沉思屡长嘅。

东南何时苏，吾欲问大块[6]。

是日驿报杭省有警[7]。

鸳鸯泊[8]作

官路何逶迤，里数不可度。

宿止有常程[9]，晚次鸳鸯泺。

---

1. 谏官的官署。《旧唐书·元稹列传》：稹性锋锐，见事风生。既居谏垣，不欲碌碌自滞，事无不言，即日上疏论谏职。

2. 比喻事物变化不定，反复无常。《汉书·郊祀志下》：是岁，雍县无云如雷者三，或如虹气苍黄，若飞鸟集木或阳宫南，声闻四百里。

3. 天子的纲纪。《后汉书·朱乐何列传》：非恶荣而好辱，恶生而好死也，徒感王纲之不摄，惧天网之久失，故竭心怀忧，为上深计。

4. 旌旗的垂饰，系结于旌旗之上，比喻附属、附赘。唐·杜甫《送樊二十三侍御赴汉中判官》：使者纷星散，王纲尚旒缀。南伯从事贤，君行立谈际。

5. 委屈而隐痛。战国·屈原《九章·惜诵》：欲横奔而失路兮，坚志而不忍。背膺胖以交痛兮，心郁结而纡轸。

6. 大自然，大地。《庄子·齐物论》：子綦曰："夫大块噫气，其名为风。是唯无作，作则万窍怒呺。"

7. 元代设有河南、江北、岭北、辽阳等十一处行省和腹里以及隶属宣政院、大都护府的吐蕃、畏吾儿等地方行政机构，其中江浙等处行中书省治所在杭州，简称杭省。至正十六年正月，张士诚威胁杭州，驻守杭州的江浙行省丞相达识帖睦迩先求救于苗人杨通贯，后又弃城而逃。《元史·达识帖睦迩传》：十五年……出为江浙行省左丞相……十六年正月，张士诚陷平江。七月，逼杭州，达识帖睦迩即弃城遁于富阳。

8. 也称鸳鸯泺，即遮屈哈喇，蒙古语叫昂古里图，也称安固里淖尔，在今河北省张北县西北境。一说其地南北皆水泊，两水泊相邻而得名；一说，因水禽唯鸳鸯最多而得名。《辽史·兵卫志上》：其南伐点兵，多在幽州北千里鸳鸯泊。

9. 元代上都与大都之间黑谷辇路七百五十里，十八处捺钵；望云西路一千零九十五里，二十四处纳钵，每一纳钵之间都有相对固定的距离，因而称为"常程"；也指规定的时间和路途距离。《金史·贾铉传》：况簿书自有常程，御史台治其稽缓，如事有应密，三月未绝者，令具次第以闻。

山低露草深，天朗云气薄。

积水（一作"雨"）风飔飔，平波（一作"沙"）烟漠
漠。

凫鹥[1]杂翔集，巨鳞倏潜跃。

居人岁取给，远眺仅一勺。

原隰多种菽，农蹊犬牙错。

场圃盈粟麦，力穑喜秋获。

舒徐八骏游，相羊[2]瑶池乐。

山川岂不佳，人事日萧索。

刍牧纾邦供，征徭非昔昨。

都人望翠华，朝朝候灵鹊[3]。

兴和郡[4]

属河东宪司按部，西抵太原千余里。

我行日旬浃，所历皆朔漠。

兴和号上郡，陂陀具城郭。

滦阳界东履，汾晋[5]直西略。

提封广以遯，编氓[6]半土著。

---

1. 凫和鸥，泛指水鸟。唐·韩愈《南内朝贺归呈同官》：明庭集孔鸾，曷取于凫鹥。树以松与柏，不宜间蒿藜。

2. 也作"相佯""相徉"，意为徘徊，盘桓。战国·屈原《离骚》：饮余马于咸池兮，总余辔乎扶桑。折若木以拂日兮，聊逍遥以相羊。

3. 即喜鹊，因为古人认为鹊能报喜而称之为灵鹊。唐·无名氏《鹊踏枝》：叵耐灵鹊多谩语，送喜何曾有凭据？几度飞来活捉取，锁上金笼休共语。

4. 今河北省张家口市张北县，金代属抚州，元代建制屡有变化，仁宗皇庆元年十月改称兴和路。《元史·地理志一》：兴和路，唐属新州。金置柔远镇，后升为县，又升抚州，属西京。元中统三年，以郡为内辅，升隆兴路总管府，建行宫。户八千九百七十三，口三万九千四百九十五。领县四、州一。

5. 汾水流域，也特指山西省太原地区。《晋书·载记序》：汉宣帝初纳呼韩，居之亭鄣，委以候望，始宽戎狄。光武亦以南庭数万徙入西河，后亦转至五原，连延七郡。董卓之乱，则汾晋之郊萧然矣。

6. 编入户籍的平民。《旧唐书·王晙列传》：若以北狄降者不可南中安置，则高丽俘虏置之沙漠之曲，西域编氓散在青、徐之右，唯利是视，务安疆场，何独降胡，不可移徙。

连甍[1]结贾区，层楼看寥廓。

要会[2]称雄丽，势压诸部落。

兴王远垂裕[3]，百载承制作。

北巡必西还[4]，远拟东邑洛。

供亿[5]颇浩繁，抚循[6]在恭恪。

四邻慎备虞，三辅严寄托[7]。

贤愚不同调，虫沙与猨[8]鹤[9]。

长愿四海清，汉仪[10]岁辉烁。

1．形容房屋连延成片，代指千家万户。《旧唐书·昭宗本纪上》：全忠令长安居人按籍迁居，彻屋木，自渭浮河而下，连甍号哭，月余不息。

2．通都要道。《后汉书·岑彭传》：彭以将伐蜀汉，而夹川谷少，水险难漕运，留威虏将军冯骏军江州，都尉田鸿军夷陵，领军李玄军夷道，自引兵还屯津乡，当荆州要会，喻告诸蛮夷，降者奏封其君长。

3．为后人留下业绩或名声。《尚书·仲虺之诰》：王懋昭大德，建中于民，以义制事，以礼制心，垂裕后昆。

4．元代皇帝巡幸上都，一直遵循"东出西还"的习惯，即从东面的黑谷辇路北巡，然后从西面李老站路即纳钵西路返还；其实也偶有例外，如《元史·世祖本纪》载，"（至元二十年）车驾由古北口路至自上都。"

5．按需要而供给。《旧唐书·顺宗、宪宗本纪上》：况邦畿之内，百役所业，虽勤恤之令亟行，而供亿之制犹广。

6．安抚存恤。唐·颜真卿《谢浙西节度使表》：即当缮修甲兵，抚循将士，观察要害，以备不虞。

7．托付，委托。《管子·明法》：故功多而无赏，则臣不务尽力；行正而有罚，则贤圣无从竭能；行货财而得爵禄，则污辱之人在官；寄托之人不肖而位尊，则民倍公法而趋有势。

8．同"猿"。

9．即猿鹤沙虫，原指阵亡的将士或死于战乱的人民；此处比喻差距明显，是天壤之别。唐·韩愈《送区弘南归》：穆昔南征军不归，虫沙猿鹤伏以飞。汹汹洞庭莽翠微，九疑镵天荒是非。

10．原指汉官威仪，也泛指中国礼仪制度；此处指朝廷礼仪制度。唐·刘知几《史通·叙事》：文非文，史非史，譬夫乌孙造室，杂以汉仪，而刻鹄不成，反类于鹜者也。

傅若金

（1303～1342年），字与砺，一字汝砺，新喻（今江西新余）人。少贫，受业于范梈，发愤读书，刻苦自学，终成一代名儒。顺帝三年，奉命参佐出使安南，不辱使命，欧阳玄称赞他："以能诗名中国，以能使名远夷。"归国后任广州路学教授。傅若金的文章"无可长短，特以诗传"，其诗"高出魏晋，下亦不失于唐"。《四库全书》收录了《傅与砺诗文集》。

咏怀

一春风浪淹行客，六月尘埃满上京。

邻馆朝烟同杵臼，故园暮雨隔柴荆。

西州近日犹防寇，南诏[1]经年久用兵。

独夜起瞻龙虎气，五云终绕凤凰城。

送苏伯修侍郎分部[2]扈跸

扈圣千官出，分曹[3]六职[4]俱。

侍郎精古学，议礼（一作"仪礼"）应时须。

1．是中国唐朝时西南地区的政权，辖境包括今云南全境及贵州、四川、西藏、越南、缅甸的部份土地。由蒙舍诏首领皮罗阁在738年建立，902年权臣郑买嗣推翻蒙氏南诏，自立为王，改国号为"大长和"；泛指西南地区。《旧唐书·南蛮、西南蛮列传·南诏蛮传》：南诏蛮，本乌蛮之别种也，姓蒙氏。蛮谓王为"诏。"自言哀牢之后，代居蒙舍州为渠帅，在汉永昌故郡东，姚州之西……国初有蒙舍龙。

2．部署，分派。《史记·平准书》：数岁，假予产业，使者分部护之，冠盖相望。

3．部门，分科。《后汉书·百官志三》：成帝初署尚书四人，分为四曹：常侍曹尚书主公卿事，二千石曹尚书主郡国二千石事，民曹尚书主凡吏上书事，客曹尚书主外国夷狄事。

4．指治、教、礼、政、刑、事六种职事。《周礼·小宰》：以官府之六职，辨邦治：一曰治职，以平邦国，以均万民，以节财用。二曰教职，以安邦国，以宁万民，以怀宾客。三曰礼职，以和邦国，以谐万民，以事鬼神。四曰政职，以服邦国，以正万民，以聚百物。五曰刑职，以诘邦国，以纠万民，以除盗贼。六曰事职，以富邦国，以养万民，以生百物。

车盖连诸郡，衣冠[1]接两都。

句陈[2]严内拱，屏翳[3]肃前驱。

滦水开宫殿，龙门起画图。

仗依云气肃，人望日华趋。

马酒来官道，驼羹出御厨。

露疑金做掌[4]，冰想玉为壶。

地绝分寒燠，天清习晓晡。

会朝[5]常咫尺，奏对只须臾。

旧俗怀周雅[6]，今仙颂禹谟。

爱君期得道，忧国况为儒。

久客嗟牢落，诸公念朴愚。

路经南粤险，心戴北辰孤。

汲引劳修绠，吹嘘倚大炉。

临风思何限，相送独勤渠。

---

1. 指缙绅、士大夫。《汉书·杜钦列传》：茂陵杜邺与钦同姓字，俱以材能称京师，故衣冠谓钦为"盲杜子夏"以相别。

2. 星名。《晋书·天文志上》：中宫：北极五星，钩陈六星，皆在紫宫中。北极，北辰最尊者也，其纽星，天之枢也。天运无穷，三光迭耀，而极星不移，故曰"居其所而众星共之"。第一星主月，太子也。第二星主日，帝王也；亦太乙之坐，谓最赤明者也。第三星主五星，庶子也。中星不明，主不用事；右星不明，太子忧。钩陈，后宫也，大帝之正妃也，大帝之常居也。

3. 古代中国传说中的神仙名，掌刑法。《汉书·司马相如列传下》:时若曖曖将混浊兮，召屏翳诛风伯，刑雨师。

4. 汉武帝好神仙之道，遍寻海外仙岛和甘液、玉英以求长生不老，制造铜质承露仙人以求获得甘露。《史记·孝武本纪》：其后则又作柏梁、铜柱、承露仙人掌之属矣。

5. 诸侯或群臣朝会盟主或天子。《左传·襄公二十一年》：叔向曰："二君者必不免。会朝，礼之经也；礼，政之舆也；政，身之守也；怠礼失政，失政不立，是以乱也。"

6. 《诗经》中的《大雅》和《小雅》，均为周诗，因而得名。见王恽《飞豹行》"周雅"条注。

送孙伯起[1]掾岭北[2]二首

久为掾吏趋公府，忽去亲朋赴朔城[3]。

黑水[4]旧闻龙北起，青天惟见雁南征。

苍茫部落连诸邸，迤逦山河接两京。

王室由来重藩屏，省郎[5]切莫负才名。

北去频闻霜雪多，驿程犹是过滦河。

悲风绝幕回苍隼，落日穹庐卧紫驼。

行色且谋寒夜饮，别怀休忆醉时歌。

都门已隔千行柳，况复乡山老薜萝。

即事

五月銮舆北狩时，行人辛苦鬓成丝。

蹇驴日日愁风雨，官马如云不得骑[6]。

1．与元末明初诗人王沂、陈镒、刘高等交往、唱和，陈镒有《同孙伯起游留此岩再用前韵》、刘高《送孙伯起之镇江司理》。刘高《送孙伯起之镇江司理》：昔在胸山尹，为政声甚扬。朝廷重青籍，铨擢有耿光……维时大火中，暑炽日正长。上吉祖东门，沥觞理行装。候吏千里至，得谂民俗康。

2．即岭北行省。《元史·地理志一》：立中书省一，行中书省十有一：曰岭北，曰辽阳，曰河南，曰陕西，曰四川，曰甘肃，曰云南，曰江浙，曰江西，曰湖广，曰征东，分镇藩服……岭北等处行中书省统和宁路总管府。

3．北方之城，指岭北等处中书省政治、经济中心哈喇和林。

4．指黑水河，即班朱泥河（或作巴渤渚纳河），也即墨河。元太祖曾为王罕所败，至班朱泥河，与其从者同饮泥水盟誓，同甘共苦。《元史·太祖本纪》：帝既遣使于汪罕，遂进兵虏弘吉剌别部溺兀斤以行。至班硃尼河，河水方浑，帝饮之以誓众。

5．指皇帝的侍从官或者中枢诸省的官吏；因元代实行行省制，各行省的佐治官员即省掾也称省郎。《元史·选举制三》：六部令史如正从九品不敷，从八品内亦听选取。省掾，正从七品得代有解由并见任未满、已除未任文资流官内选取，考满于应得资品上升一等，除元任地方，杂职不预……中书省掾于枢密院、御史台令史内取……省掾考满，资品既高，责任亦重，皆自岁贡中出。

6．元代对于不同级别的官吏往来大都、上都之间交通工具的使用有严格规定。《元史·兵志四》：凡站，陆则以马以牛，或以驴，或以车，而水则以舟。

廼贤

（1309~1368年？），字易之，又名纳新、乃贤、葛逻绿易之，别号河朔外史，为葛逻禄氏裔，属色目人。因葛逻绿为突厥族姓氏，汉译为"马"，因而也叫马易之；又因葛逻禄在元代被称为合鲁，于是有"合鲁易之"之称。世居金山之西，后寓居南阳（今属河南），也自称南阳人。曾任东湖书院山长，至正九年，北游上都；此后，借助推荐担任翰林编修官。出参桑哥失里军事，卒于军中。他的诗歌清润流丽，不喜雕琢，以游览酬赠之作为多，也有反映民间疾苦的篇章。著有诗集《金台集》2卷、《河朔访古记》16卷。

失剌斡耳朵观诈马宴奉次贡泰甫授经先生[1]韵

诏下天门御墨题，龙岗[2]开宴百官齐。
路通禁御联文石[3]，幔隔香尘镇水犀。
象辇时从黄道出，龙驹牵向赤墀[4]嘶。
绣衣珠帽佳公子，千骑扬镳过柳堤。

珊瑚小带佩豪曹[5]，压辔铃档[6]雉尾高。
宫女侍筵歌芍药，内官当殿出葡萄。

---

1. 贡师泰，字泰甫，时任宣文阁授经郎。《元史·贡师泰传》：考满，复入翰林为应奉，预修后妃、功臣列传，事毕，迁宣文阁授经郎，历翰林待制、国子司业，擢礼部郎中，再迁吏部，拜监察御史。
2. 代指失剌斡耳朵。上都北侧绵延的山峦即为龙冈，失剌斡耳朵建在上都西北山峦中。
3. 有纹理的石头，即文石陛。见周伯琦《六月七日慈仁宫进讲》"文石"条注。
4. 犀牛的一种，因生活于水中而得名；又说，水犀为传说中的神兽，出入水中，水为之避开而出现一条通道。犀牛角被传为通灵之物，也具有镇邪、驱鬼的功效。《国语·越语上》：今夫差衣水犀之甲者亿有三千，不患其志行之少耻也，而患其众之不足也。
5. 也作"镆曹"，古剑名；代指宝剑。《晋书·张载传》：楚之阳剑，欧冶所营，邪溪之铤，赤山之精，销逾羊头，鍱越锻成。乃炼乃铄，万辟千灌。丰隆奋椎，飞廉扇炭，神器化成，阳文阴漫。既乃流绮星连，浮采艳发，光如散电，质如耀雪，霜锷水凝，冰刃露洁，形冠豪曹，名珍巨阙，指郑则三军白首，麾晋则千里流血。
6. 同"铃铛"。

《柏梁》[1]竞喜诗先捷，《羽猎》争传赋最豪。

一曲《霓裳》才舞罢，天香[2]浮动翠云袍。

绣绮新裁云母帐，玉钩齐上水晶帘。

凤笙屡听伶官奏，马湩频烦太仆[3]添。

风动香烟飘合殿，日扶花影上雕檐。

金盘禁脔才供膳，阶下传呼索井盐。

上林宫阙争朝晖，宿雨清尘暑气微。

玉斧照廊红日近，霓旌夹仗彩霞飞。

锦翎山雉[4]攒游骑[5]，金翅云鹏织赐衣[6]。

宴罢天阶呼秉烛，千官争送翠华归。

滦河源似九龙池，清暑年年六月时。

孔雀御屏金纂纂[7]，棕榈别殿日熙熙。

1．原指柏梁台，即铜柱、承露仙人掌之属；后指《柏梁诗》，也泛指应制诗。见袁桷《次韵李伯宗学士途中述怀》"柏梁诗"条注。

2．宫廷中用的薰香，御香。《宋史·乐志十五》：宸心励翼修郊报，彩仗列康庄。祥烟瑞霭杂天香，笙磬发声长。

3．太仆寺掌管皇帝舆马和马政；元代时，举办祭祀或诈马宴等庆典活动时，负责供给马湩。《元史·祭祀志三》：凡大祭祀，尤贵马湩。将有事，敕太仆寺桐马官，奉尚饮者革囊盛送焉。

4．神话传说中善鸣的吉祥之鸟，民间认为，每遇到太平盛世，青鸾鸟便在一些湖泽边飞翔，栖息于山川之间。只要青鸾鸟聚集的地方，必定有圣人出现。《旧五代史·乐志上》：《书》云："舞干羽于两阶。"翟，山雉也，以雉羽公析连攒而为之。

5．皇帝巡幸过程中担任巡逻突击的骑兵。《陈书·侯安都传》：徐嗣徽、任约等引齐寇入据石头，游骑至于阙下。

6．金翅云鹏，应是随扈上都仪卫的服饰。《元史·舆服志一》：仪卫服色……凤翅幞头，制如唐巾，两角上曲，而作云头，两旁覆以两金凤翅……职官除龙凤文外，一品、二品服浑金花，三品服金褡子，四品、五品服云袖带襕，六品、七品服六花，八品、九品服四花。系腰，五品以下许用银，并减铁。

7．集聚。西晋·潘岳《笙赋》：咏园桃之夭夭，歌枣下之纂纂。歌曰：枣下纂纂，朱实离离。宛其落矣，化为枯枝。人生不能行乐，死何以虚谥为！

青藜独喜颁刘向[1]，黄阁[2]重开拜子仪[3]。

千载风云新际会，愿将金石[4]播声诗。

时太傅脱公[5]再入相。

崇真宫[6]夜望司天台[7]

珠宫[8]溁水上，轩窗白云开。

中宵听落叶，似是风雨来。

寒夜视星象，历历环天台。

我将揽河汉，乘槎共裴回[9]。

---

1. 青藜，夜读照明的灯烛，借指苦读。南北朝·佚名《三辅黄图·阁》：刘向于成帝之末，校书天禄阁，专精覃思。夜有老人，著黄衣，植青藜杖，叩阁而进。见向暗中独坐诵书，老父乃吹杖端，烟然，因以见向，授《五行洪范》之文。恐词说繁广忘之，乃裂裳及绅以记其言。至曙而去，请问姓名，云："我是太乙之精，天帝闻卯金之子有博学者，下而观焉。"

2. 汉代丞相、太尉和汉以后的三公官署避用朱门，厅门涂成黄色，以区别于天子；后来用以代指宰相的官署。《宋书·礼志二》：三公黄阁，前史无其义……三公之与天子，礼秩相亚，故黄其阁，以示谦不敢斥天子，盖是汉来制也。

3. 唐时门下省也称黄阁，此处指唐代宗时征拜郭子仪事。《新唐书·郭子仪列传》：代宗立，程元振自谓于帝有功，忌宿将难制，离构百计。因罢子仪副元帅……帝得奏，泣谓左右曰："子仪固社稷臣也，朕西决矣。"乘舆还……乃赐铁券，图形凌烟阁……进拜尚书令，恳辞，不听……德宗嗣位，诏还朝……进位太尉、中令令。

4. 古代镌刻文字、颂功纪事的钟鼎碑碣之类，借指不朽。《墨子·兼爱下》：以其所书于竹帛，镂于金石，琢于盘盂，传遗后世子孙者知之。

5. 元代末年政治家、军事家。《元史·脱脱列传》：脱脱，字大用……八年，命脱脱为太傅，提调宫傅，综理东宫之事。九年，朵儿只、太平皆罢相，遂诏脱脱复为中书右丞相，赐上尊、名马、袭衣、玉带。

6. 即崇真万寿宫。

7. 元代上都、大都均设有司天台；元上都的司天台设在承应阙，也称北司天台、回回司天台，是波斯科学家扎马鲁丁主持建设、运行的天文台。当代学者李迪《元上都回回司天台的始末》对此有详细考证。《元史·百官志六》：中统元年，因金人旧制，立司天台，设官属。至元八年，以上都承应阙官，增置行司天监……世祖在潜邸时，有旨征回回为星学者，札马剌丁等以其艺进，未有官署。

8. 即蕊珠宫，此处指道观或寺庙。唐·殷尧恭《府试中元观道流步虚》：星辰朝帝处，鸾鹤步虚声。玉洞花长发，珠宫月最明。见袁桷《端午谢吴闲闲惠酒》"蕊珠"条注。

9. 同"徘徊"。

塞上曲

秋高沙碛地椒稀，貂帽狐裘晚出围。
射得白狼悬马上，吹笳夜半月中归。

杂沓毡车百辆多，五更冲雪过滦河。
当辕老妪行程惯，倚岸敲冰饮骆驼。

双环小女玉娟娟，自卷毡帘出账前。
忽见一枝长十八[1]，折来簪在帽檐边。

马乳新挏玉瓶满，沙羊黄鼠割来腥。
踏歌尽醉营盘[2]晚，鞭鼓声中按海青。

乌桓城下雨初晴，紫菊金莲漫地生。
最爱多情白翎雀，一双飞近马边鸣。

担子洼[3]

昔多盗贼，今置巡检司于山椒，其山无林木，皆蔓草。

朝发牛群头，夕憩担子洼。
高秋得清旷，野蔓多幽花。
黄云翳日脚，草色浮天涯。
山荒树寂寂，寒陂落昏鸦。
颇喜盗贼清，塞田尽禾麻。
至今将军垒，日落闻清笳。
我生久羁旅，崎岖涉风沙。
天寒道路远，曛黑投山家。

---

1. 花草名。清·毛奇龄《西河诗话》：今上尝出塞驻跸乌栏布尔哈酥，有以道傍紫花献者，不得其名，然蓓蕾蕊纆可爱，询之土人，曰："此长十八也。"
2. 牧人驻牧的地方。游牧民族在长期生产实践中，获得了保护草原生态的丰富经验，把草场分为夏营盘、冬营盘，供不同季节轮流驻牧，使草原获得休养生息。《元史·河渠志一》：七月二日，右丞相塔失帖木儿等奏："斡耳朵思住冬营盘，为滦河走凌河水冲坏，将筑护水堤，宜令枢密院发军千二百人以供役。"
3. 也有作"檐子洼"，恐误。清·金志章纂、黄可润增补《口北三厅志·山川》：担子洼，在独石口北，偏岭下，元时设巡检于此。见本诗自注。

次上都崇真宫呈同游诸君子

鸡鸣涉滦水，惨淡望沙漠。

穹庐在中野，草际大星落。

风高班马[1]嘶，露下貂裘薄。

晨霞发海峤[2]，旭日照城郭。

嵯峨五色云，下覆丹凤阁。

琳宫多良彦，休驾得栖泊。

清樽置美酒，展席共欢酌。

弹琴发幽怀，击筑[3]咏新作。

佳时属承平，幸此帝乡乐。

愿言崇令德，相期保天爵[4]。

李陵台

落日关塞黑，苍茫路多歧。

荒烟淡暮色，高台独巍巍。

呜呼李将军，力战陷敌围。

岂不念乡国，奋身或来归。

汉家少恩信，竟使臣节亏。

所愧在一死，永为来者悲。

千载抚遗迹，凭高起遐思。

褰裳览八极，茫茫白云飞。

---

1. 离群之马。唐·李白《送友人》：浮云游子意，落日故人情。挥手自兹去，萧萧班马鸣。

2. 海边的山岭。《宋史·世家列传六·陈洪进传》：皇帝陛下钦嗣丕基，诞敷景命，臣远辞海峤，入觐天墀，获亲咫尺之颜，叠被便蕃之泽。

3. 筑，弦乐器，形似筝，有十三弦，弦下有柱。演奏时，左手按弦的一端，右手执竹尺击弦发音；在战国时代是很流行的乐器。击筑，多指慷慨悲歌。《战国策·燕策三》：太子及宾客知其事者，皆白衣冠以送之。至易水上，既祖，取道。高渐离击筑，荆轲和而歌，为变徵之声，士皆垂泪涕泣。又前而为歌曰："风萧萧兮易水寒，壮士一去兮不复还。"复为忼慨羽声，士皆瞋目，发尽上指冠。

4. 天子所赐爵位。《后汉书·吕强列传》：臣闻诸侯上象四七，下裂王土，高祖重约非功臣不侯，所以重天爵明劝戒也。

江东魏元德[1]所制齐峰墨[2]于上都慈仁殿，
赐文锦、马湩以宠之。既南归，作诗以赠云

锦袭玄圭[3]莹，龙香秘阁[4]浮。

渍毫春黛[5]湿，拂楮翠云流。

绣绮颁宫掖，琼浆出殿头。

小臣沾雨露，千载荷恩休。

雨夜同天台道士郑蒙泉[6]话旧并怀刘子彝[7]
蒙泉时奉祠上京崇真宫，子彝尝于四明东湖筑天坛道院以待蒙泉东归。

履雪[8]台州老郑处，相逢滦水话当年。

---

1. 即魏景仁，元代著名制墨家，本为大名人，在江西玉山县制墨，所制齐峰墨是贡品。宋褧《赠墨工魏元德序》：至正五年六月庚午，皇帝御慈仁殿。中书右丞领宣文阁臣达识帖睦迩进魏景仁所制墨。朱户敞晃，锦囊启封，玄光溢目，芳香袭左右。上嘉赏之。

2. 元代江南三大名墨之一。元·孔齐《至正直记·墨品》：江南之墨，称于时者三，龙游、齐峰、荆溪是也。

3. 也作"玄珪"，指墨。因其颜色黑，形似圭而得名。宋·杨万里《春兴》：急磨玄圭染霜纸，撼落花须浮砚水。诗成字字梅样香，却把春风寄谁子。

4. 中国古代宫廷藏书之处。自晋、南朝的宋至隋、唐，均设有秘阁藏书；北宋端拱元年于崇文院中堂设秘阁，选三馆善本图书及书画等入藏；淳化元年扩建秘阁，于淳化三年建成，宋太宗御题匾额"秘阁"；元代上都慈仁殿具有"秘阁"功能。《宋史·艺文志一》：宋初，有书万余卷。其后削平诸国，收其图籍，及下诏遣使购求散亡，三馆之书，稍复增益。太宗始于左升龙门北建崇文院，而徙三馆之书以实之。又分三馆书万余卷别为书库，目曰"秘阁"。阁成，亲临幸观书，赐从臣及直馆宴。

5. 形容女子的眉毛，此处指毛笔。南朝·吴均《楚妃曲》：春妆约春黛，如月复如蛾。玉钗照绣领，金薄厕红罗。

6. 郑守仁，号蒙泉，天台黄岩人；幼着道士服，长游京师，不干谒，长居万松间；因大雪封门，读书僵卧而被京师人号称"独冷先生"。至正间主持吴郡白鹤观、鄞县天坛道院。顾嗣立《元诗选》录其作品十二首，题为《蒙泉集》。

7. 应为四明人，生平事迹不详，袁彦章有诗《闻刘子彝、郑以文倚楼看海棠》。

8. 即含霜履雪，比喻品行高洁。晋·葛洪《抱朴子·汉过》：含霜履雪，义不苟合；据道推方，嶷然不群。

草堂听雨秋将半，石鼎联诗夜不眠[1]。

遥忆东湖来梦里，起看北斗落窗前。

刘郎[2]独爱长生诀，日日天坛待鹤还。

病中答张元杰[3]宗师惠药

卧病临高馆，丹芝[4]幸见分。

铜缾[5]朝挹水，石鼎夜生云[6]。

坐久灯华落，秋清木叶闻。

明朝得强健，长礼紫虚君[7]。

---

1. 韩愈作有《石鼎联句》诗，一般认为其序中轩辕弥明为韩愈假托；后世泛指文人聚会吟诗联句。唐·韩愈《石鼎联句诗序》：元和七年十二月四日，衡山道士轩辕弥明自衡下来。旧与刘师服进士衡湘中相识，将过太白，知师服在京，夜抵其居宿。有校书郎侯喜，新有能诗声……喜视之若无人。弥明忽轩衣张眉，指炉中石鼎谓喜曰："子云能诗，能与我赋此乎？"……（刘师服）大喜，即援笔题其首两句。次传于喜，喜踊跃，即缀其下云云。道士哑然笑曰："子诗如是而已乎？"即袖手竦肩，倚其北墙坐，谓刘曰："吾不解世俗书，子为我书。"因高吟曰："龙头缩菌蠢，豕腹涨彭亨。"初不似经意，诗旨有似讥喜。二子相顾惭骇……二子思竭不能续，因起谢曰："尊师非世人也，某伏矣，愿为弟子，不敢更论诗。"

2．指刘子彝。

3．张德隆，字元杰，自号环溪，张留孙的侄子，生卒年不详，早年学道于龙虎山，至正九年继夏文泳掌教，为玄教第四代掌教。

4．中药赤芝的别名，指灵药。东汉·佚名《神农本草经·草部上品》：赤芝味苦平。主治胸中结，益心气，补中，增智慧，不忘。久食轻身不老，延年神仙。一名丹芝。生山谷。

5．同"瓶"。

6．原指燃沉香，此处指煎药。宋·周紫芝《刘文卿烧木犀沉为作长句》：刘郎嗜好与众异，煮蜜成香出新意。短窗护日度春深，石鼎生云得烟细。

7．紫虚元君又称南岳夫人、魏夫人，也称南真。姓魏名华存，字贤安，常服胡麻散茯苓丸，后抚剑化形升仙；被奉为道教上清派第一代宗师，后世传播广、影响大的《黄庭经》，相传即为紫虚元君所作。《新唐书·艺文志三》：范邈《紫虚元君南岳夫人内传》一卷，项宗《紫虚元君魏夫人内传》一卷。又，宋·李昉等《太平广记·女仙三》：魏夫人者，任城人也。晋司徒剧阳文康公舒之女，名华存，字贤安。幼而好道，静默恭谨。读庄老，三传五经百氏，无不该览。志慕神仙，味真耽玄……夫人乃托剑化形而去……位为紫虚元君，领上真司命南岳夫人。

行路难

至正己丑[1]夏，右相多尔济[2]公拜国王，就国辽东。是日，左相贺公[3]亦左迁。因感而作[4]。

　　　　行路难，难行路，黄榆萧萧白杨莫[5]。

　　　　枪竿岭上积雪高，龙门峡里秋涛怒。

　　　　嵯峨虎豹当大关，苍崖壁立登天难。

　　　　千车朝从赤日[6]发，万马夜向西风还。

　　　　鉴湖酒船[7]苦不蚤[8]，辽东白鹤归华表[9]。

　　　　夜雨空阶碧草深，落花满院行人少。

　　　　世情翻覆如秋云，誓天歃血徒纷纷。

　　　　洛阳争迎苏季子[10]，淮阴谁识韩将军[11]。

　　　　行路难，难行路，白头总被功名误。

　　　　南楼昨夜歌舞人，丹旌[12]晓出东门去。

1．至正九年。

2．也作"朵儿只"，木华黎后裔。《元史·朵儿只列传》：朵儿只，木华黎六世孙，脱脱子也……七年……冬，升右丞相、监修国史，而太平为左丞相……九年，罢丞相位，复为国王，之国辽阳。

3．即太平。《元史·太平列传》：太平，字允中，初姓贺氏，名惟一，后赐姓蒙古氏，名太平，仁杰之孙，胜之子也……九年七月，罢为翰林学士承旨。

4．《元史·顺帝本纪五》：乙卯，罢右丞相朵儿只，依前为国王，左丞相太平为翰林学士承旨。

5．同"暮"。

6．红日，烈日，比喻天子，也指天子所居之所。唐·杜甫《奉同郭给事汤东灵湫作》：阴火煮玉泉，喷薄涨岩幽。有时浴赤日，光抱空中楼。

7．也作"酒舫"，供客人饮酒游乐的船。《晋书·毕卓列传》：卓尝谓人曰："得酒满数百斛船，四时甘味置两头，右手持酒杯，左手持蟹螯，拍浮酒船中，便足了一生矣。"

8．同"早"。

9．辽东丁令威得仙化鹤归故里的故事。东晋·陶渊明《搜神后记卷一·丁令威》：丁令威，本辽东人，学道于灵虚山，后化鹤归辽，集城门华表柱。

10．洛阳人苏秦用合纵的策略游说赵王成功后，路过家乡，家乡的人争相迎接的盛况。《战国策·秦策一》：苏秦将说楚王，路洛阳，父母闻之，清宫除道，张乐设饮，郊迎三十里。

11．淮阴侯韩信终因功勋卓越而遭忌恨、杀害。《史记·淮阴侯列传》：信曰："果若人言，'狡兔死，良狗亨；高鸟尽，良弓藏；敌国破，谋臣亡。'天下已定，我固当亨！"上曰："人告公反。"遂械系信。至雒阳，赦信罪，以为淮阴侯。

12．旧时出丧所用的红色铭旌，代指死去。《宋书·乐志四》：《战城南篇》：战城南，衡黄尘。丹旌电烻，鼓雷震。勋敌猛，戎马殷。横陈亘野，若屯云。

子午谷，终南山，青松草屋相对闲。
拂衣高歌上绝顶，请看人间行路难。

附：

海上幽人锦绣肠，独临滦水惜年芳。
千金不卖长门赋，闲写新诗寄玉堂。

　　　　　　临川危素敬题

忆陪仙仗度关时，玉帐星联紫翠围。
今日读君天上曲，依然环佩月中归。

　　　　　　括苍胡深敬题

七月十六夜海上看月

楼船留客宴凉宵，坐看冰轮[1]出海潮。
却忆去年滦水上，夜深孤馆雪萧萧。
去年客上京，是日大雪。

征人七月度榆关，貂鼠裁衣尚怯寒。
不信江南今夜月，有人挥扇着冰纨。

寄上京涂贞[2]

大驾清秋发，千官八月归。
风高沙雁起，霜落海鹰飞。
朝士谁青眼[3]，山人尚白衣[4]。

---

1. 明月的别称。《宋史·乐志十六（鼓吹下）》：玉露乍肃天宇，冰轮下照金铺。燎烟嘘，郁尊香，《云门》舞。

2. 其人待考。

3. 表示对人的喜爱或重视、尊重。《晋书·阮籍列传》：及嵇喜来吊，籍作白眼，喜不择而退。喜弟康闻之，乃赍酒挟琴造焉，籍大悦，乃见青眼。

4. 古代平民服饰，常借指平民；也指无功名或无官职的士人。《史记·儒林列传序》：及窦太后崩，武安侯田蚡为丞相，绌黄、老、刑名百家之言，延文学儒者数百人，而公孙弘以《春秋》白衣为天子三公，封以平津侯。

最怜东鲁客，相望思依依。

附：宫词八首

广寒宫殿近瑶池，千树长杨绿影齐。
报道夜来新雨过，御沟春水已平堤。

千官鹄立五云间，玉斧参差拥画阑。
今日君王西内去，安排天仗趣[1]仪鸾。

水晶廉外（一作"内"）春（一作"日"）迟迟，殿
阁春深笑语稀。
绣幕无端风卷起，一双燕子傍人飞。

上苑含桃[2]熟暮春，金盘满贮进枫宸[3]。
醍醐渍透冰浆滑，分赐阶前傪直[4]人。

琼岛岩峣内苑西，阑斑绮石甃清漪，
御床不许红尘到，黄幔长教窣地垂。

花影频移玉砌平，美人攲枕听流莺。
一春多病慵梳洗，怕说鸾舆幸上京。

绣床倦倚怯深春，窗外飞花落锦茵。
抱得琵琶阶下立，试弹一曲斗清新。

太液池头新月生，瑶街最喜晚来晴。
贵人忽被西宫召，骑得骅骝款款行。

---

1. 同"促"。
2. 樱挑的别称。《礼记·月令》：是月也，天子乃以雏尝黍，羞以含桃，先荐寝庙。
3. 汉代宫庭多植枫树；宸，北辰所居，指帝王居住的殿庭。唐·陈元光《示珦》：恩衔枫陛渥，策向桂渊弘。载笔沿儒习，持弓缵祖风。又，宋·王安石《贺正表》：臣尚依枌社，独隔枫宸，缅瞻朝著之班，窃慕封人之祝。
4. 也作"傪值""豹值""傪宿"，官吏在官府连日值班或值宿。《元史·世祖本纪四》：十一月辛酉朔，敕品官子孙傪直，敕遣阿鲁忒兒等抚治大理。

王逢

（1319～1388年），字原吉，号最闲园丁、最贤园丁，又称梧溪子、席帽山人，江阴（今江苏江阴）人，坚不出仕，游松江，筑悟溪精舍于青龙江畔青龙镇（今属青浦县），后移居乌泥泾宾贤里，命名自己的园林为最闲园，居室为闲闲草堂，著有《梧溪集》7卷。

览周左丞伯温[1]壬辰岁拜御史[2]扈从集，感旧伤今，敬题五十韵

华夷今代一，畿甸上京遥。

游豫[3]寻常度，恬熙属累朝。

六飞龙夹日，独角豸[4]昂霄[5]。

御史箴何忝，贤臣颂早超。

咨诹新境俗，观采众风谣。

文用弥邦典，忠惟振宪条。

---

1. 周伯琦，字伯温，至正十七年时任江浙行省左丞。《元史·周伯琦传》：十七年……拜资政大夫、江浙行省左丞。

2. 元至正十二年，周伯琦被擢任监察御史，随扈上京，创作有《扈从集》。《元史·周伯琦传》：十二年，有旨令南士皆得居省台。除伯琦兵部侍郎，遂与贡师泰同擢监察御史。

3. 帝王出巡。见周伯琦《纪行诗》"游豫"条注。

4. 即獬豸，代指御史；此处指任御史之职的周伯琦。见张养浩《上都察院》"豸冠"条注。

5. 高入霄汉，形容出人头地或才能杰出。《新唐书·房杜列传》：吏部侍郎高孝基名知人，谓裴矩曰："仆观人多矣，未有如此郎者，当为国器，但恨不见其耸壑昂霄云。"

执徐[1]当景运[2]，仲吕[3]浸炎歊[4]。

愠解民心结，烦除圣念焦。

雨工趋汛扫，市令薄征徭。

大口欢移跸，庸[5]关肃卫刁。

缙云峰立晓，芎月水涵宵。

徼道[6]臣臣俊，清尘骑骑骁。

豹驱严御鞒，驼象妥銮镳[7]。

仪仗真如画，车徒不敢嚣。

侏言[8]来部落，皮币[9]贽荒要[10]。

1．以干支纪年，岁在辰为执徐。《尔雅·释天》：太岁在寅曰摄提格，在卯曰单阏，在辰曰执徐，在巳曰大荒落，在午曰敦牂，在未曰协洽，在申曰涒滩，在酉曰作噩，在戌曰阉茂，在亥曰大渊献，在子曰困敦，在丑曰赤奋若。

2．好时运。《周书·独孤信传》：眷言令范，事切于心。今景运初开，椒闱肃建。载怀涂山之义，无忘褒纪之典。

3．古乐十二律的第六律，又称小吕；古代有"孟夏之月，律中仲吕"的说法，因而"仲吕"也作农历四月的代称。战国·吕不韦《吕氏春秋·季夏》：孟夏生仲吕……仲吕之月，无聚大众，巡劝农事，草木方长，无携民心。

4．也作"炎燸"，暑热。宋·欧阳修《憎蚊》：熏檐苦烟埃，燎壁疲照烛。荒城繁草树，旱气飞炎燸。

5．大口，距大都建德门二十里，是皇帝出行上都的第一纳钵，每年皇帝巡幸上都时或从上都返回大都时，留守官员等要导送至此。元·熊梦祥《析津志辑佚·属县·昌平县·山川》：大口，大驾时巡，千官导送至此。

6．对大都与上都之间的辇路实施巡逻警戒。《元史·文宗本纪三》：敕上都兵马司官二员，率兵由偏岭至明安巡逻，以防盗贼……又发诸卫汉军万五千人驻山后，蒙古军三千人驻官山，以守关梁；又，《元史·董文忠列传》：车驾行幸，诏文忠毋扈从，留居大都，凡官苑、城门、直舍、徼道、环卫、营屯、禁兵、太府、少府、军器、尚乘诸监，皆领焉。

7．皇帝车驾。《诗经·国风·秦风·驷驖》：驷驖孔阜，六辔在手。公之媚子，从公于狩……輶车鸾镳，载猃歇骄。

8．侏离之言。见杨允孚《上京杂咏》"侏离"条注。

9．毛皮和缯帛，古代用作聘享的贵重礼物。《国语·吴语》：王曰："越国南则楚，西则晋，北则齐，春秋皮币、玉帛、子女以宾服焉，未尝敢绝，求以报吴。愿以此战。"

10．指荒服、要服。古代王畿外围，以五百里为一区划，由近及远，分别为甸服、侯服、绥服（一曰宾服）、要服、荒服，合称五服。《国语·周语上》：夫先王之制，邦内甸服，邦外侯服，侯卫宾服，蛮夷要服，戎狄荒服。

岳牧[1]恭迎舜，封人[2]愿祝尧。

六宫程缓缓，列寺[3]思飘飘。

丝裊双行鞚，璆鸣杂佩瑶。

宝钿榆荚小，锦斸草花娇。

绣袄珠鞲络，香鬟玉步摇。

婕妤辞并载[4]，王母会频邀[5]。

拾翠深沙岭，梯虹复涧桥。

天长躔北日[6]，斗近建南杓[7]。

珍味高陀鼠，丹馨散地椒。

庐儿分逐兔，土屋竞停雕。

白貂衣温座，黄羊酪冻瓢。

1．传说为尧舜时四岳十二牧的省称，后世称封疆大吏。《尚书·周书·周官》：曰："唐虞稽古，建官惟百，内有百揆四岳，外有州、牧、侯伯。庶政惟和。"

2．掌守帝王社坛及京畿疆界的官。《周礼·地官·封人》：封人掌设王之社壝，为畿，封而树之。凡封国，设其社稷之壝，封其四疆。造都邑之封域者，亦如之。

3．古代诸官署的名称。秦以官员任职之所通称为寺，后也代指官员。《隋书·百官志中》：太常、光禄、卫尉、宗正、太仆、大理、鸿胪、司农、太府，是为九寺。

4．即班婕妤辞辇。《汉书·外戚传下·孝成班婕妤传》。成帝游于后庭，尝欲与婕仔同辇载，婕仔辞曰："观古图画，圣贤之君皆有名臣在侧，三代末主乃有嬖女，今欲同辇，得无近似之乎？"上善其言而止。

5．西王母下降尘世会汉武帝。晋·张华《博物志卷八·史补》：汉武帝好仙道，祭祀名山大泽以求神仙之道。时西王母遣使乘白鹿告帝当来，乃供帐九华殿以待之。七月七日夜漏七刻，王母乘紫云车而至于殿西，南面东向，头上戴玉胜，青气郁郁如云。有三青鸟，如乌大，使侍母旁。时设九微灯。帝东面西向，王母索七桃，大如弹丸，以五枚与帝，母食二枚。

6．地球围绕太阳运转，而太阳又围绕着银河系运转。太阳运行的轨道叫"黄道"；地球中央有一条假想的与地轴垂直的圆，即赤道。《汉书·天文志六》：其食，食所不利；复生，生所利；不然，食尽为主位。以其直及日所躔加日时，用名其国。又，宋·王应麟《三字经》：曰黄道，日所躔。曰赤道，当中权。

7．古代天文学称北斗星斗柄所指为"建"。一年之中，斗柄旋转而依次指为十二辰，称为十二月建；杓，北斗七星柄部的三颗星玉衡、开阳和摇光的称呼。《汉书·律历志上》：玉衡杓建，天之纲也；日月初躔，星之纪也。

桓城¹金合沓²，滦阙³紫嶕峣。

社稷尊王统，山河固庙祧⁴。

明明神爽降，秩秩礼文饶。

宠遂⁵光幽朔，畋同阅狝苗⁶。

蹛林酺已举，款塞⁷福皆徼。

棕殿三呼岁，枫墀⁸九奏箫⁹。

祝融回酷暑，少昊戒灵飙¹⁰。

旧制先回辕，良辰次起轺¹¹。

谢恩多帝胄，纪实得台僚。

至治音俱雅，于皇德孔昭。

1．即桓州城，指当时的上京、上都。

2．攒聚、重叠。晋·谢灵运《登庐山绝顶望诸峤》：峦陇有合沓，往来无踪辙。昼夜蔽日月，冬夏共霜雪。

3．滦河岸边的宫阙，即上都城高大的宫廷建筑。

4．祖庙。《周礼·春官·小宗伯》：辨庙祧之昭穆，掌三吉凶之五服、车旗、宫室之禁。

5．使之尊荣显达。汉·王符《潜夫论·务本》：故为政者，明督工商，勿使淫伪；困辱游业，勿使擅利；宽假本农，而宠遂学士，则民富而国平矣。

6．狩猎。古代有春蒐，夏苗，秋狝，冬狩之说。见王恽《飞豹行》"猎法"条注。

7．意谓外族前来通好。《史记·太史公自序》：汉兴以来，至明天子，获符瑞，封禅，改正朔，易服色，受命于穆清，请来献见者，不可胜道。

8．同枫陛、枫宸。见迺贤《宫词八首》"枫宸"条注。

9．即《箫韶》九成，虞舜时的乐曲。《史记·夏本纪》：祖考至，群后相让，鸟兽翔舞，箫韶九成，凤皇来仪，百兽率舞，百官信谐。

10．指巨风，神风。《宋史·乐志十（乐章四）》：后祇格思，灵飚肃然。庭受景福，遐哉亿年。

11．即轺车，轻便马车，小车。《汉书·王莽传下》：夙夜连率韩博上言："有奇士，长丈，大十围，来至臣府，曰欲奋击胡虏。自谓巨毋霸，出于蓬莱东南，五城西北昭如海濒，轺车不能载，三马不能胜。即日以大车四马，建虎旗，载霸诣阙。霸卧则枕鼓，以铁箸食，此皇天所以辅新室也。"

相如惭禅议[1]，谋父感祈招[2]。

蕞尔蕲兴裋，纷然颍煽妖。

漕输横蜃鳄，衡祀缺臂萧[3]。

边警初传箭，军容半珥貂。

荐添烽堠（一作"燧"）迫，有甚火云骄。

衮服中垂拱，微垣外寂寥。

几多遗鹤发，曾共望鸡翘。

二洛遄通晋[4]，三韩复入辽[5]。

不无双国士[6]，正赖一嫖姚[7]。

求剑舟难刻，更弦瑟好调。

扶颠须砥柱，拨乱岂刍荛。

---

1. 司马相如作有《封禅书》，叙述了古代传说中七十二位国君封禅泰山，而汉王朝文治武功，显赫一时，四境归顺，祥瑞屡现，雄才大略可与历代君王媲美。司马相如去世后，此文被呈献给汉武帝，对汉武帝日后多次封禅活动有重要影响。原文保留在《史记·司马相如列传》中。

2. 谋父，即祭公谋父，周朝人，是周穆王当政时期的大臣，善谏止。《左传·昭公十二年》：昔周王欲肆其心，周行天下，将皆必有车辙马迹焉。祭公谋父作《祈招》之诗以止王心。其诗曰："祈招之愔愔，式昭德音，思我王度，式如玉，式如金。刑人之力，而无醉饱之心。"

3. 油脂与艾蒿，古代祀神时焚之以散发馨香。《汉书·礼乐志》：练时日，候有望，焫膋萧，延四方。

4. 洛水与北洛水均在山西境内汇入黄河。

5. 古代朝鲜半岛南部三个部落联盟马韩、辰韩和弁韩，后被新罗所统一。《后汉书·东夷列传·三韩传》：韩有三种：一曰马韩、二曰辰韩、三曰弁辰。马韩在西，有五十四国，其北与乐浪，南与倭接，辰韩在东，十有二国，其北与濊貊接。弁辰在辰韩之南，亦十有二国，其南亦与倭接。

6. 萧何评价韩信为无双国士；又唐代许远、张巡坚守睢阳，双双殉国，也被称为双国士。《史记·淮阴侯列传》：何曰："诸将易得耳。至如信者，国士无双。王必欲长王汉中，无所事信；必欲争天下，非信无所与计事者。顾王策安所决耳。"

7. 汉霍去病曾为嫖姚校尉。《史记·卫将军骠骑列传》：元狩二年春，以冠军侯去病为骠骑将军，将万骑出陇西，有功。天子曰："骠骑将军率戎士逾乌盭，涉狐奴，历五王国，辎重人众慑慴者弗取，冀获单于子。转战六日，过焉支山千有余里，合短兵，杀折兰王，斩卢胡王，诛全甲，执浑邪王子及相国、都尉，首虏八千余级，收休屠祭天金人，益封去病二千户。"……元狩六年而卒。天子悼之，发属国玄甲军，陈自长安至茂陵，为冢象祁连山。

戎幕辞巢父，诗坛老伍乔[1]。

式瞻[2]阿阁凤[3]，驯止泮林[4]鸮。

并论公殊迹，吾知迈董晁[5]。

塞上曲五首

木叶满关河，辕门肃佩珂。

将军提剑舞[6]，烈士击壶歌[7]。

月黑辉铜兽，风高啸紫驼。

不堪城上角，五夜[8]落梅多。

将令传中阃[9]，交欢浃两军。

1．生卒年不详，南唐庐江人，工诗文。南唐保大元年以《八卦赋》中进士第一，元宗曾命石勒伍乔之赋于国门。元·辛文房《唐才子传·伍乔》：乔，少隐居庐山读书，工为诗，与杜牧之同时擢第。初，乔与张泊少友善，泊仕为翰林学士，眷宠优异，乔时任歙州司马，自伤不调，作诗寄泊，戒去仆曰："侯张游宴，即投之。"泊得缄云："不知何处好销忧，公退携樽即上楼。职事久参侯伯幕，梦魂长达帝王州。黄山向晚盈轩翠，黟水含春绕郡流。遥想玉堂多暇日，花时谁伴出城游。"泊动容久之，为言于上，召还为考功员外郎，卒官。今有诗二十余篇，传于世。

2．敬仰，景慕。《北齐书·王昕列传》：对曰："元景位望微劣，不足使殿下式瞻仪形，安敢以亲王僚案，从厮养之役。"

3．阿阁，四面都有檐霤的楼阁。唐·杨炯《少室山少姨庙碑》：岂直凤巢阿阁，入轩后之图书；鱼跃中舟，称武王之事业。

4．泮水边的林木，指泮林革音，即影响感化而改变旧习性。《诗经·鲁颂·泮水》：翩彼飞鸮，集于泮林。食我桑黮，怀我好音。

5．也作"晁、董"，指董仲舒、晁错，均博通经籍。《宋史·王十朋传》：上嘉其经学淹通，议论醇正，遂擢为第一。学者争传诵其策，以拟古晁、董。

6．将军舞剑的典故颇多。宋·佚名《宣和画谱卷二·吴道玄》：开元中，将军裴旻居母丧，请道子画鬼神于天官寺资母冥福。道子使旻屏去缞服，用军装缠结，驰马舞剑，激昂顿挫，雄杰奇伟，观者数千百人，无不骇慄。而道子解衣，磅礴因用其气以壮画思，落笔风生，为天下壮观。

7．即王敦击壶，王敦，字处仲，东晋人。《晋书·王敦列传》：每酒后辄咏魏武帝乐府歌曰："老骥伏枥，志在千里。烈士暮年，壮心不已。"以如意打唾壶为节，壶边尽缺。

8．五更、五鼓，也指戊夜。北齐·颜之推《颜氏家训·书证》：汉魏以来，谓为甲夜、乙夜、丙夜、丁夜、戊夜；又云鼓，一鼓、二鼓、三鼓、四鼓、五鼓；亦云一更、二更、三更、四更、五更，皆以五为节。

9．中军。《元史·伯颜列传》：乃命阿剌罕取道于独松，董文炳进师于海渚，臣与阿塔海忝司中阃，直指伪都。

地形龙虎踞，阵伍鸟蛇分。

清野辉燕日，黄河泻岱云[1]。

生灵如有赖，绛灌不无文[2]。

月照小长安，风生大将坛。

虎皮开玉帐，牛耳割铜盘。

伯气[3]寒逾肃，军声夜不讙[4]。

皇天眷西顾，慎取一泥丸。

革带钩鹰鞲[5]，联镳猎楚陵。

白肥霜后兔，青没海东鹰。

千里榛芜辟，三年稌谷登。

中郎示闲暇，呼酒出房烝[6]。

诸夏皇威立，三边敌气衰。

角弓分虎圈，乳酒下龙墀。

蜂午[7]敲氛远，鼍更[8]窟宅移。

舆图欲尽入，中道勿班师。

1．喜雨之云。汉·应劭《风俗通·山泽·五岳》：岱者，始也；宗者，长也。万物之始，阴阳交代，云触石而出，肤寸而合，不崇朝而徧雨天下，其惟泰山乎！

2．绛侯周勃与颍阴侯灌婴，均为西汉建国功臣，二人起自布衣，鄙朴无文。《晋书·刘元海载记》：尝谓同门生朱纪、范隆曰："吾每观书传，常鄙随陆无武，绛灌无文。道由人弘，一物之不知者，固君子之所耻也。二生遇高皇而不能建封侯之业，两公属太宗而不能开庠序之美，惜哉！"

3．同"霸气"。

4．同"欢"。

5．拳鹰者所用的皮臂套，打猎时用以保护手臂，停立猎鹰。唐·白居易《和梦游春诗一百韵》：鹰鞲中病下，豸角当邪触。纠谬静东周，申冤动南蜀。

6．古代祭祀时，将解剖到一半的祭牲，抬放到放置祭品的器皿上。《国语·周语中》：禘郊之事，则有全烝；王公立饫，则有房烝；亲戚宴飨，则有肴烝。

7．也作"蜂午"，纷然并起。《史记·项羽本纪》：今君起江东，楚蜂午之将皆争附君者，以君世世楚将，为能复立楚之后也。

8．鼍夜鸣与更鼓相应，用以指更鼓声，也指战鼓声。宋·陆游《夏夜》：六尺筇枝滕上横，中庭岸帻听鼍更。露零金掌汉宫晓，月度银河秦塞明。

无题

五纬[1]南行秋气高，大河诸将走儿曹。

投鞍尚得齐熊耳[2]，卷甲何堪弃虎牢。

汧陇[3]马肥青苜蓿，甘梁[4]酒压紫蒲萄。

神州比似仙山固，谁料长风掣巨鳌。

天枪[5]几夜直钩陈[6]，车驾高秋重北巡。

总谓羽林无猛士，不缘金屋有佳人。

广寒霓仗闲华月，太液龙舟动白萍。

雪满上京劳大飨，西封华岳吊秦民[7]。

白衣舠艫渡吴兵[8]，赤羽旌旗夺赵营[9]。

---

1. 也称五星，古人将太白、岁星、辰星、荧惑、填星即金、木、水、火、土星这五颗行星合起来的称呼，五星与日、月合称七曜。《后汉书·律历志下》：日、月、五纬，各有终原，而七元生焉。

2. 山名，一在河南，一在湖南，此处应指河南之熊耳山。《后汉书·刘盆子列传》：樊崇乃将盆子及丞相徐宣以下三十余人肉袒降。上所得传国玺绶，更始七尺宝剑及玉璧各一。积兵甲宜阳城西，与熊耳山齐。

3. 汧水、陇山一带，传说此处之渥洼是天马的产地。《汉书·王莽列传中》：怀羌子王福曰："汧陇之阻，西当戎狄。女作五威右关将军，成固据守地，怀羌于右。"

4. 甘州、梁州，泛指张掖、武威等河西走廊地区和陕西汉中、巴蜀、云贵部分地区。《尚书·禹贡》：华阳黑水惟梁州，岷嶓既艺，沱潜既道，蔡蒙旅平，和夷底绩。

5. 星宿名。《晋书·天文志上》：天枪三星，在北斗杓东，一曰天钺，天之武备也。

6. 星宿名。《晋书·天文志上》：北极五星，钩陈六星，皆在紫宫中……钩陈，后宫也，大帝之正妃也，大帝之常居也。北四星曰女御官，八十一御妻之象也。钩陈口中一星曰天皇大帝，其神曰耀魄宝，主御群灵，执万神图。

7. 元仁宗延佑四年，朝廷曾派人祭西岳华山，赈济灾民。《元史·仁宗本纪三》：遣御史大夫伯忽、参知政事王桂祭陕西岳镇名山，赈恤秦州被灾之民。

8. 三国时，吕蒙计袭关羽事。《三国志·吴书·吕蒙列传》：蒙至寻阳，尽伏其精兵舠艫中，使白衣摇橹，作商贾人服，昼夜兼行，至羽所置江边屯候，尽收缚之，是故羽不闻知。

9. 秦末韩信、张耳指挥的一次著名战役。《史记·淮阴侯列传》：于是信、张耳详弃鼓旗，走水上军。水上军开入之，复疾战。赵果空壁争汉鼓旗，逐韩信、张耳。韩信、张耳已入水上军，军皆殊死战，不可败。信所出奇兵二千骑，共候赵空壁逐利，则驰入赵壁，皆拔赵旗，立汉赤帜二千。赵军已不胜，不能得信等，欲还归壁，壁皆汉赤帜，而大惊，以为汉皆已得赵王将矣，兵遂乱，遁走，赵将虽斩之，不能禁也。

滦水天回龙虎气，榆林风逐马驼声。

靓妆宫女愁啼竹[1]，白发祠官忆荐樱。

犹有燕鹰神不王[2]，驾鹅高去塞云平。

五城[3]月落静朝鸡[4]，万灶烟消入水犀。

椒闼[5]佩琚遗白草，木天[6]图籍冷青藜[7]。

北臣旧说齐王肃[8]，南仕新闻汉日碑[9]。

天意人心竟何在，虎林[10]还控雁门西。

廿载群雄百战疲，金城万雉自汤池。

地分玉册盟俱在[11]，露仄铜盘影不支。

1．传说舜的王后与妃子娥皇、女英在他死后泪洒于湘竹而导致竹留泪痕。晋·张华《博物志卷八·史补》：尧之二女，舜之二妃，曰湘夫人。舜崩，二妃啼，以涕挥竹，竹尽斑。

2．同"旺"。宋·李处权《同吕倅小饮》：一日不作诗，已觉神不王，一日不饮酒，更苦舌本强。

3．指京城，古代有时候把京城分为中城、东城、南城、西城、北城五部分，因而得名。《魏书·西域列传·大秦国传》：其王都城分为五城，各方五里，周六十里。王居中城。

4．早晨报晓的雄鸡。宋·袁文《瓮牖闲评》卷五：朝鸡者，鸣得绝早，盖以警入朝之人，故谓之朝鸡。

5．后妃所居之处。《宋史·乐志十五（鼓吹上）》：庆深恩，宝历正乾坤。前帝子，后圣孙，援立两仪轩。西宫大母朝寝门，望椒闼常温。芳时媚景，有三千宫女，相将奉玉辇金根。

6．秘书阁的别称，因其屋宇高大宏敞而得名。宋·陆游《恩除秘书监》：海边郑叟穷耽酒，吴下韦郎晚学诗。扶上木天君莫笑，衰残不似壮游时。

7．夜读照明的灯烛，借指苦读。见迺贤《失剌斡耳朵观诈马宴奉次贡泰甫授经先生韵》"青藜"条注。

8．王肃，字恭懿，琅琊临沂人，北魏名臣，太和十七年，父兄为齐王萧赜所杀害，肃归降北魏，深受高祖、孝文帝重用，文帝驾崩，王肃顾命。先后破齐国的裴叔业、黄瑶等。《魏书·王肃列传》：王肃，字恭懿，琅邪临沂人……父奂及兄弟并为萧赜所杀，肃自建业来奔……器重礼遇日有加焉，亲贵旧臣莫能间也……肃频在边，悉心抚接，远近归怀，附者若市，以诚绥纳，咸得其心。清身好施，简绝声色，终始廉约，家无余财。

9．金日碑降汉事。见周伯琦《是年五月扈从上京官学纪事二十首》"日碑"条注。

10．即虎林关，从文字上看，似为雁门关西侧的一座关隘。历史上所记虎林关在郑州附近，当非指此；或指虎牢关也未可知，具体情形待考。

11．玉册，祭祀时告天或皇帝即位的册文，也用于册命太子、皇后或先帝谥号，还用于分封大臣；成吉思汗时期曾大量册封诸子诸孙及有功诸臣。《旧唐书·明帝本纪二》：尚父、吴越国王钱镠遣使进金器五百两、银万两，绫万匹谢恩，赐玉册、金印。

中夜马群风北向，当年车辙日南驰。

独怜石鼓[1]眠秋草，犹是宣王颂美辞[2]。

后无题

一国三公[3]狐貉衣，四郊多垒鸟蛇围。

天街不辨玄黄马，宫漏稀传日月闰。

嵇绍可能留溅血[4]，谢玄[5]那及总戎机。

只应大驾惩西楚，弗对虞歌[6]北渡归。

1. 又称陈仓石鼓，中国九大镇国之宝之一，被康有为誉为"中华第一古物"。公元627年，发现于凤翔府陈仓境内的陈仓山，共十只，高二尺，直径一尺多，形状象鼓而上细下粗顶微圆（实为碣状），十个花岗岩材质的石鼓每个重约一吨，在每个石鼓上面都镌刻石鼓文，因铭文中多言渔猎之事，故又称它为"猎碣"。被发现后，曾先后历经安史之乱移至荒野掩埋、唐末被盗运隐迹江湖、靖康之变被弃燕京等。现存于陕西省宝鸡市石鼓博物馆内。

2. 韦应物、韩愈《石鼓歌》认为是周宣王时期的石刻，欧阳修《石鼓跋尾》也认为属周宣王时史籀所作。

3. 一个国家有三个主持政事的人，比喻事权不统一，使人不知道听谁的话好。元顺帝时，权臣伯颜等专权，朝政混乱，顺帝一度几为傀儡。《元史·顺帝本纪三》：六年……二月……己亥，黜中书大丞相伯颜为河南行省左丞相，诏曰："朕践位以来，命伯颜为太师、秦王、中书大丞相，而伯颜不能安分，专权自恣，欺朕年幼，轻视太皇太后及朕弟燕帖古思，变乱祖宗成宪，虐害天下。"

4. 嵇绍，字延祖，谯国铚人，嵇康之子。为晋大臣，官至侍中，因舍身保卫晋惠帝而身亡。《晋书·忠义列传·嵇绍传》：嵇绍，字延祖，魏中散大夫康之子也……绍以天子蒙尘，承诏驰诣行在所。值王师败绩于荡阴，百官及侍卫莫不散溃，唯绍俨然端冕，以身捍卫，兵交御辇，飞箭雨集，绍遂被害于帝侧，血溅御服。

5. 东晋名将、文学家、军事家，有经国才略，善于治军，曾组织北府军抗击侵略。《晋书·谢安列传》：玄字幼度。少颖悟……及长，有经国才略……及苻坚自率兵次于项城，众号百万……玄与琰、伊等以精锐八千涉渡肥水……玄、琰仍进，决战肥水南。坚中流矢，临阵斩融。坚众奔溃，自相蹈藉投水死者不可胜计，肥水为之不流。余众弃甲宵遁，闻风声鹤唳，皆以为王师已至，草行露宿，重以饥冻，死者十七八。

6. 项羽垓下之围有"虞兮虞兮奈若何"之悲歌。《史记·项羽本纪》：项王军壁垓下，兵少食尽，汉军及诸侯兵围之数重。夜闻汉军四面皆楚歌，项王乃大惊曰："汉皆已得楚乎？是何楚人之多也！"项王则夜起，饮帐中。有美人名虞，常幸从；骏马名骓，常骑之。于是项王乃悲歌慷慨，自为诗曰："力拔山兮气盖世，时不利兮骓不逝。骓不逝兮可奈何，虞兮虞兮奈若何！"歌数阕，美人和之。项王泣数行下，左右皆泣，莫能仰视。

吐蕃回纥使何如，冯翊扶风[1]守大疏。

范蠡不辞句践难[2]，学生何忍惠王书[3]。

银河珠斗[4]低沙幕，乳酒黄羊减拂庐[5]。

北陆渐寒冰雪早，六龙好扈五云车[6]。

回首昆仑五色天，疏风落日重徊徨。

驾骖八骏非忘镐，台置千金[7]旧慕燕。

地限上林云过雁，雪封西岭树啼鹃。

远惭行在周庐[8]士，横草无功日晏眠。

险塞居庸未易劖，望乡台上望乡多。

---

1. 原为官职名称，后将其所辖区域以其官职相称呼，逐渐演变成地名；即汉武帝太初元年，在地处京畿的关中中部，设置京兆尹、左冯翊、右扶风，后演变成地望名称。《汉书·地理志上》：左冯翊，故秦内史，高帝元年属塞国，二年更名河上郡，九年罢，复为内史。武帝建元六年分为左内史，太初元年更名左冯翊……右扶风，故秦内史，高帝元年属雍国，二年更为中地郡。九年罢，复为内史。武帝建元六年分为右内史，太初元年更名主爵都尉为右扶风。

2. 范蠡楚国人，后离楚赴越，曾献策扶助越王勾践复国，功成身退，隐于江湖。《史记·蔡泽列传》：此所谓信而不能诎，往而不能返者也。范蠡知之，超然辟世，长为陶朱公。

3. 燕惠王即位，听信谗言，乐毅挂印而去，惠王派人去责备乐毅，乐毅写了《报燕惠王书》，以自证忠诚。《史记·乐毅列传》：惠王自为太子时尝不快于乐毅……燕惠王后悔使骑劫代乐毅……又怨乐毅之降赵……燕惠王乃使人让乐毅……乐毅报遗燕惠王书。

4. 因北斗七星相贯如珠而得名。唐·王维《同崔员外秋宵寓直》：月回藏珠斗，云消出绛河。更惭衰朽质，南陌共鸣珂。

5. 上层吐蕃人居住的毡帐。《旧唐书·吐蕃传上》：其国都城号为逻些城。屋皆平头，高者至数十尺。贵人处于大毡帐，名为拂庐。

6. 传说仙人所乘的云车。南北朝·庾信《道士步虚词》：东明九芝盖，北烛五云车。飘飘入倒景。出没上烟霞。

7. 燕昭王即位后，决心兴复燕国，筑黄金台招贤纳才，先后有郭隗、乐毅等前往。《战国策·燕策一》：昭王为隗筑宫，而师之。乐毅自魏往，邹衍自齐往，剧辛自赵往，士争凑燕。燕王吊死问生，与百姓同其甘苦……二十八年，燕国殷富……于是遂以乐毅为上将军，与秦、楚、三晋合谋以伐齐。齐兵败。

8. 古代皇宫周围所设警卫庐舍。《史记·秦始皇本纪》：卫令曰："周庐设卒甚谨，安得贼敢入宫？"

君心不隔丹墀草，祖誓无忘黑水河[1]。

前后炎刘[2]中运歇，东西元魏百年过[3]。

愁来莫较兴衰理，只在当时德若何。

黄河清浅海尘扬，陕月关云气惨苍。

宁复明珠专甓社[4]，尚论玉兔踞金床[5]。

衣冠并入梁园宴[6]，简册潜回孔壁光[7]。

私幸老归忘世事，梧桐朝影对溪堂。

钱谦牧注：前后十首，皆感悼王师入燕，庚申北狩之事[8]。

---

1. 柯九思《官词》：黑河万里连沙漠，世祖深思创业难。数尺栏杆护春草，丹墀留于子孙看。其自注为：世祖建大内，命移沙漠莎草于丹墀，示子孙勿忘草地也。

2. 刘秀火德，因称"炎刘"，建立东汉，中兴刘汉王朝。《魏书·霍光列传》：寻石经之作，起自炎刘，继以曹氏《典论》，初乃三百余载，计末向二十纪矣。

3. 元魏即北魏（386～557），也称拓跋魏、后魏，鲜卑人拓跋氏建立的政权，534年分裂为东魏、西魏；东魏武定八年（550年），西魏恭帝三年（557年），东、西魏先后灭亡。因魏孝文帝迁都洛阳，改姓元，因称"元魏"。《北史·魏本纪第三》：（十七年冬十月）诏征司空穆亮与尚书李冲、将作大匠董爵经始洛京……（十八年二月）甲辰，诏喻天下以迁都意……（十九年）九月，六官及文武尽迁洛阳……二十年春正月丁卯，诏改姓元氏。又，《旧唐书·刘崇望传》：刘崇望，字希徒。其先代郡人，随元魏孝文帝徙洛阳，遂为河南人。

4. 即甓社珠，也作"甓珠"，相传宋代人孙觉在江苏高邮甓社湖边夜坐，忽觉窗明如昼，沿湖寻找，发现有一大珠，荧光烛天。孙觉当年即登第。宋·张表臣《观高邮寺壁曹仁熙画水感事伤时呈以道人》：此身端的老江湖，雨笠烟蓑是所图。他年但饱扬州米，今日宁论甓社珠。

5. 尊贵者所坐之椅。宋·李刘《寿漕使》：金床玉兔岁重逢，初度占星尚剑东。铁马未穷耕渭上，木牛且合漕关中。

6. 汉代梁孝王刘武所建梁园，也称梁苑、兔园、睢园、修竹园，俗名竹园；梁孝王爱才、喜风雅，为当时文人燕集之所，枚乘、邹忌、庄忌、司马相如等皆曾集聚于此。《汉书·梁孝王刘武列传》：于是孝王筑东苑，方三百余里，广睢阳城七十里，大治宫室，为复道，自宫连属于平台三十余里……招延四方豪桀，自山东游士莫不至。

7. 孔子故宅的墙壁，据传古文经籍出于壁中。《汉书·鲁恭王列传》：恭王初好治宫室，坏孔子旧宅以广其宫，闻钟磬琴瑟之声，遂不敢复坏。于其壁中得古文经传。

8. 庚申，即庚申帝，又称庚申君，指元顺帝，因元顺帝孛儿只斤·妥欢帖睦尔生于庚申年(延祐七年)，民间用以称呼他；北狩，到北方游猎，借指向北逃亡。1368年，元顺帝出逃大都到上都，次年从上都出逃应昌，不幸病逝于此。《元史·顺帝本纪十》：（二十八年）丙寅，帝御清宁殿，集三宫后妃、皇太子、皇太子妃，同议避兵北行……至夜半，开健德门北奔。八月庚午，大明兵入京城，国亡。后一年，帝驻于应昌府，又一年，四月丙戌，帝因痢疾殂于应昌。

题李陵泣别图

节毛[1]风动马骍骍[2]，塞日无光汉月辉。

不谓家声竟陨落，壮心曾待斩关归[3]。

题蔡琰还汉图

铜台[4]春深边草绿，琰因名父千金赎[5]。

残生既免毡裘鬼，哀衷莫尽芦笳曲。

旧时汉妆慵复理，感义怀惭归董祀。

入朝好语乱世雄，贱妾不为天地容。

尔其忠事山阳公[6]。

感宋遗事二首有引

至元十三年正月，巴延丞相入杭。二月，起宋三宫赴上都，五月见世祖

---

1. 即节旄。《史记·袁盎列传》：司马与分背，袁盎解节毛怀之，杖，步行七八里，明，见梁骑，骑驰去，遂归报。

2. 马行走不止。《诗经·小雅·四牡》：四牡骍骍，周道倭迟。岂不怀归？王事靡盬，我心伤悲。

3. 汉代司马迁为代表的部分人认为李陵投降匈奴是权宜之计，最终会待机归汉。汉·司马迁《报任少卿书》：身虽陷败彼，彼观其意，且欲得其当而报汉。

4. 即铜雀台。《三国志·魏书·武帝纪一》：十五年……冬，作铜雀台。又，北魏·郦道元《水经注卷十·浊漳水、清漳水》：中曰铜雀台，高十丈，有屋百一间，台成，命诸子登之，并使为赋。陈思王下笔成章，美捷当时……又于屋上起五层楼，高十五丈，去地二十七丈，又作铜雀于楼巅，舒翼若飞。南则金虎台，高八丈，有屋百九间。北曰冰井台，亦高八丈，有屋百四十五间，上有冰室，室有数井，井深十五丈，藏冰及石墨焉。

5. 蔡琰是东汉大文豪蔡邕的女儿，蔡邕是曹操的恩师、挚友，曹操统一北方，感念恩师，用重金赎回了蔡文姬。文姬归汉后，嫁给了董祀。《后汉书·列女传·董祀妻传》：陈留董祀妻者，同郡蔡邕之女也，名琰，字文姬……兴平中，天下丧乱，文姬为胡骑所获，没于南匈奴左贤王，在胡中十二年，生二子。曹操素与邕善，痛其无嗣，乃遣使者以金璧赎之，而重嫁于祀。

6. 献帝刘协禅位给曹丕，后被曹丕封为山阳公，其后世子孙承袭此爵。《后汉书·孝献帝本纪》：冬十月乙卯，皇帝逊位，魏王丕称天子。奉帝为山阳公，邑一万户，位在诸侯王上，奏事不称臣，受诏不拜。

皇帝。寻命幼主为检校大司徒，封瀛国公。十二日，内人安康朱夫人、安定陈夫人，二侍儿失其姓。浴罢，肃襟闭门，焚香于地，并雉经死衣中。有清江纸书云："不免辱国，幸免辱身；不辱父母，免辱六亲。艺祖受命立国，以仁中兴，南渡踰三百春，躬受宋禄，羞为北臣，大难既至，守于一贞，焚香设誓，代书诸绅，忠臣义士，期以自新。丙子五月吉日，泣血书。"

五月无花草满原，天回南极夜当门。
龙香一篆魂同返，犹藉君王旧赐恩。

天遣南姝死北燕，宋朝家法最堪传。
当时赐葬崇双阙，混一当过亿万年。

王翰

（1333～1378年），字用文，初名那木罕，祖籍灵武，先世本齐人，没于西夏，元初赐姓唐兀氏；后迁安徽庐州（今合肥市），居庐州，任潮州路总管，为政清明。明一统天下，王翰移居永福县观猎山，自号友石山人，明太祖征召，他不事二主，将儿子王偁托付给友人吴海，引刀自决。平生好读书史，能诗善画，好游山水。明人编有《友石山人遗稿》。

牧羊

羔羊不受秣，呦呦索晨牧。

稚子惧出门，动与虎狼触。

垂鞭不敢前，常向风雨哭。

我老轻其生，仗策入幽谷。

原平散漫食，径狭相追逐。

霜余野草白，沙寒山水绿。

荒磴随渔樵，深林杂麋鹿。

读书坐盘石，摴蒱[1]向皋陆[2]。

为感蒙庄[3]言，归涂[4]不可暮。

---

1. 古代博戏，似后代的掷骰子。南北朝·刘义庆《世说新语·任诞》：温太真位未高时，屡与扬州、淮中估客摴蒱，与辄不竞。尝一过大输物，戏屈，无因得反。与庾亮善，于舫中大唤亮曰：卿可赎我！庾即送直，然后得还。经此数四。

2. 平原、平地。《史记·孝武本纪》：制诏御史：“昔禹疏九江，决四渎。闲者河溢皋陆，堤繇不息。”

3. 庄周。《旧唐书·方伎列传·孙思邈传》：邈道合古今，学殚数术。高谈正一，则古之蒙庄子；深入不二，则今之维摩诘。

4. 同“途”。

附：题画葵花

上苑余春辇路荒，芳菲落尽更堪伤。

怜渠自是无情物，犹解倾心向太阳。

昭君怨

回首长门¹泪暗流，毡城春似汉宫秋。

琵琶强劝单于酒，酒正酣时妾正愁。

---

1. 汉代陈皇后被废，迁居长门宫，长门宫自此也成为冷宫的代名词；陈皇后被废后心有不甘，千金买赋，得司马相如所作《长门赋》，以期君王能回心转意。《汉书·外戚列传上·孝武陈皇后传》：使有司赐皇后策曰："皇后失序，惑于巫祝，不可以承天命。其上玺绶，罢退居长门宫。"

王沂

　　生卒年不可考，一说卒于1362年，字师鲁（一作思鲁），祖籍云中，徙于真定（今河北正定）。于延佑二年（1315）中进士，历任临淮县尹、嵩州同知；元文宗至顺间为翰林编修，后历国子博士、翰林待制，元顺帝至正初，任礼部尚书。以"总裁官"的身份编定辽、金、宋三朝史。诗文集《伊滨集》早佚，清乾隆年间修《四库全书》，从《永乐大典》中辑出王沂《伊滨集》诗文各十二卷。

芍药茶[1]

瀛洲忆昔较群才，一饮云腴[2]睡眼开。
陆羽[3]似闻茶具在，谪仙空载酒船回。

溧水琼芽取次春，仙翁落杵玉为尘。
一杯解得相如渴，点笔凌云[4]赋大人。

扬州四月春如海，彩笔曾题第一花[5]。

　　1．元上都附近多芍药，当地人有以芍药嫩芽为原料制作饮品，即"琼芽""溧水琼芽"，刘敏中诗中邢氏，袁桷诗中邢伯宜、邢伯才兄弟，黄溍诗中"邢君"即擅此。

　　2．茶的别称。宋·黄儒《<品茶要录>叙》：借使陆羽复起，阅其金饼，味其云腴，当爽然自失矣。

　　3．字鸿渐，一名疾，字季疵，号竟陵子、桑苎翁、东冈子，又号茶山御史。以《茶经》闻名于世，被誉为茶仙，尊为茶圣，祀为茶神。《新唐书·隐逸列传·陆羽传》：陆羽，字鸿渐，一名疾，字季疵，复州竟陵人……羽嗜茶，著经三篇，言茶之原、之法、之具尤备，天下益知饮茶矣。时鬻茶者，至陶羽形置炀突间，祀为茶神。有常伯熊者，因羽论复广著茶之功。御史大夫李季卿……至江南，又有荐羽者，召之，羽衣野服，挈具而入，季卿不为礼，羽愧之，更著《毁茶论》。其后尚茶成风。

　　4．即凌云笔，原是赞扬庾信笔势超俗，才思纵横出奇，后泛指为文作诗的高超才华。唐·杜甫《戏为六绝句》：庾信文章老更成，凌云健笔意纵横。今人嗤点流传赋，不觉前贤畏后生。

　　5．扬州芍药与洛阳牡丹齐名。宋·王观《扬州芍药谱》：今洛阳之牡丹，维扬之芍药，受天地之气以生，而小大浅深，一随人力之工拙；而移其天地所生之性。故奇容异色，间出于人。间以人而盗天地之功而成之，良可怪也。又，宋·贺铸《第一花·鹧鸪天》：豆蔻梢头莫漫夸。春风十里旧繁华。金楼玉蕊皆殊艳，别有倾城第一花。

夜直承明[1]清似水，铜瓶催火试新芽。

余往年试上京乡贡士于集贤署，邢君遵道茶号"滦水琼芽"。今俯仰七年，而遵道捐馆久矣。其子克世其业，携茶过寓舍。为赋小诗三首，山阳闻笛[2]之感同一慨然也。

上京诗

离宫金碧郁岧峣[3]，只隔滦河一水遥。

知是上林来进果，铃声隐隐转山腰。

黄金布地宝陈华，香漾蔷薇洗佛牙。

甘露穴中遗舍利[4]，神光五色莹无瑕。

曼衍鱼龙[5]杂梵仪，金仙来降凤城时。

都人稽首瞻雕辇，漠漠祥云护彩旗。

白面王孙家五陵，朝回新赐雪毛鹰。

金沟芳草沿堤绿，蹀躞花骢骄不胜。

龙绡[6]衣薄怯新凉，银叶烟消换日香。

---

1. 古代天子左右路寝，即古代天子、诸侯的正厅；汉代未央宫中的一座宫殿。《汉书·翼奉列传》：未央宫又无高门、武台、麒麟、凤皇、白虎、玉堂、金华之殿，独有前殿、曲台、渐台、宣室、温室、承明耳。

2. 沉痛思念老友。山阳，洛阳附近嵇康居所，向秀仰慕其为人，往来密切。嵇康被害后，曾作《思旧赋》。《晋书·向秀列传》：向秀，字子期，河内怀人也。清悟有远识，少为山涛所知，雅好老庄之学……作《思旧赋》云：……悼嵇生之永辞兮，顾日影而弹琴。托运遇于领会兮，寄余命于寸阴。听鸣笛之慷慨兮，妙声绝而复寻。伫驾言其将迈兮，故援翰以写心。

3. 也作"岩峣""岧峣"，高峻，高耸。三国·魏·曹植《九愁赋》：践蹊隧之危阻，登岧峣之高岑。见失群之离兽，觌偏栖之孤禽。

4. 甘露，即甘露寺；舍利，即舍利子。释迦牟尼涅槃，弟子们在火化他遗体时得到一头顶骨、两指骨、四牙齿、一中指指骨舍利和84000颗珠状真身舍利子。《阿育王传》载，佛灭度百年后，阿育王搜集佛遗存的舍利，建造八万四千宝塔供养之。《魏书·释老志》：佛既谢世，香木焚尸，灵骨分碎，大小如粒，击之不坏，焚亦不焦，或有光明神验，胡言谓之"舍利"。

5. 也作"鱼龙曼衍"。见周伯琦《诈马行》"曼延"条注。

6. 喻薄如鲛绡之物。唐·徐夤《荔枝》：朱弹星丸粲日光，绿琼枝散小香囊。龙绡壳绽红纹栗，鱼目珠涵白膜浆。

休画修蛾斗双绿，柳风吹淡汉宫黄。

滇池细马四蹄风，白玉雕鞍绣结鬃。
争把珊瑚鞭指点，飞尘先入建章宫。

铁幡竿下散灯回[1]，茜褐[2]高僧夜呪[3]雷。
明日皇家赐醺燕[4]，秋云漠漠晓光开。

辘轳金井促晨妆，珠帽红靴小作行。
争向银床拾梧叶，夜来秋意到长杨[5]。

黄须年少羽林郎，宫锦缠腰角抵[6]装。
得隽每蒙天一笑，归来骑从亦辉光。

龙沙白草望参差，苜蓿蒲桃[7]记种时。
待诏词臣已华发，梨园休奏玉交枝[8]。

1．元代崇佛，每当为特定目的，或有活动如确保诈马宴举办而祷祝不要下雨，经常举办佛事；因铁幡竿为上都镇龙之物，这类活动常在此举办。《元史·文宗本纪五》：乙亥，命僧于铁幡竿修佛事，施金百两、银千两、币帛各五百四、布二千四、钞万锭。

2．代指藏传佛教僧人；藏传佛教大衣为黄色，中衣近赤色，小衣多为褐色。

3．同"咒"。

4．即醺宴，聚会饮食；此处指第二天举办诈马大宴。《新唐书·张守珪传》：二十三年，入见天子，会藉田毕，即醺燕为守珪饮至，帝赋诗宠之。

5．也作"长扬"，长杨宫的省称，后泛指宫殿。见周伯琦《纪行诗》"长杨"条注。

6．即角觝，见周伯琦《诈马行》"角觝"条注。

7．即葡萄，可用于酿酒；并非产于热带的"蒲桃"。《晋书·吕光载记》：胡人奢侈，厚于养生，家有蒲桃酒，或至千斛，经十年不败，士卒沦没酒藏者相继矣。

8．即词牌《忆秦娥》的别名，另有《秦楼月》《碧云深》《双叶荷》等称谓，相传最早该词牌作品是李白所创，内容伤别，感情凄怆，被誉为"百代词曲之祖"。唐·李白《忆秦娥·箫声咽》：箫声咽，秦娥梦断秦楼月。秦楼月，年年柳色，灞陵伤别。　乐游原上清秋节，咸阳古道音尘绝。音尘绝，西风残照，汉家陵阙。

又和魏伯时[1]滦京秋兴、薇垣[2]书事一首

秋着龙沙白草织，周庐击柝令霜严。

珊瑚铁网枝应老，仙掌金茎露又添。

驰道属车回豹尾[3]，天门虎士尽虬髯。

仙郎持橐[4]归来早，马上寻诗[5]吏隐[6]兼。

白翎雀

白翎雀，龙沙漫漫生处乐。

醒忪[7]共爱语言好，璀璨谁怜羽毛薄？

霜威稜稜[8]风力紧，飞飞不过枪竿岭。

结草生子草棘间，雌雄相依寒并影。

---

1. 魏中立。《元史·忠义列传三·魏中立传》：魏中立，字伯时，济南人。由国子伴读历官至陕西行台御史中丞，迁守饶州。贼既陷湖广……中立闻警，即率丁壮，分塞险要，戒守备……遂为所执……中立大骂不已，遂被害。

2. 唐开元元年改称中书省为紫微省，简称微垣；元代称行中书省为薇垣。《旧唐书·玄宗本纪上》：十二月庚寅朔，大赦天下，改元为开元，内外官赐勋一转。改尚书左、右仆射为左、右丞相，中书省为紫微省，门下省为黄门省，侍中为监。

3. 天子属车上的饰物，悬于最后一车；借指天子属车，即豹尾车。《后汉书·舆服志上》：古者诸侯贰车九乘。秦灭九国，兼其车服，故大驾属车八十一乘，法驾半之。属车皆皂盖赤里，朱幡，戈矛弩箙，尚书、御史所载。最后一车悬豹尾，豹尾以前比省中。

4. "持橐簪笔"的省略，侍从之臣携带书和笔，以备顾问；也代指文学侍从之臣。《汉书·赵充国列传》：初，破羌将军武贤在军中时与中郎将印宴语，印道："车骑将军张安世始尝不快上，上欲诛之，印家将军以为安世本持橐簪笔事孝武帝数十年，见谓忠谨，宜全度之。"安世用是得免。

5. 李贺苦吟创作的典故。元·辛文房《唐才子传·李贺》：贺，字长吉，郑王之孙也。七岁能辞章，名动京邑……旦日出，骑弱马，从平头小奴子，背古锦囊，遇有所得，书置囊里。凡诗不先命题，及暮归，太夫人使婢探囊中，见书多，即怒曰："是儿要呕出心乃已耳！"上灯，与食，即从婢取书，研墨叠纸足成之。

6. 不以利禄萦心，虽居官而犹如隐者。《梁书·韦睿列传》：韦睿，字怀文，京兆杜陵人也。自汉丞相贤以后，世为三辅著姓。祖玄，避吏隐于长安南山。

7. 即惺忪，形容乐曲轻快。宋·晏几道《丑奴儿》：日高庭院杨花转，闲淡春风。莺语惺忪，似笑金屏昨夜空。

8. 同"棱棱"，寒冷。南北朝·鲍照《芜城赋》：白杨早落，寒草前衰。棱棱霜气，蓑蓑风威。孤篷自振，惊沙坐飞。

梨园弟子番曲谱，岁岁年年两京路。

惯闻清哳杂好音，旋理冰弦移雁柱[1]。

写出新声玉指劳，珍珠落盘[2]钤撼绦。

坐令华筵之四壁，滦河流急秋云高。

从此流传喧乐府，争买千金比鹦鹉。

雕笼虽好无常主，时向北风念俦侣。

又词

乌桓城边春草薄，草际飞鸣白翎雀。

年年马上听好音，疑是毡车响弦索。

南风吹云沙碛凉，飞尘不到紫游缰[3]。

芙蓉金照晴川迥，芍药红翻滦水香。

滦江已过犹回首，华堂美人将进酒。

酒酣忽作马上听，红莲袖插曹刚手[4]。

秋兴

龙岗高处望凉亭，山势东来拱帝京。

虽愧橐鞬严宿卫，也将歌颂答升平。

1．乐器筝上整齐排列的弦柱。宋·李昉等《太平广记·幼敏·路德延》：路德延，儋州岩相之犹子也。数岁能为诗……天佑中，授左拾遗。会河中节度使朱友谦领镇，辟掌书记。友谦初颇礼待之。然德延性浮薄骄慢，动多忤物。友谦稍解体。德延乃作孩儿诗五十韵以刺友谦……诗曰："……帘拂鱼钩动，筝推雁柱偏。棋图添路画，笛管欠声镌。"

2．形容美妙的乐声。唐·白居易《琵琶行》：大弦嘈嘈如急雨，小弦切切如私语。嘈嘈切切错杂弹，大珠小珠落玉盘。

3．马缰绳，借指出游的车马。唐·温庭筠《江南曲》：岸傍骑马郎，乌帽紫游缰。含愁复含笑，回首问横塘。

4．唐音乐家，原为西域绍武九姓的曹国人，世居长安，祖上均为琵琶演奏家。曹保之孙，曹善才之子；时人多有诗吟咏曹刚音乐。唐·薛逢《听曹刚弹琵琶》：禁曲新翻下玉郎，四弦振触五音殊，不知天上弹多少，金凤衔花尾半无。又，唐·刘禹锡《曹刚》：大弦嘈嘈小弦清，喷雪含风意思生。一听曹刚弹薄媚，人生不合出京城。

御沟风漾鲛绡软，宫瓦烟开翡翠明。

院吏熟眠花影转，日长铃索静无声。

铜雀觚稜倚九天，非烟非雾满山川。

天津¹析木²星槎上，五柞长杨禁御连³。

云气有时成翠幄，野花无地著金莲。

词臣拟上东封颂⁴，扈跸从今忆万年。

漠漠秋云覆苑低，九雏⁵乌上女墙啼。

露从仙掌金茎白，枝老珊瑚铁网齐⁶。

遥认车声时轣辘⁷，莫令沟水自东西。

相如拟草长门赋，胜费丹砂铸褭蹄⁸。

---

1. 银河。战国·屈原《离骚》：朝发轫于天津兮，夕余至乎西极。忽吾行此流沙兮，遵赤水而容。

2. 星次名，十二星次之一。与十二辰相配为寅，与二十八宿相配为尾、箕两宿。《晋书·天文志上》：自尾十度至南斗十一度为析木，于辰在寅，燕之分野，属幽州。

3. 即五柞宫、长扬宫；禁御，即禁籞，宫廷、禁苑。《汉书·宣帝本纪八》：至后元二年，武帝疾，往来长杨、五柞宫，望气者言长安狱中有天子气，上遣使者分条中都官狱系者，轻、重皆杀之。

4. 司马相如临终前作《封禅文》，热情颂扬汉德宏大，请武帝东幸封泰山、禅梁父，以彰功业。相如死后八年，武帝从其言，东至泰山行封禅事；后因以"东封"称谓帝王行封禅事，昭告天下太平。事见《史记·司马相如列传》。

5. 凤育九雏，凤和凰分别表示阳和阴，阴阳生九子；后用凤凰九雏为天下太平、社会繁荣的吉兆。《晋书·穆帝本纪》：二月，凤皇将九雏见于丰城。秋七月，以军役繁兴，省用撤膳。

6. 铁丝编成的网，古代渔人用以搜取珊瑚。唐·李商隐《碧城》：七夕来时先有期，洞房帘箔至今垂。玉轮顾兔初生魄，铁网珊瑚未有枝。

7. 也作"历鹿"，车轮转动声。宋·陆游《春寒复作》：故人已死梦中见，壮志未忘心自知。青丝玉井声轣辘，又是窗白鸦鸣时。

8. 也作"褭蹏"，铸金成马蹄形，借指金银。《汉书·五帝本纪》：三月，诏曰："有司议曰，往者朕郊见上帝，西登陇首，获白麟以馈宗庙，渥洼水出天马，泰山见黄金，宜改故名。今更黄金为麟褭蹄以协瑞焉。"因以班赐诸侯王。

送孙伯起[1]

画省含香近上台[2]，西江千里聘奇才。

山川雄控龙沙阔，机务[3]遥分凤沼[4]开。

帐幕时随春草动，狐貂偏耐雪花来。

只愁误作浔阳梦，醉听琵琶句易裁。

送钟起元[5]

龙冈南去接榆关，挟策逢君几往还。

作赋风沙鞍马上，横经纨绔绮襦[6]间。

彩豪曾点宫池水，白苎时看辇路山。

笑我清狂解吴语，鉴湖未乞鬓先斑。

送陈繄之[7]

尚繄[8]乘传[9]过龙沙，新赐貂裘奈雪花。

白鼻騧骄肥苜蓿，青毡帐小响琵琶。

1．其人待考。

2．上台，宫廷、朝廷；泛指三公、宰辅。《晋书·刘寔列传》：圣诏殷勤，必使寔正位上台，光饪鼎实，断章敦喻，经涉二年。

3．机要事务，多指机密的军国大事。晋·嵇康《与山巨源绝交书》：心不耐烦，而官事鞅掌，机务缠其心，世故繁其虑。

4．即凤池、凤沼，借指中书省，也指宰相。唐·刘知几《史通·史官建置》：暨皇家之建国也，乃别置史馆，通籍禁门，西京则与鸾渚为邻，东都则与凤池相接。

5．其人待考。

6．也作"绮襦纨绮"，原指绫绸质料的衣裤；后代指富贵子弟。《汉书·叙传上》：数年，金华之业绝，出与王、许子弟为群，在于绮襦纨绮之间，非其好也。

7．其人待考，从诗歌内容看，应为尚医监任职之人。

8．同"医"，尚医，宫中太医；元代有尚医监。《隋书·百官志下》：太子食官、典仓、司藏等令，尚食、尚医、军主、太史、掖庭、宫闱局等丞……司辰师，为正九品。又，《元史·百官志四》：太医院，秩正二品，掌医事，制奉御药物，领各属医职……至元二十年，改为尚医监，秩正四品。二十二年，复为太医院。

9．传，驿站的马车；乘传，乘坐驿车。《史记·孝文本纪》：薄昭还报曰："信矣，毋可疑者。"代王乃笑谓宋昌曰："果如公言。"乃命宋昌参乘，张武等六人乘传诣长安。

长安卖药谁能识，梁苑延宾礼更加。

别后相思一回首，五云深处是京华。

和刘助教[1]见示诗韵

龙冈五月晓生寒，喜见书窗日影团。

小草自怜承雨露，野鸥何事逐鹓鸾[2]？

爱闲僧佑常多病[3]，投老扬雄强作官[4]。

禅榻茶烟时一笑，免教街吏报平安。

送苏伯修侍郎扈跸之上京

晴川金鲤出芙蕖，持橐仙郎得句无？

礼乐又新三代制，丹青应上两京图。

云端驯象扶雕辇，仗外明驼络宝珠。

拟待赐酺[5]祠马祖[6]，华光星里望骊驹。

---

1. 其人待考。

2. 传说中的瑞鸟，比喻贤者。《隋书·卢思道传》：若其雅步清音，远心高致，鹓鸾以降，罕见其俦，而铩翮墙阴，偶影独立，唼喋秕稗，鸡鹜为伍，不亦伤乎。

3. 王僧佑，字胤宗，南朝宋琅琊人，太保王弘的侄孙。未弱冠，频经忧，后为著作佐郎，迁司空祭酒，杜交游。《南史·王弘列传》：雅好博古，善老、庄，不尚繁华。工草隶，善鼓琴，亭然独立，不交当世……为著作佐郎，迁司空祭酒，谢病不与公卿游。齐高帝谓王俭曰："卿从可谓朝隐。"答曰："臣从非敢妄同高人，直是爱闲多病耳。"

4. 投老，垂老，临老；扬雄40岁后始游京师，官职一直很低微，历成帝、哀帝、平帝三世，官职未得升迁。《汉书·扬雄传下》：初，雄年四十余，自蜀来至游京师，大司马车骑将军王音奇其文雅，召以为门下史，荐雄待诏，岁余，奏《羽猎赋》，除为郎，给事黄门，与王莽、刘歆并。哀帝之初，又与董贤同官。当成、哀、平间，莽、贤皆为三公，权倾人主，所荐莫不拔擢，而雄三世不徙官。

5. 秦汉之法，三人以上不得聚饮；朝廷有庆典之事，特许臣民聚会欢饮，称为"赐酺"，后世演变为一种宴饮庆祝活动。《旧唐书·太宗本纪下》：丙午，至自温汤。甲寅，大赦，赐酺五日。

6. 星宿名，指房星即天驷星。《隋书·礼仪志三》：又于蓟城北设坛，祭马祖于其上，亦有燎。

北上三十韵

封轺趋召亟，夙夜敢怀安[1]。

入直羞持被，驰边示据鞍。

朝餔犹触暑，夕憇[2]遽凌寒。

蔓草风吹绿，繁花雨染丹。

行山疑路尽，出岭信天宽。

井近驼群立，沙柔象迹团。

雾冲泉喜动，云斸石愁刓。

薄赋兹多稼，勤田复刈菅。

兔罝[3]施涿鹿，麟薮[4]络桑干。

鸟道车重辙，仙方客借翰。

逶逶僧舍曲，矗矗酒樯攒。

大海将升日，支流即泻湍。

君臣严汉制，礼乐属周官。

扶杖思迎拜，环桥拟聚观。

来朝烦就聘，奔走愧传餐。

有秩[5]轩黄[6]策，无劳绮[7]季冠。

---

1. 留恋妻室，贪图安逸。《左传·僖公二十三年》：〔晋公子重耳〕及齐，齐桓公妻之，有马二十乘，公子安之。从者以为不可，将行，谋于桑下。蚕妾在其上，以告姜氏。姜氏杀之，而谓公子："子有四方之志，其闻之者，吾杀之矣。"公子曰："无之。"姜曰："行也！怀与安，实败名。"

2. 通"憩"。

3. 捕兔的网。《国风·周南·兔罝》：肃肃兔罝，椓之丁丁。赳赳武夫，公侯干城。

4. 麒麟所居草泽之地。《汉书·武帝本纪》：周之成、康，刑错不用，德及鸟兽，教通四海，海外肃慎，北发渠搜，氐羌徕服；星辰不孛，日月不蚀，山陵不崩，川谷不塞；麟、凤在郊薮，河、洛出图书。

5. 古代乡官名。《后汉书·百官志五》：乡置有秩、三老、游徼。本注曰：有秩，郡所署，秩百石，掌一乡人；其乡小者，县置啬夫一人。

6. 即轩辕黄帝。《南齐书·高帝本纪上》：自轩黄以降，坟素所纪，略可言者，莫崇乎尧舜。

7. 指绮里季；秦末东园公、绮里季、夏黄公、甪里先生四人避秦乱，隐商山，年皆八十有余，须眉皓白，时称"商山四皓"，后泛指隐士。《汉书·王贡两龚鲍传》：汉兴有园公、绮里季、夏黄公，甪里先生，此四人者，当秦之世，避而入商雒深山，以待天下之定也。见郝经《开平新宫五十韵》"真人翔霸上"、许有壬《居庸道中次韵》"紫芝歌"、王士熙《奉题袁伯长开平百首诗后》"采芝"条注。

采芝歌眇眇，种菊[1]去盘盘[2]。

白发从余懒，青衿[3]赖尔欢。

惜苔因病鹤，养竹为翔鸾。

尚此糜仓廪，宁徒陟巇峦。

赤尘浮目睫，元淖渍丝鬟。

鸡塞[4]霜凝露，龙门水涨澜。

冰脂羊尾割，蕊蜜马酥抟。

蓐食仍杯饮，陶居[5]亦考槃[6]。

生微[7]纨绮习，粗给室家完。

文物[8]昌期[9]会，光华首善端。

同文[10]通肃慎[11]，奏赋见乌桓。

鱼笏留青锁[12]，楼船泛碧滦。

---

1. 指隐逸。晋·陶渊明《饮酒》其五：采菊东篱下，悠然见南山。山气日夕佳，飞鸟相与还。

2. 曲折回旋，环绕的样子。唐·李白《蜀道难》：青泥何盘盘，百步九折萦岩峦。扪参历井仰胁息，以手抚膺坐长叹。

3. 穿青色衣服的人，多指青少年。宋·苏轼《坤城节集英殿宴教坊词·放小儿队》：青衿旅进，虽末技而毕陈；黄屋天临，知下情之无壅。

4. 此处似应指鸡鸣驿。

5. 陶渊明隐居之住所，比较简陋。晋·陶渊明《归园田居》其一：开荒南野际，守拙归园田。方宅十余亩，草屋八九间。

6. 同"般"，快乐；《考槃》是诗经中的一首诗，描写一位在山涧结庐独居的隐士自得其乐的意趣，真切地道出了隐居生活的快乐。《诗经·国风·卫风·考槃》：考槃在涧，硕人之宽。独寐寤言，永矢弗谖。考槃在阿，硕人之薖。独寐寤歌，永矢弗过。考槃在陆，硕人之轴。独寐寤宿，永矢弗告。

7. 同"无"。宋·范仲淹《岳阳楼记》：是进亦忧，退亦忧，然则何时而乐也？其必曰"先天下之忧而忧，后天下之乐而乐"乎？噫，微斯人，吾谁与归？

8. 文人，文士。元·辛文房《唐才子传·窦叔向》：有卓绝之行，登第于大历初，远振佳名，为文物冠冕。

9. 兴隆昌盛时期。宋·郭茂倩《乐府诗集·郊庙歌辞·周郊祀乐章·福顺乐》：昊天成命，邦国盛仪。多士齐列，六龙载驰。坛升泰一，乐奏《咸池》。高明祚德，永致昌期。

10. 语言文字相同的国人。《汉书·艺文志》：古制，书必同文，不知则阙，问诸故老，至于衰世，是非无正，人用其私。

11. 也作"息慎""稷慎"。见商旅《题金人射猎图》"肃慎"条注。

12. 即青琐，指装饰皇宫门窗的青色连环花纹，后借指宫廷，也泛指豪华富丽的房屋建筑。《汉书·元后列传》：知成都侯商擅穿帝城，决引沣水，曲阳侯根骄奢僭上，赤墀青琐，红阳侯立父子臧匿奸猾亡命，宾客为群盗，司隶、京兆皆阿纵不举奏正法。

镐京歌在藻，殷辂御和銮[1]。

僵僈[2]陪朝论，空伤六义[3]残。

和魏伯时韵二首[4]

霜洗长空兔颖纤，素娥[5]青女晓妆严。

画楼燕子年年别，金鸭[6]沈烟夜夜添。

雁岭宿云低似盖，龙冈秋草瘦于髯。

属车未觉清尘远，却为登临野兴兼。

毡车一字卷朱帘，别馆离宫禁御严。

白海波声秋后小，赤城云气晓来添。

农畴已溢如京望，萍实仍闻似蜜甜。

身愧甘泉陪法从，独骑羸马走山崦。

和许参政[7]寄怀吴宗师[8]韵四首

蓬莱仙仗正徘徊，扈跸年年宰相来。

1．同"和鸾"。

2．放诞，放纵。汉·贾谊《新书·劝学》:而舜独有贤圣之名，明君子之实，而我曾无邻里之闻，宽徇之智者，独何与？然则舜儇俍而加志,我僵僈而弗省耳。

3．原指《诗经》六义风、雅、颂、赋、比、兴，此处泛指儒家礼仪。《晋书·后妃列传上》：若乃娉纳有方，防闲有礼，肃尊仪而修四德，体柔范而弘六义，阴教洽于宫闺，淑誉腾于区域。

4．魏中立，字伯时，其诗仅《析津志辑佚》存《咏大都葫芦套》。《元史·忠义列传三》：魏中立，字伯时，济南人。由国子伴读历官至陕西行台御史中丞，迁守饶州。贼既陷湖广……中立以义兵击却之。已而贼复合，遂为所执，以红衣被其身，中立叱之，须髯尽张。贼执归蕲水，欲屈其从己。中立大骂不已，遂被害。

5．嫦娥的别称，也用作月的代称或指月中仙女。唐·李商隐《霜月》：初闻征雁已无蝉，百尺楼高水接天。青女素娥俱耐冷，月中霜里斗婵娟。

6．一种镀金的鸭形铜香炉。《旧唐书·吐蕃列传上》：金城公主又别进金鸭盘盏杂器物等。十八年十月，名悉猎等至京师，上御宣政殿，列羽林仗以见之。

7．许有壬，时任参知政事。《元史·顺帝本纪一》：（元统二年）辛酉，以侍御史许有壬为中书参知政事。

8．即道教宗师吴闲闲。

惯见龙沙连白海，却吟红药与青苔。

云扶豹尾班才上，日转螭头[1]讲未回。

准拟相逢又初度，菊潭[2]供酿待华开。

遥望文星过上台[3]，长杨从猎未归来。

名驹顾影窥丹凤，宫蕊飘香点绿苔。

赐酒满浮[4]金凿[5]落，歌鬟低按紫云回。

只今燕市求奇骏[6]，东阁[7]悬知[8]早晚开。

看云老子[9]立徘徊，黄鹤衔书云上来。

1．古代彝器、碑额、庭柱、殿阶及印章等上面刻的螭龙头像，此处借指殿前雕有螭龙头形的石阶。《南齐书·舆服志》：皇太后、皇后重翟车，金涂校具，白地人马锦帖……师子辖、抗槅皆施金涂螭头及神龙雀等诸饰。

2．即菊水，也作"鞠水"，又名菊花潭，俗称不老泉。《汉书·地理志上》：析，黄水出黄谷，鞠水出析谷，俱东至郦入湍水。

3．星名，在文昌星南，主寿。《晋书·天文志上》：三台六星，两两而居，起文昌，列抵太微。一曰天住，三公之位也。在人曰三公，在天曰三台，主开德宜符也。西近文昌二星曰上台，为司命，主寿。次二星曰中台，为司中，主宗室。东二星曰下台，为司禄，主兵，所以昭德塞违也。又曰三台为天阶，太一蹑以上下。一曰泰阶。上阶，上星为天子，下星为女主；中阶，上星为诸侯三公，下星为卿大夫；下阶，上星为士，下星为庶人。

4．原意为罚饮一满杯酒，后指满饮或畅饮酒为"浮白"或"浮一大白"。《梁书·沈约传》：始则钟石铿琱，终以鱼龙澜漫。或升降有序，或浮白无算。贵则景、魏、萧、曹，亲则梁武、周旦。

5．箭，指用于投壶游戏的箭状投具。金·董解元《西厢记诸宫调》：春笋般指头儿十箇，与张弓怎发金凿。

6．即战国时期"燕昭市骏"，也称"千金买骨"。《战国策·燕策一》：昭王曰："寡人将谁朝而可？"郭隗先生曰："臣闻古之君人，有以千金求千里马者，三年不能得。涓人言于君曰：'请求之。'君遣之。三月得千里马，马已死，买其首五百金，反以报君。君大怒曰：'所求者生马，安事死马而捐五百金？'涓人对曰：'死马且买之五百金，况生马乎？天下必以王为能市马，马今至矣。'于是不能期年，千里之马至者三。"

7．东向的小门。《汉书·公孙弘传》：弘自见为举首，起徒步，数年至宰相封侯，于是起客馆，开东阁以延贤人。

8．料想，预知。南北朝·庾信《和赵王看伎诗》：细缕缠钟格，圆花钉鼓床。悬知曲不误，无事畏周郎。

9．对老年人的泛称。唐·白居易《晚起闲行》：皤然一老子，拥裘仍隐几。坐稳夜忘眠，卧安朝不起。

曾约相车游紫府¹，何妨蟏屧破苍苔。

仙花又向庭中落，宫水还萦苑外回。

一读新诗思清壮，如将图画坐边开。

广文²华发厌低徊，惊见仙翁鹤驭来。

函谷关遥横紫气³，草玄⁴门静踏苍苔。

何时宣室承釐后，更约浮邱⁵把袂回。

尘世茫茫谁与问，秋风琪树⁶又花开。

附：金人射猎图

惊沙猎猎北风寒，马上呼鹰塞草干。

壮士还家散如雾，只今余得画图看。

1．道教称仙人所居，借指隐逸。唐·贯休《寄天台道友》：紫府称非远，清溪径不迂。馨香柏上露，皎洁水中珠。

2．广文先生的简称，即广文馆博士，后泛指清苦闲散的儒学教官。《旧唐书·礼仪志四》：天宝……九载七月，国子监置广文馆，知进士业，博士、助教各一人，秩同太学博士。

3．老子西出函谷关，关令尹喜见紫气从东而来。《列仙传》有"老子西游，关令尹喜望见有紫气浮关，而老子果乘青牛而过也"的记载。《史记·老子韩非子列传》：于是老子乃著书上下篇，言道德之意五千余言而去，莫知其所终。

4．淡于势利，潜心著述。《汉书·扬雄列传下》：哀帝时，丁、傅、董贤用事，诸附离之者或起家至二千石。时，雄方草《太玄》，有以自守，泊如也。

5．即浮邱公，也称浮邱子，中国古代仙人；一说南北朝道士潘子良，子良字逸远，在浮邱山炼丹，自号浮邱子。汉·刘向《列仙传·王子乔》：王子乔者，周灵王太子晋也。好吹笙，作凤凰鸣。游伊洛之间，道士浮丘公接以上嵩高山三十余年……笙歌伊洛，拟音凤响。浮丘感应，接手俱上。又，元·揭傒斯《道源桥记》：昔浮丘子得道是山，浴丹是溪。故山以浮名，溪以道名也。

6．仙境中的玉树。唐·崔珏《哭李商隐》其一：风雨已吹灯烛灭，姓名长在齿牙寒。应游物外攀琪树，便著霓衣上玉坛。

薛汉

？—1324年，字宗海，永嘉（今浙江温州）人，幼年苦学有美称。泰定元年二月选国子助教，四月大驾北幸，随扈赴上都；八月还大都，九月三日卒。薛汉诗律、书楷，严缜有法而慎懿不矜；以文物鉴定知名，深受赵孟頫信任。与虞集、柳贯、马祖常、杨载等唱和于馆阁。著有《宗海集》。

和虞先生[1]上京夏凉韵

登台[2]美皆春，覆盆[3]惨长夜。
谁能均苦乐，世道勤汛洒。
滦京逼穹昊[4]，重纩[5]度朱夏。
下方正喘汗，歊赫在炉冶。
南北各异宜，敢讶行化者。
倦游念苕霅[6]，渔竿自堪把。

1．虞集，作有《书上京国子监壁》，其中有"神京极高寒，幽居了晨夜"句。

2．尚书、御史、谒者为三台，因用以代指登上三公之位；也泛指充任高级官吏。《晋书·郗鉴列传》：道徽儒雅，柔而有正，协德始安，颇均连璧。方回踵武，奕世登台。见王沂《和许参政寄怀吴宗师韵四首》"上台"条注

3．比喻阳光照不到。晋·葛洪《抱朴子·辩问》：周孔自偶，不信仙道，日月有所不照，圣人有所不知，岂可以圣人所不为，便云天下无仙！是责三光不照覆盆之内也。

4．穹苍，苍天。《晋书·隐逸列传》：若夫穹昊垂景，少微以躔其次；《文》《系》探幽，贞遁以成其象。

5．厚丝绵，也指用厚丝绵缝制的衣被。唐·元稹《六年春遣怀八首》其一：伤禽我是笼中鹤，沉剑君为泉下龙。重纩犹存孤枕在，春衫无复旧裁缝。

6．苕溪、霅溪二水的并称，唐代张志和的隐居之地。《新唐书·隐逸列传·张志和传》：志和曰："愿为浮家泛宅，往来苕、霅间。"

薛玄曦

生卒年不详。字玄卿，河东人，年十二辞家入龙虎山，皈依道教，师事张留孙、吴全节。延祐中，因荐授大都崇真万寿宫提举，升提点上都崇真万寿宫。泰定元年，扈从滦阳，还至龙虎台，喟然而叹："楚云江树，遐阻万里。引领亲舍，宁无惕然于中乎！"即日辞归，在龙虎山之西辟见心亭、筑琼林台。至正三年，授弘文裕德崇仁真人佑圣观住持，兼领杭州诸宫观；至正五年卒，年七十五。自号上清外史。著有《上清集》《樵者问》，又荟萃时贤诗文为《琼林集》。揭傒斯序其诗："老劲深稳如霜松雪桧，百折莫能挠；清拔孤峻如豪鹰俊鹘，千呼不肯下；萧条闲远如空山流泉深林，孤芳自行自色，不与物竞。"

次韵王侍郎上都见寄

滦水东风净物华，石鳌峰下驻仙车。
清明草检[1]归黄阁[2]，胜日开筵近紫霞。
万户砧声闻别馆，九天秋色落谁家？
仙郎赋罢长回首，南去还乘八月槎。

送李理问[3]赴岭北省二首

君向龙沙去，迢迢不计程。

---

1. 草拟法度。《宋史·职官志一》：省吏径禀宰、丞请笔，以草检令承从官斋赴郎官厅落日押字。

2. 宰相的官署。《宋书·百官志上》：太尉府置掾、属二十四人，西曹主府吏署用事，东曹主二千石长吏迁除事，户曹主民户祠祀农桑事，奏曹主奏议事，辞曹主辞讼事，法曹主邮驿科程事，尉曹主卒徒转运事，贼曹主盗贼事，决曹主罪法事，兵曹主兵事，金曹主货币盐铁事，仓曹主仓谷事，黄阁主簿省录众事。

3. 其人待考；理问，元代各行中书省所属有理问所。《元史·百官志七》：各省属官：……理问所，理问二员，正四品；副理问二员，从五品；知事一员，提控案牍一员。

关山殊汉苑，河陇异秦城。

青草明妃[1]冢，黄云属国[2]营。

盛年经此地，往事肯伤情。

画省开边鄙，郎官选俊才。

臂鹰过雁碛，走马上龙堆[3]。

气候[4]调中律[5]，星辰接上台[6]。

何当瓜及日[7]，却向晋陵[8]回。

春尽北行留别吴大修撰[9]

万柳千花拂酒旗，南陵北苑草离离。

居庸关下泉呜咽，又是东风欲去时。

---

1. 即王昭君。

2. 即典属国，掌管少数民族事务。见袁桷《李陵台次韵李彦方应奉》"属国"条注。

3. 即白龙堆。见马祖常《北歌行》"白龙堆"条注。

4. 指一年的二十四节气与七十二候，也泛指时令。宋·高承《事物纪原·正朔历数·气候》：《礼记·月令》注曰："昔周公作时训，定二十四气，分七十二候，则气候之起，始于太昊，而定于周公也。"

5. 符合法度。《宋书·文九王列传》：今欲改选将校，皆得其人，分台见将，各以配给、领、护二军，为其总统。令抚养士卒，使恩信先加，农隙校猎，以习其事，三令五申，以齐其心，使动止应规，进退中律，然后畜锐观衅，因时而动，摧敌陷坚，折冲于外。

6. 即上台星。见王沂《和许参政寄怀吴宗师韵四首》"上台"条注。

7. 即瓜期，指官吏就任或者女子出嫁之期。《左传·庄公八年》：齐侯使连称、管至父戍葵丘，瓜时而往。曰："及瓜而代。"期戍，公问不至。请代，弗许。

8. 郡名，此处泛指江南。《旧唐书·地理志三》：晋陵、汉毗陵县，属会稽郡，吴延陵邑也。晋改为晋陵郡。隋省郡，于常熟县置常州。

9. 其人待考

雅琥

生卒年不详，初名雅古，字正卿，文宗时御笔为改雅琥，也里可温人。天历间进士，授奎章阁参书，官至福建盐运司同知。工诗，著有《正卿集》。

送王继学参政赴上都奏选[1]

参相朝天引列曹，三千硕士[2]在钧陶[3]。

云开凤阁星辰近，山拱龙门日月高。

行殿晓帘张翡翠，内家春酒泛葡萄。

经纶自有河汾策，敷奏[4]明时岂惮劳。

---

1. 根据皇帝诏令，选拔任用官员。《元史·成宗本纪四》：丁亥，诏自今除枢密院、御史台、宣政院依旧奏选，诸司毋得擅奏，其举用人员，并经中书省。

2. 品节高尚、学问渊博之士。《新五代史·宦者列传·张居翰传》：虽有忠臣硕士列于朝廷，而人主以为去己疏远，不若起居饮食、前后左右之亲为可恃也。

3. 用钧（制陶器所用的转轮）制造陶器，比喻造就。宋·苏轼《谢韩舍人启》：惟天子推恩如此之厚，惟大臣执法如此之坚。将天下实被其钧陶，岂一夫独遂其私愿。

4. 陈奏，向君上报告。《后汉书·桓荣传》：每朝会，辄令荣于公卿前敷奏经书。帝称善。曰："得生几晚！"

周应极

字南甆，鄱阳人，周伯琦之父。至大年间，因姚燧、王约、刘敏中等推荐，受皇帝召见，献《黄元颂》，受赏识，擢为翰林待制、皇太子说书，调集贤司直，不久改任待制。有《拙斋集》20卷，已佚。

宿李陵台

旷野平芜入壮怀，征鞍小住李陵台。
关河万里秋风晚，霜月一天鸿雁来。
持节苏卿真壮士，开边汉武亦奇才。
千年怀古无穷意，且向邮亭酌酒杯。

杨允孚

生卒年不详，约元惠宗至正前后在世，字和吉，吉水（今属江西）人。生平事迹不详。咏上都诗作主要有《滦京杂咏》，分上下两卷，共108首，为长篇组诗，写于元惠宗时期，上卷内容主要是大都到上都途中山川景物和宫廷礼仪典制；下卷主要是上都地区人民的风土习俗，是了解元上都有价值的资料。

滦京杂咏

北顾宫庭暑气清，神尧圣禹继升平。

今朝建德门前马，千里滦京第一程。

此以下多述途中之景，行幸上京，盖云避暑也。

纳宝¹盘营象辇来，画帘毡暖九重开。

大臣奏罢行程记²，万岁声传龙虎台。

龙虎台，纳宝地也。凡车驾行幸宿顿之所，谓之纳宝，如云巴纳。

宫车次第起昌平，烛炬千笼列火城³。

才入居庸三四里，珠帘高揭听啼莺。

营盘风软净无沙，乳饼⁴羊酥当啜茶。

底事燕支山⁵下女，生平马上惯琵琶。

1．也作"捺钵""那钵""纳宝"等，契丹语音译词，相当于汉语的行在，辽、金、元时皇帝的行营。见袁桷《天鹅曲》"春秋"条注。

2．元代皇帝巡幸上都，在龙虎台奏行程记，即奏对巡幸的日程。

3．元代皇帝巡幸上都，有夜过居庸关的习惯。元·熊梦祥《析津志辑佚·属县·昌平县·山川》：每岁圣驾行幸上都，并由此涂，率以夜度关，畔止行人，列笼烛夹驰道而趋。

4．乳制食品名。宋·孟元老《东京梦华录·清明节》：节日坊市卖稠饧、麦糕、乳酪、乳饼之类。

5．即焉支山（胭脂山）。见杨维桢《昭君曲》"胭脂山"、张翥《上京秋日三首》"阏氏"条注。

羽猎山阴射白狼，太平天子狩封疆。

峰峦频转丹楼[1]稳，辇辂[2]初停白昼长。

居庸千古翠屏环，飞骑将军驻两关（南口北口）。

万里车书[3]来上国，太平弓矢护青山。

穿崖幻出梵王宫[4]，双塔中间一径通[5]。

四月雨余山更碧，六龙行处日初红。

至正年间始营双塔，宫阙巍峨，直通绝岭。

翎赤王侯部落[6]多，香风簇簇锦盘陀[7]。

燕姬翠袖颜如玉，自按辕条驾骆驼。

辕条，车前横木，按之则轻重前后适均。

仙峡琴鸣水木多，别离见月奈愁何。

题名石壁辽金字[8]，宿雨残风半灭磨。

弹琴峡也。

---

1. 红楼，多指宫、观。东晋·王嘉《拾遗记卷十·洞庭山》：采药石之人入中，如行十里，迥然天清霞耀，花芳柳暗，丹楼琼宇，宫观异常。

2. 指帝王用的车，也借指皇帝。《魏书·礼志四》：乘舆辇辂：龙辀十六，四衡，毂朱班，绣轮，有雕虬、文虎、盘螭之饰。龙首衔扼，鸾爵立衡，圆盖华虫，金鸡树羽，蛟龙游苏。建太常十有二游，画日月升龙。郊天祭庙则乘之。

3. 使者，信使。《梁书·武帝本纪上》：自声教所及，车书所至，革面回首，讴吟德泽。

4. 原指大梵天王的宫殿，泛指佛寺。宋·苏轼《金门寺中见李留台与二钱唱和四绝句，戏用其韵跋之》其三：西台妙迹继杨风，无限龙蛇洛寺中。一纸清诗吊兴废，尘埃零落梵王宫。

5. 居庸关南口过街塔。见周伯琦《九月一日还自上京途中纪事十首》"佛阁"条注。

6. 指被迁到关沟一带司职守卫的各部族人员。

7. 鞍垫。唐·杜甫《魏将军歌》：星缠宝校金盘陀，夜骑天驷超天河。檠枪荧惑不敢动，翠蕤云旆相荡摩。

8. 弹琴峡石壁多有辽、金文人题刻，元代尤其数量众多。元·熊梦祥《析津志辑佚·属县·昌平县·山川》：关之南北有三十里，两京扈从大驾，春秋往复，多所题咏，今古名流并载于是。

狼山[1]山下晓风酸，掩面佳人半怯寒。

倚户殷勤唤尝粥，正宜倦客宿征鞍。

俗卖豆粥。

榆林御苑柳丝丝，昨夜宫车又黑围。

宿卫一时金帐卷，枪竿珍重白云飞。

此处有御苑；黑围，地名，大驾经由之所，俗云"龙上枪竿"，是以御驾不由此处。

断堤遗址古长城[2]，一径中分万柳青。

年少每忾春酒[3]美，诗人偏厌绮罗腥。

汲井佳人意若何，辘轳浑似挽天河。

我来濯足分余滴，不及新丰酒较多。

此地悭水故也。

莫道枪竿[4]危复危，有人家住白云西。

儿童采棘颠崖去，杜宇[5]伤春尽日啼。

李老谷前山石癯，何年此土（一作"上"）遂民居。

老龙若作三更雨，顷刻茆[6]檐数尺余。

---

1. 地处河北省怀来东部，北靠燕山，现在还有狼山乡。明·谢庭桂等《嘉靖隆庆志卷一·山川》：良山，在州城北六十五里，旧名狼山，永乐中，车驾驻此改名。又，清·黄彭年等《畿辅通志·山·宣化府》：良山，怀安县西二十五里。本名狼山，明永乐中，车驾驻此改名。

2. 河北省张家口境内多有战国时期的燕长城、赵长城以及秦、北魏等时期的长城遗址，元代驿路多途径这些长城遗址之下。《史记·匈奴列传》：燕昭王十七年燕亦筑长城，自造阳至襄平，置上谷、渔阳、右北平、辽西、辽东五郡以拒胡。

3. 冬酿春熟之酒或春酿秋冬始熟之酒。《诗经·国风·豳风·七月》：六月食郁及薁，七月亨葵及菽，八月剥枣，十月获稻，为此春酒，以介眉寿。

4. 即枪竿岭，位于怀来县土木堡正北之长安岭。

5. 即杜鹃鸟。

6. 同"茅"。

马上重看尖帽山[1]，山头无数白云闲。

汉家天子真龙种，抔土长陵为设关。

乃葬后妃之所，设卫卒焉。

北去云州[2]去路赊，马驮残梦忆京华。

寒风渐沥山无数，树影参差月未斜。

万古龙门[3]镇两京，悬崖飞瀑一般清。

天连翠壁千寻险，路绕寒流百折横。

塞北凝阴无子规，晓看山色不胜奇。

坚冰怪石涧边路，残月疏星马上诗。

东凉亭下水蒙蒙，勅赐游船两两红。

回纥舞时杯在手[4]，玉奴归去马嘶风。

南国乡音渐渐稀，朔风吹雪上征衣。

边鸿飞过桓州[5]去，更向穷阴何处归。

---

1. 在河北省赤城县境内，也称帽尖山或帽尖峰，应因山的形状而得名。宋·陈耆卿《赤城志卷十九·山水门一》：帽尖山，在县西七十里，以其形如帽而锐，故名。又，《赤城志卷二十二·山水门四》：帽尖峰，在县北二十里，以山形如帽，故名。旱岁或有微云覆之，翌日必雨，上有龙湫。

2. 《元史·地理志一》：云州，古望云川地，契丹置望云县。金因之。元中统四年，升县为云州，治望云县。至元二年，州存县废。二十八年，复升宣德之龙门镇为望云县，隶云州。

3. 宣德府龙门镇，今河北省赤城县境内，自古重要军事重镇。《元史·世祖本纪七》：戊戌，改宣德府龙门镇复为县。

4. 回纥，元代指维吾尔族，其地位于寻思干城（即撒马尔罕，曾一度为西辽国都城）；回纥舞当是维吾尔族女性独舞，演员双手叠持酒杯，叮叮当当地叩击，按节奏婀娜起舞，具有典雅华贵的风格。今蒙古族传统舞蹈《酒盅舞》仍遗其风采。元·李志常《长春真人西游记》：或云契丹所建，既而地中得古瓦，上有契丹字，盖辽亡士马不降者西行所建城邑也。又言：西南至寻思干城万里外，回纥国最佳处，契丹都焉，历十帝。

5. 指元至元二年所置的桓州驿，距离上都约六十里的驿站。《元史·文宗本纪四》：赈滦阳、桓州、李陵台、昔宝赤、失八儿秃五驿钞各二百锭。

洼名担子[1]果何如，野草黄云入画图。

弧矢纵悬仍觅侣，塞前番语[2]笑人迂。

驱车偏岭客南还，始见燕姬笑整鬟。

谁信片云三十里，寒暄只隔此重山。

行人到偏头之北，面不可洗头不可梳，冷极故也；过此始有暖意。素非高岭寒气止隔于此，良可怪也欤！

李陵台畔野云低，月白风清狼夜啼。

健卒五千归未得[3]，至今芳草绿萋萋。

此地去上京百里许。

鸳鸯坡[4]上是行宫[5]，又喜临歧[6]象驭通。

芳草撩人香扑面，白翎随马叫晴空。

由黑围至此，始合辙焉。即察罕诺尔白翎草地所产。

夜宿毡房月满衣，晨餐乳粥[7]椀[8]生肥。

凭君莫笑穹庐矮，男是公侯女是妃。

1．即担子洼，位于偏岭下。见迺贤《担子洼》"担子洼"自注。

2．少数民族或外国的语言。《宋史·余靖传》：靖三使契丹，亦习外国语，尝为番语诗，御史王平等劾靖失使者体，出知吉州。

3．汉武帝时，贰师将军李广利率军北伐，李陵带领步卒五千人出居延，孤军深入浚稽山，与单于遭遇。匈奴以八万骑兵围攻李陵。经过八昼夜的战斗，李陵斩杀了一万多匈奴，但由于他得不到主力部队的后援，结果弹尽粮绝，不幸被俘。《汉书·李广列传》：天汉二年，贰师将三万骑出酒泉，击右贤王于天山。召陵，欲使为贰师将辎重。陵召见武台，叩头自请曰："……臣愿以少击众，步兵五千人涉单于庭。"上壮而许之……陵至浚稽山，与单于相直，骑可三万围陵军……虏骑数千追之，韩延年战死。陵曰："无面目报陛下！"遂降。军人分散，脱至塞者四百余人。

4．即鸳鸯泊。

5．即西凉亭，也称察汗淖尔行宫、白海行宫。见王士熙《竹枝词十首》"白海"条注。

6．察汗淖尔是辇路与驿路的会合点，明安驿即昔宝赤站就在察汗淖尔行宫东北，辇路向西即通往鸳鸯泊。

7．即乳糜。宋·黄庭坚《奉同六舅尚书咏茶碾煎烹三首》其一：乳粥琼糜雾脚回，色香味触映根来。睡魔有耳不及掩，直拂绳床过疾雷。

8．同"碗"。

欢喜坡边[1]望禁城，鸾翔凤翥[2]卿云清。

举杯一吸滦阳酒，消尽南来百感情。

此以下叙滦京之景及圣驾往还典故之大概。

铁幡竿下草如茵，澹澹东风六月春。

高柳岂堪供过客，好花留待踏青人。

即鄂尔多，踏青人，指宫人也。

先帝妃嫔哈纳房[3]，前期承旨达滦阳[4]。

车如流水毛牛[5]捷，鞴镂黄金[6]白马良。

毛牛，其毛垂地；哈纳毡房，乃累朝后妃之宫车也。

圣祖初临建国城，风飞雷动蛰龙惊。

月生沧海千山白，日出扶桑万国明。

上京大山传有龙居之。

北阙东风昨夜回，今朝瑞气集蓬莱。

日光未透香烟起，御道声声驼鼓来。

谓骆驼鼓也。

---

1. 即南坡店，辇路称望都铺捺钵，驿路称南坡店。是大都到上都的最后一站，也是皇帝南归时上都官员"导送"之处。元代著名的"南坡之变"即发生于此。见周伯琦《纪行诗》"南坡"条注。

2. 鸾凤飞舞。西晋·陆机《浮云赋》：鸾翔凤翥，鸿惊鹤奋；鲸鲵溯波，鲛鳄冲道。

3. 一作"火失"；哈纳，蒙古语，意谓支撑在蒙古包顶端的斜杆；哈纳的数量决定着蒙古包的大小。见袁桷《送王继学修撰马伯庸应奉分院上都二首》"毡屋"、宋本《上京杂诗》"穹庐"条注。

4. 后妃先期抵达上都的规定待考。

5. 即牦牛。

6. 金饰鞍辔。《元史·舆服志二》：顿递队：象六，饰以金装莲座，香宝鞍鞴鞦辔屩勒，氂牛尾拂，跋尘，铰具。

撒道黄尘[1]辇辂过，香焚万室格天和[2]。
两行排列金钱豹，奇彻[3]将军上马驼。

又是宫车入御天[4]，丽姝歌舞太平年。
侍臣称贺天颜喜，寿酒诸王次第传。

千官至御天门，俱下马徒行；独至尊骑马直入，前有教坊舞女引导，且歌且舞，舞出"天下太平"字样，至玉阶乃止。内门曰御天之门。

九奏钧天乐渐收，五云楼阁翠如流。
宫中又放滦河走，相国家奴第一筹。

滦河至上京二百里，走者名"桂齐"，黎明放自滦河，至御前巳初，中刻者上赏。

得宠亲王马上回，朱门绣闼[5]一时开。
淋漓[6]未了金钗宴[7]，中使传宣御酒来。

大安阁下晚风收，海月团团照上头。
谁道人间三伏节，水晶宫[8]里十分秋。

大安阁，上京大内也；别有水晶殿。

---

1. 古代皇帝或重要人物出行要黄土铺路，清水洒街。《战国策·秦策一》：将说楚王，路过洛阳，父母闻之，清宫除道，张乐设饮，郊迎三十里。

2. 自然和顺之理，天地之和气。唐·孟郊《蜘蛛讽》：万类皆有性，各各禀天和。蚕身与汝身，汝身何太讹。

3. 一作"钦察"。至元二十三年，世祖设钦察卫；至治二年设左、右钦察都指挥使。《元史·英宗本纪二》：庚子，置左、右钦察卫亲军都指挥使司，命拜住总之。

4. 御天门，上都宫门之南门，又称内门。见胡助《滦阳述怀十首》"御天门"条注。

5. 装饰华丽的门。唐·王勃《滕王阁诗序》：披绣闼，俯雕甍，山原旷其盈视，川泽纡其骇瞩。

6. 盛多，充盛。宋·苏轼《将至筠先寄迟适远三犹子》：忆过济南春未动，三子出迎残雪里。我时移守古河东，酒肉淋漓浑舍喜。

7. 似应为宫中大宴，宴中赏赐包含金钗等物以示恩宠。《宋书·明帝本纪》：戊午，以皇后六宫以下杂衣千领，金钗千枚，班赐北征将士。

8. 即水晶殿。

四杰[1]君前拜不名，轮番内直浃辰更[2]。

蓬莱山上群仙集，得似王孙世禄荣。

四杰，即四集赛也。或称伊克集赛者，即大集赛之称，是之谓不名，当三问，凡所以浃辰一更者也。

北极修门[3]不暂开，两行宫柳护苍苔。

有时金锁因何掣，圣驾棕毛殿里回。

棕毛殿在大鄂尔多。

曙色苍茫阊阖[4]开，相君[5]有奏入蓬莱。

须臾云拥千官出，又带天边好雨来。

结彩为楼不用局，角声扶上日初明。

龙驹河北王来觐，直入金门[6]下马行。

---

1. 指成吉思汗时期四勇士：木华黎，蒙古军攻金统帅，札剌亦儿部人，早年辅佐成吉思汗统一蒙古诸部；赤老温，又称齐拉衮，逊都氏，锁儿罕失剌之子；博尔忽，又作孛罗忽勒、博罗浑、钵鲁欢、孛罗浑、博鲁温等，许兀慎氏，成吉思汗母月伦养子；博尔术，蒙古阿儿剌氏。《元史·兵志二》：四怯薛：太祖功臣博尔忽、博尔术、木华黎、赤老温，时号掇里班曲律，犹言四杰也，太祖命其世领怯薛之长。怯薛者，犹言番直宿卫也。凡宿卫，每三日而一更。申、酉、戌日，博尔忽领之，为第一怯薛，即也可怯薛……亥、子、丑日，博尔术领之，为第二怯薛。寅、卯、辰日，木华黎领之，为第三怯薛。巳、午、未日，赤老温领之，为第四怯薛。见袁桷《御天门听诏》"亲卫"条注。

2. 也作"浃晨"，古代以干支纪日，称自子至亥一周十二日为"浃辰"。元代实行四却薛轮番内直制度，三天一交接班，四却薛轮换一周恰好十二天，为一"浃晨"。《左传·成公九年》：浃辰之间，而楚克其三都。

3. 原指楚国郢都的城门；此处似应指上都北门，具体何名不见于记载；但失剌斡耳朵在上都西北，从北门往来显然是合理的。战国·屈原《招魂》：魂兮归来！入修门些。又，《元史·泰定帝本纪二》：（泰定三年四月）从之。修上都复仁门。又，魏坚《元上都》：上都有复仁门……诗中的"北极"，当是指城之北端城门，此门应是专供皇帝出入"北苑"的通道……再从城门的名字来看，也与皇城南门明德门的名字对仗。因此，皇城北墙之城门当是复仁门。

4. 指传说中西边的天门，后泛指宫门或京都城门，此处指宫殿。《史记·司马相如列传》：排阊阖而入帝宫兮，载玉女而与之归。登阆风而遥集兮，亢鸟腾而一止。

5. 对宰相的尊称。《史记·齐悼惠王世家》：魏勃绐召平曰："王欲发兵，非有汉虎符验也。而相君围王，固善。勃请为君将兵卫卫王。"

6. 即金名门，唐代为翰林院所在，是大臣待诏之所。见杨载《送伯长扈驾二首》"金门"条注。

相国门前柳未花，不多嫩绿便藏鸦。

东风吹得浓阴合，散入都城百万家。

千官万骑到山椒[1]，个个金鞍雉尾高。

下马一齐催入宴，玉阑干外换宫袍。

每年六月三日诈马筵席，所以喻其盛事也。千官以雉尾饰马入宴。

锦衣行处狨猊习，诈马筵开虎豹良。

特敕云和[2]罢弦管，君王有意听尧纲。

诈马筵开，盛陈奇兽，宴享既具，必一二大臣称青吉斯皇帝札撒。于是而后礼有文饮有节矣。云和署隶仪凤司，掌天下乐工。

仪凤[3]伶官乐既成，仙风吹送下蓬瀛。

花冠簇簇停歌舞，独喜箫韶奏太平。

仪凤司，天下乐工隶焉。每宴，教坊美女必花冠锦绣，以备供奉。

丽日初明瑞气开，千官锡[4]宴集蓬莱。

黄门[5]控马天街[6]立，丞相簪花御苑回。

---

1. 山顶。《汉书·外戚列传上·孝武李夫人传》：惨郁郁其芜秽兮，隐处幽而怀伤，释舆马于山椒兮，奄修夜之不阳。

2. 云和署，元代掌乐工调音律及部籍更番事务的官署。《元史·百官志一》：云和署，秩正七品，掌乐工调音律及部籍更番之事。至元十二年始置。至大二年，拨隶玉宸乐院……署令二员，署丞二员，管勾二员，协音一员，协律一员，书史二人，书吏四人，教师二人，提控四人。

3. 即仪凤司，元代掌天下乐工、供奉等务的官署。《元史·百官志一》：仪凤司，秩正四品，掌乐工、供奉、祭飨之事。至元八年，立玉宸院……二十年，改置仪凤司，隶宣徽院……二十五年，归隶礼部……大德十一年，改升玉宸乐院……至大四年，复为仪凤司。

4. 同"赐"。

5. 黄门侍郎或给事黄门侍郎的简称，泛指皇帝身边亲近大臣。《汉书·楚元王传》：复拜为郎中给事黄门，迁散骑、谏大夫、给事中。

6. 古代通常称都城位于中轴线上的大街为天街，上都的天街是由明德门到御天门之间的街道。《旧唐书·桑维翰传》：维翰束带乘马，行及天街，与李崧相遇，交谈之次，有军吏于马前揖维翰赴侍卫司，维翰知不可，顾谓崧曰："侍中当国，今日国亡，翻令维翰死之，何也？"崧甚有愧色。

聿来新贡又殊方，重译[1]宁夸自越裳。

驯象明珠龟九尾[2]，皇王不宝寿无疆。

万岁山有九尾龟。

嘉鱼贡自黑龙江，西域蒲萄酒更良。

南土至奇夸凤髓，北陲异品是黄羊。

黑龙江产哈巴尔图鱼；凤髓，茶名；黄羊，北方所产，御膳用。

太平天子重文曹，阁建奎章选俊髦[3]

一自六龙天上去，至今黄帕御床[4]高。

昔文宗建奎章阁于大内，年深洒扫，睹御榻之岿然，感而赋此。

内人[5]调膳侍君王，玉仗平明出建章[6]。

宰辅乍临阊阖表，小臣传旨赐汤羊[7]。

御前厨常膳有曰小厨房大厨房。小厨房则内人八珍之奉是也，大厨房则宣徽所掌汤羊是也。由内及外，外膳既毕，群臣始入奏事。每汤羊一膳，具数十六，餐余必赐左右大臣，日以为常。予掌职赐，故悉其详。

曲曲阑干兔鹿驯，雨肥绿草度青春。

生来不避韩卢猎[8]，惯识金衣内贵人。

1．此处指辗转翻译。《史记•三王世家》：百蛮之君，靡不乡风，承流称意。远方殊俗，重译而朝，泽及方外。

2．禾生双穗、地出甘泉、奇禽异兽等现象出现，在古代均被视为祥瑞之兆；九，被视为祥瑞之数；龟为五灵之一，九尾龟又是传说中的神龟。《北齐书•文宣高洋帝纪》：天平地成，率土咸茂，祯符显见，史不停笔，既连百木，兼呈九尾，素过秦雀，苍比周乌，此又王之功也。

3．才智杰出之士。宋•王安石《敕修南郊式表》：恭惟皇帝陛下体圣神之质，志文武之功，嘉与俊髦，灵承穹昊。

4．皇帝用的坐卧之具。《后汉书•皇后纪上•光烈阴皇后纪》：明帝性孝爱，追慕无已……会毕，帝从席前伏御床，视太后镜奁中物，感动悲涕，令易脂泽装具。

5．因罪或从坐而被没入宫中服役的女子，此处指宫女、宫中女官。《周礼•天官》：掌王之内人及女官之戒令。相道其出入之事而纠之。

6．汉代的建章宫，后泛指宫阙。见王冕《即事二首》"建章"条注。

7．用滚水烫后煺毛而不剥皮的羊。元•陶宗仪《南村辍耕录•减御膳》：国朝日进御膳，例用五羊。而上自即位以来，日减一羊，以岁计之，为数多矣。

8．也作"韩子卢"，战国时韩国的良犬。《战国策•秦策三》：以秦卒之勇，车骑之多，以当诸侯，譬若放韩卢而逐蹇兔也。

银蹄天马衣氉氃，肉食寻常斗酒俱。

可惜东游巡海者，不教骑看试何如。

仙娥隐约上帘钩，笑倚阑干出殿头。

鹦鹉临阶呼万岁，白翎深院度清秋。

宫人两两凭阑干，又喜新除内监[1]宽。

金线蹙花鞾[2]样小，免教罗袜步轻寒。

澹墨轻黄浅画眉，小绒绦子翠罗衣。

君王又幸西宫[3]去，齐向花阴斗草[4]归。

香车七宝[5]固姑[6]袍，旋摘修翎付女曹。

别院笙歌承宴早，御园花簇小金桃。

凡车中戴固姑，其上羽毛又尺许，拔付女侍，手持对坐车中，虽后妃，驼象亦然。

窈窕仙姝出禁闱，小西门外绿杨堤。

---

1. 指新任命的内宫管事太监；古时宫廷称大内、内府、内廷，所以宦官、太监又称为内监。《宋书·符瑞志下》：元嘉二十二年七月，东宫玄圃园池二莲同干，内监殿守舍人官勇民以闻。

2. 同"靴"。

3. 指西内，即上都西北的离宫，大失剌斡耳朵即棕毛殿所在。

4. 古代民间游戏，起源无考，普遍认为与中医药学的产生有关。每年端午节，群出郊外采药，插艾于门上，以解瘴暑毒疫，衍成定俗；收获之余，往往举行比赛，用草作比赛对象：或对花草名，如用"狗尾草"对"鸡冠花"；或斗草的品种多寡，多则胜；儿童则以叶柄相勾，捏住相拽，断者为输，然后再换一叶相斗。唐·白居易《观儿戏》：髫龀七八岁，绮纨三四儿。弄尘复斗草，尽日乐嬉嬉。

5. 即七宝香车，用很多宝物装饰的华美的车辆。《隋书·礼仪志三》：季秋大射，皇帝备大驾，常服，御七宝辇，射七埒。

6. 俗称箍箍帽，也称罟罟冠，蒙古贵族妇女所戴冠名，音译词，称谓、写法多样：顾姑、罟姑、固顾、罟罛、括罟、孛哈、孛黑塔等十多种；形如竹夫人，长三尺许，用红青锦绣或珠玉饰之。《元史·郭宝玉传》：岁庚午，童谣曰："摇摇罟罟，至河南，拜阙氏。"既而太白经天，宝玉叹曰："北军南，汴梁即降，天改姓矣。"又，元·李志常《长春真人西游记》：男子结髮垂两耳，妇人冠以桦皮，高二尺许，往往以皂褐笼之，富者以红绡，其末如鹅鸭，名曰故故，大忌人触，出入庐帐须低回。

五陵公子多豪纵，缓勒骄骢不敢嘶。

凤楼春暖翠重重，内禁门开晓日红。
宝马香车金错节，太平公主[1]幸离宫。

侯王甲第五云堆，秦虢夫人[2]夜宴开。
马上琵琶仍按拍，真珠皮帽女郎回。

汤羊内膳日差排[3]，红帖呼名到玉阶。
底事金吾[4]呵不住，腰间悬得象牙牌[5]。

东城无树起西风，百折河流绕塞通。
河上驱车应昌府[6]，月明偏照鲁王宫。

官妓[7]平明直禁闱，瑶阶上马月明归。

1．原指武则天女儿，后泛指权高位尊的公主。元代有很多地位崇高、影响巨大的公主，都深受尊崇，如囊加真、祥哥剌吉等。《元史·特薛禅传》：大德十一年三月，按答儿秃长子雕阿不剌袭万户，尚祥哥剌吉公主，六月，封大长公主，赐雕阿不剌金印，加封鲁王……皇庆间，加封皇姊大长公主。天历间，加号皇姑徽文懿福贞寿大长公主。

2．原指杨玉环的姐妹秦国夫人和虢国夫人，与杨玉环姐妹并承恩泽，权倾朝野；后泛指皇宫中受恩宠的后妃。《旧唐书·后妃列传上·玄宗杨贵妃传》：马嵬之诛国忠也，虢国夫人闻难作，奔马至陈仓……秦国夫人婿柳澄先死，男钧尚长清县主。

3．调遣，安排。宋·黄庭坚《满庭芳》：占春才子，容易托行媒。其奈风情债负，烟花部、不免差排。

4．即执金吾，负责皇帝、大臣的警卫、仪仗以及徼循京师、掌管治安的武职官员。《后汉书·百官志四》：执金吾一人，中二千石。本注曰：掌宫外戒司非常水火之事。

5．原为立战功的将帅所获赏赐，在元代为通行凭证。《元史·刑法志一》：诸大都、上都诸城门，夜有急务须出入者，遣官以夜行象牙圆符及织成圣旨启门，门尉辩验明白，乃许启。虽有牙符而无织成圣旨者，不论何人，并勿启，违者处死。

6．即鲁王城。见冯子振《鹦鹉曲·松林》"应昌"条注。

7．古代供奉侍候官员的歌妓等，官场应酬会宴等，有官妓侍候。《元典章·兵部·站赤》：追照得管勾张椿掌管差拨妓女文历及总管府批帖。自至元二十一年正月十一日至三月十五日，经过使臣索要妓女宿睡，内知官职姓名四员，余只该不知使臣，总差拨应付妓女八十八人。又，元·陶宗仪《南村辍耕录·官奴》：今以妓为官奴，即官婢也。

宫花飞落春衫袖，辛苦桑麻入梦稀。

内宴重开马湩浇，严程[1]有旨出丹霄[2]。

羽林卫士桓桓[3]集，太仆龙车款款调。

马湩，马妳子也。每年八月开马妳子宴，始奏起程。太仆寺，掌马者。

鸾舆八月政高翔，玉勒雕鞍万骑忙。

天上龙归才带雨，城头夜午又经霜。

每年驾起，其夕即霜，异哉！

南坡[4]暖接南屏[5]，云散风轻弄午晴。

寄与行人停去马，六龙飞上计归程。

南坡，乃巴纳[6]地也，故游人罕至焉。

月出王孙猎兔忙，玉骢拾矢戏沙场。

皮囊有酒锣锅肉，奴视山阴对角羊。

橘绿羊，或四角六角者，谓之迭角羊。迭义未详。以其角之相对，故曰对角。毛、角虽稀，香味稍别，故不升之鼎俎。于以见天朝之玉食，有等差也。良马骤驰，拾堕箭。

---

1. 期限紧迫的路程。唐·杜甫《送长孙九侍御赴武威判官》：送长孙九侍御赴武威判官。天子忧凉州，严程到须早。

2. 原指丹霄楼，后指帝王的居处，也指朝廷、京都。《旧唐书·薛万彻传》：太宗尝召司徒长孙无忌等十余人宴于丹霄殿，各赐以貘皮，万彻预焉。

3. 勇武、威武。《史记·周本纪》：尚桓桓，如虎如罴，如豺如离，于商郊，不御克奔，以役西土，勉哉夫子！尔所不勉，其于尔身有戮。

4. 即南坡店。

5. 南屏山，在上都南五十里。道教太一教在南屏山建有太一宫，又称灵应万寿宫、太一广福万寿宫、宝应万寿宫。刘秉忠即卒于南屏山庵堂。元·熊梦祥《析津志辑佚·寺观》：元自开国创建于西山，赐上名额，实自太保刘文正公之主也。其祖坛在上都南屏山，即太保读书处，有碑文纪事。又，元·张文谦《刘秉忠行状》：上命有司择上都南山之胜地，营造庵舍而公居焉。公号其山曰"南屏"。又，《元史·刘秉忠传》：十一年，扈从至上都，其地有南屏山，尝筑精舍居之。秋八月，秉忠无疾端坐而卒，年五十九。

6. 即捺钵，也作纳钵等，蒙古语音译词，即皇帝顿宿之地。

雍容环佩肃千官，空设番僧止雨坛。

自是半晴天气好，螺声吹起宿云寒。

西番，种类不一，每即殊礼燕享大会，则设止雨坛于殿隅，时因所见以发一哂。

正元[1]紫禁肃朝仪，御榻中间宝帕提。

王母寿词歌未彻，雪花片片彩云低。

此以下多叙一年之景并杂咏之物。

元夕华灯带雪看，佳人翠袖自禁寒。

生平不作蚕桑计，只解青骢鞴绣鞍。

试数窗间九九图，余寒消尽暖回初。

梅花点遍无余白，看到今朝是杏株。

冬至后贴梅花一枝于窗间，佳人晓妆时以臙脂日图一圈，八十一圈既足，变作杏花，即暖回矣。

脱圈窈窕意如何，罗绮香风漾绿波。

信是唐宫行乐处，水边三月丽人多[2]。

上巳日，滦京士女竞作彩圈，临水弃之，即修禊之义也。

蒲萄万斛压香醪，华屋神仙意气豪。

酬节凉糕犹未品，内家先散小绒绦。

重午节也。

---

1. 也称正旦、正元、元旦或至元，即今之春节。在岁时节令中，最重要的当属元日，古人认为，这一天是一年之始，一季之始，一月之始，故而又被称为"三元"或是"三朔"，朝廷举行盛大活动以庆祝，通称之为大朝会、正旦朝会等。《周礼·春官·大宗伯》：春见曰朝，夏见曰宗，秋见曰觐，冬见曰遇，时见曰会，殷见曰同。又，《晋书·礼志下》：汉仪有正会礼，正旦，夜漏未尽七刻，钟鸣受贺，公侯以下执贽夹庭，二千石以上升殿称万岁，然后作乐宴飨。又，宋·梦元老《东京梦华录·元旦朝会》：正旦大朝会，车驾坐大庆殿……诸国使人入贺殿庭，列法驾仪仗，百官皆冠冕朝服……各执方物入献。

2. 上巳日，即三月初三，唐代长安士女多到城南曲江游玩踏青；更有杨贵妃、杨国忠兄妹曲江春游的空前盛况。唐·杜甫《丽人行》：三月三日天气新，长安水边多丽人。态浓意远淑且真，肌理细腻骨肉匀。

百戏游城又及时，西方佛子阅宏规[1]。

彩云隐隐旌旗过，翠阁深深玉笛吹。

每年六月望日，帝师以百戏入内，从西华门入，然后登城设宴，谓之游皇城是也。

紫菊花开香满衣，地椒生处乳羊肥。

毡房纳实茶添火，有女褰裳拾粪归。

紫菊花，惟滦京有之，名公多见题品；地椒草，牛羊食之，其肉香肥；纳实，蒙古茶。

为爱琵琶调有情，月高未放酒杯停。

新腔翻得凉州曲，弹出天鹅避海青[2]。

海青拿，天鹅新声也。

海红不似花红好，杏子何如巴榄[3]良。

更说高丽生菜美，总输山后蘑菇香。

海红、花红、巴榄，皆果名。高丽人以生菜裹饭食之。尖山产蘑菰。

四月东风渐渐和，流波细细出官河。

诗人策马红桥过，御柳今朝绿较多。

偶因试马小盘桓，明德门前御道宽。

楼下绿杨楼上酒，年年万国[4]会衣冠。

明德门，午门[5]也。

---

1. 即游皇城，见袁桷《皇城曲》"皇城曲"条注。

2. 即《海青拿天鹅》，也称《海青拿鹅》等，是已知流传年代最早的琵琶曲，反映的是中国古代北方人民的狩猎生活。

3. 即巴旦杏，也称巴旦木，巴旦木为"baadaam"的音译，是扁桃的果实。唐·段成式《酉阳杂俎·木篇》：扁桃，出波斯国，波斯呼为婆淡。树长五六丈，围四五尺，叶似桃而阔大，三月开花，白色，花落结实，状如桃子而形扁，故谓之扁桃。其肉苦涩不可啖，核中仁甘甜，西域诸国并珍之。

4. 万邦，天下各国。《史记·五帝本纪》：置左右大监，监于万国。万国和，而鬼神山川封禅与为多焉。

5. 午门一般指宫城南门。元大都宫城南门叫崇天门，上都宫城南门叫御天门，根据诗歌"试马盘桓""楼上酒"等内容看，宫城南门显然不允许如此，此处应是作者将皇城南门、宫城南门混淆，所指实应为皇城南门。

怪得家僮笑语回，门前惊见事奇哉。

老翁携鼠街头卖，碧眼黄髯骑象来。

黄鼠，滦京奇品。

一曲琵琶可奈何，昭君青冢恨消磨。

可怜满地黄云起，不似连天芳草多。

翠楼紫阁尽崔巍，花落花开不用催。

最是多情天上月，照人西去又东来。

承恩留守[1]是何王[2]，锦帐成围促宴忙。

却怪西风浑不顾，一般吹送满头霜。

不须白粲备晨炊，奶酪羊酥塞北奇。

泥土炕床银瓮酒，佳人椎髻[3]语侏离[4]。

东风亦肯到天涯，燕子飞来相国家。

若较内园红芍药，洛阳输却牡丹花。

内园芍药，弥望亭亭，直上数尺许，花大如斗。扬州芍药称第一，终不及上京也。

卖酒人家隔巷深，红桥正在绿杨阴。

佳人停绣凭阑[5]立，公子簪花倚马吟。

白白毡房撒万星，名王酣宴惜娉婷。

1．元代实行两都制，大都、上都均设留守司。见周伯琦《至正元年复科举取士制，承中书檄，以八月十九日至上京即国子监为试院考试乡贡进士纪事》"留司"条注。

2．据叶新民先生《元上都的官署》一文考证，上都留守前后三十任，最多为贺仁杰家族，先后有贺仁杰、贺胜（贺伯颜）、太平（贺惟一）、也先忽都（贺钧），王姓留守只有王信，至正二十九年任职，显然与此诗创作时间不符。何、王姓氏上都留守为何人，待考。

3．也作"椎结"，一撮之髻，其形如椎，多为南方、西南少数民族的发式。《南齐书·蛮、东南夷列传》：蛮俗衣布徒跣，或椎髻，或剪发。

4．方言、少数民族或外国的语言文字怪异，难以理解。《后汉书·南蛮、西南夷列传》：衣裳班兰，语言侏离，好入山壑，不乐平旷。

5．即凭栏。

李陵台北连天草，直到开平县¹里青。

东风吹暖柳如烟，寄语行人缓着鞭。
燕舞巧防鸦鹘²落，马嘶惊起骆驼眠。

时雨初肥芍药苗，脆甘味压酒肠消。
扬州帘卷东风里，曾惜名花第一娇。
草地芍药，初生软美，居人多采食之。

霜寒塞月青山瘦，草实平坡黄鼠肥。
欲问前朝开宴处，白头宫使往还稀。
文宗曾开宴于南坡，故云。

虽然玉宇桂无花，秋比江南分外佳。
弦管画楼人散去，舍郎携妓劝尝瓜。
俗以月下送瓜果往还，上京不产桂花。

御馔官厨不较余，金门掌膳³意勤如。
更分光禄⁴瓶中酒，烂醉归时月上初。
凡御膳及民间者，谓之贡余。光禄寺，掌御酒。

别却郎君可奈何，教坊⁵有令趣兴和⁶。

---

1. 隶上都留守司。《元史·百官志六》：开平县，秩正六品，达鲁花赤一员，尹一员，丞一员，主簿一员，尉一员，典史一员，司吏八人。

2. 鸟名，性凶猛，古代常用以助猎。《元史·文宗本纪五》：甲辰，诸王答儿马失里、哈儿蛮各遣使来贡蒲萄酒、西马、金鸦鹘。

3. 负责宫中膳饮的官吏。《元史·百官志五》：典膳署，秩五品……掌内府饮膳之事。至元十九年始立，隶家令司。三十一年，改掌膳，隶内宰。

4. 即光禄寺，此处代指当时任职于光禄寺的自己。《元史·百官志三》：光禄寺，秩正三品，掌起运米曲诸事，领尚饮、尚酝局，沿路酒坊，各路布种事。

5. 即元代教坊司，辖兴和署、祥和署、广乐库。《元史·百官志一》：教坊司……掌承应乐人及管领兴和等署五百户。中统二年始置……十七年，改提点教坊司，隶宣徽院……二十五年，隶礼部。

6. 即兴和署。

当时不信邮亭[1]怨，始觉邮亭怨转多。

兴和署，乃教坊司属，掌天下优人。

窈窕谁家女未笄[2]，日高停绣出帘帏。

背人笑指青霄上，认得宫庭白鸽飞。

百事关心有许忙，秋风掠削鬓边凉。

晓来为忆西山雨，怕看行人归故乡。

滦京九月雪花飞，香压萸囊[3]与梦违。

雁字不来家万里，狐裘旋买换征衣。

雪深连月与檐齐，谁把新吟向客题。

一字成时笔如铁，不如载酒画楼西。

出塞书生瘦马骑，野云片片故相随。

冻生耳鼻雪堪理，冷入肝肠酒强支。

凡冻耳鼻，即以雪揉之，方回；近火则脱。

蒙茸貂帽豁双眸，欲识渠侬[4]语谩求。

土屋人人愁出户，书生日日懒梳头。

与客飞觞[5]夜讨论[6]，梦回犹自酒微醺。

1．驿馆。《汉书·赵充国传》：度临羌东至浩亹，羌虏故田及公田，民所未垦，可二千顷以上，其间邮亭多坏败者。

2．女子到了可以许配或出嫁的年龄，一般为十五岁，就要戴上发簪。后来因而称呼女子年满十五为及笄。《礼记·内则》：女子……十有五年而笄，二十而嫁；有故，二十三年而嫁。

3．盛茱萸的袋子，旧俗重九登高饮酒，人多佩带萸囊。唐·张说《九日进茱萸山五首》其三：菊酒携山客，萸囊系牧童。路疑随大隗，心似问鸿蒙。

4．方言，多用于吴地，现尚有"吴侬软语"一词，是第三人称代词，指他或她。宋·杨万里《过瘦牛岭》：梦里长惊炊剑首，春前应许赋刀头。夜来尚有馀樽在，急唤渠侬破客愁。

5．举杯或行觞。唐·刘宪《夜宴安乐公主新宅》：层轩洞户旦新披，度曲飞觞夜不疲。绮缀玲珑河色晓，珠帘隐映月华窥。

6．共同商讨辩论。唐·罗隐《题玄同先生草堂三首》其三：常时忆讨论，历历事犹存。酒向余杭尽，云从大涤昏。

一天星斗三更月，白雪飞花何处云。

宫监何年百念销，冠簪惊见髻萧萧。
挑灯细说前朝事，客子朱颜一夕凋。

买得香梨铁不如[1]，玻瓈[2]椀里冻潜苏。
书生半醉思南土，一曲镫[3]前唱鹧鸪。
梨子受冻，其坚如铁，以井水浸之，则味回可食。

始我来京一布衣，故人曾见未生时。
等闲只作江南别，官有清名卷有诗。

我忆江南好梦稀，江山于我故多违。
离愁万斛无人管，载得残诗马上归。

强欲浇愁酒一卮，解鞍闲看古祠碑。
居庸千载兴亡事，惟有天中月色知。

塞边羝牧长儿孙，水草全枯乳酪存。
不识江南有阡陌，一犁烟雨自黄昏。

急管繁弦别画楼，一杯还递一杯愁。
洛中惆怅路千里，塞上凄凉月半钩。

1．冻梨，又叫冻秋梨，一般是由花盖梨、秋白梨、白梨、尖巴梨冰冻而成；化透食用时，甜软多汁，清凉爽口。

2．同"玻璃"，音译词。《新唐书·西域列传下·南蛮传》：开元、天宝间数献马……乾陀婆罗二百品、红碧玻瓈，乃册其君骨咄禄顿达度为吐火罗叶护、挹怛王。

3．同"灯"。

帝里[1]风光入梦频，凤城[2]金阙[3]一般春。

故乡不是无秋雨，听过穹庐（一作"匡炉"）始怆神。

试将往事记从头，老鬓征衫总是愁。

天上人间今又昔，滦河珍重水长流。

玉京惯识别离人，勒马云关隔世尘。

不比江南花事早，家家儿女解伤春。

---

1. 帝都，京都。《晋书·王导列传》：建康，古之金陵，旧为帝里，又孙仲谋、刘玄德俱言王者之宅。

2. 京都的美称。《宋史·乐志十六（鼓吹下）》：千官导从粲簪缨，钧奏间《韶》《英》。瞻龙闱，近凤城。都人云会，芬茀夹道欢迎。

3. 天子所居的宫阙。《宋史·外国列传三·高丽传》：窃以当道荐修贡奉，多历岁年，盖以上国天高，遐荒海隔，不获躬趋金阙，面叩玉阶，唯深拱极之诚，莫展来庭之礼。

黄复圭

（？～1354年前后），字均瑞，饶州安仁人。博学工诗，与张翥、危素凭诗名驰名于江右。至正中，陷于贼，作诗大骂，被杀害。著有《均瑞集》。

次韵塞上

李广称猿臂，班超号虎头[1]。

三边杀降卒，万里取封侯。

沙碛胡云暗，邮营[2]汉月秋。

曾经饮马窟[3]，半是血骷髅。

送人入上京

觅得清风谒紫薇，临川脱却故山衣。

似知云锦江头水，专照邦人画锦归。

1．相者对班超相貌的描述，意谓相貌不凡，当会成就卓著。《后汉书·班超列传》：其后行诣相者，曰："祭酒，布衣诸生耳，而当封侯万里之外。"超问其状。相者指曰："生燕颔虎颈，飞而食肉，此万里侯相也。"

2．即邮驿、邮亭。《汉书·平帝本纪》：考察不从教令有冤失职者，宗师得因邮亭书言宗信，请以闻。

3．饮马窟，古乐府有《饮马长城窟行》，后比喻边境地区或北方寒冷荒凉及战火频仍之处。宋·郭茂倩《〈乐府诗集·相和歌辞十三·饮马长城窟行〉解题》：长城，秦所筑以备胡者，其下有泉窟，可以饮马。

张昱

生卒年不详，字光弼，自号一笑居士，庐陵人（今属江西吉安）。元末曾任左右司员外郎、行枢密院判官等职。明太祖征至京师，闵其老，曾说："可闲矣！"厚赐遣归，于是更号"可闲老人"。诗学出于虞集，诗风苍莽雄肆，有沈郁悲凉之概。有《可闲老人集》4卷。

辇下曲（102首）

昱备员宣政院判官，以僧省事简，搜索旧文稿于囊中。囊在京师时，有所闻见，辄赋诗。有《宫中词》《塞上谣》共若干首。合而目之曰《辇下曲》。其据事直书，词句鄙近，虽不足以上继风雅，然一代之典礼存焉。

黄金大殿万斯年，十二[1]丹楹[2]日月边。
伞盖葳蕤[3]当御榻，珠光照耀九重天。

五垓[4]十陛立朝廷，槛首铜雕一丈翎。
不待来仪威凤至[5]，日闻韶濩在青冥。

州桥拜服两珉龙，向下天潢[6]一脉通。
四海仰瞻天子气，日行黄道贯当中。

---

1. 形容数量多或程度深。北朝·佚名《木兰诗》：昨夜见军帖，可汗大点兵，军书十二卷，卷卷有爷名。
2. 朱漆的楹柱，借指华丽的宫殿。《汉书·货殖传》：及周室衰，礼法堕，诸侯刻桷丹楹，大夫山节藻棁。
3. 华美，艳丽。汉·佚名《古诗为焦仲卿妻作》：妾有绣腰襦，葳蕤自生光。红罗复斗帐，四角垂香囊。
4. 通"陔"，台阶，级层。
5. 即有凤来仪，古时吉祥的征兆。《尚书·益稷》：箫韶九成，凤皇来仪。击石拊石，百兽率舞。
6. 天河。《后汉书·张衡列传》：观壁垒于北落兮，伐河鼓之磅硠。乘天潢之泛泛兮，浮云汉之汤汤。

方朝犹是未明天，玉戚[1]轮竿[2]已俨然。

百兽蹲威绘旛[3]下，万臣效职内门前。

东楼绯服[4]唱鸡人，击到朱罋第几声？

南（一作"楠"）寐奉常[5]先告备[6]，驾行三叩紫鞘鸣[7]。

至元典礼当朝会[8]，宗戚前将祖训开[9]。

圣子神孙千万世，俾知大业此中来。

二九[10]行分正从班[11]，尽将牙笏[12]注名单。

1．也作"玉鏚"，玉柄或玉饰的斧子。《礼记·明堂位》：季夏六月，以禘礼祀周公于大庙……升歌《清庙》，下管《象》；朱干玉戚，冕而舞《大武》。

2．装有收卷钓线转轮的钓竿。金·刘铎《所见》：轮竿老子绿蓑衣，细雨斜风一钓矶。正是邻家社醅熟，柳条穿得锦鳞归。

3．同"幡"。

4．六品或七品官员。《元史·百官志七》：由一品至五品为宣授，六品至九品为敕授。敕授则中书署牒，宣授则以制命之。一品至五品者服紫，六品至七品者服绯，八品至九品者服绿，武官以下皆如之。

5．秦代九卿之一。《汉书·百官公卿表上》：奉常，秦官，掌宗庙礼仪，有丞。景帝中六年更名太常。属官有太乐、太祝、太宰、太史、太卜、太医六令丞，又均官、都水两长丞。

6．禀告使知晓。《礼记·月令》：是月也．大飨帝．尝牺牲．告备于天子。

7．挥动鞭梢使发声，旧时皇帝起驾鸣鞭静街的仪式。《旧五代史·末帝本纪下》：丁丑，车驾至自河阳。时左右劝帝固守河阳。居数日，符彦饶、张彦琪至，奏帝不可城守。是日晚，至东上门，小黄门鸣鞘于路，索然无声。见袁桷《装马曲》"鸣鞭"条注。

8．即正元（正旦）大朝会。见杨允孚《滦京杂咏》"正元"条注。

9．即宣读成吉思汗大札撒。《元史·世祖本纪一》：祖训传国大典，于是乎在，孰敢不从。见柯九思《宫词一十五首》"大扎撒"条注。

10．即十八。《魏书·礼志三》：若在志学之后，将冠之初，年居二九，质并成人，受道成均之学，释菜上庠之内，将命孔氏之门，执烛曾参之室，而唯有掩身之衣，无蔽下之裳，臣愚未之安矣。

11．即从班列，也作"从列"，列于朝班。朝臣上朝，各依班次就位，即所谓鹓行有序。《宋史·食货志下一》：又三省、密院吏员猥杂，有官至中大夫，一身而兼十余俸，故当时议者有"俸入超越从班，品秩几于执政"之言。

12．象牙手板，也指朝笏、牙简，为大臣朝见皇帝时以备记事所用。《旧唐书·陈夷行列传》：陈夷行，字周道，颍川人……上召对，面赐绯衣牙笏，迁谏议大夫、知制诰，余职如故。

箪铺兽镇丹墀内，鹄立千官绕画阑。

国戚来朝总盛容，左班翘鹖右王封[1]。
功臣带砺河山誓，万岁千秋乐未终[2]。

静瓜约闹殿西东，颁宴宗王礼数隆。
酋长巡觞宣上旨，尽教满饮大金钟。

万方表马贺生辰，班首师臣[3]与相臣[4]。
喝赞[5]礼行天乐动，九重宫阙一时新。

三司[6]侍宴皇情洽，对御吹螺大礼终。
宝扇合鞘催放仗[7]，马蹄哄散万花中。

---

1. 元代官分左右，以右为尊；祭祀等重大活动，官员也班分左右。《元史·成宗本纪四》：诏中书省设官自左右丞相以下，平章二员，左右丞各一员，参知政事二员，定为八府。又，《祭祀志六》：享前一日质明，所司备法驾仪仗暨侍享官分左右叙立于崇天门外，太仆卿控御马立于大明门外，侍仪官、导驾官各具公服，备擎执，立于致斋殿前。

2. 带砺，也作"带厉"，带和砥石；比喻时间久远，任何动荡也不会变心。句谓受皇家恩宠，与国同休。《史记·高祖功臣侯者年表》：封爵之誓曰："使黄河如带，泰山若厉。国以永宁，爰及苗裔。"

3. 对居于师保之位或加有太师官号的执政大臣的尊称。《宋史·奸臣列传四·贾似道传》：理宗崩，度宗又其所立，每朝必答拜，称之曰师臣而不名。

4. 宰相，也泛指大臣。《魏书·天象志一之四》：天平元年闰月，月掩心大星；二年八月，又犯之，相去七寸；十一月，又掩心小星。相臣逼主之象，且占曰："人臣伐主，应以善事除殃。"

5. 朝堂上赞唱、传呼的礼仪。《宋史·礼志二十（宾礼二）》：宰臣、亲王、枢密使带平章事、使相系押班者，立于仪石南，余官并立于宣制石南，如合通唤，阁门使引并如仪。赞喝讫，系中书、枢密并揖升殿辞谢，揖，西出，其合问圣体者，并如仪。

6. 指三公，指太师、太傅、太保；有说司马、司徒、司空为三公等。《汉书·百官公卿表上》：太师、太傅、太保，是为三公。

7. 早朝时宫廷仪式之一，指放下擎举的仪仗。《新唐书·仪卫志上》：皇帝步出西序门，索扇，扇合。皇帝升御座，扇开……及三卫带刀入，则曰："仗入"；三卫不带刀而入，则曰"监引入"。朝罢，皇帝步入东序门，然后放仗。内外仗队，七刻乃下。

授时历¹进当冬至²，太史异官近御前。

御用粉笺题国字³，帕黄封上榻西边。

泥金沥水顺飘扬，掌扇香吹殿角凉。

不是内官亲执御，太平无用镇非常。

只孙⁴官样青红锦⁵，裹肚⁶圆文宝相珠。

羽仗执金班控鹤⁷，千人鱼贯振嵩呼。

1．元代《授时历》为公元1281年实施的历法名，因元世祖忽必烈封赐而得名。其法以365.2425日为一岁，距近代观测值仅差26秒，精度与《格里高利历》相当，但早300多年。公元1276年元世祖命许衡全面负责这一工作，并以王询、郭守敬为副，共同研讨。《元史·许衡列传》：帝以海宇混一，宜协时正日。十三年，诏王恂定新历。恂以为历家知历数而不知历理，宜得衡领之，乃以集贤大学士兼国子祭酒，教领太史院事，召至京……乃与太史令郭守敬等新制仪象圭表……十七年，历成，奏上之，赐名曰《授时历》，颁之天下。

2．古代所定历法，以夜半为一日的开始，朔旦为一月的开始，冬至为一年的开始，所以每年授时在冬至。《后汉书·律历志下》：斗之二十一度，去极至远也，日在焉而冬至，群物于是乎生。故律首黄钟，历始冬至，月先建子，时平夜半。

3．即蒙古语文字，是元代法定官方文字。《元史·刑法志四》：诸奏目及官府公文，并用国字，其有袭用畏兀字者，禁之。又，《武宗本纪一》：辛亥，中书右丞相孛罗铁木儿以国字译《孝经》进，诏曰："此乃孔子之微言，自王公达于庶民，皆当由是而行。"

4．也称质孙、只逊、济孙等，蒙语jisun的音译，意谓颜色；此处指元代内廷大宴时规定穿着的统一颜色的官服。《元史·舆服志一》：质孙，汉言一色服也，内庭大宴则服之。见本诗"青红棉"条注。

5．各种颜色服饰。《元史·舆服志一》：天子质孙，冬之服凡十有一等，服纳石失、金锦也……服大红、桃红、紫蓝、绿宝里……百官质孙，冬之服凡九等，大红纳石失一，大红怯绵里一，大红冠素一，桃红、蓝、绿官素各一，紫、黄、鸦青各一。夏之服凡十有四等，素纳石失一，聚线宝里纳石失一，枣褐浑金间丝蛤珠一，大红官素带宝里一，大红明珠褡子一，桃红、蓝、绿、银褐各一，高丽鸦青云袖罗一，驼褐、茜红、白毛子各一，鸦青官素带宝里一。

6．宋元时男子长衣外包裹腰肚的绣袍肚。《元典章·工部·役使》：祗候不系只孙裹肚：准伯颜蒙古文字译该："'咱每根底行的祗候，系着只孙裹肚、系腰，定当外头民户每根底有'么道，他每的裹肚、系腰拘收（来）。"

7．武则天置控鹤府；其后，历代禁军也有用"控鹤"为官署名称的，指宿卫近侍之官。《旧唐书·张行成列传》：圣历二年，置控鹤府官员，以易之为控鹤监、内供奉，余官如故。

全装节仗冒金钱，振竦[1]高擎御陛前。

弹[2]袖行交太平字[3]，回銮犹自步蹁跹。

黄金酒海赢千石，龙杓[4]梯声给大筵。

殿上千官多取[5]醉，君臣胥乐太平年。

西天法曲曼声长，璎珞垂衣称艳妆。

大宴殿中歌舞上，华严[6]海会[7]庆君王。

职供蛮夷通海徼[8]，筦[9]衣毳帽步逡巡。

翠华阁下颁缯币，圣主留恩柔远人。

竹杠金铸百寻余，顶版高镌万国书。

禁得下方雷与电，声光不敢近皇居。

1．也作"振悚"。

2．同"弹"，下垂。

3．见杨允孚《滦京杂咏》"又是官车入御天，丽姝歌舞太平年"诗自注。

4．筵宴时盛酒的器皿。意大利·马可波罗《马可波罗行纪》：殿中有一器，制作甚富丽，形似方柜，宽广各三步，刻饰金色动物甚丽。柜中空，置精金大瓮一具，盛酒满，量足一桶。柜之四角置四小瓮，一盛马乳，一盛驼乳，其它则盛种种饮料。柜中也置大汗之一切饮盏。有金质者甚丽，名曰杓，容量甚大，满盛酒浆，足供八人或十人之饮。列席者每二人前置一杓，满盛酒浆，并置一盏，形如金杯而有柄。

5．一种古代乐曲，原为含有外来音乐成分的西域各族音乐，后与汉族的清商乐结合，因其用于佛教法会，东晋、南北朝时称作法乐，并逐渐成为隋朝的法曲；其乐器有铙、钹、钟、磬、幢箫、琵琶；至唐朝又掺杂道曲而发展至极盛阶段，著名的曲子有《赤白桃李花》《霓裳羽衣》等。《旧唐书·音乐志三》：又自开元已来，歌者杂用胡夷里巷之曲，其孙玄成所集者，工人多不能通，相传谓为法曲。又，《新唐书·礼乐志十二》：初，隋有法曲，其音清而近雅。其器有铙、钹、钟、磬、幢箫、琵琶。

6．原指《华严经》，后来因借此立宗为华严宗，强调"理为性""事为相"，对宋明理学有重要影响。《周书·萧察列传》：笃好文义，所着文集十五卷，内典华严、般若、法华、金光明义疏四十六卷，并行于世。

7．比喻德深如海，圣众会聚之多；后指佛教盛大的集会。《宋史·龚茂良传》：城东旧有广惠庵，中原衣冠没于南者葬之，岁久废，茂良访故地，更建海会浮图，藏寄暴露者皆掊藏无遗。

8．近海地区。《辽史·圣宗本纪六》：十二月，南巡海徼。还，幸显州。

9．通"管"。

崇天门[1]下听宣赦，万姓欢呼万岁声。

岂独罪人蒙大宥，普天率土尽关情。

户外班齐大礼行，小臣鸣赞[2]立朝廷。

八风[3]不动丹墀静，听得宫袍舞蹈声。

墀左朱阑草满丛，世皇封植意尤浓。

艰难大业从兹起，莫忘龙沙汗血功[4]。

国初海运自朱张[5]，百万楼船渡大洋。

有训不教忘险阻，御厨先饭进黄粱。

旗常[6]万乘缀旒旐，玉瓒升坛藉白茅[7]。

---

1. 元大都宫城南门。皇帝即位、祭祀、巡幸等重大活动，大臣往往于此朝贺或待诏。《元史·礼乐志一》：皇帝即位受朝仪：……至期大昕，侍仪使引导从护尉，各服其服，至皇太子寝阁前，捧牙牌跪报书办。内侍传旨曰"可"，侍仪使俯伏兴。皇太子出阁，侍仪使前导，由崇天门入，升大明殿。

2. 即赞拜，高声唱喊行礼秩序。《宋书·礼志一》：皇帝服衮冕之服，升太极殿，临轩南面。谒者前北面一拜，跪奏："大鸿胪臣某稽首言，群臣就位。谨具。"侍中称制曰："可。"谒者赞拜，在位皆再拜。大鸿胪称臣一拜，仰奏："请行事。"侍中称制曰："可。"鸿胪举手曰："可行事。"谒者引护当使者当拜者入就拜位。四厢乐作。将拜，乐止。

3. 八方之风，《说文》《淮南子》《吕氏春秋》等，对此均有解释。《左传·隐公五年》：夫舞所以节八音，而行八风。

4. 柯九思《宫词十五首》自注：世祖建大内，命移沙漠莎草于丹墀，示子孙毋忘草地也。

5. 为顺利完成南粮北运，至元十九年朝廷命令朱清、张瑄监造海船六十艘，招募漕丁漕夫，开辟由江南到直沽即今天津的海运通道，使元朝海运满足了北方的物资需求。《元史·食货志一》：初，伯颜平江南时，尝命张瑄、珠清等……运粮则自浙西涉江入淮，由黄河逆水至中滦旱站，陆运至淇门，入御河，以达于京……至元十九年……命上海总管罗璧、珠清、张瑄等，造平底海船六十艘，运粮四万六千余石，从海道至京师。

6. 即旗与常；旗画交龙，常画日月，是王侯的旗帜。《周礼·春官·司常》：日月为常，交龙为旗……王建大常，诸侯建旗。又，《晋书·舆服志》：旗常缠不舒，所谓德车结旌也。天子亲戎则舒，谓武车绥旌也。

7. 也作"白茆"，多年生草本植物，因花穗上密生白色柔毛而得名；古代常用以包裹祭品及分封诸侯，借指茅土之封。《汉书·终军列传》：宜因昭时令日，改定告元，苴白茅于江、淮，发嘉号于营丘，以应缉熙，使著事者有纪焉。

前月太常[1]班[2]卤簿，安排法驾[3]事南郊[4]。

清庙[5]上尊[6]元不罩，爵呈三献[7]礼当终。
巫臣马湩望空洒[8]，国语辞神妥法宫[9]。

辽东馈供入神厨，祭鲔[10]专车一丈鱼。
寝庙[11]岁行春荐[12]礼，有加铏豆[13]杂鲜胹。

1．掌管祭祀的职官。《后汉书·百官志二》：太常，卿一人，中二千石。本注曰：掌礼仪祭祀。每祭祀，先奏其礼仪；及行事，常赞天子。每选试博士，奏其能否。大射、养老、大丧，皆奏其礼仪。每月前晦，察行陵庙。

2．同"颁"。

3．天子车驾的一种。天子的卤簿分大驾、法驾、小驾三种，其仪卫之繁简各有不同。《元史·英宗本纪一》：辛未，拜住进卤簿图，帝以唐制用万二千三百人耗财，乃定大驾为三千二百人，法驾二千五百人。

4．天子在京都南面的郊外筑圜丘以祭天的地方；也特指帝王祭天的大礼。《史记·封禅书》：周官曰，冬日至，祀天于南郊，迎长日之至。

5．即太庙，古代帝王的宗庙。《诗经·周颂·清庙》：于穆清庙，肃雍显相。济济多士，秉文之德。

6．祭祀或燕饮时放在上位的酒杯。《礼记·郊特牲》：黄目，郁气之上尊也。黄者中也，目者气之清明者也，言酌于中而清明于外也。

7．古代祭祀时献酒三次，即初献爵、亚献爵、终献爵，合称"三献"。《后汉书·百官志二》：光禄勋……郊祀之事，掌三献。

8．元代祭祀主要以马湩为祭品，在祭祀祖先时，面向西北，望空而洒。《元史·祭祀志一》：夏四月己亥，躬祀天于旧桓州之西北，洒马湩以礼，皇族之外无得而与，皆如其初。见吴莱《得大人书，喜闻秋末自散不剌复回大都，赋寄宣彦高》"望祭"条注。

9．宫室的正殿，古代帝王处理政事之处。《旧唐书·礼仪志二》：朕嗣膺下武，丕承上烈，思所以答眷上灵，聿遵孝享，而法宫旷礼，明堂寝构。

10．以鲔鱼做祭品；鲔，即鲟鱼，主要指产于黑龙江、松花江等江河的史氏鲟，体长可达一米多，春季捕捞。《礼记·月令》：季春三月，天子乃荐鞠衣于先帝，又荐鲔于寝庙，乃为麦祈食。又，《礼记·夏小正》：祭鲔。祭不必鲔，记鲔何也？鲔之至有时，美物也。鲔者，鱼之先至者也，而其至有时，谨记其时。

11．古代宗庙的正殿称庙，后殿称寝，合称寝庙。《史记·叔孙通列传》：高帝崩，孝惠即位，乃谓叔孙生曰："先帝园陵寝庙，群臣莫习。"徙为太常，定宗庙仪法。

12．春天以果物等祭献宗庙。《礼记·王制》：庶人春荐韭，夏荐麦，秋荐黍，冬荐稻。

13．铏，古代盛羹的鼎，两耳三足，有盖，常用于祭祀；豆，古代盛肉或其他食品的器皿，形状像高脚盘。《旧唐书·礼仪志四》：社、稷各用太牢一，牲色并黑，笾、豆、簠、簋各二，铏、俎各三。

国俗[1]祠神主中霤[2]，毡车毡俑[3]挂宫灯。
神来鼓盏自飞动，妖自人兴如有凭。

狼髇[4]且抛何且呪[5]，女巫凭此卜妖祥。
手持朴樕[6]挥三祀，蠲洁[7]祈神受命长。

当年大驾幸滦京，象背前驮幄殿行。
国老[8]手炉先引导，白头联骑出都城。

皇舆清暑驻滦京，三日当番见大臣。
夜半暗中偷摸箭，阴教右姓[9]主朋巡。

请与关牌趋鼓阁，弓刀（一作"箭"）千骑领兵符。
例差右姓巡仓库[10]，哄唱穹庐赐大酺。

祖宗诈马宴滦都，捅酒哼哼[11]载憨车。

1. 北方少数民族多信仰萨满教，其鲜明的特色即生活化与政治色彩，族人凡出生、死亡、治病、祭祀、战事等无不假借巫术活动而后进行。《元史·祭祀志三》：其祖宗祭享之礼，割牲、奠马湩，以蒙古巫祝致辞，盖国俗也。

2. 古代五祀所祭对象之一，即后土之神。《宋书·礼志四》：社所以神地之道。地载万物，天垂象。取财于地，取法于天。是以尊天而亲地，故教人美报焉。家主中溜而国主社，示本也。

3. 古代北方少数民族毡制的用以祭祀或陪葬的偶人，一如中原以泥为俑。《孟子·梁惠王上》：仲尼曰："始作俑者，其无后乎？"为其像人而用之也。

4. 萨满教降神活动中常用狼的髇骨占卜吉凶休咎或病患、触犯何种神灵等。

5. "何"同"呵"，"呪"通"咒"；指萨满仪式中女巫口中所念咒语。

6. 也作"朴遬"，意谓丛木，小树。唐·刘禹锡《琴曲歌辞》：朴樕危巢向暮时，毰毸饱腹蹲枯枝。游童挟弹一麾肘，臆碎羽分人不悲。

7. 清洁。《墨子·尚同》：其事鬼神也，酒醴粢盛，不敢不蠲洁。

8. 国家元勋。《元史·塔本列传》：塔本，伊吾庐人。人以其好扬人善，称之曰扬公。父宋五设托陀，托陀者，其国主所赐号，犹华言国老也。

9. 豪族大姓，此处指蒙古贵族。《后汉书·郭伋列传》：更始新立，三辅连被兵寇，百姓震骇，强宗右姓，各拥众保营，莫肯先附。

10. 贮藏粮食之处为仓，贮藏兵车之处为库。元代上都仓库在迤北仓储中具有重要地位，主要有平盈库、万盈库、广积仓、万盈仓、万亿库、行用库等。《元史·百官志六》：开平县，秩正六品……平盈库，大使一员……万盈库……广积仓……中统初，置永盈仓。大德间，改为广积仓……万亿库……至元二十三年置……行用库。

11. 迟重缓慢的样子。《诗经·国风·王风·大车》：大车哼哼，毳衣如璊。岂不尔思？畏子不奔。

向晚大宴高阁上，红竿雉帚扫珍珠[1]。

驾起京官聚草棚，诸司谁敢不从公[2]。
宫钱例与供堂食[3]，马上风吹酒面红。

千门万户严扃钥，留守司官莫自闲。
仰候秋风驼被等，郊迎大驾[4]向南还。

驼装序入日精门[5]，铜鼓牙旗作队喧。
一听巡阶铃钹振，满宫俱喜出迎恩。

日华门[6]里西角屋，六纛[7]幽藏神所居。
大驾起行先戒路[8]，鼓铤[9]次第出储胥[10]。

1．诈马宴赏赐浩繁。黄溍《答失蛮神道第二碑》：买奴，前后被赐珠帽、珠衣、只孙、金玉、马脑、车渠、七宝诸束带，及它衣币服用之物以十数，钞不虑数十万贯。

2．每年大驾巡幸，后宫诸闱、宗藩戚畹、宰执从僚、百司庶府等，均须扈从以行。元·危素《殿中司题名记》：官曹之从幸者，不出三日，皆以关白；出三日，非有故不至，得纠其罪。

3．唐代政事堂的公膳，泛指公署膳食。《新五代史·苏逢吉列传》：逢吉已贵，益为豪侈，谓中书堂食为不可食，乃命家厨进羞，日极珍善。

4．即大口迎驾。元·熊梦祥《析津志辑佚·岁纪》：至龙虎台，高眺都城宫苑，若在眉睫。上位、三宫、储君至此，千官、百辟、万姓多人仰瞻天表，无不欢忻之至。再一纳钵即三疙疸也。独守卫军指挥、留守怯薛、百辟于此拜驾，若翰苑泊僧道乡老，各从本教礼祝献，恭迎大驾入城。

5．元大都宫殿正殿左右有日精门、月华门。《元史·礼乐志一》：司晨报时鸡唱毕，尚引引殿前班，皆公服，分左右入日精、月华门，就起居位，相向立。

6．属于大都应天门系列。元·熊梦祥《析津志辑佚·古迹》：应天门十一楹，左右有楼，门内有左右翔龙门及日华、月华门。

7．六面军中大旗，后泛指军中主帅的大旗。《新唐书·百官志四下》：行则建节、树六纛，中官祖送，次一驿辄上闻。

8．登程，出发上路。《南齐书·高帝本纪上》：公投袂殉难，超然奋发，执金板而先驰，登寅车而戒路，军政端严，卒乘辑睦，麾旝一临，凶党冰泮。

9．也作"铤鼓"，行军之军乐器或皇帝出巡的仪仗。《后汉书·舆服志上》：乘舆法驾，公卿不在卤簿中……后有金钲黄钺，黄门鼓车。

10．原为汉代宫馆名称，后泛指帝王宫殿。《汉书·扬雄列传上》：甘泉本因秦离宫，既奢泰，而武帝复增通天、高光、迎风。宫外近则洪崖、旁皇、储胥、弩陆，远则石关、封峦、枝鹊、露寒、棠梨、师得。

华缨[1]孔帽诸番[2]队，前导伶官戏竹[3]高。

白伞[4]葳蕤避驰道，帝师[5]辇下进葡萄。

守内番僧[6]日念吽[7]，御厨酒肉按时供。

组铃扇鼓诸天乐[8]，知在龙宫第几重。

皇舆行在[9]辟人门[10]，群牧分屯散彩云。

习驭每朝供进马[11]，近移毳幕尽宗勋[12]。

御前亲拜中书令，恩赐东宫设内筵。

1．彩色的冠缨，古代仕宦者的冠带。《旧唐书·卢简辞列传》：郁郁松带雪，萧萧鸿入冥。员外贞贵儒，弱冠被华缨。

2．指元朝周边各少数民族部落或附庸国。《元史·世祖本纪十》：丙寅，荆湖占城行省遣八番刘继昌谕降龙昌宁、龙延万等赴阙，奉羊马、白氎来贡，各授本处安抚使。立宣慰司，招抚西南诸蕃等处酋长。

3．指挥奏乐的用具。《元史·礼乐志五》：戏竹，制如甋，长二尺余，上系流苏香囊，执而偃之，以止乐。

4．即藏传佛教白伞盖佛母崇拜的宗教仪轨。见袁桷《皇城曲》"皇城曲"条注。

5．忽必烈对吐蕃高僧八思巴封为帝师开始，元朝皇帝均供奉帝师；各帝师都是乌思藏佛教流派之一萨斯迦派的高僧，且在上都、大都均建有帝师寺。《元史·世祖本纪一》：以梵僧八合思八为帝师，授以玉印，统释教。

6．元代藏传佛教受到尊崇，其僧侣被称番僧。《元史·武宗本纪一》：丙子，以诸王及西番僧从驾上都，途中扰民，禁之。

7．即指"唵嘛呢叭咪吽"六字大明咒，为"唵啊吽"三字的扩展，是观世音菩萨心咒。此咒源于梵文，象征一切诸菩萨的慈悲与加持。

8．指宫庭音乐，如齐天乐、朝天乐、顺天乐等；此处指皇帝出行仪仗。《元史·百官志一》：天乐署，初名昭和署，秩从六品，管领河西乐人。又，《元史·舆服志二》：云和乐：云和署令二人，朝服，骑，分左右。

9．也称行在所，天子巡行所到之地。《晋书·忠义列传·嵇绍传》：绍以天子蒙尘，承诏驰诣行在所。值王师败绩于荡阴，百官及侍卫莫不散溃，唯绍俨然端冕，以身捍卫，兵交御辇，飞箭雨集，绍遂被害于帝侧，血溅御服，天子深哀叹之。

10．用人环列护卫以作为门。《周礼·天官·掌舍》：掌舍掌王之会同之舍。设梐枑再重。设车官辕门，为坛壝宫棘门，为帷宫，设旌门。无宫，则共人门。凡舍事，则掌之。又，《元史·兵志二》：昔大朝会时，皇城外皆无墙垣，故用军环绕，以备宿卫。

11．主管典礼时仪仗队的骑乘。《新唐书·百官志二》：进马五人，正七品上。掌大陈设，戎服执鞭，居立仗马之左，视马进退。

12．每当夏季，宗亲、勋臣往往从各地汇聚上都，参加大朝会。《通制条格·仪制》：延佑元年六月二十二日中书省奏：在先诸工妃子公主驸马各千户每朝现的，并不拣什么勾当呵，夏间趁青草时月来上都来……端的有忙勾当呵，差使臣呵，怎生？

手署敕黄[1]唯一道，任谁祗受付双迁。

鸡人唱罢内门开，千骑前头丞相来。
卫士金瓜[2]双引导，百司拥醉早朝回。

端本堂[3]深绣榻高，满前学士尽风骚。
星河骑士知唯马，惯识金笺[4]玉兔毫。

旌旗千骑从储皇，诈柳行春[5]出震方[6]。
祖宗马上得天下，弓矢斯张何可忘。

和宁沙中朴樕[7]笔，史臣以待铅椠[8]事。
百司译写高昌[9]书，龙蛇[10]复见古文字。

---

1. 敕书，因用黄纸书写而得名。《元史·选举志一》：监试官同读卷官，以所对策第其高下，分为三甲进奏。作二榜，用敕黄纸书，揭于内前红门之左右。

2. 古代卫士所执的一种兵仗，棒端呈瓜形，铜制，金色。《元史·舆服志二》：卧瓜，制形如瓜，涂以黄金，卧置，硃漆棒首。立瓜，制形如瓜，涂以黄金，立置，硃漆棒首。

3. 即奎章阁，又称宣文阁、学士院。《元史·百官志八》：至正…九年冬，立端本堂为皇太子学宫。置谕德一员，正二品；赞善二员，正三品；文学二员，正五品；正字二员，正七品；司经二员，正七品。

4. 供写信、题辞等用的精美的洒金纸张。唐·王涯《宫词》其一：宜春院里驻仙舆，夜宴笙歌总不如。传索金笺题宠号，镫前御笔与亲书。

5. 官吏春日出巡，也指春游。《后汉书·郑弘列传》：弘少为乡啬夫，太守第五伦行春，见而深奇之，召署督邮，举孝廉。

6. 八卦乾、坤、震、巽、坎、离、艮、兑之"震"，对应东方。《梁书·武帝纪下》：前代因袭，有乖礼制，可于震方，简求沃野。

7. 丛木、小树，比喻浅陋、平庸，此处用作谦词。唐·杜牧《贺平党项表》：臣僻左小郡，朴樕散材，空过流年，徒生圣代。

8. 铅，铅粉笔；椠，木板片；泛指古人书写文字的工具，后来也代指写作、校勘。《旧唐书·德宗本纪下》：加以天才秀茂，文思雕华。洒翰金銮，无愧淮南之作；属辞铅椠，何惭陇坻之书。

9. 高昌故城位于吐鲁番东火焰山南麓木头沟河三角洲，始建于公元前1世纪，是世界宗教文化荟萃的宝藏之一。《魏书·高昌列传》：高昌者，车师前王之故地，汉之前部地也。东西二千里，南北五百里，四面多大山。或云昔汉武遣兵西讨，师旅顿弊其中，尤困者因住焉。地势高敞，人庶昌盛，因云"高昌"。亦云其地有汉时高昌垒，故以为国号。

10. 指书法、文字。宋·辛弃疾《水调歌头·寿赵漕介庵》：千里渥洼种，名动帝王家。金銮当日奏草，落笔万龙蛇。

仪台铁表冠龙尺，上刻横文晷度真。

中国失传求远裔，犹于回纥见斯文[1]。

儒臣奉诏修三史，丞相衔兼领总裁[2]。

学士院官传赐宴，黄羊湩酒满车来。

经筵进讲天人喜，宣索金缯赐讲臣。

已觉圣躬忘所倦，教将古训更前陈。

文明[3]天子念孤寒，科举人才两榜[4]宽。

别殿下帘亲策试，唱名才了便除官[5]。

---

1. 阿拉伯天文学家扎马鲁丁在至元四年获忽必烈召见，受赏识，将其编写的《万年历》颁行于北方部分地区。至元八年，在上都设置回回司天台，以扎马鲁丁为提点，制造了七种精巧的天文仪器观测天象。《元史·天文志一》：世祖至元四年，扎马鲁丁造西域仪象：咱秃哈剌吉，汉言混天仪也。其制以铜为之，平设单环，刻周天度，画十二辰位，以准地面。侧立双环而结于平环之子午，半入地下，以分天度。内第二双环，亦刻周天度，而参差相交，以结于侧双环，去地平三十六度以为南北极，可以旋转，以象天运为日行之道。内第三、第四环，皆结于第二环，又去南北极二十四度，亦可以运转。凡可运三环，各对缀铜方钉，皆有窍以代衡萧之仰窥焉。

2. 指元代修撰的《宋史》《辽史》《金史》，由丞相脱脱和阿鲁图先后主持修撰并任总裁官。《元史·顺帝本纪四》：诏修辽、金、宋三史，以中书右丞相脱脱为都总裁官，中书平章政事铁木儿塔识、中书右丞太平、御史中丞张起岩、翰林学士欧阳玄、侍御史吕思诚、翰林侍讲学士揭傒斯为总裁官。

3. 文治教化。《后汉书·刘陶传》：使百姓渴无所饮，饥无所食，虽皇、羲之纯德，唐、虞之文明，犹不能以保萧墙之内也。

4. 元朝地方乡试，蒙古人、色目人试两场，汉人、南人试三场，试题难度有别；乡试第二年会试，按照蒙古人、色目人和汉人、南人分配给各行省指标，考试科目与乡试基本相同，蒙古、色目、汉人、南人各录取25人参加殿试；殿试由皇帝亲自主持，考试结果按照右榜蒙古人、色目人，左榜汉人、南人公布并同时赐予品秩。《元史·选举志一》：蒙古、色目人，愿试汉人、南人科目，中选者加一等注授。蒙古、色目人作一榜，汉人、南人作一榜。第一名赐进士及第，从六品，第二名以下及第二甲，皆正七品，第三甲以下，皆正八品，两榜并同。

5. 《元史·选举志一》：以初七日御试举人于翰林国史院……执事者望阙设案于堂前，置策题于上……礼生导引至于堂前，望阙两拜，赐策题，又两拜，各就次……进士纳卷毕，出院。监试官同读卷官，以所对策第其高下，分为三甲进奏。作二榜，用敕黄纸书，揭于内前红门之左右。

胄监[1]诸生盛国容，大官[2]羊膳两厨供。

六经尽是君臣事，卿相才多在辟雍[3]。

炉香夹道涌祥风，梵辇游城女乐从[4]。

望拜彩楼呼万岁，柘黄[5]袍在半天中。

放教贵赤一齐行，平地风生有翅身。

未解刻期争拜下，御前成个赏金银[6]。

国子题名金仆姑[7]，树篱比射尽腰符。

分明百步中侯的，踊跃宗王舞袖呼。

对朋角饮[8]自相招，黄鼠生烧入地椒。

1．即国子监，也代指国子监的生员。《元史·睿宗列传》：逾年又见，太子问读何书，其子以蒙古书对，太子曰："我命汝学汉人文字耳，其亟入胄监。"

2．即太官，主膳羞。《汉书·元帝本纪》：六月，以民疾疫，令大官损膳，减乐府员，省苑马，以振困乏。

3．辟，通"璧"。西周天子所设大学，校址圆形，围以水池，前门外有便桥。东汉以后，历代皆有辟雍，除北宋末年为大学之预备学校即外学，其他时候均为行乡饮、大射或祭祀之礼的地方。《史记·封禅书》：天子曰明堂、辟雍，诸侯曰泮宫。

4．即游皇城。见袁桷《皇城曲》"皇城曲"条注。

5．用柘木汁染的赤黄色；自隋唐以来为帝王的服色。《辽史·仪卫志二》：皇帝翼善冠，朔视朝用之。柘黄袍，九环带，白练裙襦，六合靴。

6．贵赤，即贵由赤，蒙古语音译词，意为赛跑。元·陶宗仪《南村辍耕录·贵由赤》：贵由赤者，快行是也。每岁一试之，名曰放走，以脚力便捷者膺上赏。故监临之官，齐其名数而约之以绳，使无先后参差之争，然后去绳放行。在大都，则自河西务起程；若上都，则自泥河儿起程。越三时，走一百八十里，直抵御前，俯伏呼万岁。先至者赐银一饼，馀者赐段匹有差。又，元·杨瑀《山居新话》：皇朝贵由赤，每岁试其力，名之曰放走。监对者封记其发，以一绳栏定，俟齐，去绳走之。大都自河西务起至大内，上都自泥河儿至内中，越三时一百八十里，直至御前，称万岁，礼拜而止。头名者赏银一锭，第二名赏段子四表里，第三名赏二表里，余各一表里。

7．金仆姑，箭名。宋代学官设有射圃，锻炼学子射艺以便文武兼备；元代沿袭了这一体制。《元史·顺帝本纪四》：辛卯，开东华射圃。

8．竞饮，比较酒量。《元史·吾也而列传》：宪宗元年，召问东夷事，对曰："臣虽老，倘藉威灵，指麾三军，敌国犹可克，况东夷小丑乎！"帝壮其言，问饮酒几何，对曰："唯所赐。"时有一驸马都尉在侧，素以酒称，命与之角饮。

马湩饮轮金铎刺[1]，顶宁割发[2]不相饶。

柳林[3]密遣弄臣回，封印黄金盒一枚。
天语[4]直将西内去，便教知是草芽来[5]。

直从海子望蓬莱，青雀传言[6]日几回？
为造龙舟载天姆，院家催造画图来。

西方舞女即天人，玉手昙花满把青[7]。
舞唱天魔供奉曲[8]，君王常在月宫听。

鸭绿江波胜鸭头[9]，鱼龙变化满中州。

---

1. 蒙古语音译词，似应为"dugraa"，意为喝酒或者敬酒用的器皿。

2. 顶宁，通"丁宁""叮咛"；割发，古人多割发以明志，以示恳切。《旧唐书·魏元忠列传》：故商君移木以表信，曹公割发以明法，岂礼也哉，有由然也。

3. 在潞县，今属北京市通州区，元代设有昔宝赤，皇帝于春季到这里狩猎几为定制。《元史·英宗本纪一》：（二月）丁巳，畋于柳林，敕更造行宫。又，《元史·文宗本纪三》：调诸卫卒筑潞州柳林海子堤堰。

4. 天子诏谕，皇帝所语。《宋史·河渠志二》：然臣窃详圣旨，上合天意，下合民心。因水之性，功力易就，天语激切，中外闻者或至泣下，而臣奉行，不得其平。由此观之，则是大臣所欲，虽害物而必行；陛下所为，虽利民而不听。

5. 《元史·河渠志一》载："海子岸，上接龙玉堂，以石甃其四周。海子一名积水潭，聚西北诸泉之水，流行入都城而汇于此，汪洋如海，都人因名焉"，然因蒙古族多称湖泊为海子，加之诗中"望蓬莱"，即琼华岛，此处"海子"应为太液池而非积水潭。又，《元史·顺帝本纪六》：帝于内苑造龙船，委内官供奉少监塔思不花监工。帝自制其样，船首尾长一百二十尺，广二十尺……上用水手二十四人……于船两旁下各执篙一。自后宫至前宫山下海子内，往来游戏。

6. 指青鸟，神话传说中为西王母取食传信的神鸟。唐·李商隐《无题》其一：晓镜但愁云鬓改，夜吟应觉月光寒。蓬山此去无多路，青鸟殷勤为探看。

7. 即优昙钵罗花、优钵昙花的简称，为梵文dumbera的音译，意谓祥瑞灵异的花，开放时间很短。东晋·鸠摩罗什译《法华经·方便品第二》：佛告舍利弗：如是妙法，诸佛如来，时乃说之，如优昙钵华，时一现耳。又，《梁书·诸夷列传》：波斯国……国中有优钵昙花，鲜华可爱。

8. 天魔曲是天魔舞的舞曲，天魔舞也叫十六天魔舞，是元代源自西域的宫廷乐舞，用于赞佛、宴享等。见张翥《宫中舞队歌词》"十六天魔舞"条注。

9. 鸭绿江水色似鸭头而得名。唐·杜佑《通典·边防典》：马訾水……一名鸭绿水，水源出东北靺鞨白山，水色似鸭头，故俗名之。

分来一派天潢[1]水，到得乌桓便不流。

昭君遗下汉琵琶，拗轸[2]谁弹狈获沙？
春色不关青冢上，只今芳草满天涯。

玉窦桥[3]边日月明，金棋界脉[4]直如绳。
世皇[5]存此为殷鉴[6]，上刻宣和[7]示废兴。

金计倾辽[8]至可哀，为车为马枉陼隤。
岂知万岁山中土，载得龙沙王气来[9]。

1．即天河。《后汉书·张衡列传》：观壁垒于北落兮，伐河鼓之磅硠。乘天潢之泛泛兮，浮云汉之汤汤。

2．轸子，弦乐器上系弦线的小柱，可转动以调节弦的松紧。《魏书·乐志五》：中弦须施轸如琴，以轸调声，令与黄钟一管相合。

3．其具体位置、建成时间待考。

4．似指宣和二年宋、金"海上之盟"，原本要交还被辽割据的燕云十六州，金却只交还燕京及其所属的六州二十四县给北宋，并要求宋向金纳贡事。《宋史·地理志六》：金人灭契丹，以燕京及涿、易、檀、顺、景、蓟六州二十四县来归。

5．指元世祖忽必烈。《元史·英宗本纪二》：上都利用监库火，帝令卫士扑灭之。因语群臣曰："世皇始建宫室，于今安焉。朕嗣登大宝，而值此毁，此朕不能图治之故也。"

6．殷人子孙以夏的灭亡为鉴戒，后泛指可以作为借鉴的往事。《诗经·大雅·荡》：文王曰咨，咨女殷商。人亦有言：颠沛之揭，枝叶未有害，本实先拨。殷鉴不远，在夏后之世。

7．"宣和"是宋徽宗的第六个也是最后一个年号，他在位末期最著名的事件是"靖康之难"。《宋史·徽宗本纪四》：靖康元年正月己巳，诣亳州太清宫，行恭谢礼，遂幸镇江府。四月己亥，还京师。明年二月丁卯，金人胁帝北行。

8．金、宋灭辽的"海上之盟"。《金史·叛臣列传·张觉传》：太祖定燕京，时立爱以平州降，当时宋人以海上之盟求燕京及西京地，太祖以燕京、涿、易、檀、顺、景、蓟与之。平州自入契丹别为一军，故弗与，而以平州为南京，觉为留守。

9．传说万岁山的土石由北方运来，用以镇压王气。元·陶宗仪《南村辍耕录·万岁山》：闻故老言，国家起朔漠日，塞上有一山，形势雄峻，金人望气者，谓此山有王气，非我之利，金人谋欲厌胜之……金人乃大发卒，凿掘辇运至幽州城北，积累成山。

大都周遭十一门[1]，草苫[2]土筑那咤[3]城。

谶言若以砖石裹，长似天王衣甲兵。

帕克斯巴[4]释之雄，宇出天人惭妙工。

龙沙仿佛鬼夜哭，蒙古尽归文法中。

学贯天人刘太保[5]，卜年卜世[6]际昌期[7]。

1．中国古代都城建筑规范源于《周礼·考工记》，元代大都被设计为外城、内城、宫城三重。外城东、南、西三面各有三座城门，北面两座城门：南垣（由西而东），顺承门、丽正门、文明门；东垣（由北而南），光熙门、崇仁门、齐化门；西垣（由北而南），肃清门、和义门、平则门；北垣（由西而东），健德门、安贞门。元·陶宗仪《南村辍耕录·宫阙制度》：分十一门，正南曰丽正，南之右曰顺承，南之左曰文明，北之东曰安贞，北之西曰健德，正东曰崇仁，东之右曰齐化，东之左曰光熙，正西曰和美，西之右曰肃清，西之左曰平则。

2．用草席覆盖城墙。元·熊梦祥《析津志辑佚·城池街市》：世祖筑城已周，乃于文明门外向东五里，立苇场，收苇以蓑城。每岁收百万，以苇排编，自下砌上，恐致摧塌，累朝因之。

3．也作"那叱"，佛教护法神名，是那咤俱伐罗的简称；传说幽州苦海，常有孽龙降水以致成灾，因而建城时，得助于八臂哪吒，北京因而得名八臂哪吒城。此传说盛于明代，事实可能更早。这一传说及后面的谶语，早年在北京民间有流传。

4．帕克斯巴，即八思巴，藏传佛教喇萨迦派第五代祖师，吐蕃萨斯迦即今西藏萨迦人，本名罗古罗思监藏，八思巴是尊称，意为圣者。中统元年，世祖即位，尊其为国师，使统天下佛教徒。至元元年，使领总制院事，统辖藏区事务。六年，制成蒙古新字，加号大宝法王。《元史·释老列传·八思巴传》：帝师八思巴者，土番萨斯迦人……八思巴生七岁，诵经数十万言，能约通其大义，国人号之圣童，故名曰八思巴……年十有五，谒世祖于潜邸……中统元年，世祖即位，尊为国师，授以玉印。命制蒙古新字，字成上之。其字仅千余，其母凡四十有一。其相关纽而成字者，则有韵关之法；其以二合三合四合而成字者，则有语韵之法；而大要则以谐声为宗也……升号八思巴曰大宝法王。

5．即刘秉忠。《元史·刘秉忠列传》：至元元年，翰林学士承旨王鹗奏言："秉忠久侍藩邸，积有岁年，参帷幄之密谋，定社稷之大计，忠勤劳绩，宜被褒崇……崇以显秩。"帝览奏，即日拜光禄大夫，位太保，参领中书省事。

6．刘秉忠学究天人，上都、大都建城，大元国号确定，元代各种仪规制定，多与有力焉。《元史·刘秉忠列传》：初，帝命秉忠相地于桓州东滦水北，建城郭于龙冈……四年，又命秉忠筑中都城，始建宗庙宫室。八年，奏建国号曰大元，而以中都为大都。他如颁章服，举朝仪，给俸禄，定官制，皆自秉忠发之，为一代成宪。

7．兴隆昌盛的时期。《旧唐书·文宗本纪下》：宰相路随等奏："诞日斋会，诚资景福，本非中国教法。臣伏见开元十七年张说、乾源曜以诞日为千秋节，内外宴乐，以庆昌期，颇为得礼。"上深然。

帝王真命自神武，鱼水君臣今见之。

许衡[1]天遣至军前，未丧斯文赖此传。
大学一编尧舜事[2]，致君中统至元[3]年。

运际昌期不偶然，外臣豪杰得神仙。
一言不杀感天听，教主长春亿万年[4]。

宋亡死节文丞相，不受宣封信国公[5]。

---

1. 字仲平，世称鲁斋先生，怀州河内人，是元代在思想、教育、历法、哲学、政治、文学、医学、历史、经济、数学、民俗等方面均有颇深造诣和卓越建树的人，是一位百科全书式的通儒和学术大师。《元史·许衡列传》：诏与太保刘秉忠、左丞张文谦定官制，衡历考古今分并统属之序，去其权摄增置冗长侧置者，凡省部、院台、郡县与夫后妃、储藩、百司所联属统制，定为图……衡以为冬至者历之本……历成，奏上之，赐名曰《授时历》，颁之天下。

2. 至正八年任集贤大学士兼国子祭酒，用小学、四书及所著《大学直解》等作教材，教授蒙古子弟。《元史·许衡列传》：八年，以为集贤大学士兼国子祭酒，亲为择蒙古弟子俾教之。衡闻命，喜曰："此吾事也。国人子大朴未散，视听专一，若置之善类中涵养数年，将必为国用"……久之，诸生人人自得，尊师敬业，下至童子，亦知三纲五常为生人之道。

3. 许衡中统元年应诏赴朝、至元二年奏《时务五事》。《元史·许衡列传》：中统元年，世祖即皇帝位，召至京师……至元二年……复召至京师，命议事中书省。衡乃上疏曰……书奏，帝嘉纳之。衡自见帝，多奏陈，及退，皆削其草，故其言多秘，世罕得闻，所传者特此耳。

4. 全真教掌教长春真人丘处机受成吉思汗之召远赴西域，以戒杀、清心寡欲等养生之理劝喻太祖，被太祖成吉思汗称为"神仙"。《元史·释老列传·丘处机传》：丘处机，登州栖霞人，自号长春子。兒时，有相者谓其异日当为神仙宗伯……太祖时方西征，日事攻战，处机每言欲一天下者，必在乎不嗜杀人。及问为治之方，则对以敬天爱民为本。问长生久视之道，则告以清心寡欲为要。太祖深契其言，曰："天锡仙翁，以寤朕志。"命左右书之，且以训诸子焉。于是锡之虎符，副以玺书，不斥其名，惟曰"神仙"。

5. 祥兴元年，文天祥被南宋朝廷封为少保、信国公。文天祥被俘之后，先后有张弘范、故旧汪积翁、南宋恭帝赵㬎等劝降，世祖忽必烈也曾亲自许封丞相之职，都被文天祥拒绝。《宋史·文天祥列传》：八月，加天祥少保、信国公……天祥妻妾子女皆见执……召入谕之曰："汝何愿？"天祥对曰："天祥受宋恩，为宰相，安事二姓？愿赐之一死足矣。"……天祥临刑殊从容，谓吏卒曰："吾事毕矣。"南乡拜而死。数日，其妻欧阳氏收其尸，面如生，年四十七。

祠庙至今松柏在[1]，世皇盛德及孤忠[2]。

太祖雄姿自神圣，一时睿断出天真[3]。
要将儒释同尊奉，宣谕黄金铸圣人[4]。

龙虎山中有道家，上清[5]剑履绚晴霞。
以时进谒棕毛殿[6]，坐赐金瓶数十茶。

㧷官马湩[7]盛浑脱[8]，骑士题封抱送来。
传与内厨供上用，有时直到御前开。

1．文天祥遇害后，其家乡建立了祠堂祭奠他，此后大都等地也先后出现了文天祥祠。

2．世祖忽必烈敬重文天祥忠诚，爱惜其才能，多次想劝降他；元军在战争中俘获了文天祥的妻子、两个女儿柳娘、环娘，并未加害。具体情形待考。

3．成吉思汗重用深受儒家文化影响的契丹人耶律楚材，当时耶律楚村向成吉思汗和其继承人窝阔台汗多次提出"以佛治心，以儒治国"的治国方略。耶律楚材《寄用之侍郎》：穷理尽性莫尚佛乘，济世安民无如孔教。则我行宣尼之常道，舍我则乐释氏之真如。

4．元代崇佛用儒，孔庙多有所建；铸孔子像事待考。《元史·祭祀志五》：宣圣庙，太祖始置于燕京。至元十年三月，中书省命春秋释奠……成宗始命建宣圣庙于京师。大德十年秋，庙成。至大元年秋七月，诏加号先圣曰大成至圣文宣王。

5．道家所指三清境之一，也指道士或道观。宋·张君房《云笈七签·道教本始部》：其三清境者，玉清、上清、太清是也。亦名三天，其三天者，清微天、禹余天、大赤天是也……灵宝君治在上清境，即禹余天也。

6．自龙虎山第三十六代天师张宗演北上谒见世祖忽必烈后，吴全节等历代天师均按时北上；元朝廷也为龙虎山道士在大都、上都建有崇真观。《元史·释老列传·张宗演传》：相传至三十六代宗演……命主领江南道教，仍赐银印……子与棣嗣，为三十七代，袭掌江南道教……弟与材嗣，为三十八代，袭掌道教……其徒张留孙者……建崇真宫于两京，俾留孙居之，专掌祠事……大德中，加号玄教大宗师……其徒吴全节嗣……制授特进、上卿、玄教大宗师、崇文弘道玄德真人、总摄江淮荆襄等处道教、知集贤院道教事，玉印一、银印二并授之。

7．元代大都有生产马湩的场所。元·陶宗仪《南村辍耕录·宫阙制度》：马湩室在介福前，三间。牧人之室在延和前，三间；庖室在马湩前。

8．指北方民族中流行的用整张剥下来的动物皮制成的革囊或皮袋。可用作渡河的浮囊，也可作为盛放水浆饮料的容器。《元史·石抹按只列传》：叙州守将横截江津，军不得渡，按只聚军中牛皮，作浑脱及皮船，乘之与战，破其军，夺其渡口，为浮桥以济师。又，明·叶子奇《草木子·杂俎》：北人杀小牛，自脊上开一孔，遂旋取去内头骨肉，外皮皆完，揉软用以盛乳酪酒湩，谓之浑脱。

西番僧果以时供，小笼黄旗[1]带露装。

满马尘沙兼日夜，平坡[2]红艳露犹香。

黄公垆[3]榜大金书[4]，门外长停右姓[5]车。

教请官缯来换酒，悲歌始是醉之余。

环殿仪天十六楹[6]，向前黄道[7]不教行。

帐房左右悬弓角，尽是君王宿卫兵。

玉德殿当清灏西[8]，蹲龙[9]碧瓦接榱题[10]。

1．天子仪仗之一，此处指装送僧果的专用饰物。《宋书·福瑞志上》：汉世术士言："黄旗紫盖，见于斗、牛之间，江东有天子气。"

2．即苹果，也称平波、苹婆、频婆，音译词，何时传入中国已不可考，据已有资料可知，至少宋代已有关于苹果的记载。《宋史·真宗本纪二》：五月乙卯，追封孔子弟子七十二人。罢韶州献频婆果。又，周伯琦《扈从诗后序》：宣德，宣平县境也，地宜树木，园林连属，宛然燕南。有御花园，杂植诸果，中置行宫。果有名平波者，似来檎而大，味甘松，相传种自西域来，故又名之曰回回果，皆殊品也。

3．即黄公酒垆，晋代名士嵇康、阮籍等人的纵饮场所，常寓物是人非之叹，也代指酒家。《晋书·王戎列传》：尝经黄公酒垆下过，顾谓后车客曰："吾昔与嵇叔夜、阮嗣宗酣畅于此，竹林之游亦预其末。自嵇、阮云亡，吾便为时之所羁绁。今日视之虽近，邈若山河！"

4．用金简刻写或金泥书写的文字。《宋史·理宗本纪一》：六月戊辰朔，郑清之等进奏选德殿柱有金书六字曰："毋不敬，思无邪。"

5．豪门贵族。《后汉书·郭伋列传》：更始新立，三辅连被兵寇，百姓震骇，强宗右姓各拥众保营，莫肯先附。

6．即仪天殿，蒙古包式传统建筑，其规制如"楹"的数量等与其他记载有出入。元·陶宗仪《南村辍耕录·宫阙制度》：仪天殿在池中圆坻上，当万寿山，十一楹，高三十五尺，围七十尺，重檐，圆盖顶……以居宿卫之士。东为木桥，长一百廿尺，阔廿二尺，通大内之夹垣。

7．帝王出游时所走的道路。《宋史·礼志五（吉礼五）》：皇帝通天冠、绛纱袍，乘辇出。将至御耕位，尚舍先设黄道，太常请降辇就位。

8．清灏，清灏门；玉德，玉德殿，是元大都与大明殿、延春阁并列的三大宫院建筑群。元·陶宗仪《南村辍耕录·宫阙制度》：清灏门在右庑中，制度如景耀……玉德殿在清灏外，七间，东西一百尺，深四十九尺，高四十尺。

9．仪仗、旗帜所装饰或宫殿等建筑屋脊上作蹲踞状的龙形装饰物。《元史·舆服志一》：勾阑上玉行龙十，碾玉蹲龙十，孔雀羽台九，水精面火珠七，金圈焰铜照八。

10．也作"榱提"，屋椽的端头。因为通常伸出屋檐，又称"出檐"。《孟子·尽心下》：说大人，则藐之，勿视其巍巍然。堂高数仞，榱题数尺，我得志，弗为也。

卫兵学得高丽语，连臂低歌井即梨[1]。

棕毛[2]四面拥龙床，殿角凉生紫雾香。
上位励精求治切，不曾朝退不抬汤。

斜街木局[3]尽闲房，御史微行自不妨。
从立宪台曾有旨，代天耳目付贤良[4]。

上都半道次榆林，是处鸳鸯野泊[5]深。
不比[6]使君桑下问[7]，自媒[8]年少觅黄金。

少年马后抱熊罴，便佞[9]相倾结所知。
一日搭名帮草料，好官多属跨驴儿[10]。

---

1. "井即梨"之歌，是一支古代高丽的集体歌舞曲。元代宫廷武士们受高丽文化影响，相互挽着手臂，跳起舞蹈，用高丽语唱"井即梨"之歌。

2. 元大都的棕毛殿，即通常所说的金顶大帐，是一座按照蒙古族传统建于元大都的穹庐式宫殿。元·陶宗仪《南村辍耕录·宫阙制度》：棕毛殿在假山东偏，三间，后盝顶殿（疑即鹿顶殿）三间。

3. 元大都城市设计南北、东西经纬规范，只有部分临河街道，沿河而建，被命名为斜街。建德门附近斜街有隶属于工部诸色人匠总管府的木局等。《元史·百官志一》：木局，秩从七品。大使一员，直长一员，董攻木之工。至元十二年始置。

4. 后汉改御史府为宪台；元代，其职责为"掌纠察百官善恶、政治得失"。《元史·世祖本纪三》：癸丑，立御史台，以右丞相塔察兒为御史大夫，诏谕之曰："台官职在直言，朕或有未当，其极言无隐，毋惮他人，朕当尔主。"仍以诏谕天下。

5. 即鸳鸯泊。

6. 不可相比，不同于。唐·杜甫《奉赠王中允维》：中允声名久，如今契阔深。共传收庾信，不比得陈琳。

7. 秦罗敷拒绝使君求婚。汉·佚名《陌上桑》：使君谢罗夫："宁可共载否？"罗敷前致辞："使君一何愚！使君自有妇，罗敷自有夫。"

8. 女子自择配偶，自荐。《管子·形势》：独国之君,卑而不威。自媒之女,丑而不信。

9. 巧言善辩，阿谀逢迎。《论语·季氏》：益者三友,损者三友。友直,友谅,友多闻,益矣。友便辟,友善柔,友便佞,损矣。

10. 古代不同级别的人所使用的交通工具规格、数量都有严格的规定。《魏书·常景列传》：天平初，迁邺，景匹马从驾。是时诏下三日，户四十万狼狈就道，收百官马，尚书丞郎已下非陪从者尽乘驴。

闲家日逐小公侯，蓝棒相随觅打球[1]。

向晚醉嫌归路远，金鞭梢过御街头。

斗鹌[2]初罢（一作"住"）草初黄，锦带牙牌[3]日自将。

闹市闲坊寻搭对，红尘走杀少年狂。

教坊女乐顺时秀[4]，岂独歌传天下名。

意态由来看不足，揭帘半面已倾城。

争抱荆筐拾马留[5]，贫儿朝夕候鸣驺[6]。

不知金印为何物，肯要人间万户侯。

北方九眼大黑杀[7]，幻影梵名纥刺麻[8]。

头戴骷髅踏魔女，用人以祭惑中华[9]。

---

1. 古代主要在军中用以练武为目的的一种马上打球游戏，也有徒步打球的。《旧唐书·昭宗本纪上》：时崔胤所募六军兵士，胤死后亡散并尽，从上东迁者，唯诸王、小黄门十数，打球代奉内园小儿共二百余人。

2. 即斗鹌鹑，因活动在秋末冬初举办，也称"冬兴"，源于唐玄宗时代。由于鹌鹑能随金鼓节奏争斗，宫中多饲养以取乐；后成为官宦富豪、纨绔子弟消闲取乐和赌博的活动。清·英廉等《钦定日下旧闻考·风俗三》：霜降后斗鹌鹑，笼于袖中，若捧珍宝。

3. 即骨牌，俗称牌九，一种赌博工具。

4. 姓郭，字顺卿，行二，时人称为郭二姐。杂剧女演员，以善演闺怨著称。元·陶宗仪《南村辍耕录·妓聪敏》：歌妓顺时秀，姓郭氏，性资聪敏，色艺超绝，教坊之白眉也。翰林学士王公元鼎甚誉之。

5. 马粪。

6. 古代随从显贵出行并传呼喝道的骑卒，常借指显贵。《梁书·司马褧列传》：及卧疾家园，门可罗雀，三君每岁时常鸣驺枉道，以相存问，置酒叙生平，极欢而去。

7. 即人祭，也称血祭、大红祭，杀活人作为牺牲以祀神的，是人类原始宗教祭祀活动的一个重要组成部分，在古老的藏地祭祀中常同偎桑、祈神舞蹈一并举行。

8. 即番僧杨琏真迦，本唐兀人，吐蕃高僧八思巴弟子。《元史·释老列传》：有杨琏真加者，世祖用为江南释教总统，发掘故宋赵氏诸陵之在钱唐、绍兴者及其大臣冢墓凡一百一所。又，《明史·文苑列传一·危素传》：至元间，西僧嗣古妙高欲毁宋会稽诸陵。夏人杨辇真珈为江南总摄，悉掘徽宗以下诸陵，攫取金宝，哀帝后遗骨，瘗于杭之故宫，筑浮屠其上，名曰镇南，以示厌胜，又截理宗颅骨为饮器。

9. 元·陶宗仪《南村辍耕录·发宋陵寝》：岁戊寅，有总江南浮屠者杨琏真迦，怙恩横肆……发赵氏诸陵寝，至断残支体，攫珠襦玉柙，焚其胔，弃骨草莽间……竟失其首。或谓，西番僧回回，其俗以得帝王髑髅，可以厌胜致富，故盗去耳。

高昌之神戴殁首，仗剑骑羊气猛烈。
十月十三彼国人，萝卜面饼贺神节[1]。

十字寺[2]神呼韩王，身骑白马衣戎装[3]。
手弹箜篌仰天日，空中来仪百凤凰[4]。

旃檀佛像[5]身丈六，三十二相[6]俱完全。
流传释家亲受记[7]，止于大国来西天。

西番灯盏重百斤，刻铭供佛题大臣。
黄酥（一作"楢"）万瓮照无尽，上祝皇釐[8]下己身。

1．高昌畏兀儿人有在十月十三日以羊头作祭，萝卜面饼贺节的习俗，崇拜戴殁首、仗剑骑羊之神。研究者认为是原始宗教萨满教在元代的残留。欧阳玄《渔家傲》：十月都人家旨蓄……高昌家赛羊头福。

2．即景教寺院，景教也称也里可温；因基督徒将教十字架作为寺院标志而得名，房山周口店镇车厂村北鹿门峪尽头三盆山南曾有十字寺一座，遗留有至正二十五年"敕赐十字寺碑记"；在元代，也里可温影响很大且常参与官中宗教活动。《元史·文宗本纪一》：命高昌僧作佛事于延春阁。又命也里可温于显懿庄圣皇后神御殿作佛事。又，《元史·百官志五》：崇福司，秩二品，掌领马兒哈昔列班也里可温十字寺祭享等事。

3．呼韩王，即呼韩邪单于，也代指北方少数民族最高统治者；北方匈奴、突厥等部族信奉景教，景教在本地化过程中，也常常神化当地民族历史人物或其统治者。元代很多统治者就信奉景教或与景教有密切关联。《元史·顺帝本纪一》：丙申，中书省臣言："甘肃甘州路十字寺奉安世祖皇帝母别吉太后于内，请定祭礼。"从之。

4．即凤凰来仪，指吉祥之兆。《尚书·益稷》：夔曰："戛击鸣球、搏拊、琴、瑟、以咏。"祖考来格，虞宾在位，群后德让。下管鼗鼓，合止柷敔，笙镛以间。鸟兽跄跄；箫韶九成，凤皇来仪。夔曰："于！予击石拊石，百兽率舞。"

5．檀香木刻的释迦牟尼像。《梁书·诸夷列传·扶南国传》：十八年，复遣使送天竺旃檀瑞像、婆罗树叶。又，《元史·世祖本纪十二》：幸大圣寿万安寺，置旃檀佛像；命帝师及西僧作佛事坐静二十会。

6．原指佛之相貌；后指佛陀所具有的庄严德相，由长劫修习善行而感得，其他修行人可具有其中某些庄严特征，但只有佛陀及真正意义上的转轮圣王，即金轮王、银轮王、铁轮王和铜轮王这四轮王才能具足三十二种胜相。《隋书·经籍志四》：释迦当周庄王之九年四月八日，自母右胁而生，姿貌奇异，有三十二相，八十二好。

7．佛将记载弟子未来因果及将来成佛之事作为记别，接受记别，叫做受记。唐·李邕《嵩岳寺碑》：密意所传称十方之首，莫不佛前受记，法中出家。

8．同"禧"，吉祥；祝釐，祈求福佑,祝福。《史记·孝文帝本纪》：今吾闻祠官祝釐，皆归福朕躬，不为百姓，朕甚愧之。

花门¹齐候月生眉²，白日不食夜饱之。
缠头³向西礼圈户，出浴升高叫阿弥⁴。

西天呪师⁵首卷发，不澡不颏身亦殷。
倒垂璎珞披红𧚌，膜拜螭坳⁶识圣颜。（一作"初入宫闱
无脑颜"）

似将慧日破愚昏，白日如常下钓轩。
男女倾城求受戒⁷，法中秘密不能言。

1．花门，山名，在居延海北三百里，唐初在该处设立堡垒，以抵御北方外族侵略，天宝时被回纥占领，后世用"花门"代指回纥，回纥人一度崇信佛教。《旧唐书·回纥列传》：长庆二年闰十月，金吾大将军胡证……送太和公主至自回纥……虏使曰："前咸安公主来时，去花门数百里即先去，今何独拒我？"

2．穆罕默德由麦加迁到麦地那的第二年八月被确定作为履行斋戒功课的月份，因而在九月，穆斯林斋月前"望月"，即教长在清真寺的宣礼楼眺望新月，新月如眉现于东方，即开始封斋。《古兰经》：莱麦丹月中开始降示《古兰经》，指导世人，昭示明证，以便遵循正道，分别真伪，故在此月中，你们当斋戒。又，《圣训》：你们要见新月而封斋，见新月而开斋。

3．此处即穆斯林信徒头上所缠"泰斯塔勒"（波斯语译音词，意即清真寺的教长或阿訇头上缠的布，一般用白色、黄色毛巾或者一段布料），不同于中国古代歌舞艺人表演完毕客人以罗锦为赠的"缠头"。

4．阿拉伯语音译词，也作"阿敏"或"阿米乃""阿弥一乃"，颂词，诵读古兰经结束时，祷告的穆斯林低声念诵"阿弥"，意谓求主准成。

5．即呪禁师，掌教呪禁，即以符呪驱邪治病等。清·毕沅《续资治通鉴·元泰定帝泰定元年》：甲戌，命呪师作佛事以厌雷。

6．宫殿螭阶前坳处，原为朝会时殿下值班史官所站的地方。《元史·脱脱列传》：戒卫士严官门出入，螭坳悉为置兵。

7．即受佛戒，指佛教信徒通过一定的宗教仪式接受戒律，受训诫。元代佛教鼎盛，上至天子，下至仆役，多信奉佛教。《元史·释老传·八思巴传》：百年之间，朝廷所以敬礼而尊信之者，无所不用其至。虽帝后妃主，皆因受戒而为之膜拜。又，元·陶宗仪《南村辍耕录·受佛戒》：累朝皇帝，先受佛戒九次，方正大宝。而近侍陪位者，必九人或七人，译语谓之暖答世，此国俗然也。

肩垂绿发事康禅[1]，淡扫蛾眉自可怜。
出入内门装饰盛，满宫争迓女神仙。

红城万户拱皇居，宿卫亲兵饱有余。
苑鹿与人分食惯，朝朝群聚候麋车。

枢密院家家赐宴，金符三品[2]事奔趣。
教坊白马驮身后，光禄[3]红箫送酒车。

四面朱阑[4]当午门，百年榆柳是将军。
昌期遭际风云会，草木犹封定国勋[5]。

驾鹅风起白毰毸[6]，秋夏跟随驾往回。
圣主已开三面网[7]，登盘玉食自天来。

守宫妃子住东头，供御衣粮不外求。

1．也作"糠禅"，即"修头陀行者"苦修的一派佛教。"头陀"梵文为 Dhūta，译为"杜多"或"抖擞"，意谓抖去一切尘缘，去除贪著，坚忍苦修，定会自有心得，以达到彼岸。其教派毁佛毁经，白衣蓄发，不食米。有研究者认为，由于此一教派可能是西域康国来华沙门所传，故而得名，兴于金元。从诗中前后内容看，应为带发修行的尼姑。《金史·世宗本纪下》：十月乙丑，京、府及节度州增置流泉务，凡二十八所。禁糠禅、瓢禅，其停止之家抵罪。

2．古代帝王授予臣属的信物，包括铜虎符、金鱼符、金符牌等。《元史·太宗本纪二》：金防城提控马伯坚降，授伯坚金符，使守之。

3．即光禄寺，官署名，掌宫廷宿卫及侍从，北齐以后掌膳食帐幕，唐以后专司膳食。《元史·百官志三》：光禄寺，秩正三品，掌起运米曲诸事，领尚饮、尚醖局，沿路酒坊，各路布种事。

4．同朱栏。《宋史·舆服志一》：四面拱斗，外施方镜，九柱围以朱阑，中设御坐、曲几、屏风、锦褥。

5．古代有御封树木爵位情形。《史记·秦始皇本纪》：乃遂上泰山，石，封，祠祀。下，风雨暴至，休于树下，因封其树为五大夫。

6．形容鸟的羽毛披散。宋·王安石《集禧观池上咏野鹅》：池上野鹅无数好，晴天镜里雪毰毸。似怜喧暖鸣相逐，疑恋宽闲去却回。

7．即网开一面，古代狩猎时，三面围网，一面开放，避免赶尽杀绝；意指宽刑和施行仁政。见周伯琦《九月一日还自上京途中纪事十首》"祝网德怀汤"条注。

牙帐穹庐护阑盾[1]，礼遵估服侍宸游。

三宫[2]除夜例驱傩[3]，遍洒巫臣马湩多[4]。

组烛小儿相哄出，卫兵环视莫如何。

绯国宫人直女工，衾绸载得内门中。

当番女伴能包袱，要学高丽顶入宫[5]。

壁衣[6]面面紫貂为，更绕腰阑[7]挂虎皮。

大雪外头深一尺，殿中风力岂曾知。

天朝习俗乐从禽[8]，为按名鹰出柳阴。

立马万夫齐指望，半空鹅影雪沉沉。

1．同"阑楯"，栏杆。《新唐书·叛臣列传下·高骈传》：骈久囚拘，供亿窘狭，群奴彻延和阁阑楯为薪，煮革带以食。

2．不同时期，其所指多有不同；此处应指天子、太后、皇后。《汉书·王嘉列传》：为贤治器，器成，奏御乃行，或物好，特赐其工，自贡献宗庙三官，犹不至此。

3．旧时岁暮或立春日举行的迎神赛会活动；宋代驱傩有大傩仪、小傩仪之分。盛行于官中的主要为大傩仪。宋·孟元老《东京梦华录·除夕》：至除日，禁中呈大傩仪，并用皇城亲事官。诸班直戴假画，绣画色衣，执金枪龙旗。教坊使孟景初身品魁伟，贯全副金镀铜甲，装将军。用镇殿将军二人，亦介胄，装门神。教坊南河炭丑恶魁肥，装判官。又装钟馗小妹、土地、灶神之类，共千余人，自禁中驱祟，出南薰门外转龙弯，谓之"埋祟"而罢。是夜禁中爆竹山呼，声闻于外。土庶之家，围炉团坐，达旦不寐，谓之"守岁"。

4．元代举办祭祀活动，多洒马湩致奠。《元史·礼乐志五》：终献乐作，同亚献，助奠以下升殿，奠马湩，至神位，蒙古巫祝致词讫，宫县乐作，同司徒进馔之曲，礼毕，乐止。

5．元代宫廷中多高丽女子，一时成为风尚，以致"京师达官贵人必得高丽女然后为名家"；高丽服饰也就风靡一时。元·陶宗仪《南村辍耕录·于阗玉佛》：杜清碧先生本应召次钱唐，诸儒者争趋其门。燕孟初作诗嘲之，有"紫藤帽子高丽靴，处士门前当怯薛"之句，闻者传以为笑。用紫色棕藤缚帽，而制靴作高丽国样，皆一时所尚。

6．装饰墙壁的帷幕，一般用织锦或布帛做成。唐·岑参《玉门关盖将军歌》：暖屋绣帘红地炉，织成壁衣花氍毹。灯前侍婢泻玉壶，金铛乱点野酡酥。

7．古代服饰上环绕腰部的装饰。明·施耐庵《水浒传》：樱桃口杏脸桃腮,杨柳腰阑心蕙性。歌喉宛转，声如枝上惊啼。

8．追逐禽兽，即田猎。《后汉书·度尚列传》：申令军中，恣听射猎，兵士喜悦，大小皆相与从禽。

大安阁是熙春阁[1]，峻宇雕墙古有之。
四面珠帘烟树里，驾临长在夏初时。

万岁山中琼岛[2]居，广寒宫殿画难如。
回銮风过黄金镫，飘下炉香十里余。

栏马墙[3]临海子边，红葵高柳碧参天。
过人不敢论量数，雨露相将近百年。

宫中词

宫中词唯唐陕西司马王建一百首为得体，盖从内臣出入宫闱，所赋俱实见其事；厥后蜀主花蕊夫人效其体赋诗一百首，亦其身亲见之；宋王安国校官书，见其本序而置之内阁；元初奉天杨奂录宋宫人语五言十八首，颇得其情；足次二家后。大抵宫中词论，富有天下，贵为天子，不可以文章工拙称，必非想象，必亲见，皆非闾巷之士可拟而赋者。后学庐陵张昱光弼志。

红光满室产皇储[4]，天下千秋与祝釐。
侍女后妃颁剩彩，天颜有喜内臣知。

裹头保母[5]性温存，不敢移身出内门。
寻得描金龙凤纸，学摹国字教皇孙。

1．元上都的正殿，拆迁宋朝汴京原熙春阁复建，因有此说。见胡助《滦阳述怀十首》"大安阁"条注。

2．即金之琼华岛，元代称万岁山（也称万寿山），在太液池南侧。《元史·世祖本纪三》：夏四月丁卯，五山珍御榻成，置琼华岛广寒殿。

3．即拦马墙，古代军事设施的一种，就是阻挡人马的防护墙。《元史·隋世昌传》：元帅刘整筑新门，使世昌总其役，樊城出兵来争，且拒且筑，不终夜而就。整授军二百，令世昌立砲帘于樊城栏马墙外，夜大雪，城中矢石如雨，军校多死伤，达旦而砲帘立。

4．迷信的观念认为，古代皇帝对应天上的紫微星，降生时有祥瑞异兆出现。《宋史·孝宗本纪一》：王夫人张氏梦人拥一羊遗之曰："以此为识。"已而有娠，以建炎元年十月戊寅生帝于秀州青杉闸之官舍，红光满室，如日正中。少长，命名伯琮。

5．包扎头巾的保姆。《北史·僭伪附庸列传·梁帝萧詧传》：又恶见人发，白事者，必方便避之，担舆者冬月必须裹头，夏月则加莲叶帽。

颁赐三宫端午节，金丝缠扇绣红纱。

谢恩都作男儿跪[1]，拜起深深鹖尾[2]斜。

内人哄动[3]各盈腮，说自西宫撒雪回。

报与内司[4]当有宴，羊车今晚蚤[5]将来。

网轩[6]凉思蚤相催，红叶生时雁又来。

不用题情付流水[7]，已从步辇[8]过宫回。

樱桃红熟覆黄巾，分赐三宫遗内臣。

拜跪酬恩归院后，金盘酪粉试尝新。

徽仪殿[9]里不通风，火者[10]添香殿阁中。

1．古代行跪拜礼，男子与女子是不一样的，男子跪拜分稽首、顿首、空首，均属"正拜"。如行稽首礼，拜者必须屈膝跪地，左手按右手，支撑在地上，然后，缓缓叩首到地，稽留多时，手在膝前，头在手后；女子一般行肃拜礼，即身体直立，双手抬至额迹再向下伸，不碰到地，双手仍维持拱手状。宋·黎靖德《朱子语类·礼八·杂仪》：古者妇人以肃拜为正，何谓肃拜？曰：两膝齐跪，手至地而头不下为肃拜。

2．鹖的尾羽，常用作冠饰。《后汉书·崔骃列传》：钧时为虎贲中郎将，服武弁，戴鹖尾，狼狈而走。

3．即轰动。

4．北朝魏孝文帝所置宫中女官名；后泛指女官之长，掌宫内诸事，地位与外官的尚书令、尚书仆射相当。《北史·后妃列传上·魏神元皇后窦氏传》：孝文改定内官……后置女职，以典内司。内司视尚书令、仆。作司、大监、女侍中三官视二品。

5．同"早"；句中"羊车"意谓羊车望幸。《晋书·后妃列传上·胡贵嫔传》：时帝多内宠，平吴之后复纳孙皓宫人数千，自此掖庭殆将万人，而并宠者甚众，帝莫知所适，常乘羊车，恣其所之，至便宴寝。官人乃取竹叶插户，以盐汁洒地，而引帝车。见马祖常《和王左司竹枝词十首》"羊车"条注。

6．装饰有网状雕刻的门窗。南北朝·沉约《应王中丞思远咏月诗》：高楼切思妇，西园游上才。网轩映珠缀，应门照绿苔。

7．即红叶题诗。

8．帝王所乘坐的代步工具，通常称为"辇"。本来和车一样是有轮子的，秦以后，帝王、皇后所乘的辇车被去轮为舆，也由马拉改为人抬，由是称作步辇。《晋书·山涛列传》：帝尝讲武于宣武场，涛时有疾，诏乘步辇从。

9．应为元代大都内宫宫殿之一。元·王士点《禁扁卷二·殿》：徽仪，兴圣殿后。

10．即宦官，也泛指受阉的仆役。《元史·兵志三》：营田提举司：不详其建置之始，其设立处所在大都漷州之武清县，为户军二百五十三……火者一百七十口。

榻上重重铺设好，君王今夜定移宫。

宫衣新尚高丽样，方领过腰半臂裁[1]。
连夜内家[2]争借看，为曾着过御前来。

和好风光四月天，百花飞尽感流年。
宫中无以消长日，自擘[3]龙头十二弦[4]。

鸳鸯鸂鶒[5]满池娇[6]，彩绣金茸日几条。
早晚君王天寿节[7]，要将着御大明朝。

1．元代宫廷中流行高丽流派的服饰，方领、半臂、齐腰。元·权衡《庚申外史》卷下：京师达官贵人必得高丽女，然后为名家。高丽婉媚，善事人，至则多夺宠。自至正以来，宫中给事使令，大半为高丽女。以故，四方鞋帽衣服器物，皆以高丽样子。

2．指宫女。《新唐书·王窦列传》：以宫城为大狱，意所猜恶，必收系其人，内家属宫中。

3．琴界读作"劈"音，指法是将大指倒竖微屈末节，甲尖着弦而入，纯取甲音，稍微用腕力，又不显出用力的形态。琴曲里只在曲操结尾时，用它来应收音的"大撮"。

4．饰有龙头的十二弦琴。《隋书·音乐志下》：丝之属四：一曰琴，神农制为五弦，周文王加二弦为七者也。二曰瑟，二十七弦，伏牺所作者也。三曰筑，十二弦。四曰筝，十三弦。

5．水鸟名，形状大于鸳鸯，多紫色，好并游，俗称紫鸳鸯。唐·李群玉《鸂鶒》：锦羽相呼暮沙曲，波上双声戛哀玉。霞明川静极望中，一时飞灭青山绿。

6．刺绣中的一个常见题材。宋代已有，元代中期以后用于宫廷服装图案，描绘的是池塘中的花、鸟景色。《朴通事谚解》中提到护膝上面的刺绣花样，名之为"满池娇"，其下注为：《质问》云：以莲花、荷叶、藕、鸳鸯、蜂蝶之形，或用五色绒绣，或用彩色画于段帛上，谓之满剌（刺）娇。今按：刺，新旧原本皆作池，今详文义，作"刺"是，池与刺音相近而讹。元·吴自牧《梦粱录·夜市》：杭城大街，买卖昼夜不绝，夜交三四鼓，游人始稀；五鼓钟鸣，卖早市者又开店矣……夏秋多扑青纱……满池娇、背心儿……诸般果子及四时景物。见柯九思《宫词十五首》"满池娇"条自注。

7．以天子的生日为天寿节，始于五代，金元时盛行。《旧五代史·恭帝本纪》：壬寅，文武臣僚上表，请以八月四日为天寿节，从之。又，《元史·礼乐志一》：世祖至元八年，命刘秉忠、许衡始制朝仪。自是，皇帝即位、元正、天寿节，及诸王、外国来朝，册立皇后、皇太子，群臣上尊号，进太皇太后、皇太后册宝，暨郊庙礼成、群臣朝贺，皆如朝会之仪。

宫罗支请[1]银霜褐[2]，彻夜房中自剪裁。
明日看花西内去，牡丹台畔木瓜开。

延华阁[3]下日如年，除是当番[4]到御前。
寻出涂金香坠子，安排衣线捻春绵。

频把香罗拭汗腮，绿云[5]背绾未曾开。
相扶相曳还宫去，笑说秋千架下来。

上苑新波小海分，绿香溢岸好湔裙[6]。
故将禁指[7]监官见，放出天河洗绛云[8]。

纸绳未把祝炉香，自觉红生两脸傍。
为蹬为轮俱有喜，莫将缢结[9]作羊肠。

饮到更深无厌时，并肩侍女与扶持。

---

1. 宫女等按规定从宫廷府库中支取物品。《元史·张珪传》：臣等议：诸宿卫宦女之属，宜如世祖时支请之数给之，余悉简汰。

2. 元人尚白，仅褐色就有秋白褐、葱白褐、银褐等二十多种，银褐为天子百官质孙服的色彩之一，也是大内丝绸常用的颜色，又称银霜褐、迎霜合。《元史·舆服志一》：服大红、绿、蓝、银褐、枣褐、金绣龙五色罗，则冠金凤顶笠，各随其服之色。

3. 也称延华殿，元大都宫殿，明代修建都城宫殿时拆毁。元·陶宗仪《南村辍耕录·宫阙制度》：正南曰丽正，南之右曰顺承，南之左曰文明，北之东曰安贞，北之西曰健德，正东曰崇仁，东之右曰齐化，东之左曰光熙，正西曰和美，西之右曰肃清，西之左曰平则，大内南临丽正门，正衙曰殿，曰延春阁。

4. 轮流，轮值。《旧唐书·职官志二》：凡散官四品以下，九品以上，并于吏部当番上下。

5. 喻女子乌黑光亮的秀发。唐·杜牧《阿房宫赋》：明星荧荧，开妆镜也；绿云扰扰，梳晓鬟也。

6. 古代的一种风俗，农历正月元日至月晦女子洗衣于水边，以避灾祸，平安度过厄难。《北史·窦泰列传》：遂有娠。期而不产，大惧。有巫曰："度河湔裙，产子必易。"

7. 小手指，指将小手指微微翘起的姿态。

8. 红色的云，传说天子所居之处常有红云相拥。南北朝·庾信《道士步虚词》其八：北阙临玄水，南宫生绛云。龙泥印玉策。大火炼真文。

9. 即绳结。

醉来不问腰肢小，照影灯前舞柘枝[1]。

填金臂失戏分明，赢得珍珠三两升。
便去房中还赌赛[2]，黄封[3]银榼[4]酒如渑[5]。

残却花间一局棋，为因宣唤赐春衣。
近前火者催何急，惟恐君王怪到迟。

从行火者笑相招，步辇相将过钓桥。
鹿顶殿[6]开天乐动，西宫今日赛花朝。

彤云捧起黄金殿，十二丹楹七户开。
南面君临朝万岁，来仪应共凤归来。

1．即柘枝舞，来自西域的石国，石国又名柘枝，因而得名。最初为女子独舞，舞姿矫健，节奏多变，大多以鼓伴奏；后来有双人舞，名《双柘枝》；到宋代变为群舞，仍沿用固有的曲目名称与表演形式，重视腰部动作，面部表情，尤其是眼神。《宋史·乐志十七》：队舞之制，其名各十。小儿队凡七十二人：一曰柘枝队，衣五色绣罗宽袍，戴胡帽，系银带。

2．比赛、赌博。《北史·景穆十二王列传》：特命澄为七言连韵，与孝文往复赌赛，遂至极欢，际夜乃罢。

3．皇家的封条，因其色黄而得名。《宋史·佞幸列传·朱勔传》：士民家一石一木稍堪玩，即领健卒直入其家，用黄封表识，未即取，使护视之，微不谨，即被以大不恭罪。

4．古代盛酒或贮水的器具。唐·白居易《寄两银榼与裴侍郎，因题两绝句》：贫无好物堪为信，双榼虽轻意不轻。愿奉谢公池上酌，丹心绿酒一时倾。

5．古水名，源于淄博，汇入时水。《左转·昭公十二年》：晋侯以齐侯宴，中行穆子相。投壶，晋侯先，穆子曰："有酒如淮，有肉如坻。寡君中此，为诸侯师。"中之。齐侯举矢，曰："有酒如渑，有肉如陵。寡人中此，与君代兴。"亦中之。

6．大都、上都同名官殿之一。《元史·英宗本纪一》丁卯，为皇后作鹿顶殿于上都……（至治元年）八月……戊申，祭社稷。上都鹿顶殿成。又，元·陶宗仪《南村辍耕录·宫阙制度》：盝顶殿五间，在光天殿西北角楼西，后有盝顶小殿……东盝顶殿在延华阁东版垣外，正殿五间，前轩三间，东西六十五尺，深三十九尺……西盝顶殿在延华阁西版垣之外，制度同东殿。

棂星门[1]与周桥[2]近，黄道中间御气高。

拜伏龙眠金水[3]上，镇安四海息波涛。

天马歌

天历间贡[4]。

天马来自茀郎国，足下风云生倏忽。

司天上奏失房星[5]，海边产得蛟龙骨。

轩然卓立八尺高，众马俛首羞徒劳。

色应北方钟水德[6]，满身日彩乌翎黑。

---

1. 棂星即灵星，又名天田星，是二十八宿之一龙宿的左角，因为角是天门，门形为窗棂，故而称门为棂星门。古代皇帝祭天时，要先祭棂星。《元史·祭祀志二》：至崇天门外，门下侍郎奏请权停，敕众官上马，侍中承旨称："制可。"门下侍郎传制称："众官上马。"赞者承传："众官出棂星门外上马。"

2. 即元皇城的周桥。周桥的设计者和主持建造者是普通石匠河北人杨琼。河北曲阳盛产玉石，石雕技艺唐宋以来已名闻于世。杨琼出身于石工世家，公元1276年，修建元皇城崇天门前的周桥时，杨琼的设计方案深受元世祖忽必烈赏识而被采纳；后世的金水桥即以此为蓝本修建。《元史·兵志二》：成宗元贞二年十月，枢密院臣言："昔大朝会时，皇城外皆无墙垣，故用军环绕，以备围宿。今墙垣已成，南北西三畔皆可置军，独御酒库西，地窄不能容。臣等与丞相完泽议，各城门以蒙古军列卫，及于周桥南置戍楼，以警昏旦。"从之。

3. 即金水河，河的源头在西山，按照古人的阴阳五行之说，西山所处的位置属金，西山上流下的河水就被称为金水河。《元史·河渠志一》：金水河，其源出于宛平县玉泉山，流至和义门南水门入京城，故得金水之名。

4. 茀郎国，即拂郎国。至正间拂郎国献异马，史有记载；天历间茀郎国贡马事待考。见杨维桢《佛郎国进天马歌》"佛郎国"条注。

5. 即房宿。古时以之象征天马。《晋书·天文志上》：房四星……亦曰天驷，为天马，主车驾。南星曰左骖，次左服，次右服；次右骖。又，《宋史·儒林列传一·孔维传》：《月令》仲春祭马祖，季春享先蚕，皆谓天驷房星也，为马祈福，谓之马祖，为蚕祈福，谓之先蚕，是蚕与马同其类尔。

6. 水德崇尚的颜色为黑色，意谓天马的颜色为黑色。《汉书·郊祀志上》：今秦变周，水德之时。昔文公出猎，获黑龙，此其水德之瑞。

纵行不受羲和[1]辔，肯使王良[2]驭輗軏[3]。

黄丝络头两马牵，金镫双垂玉作鞭。

宠荣日赐三品禄，不比卫鹤空乘轩[4]。

大国怀柔小国贡，君王一顾轻为重。

学士前陈天马歌，词人远献河清颂。

鸾旗属车相后先，受之却之俱可传。

普天率土尽臣妾，圣主同符千万年。

塞上谣

沙碛大风吹土屋，马上行人沙障目。

貂裘荆筐拾马矢，野帐吹烟煮羊肉。

玉貌当炉坐酒坊[5]，黄金饮器索人尝。

故奴叠骑唱歌去，不管柳花飞过墙。

潆然路失龙沙西，捅酒中人软似泥。

马上毳衣歌刺刺，往返都是射雕儿。

马上黄须恶酒徒，搭肩把手醉相扶。

见人强作汉家语，哄着村童唱塞姑。

---

1. 中国神话传说中的人物，《山海经》中为日母，"羲和者，帝俊之妻，生十日"，后来演化为日御。战国·屈原《离骚》：欲少留此灵琐兮，日忽忽其将暮。吾令羲和弭节兮，望崦嵫而勿迫。

2. 春秋时善驭马的人。《孟子·滕文公下》：昔者赵简子使王良与嬖奚乘，终日而不获一禽，嬖奚反命曰："天下之贱工也。"或以告王良，良曰："请复之。"强而后可，一朝而获十禽，嬖奚反命曰："天下之良工也。"

3. 车辕与衡轭联结处插上的销子；輗用于大车，軏用于小车；后代指车子。《论语·为政》：人而无信，不知其可也。大车无輗，小车无軏，其何以行之哉？

4. 即乘轩鹤，比喻无功受禄。《左传·闵公二年》：狄人伐卫，卫懿公好鹤，鹤有乘轩者。将战，国人受甲者皆曰："使鹤，鹤实有禄位，余焉能战！"公与石祁子玦与宁庄子矢使守。曰："以此赞国择利而为之。"与夫人绣衣曰："听于二子。"渠孔御戎子伯为右，黄夷前驱孔婴齐殿，及狄人战于荧泽，卫师败绩。

5. 即美貌女子当垆卖酒。《史记·司马相如列传》：相如与卓文君俱之临邛，尽卖其车骑，买一酒舍酤酒，而令文君当垆。相如身自著犊鼻，与保佣杂作，涤器于市中。

野蚕作茧丝玉玉，乳鸡浴沙声谷谷。
骆驼奶子多醉人，毡帐雪寒留客宿。

燕姬二八面如花，留宿不问东西家。
醉来拍手趁人舞，口中合唱阿剌剌。

虽说滦京是帝乡，三时闲静一时忙。
驾来满眼吹花柳，驾起连天降雪霜。

亲王捧宝送回京，五色祥云抱日明。
锡宴大开兴圣殿，尽呼万岁驾中兴。

王昭君二首

汉地非无雪，边城不见花。
琵琶一万里，马上尽风沙。

巾帼犹知辱，裙钗可即戎。
单于如有问，教妾若为容。

塞上

朔风西北来，惊沙对面起。
人马暗相失，咫尺已千里。

白翎雀歌

乌桓城下白翎雀，雄飞雌随求饮啄。
有时决起天上飞，告诉生来毛羽弱。

西河[1]伶人火倪赤[2]，能以丝声代禽臆。

象牙指拨十三弦，婉转繁音哀且急。

女真处子舞进觞，团衫鞶带分两旁。

玉纤罗袖《柘枝》体，要与雀声可颉颃。

朝弹暮弹《白翎雀》，贵人听之以为乐。

变化春光指顾间，万蕊千花动弦索。

只今萧条河水边，宫廷毁尽沙依然。

伤哉不闻《白翎雀》，但见落日生寒烟。

---

1. 指凉州、雍州之地，属西夏。《尚书·夏书·禹贡》：黑水、西河惟雍州。弱水既西，泾属渭汭，漆沮既从，沣水攸同。
2. 西夏人，善奏《白翎雀》。元代宫廷中多有原属西夏的女乐艺人表演西夏乐舞。

张宪

字思廉，山阴（今浙江绍兴）人。生卒年不详，因家于玉笥山，即号玉笥生。少时，负才不羁，后还富春山，混迹僧人中。晚年寄食杭州报国寺，终日书不离手，以老终身。著有《玉笥集》10卷。

白翎雀（一作《哀<白翎雀>》）

真人一统开正朔[1]，马上鞿鞚（一作"綌"）手亲作。
教坊国手硕德闾[2]，传得开基太平乐。
檀槽谽谺[3]凤皇腭[4]，十四[5]银环[6]挂冰索。
摩诃不作兜勒声[7]，听奏筵前《白翎雀》。
霜曈曈，风瞉瞉，白草黄云日色薄。
玲珑碎玉九天来，乱散冰花洒毡幕。

1．帝王新颁的历法。古代帝王易姓受命，必改正朔。《史记·殷本纪》：汤乃改正朔，易服色，上白，朝会以昼。

2．元时艺人名，其具体事迹待考。元·陶宗仪《南村辍耕录·白翎雀》：《白翎雀》者，国朝教坊大曲也。始甚雍容和缓，终则急躁繁促，殊无有余不尽之意。窃尝病焉。后见陈云峤先生云："白翎雀，生于乌桓朔漠之地。雌雄和鸣，自得其乐。世皇因命伶人硕德闾制曲以名之。曲成，上曰：'何其未有怨怒哀褺之音乎？'时谱已传矣故至今卒莫能改。"

3．檀木制成的琵琶、琴等弦乐器上架弦的槽格，代指琵琶等乐器；谽谺，中空的样子。唐·李贺《感春》：上幕迎神燕，飞丝送百劳。胡琴今日恨，急语向檀槽。

4．借指凤凰发出的声音。

5．古乐器名，因有十四根弦而得名，主要流传于中国古代北方少数民族地区。宋·孟珙《蒙鞑备录》：国王出师，亦以女乐随行，率十七八美女，极慧黠，多以十四弦等弹大官乐等。

6．筝上连接琴弦的环。

7．摩诃，梵文音译词，也作"摩哈"，意谓大；兜勒，有学者认为是吐火罗，即大夏。摩诃兜勒，指源自于西域的乐曲。《晋书·乐志下》：胡角者，本以应胡笳之声，后渐用之横吹，有双角，即胡乐也。张博望入西域，传其法于西京，惟得《摩诃兜勒》一曲。李延年因胡曲更造新声二十八解，乘舆以为武乐。后汉以给边将，和帝时，万人将军得用之。

玉翎玒珄[1]起盘礴[2]，左旋右折入寥廓。

崒崒[3]孤高绕羊角[4]，啾啁百鸟纷参错。

须臾力倦忽下跃，万点寒星坠丛薄。

砉然[5]一声震龙拨，一十四弦暗一抹[6]。

驾鹅飞起暮云平，鸷鸟东来海天阔。

黄羊之尾文豹胎[7]，玉液淋漓万寿杯。

九龙殿[8]高紫帐暖，踏歌声里欢如雷。

《白翎雀》，乐极哀；节妇死，忠臣摧。

八十一年[9]生草莱，鼎湖[10]龙去何时回？

天马二首

蕃方皆贡马，圣意本求书。

---

1. 象声词，玉器相击声，形容琴声清脆悦耳。

2. 也作"盘薄"，意同磅礴，形容气势恢宏。《旧唐书·张廷珪传》：况此营建，事殷木土，或开发盘礴，峻筑基阶，或塞穴洞，通转采斫，辗压虫蚁，动盈巨亿。

3. 形容高峻的样子。宋·陆游《大寒》：为山傥勿休，会见高崒崒。颓龄虽已迫，孺子有美质。

4. 弯曲向上的旋风，此处形容盘旋而上。《庄子·逍遥游》：抟扶摇羊角而上者九万里，绝云气，负青天，然后图南。

5. 象声词，常用以形容破裂声、折断声、开启声、高呼声等。《庄子·养生主》：庖丁为文惠君解牛，手之所触，肩之所倚，足之所履，膝之所踦，砉然响然，奏刀騞然，莫不中音。合于《桑林》之舞，乃中《经首》之会。

6. 一种弦乐器的弹奏指法，用手指轻按。唐·白居易《琵琶行》：低眉信手续续弹，说尽心中无限事。轻拢慢捻抹复挑，初为霓裳后六幺。

7. 豹的胎盘，为珍贵的肴馔。《晋书·江统传》：及到末世，以奢失之者，帝王则有瑶台琼室，玉怀象箸，肴膳之珍则熊蹯豹胎，酒池肉林。

8. 宫殿名，后泛指皇宫。《三国志·魏书·高堂隆传》：帝遂复崇华殿，时郡国有九龙见，故改曰九龙殿。

9. 忽必烈于1271年改国号"大元"，据此推算，作者创作这首作品时当在1352年，即至正十二年。

10. 地名，蓝田县焦岱镇，古代传说黄帝在鼎湖乘龙升天，后借指帝王。《史记·封禅书》：公孙卿曰："黄帝采首山铜铸鼎于荆山。鼎既成，有龙垂胡髯，下迎黄帝。黄帝上骑，群臣后宫从上者七十余人。龙乃上去，余小臣不得上，乃悉持龙髯，龙髯拔堕，堕黄帝之弓。百姓仰望黄帝既上天，乃抱其弓与胡髯号，故后世因名其处曰'鼎湖'，其弓曰'乌号'。"

纵使行千里，终当驾鼓车。

今代佛郎国，龙媒进上都。
溪斯能作颂[1]，周朗[2]善为图。

昭君怨

四弦[3]嘈嘈弹，北风胡马嘶。
回头望汉月，遥落长安西。
白草没行路，万里春凄迷。
谁谓秭归女[4]，去作单于妻。
扰泪入穹庐，颦眉向羊酪。
敢恨君恩轻，惟怜妾命薄。
嫁女媚夷狄，良为中国羞。
谋臣自无策，画史[5]不须尤。

1.揭傒斯。揭傒斯曾作《天马赞》。揭傒斯《天马赞序》：皇帝御极之十年七月十八日，拂郎国献天马：身长丈一尺三寸有奇，高六尺四寸有奇，昂高八尺有二寸。二十一日勅臣周朗貌以为图，二十三日诏臣揭傒斯为之赞。见周伯琦《天马行应制作》"画师"条注。

2.周朗，字朗伯，一字伯高，号冰壶画隐，生卒年不详，约元顺帝时人。善画人物、鞍马。至元二年佛郎国进献天马，奉命写生，画《拂郎国献马图》，揭傒斯为题赞。传世作品有《杜秋图》，右方小楷"周郎伯高"四字款，钤"冰壶画隐"朱文印。

3.代指琵琶。《旧唐书·音乐志二》：琵琶，四弦，汉乐也。初，秦长城之役，有鼗而鼓之者。及汉武帝嫁宗女于乌孙，乃裁筝、筑为马上乐，以慰其乡国之思。推而远之曰琵，引而近之曰琶，言其便于事也。又，《元史·礼乐志五》：琵琶，制以木，曲首，长颈，四轸，颈有品，阔面，四弦，面饰杂花。

4.指王昭君。

5.指毛延寿。汉·刘歆《西京杂记·画工弃市》：元帝后宫既多，不得常见，乃使画工图形，案图召幸之。诸宫人皆赂画工，多者十万，少者亦不减五万。独王嫱不肯，遂不得见。匈奴入朝求美人为阏氏，于是上案图，以昭君行。及去，召见，貌为后宫第一，善应对，举止闲雅。帝悔之，而名籍已定，帝重信于外国，故不复更人。乃穷案其事，画工皆弃市。

郑潜

（？～1379年），字彦昭，号樗庵，歙县（今属安徽歙县）人。至正间，任广东帅府从事，上计京师，辟监修国史掾，升端本堂正字，累迁监察御史、福建行省员外郎、闽海宪佥、海北廉访副使、泉州路总管等职。在明朝曾一度出仕。"潜天次绝异，其诗词意轩爽，有玉山朗朗之致。"（《四库全书》）著有《樗庵类稿》2卷。

入京

端本堂[1]开正万方，儒臣日日近储皇。

讲明治道称尧舜，历览人文备宪章[2]。

洒天马乳秋先到，卓地[3]鸾旗驾欲回[4]。

漫拟颂诗随警跸，愧无才力佐霜台[5]。

---

1. 端本堂为元代皇太子学官，内设太子太师、少师、太傅、少傅等学官；讲授的内容主要有《资治通鉴》等。《元史·百官志八》：九年冬，立端本堂为皇太子学官。又《元史·李好文列传》：于是帝以皇太子年渐长，开端本堂，命皇太子入学……命好文以翰林学士兼谕德……仿真德秀《大学衍义》之例，为书十一卷，名曰《端本堂经训要义》……又集历代帝王故事，总百有六篇……又取古史……曰《大宝录》。又取前代帝王是非善恶之所当法当戒者为书，名曰《大宝龟鉴》。皆录以进焉……复上书皇太子，其言曰："臣之所言，即前日所进经典之大意也，殿下宜以所进诸书，参以《贞观政要》、《大学衍义》等篇。"

2. 典章制度，引申为法度。《元史·武宗本纪二》：宣政院文案不检核，于宪章有碍，遵旧制为宜。

3. 直立于地。唐·张祜《答僧赠柱杖》：画空疑未决，卓地计初成。幸以文堪采，扶持力不轻。

4. 元代皇帝秋天南返大都前，洒马酒祭奠祖先。杨允孚《滦京杂咏》：每年八月开马奶子宴，始奏起程。又，意大利·马可波罗《马可波罗行纪》：每年八月二十八日，大汗离此地时，尽取此类牝马之乳，洒之地上……洒乳以后，大汗始行。

5. 御史台的别称，因御史纠察非法，威严如肃杀秋霜，故御史台有"霜台"之称。唐·卢照邻《乐府杂诗序》：乐府者，侍御史贾君之所作也……霜台有暇，文律动于京师。见张养浩《上都察院》"柏台"条注。

上京行幸词

群山如画列层城，佳气滦阳此上京。

四野穹庐环魏阙，三宫仗马[1]拥霓旌。

明德[2]城南万骑过，御天门[3]下百官多。

箫韶九奏风云会，嵩岳三呼[4]景象和。

宫草葱茸[5]拂槛青，苑中麀鹿[6]自和鸣。

云边仙子锵环佩，日暮君王幸穆清[7]。

宫树行行密覆墙，雨余沙净碧云凉。

锦衣花帽金鞍马，彩仗红旗夹道光。

红云霭霭护棕毛[8]，紫凤翩翩下彩绦。

武士承宣呈角骶，近臣侍宴赐珠袍。

近西穹帐[9]是青宫[10]，瑞霭祥云晓日红。

1．皇帝仪仗队所用的马，装饰华丽，通常用于朝会、祀典、出巡等。《元史·舆服志三》：围人十人，冠唐巾，紫罗窄袖衫，青锦缘白锦汗胯，铜束带，乌靴，驭立仗马十，覆以青锦缘绯锦鞍复，分左右，立黄麾仗南。

2．即明德门，元上都皇城南门。见杨允孚《滦京杂咏》"明德门"条自注。

3．元上都宫城南门，与明德门在一条中轴线上，是皇帝宣诏之所。见胡助《滦阳述怀十首》"御天门"条注。

4．臣下祝颂皇帝的礼仪。见王恽《闻诏》"嵩呼"条注。

5．在宫中种植的莎草，见柯九思《宫词》"黑河万里连沙漠"自注。

6．牝鹿，古代宫苑中常饲养鹿。《诗经·大雅·灵台》：王在灵囿，麀鹿攸伏。麀鹿濯濯，白鸟翯翯。

7．即元上都穆清阁。见周伯琦《是年五月，扈从上京，宫学纪事，绝句二十首》"穆清"条注。

8．即棕毛殿。

9．即棕毛殿。

10．太子居东宫，东方属木，木色为青，因而称太子所居宫殿为青宫。元上都太子或居住于西内靠近东侧的地方，诗人按照以往习惯称之。《旧唐书·崔群列传》：元和七年，惠昭太子薨，穆宗时为遂王，宪宗以澧王居长，又多内助，将建储贰，命群与澧王作让表。群上言曰："大凡己合当之，则有陈让之仪；己不合当，因何遽有让表？今遂王嫡长，所宜正位青宫。"竟从其奏。

宝扇[1]初开颜似玉，金舆[2]方驾气如龙。

忆昔

忆昔初为丞相掾[3]，薰风疎[4]雨渡滦河。

东门日出车马集，北阙天凉冠盖多。

漫忝姓名登柏府[5]，惭无篇翰[6]着銮坡[7]。

攀龙[8]尚想风云会[9]，此日空山伐木歌[10]。

忆昔省台[11]重辟掾，东华门[12]下肃霜威。

1. 帝后等用的扇状仪仗。《新唐书·窦怀贞列传》：会岁除，中宗夜宴近臣，谓曰："闻卿丧妻，今欲继室可乎？"怀贞唯唯。俄而禁中宝扇郭卫，有衣翟衣出者，已乃韦后乳媪王，所谓莒国夫人者，故蛮婢也。怀贞纳之不辞。

2. 帝王乘坐的车轿。《梁书·张率列传》：翳卿云于华盖，翼条风于属车。无逸御于玉轸，不泛驾于金舆。

3. 丞相府所设诸曹的长吏，统称丞相掾，始于西汉。郑潜曾担任丞相掾职。《汉书·翟方进列传》：议者以为，丞相掾不宜移书皆趣司隶。

4. 同"疏"。

5. 即柏府，也称柏台，御史府的别称。见张养浩《上都察院》"柏台"条注。

6. 篇章，篇简，一般指诗文。南北朝·鲍照《拟古诗八首》其二：十五讽《诗》《书》，篇翰靡不通。弱冠参多士。飞步游秦宫。

7. 指翰林院。见袁桷《潘景梁学士同在集贤，朝夕与余论宏词源委，后俱罢去。新政肇举，皆得复入；旧岁同会上都，景梁还都不一月下世，仆忝入翰林，过视草堂有感》"銮坡"条注。

8. 传说黄帝铸鼎于荆山下，鼎成，有龙下迎，黄帝乘之升天，群臣后宫从上者攀龙追随。后用为追随皇帝或哀悼皇帝去世。《史记·孝武本纪》：黄帝采首山铜，铸鼎荆山下。鼎既成，有龙垂胡髯下迎黄帝。黄帝上骑，群臣后宫从上龙七十馀人，乃上去。余小臣不得上，乃悉持龙髯，龙髯拔，堕黄帝之弓。

9. 君臣际会，也泛指际遇。汉·王粲《杂诗》：鸷鸟化为鸠，远窜汉江边。遭遇风云会，托身鸾凤间。

10. 指《诗经》中著名的《伐檀》，借以表达自己不愿尸位素餐的意愿。《诗经·国风·魏风·伐檀》：坎坎伐檀兮……不稼不穑，胡瞻尔庭有县貆兮？彼君子兮，不素餐兮。

11. 朝廷诸省和御史台的并称。《隋书·百官志中》：自诸省台府寺，各因其繁简而置吏。有令史、书令史、书吏之属。

12. 元代大都皇宫宫门之一。元·熊梦祥《析津志辑佚·河闸桥梁》：朝阳桥在东华门外，俗名枢密院桥。又，同前：枢密院在东华门过御河之东，保大坊南之大街西。

方陪獬廌[1]趋青琐[2]，又送夔龙[3]上紫微。

脱颖已殊毛遂荐[4]，承恩空负老莱衣[5]。

东门诗酒[6]追游处，月冷辽天鹤[7]梦飞。

忆昔延春[8]新拜命，春坊[9]正字[10]荷恩私[11]。

晓随阁老[12]归端本，日侍储皇备羽仪[13]。

居近蓬莱云满坐，行过太液[14]月当池。

1．即獬豸，代指御史等执法官。见张养浩《上都察院》"廌冠"条注。

2．指装饰皇宫门窗的青色连环花纹，后借指宫廷。《后汉书·梁统列传》：柱壁雕镂，加以铜漆，窗牖皆有绮疏青琐，图以云气仙灵。

3．相传为舜的两位臣子，夔为乐官，龙为谏官，后代指辅弼良臣。《尚书·舜典》：帝曰："夔！命汝典乐，教胄子，直而温，宽而栗，刚而无虐，简而无傲"……帝曰："龙，朕堲谗说殄行，震惊朕师。命汝作纳言，夙夜出纳朕命，惟允。"

4．即毛遂自荐。《史记·平原君列传》：使遂蚤得处囊中，乃颖脱而出，非特其末见而已。

5．相传春秋时楚国隐士老莱子，七十岁时还身穿五彩衣，模仿小儿的动作和哭声，以使父母欢心。后用以表示孝顺父母。《晋书·郗鉴列传》：忠臣本乎孝子，奉上资乎爱亲，自家刑国，于期极矣。太真性履纯深，誉流邦族，始则承颜候色，老莱弗之加也。

6．指朋友分别，以诗酒相赠。唐·李颀《送陈章甫》：东门酤酒饮我曹，心轻万事如鸿毛。醉卧不知白日暮，有时空望孤云高。

7．即辽东丁令威乘鹤化升；也用以表达诗人的物是人非，思念故土之情。见迺贤《行路难》"辽东白鹤归华表"条注。

8．即延春阁。见吴师道《次韵张仲举上京即事》"延阁"条注。

9．魏晋以来称太子宫为春坊，又称春宫。《晋书·愍怀太子列传》：愍怀挺岐嶷之姿，表凤成之质。武皇钟爱，既深诒厥之谋；天下归心，颇有后来之望。及于继明宸极，守器春坊，四教不勤……可谓靡不有初，鲜克有终者也。

10．郑潜曾任职端本堂正字；正字，官职名，北齐始置，与校书郎同主雠校典籍，刊正文章。《北齐书·杜弼列传》：以常调除御史，加前将军、太中大夫，领内正字。

11．恩惠，恩宠。唐·杜甫《北征》：维时遭艰虞，朝野少暇日。顾惭恩私被，诏许归蓬荜。

12．对中书舍人中年高资深者及中书省、门下省属官的称谓；元一度称奎章阁为端本堂，至正九年为皇太子学宫；因而"阁老"在元代指奎章阁大学士。《旧唐书·杨绾列传》：故事，舍人年深者谓之"阁老"，公廨杂料，归阁老者五之四。又，《元史·百官志四》：奎章阁学士院，秩正二品。天历二年，立于兴圣殿西，命儒臣进经史之书，考帝王之治。大学士二员，正三品。寻升为学士院。大学士，正二品。

13．帝王卫队。《晋书·石季龙载记上》：又置女鼓吹羽仪，杂伎工巧，皆与外俦。

14．即太液池。见柯九思《宫词十首》"太液池"条注。

礼成[1]郊庙[2]叨从事[3]，独记挥毫赐字时。

忆昔元正[4]万象新，九天云气动龙鳞。
朝回佩印还乌府[5]，公退乘骢[6]出紫宸。
中国[7]山川频问俗，长沙民物倍伤神。
三年洒尽思亲泪，报主忧时志未伸。

忆昔宁亲[8]到上都，太平天子改元[9]初。

1．仪式终结。《史记·鲁周公世家》：鲁人告于齐曰："寡君畏君之威，不敢宁居，来脩好礼。礼成而不反，无所归咎，请得彭生除丑于诸侯。"齐人杀彭生以说鲁。

2．古代天子祭天地与祖先。《汉书·礼乐志二》：是以荐之郊庙则鬼神飨，作之朝廷则群臣和，立之学官则万民协。

3．官名，汉以后三公及州郡长官皆自辟僚属，多以从事为称。《元史·王约列传》：至元十三年，翰林学士王磐荐为从事，承旨火鲁火孙以司徒开府，奏授从仕郎、翰林国史院编修官，兼司徒府掾。

4．正月元日，也称元旦。《尚书·舜典》：月正元日，舜格于文祖，询于四岳，辟四门，明四目，达四聪。

5．指御史府。见张养浩《上都察院》"柏台"条注。

6．指侍御史。《后汉书·桓荣列传》：辟司徒袁隗府，举高第，拜侍御史。是时，宦官秉权，典执政无所回避。常乘骢马，京师畏惮，为之语曰："行行且止，避骢马御史。"

7．京师。《诗经·大雅·民劳》：民亦劳止，汔可小康。惠此中国，以绥四方。

8．使父母安宁。《汉书·扬雄传下》：孝莫大于宁亲，宁亲莫大于宁神，宁神莫大于四表之欢心。撰《孝至》第十三。

9．君主改用新年号纪年；年号以一为元，称改元。改元之制始于战国秦惠王，历代相承，体制各异：有新君即位于次年改用新年号；有时一帝在位，屡次更换年号；有的一年之中，多次改元；有的新君即位后立即改元；有的新君即位后多年才改元；有的实行一帝一元制，有的一帝实行多元制。郑潜主要生活于惠宗时期，惠宗年号先后为至顺（1333年农历六月—1333年农历十月）、元统（1333年农历十月—1335年农历十一月）、至元（1335年农历十一月—1340年）、至正（1341年—1370年），根据郑潜生平，此次改元应是指1341年由至元改至正。《元史·顺帝本纪三》：至正元年春正月己酉朔，改元，诏曰：朕惟帝王之道……其以至元七年为至正元年，与天下更始。

金丝[1]是处[2]喧楼阁，纨绮无时照里闾[3]。

细数光阴祇[4]叹息，旋瞻物色但踟蹰。

眼前喜见当时旧，碧叶宫槐荫玉渠。

忆昔西游变姓名，猎围屠肆狎豪英。

淋漓纵酒沧溟窄，慷慨狂歌华岳倾。

壮士有心悲老大，穷人[5]无路共功名。

生涯自笑惟诗在，旋种芭蕉听雨声。

题文公书"光风霁月"四大字[6]，平章燕公[7]将构亭滦阳，以此为扁

行乐归沂上[8]，阳和满座中。

精神秋沆瀣，胸次玉玲珑。

草色浮窗动，花阴上几浓。

乾坤清淑气[9]，分付[10]在吾躬。

1. 乐器的金属弦，代指音乐。《旧唐书·音乐志三》：玉帛牺牲申敬享，金丝戚羽盛音容。庶俾亿龄禔景福，长欣万宇洽时邕。
2. 处处。宋·柳永《八声甘州》：是处红衰翠减，苒苒物华休。唯有长江水，无语东流。
3. 里巷，乡里，泛指民间。宋·苏轼《谢贾朝奉启》：岂谓通判某官，政先慈孝，义笃友朋。首隆学校之师儒，次访里闾之耆旧。
4. 同"祇"。
5. 不得志或穷途末路的人。《战国策·楚策三》：而惠子穷人，而王奉之，又必德王。此不失为仪之实，而可以德惠子。
6. 朱熹，字元晦，又字仲晦，号晦庵，晚称晦翁，谥文，世称朱文公，曾题字"光风霁月"匾额。宋·朱长文《墨池编》卷五：宋"光风霁月"四大字，朱熹书在南康白鹿洞。
7. 燕帖木儿，时为平章政事。《元史·顺帝本纪三》：（至正元年三月）丙子，以行省平章政事燕帖木兒就佩虎符，提调屯田。
8. 孔子与弟子子路、曾皙、冉有、公西华谈论志向的典故。《论语·先进》：莫春者，春服既成，冠者五六人，童子六七人，浴乎沂，风乎舞雩，咏而归。
9. 清和之气。唐·韩愈《送廖道士序》：中州清淑之气，于是乎穷。气之所穷，盛而不过，必蜿蜒扶舆，磅礴而郁积。
10. 付托，寄意。宋·杨恢《祝英台近》：都将千里芳心，十年幽梦，分付与一声啼鴂。

宇宙自风月，千年犹一心。

典型[11]尊道统，翰墨照儒林。

芹泮[12]香生席，薇垣[13]月满襟。

将归滦水上，堂构表登临。

奉寄宣政院使士廉公[14]

滦河流水绕郊扃，几度令人忆上京。

诈马晓嘶趋内苑，香车晴碾过西城。

客来毡帐书声静，公退松亭乐韵清。

江汉祗今犹阻隔，愿宣德泽被群生。

纪梦书事

日射棕毛眩彩霞，龙冈联辔踏晴沙。

笑趋宸德[15]书香近，伫立慈仁[16]树影斜。

茶罢挥毫乌府润，讲余进帙侍臣夸。

分明畴昔滦京事，梦觉丹山噪晚鸦。

---

11. 也作"典刑"，指旧法，常规。《汉书·杜周列传》：凡事论有疑未可立行者，求之往古则典刑无，考之来今则吉凶同，卒摇易之则民心惑，若是者诚难施也。

12. 学校书香。泮水边有鲁国的官学泮宫；后世中了秀才的人祭拜孔庙，都要到大成门旁的泮池边采些芹菜插在帽檐上。《诗经·鲁颂·泮水》：思乐泮水，薄采其芹。鲁侯戾止，言观其旆。又，《汉书·郊祀志上》：周公相成王，王道大洽，制礼作乐，天子曰"明堂""辟雍"，诸侯曰"泮宫"。

13. 即紫微省，简称微垣；元代称行中书省为薇垣，此处应指中书省上都分院。见王沂《又和魏伯时滦京秋兴、薇垣书事二首》"薇垣"条注。

14. 似应指廉惠山海牙，廉希宪从侄，曾任江浙行宣政院使。《元史·廉惠山海牙传》：居岁余，奉诏还治省事，总备御事，且督赋税由海道供京师，朝廷赖焉。迁行宣政院使。

15. 指宸德殿，元代官殿之一。《元史·顺帝本纪六》：是月，诏修砌北巡所经色泽岭、黑石头河西沿山道路，创建龙门等处石桥。皇太子徙居宸德殿，命有司修葺之。

16. 即慈仁殿。见周伯琦《五月八日上京慈仁官进讲纪事》"慈仁官"条注。

郑守仁

生卒年不详，字蒙泉，天台黄岩人，约元惠宗至正初前后年在世。幼为道士，曾于鄞县天坛道院提点别馆。守仁工诗，著有《蒙泉集》。

上京怀张外史[1]

两冬为客住龙沙，长忆西湖处士家。
昨夜不知身万里，短窗明月梦梅花。

---

1. 掌管宣布京畿以外地区的王令、四方地志的职官；张外史，其人待考。《周礼·春官·大宗伯》：外史，掌书外令，掌四方之志，掌三皇五帝之书。又，宋·陈亮《三国纪年序》：自当时之诸侯，国各有史，一言一动，罔不毕载。故四方之志，外史掌之。

张嗣德

（？～1352年），号太乙子，信州贵溪（今属江西贵溪）人，袭嗣正一教主，为第四十代天师，掌江南教事。善画墨竹禽鸟，其咏上都的作品主要是《滦京八景》。

凤阁朝阳

开国行都重朔城，大安高阁焕鸿名。

中天旭日昭黄道，万象春熙[1]拱帝京。

瑞露气浮仙掌[2]动，文星光挹泰阶平。

朝元[3]羽佩[4]辉蝉冕[5]，长振琳琅侍玉清[6]。

龙岗晴雪

阴山积雪亘春秋，霁景玲珑灿十州。

玉展画屏当黼扆[7]，翠凝香雾绕龙楼。

---

1. 春日融和的光辉，也比喻繁华太平的景象。《道德经》第二十章：荒兮，其未央哉！众人熙熙，如享太牢，如春登台。

2. 汉武帝为求仙，在建章宫神明台上造铜仙人，舒掌捧铜盘玉杯，以承接天上的仙露，后世称承露金人为仙掌。《后汉书·班固列传上》：于是灵草冬荣，神木丛生，岩峻崔嵬，金石峥嵘。抗仙掌以承露，擢双立之金茎。

3. 道教徒朝拜老子；唐初，追号老子李耳为太上玄元皇帝，朝拜老子便称朝元。《旧唐书·玄宗本纪下》：十二月戊戌，言玄元皇帝见于华清宫之朝元阁，乃改为降圣阁。

4. 汉代以翠羽为饰的佩带，此处指道教徒所穿着的羽衣。南朝·沉约《丽人赋》：芳逾散麝，色茂开莲。陆离羽佩，杂错花钿。

5. 即蝉冠，汉代侍从官所戴的冠，上有蝉饰，并插貂尾，因而也称"貂蝉冠"；后世泛指高官。《汉书·楚元王列传》：今王民一姓乘朱轮华毂者二十三人，青紫貂蝉充盈幄内，鱼鳞左右。又《晋书·刘琨列传》：陛下略臣大愆，录臣小善，猥蒙天恩，光授殊宠，显以蝉冕之荣，崇以上将之位。

6. 玉清、上清、太清为道教三清，元始天尊为玉清境洞真教主。《旧唐书·高宗本纪下》：赐故玉清观道士王远知谥曰升真先生，赠太中大夫。

7. 帝王座后的屏风，上画斧形花纹。《隋书·炀三子列传》：今者出黼扆而杖旄钺，释衰麻而撅甲胄，衔冤誓众，忍泪治兵，指日遄征，以平大盗。

吟怀暖动鼠须笔[1]，酒力寒轻狐白裘。

清暑[2]年年动游幸，冰壶六月坐垂旒[3]。

敕勒西风

敕勒[4]连营意气豪，西风沙漠静惊涛。

皂雕背影翻金镝，赤骥[5]腾空顿紫绦。

入夜胡歌谐筚篥[6]，蚤[7]时新酒压葡萄。

旃庐[8]处处人长乐，万里云屯雪自高。

乌桓夕照

乌桓列部拱提封[9]，落照千山返映红。

---

1. 毛笔种类繁多，由羊毫、狼毫、牛耳毫等做成，以鼠须制作的毛笔为鼠须笔。晋·王羲之《笔经》：世传张芝、钟繇用鼠须笔，笔锋强劲有锋芒。

2. 消除暑热，避暑；元代常指夏季巡行上都。《元史·崔敬列传》：世祖以上都为清暑之地，车驾行幸，岁以为常，阁有大安，殿有鸿禧、睿思，所以保养圣躬，适起居之宜，存畏敬之心也。

3. 古代帝王贵族冠冕前后的装饰，以丝绳系玉串而成。见周伯琦《水晶殿进讲〈周易〉二首》"十二旒"条注。

4. 种族名，属于原始游牧部落，是古代赤狄后裔，汉时称为丁零，魏晋南北朝时称狄历、敕勒，隋时称作铁勒。因所用车轮高大，也称高车；匈奴人称其为丁零，鲜卑人称其为敕勒。主要分布于今图拉河以北、西至里海的广大地区；北魏时始南迁，"敕勒川"便是其南迁一部分所生活的区域；一部分鲜卑化，其余发展为回纥，被认为是维吾尔人的族源。《新唐书·回鹘列传》：回纥，其先匈奴也，俗多乘高轮车，元魏时亦号高车部，或曰敕勒，讹为铁勒。其部落曰袁纥、薛延陀、契苾羽、都播、骨利干、多览葛、仆骨、拔野古、同罗、浑、思结、斛薛、奚结、阿跌、白 ，凡十有五种，皆散处碛北。

5. 传说中的骏马名，为周穆王八骏之一，后泛指骏马。见郝经《沙陀行》"騄"条注。

6. 即觱篥，古代管乐器之一种，多用于军中。唐·杜佑《通典·乐四》：筚篥，本名悲篥。出于胡中，声悲。或云，儒者相传，胡人吹角以惊马。后乃以笳为首,竹为管。

7. 同"早"。

8. 旃，同"毡"；也作"氊庐"，即毡帐。

9. 版图，疆域。《汉书·刑法志三》：一同百里，提封万井……一封三百一十六里，提封十万井，定出赋六万四千井，戎马四千匹，兵车千乘，此诸侯之大者也，是谓千乘之国。

远树参差连塞北，断霞明灭际辽东。

牛羊下夕[1]群屯雾，鹰隼横秋势掠风。

亦有隐沦[2]怀济世，何时归猎载非熊[3]。

陵台晚眺

李陵行处莽平原，只见荒台思怆然。

野日断鸿空送晚，塞云归鹤不知年。

千重牙帐开周后[4]，万里长城启汉前。

雅调[5]蚤传来魏阙，赓歌[6]尚拟颂尧天[7]。

滦江晓月

滦江晓月漾琉璃，浩景沉沉碧海西。

---

1. 傍晚时分牛羊归圈。《诗经·国风·王风·君子于役》：君子于役,不知其期,曷至哉?鸡栖于埘,日之夕矣,牛羊下来。

2. 隐者。宋·司马迁《资治通鉴·文宗元圣昭献孝皇帝中太和九年》：丁丑,以太仆卿郑注为工部尚书,充翰林侍讲学士。注好服鹿裘,以隐沦自处,上以师友待之。

3. 代称姜太公,也泛指辅国贤人。《史记·齐太公世家》：西伯将出猎,卜之,曰："所获非龙非彨,非虎非罴；所获霸王之辅。"于是周西伯猎,果遇太公于渭之阳,与语大说,曰："自吾先君太公曰'当有圣人适周,周以兴'。子真是邪? 吾太公望子久矣。"故号之曰"太公望",载与俱归,立为师。

4. 帐幕；中国古代北方少数民族匈奴、鲜卑、羌、铁勒、柔然、回纥、突厥、沙陀等的政治、军事中心也称牙帐。《魏书·西域列传·龟兹国传》：东去焉耆九百里,南去于阗一千四百里,西去疏勒一千五百里,北去突厥牙帐六百余里,东南去瓜州三百里。

5. 雅乐。《宋书·乐志四》：修标多巧捷,九剑亦入神。迁善自雅调,成化由清均。主人垂隆庆,群士乐亡身。

6. 酬答唱和。《尚书·虞书·益稷谟》：乃赓为歌曰："元首明哉,股肱良哉,庶事康哉。"

7. 尧能法天而行教化,后借以称颂帝王的盛德和太平盛世。《论语·泰伯》：子曰："大哉尧之为君也! 巍巍乎,唯天为大,唯尧则之。荡荡乎,民无能名焉。巍巍乎其有成功也,焕乎其有文章! "

监牧¹平沙时洗马，趋朝青琐正闻鸡²。

钟声破雾腾珠刹，桥影垂虹枕玉溪。

夙德³词臣劳扈从，恩承紫诰⁴又春泥。

天山⁵秋狝

驾幸天山校猎场，夜严精骑裹糇粮。

鹰韝脱臂高横塞，雉箭穿云急解囊。

岂但荐毛⁶供俎豆⁷，要知阅武固金汤。

敛围赐宴千军醉，驼背累毛总兔羊。

1．古代养马的制度或机构。中统四年设群牧所，掌阿塔思马匹，受给造作鞍辔之事。《元史·百官志六》：太仆寺，秩从二品，掌阿塔思马匹，受给造作鞍辔之事。中统四年，设群牧所。至元十六年，改尚牧监。十九年，又改太仆院。二十年，改卫尉院。二十四年，罢院，立太仆寺。又别置尚乘寺以管鞍辔，而本寺止管阿塔思马匹。二十五年，隶中书，置提调官二员。大德十一年，复改太仆院。至大四年，仍为寺。

2．即闻鸡起舞。《晋书·祖逖传》：与司空刘琨俱为司州主簿，情好绸缪，共被同寝。中夜闻荒鸡鸣，蹴琨觉曰："此非恶声也。"因起舞。

3．早成之德、硕德。《魏书·献文六王列传》：谓左仆射元赞曰："卿夙德老成，久居机要，不能光赞物务，奖励同僚，贼人之谓，岂不在卿！"

4．诏书；也代指承担草诏之职的人。古时诏书盛以锦囊，以紫泥封口，上面盖印，因而得名。《宋史·文苑列传七·汪藻传》：帝以所御白团扇，亲书"紫诰仍兼绾，黄麻似《六经》"十字以赐，缙绅艳之。

5．从组诗所咏主要为上都及其附近景物而言，此"天山"应在上都附近；具体位置、名称待考。

6．即荐毛血，进献牺牲或以猎获的兽类做祭品。《隋书·音乐志中》：武成之时，始定四郊、宗庙、三朝之乐。群臣入出，奏《肆夏》。牲入出，荐毛血，并奏《昭夏》。

7．祭祀，奉祀。《论语·卫灵公》卫灵公问陈于孔子，孔子对曰："俎豆之事，则尝闻之矣；军旅之事，未之学也。"明日遂行。

松林夜雨

百万苍虬[1]几雪霜，夜深和雨激沧浪。

秦金赐爵总东岱[2]，汉王搜才负柏梁[3]。

剑戟森严坚岁暮，佩环锵奏际时良。

千年琥珀[4]应流地，服饵[5]身轻从帝乡。

---

1. 盘曲的树木枝干。宋·王沂孙《疏影·咏梅影》：苍虬欲捲涟漪去，慢蜕却、连环香骨。

2. 指秦始皇封禅泰山，途中遇雨，避雨于五棵松树之下，钦封之为五大夫松事。见张昱《辇下曲》"草木犹封定国勋"条注。

3. 柏梁台高数十丈，汉武帝曾与文臣于其上联句唱和，形成"柏梁体"，后柏梁台遭火焚。《史记·平准书》：于是天子感之，乃作柏梁台，高数十丈。宫室之修，由此日丽。见袁桷《次韵李伯宗学士途中述怀》"柏梁诗"条注。

4. 松柏树脂经长期掩埋渐渐失去挥发的成分，再经氧化、固结逐渐形成为树脂化石，色淡黄、褐或红褐色。

5. 服食丹药，道家养生延年术；据说服食可以身轻升仙。《魏书·高允列传》：子和仁，字德舒……少清简，有文才……常有高尚之志……服饵于汲郡白鹿山。

涂颖

字叔良，进贤人，生卒年不详。早年游京师，从学于余阙等人，余阙《题涂颖诗集后》："涂君叔良来京师，与余同寝处凡两载。羹黎饭糗之余，相与论古今人诗，皆有造诣，尤长于无言……叔良年甚少，"不遇而归，侨居金陵。游吴中，为玉山草堂座上客。见《草堂雅集》。

上京次贡待制[1]韵四首

海风吹雨度龙沙，满眼金莲紫菊花。
日暮笙歌何处起，高低穹帐五侯家。

蓬莱仙子学长生，群帝朝天绛节迎。
昨日六龙回北极，云裾霞佩集滦京。

竹宫窅窅秋风晚，云阁沉沉昼漏稀。
独有蕃僧承诏宠，红衣白马退朝归。

借得仙人白鹿骑，瀛洲真馆住多时。
夜深忽见江南月，却忆亲知久别离。

牛群头怀乡

日出潄荡外，风生辽阔间。
将军指大野，游盼汉南山。
五月雪犹冻，平沙春草寒。
驼鸣垅烟曙，毡帐乱回环。

---

1. 应为贡师泰，至正九年，贡师泰任翰林待制兼参赞经筵，宣文阁授经郎阶奉训大夫。元·朱鏓《年谱》：至正九年己丑，迁翰林待制，奉旨兼参赞经筵官，进讲经筵。又，元·赵贽《贡礼部玩斋文集序》：门人豫章涂颖、会稽何升，尝为辑录成编列卷数十。

行役方未已，羁怀恒鲜欢。

南禽恋越树，岱马思燕关。

怅矣风土异，觋焉游子颜。

故乡在何许，滦水徒潺湲。

钦察海子[1]上

醉卧藉芳草，青天若穹庐。

颓然无所觉，恍惚梦华胥。

日落大荒暮，天清云物虚。

不知飞雨来，洒我貂襜褕。

起坐向沧海，高歌望天衢。

长怀既莫展，此地聊自娱。

壮岁思学剑，闲来对呼庐[2]。

潜踪混羊豕，何必事诗书。

郑节妇诗

上京人，老而未获旌表。

饮冰不为清，食蘖不为苦。

白发守孀闺，含悲涕如雨。

常怜衰朽质，早岁丧其夫。

妆台掩明镜，翠阁弃华钿。

---

1. 应泛指北方草原上的湖泊，具体所指待考。《元史·土土哈传》：其先本武平北折连川按答罕山部族，自曲出徙居西北玉里伯里山，因以为氏，号其国曰钦察，其地去中国三万余里。

2. 也作"呼卢"，谓赌博。唐·李白《少年行》其三：君不见淮南少年游侠客，白日球猎夜拥掷。呼卢百万终不惜，报仇千里如咫尺。

自誓比共姜[1]，无儿哀伯道[2]。

天命可奈何，人心当自保。

南山石可转，此志终不移。

东海水可竭，苦节终自持。

嗟彼薄俗中，纷纭斁伦纪。

虽见旌异门，多在王侯里。

谁知冰玉洁，埋没一何伤。

独有中天月，遥夜照肝肠。

题山水图

忆昔滦阳八月归，北风吹雪洒秋衣。

枪竿岭上停车望，万木萧萧落叶飞。

---

1. 即柏舟之誓，也作"柏舟之节"。共姜为卫世子共伯之妻，感情笃诚，共伯去世，父母逼迫改嫁，作诗明志，即《柏舟》。《诗经·国风·鄘风·柏舟序》：柏舟，共姜自誓也。卫世子共伯蚤死，其妻守义。父母欲夺而嫁之，誓而弗许。故作是诗以绝之。

2. 即伯道无儿。晋代邓攸，字伯道，为了躲避战乱，带着儿子和侄儿一起逃难，危难关头，舍弃自己的儿子，保全了侄儿，致其终生无子。《晋书·良吏列传·邓攸传》：邓攸，字伯道，平阳襄陵人也……步走，担其儿及其弟子绥。度不能两全，乃谓其妻曰："吾弟早亡，唯有一息，理不可绝，止应自弃我兒耳。幸而得存，我后当有子。"妻泣而从之，乃弃之……攸弃子之后，妻子不复孕……卒以无嗣。时人义而哀之，为之语曰："天道无知，使邓伯道无儿。"

主要参考文献

一、基本古籍

（一）抄本、刻本

〔南朝〕任昉.述异记，文渊阁四库全书本。

〔唐〕杜光庭.墉城集仙录，正统道藏，涵芬楼复印。

〔唐〕李肇.翰林志，四库全书本。

〔唐〕吴兢.乐府古题要解，学识斋本。

〔唐〕殷璠.河岳英灵集，涵芬楼，四部丛刊本。

〔宋〕陈旸.乐书，清光绪二年方睿重刻本。

〔元〕白珽.湛渊遗稿，知不足斋丛书。

〔元〕陈孚.陈刚中诗集，陶湘影刻明洪武本。

〔元〕陈旅.安雅堂集，明祁氏澹生堂抄本。

〔元〕陈宜甫.秋岩诗集，四库全书本。

〔元〕傅若金.傅与砺诗文集，民国三年嘉业堂丛书本。

〔元〕贡师泰.玩斋集，清乾隆南湖书塾刊本。

〔元〕胡助.纯白斋类稿，金华丛书本。

〔元〕黄复圭.君瑞集，长洲顾氏秀野草堂。

〔元〕黄溍.黄金华先生文集，四部丛刊初编。

〔元〕揭傒斯.揭文安公全集，四部丛刊初编。

〔元〕刘秉忠.藏春集，北图古籍珍本丛刊本。

〔元〕刘敏中.中庵集，北图古籍珍本丛刊本。

〔元〕刘诜.桂隐诗集，明嘉靖刘志孔刊本。

〔元〕柳贯.柳待制文集，续金华丛书本。

〔元〕马臻.霞外诗集，元人集十种本。

〔元〕马祖常.石田文集，元四大家集本。

〔元〕迺贤.金台集，诵芬室丛书本。

〔元〕欧阳玄.圭斋文集，四部丛刊初编。

〔元〕丘处机.长春子磻溪集，道藏太平部第91函。

〔元〕萨都剌.萨天锡诗集，四部丛刊初编。

〔元〕宋褧.燕石集，北图古籍珍本丛刊本。

〔元〕唐元.筠轩集，四库全书本。

〔元〕王逢.梧溪集，知不足斋丛书。

〔元〕王翰.友石山人遗稿，汪如藻家藏本。

〔元〕王恽.秋涧先生大全集，四部丛刊初编。

〔元〕吴当.学言稿，四库全书本。

〔元〕吴景奎.药房樵唱，浙江鲍士恭家藏本。

〔元〕吴莱.渊颖吴先生文集，四部丛刊初编。

〔元〕吴师道.吴礼部集，续金华丛书本。

〔元〕许有壬.至正集，北图古籍珍本丛刊本。

〔元〕杨维桢.东维子文集，四部丛刊本。

〔元〕杨维桢.铁崖古乐府，四部丛刊初编。

〔元〕杨允孚.滦京杂咏，知不足斋丛书本。

〔元〕杨载.杨仲弘诗集，四部丛刊初编。

〔元〕耶律楚材.湛然居士集，四部丛刊初编。

〔元〕耶律铸.双溪醉隐集，辽海丛书。

〔元〕虞集.道园学古录，四部丛刊初编。

〔元〕袁桷.清容居士集，四部丛刊本。

〔元〕张宪.玉笥集，粤雅堂丛书。

〔元〕张养浩.归田类稿，元至正十四年刻本。

〔元〕张雨.句曲外史贞居先生诗集，四部丛刊初编。

〔元〕张昱.张光弼诗集，四部丛刊续编本。

〔元〕张翥.蜕庵诗集，四部丛刊续编本。

〔元〕周伯琦.近光集，四库全书本。

〔元〕周权.此山先生文集，元四大家集本。

〔元〕朱德润.存复斋文集，四部丛刊续编本。

〔明〕李栻辑.历代小史·元明善本丛书：江行杂录、中朝故事、龙城录、避暑漫抄、幽闲鼓吹、北梦琐言，涵芬楼影印本。

〔明〕权衡.庚申外史二卷，清海山仙馆丛书本。

〔明〕谢庭桂、苏乾续纂.嘉靖隆庆志，明嘉靖二十八年刻本。

〔清〕毛奇龄.西河诗话，上海文瑞楼石印本。

（二）丛书

〔西晋〕郭璞等.诸子百家丛书：穆天子传、神异经、十洲记、博物志，上海：上海古籍出版社复印，1990年。

〔南朝〕萧统.昭明文选，扬州：广陵书社，2011年。

〔五代〕王仁裕等.开元天宝遗事十种（开元天宝遗事、明皇杂录、长恨歌传、杨太真外传、梅妃传等唐玄宗朝笔记小说10种），上海：上海古籍出版社，1985年。

〔宋〕毕仲游、张端义.西台集·贵耳集，郑州：中州古籍出版社，2005年。

〔宋〕范镇、王君玉等.丛书集成：东斋记事、国老谈苑、涑水记闻（附补遗），北京：中华书局，1985年。

〔宋〕郭茂倩.乐府诗集，北京：中华书局，1979年。

〔宋〕李昉、李穆、徐铉等.太平御览，石家庄：河北教育出版社，1994年。

〔宋〕李昉等.太平广记，上海：上海古籍出版社，1990年。

〔宋〕米芾等.丛书集成初编：砚史·歙砚说·歙州砚谱·辩歙石说·端溪砚谱，北京：中华书局，1985年。

〔南宋〕陈达叟等.中国烹饪古籍丛刊：吴氏中馈录、本心斋疏食谱外四种，北京：中国商业出版社，1987年。

〔南宋〕程大昌、纳新等.丛书集成初编：北边备对、河朔访古记、冀越通、兴复哈密记，北京：中华书局，1991年1月。

〔南宋〕范成大等.宋元谱录丛编：范村梅谱、宣和博古图、促织经、北山酒经、百宝总珍集、文房四谱、云林石谱、洛阳牡丹记、茶录、考古图、泉志、香谱、糖霜谱，上海：上海书店出版社，2015年。

〔南宋〕洪迈著.四库全书精品文存第二十二卷：容斋随笔、容斋续笔、容斋三笔、容斋四笔、容斋五笔，吴玉贵编，北京：团结出版社，1997年。

〔南宋〕吴聿、周必大、曾季狸、周紫芝撰.丛书集成初编：观林诗话、二老堂诗话、艇斋诗话、竹坡诗话，北京：中华书局，1985年。

〔元〕蒋易编.皇元风雅，北京：北京图书馆出版社，2006年。

〔元〕苏天爵编.元文类，上海：上海古籍出版社，1993年。

〔元〕吾邱衍等.元代古籍集成（第二辑）：图绘宝鉴、元代书塑记、学古编、墨史，北京：北京师范大学出版社，2016年。

〔清〕顾嗣立编.元诗选，北京：中华书局，1987年。

〔清〕纪昀等编.四库全书（电子版），武汉：武汉大学出版社，1997年。

〔清〕黄宗羲著，全祖望补，陈金生等点校.宋元学案，北京：中华书局，1986年。

〔近代〕陈衍辑撰.元诗纪事，上海：上海古籍出版社，1987年。

李修生主编.全元文，南京：江苏古籍出版社，1998年。

李学勤主编.十三经注疏，北京：北京大学出版社，2000年。

杨镰主编.全元诗，北京：中华书局，2013年6月。

（三）类书

〔汉〕许慎.说文解字，北京：中国书店，1989年。

〔汉〕许慎著，〔清〕段玉裁注.说文解字注，上海：上海古籍出版社，1981年。

〔三国〕陆玑.毛诗草木鸟兽虫鱼疏，北京：商务印书馆，2013年。

〔西晋〕崔豹.古今注，沈阳：辽宁教育出版社，1998年。

〔西晋〕郭璞注.尔雅，杭州：浙江古籍出版社，2011年。

〔唐〕杜佑.通典，杭州：浙江古籍出版社，2007年。

〔宋〕高承撰.事物纪原，金圆、许沛藻点校，北京：中华书局，1989年。

〔宋〕刘蒙撰.菊谱，杨波注译，郑州：中州古籍出版社，2015年。

〔元〕大元通制条格，成伟点校，北京：法律出版社，2000年。

〔元〕元典章，陈高华等点校，天津：天津古籍出版社，2011年。

〔明〕王三聘.古今事物考，上海：上海书店，1987年。

〔清〕厉荃辑，关槐增纂.事物异名录，长沙：岳麓书社，1991年。

丁福保.佛学大辞典，上海：上海书店出版社，1991年。

陆尔奎、方毅、傅运森等.辞源，北京：商务印书馆，1988年。

罗依果、楼占梅.元朝人名录，台北：南天书局，1997年。

罗依果、楼占梅.元朝人名录补篇，台北：南天书局，1997年。

邱江宁.中国学术编年（元代卷），上海：华东师范大学出版社，2013年。

邱树森.元史词典，济南：山东教育出版社，2002年。

余大钧.元代人名大词典，呼和浩特：内蒙古人民出版社，2016年。

二、现代出版物

（一）古籍点校

〔春秋〕孔子家语，杨朝明注，开封：河南大学出版社，2008年。

〔春秋〕老聃.老子，太原：山西古籍出版社，1999年。

〔春秋〕诗经，北京：北京出版社，2006年。

〔春秋〕晏婴.晏子〔春秋〕兰州：敦煌文艺出版社，2015年。

〔春秋〕左丘明.春秋左传，昆明：云南人民出版社，2011年。

〔春秋〕左丘明.国语，济南：齐鲁书社，2005年。

〔战国〕管仲.管子，兰州：敦煌文艺出版社，2015年。

〔战国〕鬼谷子.鬼谷子，太原：山西古籍出版社，1999年。

〔战国〕韩非.韩非子，长沙：岳麓书社，2015年。

〔战国〕列御寇.列子，兰州：甘肃民族出版社，1998年。

〔战国〕吕不韦.吕氏春秋，上海：上海古籍出版社，1989年。

〔战国〕孟轲.孟子，上海：上海古籍出版社，1987年。

〔战国〕墨翟.墨子，长春：吉林大学出版社，2011年。

〔战国〕屈原、宋玉.楚辞，长沙：岳麓书社，2006年。

〔战国〕商鞅等著.商君书，章诗同注，上海：上海人民出版社，1974年。

〔战国〕荀子.荀子，广州：广州出版社，2001年。

〔战国〕佚名.鹖冠子，Kindle电子书，北京：亿部文化有限公司，2012年11月23日。

〔战国〕佚名.素问，唐王冰注；穆俊霞、王平校注，北京：中国医药科技出版社，2011年。

〔战国〕庄周.庄子，太原：山西古籍出版社，1999年。

〔汉〕桓宽.盐铁论，上海：上海人民出版社，1974年。

〔汉〕刘安.淮南子，北京：北京燕山出版社，1995年。

〔汉〕刘安、〔宋〕朱弁.淮南鸿烈转·曲洧旧闻，长春：吉林出版集团，2005年。

〔汉〕刘向.新序，马世年注，北京：中华书局，2014年。

〔汉〕刘向.列女传，北京：国家图书馆，2014年。

〔汉〕刘向.列仙传，北京：学苑出版社，1998年。

〔汉〕刘向.战国策，南京：凤凰出版社，2009年。

〔汉〕刘歆.西京杂记，上海：上海古籍出版社，2012年。

〔汉〕刘歆.山海经，北京：北京燕山出版社，2001年。

〔汉〕司马迁等."二十四史"，北京：中华书局，2000年。

〔东汉〕摄摩腾、竺法兰.四十二章经，尚荣注，北京：中华书局，2010年。

〔东汉〕王充.论衡，上海：上海人民出版社，1974年。

〔东汉〕荀悦、〔东晋〕袁洪.两汉纪，北京：国家图书馆出版社、北京图书馆出版社，2011年。

〔东汉〕应劭.风俗通义校释，天津：天津人民出版社，1980年。

〔东汉〕袁康等.越绝书，李步嘉校释，武汉：武汉大学出版社，1992年。

〔东汉〕赵晔.吴越春秋，南京：江苏古籍出版社，1992年。

〔魏〕吴谱等.神农本草经，上海：第二军医大学出版社，2012年。

〔西晋〕皇甫谧等.帝王世纪、山海经、逸周书，沈阳：辽宁教育出版社，1997年。

〔西晋〕张华.博物志，重庆：重庆出版社，2007年。

〔东晋〕干宝.搜神记，长沙：岳麓书社，2015年。

〔东晋〕葛洪.抱朴子，上海：上海古籍出版社，1990年。

〔东晋〕葛洪.列仙传·神仙传，上海：上海古籍出版社，1990年。

〔东晋〕顾野王.舆地志辑注，上海：上海古籍出版社，2011年。

〔东晋〕陶潜.搜神后记，北京：中华书局，1981年。

〔东晋〕王嘉.拾遗记，北京：中华书局，1981年。

〔后秦〕佛陀耶舍、竺佛念译.长阿含经，上海：上海古籍出版社，1995年。

〔后秦〕鸠摩罗什译.妙法莲华经，王彬注，北京：中华书局，2010年。

〔后秦〕鸠摩罗什译.维摩诘所说经，僧肇注，上海：上海古籍出版社，2011年。

〔北朝〕贾思勰.齐民要术，成都：巴蜀书社，1995年。

〔北朝〕郦道元.水经注，杭州：浙江古籍出版社，2001年。

〔北朝〕昙无谶译.涅槃经，宗文点校，北京：宗教文化出版社，2011年。

〔北朝〕颜之推.颜氏家训，郑州：中州古籍出版社，2008年。

〔北朝〕杨衒之.洛阳伽蓝记校注，上海：上海古籍出版社，1978年。

〔南朝〕刘义庆.幽明录，北京：文化艺术出版社，1988年。

〔南朝〕刘义庆.世说新语，重庆：重庆出版社，2011年。

〔南朝〕求那跋陀罗译.楞伽经，〔宋〕释正受集注，释普明点校，上海：上海古籍出版社，2017年。

〔南朝〕释僧祐撰.弘明集校笺，李小荣注，上海：上海古籍出版社，2013年。

〔南朝〕陶弘景.周氏冥通记，北京：中华书局，1985年。

〔南朝〕陶弘景.真诰，赵益校，上海：中华书局，2011年。

〔南朝〕佚名，三辅黄图校正，陈直校证，西安：陕西人民出版社，1982年。

〔唐〕段成式.酉阳杂俎，北京：中华书局，1981年。

〔唐〕封演.封氏闻见记校注，赵贞信校注，北京：中华书局，2005年。

〔唐〕康骈.剧谈录，北京：中华书局，1991年。

〔唐〕李泰撰.括地志辑校，北京：中华书局，2008年。

〔唐〕李肇、赵璘.唐国史补、因话录，上海：上海古籍出版社，1979年。

〔唐〕刘餗、张鷟.隋唐嘉话·朝野佥载，北京：中华书局，1979年。

〔唐〕刘知几著.史通，张固也注，郑州：中州古籍出版社，2002年。

〔唐〕孟棨.本事诗，北京：中华书局，2014年。

〔唐〕南卓、段安节等.羯鼓录、乐府杂录、碧鸡漫志，上海：上海古籍出版社，1988年。

〔唐〕孙光宪.北梦琐言，北京：中华书局，2002年。

〔唐〕王定保.唐摭言，上海：上海古籍出版社，2012年。

〔唐〕玄奘述.大唐西域记，南宁：广西师范大学出版社，2007年。

〔宋〕范镇、宋敏求.东斋记事·春明退朝录，北京：中华书局，1980年。

〔宋〕范仲淹.桂海虞衡志辑佚校注，胡起望校注，成都：四川民族出版社，1986年。

〔宋〕洪迈.夷坚丙志，杭州：江苏古籍出版社，1988年。

〔宋〕胡仔.苕溪渔隐丛话，北京：商务印书馆，2013年。

〔宋〕惠洪、费衮，冷斋夜话、梁溪漫志，上海：上海古籍出版社，2012年。

〔宋〕计有功.唐诗纪事，上海：上海古籍出版社，1987年。

〔宋〕江休复、欧阳修、庞元英.贾氏谈录、邻几杂志、陵杂说、谈薮，北京：中华书局，1985年。

〔宋〕金盈之、罗烨.新世纪万有文库：新编醉翁谈录 新编醉翁谈录，沈阳：辽宁教育出版社，1998年。

〔宋〕孔平仲.续世说，上海：东方出版中心，1996年。

〔宋〕黎靖德编.王星贤注，朱子语类，北京：中华书局，1986年。

〔宋〕李石.续博物志，成都：巴蜀书社，1991年。

〔宋〕陆佃.埤雅，杭州：浙江大学出版社，2008年。

〔宋〕孟元老.东京梦华录，郑州：中州古籍出版社，2010年。

〔宋〕欧阳修.归田录，西安：三秦出版社，2003年。

〔宋〕欧阳修、王观著.洛阳牡丹记、扬州芍药谱，北京：商务印书馆，2013年。

〔宋〕沈括.梦溪笔谈，沈阳：辽宁教育出版社，1997年。

〔宋〕释道诚著.释氏要览，富世平校注，北京：中华书局，2014年。

〔宋〕释道原著.景德传灯录，成都：成都古籍出版社，2000年。

〔宋〕释文莹.玉壶野史，广文书局，1970年。

〔宋〕司马光.资治通鉴，北京：中华书局，2011年。

〔宋〕苏轼.东坡志林，扬州：广陵书社，2011年。

〔宋〕王谠等.唐语林、唐新语、因话录、明皇杂录、萍洲可谈、松窗杂录、云溪友议、朝野金栽、云仙杂记.北京：团结出版社，1997年。

〔宋〕王溥撰.唐会要，上海：上海古籍出版社，2006年。

〔宋〕魏泰.东轩笔录，李裕民校，北京：中华书局，1983年。

〔宋〕徐铉、张师正.稽神录·括异志，北京：中华书局，2006年。

〔宋〕叶梦得.石林燕语，西安：三秦出版社，2004年。

〔宋〕叶廷珪.海录碎事，上海：上海辞书出版社，1989年。

〔宋〕赞宁撰.宋高僧传，范祥雍点校，上海：上海古籍出版社，2014年。

〔宋〕张君房.中国道教典籍丛刊·云笈七籤，北京：中央编译出版社，

2017年。

〔宋〕庄绰.鸡肋编，北京：中华书局，1983年。

〔南宋〕罗大经.鹤林玉露，北京：中华书局，1983年。

〔南宋〕王明清.挥麈前录、后录、第三录余话，北京：国家图书馆出版社，2004年。

〔南宋〕王应麟.困学纪闻，沈阳：辽宁教育出版社，1998年。

〔南宋〕无名氏.宣和遗事两种，曹济平等校点，南京：苏古籍出版社，1993年。

〔南宋〕吴自牧.梦梁录，杭州：浙江人民出版社，1984年。

〔南宋〕叶绍翁.四朝闻见录，西安：三秦出版社，2004年。

〔南宋〕袁文、叶大庆.宋元笔记丛书·瓮牖闲评、考古质疑，上海：上海古籍出版社，1985年。

〔南宋〕岳珂.桯史，西安：三秦出版社，2004年。

〔南宋〕张邦基.墨庄漫录、过庭录、可书，北京：中华书局，2002年。

〔南宋〕赵珙、孟珙.蒙鞑备录、黑鞑事略、北虏风俗等（内蒙古史志资料选编第三辑），呼和浩特：内蒙古地方志编纂委员会，1985年。

〔南宋〕赵彦卫.云麓漫钞，沈阳：辽宁教育出版社，1998年。

〔南宋〕周密.齐东野语，中华书局，1983年。

〔南宋〕朱熹.诗集传，上海：上海古籍出版社，1980年。

〔元〕孛兰肹等撰.赵万里校辑，元一统志，北京：中华书局，1966年。

〔元〕陈元靓.事林广记，南京：苏人民出版社，2011年。

〔元〕冯子振著.王毅编.海粟集辑存，长沙：岳麓书社，1990年。

〔元〕贡奎等.《贡氏三家集》，长春：吉林文史出版社，2010年。

〔元〕郝经.陵川集，太原：山西古籍出版社，2006年。

〔元〕贾仲明.录鬼簿，上海：上海古籍出版社，1978年。

〔元〕贾仲明.新校录鬼簿正续编，成都：巴蜀书社，1996年。

〔元〕蒋正子等.山房随笔、就日录、闲居录、山居新话、遂昌山人杂录、雪履斋随笔、东园友闻、农田余话、东南纪闻，北京：中华书局，2006年。

〔元〕李志常.长春真人西游记，石家庄：河北人民出版社，2001年。

〔元〕陆友仁.研北杂志，丛书集成初编影印本，北京：中华书局，1985年。

〔元〕马致远.东篱乐府，上海：上海古籍出版社，1989年。

〔元〕苏天爵.元名臣事略,北京:中华书局,1996年。

〔元〕王冕.竹斋集,杭州:西泠印社出版社,2011年。

〔元〕王士点.禁扁,北京:中国建筑工业出版社,2010年。

〔元〕辛文房.唐才子传,郑州:中州古籍出版社,1987年。

〔元〕熊梦祥.析津志辑佚,北京:北京古籍出版社,1983年。

〔元〕杨瑀、孔齐.山居新话、至正直记,上海:上海古籍出版社,2012年。

〔元〕虞集.虞集全集,王颋点校,天津:天津古籍出版社,2007年。

〔明〕程登吉.幼学琼林,凤凰出版社,2010年。

〔明〕冯梦龙.东周列国志,西安:三秦出版社,2007年。

〔明〕高濂.燕闲清赏笺,成都:巴蜀书社,1985年。

〔明〕蒋一葵.长安客话,北京:北京古籍出版社,1980年。

〔明〕李时珍.本草纲目,昆明:云南教育出版社,2010年。

〔明〕李贤等撰.大明一统志,西安:三秦出版社,1990年。

〔明〕瞿佑、李昌祺、邵景詹著.剪灯新话、剪灯馀话、觅灯因话,上海:上海古籍出版社,1981年。

〔明〕孙世芳修.栾尚约辑.宣府镇志,台北:台湾成文出版社,1970年。

〔明〕陶宗仪.南村辍耕录,北京:中华书局,1980年。

〔明〕陶宗仪.书史会要,上海:上海书店,1984年。

〔明〕萧洵等.北平考·故宫遗录,北京:北京古籍出版社,1982年。

〔明〕叶子奇.草木子,北京:中华书局,1983年。

〔清〕毕沅.续资治通鉴,上海:上海古籍出版社,1987年。

〔清〕顾祖禹等.读史方舆纪要,北京:中华书局,2005年。

〔清〕黄彭年等.畿辅通志,石家庄:河北人民出版社,1989年。

〔清〕金志节原本.黄可润增修.口北三厅志,台北:台湾成文出版社,1969年。

〔清〕李锺俾等修.延庆县志,1939年(民国27年)版。

〔清〕叶德辉.书林清话,上海:上海古籍出版社,1998年。

〔清〕朱彝尊撰.钦定日下旧闻考,台北:台湾广文书局,1960年。

（二）研究专著

陈高华、史卫民.元代大都元上都研究，北京：中国人民大学出版社，2010年。

陈垣.元西域人华化考，上海：上海古籍出版社，2000年。

柯劭忞.新元史，北京：中国书店，1988年。

邱江宁.元代馆阁文人活动系年，北京：人民出版社，2015年。

史卫民.都市中的游牧民族——元代城市生活长卷，长沙：湖南人民出版社，2006年。

屠寄.蒙兀儿史记，上海：上海古籍出版社、上海书店，1989年。

魏坚.元上都，北京：中国大百科全书出版社，2008年。

翁独健.中国民族史纲要，北京：中国社会科学出版社，1990年。

萧启庆.内北国而外中国——蒙元史研究，北京：中华书局，2007年。

徐英.欧亚草原游牧民族历史文化大事年表，呼和浩特：内蒙古教育出版社，2013年。

叶新民.辽夏金元史徵·元朝卷，呼和浩特：内蒙古大学出版社，2007年。

叶新民.元上都研究，呼和浩特：内蒙古大学出版社，1998年。

叶新民、其木德道尔吉.元上都研究文集，北京：中央民族大学出版社，2003年。

叶新民、其木德道尔吉.元上都研究资料选编，北京：中央民族大学出版社，2003年。

查洪德.元代诗学通论，北京：北京大学出版社，2014年。

张大芳、王大方.走进元上都，呼和浩特：内蒙古大学出版社，2005年。

（三）外国文献

〔波斯〕拉施特著.史集，余大钧、周建奇译，北京：商务印书馆，1983年。

〔英国〕道森编.出使蒙古记，吕浦译，北京：中国社会科学出版社，1983年。

〔法国〕威廉·鲁不鲁乞等.中外关系史名著译丛：柏朗嘉宾蒙古行纪鲁布鲁克东行纪，耿昇、何高济译，北京：中华书局，2013年。

〔法国〕勒内·格鲁塞.草原帝国，李德谋、曾令先译，南京：江苏人民出版社，2011年。

〔瑞典〕多桑.多桑蒙古史，冯承钧译，上海：上海书店出版社，2003年。

〔意大利〕马可波罗.马可波罗行纪，冯承钧译，上海：上海书店出版社，2006年。

〔意大利〕鄂多利克等著.海屯行记、鄂多立克东游录、沙哈鲁遣使中国记，何高济译，北京：中华书局，1981年。

〔伊朗〕志费尼.世界征服者史，何高济译，北京：中国人民大学出版社，2012年。

后 记

我一直都是一个非常幸运的人：出生在很贫困的家庭里，没有受过教育的父母特别重视教育，使我得以获得比较完整的教育；生活艰辛，兄弟和姐姐无私地帮助我，让我能顺利完成学业；读书的时候，总能遇到负责任又有能力的老师，从小学到大学，都让我获益匪浅，譬如，毕业时至今日，大学的授业恩师仍不时关心我，给予我谆谆教诲；一批又一批同学，无论怎么更换，都能够相互照顾，相互鼓励，相互帮助，同窗之谊，手足之情，一直持续到今天；工作后，遇到的绝大多数领导总是和善而乐于助人，大多数同事都能坦诚相待，彼此提携；成家后，得家人真诚照顾，很少为家庭琐事所累，能专注于工作。

工作经历中一个重要的节点，是2009年在内蒙古大学社科处给张志忠处长做助手，与齐海春、卢艳琴做同事，学习社会科学管理。一是利用那半年的时间专心于读书，查阅资料，让自己在感兴趣的研究领域有了很多新的收获与思考；一是借此机会结识了很多高等院校社科管理界的朋友：大家都志同道合，殚精竭虑于如何做好高等学校社会科学研究的服务和管理。通过与他们的交往，不仅学到了很多实用的知识和技能，提升了对高等学校开展社会科学研究活动价值与意义的认识，尤其学到了一种锲而不舍的精神。

元上都"申遗"是另一个契机。坦白讲，在元上都属地，从事元代或者元上都研究的人不多，而且在研究的活动上，也大多处于自发状态，并不规范。当时锡林郭勒盟行署分管"申遗"工作的领导是其其格副盟长，她交给我一些与元上都"申遗"相关的工作，我因此获得了一些机会：得以更深入、全面地了解元上都研究的意义、现状与存在的一些问题，接触了一批这个领域的学者，开阔了视野。

元上都位于锡林郭勒盟正蓝旗境内，被誉为"一座拥抱着巨大文明的历史废墟"，沉淀了丰厚的历史、政治、民族、宗教等文化，融合了游牧、农业、商业等各种文明，包含着各个地区人民的智慧，是中华民族历史文化长河中不可或缺的重要一环，也是中华民族多元、和谐、包容、开放文化的重要例证。整理、认识这些文化，具有重要的历史文化意义和现实启迪意义。

2012年承担国家社科基金项目《上都扈从诗与元代多元文化交流研究》的研究工作，主要是利用元上都扈从诗对元代的政治、历史、文化等现象做一些阐释、评论，这项工作完成后，深感文献的系统整理非常重要，在以往积累的基础上，申报了教育部后期资助项目《元上都扈从诗辑注》（14JHQ031），努力从文献整理的角度，为研究者、元上都文化爱好者提供一些可供借鉴的资料。《元代上都诗歌选注》就是这些研究成果的一部分。

由于文化传统、文字载体等因素，元代关于上都的城市建筑、城市管理、城市与宫廷生活诸方面的文献资料十分缺乏，也没有专门的方志等史料，加之上都古城在元末的战火中被焚毁，地上遗存只剩废墟。个人认为，通过元代上都诗歌注释，补充这部分资料，对于人们了解、认识元上都乃至元代历史、文化具有重要意义。

"天子时巡上京，则宰执大臣，下至百司庶府，各以其职分官扈从"，是元代的"国朝旧典"。扈从诗人是元上都政治与社会生活的参与者、见证者，他们以元上都和上都各方面的生活为素材的创作，主要来源于个人听闻或亲身经历，诚如元代诗人王思诚所说："扈圣从邹枚，纪行富诗史"，具有十分重要的历史价值和文化价值。元上都研究的著名学者叶新民先生早就明确指出："元人写有许多咏上都的诗作，大都保存在元人文集里，如能将这些诗作加以辑佚汇编，考释注解，深入研究它的史料价值，一定会给上都历史的研究带来生机。"（《元上都研究综述》，《内蒙古大学学报》，1994年第1期）这些诗歌作品，对于研究如今已经成为废墟的元上都及当时的政治、经济、历史、文化诸方面具有不可替代的重要意义，对这些散见于众多作家作品集中的诗歌进行系统整理、注释，显然是必要的。

元上都扈从诗人的构成具有多元性，反映了元代多元文化相互交融的特质。扈从诗人有的是少数民族知识分子，深受汉文化影响，创作汉文诗；有的是内地的宿儒耆旧，因为朝政使命而远赴处于蒙古高原的上都。这些诗人的情感、生活和创作本身就是一个多元文化交流、融合的范例，能够提供元代各民族文化交往、融合的实证资料，具有很重要的认识价值。

远赴上都的诗人身份各异，既有深受皇帝赏识的馆阁大臣，也有普通士子，还有道士佛徒，有的春风得意，有的蹉跎感慨，还有的高蹈出世，这就决定了他们会从各自不同的视角观察社会与生活，体味到不同的人生况味。对生活观照的丰富与多层次性特点，对于后人了解、认识元代社会生活及其状况，同样具有重要的价值与意义。

近两年，元上都遗址所在地正蓝旗党委、政府和元上都文化遗产管理局的有关领导多次联系我，让我把元上都诗歌尽量系统地整理一下，其情殷殷，其意切切，让我感受到，完成这项工作，是我的责任，也是我的使命。

这本《元代上都诗歌选注》，遴选了60多位诗人的近1500首作品并予以注释。注释的内容主要涉及以下几个方面：元上都附近山川、河流、湖泊，天文，元上都的城市规划与城市建筑，城市建筑尤其是宫殿建筑，典章、职官，元上都的宫廷生活，城市生活、文体娱乐、节庆活动，历史事件，宗教活动、宗教仪轨和宗教场所，异域番邦，文化典故，历史名物，古今异义词或音译词等等。

由于各方面的原因，这里选注的只是元代上都诗歌的一部分；因为版本、学识等原因，还存在着一些舛误或争议。对上述词汇的注释，所涉领域广泛；大量有关词汇的出处或凡例引证，也非易事。这都需要深厚的学养，查阅大量文献，鉴于本人能力、文献条件等制约，有很多问题并没有得到很好解决。相信，随着越来越多的人对元代历史文化的重视，今后元上都的学术研究，一定会出现更多新的成果。

我低估了这项工作的难度：文献短缺，个人精力有限、能力不足……有好几次甚至产生动摇，想放弃。也是这样的原因，虽然咬牙坚持下来，到现在还是存在很多不足：没有能够将全部或者绝大多数元代的上都诗歌辑选出来，对辑选出来作品的校对还存在诸多可议之处，注释中文献尚不完备、使用欠缺规范，个别注释还存在可资商榷等等，又成了新的遗憾。恳请专家学者给予批评指正。

在这个过程中，人民大学的魏坚教授、内蒙古大学的宝音德力根教授都曾给予援手，北京师范大学的李修生、南开大学的查洪德，甚至远在江南的邱江宁等诸先生也曾给予勉励；关于许有壬的注释就是由内蒙古师范大学的石海光老师完成的；诸多同事、年青学者都曾利用他们宝贵的业余时间，帮助我做了很多编辑和协助购买资料的工作；学生姜南、刘芳、姚志华帮我做了一些校对工作。这些都是实实在在的帮助，是我坚持下来的动力。

我尤其觉得，这片热土，给了我很多，我有责任、也有义务回报。面对诸多困难而坚持下来，成果有诸多缺陷而鼓起勇气把它奉献给读者，是想给供养我的这片土地和生活在这里的人民、给那些曾经给予我很多帮助的人一个交代。

在此，谨向给予我帮助、支持的老师、专家学者、领导、同事和亲友们，致以诚挚的谢意！

2018年初秋于锡林浩特